W0061862

SCIENCE FICTION

Herausgegeben
von Wolfgang Jeschke

Von **Michael McCollum** erschien in der Reihe
HEYNE SCIENCE FICTION & FANTASY:

Treffer · 0604811
Die Lebenssonde · 0605381
Antares erlischt · 0605382
Die Wolken des Saturn · 0605383

Michael McCollum

DIE WOLKEN DES SATURN

Roman

Aus dem Amerikanischen übersetzt
von
WALTER BRUMM

Deutsche Erstausgabe

WILHELM HEYNE VERLAG
MÜNCHEN

HEYNE SCIENCE FICTION & FANTASY
Band 0605383

Titel der amerikanischen Originalausgabe
THE CLOUDS OF SATURN
Deutsche Übersetzung von Walter Brumm
Das Umschlagbild malte Alan Gutierrez

Umwelthinweis:
Dieses Buch wurde auf
chlor- und säurefreiem Papier gedruckt

Redaktion: Wolfgang Jeschke
Copyright © 1991 by Michael McCollum
Erstausgabe by
Del Rey Books/Balantine Books/Random House, Inc., New York
Mit freundlicher Genehmigung des Autors und
Paul & Peter Fritz AG, Literarische Agentur, Zürich
(# 45661)
Copyright © 1996 der deutschen Ausgabe und der Übersetzung
by Wilhelm Heyne Verlag GmbH & Co. KG, München
Printed in Germany 1995
Umschlaggestaltung: Atelier Ingrid Schütz, München
Technische Betreuung: M. Spinola
Satz: Schaber Satz- und Datentechnik, Wels
Druck und Bindung: Elsnerdruck, Berlin

ISBN 3-453-09444-1

INHALT

PROLOG

Die Sonne ist ein veränderlicher Stern. Schwankungen ihrer Wärmestrahlung haben ungefähr alle fünfzigtausend Jahre die Gletscher nach Süden vorrücken lassen. Die letzte dieser Eiszeiten ereignete sich in der späten vorgeschichtlichen Epoche und fiel zusammen mit der Verdrängung des Neandertalers durch die Cro-Magnon-Rasse. Auch der moderne Mensch hat die Veränderlichkeit der Sonne erfahren. Während der ›Kleinen Eiszeit‹ des 16. bis 19. Jahrhunderts bewirkte eine geringfügige Abnahme der Sonnenstrahlung, daß die Häfen Islands und Grönlands jedes Jahr sechs Monate durch Eis blockiert waren. Die Wikingersiedlungen auf Grönland gingen infolge der Klimaveränderung zugrunde.

Das wahre Ausmaß der Veränderlichkeit unserer Sonne wurde der Menschheit jedoch erst am Beginn des 22. Jahrhunderts bewußt. Im Jahr 2102 n. Chr. ereignete sich der erste einer Reihe heftiger Strahlungsausbrüche. Als die Ausbrüche an Zahl und Intensität zunahmen, begannen die Astronomen ihre langgehegten Überzeugungen von der Natur der Sonne zu revidieren und erkannten mit verständlichem Schrecken, daß die Sonne im Begriff war, in eine Periode langfristiger Instabilität einzutreten. Projektionen ergaben einen allmählichen Anstieg der Sonneneinstrahlung über mehrere Jahrhunderte hinweg. Zwar blieb die Zunahme der Strahlungsintensität im kosmischen Maßstab unbedeutend, doch würde die eingeleitete Veränderung die Erde binnen eines Jahrhunderts unbewohnbar machen. Wenn der

Prozeß nicht aufgehalten werden konnte, würde die Mutter der Menschheit zur Zwillingsschwester der Venus werden – eine heiße, lebensfeindliche Welt, auf der flüssiges Wasser nicht mehr existierte.

Angesichts des drohenden Untergangs setzte die Menschheit ihre beträchtlichen Hilfsmittel zur Rettung der Heimat ein. Keine Möglichkeit wurde übersehen. In einer Periode, die als das Goldene Zeitalter der angewandten Wissenschaft bekannt werden sollte, wurden zahlreiche Forschungsanstrengungen unternommen, doch konnten die Wissenschaftler trotz allen Bemühens keine praktikable Methode finden, um entweder die Erde vor verstärkter Sonneneinstrahlung zu schützen oder die Sonne selbst zur Ruhe zu bringen. Nach Jahrzehnten angestrengter Untersuchungen kamen die politischen Führer widerwillig zu der Schlußfolgerung, daß die Menschheit ihre angestammte Heimat würde verlassen müssen. Es begann die Suche nach einem Zufluchtsort im Sonnensystem.

Die Entscheidung fiel zugunsten einer Freistatt, an die nicht viele gedacht hatten.

1

Die Schlacht von Neu-Philadelphia

Larson Sands lag in seinem während der Beschleunigungsphase zurückgeklappten Sitz und spähte hinaus in den anbrechenden Tag, während die *Sperber* mit tausend Stundenkilometern ostwärts jagte. Der Tagesanbruch war auf Saturn immer ein farbenprächtiges Schauspiel, aber niemals eindrucksvoller als an diesem Morgen der bevorstehenden Schlacht. Als die Sonne aufstieg, verwandelte sie die Welt aus einer schwarzen und silbernen Radierung in ein Panorama von Wolken und Himmel, das graurosa und schwefelgelb aufleuchtete, bevor es in Blau und Weiß erstrahlte. Lars sah, wie die Sonnenstrahlen azurblaue Schatten aus den tiefen Wolkenschluchten verjagten und den Himmelsbogen zu einem bleichen Geist seines früheren Selbst verblassen ließen.

»Nachricht von *Delphi*.«

Er blickte zu seiner Copilotin. Halley Trevanon war erst Anfang zwanzig, eine Brünette mit breitem Mund, vollen Lippen, graugrünen Augen und einer Narbe, die ihre linke Augenbraue teilte. Sie beobachtete die Sensorenablesung, die ihnen verriet, welche Maschinen in ihrer Nachbarschaft waren. Wie Lars steckte auch sie in einem Schutzanzug und hatte die Visierscheibe ihres Helms hochgeschoben. Sollte die Maschine durchlöchert werden, konnte sie ihren Schutzanzug innerhalb von Sekunden luftdicht verschließen. Die vier anderen Besatzungsmitglieder an Bord der *Sperber* waren genauso geschützt.

»Stell ihn durch«, sagte Lars.

Der Kommunikationsschirm im Armaturenbrett leuchtete auf und zeigte Dane Sands' lächelndes Gesicht. Dane war Lars' jüngerer Bruder und Halleys Verlobter.

»Hallo, *Sperber*«, sagte Dane. »Habt ihr gut ausgeschlafen?«

»Du weißt genau, daß es damit nichts war!« murrte Lars. Dane fungierte als ihr Verbindungsmann an Bord des Flaggschiffes der Flotte Neu-Philadelphias, das etwa zweihundert Kilometer westlich von ihnen stand, zugleich diente er ihren Auftraggebern aus Neu-Philadelphia als Sicherheit für die Einhaltung der getroffenen Vereinbarungen. Wie Lars und Halley war er seit der Zweiten Mitternacht auf seinem Posten, als die ersten Sichtungsmeldungen eingegangen waren.

Fünftausend Kilometer östlich von ihnen hatte ein Aufklärer aus Neu-Philadelphia ein unbekanntes Flugzeug gemeldet, das mit hoher Geschwindigkeit nach Westen flog. Obwohl es keine positive Identifikation gegeben hatte, ließ der Befehlshaber der Flotte Neu-Philadelphias seine Abfangjäger starten. Seit sie die *Delphi* verlassen hatten, waren *Sperber* und die anderen Einheiten der Flotte auf der Hut vor einem angreifenden Feind. Trotz ihrer Anstrengungen hatten sie bisher nichts ausgemacht.

»Ich habe Neuigkeiten für euch«, sagte Dane. »Sieht so aus, als wäre die Meldung von gestern abend ein falscher Alarm gewesen. Möglicherweise war *Dakota* das Opfer einer Sensorenpanne, die durch atmosphärische Bedingungen verursacht wurde.«

Lars nickte. Die dichte Saturnatmosphäre aus Wasserstoffatomen konnte Radaraufklärung täuschen. Atmosphärische Wirbel und vertikale Konvektionszellen erzeugten geisterhafte Erscheinungen, die den Heckwirbeln eines schnellen Flugzeugs ähnelten. Solche Irrtümer waren häufig.

»Wie lauten unsere Befehle?«

Dane blickte auf etwas außerhalb des Kamerabereichs. »Ich sehe euch jetzt zweihundert Kilometer östlich der *Delphi*.«

»Richtig.«

»Ihr könntet eure Aufklärung in diese Richtung fortsetzen. Wenn bis zur Zeit eurer Ankunft nichts aufgetaucht ist, werden wir euch wieder an Bord nehmen. Ihr solltet rechtzeitig zum Frühstück hier sein.«

»Verstanden«, sagte Lars. »Wir wenden jetzt.«

Er zog den Steuerknüppel nach links und ein wenig zurück, und die Maschine legte sich sanft in die Kurve. Währenddessen fragte Dane Sands: »Wie fühlst du dich, Halley?«

»Aufgeregt und ein bißchen ängstlich.«

»Mach dich nicht kaputt«, sagte Dane. »Das Oberkommando hier hofft noch immer, daß unsere Schaustellung militärischer Stärke die Allianz abschrecken wird. Wir wissen, daß ihre Flotte vor drei Tagen Cloudcroft verlassen hat, aber wir haben noch immer keine Anhaltspunkte, daß sie hierher kommt.«

»Glaubst du das wirklich?«

Dane warf ihr ein schiefes Lächeln zu. »So haben wir von Anfang an gewettet, nicht?«

Larson Sands sagte nichts. Im Laufe der vergangenen Wochen waren ihm Zweifel gekommen, ob ihre Wette klug gewesen sei. Die Neu-Philadelphier waren führend auf dem Gebiet der Gentechnik und verfolgten seit langem den Traum, gentechnisch eine Lebensform zu erzeugen, die in der oberen Saturnatmosphäre gedeihen konnte. Gerüchte, daß sie einen lebensfähigen Organismus entwickelt hätten, waren der Nördlichen Allianz zu Ohren gekommen und hatten ihr Anlaß gegeben, Neu-Philadelphia zum Beitritt aufzufordern. Die Sprache, in der diese ›Einladung‹ abgefaßt war, hatte die Neu-Philadelphier bewogen, sich um ihre Verteidigung zu kümmern.

Wie es bei den meisten unabhängigen Städten der

Fall war, konnte Neu-Philadelphia sich keine starken eigenen Streitkräfte leisten, die es mit jenen der größeren, mächtigeren saturnischen Nationen aufnehmen konnte. So unterhielt es eine Kernstreitmacht, die im Falle eines bewaffneten Konflikts durch Reservisten und einige kleinere, eingemottete Schiffseinheiten rasch vergrößert werden konnte. Neben einigen Zollkreuzern hatten die Neu-Philadelphier einen ihrer großen Luftfrachter in ein starkes Flaggschiff umgebaut, das ihnen als eine mobile Basis diente. Außerdem hatten sie zur Ergänzung dieser bescheidenen Flotte Werber in alle Teile der nördlichen Hemisphäre entsandt, um unabhängige Freibeuter und Besatzungen als Söldner zu rekrutieren.

Die Gebrüder Sands und Halley Trevanon hatten die Werber aus Neu-Philadelphia in einer Bar in Pendragon City getroffen. Lars erinnerte sich noch gut der dicklichen Sängerin, die mit ihren hinausgeschmetterten Nummern die Verhandlung übertönt hatte. Danach hatte Dane Sands sich für die Annahme des Angebots eingesetzt. Er hatte gedacht, es sei leicht verdientes Geld, eine einfache Schaustellung von Stärke, um die Allianz zu überzeugen, daß ihr möglicher Gewinn die Kosten nicht wert sein würde.

Es war ein Argument, das die geschichtliche Erfahrung für sich hatte. Denn wenn es eine Gemeinsamkeit gab, die alle Wolkenstädte des Saturn miteinander teilten, dann war es ihre Verwundbarkeit gegen Angriffe. Wenn ein einziger Fanatiker mit einer Bombe eine ganze Bevölkerung in den zermalmenden Druck der unteren Atmosphäre hinabstürzen konnte, dachten die Herrschenden lange und angestrengt nach, bevor sie ihre Nachbarn herausforderten. Sah sie sich einer hinreichend starken Opposition gegenüber, würde die Allianz lieber von ihrem Anspruch auf Neu-Philadelphia abgehen als ihre eigenen Städte dem Vernichtungsrisiko auszusetzen.

Larson Sands und Halley Trevanon waren sich der

Sache nicht so sicher gewesen, hatten aber keine entschiedenen Einwände gegen das Tragen der Uniform Neu-Philadelphias erhoben. Zu jenem Zeitpunkt hatte der Fusionsreaktor der *Sperber* die werksseitig empfohlene Wartung und Überholung um mehr als ein Standardjahr überschritten. Schlimmer noch war, daß das halbe Dutzend Besatzungsmitglieder seit Monaten nicht bezahlt worden war. Lars, Dane und Halley hatten das Geld zu dringend benötigt, um nein zu sagen.

Das war vor drei Monaten gewesen. Einige Zeit nach ihrer Ankunft in der Hauptstadt Neu-Philadelphias hatte es nach einer diplomatischen Lösung des Streitfalles ausgesehen, doch vor einer Woche hatte der Botschafter der Allianz die Verhandlungen abgebrochen. Das Oberkommando Neu-Philadelphias hatte Meldungen erhalten, nach denen die Flotte der Allianz sich versammelt hatte und mit unbekanntem Ziel gestartet war.

Darauf hatte Neu-Philadelphia seine eigene Flotte ostwärts durch den Flugweg des Nördlichen Gemäßigten Gürtels ausgesandt, um zwischen den drei Städten Neu-Philadelphias und der Allianz einen Sperriegel zu bilden. Ihre Anwesenheit dort war zugleich Herausforderung und Warnung. Zwar würde es der Allianz ein Leichtes sein, das Flaggschiff *Delphi* und ihr Gefolge von fusionsgetriebenen Flugzeugen zu umgehen, aber dies hätte ihre eigenen Städte einem Angriff preisgegeben. Wenn es der Allianz mit der Annexion Neu-Philadelphias ernst war, würde sie zuerst dessen Flotte angreifen und vernichten müssen. Die Delphier hofften, dem Gegner in diesem Fall soviel Schaden zuzufügen, daß er das Interesse verlieren und den Rückzug antreten würde.

Nach einiger Zeit löste sich das riesige Flaggschiff Neu-Philadelphias aus dem blauen Dunst der Ferne. *Delphi* war ein Anachronismus, eine Maschine aus einer anderen Zeit und einem anderen Ort. Es war ein Luftschiff, ein gigantischer Gasbehälter von einem halben

Kilometer Länge, dessen walförmiger Umriß an die frühesten Flugmaschinen gemahnte. Große Stabilisierungsflossen entsprossen dem Heck des Luftschiffes, während der Bug eine stumpfe Rundung aufwies, die den Luftwiderstand auf ein Minimum beschränkte. Hinter dem großen Luftschiff wirbelte eine lange Fahne aus Abgasen, und wo früher Frachtluken gewesen waren, gab es jetzt Gefechtsstände, Langstreckensensoren und Hangartore für Bordmaschinen.

Maschinen, die schwerer als Wasserstoff waren, hatten ihren Nutzen, doch früher oder später mußten sie landen. Die gewaltigen Luftschiffe waren leichter als Wasserstoff und boten ihnen Landeplätze. Wie die alten Flugzeugträger auf Erden, waren sie die beweglichen Stützpunkte, von denen die kleineren Maschinen ihre Angriffe starteten. Aber noch mehr als jene früheren Kolosse der Weltmeere waren Luftschiffe zerbrechliche und verwundbare Konstruktionen. Sie waren auf den Schutz ihrer Bordmaschinen angewiesen.

»An alle Schiffe, Achtung! Feindformation in fünfzehnhundert Kilometern auf neunzig Grad gesichtet. Alle Maschinen halten sich zum Angriff bereit!«

Lars warf Halley einen Seitenblick zu. Die Stimme gehörte Kommodore Kraken, dem Kommandanten der *Delphi*. Über die Kommandoschaltung kam eine Serie von Einsatzbefehlen, als die Gefechtszentrale des Flaggschiffes lebendig wurde. Lars zog die Maschine in einem weiten Bogen hinter die *Delphi*, um seinen Platz in der Abwehrfront einzunehmen. Insgesamt hatte Neu-Philadelphia einundzwanzig Einheiten aufgeboten. Achtzehn erhielten Befehl, die Angreifer abzufangen und zurückzuschlagen.

»Sind alle angeschnallt?« fragte Lars über die Bordsprechanlage.

Die vier Besatzungsmitglieder der *Sperber* meldeten ihre Bereitschaft. Ross Crandall bediente den Feuerleitcomputer, Brent Garvich und Hume Bailey waren auf

Gefechtsstationen, und Kelvor Reese überwachte die Hilfssysteme.

Als das Geschwader sich formiert hatte, beschleunigte es auf zweitausend Stundenkilometer. Selbst bei dieser Geschwindigkeit hatten sie die Schallgeschwindigkeit in der Wasserstoff-Helium-Atmosphäre des Saturn noch nicht überschritten.

Bald hatten die beiden Flotten sich einander auf maximale Reichweite angenähert und begannen die gegnerischen Positionen vorsichtig abzutasten. In der dichten Atmosphäre waren Laser auf kurze Reichweiten begrenzt. So wurden Schwärme von Raketengeschossen auf den noch fernen Gegner abgefeuert, und innerhalb von Sekunden tauchten auf den Bildschirmen der Feuerleitstände die Lichtfunken feindlicher Raketen auf, die in Laserreichweite kamen und von den computergesteuerten Abwehrsystemen im Anflug zerstört wurden.

Die zwei Dutzend Schiffe der Allianz hielten weiter auf die zusammengewürfelte Flotte Neu-Philadelphias zu. Kurze Zeit später durchdrangen beide Flotten einander, und die Formationen lösten sich in Einzelgefechten auf. Die schnellen Bordmaschinen erfüllten den Himmel mit ihren wild kurbelnden Luftkämpfen, und die Schiffe umkreisten und beschossen einander im tödlichen Reigen.

Die Allianz erzielte den ersten Erfolg, als sie einem der Zollkreuzer Neu-Philadelphias die linke Tragfläche abrasierte. Sands sah die Maschine kippen und trudelnd den langen Absturz zur unsichtbaren Wasserstoffsee zweitausend Kilometer tiefer beginnen. Es gab kein Feuer, da die Saturnatmosphäre keinen Sauerstoff enthielt, der eine Verbrennung aufrechterhielt. Dann löste sich ein kleines Objekt von der abstürzenden Maschine und wurde zu einem silbernen Ballon aufgeblasen, unter dem eine kleine Kapsel hing. Die Besatzung hatte sich retten können.

Die zwei nächsten Treffer mußte die Allianz einstecken. Eine ihrer Jagdmaschinen wurde von einer Rakete getroffen und explodierte. Der Regen von Einzelteilen war so gewaltig, daß Sands am Überleben des Piloten zweifelte. Das zweite Ziel, ein größerer Zerstörer, erhielt einen Raketentreffer in den Reaktorraum. Das Ergebnis war weniger spektakulär, zwang ihn aber zum Rückzug.

»Wir siegen!« rief Halley aus, nachdem *Sperber* eine Rakete abgefeuert hatte, die nur wenige Meter vor ihrem Ziel durch Laserfeuer zerstört wurde. Die Wolke von Splittern und Bruchstücken prasselte auf Tragflächen und Rumpf des Ziels und zwangen es, seinem beschädigten Gefährten aus der Gefechtszone zu folgen.

»Sie sind nicht so stark wie man uns glauben gemacht hat«, murmelte Lars durch zusammengebissene Zähne.

Innerhalb der nächsten Sekunden starb ein weiteres Schiff Neu-Philadelphias, zusammen mit einer der größeren gegnerischen Einheiten. Die Einzelgefechte hatten sich über einen weiten Himmelsabschnitt ausgebreitet, so daß die *Sperber* allein zu sein schien. Die einzige Maschine in Sichtweite war ein Jagdeinsitzer der Allianz, der durch unermüdliches Kurbeln immer wieder versuchte, aus einem toten Winkel heraus in Angriffsposition zu kommen. Lars war so sehr auf seine Ausweichmanöver konzentriert, daß er völlig überrascht war, als plötzlich ein Hilferuf aus dem Lautsprecher drang.

»An alle Schiffe! Achtung, hier ist *Delphi*. Wir werden angegriffen. Die Gruppe, die Sie abwehren, ist ein Ablenkungsmanöver. Die Hauptflotte ist hier. Alle Streitkräfte zu uns!«

»Verdammt!« knurrte Sands. Der Beschleunigungsdruck des Wendemanövers verwandelte den Fluch in ein unverständliches Grunzen. Sobald er auf Westkurs gegangen war, öffnete er die Drosselklappen und fühlte, wie die Maschine einen Satz machte, der ihn von neuem in den Sitz zurückpreßte.

»Wie ist die Lage bei euch, Dane?« fragte er über seine Direktverbindung.

Dane starrte mit geweiteten Augen aus dem Bildschirm. Lars wußte nicht, wann er seinen Bruder so ängstlich gesehen hatte.

»Sie kamen aus der Wolkenwand, Lars! Annähernd dreißig. Sie stürzen sich auf das Flaggschiff. Wir haben ihnen die Jäger unserer Luftpatrouille entgegengeworfen und setzen uns nach Westen ab, so schnell wir können, aber ich glaube nicht, daß wir es schaffen werden.«

»Wir sind unterwegs.«

»Beeilt euch, verdammt!«

»Wie viele sind mit uns?« fragte Lars seine Copilotin.

Halley hatte sechs weitere Einheiten mit dem grünen Kennzeichen Neu-Philadelphias auf dem Bildschirm. Hinter ihnen war ein Dutzend Feinde. Der Rest der Flotte Neu-Philadelphias war noch im Kampf gebunden und konnte sich nicht vom Feind lösen.

»Wir hätten uns denken sollen, daß etwas nicht stimmt. Niemand schickt zwei Dutzend Schiffe aus, um eine Stadt anzugreifen.«

»Du meinst, Dane ist in Gefahr?« Es fiel Halley schwer, die Worte herauszubringen.

»Ich glaube, wir alle sind in Gefahr«, erwiderte er grimmig.

Während sie durch den Himmel jagten, brachte Halley die Auswertung des Fernradars auf den Bildschirm. Was sie sahen, machte sie frösteln. Einem Schwarm von annähernd dreißig roten Kennzeichen standen drei grüne gegenüber, während das Flaggschiffsymbol zu fliehen suchte. Die drei Verteidiger Neu-Philadelphias, die ihm den Rücken freihielten, überdauerten nur wenige Sekunden, bevor sie abgeschossen wurden und in die Tiefe trudelten. Achtundzwanzig intakte Einheiten der Allianz konnten sich ungehindert auf die *Delphi* stürzen.

»Das wär's«, sagte er, als die Angreifer das Flaggschiff erreichten. »Kraken wird sich ergeben müssen.«

Als hätte der Kommodore seine Bemerkung gehört,

ging der Befehl zum Einstellen der Kampfhandlungen hinaus. Die beiden Söldner lauschten mißmutig den Worten des Befehlshabers, als er die Kapitulation seiner Streitkräfte bekanntgab. Sands war teils bekümmert über die Niederlage und den Verlust seines Honorars, teils erleichtert. Dane würde eine Weile interniert bleiben, aber schließlich wieder frei kommen. Es gab für die Allianz keinen Anlaß, gefangene Söldner zu bestrafen.

»Laß uns verschwinden«, befahl er Halley. »Wir wollen nicht auch interniert werden.«

»Richtig.«

Weiter voraus kam das Flaggschiff gerade aus dem Blau des Himmels, noch immer so weit entfernt, daß die kleineren feindlichen Einheiten in seinem Umkreis ungesehen blieben. Lars war im Begriff abzudrehen, als der erste grelle Lichtblitz die Oberfläche des Luftschiffes traf.

»Was, zum Teufel, hat das zu bedeuten?«

»Sie greifen an!« schrie Halley. »Sie nehmen die Kapitulation nicht an!«

»Wir bleiben auf Kurs«, sagte Lars. »Das darf nicht wahr sein!«

Es war unmöglich, die Geschwindigkeit weiter zu erhöhen. Obwohl die Maschine in der dichten Atmosphäre ihr Äußerstes hergab, schien es Lars, daß sie kaum vorankamen. Zwei weitere Raketen trafen das Flaggschiff. In stummem Entsetzen sahen sie das Luftschiff aufplatzen wie eine reife Frucht. Der zentrale Gasbehälter war durchlöchert, der heiße Wasserstoff strömte in die umgebende Atmosphäre aus, und das Schiff konnte sein Gewicht nicht mehr tragen. Es sackte in der Mitte durch, dann riß der Kiel auf und es brach entzwei. Der Heckteil, belastet durch die schweren Reaktoren und Triebwerke, begann sofort zu sinken und fiel immer schneller in die Tiefe zum fernen Wolkenboden des Flugwegs. Befreit vom Gewicht des Hecks, richtete sich der Bug des Luftschiffes auf, während Menschen, Maschinen und Gerät durch das klaffende Loch in der Mitte fielen.

Die nächsten Augenblicke erbrachten den Beweis, daß der Angriff kein Irrtum gewesen war. Der Bugteil des Luftschiffes war offensichtlich steuerlos und kampfunfähig, während er langsam emporstieg. Trotzdem setzten die Schiffe der Allianz ihren Angriff fort. Weitere Explosionen zerrissen die vorderen Gasbehälter, und der Bug verlor seinen Auftrieb. Auch er begann zu sinken und trudelte in einer langen Abwärtsspirale in die Tiefe.

Larson Sands schrie seine ohnmächtige Wut hinaus, als er die berechnende Kaltblütigkeit des Angriffs beobachtete. Dane war im Bugteil des Luftschiffes, wo die Gefechtszentrale lag. Jedes Raketengeschoß, das dort einschlug, war wie ein Messer zwischen seine eigenen Rippen. Die Allianz feuerte nicht mehr auf einen gefährlichen Gegner. Was als ehrenhaftes, wenn auch ungleiches Gefecht begonnen hatte, war zum Mord an hilflosen Männern und Frauen ausgeartet.

Die Maschine erreichte die Flotte der Allianz und feuerte alle Raketengeschosse ab, die noch in den halbleeren Magazinen waren. Der Verzweiflungsangriff überraschte die gegnerische Streitmacht. Drei Maschinen, die im Abdrehen waren, um die überlebenden Einheiten aus Neu-Philadelphia abzufangen, wurden zerstört. Die so entstandene Lücke ermöglichte es Sands, durchzuschlüpfen und zu entkommen. Die Ankunft der Restflotte Neu-Philadelphias beschäftigte die übrigen feindlichen Einheiten zu sehr, um an Verfolgung zu denken.

Sands schob den Steuerknüppel nach vorn und stieß im Sturzflug dem fallenden Bugteil des Luftschiffes nach. Obwohl die Maschine mit einer Druckkabine und Klimaanlage ausgestattet war, verspürte Sands nach den ersten Kilometern Höhenverlust Ohrenschmerzen.

Auch wurde es zusehends wärmer. Als sie den abstürzenden Bugteil einholten, hatte dieser bereits zwanzig Kilometer an Höhe verloren.

Der erste Angriff auf die *Delphi* hatte sich hauptsächlich gegen die gasgefüllte Hülle des Luftschiffes gerichtet, um den heißen Wasserstoff ausströmen zu lassen, der dem Schiff Auftrieb verlieh. Da die meisten Rettungsboote der *Delphi* außen an der gasgefüllten Hülle angebracht waren, hatte schon der erste Angriff zu ihrer Zerstörung geführt. Dennoch gab es die Möglichkeit, daß einzelne Besatzungsmitglieder noch ausstiegen. Sands ließ die Maschine in einer engen Abwärtsspirale um den fallenden Bugteil kreisen und hielt Ausschau nach den silbrigen Ballons von Überlebenden. Obwohl atmosphärische Temperatur und Druck weiter anstiegen, blieb Sands bei dem todgeweihten Flaggschiff.

»Mach schon, Dane! Steig aus!« stieß Sands durch die Zähne hervor, während er das Wrack des Luftschiffes und zugleich die Druckablesung beobachtete. Halley weinte leise. Das Universum schien sich zu verengen und alles außer dem abstürzenden Luftschiff auszuschließen, bis Ross Crandalls eiserne Stimme aus der Bordsprechanlage kam.

»Um Himmels willen, Lars, gib auf! Du wirst Dane nicht helfen, wenn du uns kochst.«

Lars blickte wieder zur Temperaturablesung. Dann zog er mit einem unterdrückten Schluchzen den Steuerknüppel zu sich her und ließ die Maschine in eine ebene Kreisbahn übergehen. Sie stiegen nicht, gingen aber auch nicht tiefer. Während der nächsten Minute beobachtete er schweigend das Wrack der *Delphi*, wie es tiefer und tiefer sank und schließlich im Wolkenboden des Nördlichen Gemäßigten Gürtels verschwand. So sehr er den Luftraum absuchte, nirgends war die silberne Kugel eines Rettungsballons zu sehen.

Er blickte zu Halley, die ihn anstarrte. Hinter den

glänzenden Tränen in ihren Augen war blankes Entsetzen. Auf einmal verspürte Sands eine Leere, wie er sie noch nie gekannt hatte.

»Es tut mir leid, Halley. Er ist tot.«

Seine Feststellung blieb ohne Antwort. Nur das Rauschen des Wasserstoffwindes am Rumpf der Maschine war zu hören.

2

Port Gregson

Die Alouette-Bar befand sich am äußeren Rand der Stützsäule von Port Gregson, jenseits der schützenden Einfriedung der Gashülle, mit Panoramafenstern, die den Abgrund überblickten. Früher einmal hatte es einen Balkon gegeben, auf den die Gäste hinaustreten konnten – selbstverständlich angemessen vermummt gegen die Kälte und mit einem Atemgerät. Bei den Trinkern war es der Brauch gewesen, sich über das hüfthohe Geländer zu beugen und in den Wind zu spucken. Der Balkon war geschlossen worden, nachdem ein Gast mit zuviel Energie gespuckt hatte und seinem Speichel beinahe in die dunstigen Tiefen gefolgt wäre.

In den vergangenen zwanzig Minuten hatte Larson Sands das Graphitgeländer durch das Panoramafenster beäugt und dabei gedacht, wie einfach es sein würde, seinen Problemen für immer ein Ende zu machen. Dazu brauchte er nur vom Tisch aufzustehen, beiläufig zur Wasserstoffschleuse zu gehen, den Sicherheitsriegel zu öffnen und durchzugehen. Dann blieben noch drei lange Schritte zum äußeren Rand der Stadt. Einmal über das Geländer, würde er zweitausend Kilometer leeren Himmels haben, die er im freien Fall durchmessen konnte, bevor er in die Wasserstoffsee eintauchte, die Dane verschlungen hatte. Ohne Atemgerät würde er bald erstickt sein, jedenfalls lange bevor Temperatur und Druck auf tödliche Werte anstiegen. Alles in allem keine schlechte Todesart.

»Noch einen, Lars?«

Die Frage seines Zechkumpanen riß ihn aus seinen

trüben Gedanken. Ross Crandall war für einen Söldner ein alter Mann. Von seinen fünfundvierzig Jahren hatte er gut die Hälfte als Söldner in verschiedenen Diensten zugebracht. In besseren Zeiten hatte er ein eigenes Flugzeug gehabt, es aber in einem lokalen Konflikt vor fünf Jahren verloren. Crandalls Zielsicherheit hatte die Bresche in die feindliche Formation geschlagen, durch die sie entkommen waren.

»Klar, Ross.«

Crandall winkte der Bedienung. Sie kam an den Tisch herübergeschlendert, durch ihre Kleidung, die wenig der Phantasie überließ, als eine typische Gregsonerin ausgewiesen. Wäre Lars in besserer Stimmung gewesen, hätte er wohl Interesse an den Reizen gezeigt, die sie so offen zur Schau trug. Wie die Dinge lagen, bestellte Crandall zwei weitere Scotch, während Lars gedankenverloren ins Leere starrte. Die Bar lag auf der Steuerbordseite der Stadt, was bedeutete, daß ihre Fenster nach Süden hinausgingen. Saturns Ring war als blasser Regenbogen matten weißen Lichts am königsblauen Himmel kaum zu sehen. In diesen Breiten erhob er sich nahezu ein Drittel zum Zenit. Die Sonne stand tief zur Rechten und warf dunkelnde Schatten über die Wolkenschluchten. In wenigen Minuten würde sie unter dem Horizont versinken, und die Erste Nacht würde anbrechen.

»Hör auf, dich zu quälen«, sagte Crandall. »Danes Tod war nicht deine Schuld.«

»Ich hätte es machen sollen«, stieß er hervor. »Verbindung mit der Flotte zu halten, wäre meine Aufgabe gewesen. Hätte ich sie erfüllt, wäre Dane nicht an Bord der *Delphi* gewesen, als sie abstürzte.«

»Nein, aber du würdest jetzt tot sein, und Dane und ich würden dieses Gespräch führen. Dane war ein Söldner, er wußte, was er tat. In unserer Branche kommen nun mal Leute ums Leben.«

»Aber, verdammt noch mal, sie hatten sich ergeben!«

Crandall nickte. »Und die Allianz schoß sie trotzdem ab. Es ist nicht allzu schwierig, ihre Motive nachzuempfinden, oder? Die meisten hohen Militärs von Neu-Philadelphia waren an Bord dieses Schiffes. Für die Allianz ist es besser, daß sie während der Assimilationsphase nicht da sind, um Probleme zu verursachen und Unruhe zu stiften. Dane war eben einer der armen Teufel, die das Pech hatten, auch an Bord zu sein, als die Allianz reinen Tisch machte.«

Sands antwortete nicht. Er sah die Logik in Crandalls Argumentation, aber gleichzeitig brannte er vor Zorn über die Ungerechtigkeit. Dies hinderte ihn nicht daran, sich zu erinnern, wie er immer über Leute gelacht hatte, die Krieg und Gerechtigkeit in einem Atemzug nannten.

Nach dem Absturz der *Delphi* war Sands der feindlichen Flotte ausgewichen, indem er Kurs auf die nächste Wolkenwand genommen hatte. Damit hatte er die gleiche Taktik angewandt, die von der Allianz für ihren Überfall gewählt worden war.

Sobald er aus dem Kampfgebiet entkommen war, hatte Sands in Port Gregson Sicherheit für sich und die Besatzung gesucht. Er hätte einen weiter von der Allianz entfernten Zufluchtsort vorgezogen, aber der lange Sturzflug in die dichte, heiße Atmosphäre nahe dem Boden des Flugwegs hatte zu einer Überhitzung des Reaktors geführt. Als sie wieder an Höhe gewonnen hatten, war Port Gregson eine von wenigen unabhängigen Städten in Reichweite der havarierten Maschine gewesen.

Port Gregson war eine Handelsstadt, die davon lebte, daß sie den sechstausend Kilometer breiten Nördlichen Gemäßigten Gürtel durchkreuzte und im Vorbeisegeln mit den anderen Städten Handel trieb. Bedingt durch die Notwendigkeit, gute Beziehungen zu allen zu unterhalten, verhielt sich die Stadt neutral in den verschiedenen Rivalitäten der nördlichen Hemisphäre und hatte eine Tradition, Besiegten und Flüchtlingen Zuflucht zu gewähren, solange sie für ihren Unterhalt aufkommen konnten. Sands hatte die letzten Mittel zusammengekratzt, um die Dock- und Hafengebühren zu bezahlen.

In den vergangenen zwei Wochen hatte er mit den Hafenbehörden Reparatur und Verproviantierung der *Sperber* vereinbart. Die Arbeiten waren nahezu abgeschlossen, und die Zahlung wurde fällig. Unglücklicherweise war Sands pleite. Wenn er Glück hatte, würden die Behörden von Port Gregson sich damit begnügen, ihn ins Gefängnis zu werfen, wenn sie die Wahrheit erführen. Andernfalls mochten sie beschließen, ihn über Bord gehen zu lassen. Auf Saturn war die Beseitigung lästiger Delinquenten eine Sache von größter Einfachheit.

»Sie sind Larson Sands?«

Sands blickte müde zum Sprecher auf. Sein erster Eindruck war der eines Eies. Als er den Mann genauer ins Auge faßte, sah er, daß der Fragesteller völlig kahl war und nicht einmal Augenbrauen hatte. Der Fremde war groß gewachsen und schien nicht aus Port Gregson zu sein. Seine Kleidung war dezent und teuer, desgleichen das goldene Armband, das er an einem Handgelenk trug. Eine Krawattennadel mit Brillantknopf zierte seinen Schlips. Der große Brillant, der aus der Zeit vor der Evakuierung der Erde stammen mußte, war von unschätzbarem Wert.

»Ja?« sagte Sands vorsichtig.

»Ich bin daran interessiert, Ihr Flugzeug zu chartern. Darf ich Sie beide zu einem Glas einladen, während wir darüber sprechen?«

»Klar«, antwortete Crandall für Sands. Die Erwähnung möglicher Einnahmen ernüchterte den alten Krieger rascher als eine kalte Dusche.

Der kahlköpfige Fremde setzte sich und zupfte umständlich die Lederhandschuhe von den Fingern. Luxusartikel, die für sich genommen Lars sein letztes Jahreseinkommen gekostet hätten.

»Dürften wir Ihren Namen erfahren?«

»Gewiß. Ich bin Micah Bolin.«

»Aus welcher Stadt?«

»Das tut im Augenblick nichts zur Sache. Sagen wir einfach, daß ich ein Bürger des Saturn bin.«

»Gut. Sie wünschen unsere Maschine zu chartern?«

»So ist es, wenn Ihnen dieser Air Shark Mark III gehört, der unten in der Landungsbucht liegt.«

»Das ist unsere Maschine.«

»Sehr schön«, sagte Bolin. »Welche Energieerzeugung?«

»Zwei Hundert-Megawatt-Antriebsreaktoren der Saturn Industries.«

»Reichweite?«

»Genug für zehn Umkreisungen des Planeten«, log Sands. Als sie neu war, hätte sie es mit Leichtigkeit geschafft. In ihrem gegenwärtigen Zustand würde einmal herum schon riskant sein.

»Bewaffnung?«

»Bis hundert Luft-Luft-Raketen mit gemischten Suchköpfen, volle Rundum-Feuerkontrolle und zwei schwere, in Drehkuppeln montierte Laser.«

»Ich nehme an, daß Sie gerade zwischen zwei Engagements sind«, sagte Bolin.

»Sie müßten sehr schlecht informiert sein, um das nicht zu wissen«, erwiderte Crandall.

»Ihr letzter Auftraggeber?«

»Neu-Philadelphia.«

»Ach ja. Die zum Scheitern verurteilte Verteidigung dieser armen törichten Städte«, sagte Bolin. »Ich dachte es mir. Tatsächlich war es die Niederlage Neu-Philadelphias, die mich anspornte, auf der Suche nach Söldnern hierher zu kommen. Ich rechnete mir aus, daß wenigstens ein paar von Ihnen zur Verproviantierung Port Gregson anfliegen würden.«

»Was für einen Auftrag haben Sie für uns?« fragte Lars.

»Der Auftrag ist vertraulich. Wenn Sie frei sind, würde ich ihn gern ausführlich besprechen. Wenn nicht, möchte ich Ihre und meine Zeit nicht vergeuden.«

»Wir werden uns immer anhören, was Sie vorzuschlagen haben, Mr. Bolin.«

»Ausgezeichnet.« Bolin griff in eine Innentasche, zog eine Karte aus echtem Karton hervor und schrieb eine Notiz auf die Rückseite. Er reichte sie Sands. »Bitte suchen Sie mich heute abend zur Zweiten Dämmerung unter dieser Anschrift auf. Dann werden wir Näheres besprechen.«

Sands blickte auf die Karte. Die angegebene Adresse war im Lagerhausviertel an der Unterseite der Stützsäule. Es war nicht die Nachbarschaft, in der er einen Mann erwartet hätte, der sich so gut kleidete wie Bolin.

»Wir werden uns einfinden.«

»Nicht ›wir‹, Kapitän. Ich möchte, daß Sie allein kommen. Was ich zu sagen habe, verlangt äußerste Diskretion.«

»Meine Besatzung wird zu jedem Abschluß, den wir machen, ihr Einverständnis geben müssen.«

»Ich verstehe das. Trotzdem muß ich darauf bestehen, daß wir unseren Handel unter dem Siegel der Verschwiegenheit besprechen. Sobald Sie wissen, von welcher Art der Auftrag ist, werden Sie die Notwendigkeit verstehen. Also bis heute abend?«

»Heute abend zur Dämmerung«, bestätigte Sands.

»Ausgezeichnet. Ich werde Sie erwarten.« Bolin stand auf und nickte ihnen zu, bevor er davonging. Die zwei sahen ihm nach. Sands wünschte, er hätte nicht so viel getrunken, er konnte nicht klar denken, wenn sein Kopf benebelt war, und klares Denken war im Moment am meisten vonnöten. Etwas an Bolin hatte nicht ganz echt geklungen. Doch in Anbetracht des gegenwärtigen Zustandes ihrer Finanzen konnten sie nicht wählerisch sein.

Als er den letzten Schluck Scotch hinunterstürzte, hoffte er, daß Bolin in Unkenntnis ihrer Misere sei.

Anders als die Erde, die größtenteils von der Sonne erwärmt wurde, bezog Saturn das meiste von seiner Wärme aus inneren Prozessen. Der vorherrschende Mechanismus war die Bildung von Heliumtröpfchen unter hohem Druck. Nach ihrer Bildung fielen sie als Heliumregen in die riesige Wasserstoffsee, die den Planeten mit einer Tiefe von mehreren tausend Kilometern bedeckte. Beim Absinken gaben die Heliumtröpfchen Wärme an die umgebende Atmosphäre ab, und in dem Maße, wie die untere Atmosphäre aufgeheizt wurde, stiegen mächtige Säulen erhitzten Wasserstoffs in die Stratosphäre auf. Diese aufsteigenden Gaswolken waren der Motor, der Konvektionszellen antrieb, welche Millionen von Quadratkilometern bedeckten. Nach ihrer Bildung wurden die Konvenktionszellen durch die schnelle Rotation des Planeten entlang den Breitengraden westwärts versetzt.

Die aufsteigenden Strömungen der Konvenktionszellen wurden Zonen genannt und zeichneten sich durch dichte Wolken und instabile Gasdynamik aus. Sie waren das Äquivalent der amboßförmigen Kumulonimbuswolken der Erde, aber in einem Maßstab, an den selbst das größte irdische Unwetter bei weitem nicht heranreichte. Aufsteigender Wasserstoff aus den Tiefen beförderte eine reiche Fracht von gelösten organischen Molekülen in die Stratosphäre. Verschiedene Moleküle kondensierten in verschiedenen Höhen aus und erzeugten eine vertikale Schichtung der Saturnwolken. Dunkelblaue Wolken aus Wasserdampf bildeten sich in einer Tiefe von fünfhundert Kilometern, braune Wolken aus Ammoniumhydrosulfid kondensierten hundert Kilometer höher aus. Noch höher bildeten sich Wolken aus reinweißen Kristallen von Ammoniakeis, die den Planeten in eine kilometerdicke weiße Decke hüllten. Die aufsteigenden Wasserstoffströmungen trugen eine Vielzahl von nicht kondensierungsfähigen Partikeln über diese Schicht hinaus in die Stratosphäre, wo sie den Höhendunst erzeugten, der die Umrisse des Planeten unscharf machte und seine Farben dämpfte.

Wenn die aufsteigende Gassäule ihre maximale Höhe erreichte, hatte sie alle überschüssige Wärme abgestrahlt, und die kalten Gasmoleküle verloren ihren Auftrieb und sanken im Norden und Süden wieder zurück, um die absteigenden Strömungen der Konvektionszelle zu bilden. Diese kalten, klaren Winde fegten alles vor sich her und erzeugten Schluchten transparenter Atmosphäre, die tief in die weißen Wolken einschnitten und die braunen und blauen unterliegenden Schichten enthüllten. Astronomen hatten die absteigenden Strömungen der Konvektionszellen schon vor langer Zeit ›Gürtel‹ genannt, weil sie ihnen durch ihre dunklere Farbe auffielen. Das alternierende Muster der breiten hellen Zonen und der schmalen dunklen Bänder bildete die charakteristischen Streifen des Saturn.

Als die Menschheit endlich erkannt hatte, daß die Erde nicht gerettet werden konnte, begannen die Wissenschaftler verzweifelt nach einem Zufluchtsort zu suchen. Mars war ein früher Kandidat; die Veränderung der Sonnenstrahlung würde den kalten vierten Planeten mit gemäßigten bis tropischen Temperaturen begünstigen. Aber die einst beträchtlichen Wassermengen des Mars waren längst im rostroten Boden verschwunden, und ihre Wiedergewinnung würde zu energieaufwendig sein. Der Planet konnte niemals eine Heimat für die obdachlosen Menschenmassen der Erde sein.

Eine Zeitlang schien es, als gäbe es keinen anderen Zufluchtsort. Die Sterne waren zu fern, und der Rest des Sonnensystems bot allgemein nur lebensfeindliche Bedingungen. Dann fiel jemandem ein, daß die Temperatur in bestimmten Tiefen der Saturnatmosphäre annähernd die gleiche war wie auf Erden. Die Verhältnisse innerhalb der Gürtel erwiesen sich als relativ günstig, und sobald das der Menschheit innewohnende Vorurteil zugunsten festen Bodens überwunden war, blieb die Erkenntnis, daß die obere Saturnatmosphäre alle wesentlichen Voraussetzungen für den Lebensunterhalt besaß. Die blauen Wolken enthielten mehr Wasser als in allen Ozeanen der Erde existierte, und mit Wasser war die Herstellung von Sauerstoff eine einfache Aufgabe. Die aufsteigenden Strömungen trugen eine reiche Ernte komplexer organischer Moleküle durch die Zonen aufwärts – Moleküle, die gesammelt und als Grundlage für alle Arten von synthetischen Materialien gebraucht werden konnten.

Die erste kleine Wolkenstadt, die den passenden Namen Hope erhielt, bewies, daß es möglich war, ein Gemeinwesen als schwebende Stadt zwischen den Wolken aufzuhängen. Das Beispiel fand bald eine Anzahl Nachahmer. Diejenigen, welche sich in den Flugwegen ansiedelten, lernten rasch, daß das Wetter ihre größte Bedrohung darstellte; eine Stadt, die in ein Niederschlagsgebiet geriet, wurde sehr bald auf eine Höhe hinuntergedrückt, wo die Temperatur ihre Bewohner in ihren Häusern briet. Manche Städte, die zu nahe an Stürme gerieten, machten die Erfahrung, daß ihre Gasballons von Hagelkörnern wie Felsblöcken durchlöchert wurden. Selbst in klarer Luft konnte eine Stadt von einer isolierten Sturmbö getroffen werden, die stark genug war, ihre Stützsäule zu zerbrechen.

Diesen Schwierigkeiten konnte nur durch die Vermeidung von Gebieten ungünstiger Wetterbedingungen begegnet werden. Die Wolkenstädte waren die empfindlichsten Flugkörper, die je von Menschen konstruiert worden waren. Da das Gewicht der vorrangige Faktor war, wurde jede Säule und jeder Träger so stark wie nötig, aber kein Jota stärker gebaut. Selbst die stabilste Stadt würde rasch auseinanderbrechen, wenn sie in die Störungszonen geriete. Nur in den klaren, abwärts gerichteten Luftströmungen der Konvektionszellen, im Innern von Wirbeln oder in bestimmten, sorgfältig kartierten Flugwegen waren die zerbrechlichen Blasen zwischen den turbulenten Wolken des Saturn sicher vor natürlichen Gefahren.

Kelt Dalishaar stand auf dem Balkon seiner Wohnung im Regierungsturm und überblickte seine Domäne. Es ging gegen die Erste Mitternacht, und die Kerbe stand beinahe im Zenit über der Stadt. Die Kerbe war jene Region des Saturnrings, die im planetarischen Schatten lag; ihre Position zeigte dem geübten Beobachter die genaue Uhrzeit an.

Die Saturnringe faszinierten Dalishaar immer wieder aufs Neue. Ihre komplizierte Struktur war bei Nacht sogar mit unbewaffnetem Auge sichtbar. Von einer der Wolkenstädte aus gesehen nahm sich der Ring wie eine alte Schallplatte aus. Mit einem kleinen Fernrohr war es möglich, die Faserstruktur des F-Ringes und die sogenannten Speichen auszumachen, die den Astronomen nach ihrer Entdeckung durch eine der frühen Raumsonden einiges Kopfzerbrechen bereitet hatten. Betrachtete man die vom Ring beherrschte Himmelshälfte, so konnte man leicht vergessen, daß die ganze imponierende Schaustellung aus Bändern von Staub- und Eispartikeln bestand, die nur wenige hundert Meter dick waren. Dalishaar erinnerte sich einer Reise zur südlichen Hemisphäre, die er vor vielen Jahren unternommen hatte. Als der suborbitale Transporter den Gipfelpunkt seiner Flugbahn erreicht hatte, war die Sonne von einem der scharfrandigen Ringe verdeckt worden. In einem unerhört eindrucksvollen Schauspiel waren ihre Strahlen in breiten Lichtbahnen durch die Lücken zu den benachbarten Ringen gedrungen und hatten einen weiten Lichtfächer gebildet. Es war ein Augenblick gewesen, der ihn stark beunruhigt hatte, eine Erinnerung, wie unbedeutend menschliche Wesen im Maßstab des Universums waren.

Dalishaar ließ seinen Blick hinab über den dunkelnden Horizont schweifen, wo der Ring hinter den Wolkenwänden des Nördlichen Gemäßigten Gürtels verschwand. So weit das Auge reichte, waren hier die Städte der Nördlichen Allianz aufgereiht. In zwei Wochen würden sie den Dardanellenzyklon passieren. Der Zyklon war ein gewaltiger Sturm, der in den Flugweg eindrang und ihn auf weniger als ein Viertel seiner normalen Breite von sechstausend Kilometern verengte. Da selbst die äußere Randzone des Zyklons Windgeschwindigkeiten entwickelte, die eine Wolkenstadt aus der Bahn fegen konnten, wurde immer ein weiter Abstand gewahrt. Während der Passage schwebten sie buchstäblich an der nördlichen Wolkenwand des Flugwegs entlang.

Das Ausweichmanöver nach Norden fand jedes Standardjahr ungefähr zur gleichen Zeit statt, wenn die rasche Wanderung der Allianz um den Saturn sie mit dem ebenso schnell ziehenden, tausend Jahre alten Sturm in Phase brachte. Wenn die fünfzig Städte der Allianz sich zu einer Reihe formierten, schlossen sie auch enger auf als während des übrigen Jahres. Der Anblick, der sich dann bot, erinnerte jeden daran, daß die Allianz von Jahr zu Jahr wuchs.

Kelt Dalishaar hatte oft gedacht, daß er in das falsche Jahrhundert geboren worden sei. Früher, bevor die Sonne gefährlich geworden war, hatte die Menschheit sich anscheinend zur Reife entwickelt. Die alten Staatenbildungen und ihre ungleiche Verteilung der Bodenschätze und natürlichen Ressourcen hatten allmählich einer übergreifenden internationalen Ordnung Platz gemacht. In einigen Jahrhunderten wäre die Menschheit vielleicht zum erstenmal in ihrer Geschichte wirklich geeint gewesen.

Die Entdeckung, daß die Sonne ihre Strahlungsintensität lebensgefährlich verstärkte, hatte den Prozeß eine Zeitlang beschleunigt. Mehr als hundert Jahre lang war es zu einer engen Zusammenarbeit von Wissenschaftlern aus aller Welt gekommen, um Mittel und

Wege zu finden, den Heimatplaneten zu schützen. Als dieses Ziel unerreichbar geblieben war, hatten sie an der Entwicklung der Wolkenstädte zusammengearbeitet, und die verschiedenen Nationen hatten gemeinsam die Evakuierung der Menschheit zu den oberen Bereichen der Saturnatmosphäre vorbereitet und ausgeführt. Die meisten hatten angenommen, daß die Zusammenarbeit fortdauern würde. Darin hatten sie sich geirrt.

Das Aufkommen der Wolkenstadt hatte einen Zerfall der menschlichen Sozialordnung mit sich gebracht. Auf Erden hatten die Menschen in den Sprach- und Kulturgemeinschaften der Nationen, in die sie hineingeboren waren, und den geographischen Räumen, in denen sich Tradition und Geschichtsbewußtsein ihrer Schicksalsgemeinschaften entwickelt hatten, den Rückhalt und die Geborgenheit der Heimat gefunden. Die frei fliegenden Städte des Saturn konnten demgegenüber gehen, wohin sie wollten. So war es für eine abtrünnige Stadt ein Leichtes, andere Bündnisse und Zusammenschlüsse zu suchen, wenn die Bewohner mit ihren Herrschern unglücklich waren. Und obwohl manche dies als eine Erweiterung der Freiheit begrüßten, sah Kelt Dalishaar darin den Weg in die Anarchie. Es war sein Ziel und das der Nördlichen Allianz, den Saturn eines Tages unter eine einheitliche politische Verwaltung zu bringen.

Dalishaars Blick ging von der Reihe der achteraus schwebenden Städte hinab zu den Lichtern von Cloudcroft selbst. Die Habitatbarriere war nahe genug über ihm, daß er die Wärmestrahlung vom großen Wasserstoffgasballon über ihm spüren konnte. Obwohl transparent und relativ wenig reflektierend, spiegelte die Barriere die am Rand der Stadt befindlichen Lichter. Diese Spiegelungen erzeugten eine Phantomreihe von Illuminationspunkten außerhalb des Stadtrandes, ein ›Barriereriff‹, wie Dalishaar die Illusion gern nannte.

Seine Aufmerksamkeit wurde auf eine Reihe stroboskopischer Lichter in weiter Ferne gelenkt, und er erkannte sie als die über den Rumpf verteilten Signallichter eines herannahenden Schiffes. Es mußte eines der großen Luftschiffe sein, die Gefangene aus Neu-Philadelphia brachten. Seine Miene verdüsterte sich, als er daran dachte, wie die Militaristen ihren Eroberungsplan in den Ratssitzungen der Allianz durchgepeitscht hatten. Der Rat hatte den Plan gegen Dalishaars Rat angenommen, und durch ihren Erfolg waren die Militaristen jetzt stärker denn je.

Wie alle Mitglieder des Rates glaubte Dalishaar an die Schicksalsbestimmung der Allianz, eines Tages über alle Wolkenstädte des Saturn zu herrschen. Dennoch empfand er die Ungeduld der Militaristen als kindisch. Verstanden die Dummköpfe nicht, daß es andere Wege zur Einigung gab als militärische Eroberung? Mit der Zeit wäre es gelungen, die Bewohner Neu-Philadelphias von den Vorteilen friedlicher Assimilation zu überzeugen. Und wenn sie ablehnend geblieben wären, gab es noch immer wirtschaftlichen und politischen Druck, der seine Wirkung nicht verfehlt hätte. Nach Lage der Dinge hatten die Militaristen ihren Willen bekommen und damit alle unabhängigen Städte auf Saturn wachsam und mißtrauisch gemacht. Dies war eine besonders ungünstige Zeit, um den betreffenden Städten vor Augen zu führen, daß sie in ihrer Mitte eine aggressive, expansionistische Macht hatten.

Wenn die verdammten Admirale nur gewartet hätten, bis ...

Dalishaar unterdrückte den Gedanken so rasch, wie er ihm in den Sinn gekommen war. Die Admirale wußten nichts von seinem besonderen Projekt, und dabei sollte es bleiben. Sie würden nichts erfahren, bis er seine eigene Position gefestigt und diese letzte Bedrohung seiner persönlichen Macht abgewehrt hätte. So sorgfältig ging er bei der Wahrung seines Geheimnisses zuwege, daß er nicht einmal sich selbst erlaubte, darüber nachzudenken. Auf die Weise glaubte er die Wahrscheinlichkeit zu vermindern, daß er im Schlaf etwas murmeln würde. Er hatte gute Gründe für seine Vorsicht. Nicht nur fand sich von Zeit zu Zeit immer wieder ein neues Abhörgerät in seinen Wohnräumen, sondern es stand auch mindestens eine seiner Geliebten im Sold der Militaristen.

3

Kimber

Port Gregson war eine typische Wolkenstadt. Den Auftrieb lieferte erhitzter Wasserstoff, der in einem Gasballon von zehn Kilometern Durchmesser festgehalten wurde. Eine leichte Stützsäule erstreckte sich als Grundstruktur unter dem Gasballon abwärts. Sie trug nicht nur die ringförmige Basis, auf der die Gebäude der Stadt verankert waren, sondern auch die Befestigungsringe der ultrastarken Gashülle um ihre untere Peripherie. Zehn Kilometer unter der eigentlichen Stadt trug die Stützsäule ein Kraftwerk, das mit Kernfusion betrieben wurde und wie der Korb an einem alten terrestrischen Ballon am unteren Ende der Stützsäule hing. Das Kraftwerk lieferte die Energie zur Erhitzung des Wasserstoffs in der Ballonhülle und erzeugte den Auftrieb, der Port Gregson und seine Bewohner auf der gewünschten Höhe in den Wolken hielt.

Von oben sah Port Gregson wie eine irdische Stadt eines früheren Jahrhunderts aus. Imponierende, aber leicht gebaute Häuser wechselten ab mit breiten Durchgangsstraßen und Grünflächen. Nur wenn man sich der Stadt von unten näherte, war es offensichtlich, daß ihr bewohnbares Volumen sich durch das offene Rahmenwerk der Stützsäule erstreckte. Gebäude standen nicht nur auf dem Deck, das die Stützsäule nach oben abschloß, sondern sie befanden sich auch in seinem Innern und hingen an Kabeln von seinen untersten Ebenen. Um die Stützsäule war eine Reihe von Portalen angeordnet, durch die Flugzeuge und kleinere Schiffe in die Stadt gelangen und sie verlassen konnten. Schließlich waren in der Stützsäule die großen Manövriermaschinen untergebracht, die es Port Gregson gestatteten, im Flugweg hin und her zu kreuzen.

Ein paar hundert Meter über dem oberen Deck überwölbte eine transparente Membrane die Stadt. Dies war die Habitatbarriere. In ihrem Innern unterhielten die Stadtwerke eine atembare Mischung von Sauerstoff und Helium. Da sowohl die Habitatbarriere wie auch der Gasballon transparent waren, hatten Bewohner, die durch die Straßen und Parks der Stadt schlenderten, die Illusion, unter dem blauen Himmel Saturns im Freien zu sein.

Wie die anderen Wolkenstädte, schwebte Port Gregson fünfhundert Kilometer tief in der Saturnatmosphäre. In dieser Ebene blieb die Temperatur nahe dem Gefrierpunkt des Wassers. Der atmosphärische Druck betrug das Zehnfache dessen, was er auf Erden ausgemacht hatte, aber die Saturnatmosphäre aus Wasserstoff und Helium nahm dem Wind viel von seiner Gewalt. Diese Kombination von hohem Druck, geringer Dichte und gemäßigter Temperatur war für eine Welt, die ihre Bahn anderthalb Milliarden Kilometer von der Sonne zog, überraschend erdähnlich.

Dies waren nicht die einzigen Umweltaspekte, die erdähnlich waren. Bei einer Gesamtdichte, die nur sechzig Prozent von der des Wassers betrug, und einem Durchmesser von 120 000 Kilometern, hatte der Saturn an den Polen eine Oberflächenschwere, die nur sechzehn Prozent größer als die der Erde war. Die hohe Umdrehungsgeschwindigkeit des Planeten verringerte die Anziehungskraft zusätzlich. In dem Maße, wie man dem Äquator näherkam, nahm die Zentrifugalkraft zu Lasten der Schwerkraft zu, bis diese etwas unter den Wert der Erde sank. Alles in allem eine angenehme Umgebung für die Flüchtlinge aus dem inneren Sonnensystem.

Der Saturntag war freilich unangenehm kurz. Der

Planet drehte sich alle zehn Stunden und vierzig Minuten einmal um seine Achse. Die Menschen hatten das Problem gelöst, indem sie einen Tagesrhythmus angenommen hatten, der zwei vollständige Umdrehungen des Planeten umfaßte. So war jeder Saturntag 21,3 Stunden lang und schloß zwei Sonnenauf- und -untergänge mit ein. Sie unterteilten den Tag in vier Perioden, die ungefähr mit Vormittag, Nachmittag, Abend und Nacht korrespondierten. In dem Bestreben, am Standardjahr festzuhalten, hatte man einen Kalender eingeführt, der 411 der kurzen Saturntage umfaßte. Das System war nicht vollkommen, aber es vereinfachte das Problem der Anpassung an eine fremde Welt. Die genaue zeitliche Orientierung würde überdies erschwert durch die unterschiedlichen Windgeschwindigkeiten, welche die Wolkenstädte um den Planeten trugen, und auch durch den Gang der ›Jahreszeiten‹, denn der Planet benötigte für eine Sonnenumkreisung 29,5 Standardjahre.

Larson Sands dachte an nichts von alledem, als er den Park vor dem Hotel, wo er und seine Leute Unterkunft gefunden hatten, durchwanderte. Die Schwereverhältnisse des Saturn und die Länge des Tages waren für ihn so natürlich wie das Atmen und die erhöhte Tonlage menschlicher Stimmen und anderer Geräusche, welche die Helium-Sauerstoff-Atmosphäre der Stadt durchdrangen. Er hatte Aufnahmen gehört, die modifiziert worden waren, um darzustellen, wie menschliche Stimmen in einer Stickstoff-Sauerstoff-Atmosphäre klangen. Die Frauen hatten sich alle wie Männer angehört, und die Männerstimmen waren so tief und brummig gewesen, daß ihn vor Mitgefühl die Kehle geschmerzt hatte.

Das Hotel war das Saturn Royal, das beste in Port Gregson. Wenn man bankrott war, dachte Sands, kam es darauf an, den Anschein zu wahren. Andernfalls mochten die Stadtbehörden sich fragen, ob Eigner und Besatzung der *Sperber* sich die Hafengebühren leisten konnten, die das Flugzeug unten in der Landebucht ansammelte. Das Geheimnis, dem Schuldgefängnis zu entgehen, lag in der Vorsorge, daß die Frage nicht nur nicht gestellt, sondern nicht einmal in Erwägung gezogen wurde.

Während er auf dem schwammigen, federnden Boden des Parks dahinschritt, vorbei an Bäumen, die im leichten, nährstoffhaltigen Schaum ihrer Pflanzstellen verwurzelt waren, beschäftigten sich Larsons Gedanken mit Micah Bolin und dem bevorstehenden Gespräch. Wenn überhaupt, hatte sich das unbehagliche Gefühl, das Sands in der Bar verspürt hatte, inzwischen mit seiner Ernüchterung noch verstärkt. Was immer Bolin von ihm wollte, war offensichtlich kein normaler Söldnerkontrakt. Diese wurden in Anwaltskanzleien abgeschlossen, mit Bonus-, Straf- und Nichterfüllungsklauseln, die beiden Seiten langatmig vorgelesen wurden. Diese verstohlene Zusammenkunft in Port Gregsons Industriebezirk roch nach etwas ganz anderem.

Larson erreichte einen Aufzug und drückte den Knopf. Wenige Augenblicke später sank er rasch zu den tieferen Ebenen der Stützsäule hinab. Als er den Aufzug verließ, fand er sich in einem Korridor tief im Herzen der Stadt. Dies war ein Lagerhausbezirk, wo Waren sortiert und gelagert wurden. Port Gregsons Status als Handelsstadt bedeutete, daß die Arbeit in den riesigen Lagerhäusern niemals aufhörte, aber da die Zweite Nacht eine Zeit war, in der die meisten Leute schliefen, fand Larson Sands den Korridor verlassen.

Nach kurzer Suche fand er die auf die Rückseite der Karte gekritzelte Anschrift. Der Treffpunkt war am Ende eines Seitenkorridors in einem Teil der Stadt, wo Büros und gewerbliche Räume über befristete Verträge vermietet wurden. Er klopfte kurz an die geschlossene Tür. Sie wurde einen Moment später geöffnet, und er sah sich einem abweisend blickenden Wächter gegenüber.

»Ich bin mit Mr. Bolin verabredet.«

Der Wachmann trat beiseite und machte eine einladende Handbewegung. Sands ging hinein und sah sich in einem großen Raum, dessen einziges Mobiliar aus einem Tisch, ein paar Stühlen und einer ramponierten automatischen Küche bestand. Auf der nächsthöheren Ebene ragte ein Büro in den weiten Raum, der offenbar als Lagerhalle gedient hatte. Hinter dem Bürofenster brannte Licht. Der Wächter führte Sands zu einer Treppe. Er erstieg sie rasch und hob die Hand, um zu klopfen, als Micah Bolin die Bürotür öffnete.

»Treten Sie ein, Sands. Willkommen.« Der Kahlköpfige streckte ihm die Hand hin und begrüßte Larson mit festem Händedruck. Bolin trug den gleichen teuren Anzug und die Accessoires, mit denen er Sands in der Alouette-Bar beeindruckt hatte. Dennoch ließ etwas an seiner Haltung und seinen Bewegungen erkennen, daß er sich in einer Uniform mehr zu Hause fühlte. Was als ein flüchtiger Gedanke begonnen hatte, wurde rasch zur Überzeugung, als Sands seinen potentiellen Auftraggeber zum Schreibtisch des Büros gehen sah. Bolin bewegte sich mit der straffen Haltung und dem militärischen Schritt eines Mannes, der zu befehlen gewohnt ist.

Die Einrichtung des Büros war beinahe so spartanisch wie die des äußeren Raums. Wer immer Bolin sein mochte, er hatte das Büro offensichtlich noch nicht lange in Benutzung und schien es auch nicht als ständigen Arbeitsplatz zu betrachten. Bolin bot ihm einen Platz vor dem zerkratzten Schreibtisch an, auf dem ein Datenanschluß stand.

»Kaffee?«

»Danke, ja.«

Bolin sprach ein paar Worte in das Kommunikationsgerät an seinem Handgelenk, und wenige Augenblicke später hörte Sands Schritte die Außentreppe heraufkommen. Die Tür wurde geöffnet, und ein dritter Mann erschien. Auch er hatte etwas Militärisches an sich. Der

Mann – eine Ordonnanz? – schenkte Kaffee aus einer Thermoskanne in zwei Plastiktassen, dann gab er eine Sands, der die Temperaturanzeige an der Seite der Tasse prüfte, um sich zu vergewissern, daß er sich nicht verbrühen würde, bevor er davon trank. Es war eine rein mechanische, gewohnheitsmäßige Vorsichtsmaßnahme. Beim atmosphärischen Druck, unter dem die Saturnbewohner lebten, kochte Wasser erst bei 180 Grad Celsius.

Micah Bolin nahm die zweite Tasse aus der Hand des Mannes und stellte sie vor sich auf den Schreibtisch. Dann wartete er, bis die Ordonnanz gegangen war, und musterte Sands mit durchbohrendem Blick.

»Wo sind Sie geboren, Sands?« fragte er ohne Vorrede, als die Tür sich geschlossen hatte.

»Sorrell Drei.«

»Das ist im Südäquatorialen Gürtel, nicht wahr?«

Sands nickte. »So ist es heute. Wir begannen im Südlichen Gemäßigten Gürtel. Als ich zehn war, wurde die Stadt nordwärts zum Äquator verlegt. Mein Vater zahlt noch immer für die Neuveranlagung.«

»Eine landwirtschaftliche Stadt, nicht wahr?«

»Wir bauten Trauben an und kelterten Wein daraus.«

»Ach ja. Ich trank mal ein Glas Sorrell-Champagner. Recht gut, wie ich mich erinnere. Wie kam der Sohn eines Winzers dazu, ein Söldner zu werden?«

Sands zuckte die Achseln. »Ich wollte nicht in die Landwirtschaft. Aber Sie benachteiligen mich, Mr. Bolin. Außer Ihrem Namen haben Sie mir kaum etwas gesagt. Wen vertreten Sie?«

»Das ist vertraulich.«

»Ich werde nicht blind arbeiten.«

»Das werden Sie nicht müssen. Aber Sie werden den Namen erst erfahren, wenn ich bereit bin, mich Ihnen anzuvertrauen.«

»Ich kann ein Geheimnis wahren«, erwiderte Sands. »Ein Söldner, der den Mund nicht halten kann, soweit es seine Klienten betrifft, entdeckt sehr bald, daß er keine hat.«

»Das gleiche gilt für Leute in meinem Beruf«, sagte Bolin.

»Dann vertreten Sie nicht Ihre eigene Stadt?«

»Nein, natürlich nicht. Ich bin wie Sie selbständig. Ich wurde von meinen Auftraggebern ersucht, jemand zu finden, der eine Operation für sie ausführen kann.«

»Was für eine Operation?«

»Einen Überfall. Obwohl es wie ein gewöhnlicher Zugriff auf Vermögenswerte und Ressourcen aussehen soll, besteht der Hauptzweck darin, politischen Druck auszuüben.«

»Ein Überfall auf welche Stadt?«

Bolin lächelte. Der Ausdruck machte ihn nicht sympathischer. »Auch diese Information werden Sie später erhalten. Zuerst muß ich wissen, ob Sie der richtige Mann für die Operation sind.«

»Sie scheinen bereits eine Menge über mich gelernt zu haben. Was müssen Sie noch wissen?«

»Ich habe bloß ein paar Fakten gesammelt. Nun muß ich wissen, was für ein Mann Sie sind.« Bolin blickte auf den Schreibtisch und bediente den Datenanschluß. Ein leises Piepen ertönte, und als ein leuchtender Text über den Bildschirm wanderte, begann Bolin laut vorzulesen: »Larson Clarke Sands. Alter zweiunddreißig. Wie Sie sagten, der Sohn eines wohlhabenden Winzers und Kaufmanns in Sorrell Drei. Sie besuchten kurze Zeit die aeronautische Schule in Neuva Rhoelm, verließen sie aber nach einer Auseinandersetzung mit einem anderen Studenten. Sie kehrten nach Haus zurück, versuchten im Familiengeschäft zu arbeiten und schlossen sich dann einer Söldnermannschaft unter Jacques Le Vecque an. Sie nahmen auf der Seite der Sieger am Gefecht von Cusp teil. Ihren Gewinnanteil investierten Sie in eine eigene Maschine. Sie kehrten kurz in die Heimat zurück, um Ihren jüngeren Bruder zu rekrutieren. Im Laufe der letzten fünf Jahre dienten Sie beide einer Anzahl von Städten. Ihr Bruder kam vor zwei Wochen während der Auseinandersetzung zwischen Neu-Philadelphia und der Nördlichen Allianz ums Leben, und seitdem haben Sie seinen Verlust betrauert.«

»Sie sind nicht nach Port Gregson gekommen, um irgendeinen Söldner zu finden«, sagte Sands mit wachsender Ungeduld. »Warum haben Sie sich an mich gewandt?«

»Sie scheinen mir für die bevorstehende Aufgabe besonders geeignet. Sagen Sie mir, warum haben Sie für Neu-Philadelphia gearbeitet? Sicherlich muß Ihnen klar gewesen sein, daß die Delphier der Allianz nicht viel entgegenzusetzen hatten.«

Sands zuckte die Achseln. »Wir erwarteten nicht, daß die Streitigkeiten zu einem offenen Konflikt führen würden. Wir dachten, eine gute Schaustellung militärischer Macht würde ausreichen, um die Allianz von möglichen Annektionsplänen abzubringen. Wie sich zeigte, befanden wir uns im Irrtum. Die Allianz hatte es darauf abgesehen, eine weitere hilflose Stadt zu annektieren, und nichts, was wir hätten tun können, würde sie daran gehindert haben.«

»Dann halten Sie die Allianz für imperialistisch?«

»Wer es nicht tut, ist ein Dummkopf.«

»Wie würde Ihnen eine Gelegenheit gefallen, den Tod Ihres Bruders zu rächen?«

Plötzlich saß Sands aufrecht. Adrenalin durchpulste seine Adern. In den vergangenen zwei Wochen hatte er kaum an etwas anderes gedacht. Trotz seiner Reaktion antwortete er aber mit Vorsicht. »Wie sollte ich das zuwege bringen?«

»Die Allianz setzt meine Auftraggeber unter Druck, sich ihr anzuschließen. Darum liegt ihnen daran, die Aufmerksamkeit der Allianz abzulenken.«

»Durch einen Überfall?«

Bolin nickte.

»Woran haben Ihre Auftraggeber gedacht? An die Kaperung eines Frachters?«

In Bolins Augen blitzte etwas wie eine innere Leidenschaftlichkeit auf. Nach kurzem Zögern sagte er: »Keine so unbedeutende Operation. Das Ziel soll Cloudcroft sein, die Hauptstadt der Allianz!«

Kimber Crawford saß im Aufenthaltsraum des Schiffes und sah die tiefe Schlucht des Nördlichen Gemäßigten Gürtels vorübergleiten. Kimber war dunkelhaarig, mit einem herzförmigen Gesicht, in dem sich die besten Züge mehrerer ihrer gemischt rassischen Vorfahren vereinigten. Wie die meisten Titanier, war sie überdurchschnittlich groß. Titan war vornehmlich von Menschen lunarer Herkunft besiedelt worden, die Saturns Schwerkraft als drückend empfunden hatten. Obgleich fünfzig Prozent größer als der Erdmond, hatte Titan eine geringere Dichte, die ihm ein annähernd identisches Schwerefeld verlieh. Und wie die Menschheit früh im 21. Jahrhundert gelernt hatte, wirkte sich verringerte Schwerkraft bei Kindern zugunsten des Längenwachstums aus.

Fünf Stunden waren vergangen, seit der von Titan kommende Frachter unter den Ring geschlüpft war, um in die mächtige Hülle aus Wasserstoff und Helium einzudringen, die Saturns Atmosphäre ausmachte. Viermal tauchte das Schiff in die äußere Atmosphäre ein, um sich jedesmal wieder aus ihr zu lösen, und jedesmal verlor der Frachter einen Teil seiner Orbitalgeschwindigkeit von dreiundzwanzig Kilometern pro Sekunde. Nach drei Stunden, die so zwischen Atmosphäre und Vakuum verbracht wurden, ging der Frachter zum letztenmal tiefer und nahm Kurs auf die ferne Wolkendecke. Trotz seiner stark verringerten Geschwindigkeit war er durch die Reibungswärme bald in die Glut überhitzten Plasmas gehüllt, die in der Saturnnacht weithin leuchtete.

Der Eintritt in die Atmosphäre war für ein aus dem Vakuum kommendes Schiff der gefährlichste Teil der Reise. War der Eintrittswinkel zu steil, konnten die Tragflächen unter dem Widerstand der Atmosphäre abbrechen, und der Rumpf würde steuerlos in die Tiefe stürzen, dem ungesehenen Meer aus flüssigem Wasserstoff entgegen. Kimber konnte sich keinen schrecklicheren Tod vorstellen, als angeschnallt in einem Beschleunigungssitz zu liegen und darauf zu warten, daß sie gekocht und zermalmt würde.

Nun, da diese Gefahr vorüber war, atmete sie auf. Der Frachter hatte den Übergang vom Raumschiff zum fusionsgetriebenen Flugzeug erfolgreich hinter sich gebracht und Kurs auf Cloudcroft genommen. Draußen war es Zweite Nacht, und in der Ferne konnte Kimber bereits die mattschimmernde Perlenkette ausmachen. Eine Stunde später fühlte sie die Veränderung der Triebwerksgeräusche mehr als daß sie sie hörte, als der Kapitän die Energie für den Landeanflug drosselte, und die Veränderung bewirkte einen Stimmungsumschwung in ihr. Um ihre Gedanken von der vor ihr liegenden schwierigen Aufgabe abzulenken, hatte sie ihre Aufmerksamkeit nach außen gerichtet; nun, da sie sich ihrem Ziel näherte, ließ sie sich nochmals die Ansprache durch den Kopf gehen, die sie bei der Ankunft in Cloudcrofts Landebucht zur Begrüßung halten würde. Dies war ihre erste diplomatische Mission, und ihr lag sehr daran, daß sie ein Erfolg würde.

Weil Saturns felsiger Kern von mehreren tausend Kilometern überhitzten flüssigen Wasserstoffs unter enormem Druck bedeckt war, waren die Bodenschätze des Planeten unerreichbar. Aus diesem Grund waren die Menschen der Wolkenstädte von den Saturnmonden abhängig, wenn sie ihren Bedarf an Metallen und einer Anzahl wichtiger anorganischer Stoffe decken wollten. Es gab Bergbaukolonien auf Dione, Rhea und Titan. Die Bergwerke auf Titan waren die größten und produktivsten und machten die Kolonisten von Titan zu einer Macht, mit der gerechnet werden mußte.

Envon Crawford, Kimbers Vater, war der Verwalter von Titan. Crawford hatte diese Position seit annähernd zwanzig Jahren inne und hoffte, daß seine Tochter ihm eines Tages im Amt nachfolgen würde. Zu diesem Zweck hatte er Kimbers Erziehung und Ausbildung frühzeitig gelenkt. Als sie alt genug gewesen war, hatte er sie nach Oxford-in-den-Wolken geschickt, der angesehensten Universität von Saturn. Vier Jahre harter Arbeit hatten ihr einen Magistertitel in Volkswirtschaft eingetragen. Sie hatte sich vorgenommen, auch den Doktortitel zu erwerben, war aber heimgerufen worden, als ihre Mutter vor zwei Jahren erkrankt war. Seither hatte sie an der Seite ihres Vaters bei offiziellen Anlässen als Gastgeberin gewirkt, und nach dem Tod ihrer Mutter neben ihren Repräsentationspflichten weitere Aufgaben übernommen. Zu ihrer Überraschung hatte sie ein Talent für das Geben und Nehmen der Diplomatie entdeckt. Um ihr das Sammeln praktischer Erfahrungen zu ermöglichen, hatte ihr Vater sie beauftragt, die diesjährige Handelsmission zu leiten, deren Zweck das Aushandeln der Kupferpreise mit den bedeutendsten Kunden der Kolonie war. Der erste Besuch der Handelsdelegation galt der Nördlichen Allianz.

»Wir beginnen mit dem Landeanflug, Miss Crawford«, sagte eine Stimme hinter ihr. »Kapitän Nyquist sagt, Sie könnten die Annäherung aus der Pilotenkanzel beobachten, wenn Sie es wünschen.«

»Das würde mir sehr gefallen, Mr. Miles«, sagte sie dem grauhaarigen Bordingenieur, der für sie die Rolle eines Stewards übernommen hatte.

Der Pilot des Frachters blickte über die Schulter, als sie die verdunkelte Kanzel betrat. Der Saturnring war ein breiter Bogen zu ihrer Linken, und Cloudcroft hing wie eine leuchtende Perle unmittelbar voraus. Weit entfernt in der Nacht konnte sie das Wetterleuchten der atmosphärischen Entladungen sehen, das die Grenze des Flugwegs markierte. Die geschichteten Strömungen des Flugwegs endeten abrupt an der Wolkenwand. Jede Stadt, die diese Grenze überschritt, lief Gefahr, innerhalb weniger Minuten zerrissen zu werden. Selbst wenn sie überlebte, würde der erste Regensturm, in den sie geriet, eine so starke Belastung mit Kondensation mit sich bringen, daß sie ihren Auftrieb verlieren und in die Tiefe sinken würde.

Als das Schiff sich dem beleuchteten Ballon näherte, der ihr Ziel war, konnten sie ein dünnes dunkles Band ausmachen, das seinen unteren Rand umgab. Dies war die Außenkante der Stützsäule. Blinklichter markierten die Öffnungen, wo Schiffe aufgenommen werden konnten. Der Frachter legte sich in eine Kurve und verlangsamte zu einer Geschwindigkeit, die den kurzen Tragflächen nicht mehr erlaubte, das Gewicht zu halten. Die Tonhöhe der Triebwerke änderte sich abermals, als die Stütztriebwerke am Boden des Schiffes eingeschaltet wurden. Der Frachter verlangsamte weiter.

»Flugüberwachung Cloudcroft, hier spricht *Gotham* von Titania. Wir sind in Ihrer äußeren Annäherungszone und bitten um Einweisung.«

»Wir haben Sie auf unseren Bildschirmen, *Gotham*. Schalten Sie Ihre Steuerung auf Autopilot.«

»Autopilot eingeschaltet.«

»Verstanden, *Gotham*. Sie werden in Landebucht Nummer Sechs eintreffen. Halten Sie sich bereit.«

Der Pilot lehnte sich in seinem Sitz zurück und überließ das Weitere dem Autopiloten und seiner Fernsteuerung durch die Signale der Landekontrolle. Der Frachter glitt langsam vorwärts. Die Stadt wuchs, bis sie das Gesichtsfeld ausfüllte. Kimber sah die Landeluke größer werden, bis sie alles andere verdrängte. Dann setzten sie mit einem kaum wahrnehmbaren Stoß auf den Sims, der von der höhlenartigen Öffnung der Landebucht nach außen vorsprang. Ein paar Sekunden später hängten mechanische Arme eine Trosse am Schiffsbug ein, und sie wurden in die riesige Schiffsschleuse gezogen.

Durch die Schleuse gelangten sie in eine nicht minder große Landebucht, die von Flutlichtlampen taghell beleuchtet war. Eine Anzahl Würdenträger begann draußen Aufstellung zu nehmen, als Kimber von ihrem Sitz aufstand. Sie holte tief Luft und ging nach achtern zur Schleuse. Der Augenblick der Wahrheit war gekommen.

4

Unter Druck

»Cloudcroft überfallen? Sind Sie von Sinnen?«

Bolin lehnte sich im Stuhl zurück und betrachtete Sands über die zusammengelegten Fingerspitzen hinweg. »Ich glaube das nicht. Wollen Sie damit sagen, daß es nicht zu machen ist?«

»Ich sage, daß nur ein Dummkopf den Versuch machen würde! Die Flotte der Allianz ist die stärkste im Nördlichen Gemäßigten Gürtel. Glauben Sie mir, ich sollte es wissen! Wenn wir ohne Landeerlaubnis näher als hundert Kilometer herankommen, würden sie uns vom Himmel fegen.«

»Angenommen, es ließe sich ein Weg durch die Patrouillen und Sensornetze finden? Angenommen, Sie könnten unbemerkt auf Cloudcroft landen?«

»Dann könnten wir mit einiger Beute davonkommen. Aber es ist trotzdem eine schlechte Idee.«

»Warum?«

»Sehen Sie, Mr. Bolin«, sagte Sands, »ein erfolgreicher Söldner braucht mehr als eine schnelle Maschine und eine Mannschaft, die bereit ist, ihr Leben zu riskieren. Plünderer, die im Bett sterben wollen, lernen ihre Ziele mit der gleichen Sorgfalt auszuwählen, die sie dem genetischen Make-up ihrer Kinder angedeihen lassen. Zuerst kommt es darauf an, das richtige Opfer zu finden. Man braucht eine Stadt, die genug Reichtum angesammelt hat, um das Risiko zu rechtfertigen, aber nicht soviel, daß sie große Mittel für eine Vergeltung aufwenden kann. Einmal überfallen, verstärken die meisten Städte lieber ihre Verteidigung für künftige Fälle, als daß sie die Mittel für eine Strafexpedition bereitstellen. Die Nördliche Allianz sieht das anders. Wenn wir erfolgreich sind, wird es für mich und meine Mannschaft kein Entkommen geben. Sie würden uns bis Alpha Centauri verfolgen, wenn es sein müßte. Und sobald sie uns gefangen hätten, würden sie uns den Namen unseres Auftraggebers entreißen und anschließend eine Flotte entsenden, um ihn zu bestrafen.«

»Und wenn wir Sie und Ihre Leute in Sicherheit bringen können?«

»In Cloudcroft werden sie trotzdem ihren Verdacht haben.«

»Damit müssen Sie rechnen«, sagte Bolin. »Tatsächlich rechnen wir damit. Aber ohne Beweise wird ihr Verdacht ungezielt sein. Er wird die Führer der Allianz zu Frustration und paranoidem Mißtrauen verleiten. Sie werden jeden verdächtigen und eine Untersuchung veranstalten. Das wird ihre Aufmerksamkeit sehr lange in Anspruch nehmen und dadurch den Druck von meinen Klienten nehmen.«

»Das hoffen Sie«, erwiderte Lars.

»Glauben Sie mir, Sands, wir haben dieses Unternehmen mit größter Sorgfalt geplant. Die Operation ist weitaus subtiler als es auf den ersten Blick erscheinen mag. Durch den Überfall auf Cloudcroft werden wir eine bestehende Spaltung in der Führung der Allianz ausnutzen. Die Krise um Neu-Philadelphia wurde von den Militaristen im Rat der Allianz ausgelöst. Kelt Dalishaar, der Ratsvorsitzende, stellte sich in der Sache gegen sie. Er ist ein Akkreszenzionist, der daran glaubt, daß dem Ziel weltweiter Hegemonie besser durch Subversion und den Einsatz politischer und wirtschaftlicher Druckmittel gedient sei. Der offensichtliche Erfolg der Militaristen hat sein Prestige beschädigt. Darum steht er hinter dem Bemühen, meine Klienten durch Druck zum Eintritt in die Allianz zu nötigen. Er versucht seine Position im Rat wiederherzustellen und zu festigen.

Mit dem Überfall auf Cloudcroft haben wir die Gelegenheit, beide Fraktionen in Schwierigkeiten zu bringen. Der regierende Rat hält die Städte der Allianz für unverwundbar. Wir werden beweisen, daß er sich irrt. Wenn wir erfolgreich sind, wird sich der Rat wahrscheinlich durch gegenseitige Beschuldigungen lähmen, wenn der Fall nicht zu seiner Auflösung führt. Zumindest hoffen wir, die Führung der Militaristen zu stürzen. Mit etwas Glück können wir auch der Fraktion, die der Allianz eine von Gott oder dem Schicksal gewollte Weltherrschaft andichtet, einen entscheidenden Schlag versetzen.«

»Es bleibt immer noch das Problem, meine Identität und die meiner Leute geheimzuhalten«, sagte Sands.

»Sie werden natürlich von Kopf bis Fuß maskiert sein.«

»Und mein Flugzeug?«

»Das werden wir auch tarnen. Der Umstand, daß Sie einen Air Shark fliegen, ist einer der Gründe, daß ich Sie gewählt habe. Der Typ wird von den Marinen vieler Städte geflogen. Wir werden den Anschein erwecken, daß Ihre Maschine eine von diesen ist, die als Freibeuter getarnt wurde. Ich habe auch Vorbereitungen getroffen, daß eine der südlichen Städte Sie unter Vertrag nimmt. Soweit die Unterlagen verraten werden, waren Sie zur Zeit des Überfalls hunderttausend Kilometer von Cloudcroft entfernt.«

»Erzählen Sie mir, wie Sie sich die unentdeckte Annäherung an Cloudcroft vorstellen.«

Bolin nickte und gab seinem Datenanschluß eine Instruktion ein. Mit Hilfe einer graphischen Darstellung führte er im einzelnen aus, wie man in die Hauptstadt einer der mächtigsten Nationen Saturns gelangen könnte, ohne entdeckt zu werden. Trotz seiner Skepsis mußte Sands zugeben, daß der Plan ausführbar sein mochte. Er hatte den Vorteil, sowohl einfach wie auch klug ausgedacht zu sein, wenn auch vielleicht zu ausgeklügelt. Als Bolin geendet hatte, schüttelte Sands den Kopf.

»Tut mir leid, aber Sie werden jemand anders suchen müssen. Ich werde mein Leben und das meiner Besatzung nicht in solch einem Unternehmen riskieren.«

»Sie haben nicht nach Ihrem Honorar gefragt.«

»Was immer Sie zahlen, würde nicht genug sein.«

Bolin fuhr fort, als hätte er nicht gehört. »Außer Ihrer eigenen Maschine werden drei große Frachter an dem Überfall teilnehmen. Ihr Honorar wird die Hälfte der gesamten Beute betragen.«

Sands stutzte. Das Angebot war beispiellos in seiner Großzügigkeit. Die übliche Rate betrug zehn Prozent. Trotzdem war er nicht versucht und sagte es Bolin.

»Es ist nicht genug?«

»Man muß am Leben sein, um sich seines Reichtums zu erfreuen.«

»Das ist sicherlich richtig«, sagte Bolin. Er seufzte schwer. »Nun, ich habe es versucht. Ich muß Sie bitten, daß Sie mit niemandem darüber sprechen, nicht einmal mit Ihrer Besatzung.«

Sands lachte. »Ihr Geheimnis ist sicher. Glauben Sie mir, ich wünsche Ihnen alles Gute. Wenn Ihnen die Ausführung des Planes gelingt, werden die Scheißkerle für ihren Mord an Dane bezahlen. Ich glaube nur nicht, daß Sie eine nennenswerte Chance haben.«

Bolin stand auf und streckte die Hand aus. »Mit Ihnen würde sie größer sein als ohne Sie.«

Sands nahm die dargebotene Hand. »Es erfordert nicht viel, um Null zu verbessern.«

Er war auf halbem Weg zur Tür, als Bolin wieder das Wort ergriff. »Ich war überrascht, daß Sie sich nach dem Debakel mit Neu-Philadelphia das Saturn Royal und die Gebühren Port Gregsons leisten konnten. Freibeuter, die auf der Verliererseite sind, werden nicht oft bezahlt. Sie müssen außerordentlich glücklich gewesen sein!«

»Wir haben genug Ersparnisse, um uns über Wasser

zu halten«, log Sands. Trotz seiner Bemühungen schlichen sich Obertöne der Verteidigung und Rechtfertigung in seine Stimme ein.

»Dann sollten Sie keine Schwierigkeiten haben, die Behörden von Ihrer Kreditwürdigkeit zu überzeugen, sollten sie fragen.«

»Was wollen Sie damit sagen?«

»Nur daß ich, sollten Sie mein Angebot annehmen, Ihnen vorschießen werde, was erforderlich ist, um Ihre Rechnungen hier zu begleichen. Eine solche Zahlung würde natürlich zusätzlich zu der Gebühr erfolgen, die ich Ihnen bereits geboten habe.«

Sands seufzte und kehrte an seinen Platz zurück. »Was bringt Sie zu der Annahme, daß ich jetzt nicht ja sagen und mich dann weigern werde, den Plan auszuführen, sobald wir auf und davon sind?«

Bolin tippte mit der Fingerspitze auf seinen Datenanschluß. »Unter anderem jene, die Sie kennen und sagen, daß Sie vertrauenswürdig sind. Ich bin bereit, mich auf die gute Meinung zu verlassen, die diese Leute von Ihnen haben.«

Kimber Crawford saß vor ihrem Spiegel und vervollständigte ihr Make-up für den Abend. Sie war seit drei Tagen in Cloudcroft und begann daran zu zweifeln, ob es ihr gelingen würde, das neue Handelsabkommen abzuschließen. Bisher hatten alle Gespräche zwischen ihren Fachleuten und den Beamten des Ministeriums für Rohstoffe der Allianz stattgefunden. Am Abend würde sie mit dem Ratsvorsitzenden an einem Bankett teilnehmen, das ihr zu Ehren gegeben wurde. Sie sah darin eine letzte und die vielleicht einzige Gelegenheit, die strittigen Punkte auf höherer Ebene zu klären und die festgefahrenen Verhandlungen zur Zufriedenheit abzuschließen.

Sie hatte ihre Waffen für den Abend mit Sorgfalt gewählt. Ihr Kleid war von einem Schnitt, der kurz vor der Evakuierung auf der Erde Mode gewesen war. Der Stoff bestand aus einem schwarzen Spitzengewebe, das mehr enthüllte als es verbarg. Sie hatte das Haar aufgesteckt, um ihre Größe zu betonen, und hielt es mit einer eingeflochtenen kupfernen Schmuckkette fest. Auch ihr übriger Schmuck bestand aus gehämmertem Kupfer mit Türkiseinlagen, das Werk eines Kunsthandwerkers der Navajo-Indianer.

Sie hatte sich gerade parfümiert, als die Türglocke läutete. Sie stand auf und durchquerte den Raum zur Tür. Draußen stand Ganther Bartlett, der engste Vertraute ihres Vaters und ihr Stellvertreter in den Verhandlungen.

»Kommen Sie herein, Ganth«, sagte sie mit einer einladenden Gebärde.

»Sie sind heute abend besonders schön, Kim«, sagte der alte Mann. Er trat ein und schloß die Tür hinter sich.

»Sind die anderen bereit?«

»Alle haben sich in Schale geworfen. Sie werden in fünfzehn Minuten zum Bankett gehen. Da Sie der Ehrengast sind, können wir ein wenig länger warten.«

Bartlett ging mit schleppenden Schritten zu einem Sessel und ließ sich seufzend hineinfallen. Er war mit einem krummen Rücken behaftet, der seine Bewegungen unsicher und tastend machte. »Haben Sie immer noch Schwierigkeiten mit dem Rücken?«

Er nickte. »Es ist die verdammte Schwerkraft. Ich hätte diese Sache einem meiner Assistenten übergeben sollen.«

»Warum haben Sie es nicht getan?«

Er lächelte. »Ich bin eben ein altes Schlachtroß, das einmal zu oft munter wurde, als es die Trompetensignale vernahm.«

»Ich glaube, Sie wurden von meinem Vater abkommandiert, mich im Auge zu behalten.«

»Ich hätte nein sagen können.«

»Das frage ich mich«, erwiderte Kimber.

»Wenn ich darüber spreche, wird der Schmerz nur größer. Wie wär's, wenn wir meine Gedanken davon ablenken würden, indem wir ein paar Dinge besprechen?«

»Selbstverständlich«, erwiderte sie. Sie kehrte zu dem kleinen Hocker vor ihrem Frisierspiegel zurück. Dort konnte sie sich mit ihrem Make-up beschäftigen und Ganth über ihrer Schulter im Spiegel sehen. »Wie steht es mit diesem neuen Angebot, das sie ankündigten? Haben Sie etwas in Erfahrung bringen können?«

Er schüttelte den Kopf. »Nur das gleiche in neuer Verkleidung. Anscheinend will Dalishaar das Thema heute abend beim Bankett anschneiden. Matlin deutete wieder einmal an, daß wir von ihrem Angebot sehr beeindruckt sein werden. Aber er will nicht näher darauf eingehen.«

»Was haben sie nach Ihrer Meinung vor?«

»Schwer zu sagen«, antwortete Bartlett vorsichtig. Gleichzeitig zeigte er auf seine Ohren und dann zu den umgebenden Wänden. Es war wenigstens das zehnte Mal, daß er sie seit ihrer Ankunft vor Abhörgeräten gewarnt hatte.

»Nun, vielleicht werden wir heute abend mehr erfahren.«

»Vielleicht«, stimmte er zu.

Die nächste Viertelstunde verbrachten sie mit der Erörterung anderer Verhandlungspunkte. Ihre Bemerkungen waren auf die Erwartungen möglicher stummer Zuhörer zugeschnitten und standen häufig im Gegensatz zu ihren wirklichen Positionen. Als es Zeit zum Aufbruch war, verkündete Bartlett diesen Umstand unüberhörbar, dann mühte er sich mit schmerzlich verzogenem Gesicht auf die Beine und bot Kimber den Arm.

Zu zweit gingen sie zu der U-Bahnstation, die nur wenige hundert Meter von Kimbers Gästewohnung entfernt war. Die Wohnung lag in einem wohlhabenden

Stadtviertel nahe dem äußeren Rand und nicht weit vom Liegeplatz ihres Schiffes. Ihr Ziel war das Regierungsgebäude, etwa fünf Kilometer entfernt im Stadtzentrum. Sie bestiegen den kleinen Röhrenwagen, der sie erwartete. Kimber stützte Ganth bei dem beschwerlichen Schritt hinunter ins Innere des kapselförmigen Gefährts. Als sie saßen, schob sich das Dach über sie, und das Fahrzeug beschleunigte in seiner transparenten Leitröhre, daß die beiden sanft in die Polster gedrückt wurden.

Cloudcroft war in drei Ebenen erbaut. Die oberste dieser Ebenen war das sogenannte Hauptdeck der Stadt, während zwei tiefere Ebenen sich abwärts in die Stützsäule erstreckten. Wie ähnliche Strukturen in anderen Wolkenstädten umschloß Cloudcrofts Stützsäule weit mehr Volumen – annähernd fünfzig Kubikkilometer – als die Bevölkerung jemals nutzen konnte. So tendierte die Architektur der Stadt zu sehr großen öffentlichen Räumen, die von leichten Kompositpaneelen eingefriedet waren.

Typisch für die Wolkenstädte Saturns war auch, daß viele gemeindeeigene Räume als Dioramen gestaltet waren, die Szenen von der Erde nachstellten. Der Wagen der Untergrundbahn sauste durch mehrere höhlenartige Einkaufsarkaden und Parks, bevor sie ins Stadtzentrum gelangte. Ein solcher Park war die Nachahmung eines Waldes auf Erden, gesehen in einer mondhellen Nacht, während ein anderer eine wellige Ebene zeigte, die von großen braunen Weidetieren bevölkert war. Holographische Projektionen verbargen jeweils die rückwärtigen Wände und erweckten den Anschein, daß die Landschaften sich zu einem fernen Horizont erstreckten. Als der kleine Wagen sie in Windeseile von Abteilung zu Abteilung trug, bemerkte Kimber, daß die Bahnstrecke einem kleinen Bach zu folgen schien, der das einzige einheitliche und verbindende Element zwischen den verschiedenen Dioramen war.

58

Gegen Ende ihrer Fahrt durchbrach die U-Bahn das obere Deck und zog in einem Bogen aufwärts zum Turmhaus der Regierung. Die Zweite Dämmerung war nahe, und die tief am Horizont zur Wolkenhülle absinkende Sonne erfüllte den Westhimmel mit goldenem Feuer, obwohl sie nur eine kleine glühende Scheibe war.

Sie waren nur ein paar Sekunden draußen an der Luft, bevor sie in der zehnten Ebene über dem Hauptdeck im Regierungsgebäude einliefen. Das Turmhaus war eine der sieben Strukturen, welche die Habitatbarriere der Stadt trugen. Es umschloß auch eine große Rohrleitung, durch die erhitzter Wasserstoff aus der Kraftwerksanlage tief unter der Stadt aufwärtsströmte. Durch die Regelung der Hitzezufuhr zum Gasballon hielten die Ingenieure der Stadtwerke Cloudcroft in der gewünschten Höhe. Innerhalb der Stützsäule befanden sich mehrere kleinere Kraftanlagen, die zusätzliche Auftriebskraft erzeugen konnten, aber die mit ihrem Betrieb verbundene Strahlungsgefahr beschränkte ihren Einsatz auf Notfälle.

Kimber und Bartlett wurden nach vorn gedrückt, als der Wagen im Regierungsgebäude verlangsamte und hielt. Die U-Bahnstation war merklich luxuriöser als jene, in der sie den Wagen bestiegen hatten. Das Verdeck öffnete sich mit leisem Zischen, und ein Marineoffizier der Allianz schritt über den Bahnsteig auf sie zu. Er klappte die Absätze zusammen, als sie ihm ihre im Stahlstich gravierten Einladungen übergaben, dann drückte er eine Serie Codenummern in einen tragbaren Datenanschluß. Nachdem er sich der Identität der beiden Besucher vergewissert hatte, befahl er einen Marinesoldaten zu sich und wies ihn an, die Ankömmlinge zum Bankettsaal zu bringen. Sie folgten ihrem Führer durch ein Labyrinth von Korridoren. In einem kleinen Vorzimmer erwartete sie Halan Matlin, der Chefunterhändler der Allianz.

»Ah, da sind Sie ja!« rief er aus.

»Guten Abend, Mr. Matlin«, sagte Bartlett mit einer Verbeugung. »Ich hoffe, wir haben uns nicht verspätet.«

»Überhaupt nicht«, erwiderte Matlin. »Die anderen Mitglieder Ihrer Delegation sind vor ungefähr zehn Minuten gekommen.«

»Es ist nett von Ihnen, daß Sie auf uns gewartet haben«, sagte Kimber und streckte ihm die Hand entgegen, um sie von Matlin küssen zu lassen.

»Alles Teil meiner Pflichten«, sagte er. »Gehen wir hinein?«

»Ja, gern.«

Der Minister führte sie zu einer hohen Flügeltür. Dort flüsterte er einem uniformierten Diener etwas zu, und der Mann sprach ein paar Worte in ein Handgerät. Einen Augenblick später schwangen die Türflügel auf, und Kimber und Ganth Bartlett hörten ihre Namen über das Lautsprechersystem des Saales ausgerufen. Ein kleines Orchester, das leise im Hintergrund gespielt hatte, verstummte, und Köpfe wandten sich in ihre Richtung. Nach kurzem Zögern applaudierten die Anwesenden.

Halan Matlin führte sie zu einem untersetzten Mann, der ihnen auf halbem Weg entgegenkam.

»Miss Kimber Crawford, Mr. Ganther Bartlett, darf ich Ihnen den Ratsvorsitzenden der Allianz, Mr. Kelt Dalishaar, vorstellen? Exzellenz, die Leiterin und der Chefunterhändler der Handelsdelegation von Titan.«

»Willkommen in Cloudcroft, Miss Crawford«, sagte Dalishaar und beugte sich über ihre Hand. Er tat es mit mehr Eleganz als Matlin es vor ihm getan hatte.

»Danke sehr, Exzellenz. Es ist schön, hier zu sein.«

»Es tut mir leid, daß ich nicht imstande war, Sie bei Ihrer Ankunft zu begrüßen. Meine Pflichten haben mir in letzter Zeit nicht viel Bewegungsfreiheit gelassen. Die kürzlich zum Abschluß gebrachte Krise um Neu-Philadelphia hat der Regierung eine Menge Überstunden eingetragen.«

»Ich verstehe vollkommen«, schnurrte Kimber. »Man

hat uns angekündigt, daß Eure Exzellenz heute abend einen neuen Vorschlag unterbreiten wird.«

»Wenn es Ihnen recht ist, würde ich Ihnen nach dem Bankett gern Hinweise auf einen Vorschlag geben, den wir in der morgigen Sitzung unterbreiten werden.«

»Ausgezeichnet«, sagte Kimber.

»Das heißt, wenn Sie nicht zu müde sind.«

»Ich bin niemals zu müde, um über Geschäfte zu sprechen.«

»Dann sind Sie eine Person nach meinem Herzen, Miss Crawford. Kommen Sie, gehen wir zu unseren Plätzen und beginnen wir mit den Festlichkeiten.«

»Gern, Exzellenz. Bitte gehen Sie voran.«

Das Bankett zog sich endlos in die Länge. Jeder Gang war begleitet von Trinksprüchen und phrasenhaften Ansprachen. Nach der dritten hatte Kimber genug Champagner getrunken, daß sie sich beschwipst fühlte, und zum Hauptgang begnügte sie sich mit Wasser und dem bitteren Kaffee, der die Spezialität einer der Agrarstädte der Allianz war. Sie saß zu Dalishaars Rechter, während Ganther Bartlett weiter unten an der Tafel zwischen zwei schönen Frauen saß. Der Rest der Delegation von Titan war auf verschiedene Tische im Bankettsaal verteilt.

»Ein ausgezeichnetes Festmahl, Exzellenz«, lobte sie ihren Gastgeber, als Bedienstete die Reste eines Hühnchens nach Kiewer Art und gratinierte Kartoffeln abräumten.

»Danke sehr, Miss Crawford. Ich wünschte nur, Ihr Vater wäre hier, um daran teilzunehmen.«

»Er wäre gern gekommen, aber sein Arzt erlaubte es nicht. Zu anstrengend für sein Herz.«

»Das haben mir meine Unterhändler gesagt.«

»Was diesen Plan betrifft, den Sie morgen erläutern werden …«

Dalishaar hob abwehrend eine Hand. »Bitte, dies ist

kaum der Ort und die Zeit, um über Geschäfte zu sprechen. Ah, da kommt die Unterhaltung!«

Das Orchester spielte eine schwungvolle alte Weise auf, als eine Akrobatentruppe durch einen Seiteneingang kam und sich im Saal verteilte. Trotz ihrer Ungeduld, mit den festgefahrenen Verhandlungen voranzukommen, mußte Kimber zugeben, daß die Truppe sehr gut war. Während der Vorführung kam ihr der Gedanke, wie mittelalterlich die Szene anmutete, beinahe so, als ob Dalishaar ein König aus alter Zeit wäre, der an seinem Hof weilende Mitglieder eines anderen Königshauses unterhielt. Die Vorstellung störte Kimber. Sie machte ihr bewußt, daß der Mann neben ihr an Machtfülle kaum einem mittelalterlichen König nachstand.

Nach der Darbietung der Akrobaten wurde Dessert gereicht, das wie der Rest der Speisen köstlich zubereitet war. Kimber beschloß, die nächsten Tage nur leicht zu essen, um ihr Gewicht zu halten. Eine der Gefahren des diplomatischen Lebens, vor der ihr Vater sie nie gewarnt hatte, war die Möglichkeit, fett zu werden.

Fünfzehn Minuten später beendete Dalishaar das Bankett ziemlich abrupt. Er verließ den Saal durch einen rückwärtigen Ausgang an der Spitze eines großen Gefolges und ließ Kimber und Ganther Bartlett mit Halan Matlin allein.

»Sollten unsere Leute nicht am Gespräch teilnehmen?« fragte Kimber mit einer ausgreifenden Handbewegung zu den sechs Mitgliedern der Delegation, die an ihren verschiedenen Tischen noch in Gespräche verwickelt waren.

»Der Ratsvorsitzende bat, daß nur Sie und Mr. Bartlett an diesem informellen Gespräch teilnehmen möchten«, erwiderte Matlin. »Morgen wird genug Zeit für die Spezialisten sein, die Details zu besprechen. Heute abend soll lediglich eine Vorschau gegeben werden.«

Sie folgten Matlin zu einem Aufzug, der sie rasch zum obersten Stockwerk des Regierungsgebäudes hinauftrug. Dort warteten sie in einem Aufenthaltsraum, bis ein livrierter Diener sie informierte, daß der Ratsvorsitzende sie empfangen werde. Sie fanden Kelt Dalishaar auf einem Balkon seines Wohnzimmers. Er lächelte breit, als Kimber zu ihm hinaustrat. Ganth Bartlett, in ein Gespräch mit Halan Matlin vertieft, war im Wohnzimmer zurückgeblieben.

»Noch einmal willkommen, Miss Crawford. Wie finden Sie meine Stadt?«

Kimber blickte hinab auf die Lichter von Cloudcroft. »Sehr eindrucksvoll, Exzellenz.«

»Nicht annähernd so eindrucksvoll wie das, was jenseits liegt, nicht?«

Kimber blickte über den beleuchteten Rand hinaus. Es war beinahe Zweite Mitternacht, und im Norden überzog die Aurora borealis des Saturn den Himmel mit Bändern und wogenden Schleiern lautlosen Feuers. In einer langen Reihe schwebten die anderen Städte der Nördlichen Allianz. Mit dem Einbruch der Nacht hatte die Gruppe enger aufgeschlossen, und die nächste Stadt war nahe genug, daß Kimber einzelne Gebäude auf der Stützsäule ausmachen konnte.

»Es ist wirklich sehr eindrucksvoll«, meinte sie. »Warum haben Sie Ihre Städte so nahe zusammengebracht?«

Dalishaar erläuterte die Notwendigkeit, dem Dardanellensturm in weitem Bogen auszuweichen, und schloß mit der Bemerkung: »Darum liebe ich diese Jahreszeit. Es ist die Zeit, wenn diejenigen unter uns, die im Gemeinwesen führende Positionen einnehmen, die Ergebnisse ihrer Arbeit sehen können. Die Allianz wächst stetig.«

»Ich vermute, daß Sie die Städte Neu-Philadelphias nächstes Jahr dieser Parade hinzufügen werden.«

Der Ratsvorsitzende lächelte in der Dunkelheit. »Selbstverständlich. Diese unter nicht ganz freundlichen Umständen angegliederten Städte sind sehr viel fügsamer, wenn sie Teil der größeren Gruppe sind. Mit der Zeit werden sie die Allianz ebenso wie jene von uns, die in sie hineingeboren wurden, als ihre Heimat betrachten und lieben.«

»Sind Sie dessen sicher?«

»Natürlich. Zu meinen Lebzeiten haben wir die Hälfte unserer Städte hinzugefügt. Sie werden mit der Zeit ihren Frieden mit uns machen. Sie sprechen, als ob Sie die Angliederung nicht billigten.«

Sie zuckte die Achseln. »Ich kann mir Billigung oder Mißbilligung nicht leisten. Die Politik unserer Kunden ist nicht meine Sorge, soweit sie mich nicht betrifft.«

»Das ist eine schrecklich kurzsichtige Einstellung, Verehrteste.«

»Es ist eine notwendige Einstellung, wenn man mit so vielen verschiedenen Gruppen Handel treibt, wie wir es tun.«

»Es tut mir leid, aber das läßt sich nicht halten.« Dalishaars Tonfall veränderte sich zu dem eines Professors, der einen begriffsstutzigen Studenten belehrt. »Saturn ist die neue Heimat der Menschheit. Was hier geschieht, ist für alle jetzt Lebenden wichtig, für jeden Mann und jede Frau. Schließlich werden wir wieder ein Ganzes sein, geradeso wie wir es während der Evakuierung waren.«

»Unter Ihrer Führung, natürlich.«

Dalishaar hob die Schultern. »Unter der Führung eines jeden, der die Macht hat, es zu verwirklichen. Wenn wir es nicht sind, dann jemand anders, der stärker oder weiser ist als wir. Tatsächlich ist das einer der Gründe, warum ich heute abend mit Ihnen sprechen möchte, Miss Crawford.«

»So?«

»Bitte lassen Sie uns hineingehen.«

Drinnen wartete ein halbes Dutzend von Dalishaars Beratern. Eine schöne junge Frau servierte Getränke und zog sich zurück.

»Nun denn«, sagte Dalishaar, als er in einem großen Sessel Platz genommen hatte. »Ich habe Sie heute abend hierher gebeten, um eine dauerhaftere Regelung zwischen Titan und der Allianz zu besprechen, als sie in der Vergangenheit möglich gewesen ist.«

»Wir hören, Exzellenz«, sagte Bartlett.

»Wir möchten gern eine Ausschließlichkeitsklausel in unser Handelsabkommen mit Titan einbringen.«

Kimber zog die Brauen zusammen. »Ich bin nicht sicher, ob das möglich sein wird.«

»Hören Sie mich zu Ende an«, sagte der Ratsvorsitzende. »Wir schlagen vor, daß unsere beiden Nationen ein langfristiges Abkommen schließen. Wir in der Allianz werden uns bereit erklären, jährlich soviel von Ihrer Produktion an Metallen abzunehmen, wie es Ihrer gegenwärtigen Jahresförderung entspricht. Sie wiederum verpflichten sich, weder die Produktion zu erhöhen noch an andere Saturnstädte zu verkaufen. Die Vorteile einer solchen Regelung für Titan sind offensichtlich. Sie werden einen festen Abnehmer haben, der sich verpflichtet, eine bekannte Quantität Ihrer Erzeugnisse zu einem attraktiven Preis zu kaufen. Sie werden vom wirtschaftlichen Zyklus befreit und brauchen Ihre schwer verdienten Gewinne nicht in Anlagen zur Produktionsausweitung zu stecken.«

»Und die Vorteile für die Allianz?«

»Die sind auch offensichtlich. Wir werden der ansehnlichen Liste von Erzeugnissen, die wir bereits an unsere Nachbarn vermarkten, Metalle und Metallerzeugnisse hinzufügen. Das wird unsere Wettbewerbsposition zwangsläufig stärken.«

»Und unsere gegenwärtigen Kunden? Was soll aus ihnen werden?«

»Sie werden *unsere* Kunden. Wir werden alle bestehenden Verträge einhalten, selbst wenn es bedeuten sollte, dabei kurzfristig Geld zu verlieren.«

»Und wie werden Sie uns bezahlen?« fragte Bartlett.

»Die Hälfte in universalen Krediten, die Hälfte in Waren. Auch ein anderer Verteilungsschlüssel wäre denkbar, je nachdem, wie Sie es wünschen. Wir in der Allianz stellen praktisch alles her, was Titan benötigt. Und da ständig weitere Städte zu uns stoßen, können wir Ihnen ein immer umfangreicheres Warensortiment anbieten.«

»Ihr Wunsch läuft darauf hinaus, daß Sie unser Generalagent auf Saturn sein wollen.«

»Das ist eine mögliche Betrachtungsweise«, stimmte Dalishaar zu. »Sie erzeugen die Rohstoffe, und wir verteilen sie. Eine natürliche Arbeitsteilung.«

»Unsere Flotte liefert unsere Erzeugnisse aus«, sagte Kimber.

»Nach diesem Abkommen werden Ihre Schiffer ihre Metalle und Rohstoffe an die Allianz liefern, und wir werden die Kosten der Weiterleitung zu den Endabnehmern tragen.«

»Wenn wir uns auf ein solches Abkommen einlassen, wird es Titan an die Allianz binden.«

»Ich sagte Ihnen, daß wir an die Vereinigung der Menschheit glauben. Ist das eine so schlechte Sache? Jedenfalls ist das in großen Zügen das Angebot, das wir in der morgigen Sitzung machen werden.«

»Ich werde Ihr Angebot meinem Vater unterbreiten. Aber ich sehe praktisch keine Chance, daß er es annehmen wird.«

»So?«

»Wir Titanier wachen eifersüchtig über unsere Unabhängigkeit. Wir werden sie nicht für kurzfristige Gewinne aus der Hand geben. Ich werde Ihren Vorschlag mit meiner eigenen Empfehlung weiterleiten, daß er nicht angenommen werden soll.«

Dalishaar blickte zu den anderen. Mehrere vielsagende Blicke wurden ausgetauscht. Als er sich wieder Kimber zuwandte, war eine subtile Veränderung seines Benehmens festzustellen.

»Tut mir leid, das zu hören, Miss Crawford. Ich sehe, daß es mir nicht gelungen ist, mein Angebot überzeugend darzulegen. Wie wäre es, wenn wir eine Serie von Koordinationsgesprächen anberaumen, in denen wir unseren Plan in aller Ausführlichkeit darlegen können, bevor Sie Ihrem Herrn Vater eine Empfehlung machen?«

»Sie werden mich nicht überzeugen.«

»Geben Sie uns eine Chance, es zu versuchen. Einstweilen muß mit einer negativen öffentlichen Reaktion gerechnet werden, wenn bekannt wird, daß Sie persönlich gegen diesen Plan eingestellt sind. Um unzuträgliche Zwischenfälle zu verhüten, schlage ich vor, daß Sie und die Mitglieder Ihrer Delegation ins Regierungsgebäude übersiedeln, bis die Verhandlungen abgeschlossen sind.«

»Ich fühle mich wohl, wo ich bin, Exzellenz.«

»Um Ihrer eigenen Sicherheit willen bestehe ich darauf. Ich fürchte, daß unsere Bevölkerung Ihre Zurückhaltung nicht verstehen wird.«

Ganther Bartlett sprang mit zorngerötetem Gesicht auf. »Sicherlich meint der Ratsvorsitzende damit nicht, daß wir als Geiseln festgehalten werden, bis die Verhandlungen zum Abschluß gebracht sind!«

Ein Lächeln ging über Dalishaars Gesicht. »Bitte, Mr. Bartlett. Sagen wir einfach, daß wir Ihnen für den Rest Ihres Aufenthalts in Cloudcroft – ganz gleich, wie lang er währen mag – verstärkten Persönlichkeitsschutz gewähren werden.«

5

Nächtliche Landung

Larson Sands streckte sich in seinem Schutzanzug und suchte so die Schmerzen in seinen Armen zu lindern. Vor einer Stunde war er aus der Wasserstoffschleuse seiner Maschine abgesprungen, um unter einem schwarzen Deltaflügel frei zu segeln. Sein Flug hatte hoch über dem Flugweg des Nördlichen Gemäßigten Gürtels begonnen, aber der Sinkflug hatte ihn inzwischen zehn Kilometer Höhe gekostet. Gleichzeitig signalisierten die Leuchtziffern der Navigationsanzeige in seinem Helm eine insgesamt zurückgelegte Entfernung von 120 Kilometern. Zu Beginn seines Flugs waren die Städte der Nördlichen Allianz nicht viel mehr gewesen als eine Reihe winziger Lichtpunkte, die von Zeit zu Zeit vor dem Wetterleuchten des Dardanellenzyklons sichtbar wurden. Jetzt waren sie eine Halskette winziger Glasperlen, die vor einem Hintergrund von schwarzem Samt aufgereiht waren.

Einmal in jedem Standardjahr überholten die Städte des Nördlichen Gemäßigten Gürtels den Dardanellenzyklon, weil beide von dem beständigen, den Planeten umkreisenden Winden des Flugwegs ostwärts getrieben wurden. Der Jahrhunderte alte Sturm wurde so genannt, weil er tief in den Flugweg eindrang und die sichere Passage auf weniger als fünfhundert Kilometer verengte. Um nicht hineingezogen zu werden, hielten sich die Wolkenstädte viel näher als gewöhnlich an die nördliche Wolkenwand. In den vergangenen Wochen hatten die Städte der Allianz sich in ihrer Vorbereitung auf die Passage durch die gefährliche Enge zu einer dicht aufgeschlossenen Reihe formiert.

Nach dem Start von Port Gregson war die *Sperber* in einem verlassenen Abschnitt des Flugwegs mit drei großen Luftfrachtern zusammengetroffen. Die fusionsgetriebene Maschine war an Bord des größten der Luftschiffe genommen worden und hatte neue Kennzeichen erhalten. Der ramponierte dunkelblaue Rumpf war jetzt silbern gestrichen, die Stellen, wo üblicherweise Kokarden angebracht waren, mit bunten Farbflecken übermalt. Der Gesamteindruck war der einer städtischen Marineeinheit, die hastig als Freibeuter getarnt worden war.

Auf Bolins Drängen hatte Sands gewartet, bis sie Port Gregson verlassen hatten, bevor er seiner Besatzung das Reiseziel verraten hatte. Er hatte erwartet, daß sie mit dem Plan nichts zu tun haben wollten, doch statt dessen begrüßten sie die Gelegenheit, es den Leuten heimzuzahlen, die Dane getötet hatten. Nur Halley war still geblieben. Ihr brütendes Schweigen hatte Lars Sorgen bereitet, war es für ihn doch eine ausgemachte Sache gewesen, daß sie von allen Besatzungsmitgliedern am eifrigsten für den Plan einstehen würde.

Während die Mannschaft des Luftschiffes die Maschine durch den Neuanstrich getarnt hatte, waren die drei Frachter zum Ostrand der Dardanellenenge geflogen. Dort sollten sie außer Sensorreichweite auf Sands' verschlüsseltes Signal warten. Sollte das Signal bis zu dem Zeitpunkt, da die ersten Städte der Allianz von den Sensoren registriert wurden, nicht eingegangen sein, würden die Luftschiffe in die blaue und weiße Unendlichkeit der oberen Atmosphäre verschwinden.

Kurz vor dem Katapultstart der getarnten Maschine hatte Micah Bolin Sands in seine Kajüte gerufen.

»Möchten Sie ein Glas?« hatte er liebenswürdig gefragt.

»Ja, aber keinen Alkohol. Ich fliege, wissen Sie.«

»Richtig.«

Sands fühlte sich in Bolins Gesellschaft noch immer

unbehaglich, mußte aber einräumen, daß der Mann den Überfall gut geplant hatte. Sie würden mit Deltaflügeln ohne Motor im Schutz der Dunkelheit Cloudcroft anfliegen. Ihre Annäherung würde durch das starke elektromagnetische Geräusch, das vom Dardanellenzyklon kam, zusätzlich getarnt sein. Bolin hatte sogar Listen mit Gegenständen und Waren geliefert, die eingesammelt werden sollten, sobald sie die Situation unter Kontrolle hätten. Die Listen gaben überdies an, wo die betreffenden Gegenstände in der Stadt verwahrt wurden. Wer immer die Hintermänner seines Auftraggebers waren, sie hatten gute Spione.

Bolin gab Sands sein Getränk, schob ein kleines gläsernes Rechteck über den Tisch und lehnte sich im Stuhl zurück, um den Söldner mit ernster Miene zu betrachten.

»Was ist das?«

»Ihre weiteren Instruktionen für den Fall des Erfolgs. Die Aufzeichnung ist zeitgebunden und mit einem Sicherheitscode verschlüsselt. Sie werden danach eine Stunde Zeit haben, in der Sie das Losungswort gebrauchen können. Wenn Sie länger warten, wird die Aufzeichnung automatisch gelöscht. Und sollten Sie in Gefangenschaft geraten, zerstören Sie sie bitte.«

»Gut«, sagte Sands und steckte die Aufzeichnung ein. »Ich nehme an, sie verrät mir den Namen meines Auftraggebers.«

»Es wird Sie zu der Stadt führen, wo wir die Beute aufteilen werden.«

»Wie lange wird es dauern, bis Ihre Schiffe zu uns stoßen, nachdem ich den Anruf mache?«

»Eine halbe Stunde.«

»Ich werde fünfundvierzig Minuten warten. Wenn Sie bis dahin nicht dort sind, werde ich an Beute zusammenraffen, was ich kann, und das Weite suchen.«

»Wir werden dort sein. Wir haben all diese Mühen

und Ausgaben nicht auf uns genommen, um jetzt zu versagen.«

Sie hatten den Aktionsplan ein letztes Mal durchgesprochen. Um das Fehlerrisiko zu minimieren, sollte sich nur die Besatzung der *Sperber* ihren Opfern zeigen. Bolins Leute würden an Bord ihrer Schiffe bleiben und die Verladung der Ware über Kommunikationsgeräte leiten. Schließlich sollte die *Sperber* den Abzug der langsameren Luftschiffe decken.

Die getarnte Maschine hatte die kleine Flotte von Luftschiffen verlassen und einen Punkt unmittelbar gegenüber dem Dardanellenzyklon angeflogen. Zwei Tage lang hatten sie in der turbulenten Wolkenwand des Flugwegs ihre Achterfiguren gezogen und auf die Ankunft ihrer Opfer gewartet.

Als Cloudcroft querab von ihrem Versteck erschien, stiegen Larson Sands, Halley Trevanon, Ross Crandall und Kelvor Reese in die Wasserstoffschleuse mittschiffs und stießen sich einer nach dem anderen in die Nacht hinaus. Nach gefährlichen fünf Minuten Blindflug durch turbulente Wolken kamen sie ins Freie hinaus und begannen ihren langen Flug zu der größten und hellsten Perle der Nördlichen Allianz.

Inzwischen war Cloudcroft nicht mehr eine kleine leuchtende Perle in der Nacht; im Laufe der langen, sorgenvollen und einsamen Minuten war die Stadt langsam gewachsen – zuerst zu einem Ball von der Größe eines Kinderspielzeugs, dann zu einer selbstgenügsamen Welt, die zwischen dem Vakuum des Weltraums und den zermalmenden Tiefen der unteren Atmosphäre schwebte. Sands fühlte eine Bewegung durch seinen Deltaflügel gehen, als er mit einem vollen Kilometer Höhenunterschied über die Stadt kreuzte.

Diese leichte Bewegung, Ergebnis der Millionen Erg Wärme, die Cloudcrofts Gasballon in die umgebende Atmosphäre ausstrahlte, war sein Signal zu einer scharfen Linkskurve. Der Schmerz in seinen Armen verschwand plötzlich, als er den Auftrieb verlor und seine lange Abwärtsspirale begann.

Die hochfeste Membrane der Gashülle war transparent, da sie aber mit Wasserstoff gefüllt war, der hundert Grad Celsius wärmer als die umgebende Atmosphäre war, glühte sie mattgelb im Infrarotsucher seines Helmvisiers. Sich verlagernde Streifen orangefarbener und roter Strömungen markierten die Regionen, wo der gewaltige Ballon abkühlte. Tief in seinem Innern markierte ein Punkt bläulichweißer Strahlung die Öffnung des Rohres, aus dem heißer Wasserstoff aus dem städtischen Kraftwerk in die Hülle stieg.

Wie die meisten Saturnstädte war Cloudcroft in einem konzentrischen Muster angelegt. Abwechselnde Streifen bebauter und unbebauter Flächen waren über das Oberdeck der Stützsäule ausgebreitet. Knapp unterhalb des Punktes, wo die Röhre erhitzten Wasserstoff in den Gasballon strömen ließ, war ein hoher Turm. Er war der Regierungssitz der Nördlichen Allianz und Sands' vorrangiges Ziel.

Der Regierungsturm enthielt nicht nur die der Beheizung der Stadt und des Gasballons dienende Rohrleitung, sondern war auch die zentrale Stütze der Habitatbarriere. Sechs kleinere Türme waren in der Mitte zwischen dem Stadtzentrum und seinem Rand in gleichmäßigen Abständen angeordnet. Auch sie hatten die Funktion von Stützen der zeltähnlichen Membrane, welche die Sauerstoff-Helium-Atmosphäre der Stadt vom erwärmten Wasserstoffgas des Trägerballons schied.

Auf einmal war das schwach schimmernde Gewebe des Gasballons nur ein paar Meter unter ihm. Der Pulsschlag pochte dumpf in seinen Ohren, als Lars trotz der schmerzenden Proteste seiner Muskeln den Deltaflügel anstellte und zum Stillstand kam, als seine Stiefel die nachgiebige Oberfläche berührten. Er fiel vornüber aufs

Gesicht und die ultraleichte Konstruktion des Deltaflügels deckte ihn zu. Er befreite sich von den Gurten und kroch unter den Falten des schwarzen Kunstfasergewebes hervor, kam unsicher auf die Beine. Dann spähte er besorgt himmelwärts.

Der unangenehmste Teil des Flugs war seine Unfähigkeit gewesen, Verbindung mit den anderen aufzunehmen. Isolation, Dunkelheit und die vor ihm liegende Gefahr hatten an seinen Nerven gezerrt und bewirkt, daß er sich alle Arten von Katastrophen ausgemalt hatte. Er sah Halley und die anderen von unberechenbaren lokalen Winden, die in der Saturnatmosphäre häufig auftraten, aus der Bahn getragen und vom Kurs abkommen, und stellte sich vor, wie sie umkehrten und ihm angstvoll zuriefen, es ihnen gleichzutun. Aber sein Funkgerät war ausgeschaltet, um zu vermeiden, daß die Sendeenergie ihn verriet. Er hatte sich selbst allein in die Fänge des Feindes segeln sehen. Es hatte ihn seine ganze Willenskraft gekostet, um nicht die Funkstille zu brechen und zu fragen, ob jemand mit ihm sei.

Er erlebte lange, quälende Augenblicke, während er den Himmel absuchte. Der Ring war hinter ihm und zeigte an, daß die Erste Dämmerung nicht mehr fern war. Er zeigte sich in seiner gewohnten Form als silbernes Band, das einen bleichen, matten Schein auf alles warf. Plötzlich durchschnitt ein schwarzer Deltaflügel den Ring. Augenblicke später glitt Halley Trevanon in niedriger Höhe über ihn hinweg und setzte zur Landung an. Er fühlte die Bewegung der Ballonhülle, als sie aufsetzte. Es erging ihr nicht anders als ihm; sie konnte die Restgeschwindigkeit des Deltaflügels auf der nachgebenden Ballonhülle nicht durch Laufen kompensieren und fiel vornüber. Augenblicke später kroch sie unter ihrem Fluggerät hervor und kam über die matt leuchtende Ebene, die der Oberteil eines Ballons von zehn Kilometern Durchmesser war.

Sekunden später kamen auch Ross Crandall und Kelvor Reese aus dem dunklen Himmel herabgesegelt. Im Gegensatz zu Lars und Halley ließen sie ihre Deltaflügel angeschnallt. Unbeholfen wie zwei Fledermäuse stapften sie von ihren Landeplätzen zu Lars und Halley herüber.

»Sieht so aus, als hätten wir es alle geschafft«, sagte Halley. Ihre Stimme drang kaum vernehmbar aus seinen Kopfhörern. Aus Furcht vor Entdeckung wagten sie ihre Funksprechgeräte nicht zu benutzen.

»Hast du dein Band bereit?«

»Alles bereit«, antwortete Crandall und klopfte mit seiner behandschuhten Rechten auf die große Spule, die er auf dem Rücken trug.

»Gut. Du und Kelvor könnt schon mit dem Verlegen beginnen. Halley, du verdrahtest die Sprengkapsel mit dem Impulsgeber.«

»In Ordnung.« Sie schnallte ein kleines elektronisches Gerät von ihrem Gürtel ab.

Crandall und Reese bückten sich und machten die Enden von zwei langen Klebestreifen auf der Ballonhülle zu Sands' Füßen fest. Dann stießen sie sich in entgegengesetzte Richtungen ab und segelten in geringer Höhe über die Ballonhülle dahin. Dabei rollten sie die Klebestreifen hinter sich ab. Wo immer diese mit dem Material der Hülle in Berührung kamen, hafteten sie daran. Unterdessen kniete Halley bei den zusammenstoßenden Enden der Klebestreifen nieder und schloß ihren kleinen schwarzen Impulsgeber, den sie mit Sprengkapseln verbunden hatte, an die Drähte, die aus den Klebestreifen ragten.

Als Crandall und Reese von ihrer halb hüpfenden, halb fliegenden Rundreise zurückkehrten, glomm das rote Warnlicht der elektronischen Zündvorrichtung unheilvoll in der Dunkelheit. Halley versah sie noch mit einer hemisphärischen Weitwinkelkamera. Wer sich ihr näherte, nachdem sie gegangen wären, würde ein Alarmsignal auslösen.

»Gemacht«, sagte Crandall, als er das rubinrote Warnlicht sah. »Jetzt haben wir sie bei der Gurgel!«

Sands nickte. »Wenn wir ihnen erzählen können, was wir getan haben, bevor sie uns über den Haufen schießen. Alles bereit für Phase zwei?«

Er blickte in die Runde, und alle drei nickten. Sands zog ein Messer aus seinem Gerätegürtel und kniete nieder. Er umklammerte das Heft mit beiden Händen und trieb die Messerspitze mit aller Kraft abwärts in die Ballonhülle. Sie erwies sich als überraschend zäh. Erst beim dritten Versuch drang die Spitze durch. Danach sägte er sorgfältig einen langen Schlitz und hielt inne, als die Öffnung einen Meter lang war. In seiner Visierscheibe zeigte sie eine grünliche Färbung vom austretenden erwärmten Wasserstoff.

Er steckte sein Messer ein, setzte sich vorsichtig auf die Ballonhülle und steckte die Stiefel durch den Riß. Dann hob er die Arme über den Kopf und ließ sich durch die Öffnung gleiten. Einen Augenblick später befand er sich im freien Fall auf die unter ihm liegende Stadt zu. Er breitete Arme und Beine aus, um eine stabile Lage mit etwas abwärtsgerichtetem Kopf zu bekommen, und sah die Stadt mit beängstigender Schnelligkeit auf sich zukommen. Als er dreihundert Meter über der Habitatbarriere war, berührte er einen Druckschalter. Vom Packsack auf seinem Rücken kam ein Geräusch wie von einer gedämpften Explosion, und ein plötzlicher Ruck an den Gurten beendete seinen freien Fall. Er atmete erleichtert auf und blickte empor zu dem seltsamen Gerät, das über ihm schwebte.

Sands war vertraut mit Rettungsballons. Das Gerät über ihm war ähnlich in der Funktion, aber von anderer Form. Es glich einem großen Sonnenschirm mit zahlreichen Fangleinen, die am Rand eines weiten runden Baldachins befestigt waren und an denen er in seinen Gurten hing. Micah Bolin hatte das Gerät einen ›Fallschirm‹ genannt und ihm versichert, daß es sicher sei. Sands langte hinauf zu den Fangleinen und zog daran, wie Bolin es ihm erläutert hatte, um den Fallschirm aus dem gefährlichen Umkreis des heißen ausströmenden Wasserstoffgases zu steuern. Aufmerksam beobachtete er das mächtige Rohr, als er an seinem offenen Ende vorbei niederging. Kurz darauf landete er hundert Meter vom Rohr entfernt mit einem dumpfen Geräusch auf der Habitatbarriere der Stadt.

Die Habitatbarriere war viel schwammiger als die Ballonhülle. Im Gegensatz zu ihr war sie nicht vom Gewicht der ganzen Stadt straff gespannt. Nach dem Aufprall überschlug sich Sands, streckte Arme und Beine von sich und kam inmitten einer tiefen Mulde zur Ruhe. Er setzte sich auf und blickte hinab. Er schien frei schwebend in der Luft zu hängen, hundert Meter über einer parkähnlichen Fläche mit Gras und Sträuchern. Nahebei war der Regierungsturm in verkürzter Perspektive zu sehen. Erleuchtete Fenster bezeugten, daß im Gebäude Leute an der Arbeit waren. Die oberen Geschosse waren jedoch dunkel. Auf der ihm zugewandten Seite entragte dem Turm etwas über seiner eigenen Ebene ein breiter Balkon. Er lag im schwachen silbrigen Schein des Ringes, war aber sonst verlassen und dunkel.

Die anderen drei landeten kurz nacheinander in seiner Nähe. Der Aufprall ihrer Körper warf Sands auf und nieder. Während er wartete, daß die Schwingungen der Membrane nachließen, hielt er weiter Ausschau nach Anzeichen, daß ihre Ankunft bemerkt worden war. Trotz der unvermeidlichen Geräusche, die ihre Landung verursacht hatte, blieb alles still.

Zum erstenmal seit er in die Ballonhülle eingedrungen war, fiel Sands die Wärme auf. Sein Schutzanzug, der dafür gemacht war, ihn gegen die Kälte der oberen Atmosphäre abzuschirmen, war in dieser saunaähnlichen Atmosphäre keine Hilfe. Wenn sie sich nicht beeilten, drohte ihnen ein Hitzestau. Er rappelte sich auf und versuchte den Hang bis zu der Stelle zu ersteigen, wo die Habitatbarriere über den Balkon des Regierungsturms hing.

Als er aufstand, sah er sich am Boden eines Trichters mit steilen Wänden, aus dem er nicht hinauskam, weil der Trichter sich mit ihm verlagerte. Jedesmal, wenn er es versuchte, verlor er das Gleichgewicht und fiel zu Boden. Da der Regierungsturm die Mittelstütze der zeltförmigen Barriere war, kollerte er bei jedem Sturz weiter abwärts und mußte sich wieder hinaufmühen.

Lars fluchte in sich hinein. Daß er an einer so einfachen Sache wie dem Stehen und Gehen auf der nachgebenden Oberfläche der Membrane scheitern sollte, durfte nicht sein. Er dachte einen Moment lang über das Problem nach, dann begann er zu kriechen. Es war würdelos, aber es ging. Langsam kroch er den Hang der Membrane hinauf, bis er über dem Balkon des Regierungsturms war.

Die anderen hatten ähnliche Probleme. Sie taten es ihm gleich und krabbelten bald auf allen vieren zu dem Punkt, wo er auf der Membrane lag und sich an ihr festhielt. Er war in Schweiß gebadet, als er sein Messer herauszog und sich daran machte, die Habitatbarriere zu durchstoßen. Wieder bedurfte es mehrerer Versuche, bis die Messerspitze die zähe Polymerfolie durchdrang. Dann stemmte er sich auf das Heft seines Messers und zog es abwärts auf sich zu. Es gab ein reißendes Geräusch, und vor ihm öffnete sich ein fast zwei Meter langer Schlitz. Er wich zurück, um nicht durch die Öffnung zu fallen, die er geschnitten hatte. Es waren zwanzig Meter bis hinunter zu dem Balkon, der sein Ziel war, und weitere hundert zur Oberfläche des Decks der Stützsäule, wenn er das Ziel verfehlte. Er signalisierte den anderen, vorsichtig zu sein, als sie zu ihm kamen.

Ross Crandall näherte sich vorsichtig dem Riß und zog zwei lange Klebestreifen aus seiner Gürteltasche. Er und Sands zogen die Schutzfolien ab und verlegten die Klebestreifen sorgsam faltenfrei auf der Membrane.

Beide Streifen wurden schmal u-förmig so verklebt, daß die Schlaufen frei blieben. Halley Trevanon machte ein Kletterseil vom Gürtel los und zog es durch die Schlaufen. Sands zog beide Seillängen unter den linken Oberschenkel durch und vor der Brust aufwärts über die rechte Schulter, von dort über den Rücken zur linken Hüfte, wo er sie mit der linken Hand umfaßte. Die rechte hielt das Seil über ihm. So ließ er sich, mit einem Oberschenkel in der Seilschlinge sitzend und die Abseilgeschwindigkeit mit beiden Händen regulierend, durch den Schlitz in der Membrane abwärts. Beim Verlassen der überhitzten Wasserstoffatmosphäre des Ballons konnte er nicht umhin, zu denken, daß er vom Regen in die Traufe kam.

6

Cloudcroft

Kelt Dalishaar war spät zu Bett gegangen und erwachte schlaftrunken von einer rauhen Hand, die seine Schulter schüttelte. Noch ehe er ganz wach war, kochte ein übler Zorn in ihm auf. Wer immer seine Ruhe gestört hatte, würde teuer dafür bezahlen. Nur der Turmwächter hatte das Recht, sein Schlafzimmer zu betreten, und dann nur im äußersten Notfall.

Notfall!

Dalishaar fuhr im Bett auf, blickte wild umher. Ohne der ansehnlichen Frau an seiner Seite weitere Beachtung zu schenken, wandte er sich dem Marineoffizier zu, dessen kalte Hand ihn wachgerüttelt hatte.

»Was gibt es, Oberst?« Jeder Gedanke an Schlaf war dahin.

»Es sind Leute auf der Barriere, Exzellenz. Anscheinend arbeiten sie sich zu einem Punkt vor, wo sie auf den Regierungsturm übersteigen können.«

»Wie lang sind sie schon dort oben?«

Der Offizier blickte auf seine Uhr. »Der erste landete vor knapp zwei Minuten. Ich habe Sicherheitsbeamte in den drei Räumen postiert, die auf den Balkon hinausgehen. Über diesen werden sie zweifellos eindringen wollen.«

»Können Sie sich denken, was sie damit bezwecken?«

»Wir müssen annehmen, daß es ein Mordkommando ist, Exzellenz. Sie sind das logische Ziel.«

»Hmm.« Plötzlich kam Dalishaar ein neuer Gedanke. »Vielleicht stehen sie im Dienst des Verwalters von Titan.«

»Um Miss Crawford zu retten?«

»Eine Möglichkeit, die wir nicht vernachlässigen dürfen. Lassen Sie überprüfen, ob sie in ihrem Raum ist und verdoppeln Sie ihre Wachen.« In den zehn Tagen, seit er Kimber Crawford als Geisel genommen hatte, stand Dalishaar in Verhandlungen mit ihrem Vater. Der Herr von Titan erwies sich als genauso resistent gegen die Vernunft wie seine Tochter. Natürlich würde er schließlich auf Dalishaars Forderungen eingehen müssen. Er hatte keine andere Wahl, solange Kimber in den Händen der Allianz war. Doch sobald der Verwalter seine Tochter zurück bekäme, würde es schwierig sein, ihn an ein Abkommen zu binden, das er unter Druck geschlossen hatte. Dalishaar mußte sich noch Mittel und Wege ausdenken, um ihn dauerhaft an die Allianz zu binden. Wenn dies ein Sonderkommando von Titan war, das Kimber Crawford retten sollte, würde seine Gefangennahme sich vielleicht zu Dalishaars Gunsten auswirken.

»Sie müssen gehen, Exzellenz«, unterbrach der Oberst seine Überlegungen.

»Sie haben recht.« Dalishaar schlug die Decke zurück, stand auf und schlüpfte in Morgenmantel und Pantoffeln. Er nickte seiner Gefährtin zu, die sich im Bett aufgesetzt hatte, die Decke an sich drückte und ihn mit ängstlichem Blick ansah. »Schlaf ruhig weiter, Liebes.«

Mit drei langen Schritten war Dalishaar am Einbauschrank und öffnete ihn. Hinter einer Anzahl teurer Anzüge war eine meterbreite niedrige Öffnung. Er schob die Anzüge beiseite, umfaßte die Kleiderstange mit beiden Händen und schwang die Beine in die Öffnung. Einen Augenblick später glitt er eine spiralige Rutsche hinab in Sicherheit. Sekunden später fiel er von der Rutsche auf ein Luftkissen in einer Ecke des Lageraums zwei Stockwerke unter seiner Wohnung.

»Verschließen Sie die Gleitbahn und bringen Sie die Eindringlinge auf den Bildschirm«, befahl er dem diensttuenden Offizier. Er zog den Gürtel seines Morgenmantels enger und stellte sich vor drei großen Bildschirmen auf. Sie flackerten momentan, dann wurde das Bild klar und zeigte das Drama, das hoch über seinem Kopf stattfand.

Die Überwachungskameras waren unweit vom oberen Ausgang des Hitzerohrs montiert und lieferten einen Panoramablick von oben auf die Habitatbarriere. Sie waren infrarot-sensitiv und ließen vier Personen erkennen, die alle in Schwarz gekleidet waren und sich auf allen vieren die Membrane aufwärts zum Regierungsturm bewegten. Zurückgelassene aeronautische Geräte zeigten an, wo sie gelandet waren. Dalishaar glaubte ähnliche Geräte in Geschichtsbüchern gesehen zu haben, konnte sich aber nicht genau erinnern, wann und wo.

Er mußte lächeln. Die Idee, von der Habitatbarriere an den Regierungsturm heranzukommen, war für Attentäter nicht neu. Ein solcher Mordversuch war gegen seinen Vorgänger unternommen worden und hätte beinahe Erfolg gehabt. Seit damals überwachten Kameras, die oben um das Hitzerohr angeordnet waren, diesen Zugangsweg. Wenn die Eindringlinge ein Sonderkommando von Titan waren, würden sie das natürlich nicht wissen. Dalishaar blickte zum Wandchronometer und war überrascht, daß nur neunzig Sekunden vergangen waren, seit er aus dem Bett gestiegen war. Irgendwie schien es ihm viel länger.

»Welche Waffen können wir einsetzen?«

»Keine schweren Waffen, Exzellenz. Wir dürfen nicht riskieren, daß ein größeres Loch in die Barriere gerissen wird. Es könnte zum Erstickungstod Hunderter Menschen führen, bevor der Schaden repariert wäre.«

Dalishaar nickte. Wenn sie die Eindringlinge erledigten, wo sie waren, würde sich eine größere Beschädigung der Membrane nicht vermeiden lassen. Ohne sie aber würde sich die Atmosphäre der Stadt mit dem

Wasserstoff in der Ballonhülle vermischen. Zwar bestand keine Explosionsgefahr – die Konzentration von Sauerstoff würde noch immer weit unter der liegen, die benötigt würde, um eine Verbrennung auszulösen –, aber es bestand die Gefahr, daß die Menschen im Umkreis des Regierungsturms durch das Gas den Erstickungstod erleiden würden. Das Gebäude selbst würde nicht betroffen sein; wie alle geschlossenen Gebäude der Stadt hatte es seine eigene Luftzufuhr.

»Wie viele Leute haben Sie in Position?«

»Zweiundzwanzig, Exzellenz. Außer den Männern, die in Ihrer Wohnung postiert sind, haben wir alle Treppenaufgänge und Aufzugschächte besetzt. Es gibt keine Möglichkeit, die Dachgeschoßwohnung zu verlassen.«

»Geben Sie Ihren Leuten Anweisung, daß ich so viele der Eindringlinge wie möglich lebend haben möchte. Ich muß wissen, wer ihr Auftraggeber ist. Wir werden sie beseitigen, nachdem sie meine Fragen beantwortet haben.«

»Jawohl, Sir.«

Dalishaar sah, wie eine der Gestalten ein Messer zog und in die Membrane der Habitatbarriere stieß. Er mußte den Versuch zweimal wiederholen, bevor er das zähe Material durchstoßen konnte. Dann schnitt er einen langen Riß hinein, und die Eindringlinge versammelten sich darum und begannen angestrengt an etwas zu arbeiten, was er nicht sehen konnte. Plötzlich stieg eine schwarzgekleidete Gestalt durch die Öffnung in der Barriere und seilte sich zum Balkon ab. Als sie dort angelangt war, gab sie das Seil frei, das emporgezogen wurde, und kurz darauf folgte der nächste. Bald waren alle vier unten und verteilten sich in kauernder Position über den Balkon. Nach ihren Silhouetten zu urteilen, war wenigstens einer der Eindringlinge eine Frau. Die vier schienen eine Weile lauschend zu warten, dann schlich einer zu der Tür, die in Dalishaars Wohnzimmer führte.

Er nahm ein Funksprechgerät auf und schaltete es ein. »Fassen Sie jetzt zu! Und denken Sie daran, ich möchte Gefangene.«

Larson Sands seilte sich rasch zum Balkon ab. Seine Stiefel verfehlten knapp einen aus massivem Holz gearbeiteten Tisch. Er ging dahinter in Deckung und beobachtete seine Umgebung, während er nach verdächtigen Geräuschen lauschte. Er sah und hörte nichts, was im Innern der Wohnung auf Bewegung hindeutete, sah auch keine eingeschalteten Lichtquellen.

Er blickte nach oben und gab Ross Crandall das Zeichen mit hochgerecktem Daumen. Der alte Freibeuter half Halley in den Abseilsitz, und auch sie kam ohne Zwischenfall herunter und ging am anderen Ende des Balkons in Deckung. Kelvor Reese kam als nächster, gefolgt von Crandall.

»Alles in Ordnung?« flüsterte Sands. Als alle drei nickten, winkte er sie zu dem großen Panoramafenster, das den Wohnraum vom Balkon trennte. Die Grundrißzeichnung, die Micah Bolin ihnen zum Studium überlassen hatte, zeigte Dalishaars Schlafzimmer auf der anderen Seite des Turms, weit genug entfernt, daß er die Geräusche ihrer Landung nicht gehört haben sollte.

Auf Sands' Zeichen hin schlich Reese vorwärts, um die Balkontür zu erproben. Er hatte die Hand kaum auf die Klinke gelegt, als grelles Licht den Balkon überflutete und sie blendete. Völlig überrascht, war keiner von ihnen zu einer Bewegung fähig.

»Aufstehen! Jeder von euch ist das Ziel von fünf Gewehren.«

Sands, der noch hinter dem Tisch kauerte, stand langsam auf und hob beide Hände. Die anderen folgten seinem Beispiel. Die beiden Zugangstüren wurden geöffnet, und Augenblicke später wimmelte der Balkon von Marinesoldaten der Allianz. Ein Offizier in Gefechtsausrüstung schritt heraus und nahm sie in Augenschein.

Seine Rangabzeichen wiesen ihn als einen Obristen aus. »Wer ist hier der Anführer?«

»Ich«, erwiderte Sands. Seine Stimme drang seltsam unmoduliert aus dem kleinen Außenlautsprecher seines Helms. Seine Worte wurden vom eingebauten Computer aufgenommen, der sie in elektronisch erzeugte Sprache umsetzte. Es würde später unmöglich sein, ihn an seiner Stimme zu identifizieren.

»Laßt eure Waffen fallen!«

»Wir haben keine Waffen«, sagte Sands, der die Schrecksekunde überwunden hatte. »Nur Werkzeug.«

Der Oberst schien nicht zu wissen, wie er auf diese Behauptung reagieren sollte. Ein Trupp unbewaffneter Meuchelmörder paßte nicht in sein Vorstellungsbild. Schließlich fragte er: »Was wollt ihr hier?«

»Dies ist ein Überfall.«

»Soll das ein Witz sein? Niemand überfällt die Allianz!«

»Gerade deshalb haben wir Sie gewählt«, erwiderte Sands. »Bitte unterrichten Sie Ihre Vorgesetzten, daß wir einen Kilometer pyrotechnisches Klebeband und eine Sprengkapsel, die über Funk gezündet wird, auf dem Gasballon von Cloudcroft angebracht haben. Wenn wir angegriffen werden, oder wenn irgendein Versuch gemacht wird, uns zu hintergehen, werden wir die Sprengkapsel zünden. Wenn unser Schiff nicht innerhalb einer festgesetzten Frist von uns hört, wird es die Sprengkapsel von sich aus fernzünden. Die Sprengkapsel wird auch explodieren, wenn jemand sich daran zu schaffen macht. Verstehen Sie, was ich Ihnen sage?«

Der Oberst war aschfahl geworden. »Ich werde mit meinen Vorgesetzten sprechen müssen.«

»Natürlich«, erwiderte Sands. »Und wenn Sie schon dabei sind, sagen Sie dem Ratsvorsitzenden Dalishaar bitte, daß ich sein persönliches Erscheinen hier erwarte. Er hat fünf Minuten Zeit, der Aufforderung Folge zu leisten.«

Die nächsten Minuten waren von Verwirrung gekennzeichnet. Die vier Freibeuter standen inmitten einer unschlüssigen Gruppe bewaffneter Feinde, die ihre Gefangenen finster beäugten, aber nicht anzurühren wagten. Lars wartete geduldig, überzeugt, daß nichts geschehen würde, bis die führenden Persönlichkeiten der Allianz sich vergewissert hätten, daß seine Behauptung zutraf. Er wußte, daß sie dies getan hatten, als die Marinesoldaten den Balkon verließen und sich in die Wohnung zurückzogen. Dann kehrten der Oberst und vier seiner Leute auf den Balkon zurück. Sie begleiteten einen Mann in Hauspantoffeln und einem brokatverzierten Morgenmantel. Er war übergewichtig, mit kleinen Augen, die in seinem fleischigen Gesicht eng beisammenstanden und ihm einen tückischen Ausdruck verliehen. Sein schütteres Haar war ungekämmt.

»Ich bin Kelt Dalishaar. Wie soll ich wissen, daß Sie eine Bombe auf Cloudcroft plaziert haben?«

»Sie haben sich dessen bereits vergewissert«, versetzte Lars, »sonst wären Sie nicht gekommen.«

»Wir haben die Oberseite des Gasballons mit Kameras abgesucht. Wir sehen vier unregelmäßig geformte Flecken.«

»Das sind unsere Deltaflügel. Das pyrotechnische Band ist bei Nacht unsichtbar. Sie werden es sehen können, sobald die Sonne aufgeht.«

»Und bis dahin sollen wir Ihr Wort für bare Münze nehmen?«

»Es sei denn, Sie wollen Ihre Stadt dem Untergang ausliefern. Wie lange, meinen Sie, kann Cloudcroft mit einem kilometerlangen Riß in der Gashülle in der Luft bleiben?«

»Nicht lange«, räumte der Ratsvorsitzende ein. »Wie sollen wir Gewißheit haben, daß Sie nicht an sich nehmen, was Sie wollen, und Ihre Bombe dann trotzdem hochgehen lassen?«

»Diese Gewißheit haben Sie nicht. Sie werden einfach hoffen müssen, daß wir ehrlich sind.«

»Gut. Da mir in der Angelegenheit anscheinend keine andere Wahl bleibt ...«

»Überhaupt keine«, erwiderte Sands. Er legte alle Drohung, der er fähig war, in die Worte, aber wieder beraubte die Elektronik seine Stimme ihrer Modulation. Gleichwohl hoffte er, daß die Führer der Allianz auf Nummer Sicher gehen würden. In Wahrheit hatte er nicht die Absicht, eine Stadt mit dreihunderttausend Bewohnern in den sicheren Tod abstürzen zu lassen. Er hoffte inbrünstig, daß niemand riskieren würde, seinen Bluff herauszufordern.

»Was wollen Sie von uns?« fragte Dalishaar. Wenn er Angst hatte, verbarg er sie gut. Sands sah die Berechnung hinter den Augen des Mannes. Bolin hatte ihn gewarnt, daß der Ratsvorsitzende klug und gerissen sei.

»Ich möchte, daß Sie alle Sicherheitskräfte in der Stadt in Bereitschaft versetzen. Sie sind auf rückhaltlose Zusammenarbeit zu verpflichten. Das heißt, alle Tresore sind zu öffnen, und sie haben uns bei der Beladung unserer Schiffe zu helfen, sobald sie hier eintreffen. Bitte denken Sie daran, daß unsere Sprengkapsel noch mehrere Stunden nach unserer Abreise aktiv bleiben wird. Wenn wir entdecken, daß wir getäuscht wurden, werde ich nicht zögern, diese Stadt von oben bis unten aufzureißen.«

»Sie werden unsere Kooperation haben.«

»Ausgezeichnet. Nun, zwei von meinen Leuten werden zu Ihrer Landebucht hinuntergehen, um die nötigen Vorbereitungen zum Empfang unserer Schiffe zu treffen. Sie haben Listen von Gegenständen und Waren, die wir mitnehmen werden. Weisen Sie Ihre Leute an, schon mit der Zusammenstellung der aufgeführten Dinge zu beginnen und zur Verladung vorzubereiten.«

»Oberst, Sie haben den Mann gehört! Sorgen Sie dafür.«

»Ja, Sir.«

»Drei und Vier, geht mit ihm! Zwei, du bleibst bei mir.«

Crandall und Reese folgten dem Oberst durch die offene Tür und in die Diele. Sie bestiegen einen Aufzug und wurden ins Herz der Stadt hinabgetragen. Als sie fort waren, verspürte Larson Sands eine gewisse Beklemmung. Sie waren vier Leute, die in einem See von Feinden einen kolossalen Bluff inszenierten. Ein Dummkopf, dessen Tapferkeit größer war als seine Intelligenz, genügte, um alles zu ruinieren.

»Sie werden uns zu einem Raum führen, wo ich mit unseren Schiffen Verbindung aufnehmen kann. Aber beeilen Sie sich. Die Frist für unsere Meldung ist beinahe abgelaufen. Auch möchte ich in der Lage sein, die Operationen in den Landebuchten zu überwachen.«

»Folgen Sie mir«, sagte der Ratsvorsitzende. Als Sands sich ihm anschloß, konnte er nicht umhin festzustellen, wie lächerlich der watschelnde Dalishaar in seinen Pantoffeln und dem Morgenmantel aussah.

Sie wurden ins private Arbeitszimmer des Ratsvorsitzenden geführt. Auf dem großen Schreibtisch standen ein Telefon, ein holographischer Projektionsschirm und ein Datenanschluß. Sands schritt um den Schreibtisch und benutzte das Telefon, um das vereinbarte Signal durchzugeben, das die *Sperber* von ihrer sicheren Ankunft verständigte. Einen Augenblick später wurde der kleine Bildschirm lebendig, und er sah in die Helme der Schutzanzüge, in denen Brent Garvich und Hume Bailey steckten.

»Wir haben hier alles unter Kontrolle«, sagte er. »Verständigt die anderen und kommt auf schnellstem Weg.«

»Alles klar. Wir sehen uns in zehn Minuten.«

Der Bildschirm wurde dunkel, und Sands wandte sich zu Dalishaar. »In Ordnung. Nun möchte ich die Landebuchten sehen.«

»Ich werde das Überwachungssystem aktivieren müssen.«

»Tun Sie es.« Dalishaar streckte den Arm an Sands vorbei und tippte rasch eine Serie von zwanzig Zeichen in die Computertastatur. Wie es bei den meisten Sicherheitssystemen der Fall war, wurde der Code manuell eingegeben, um ein Abhören zu verhüten. Der Bildschirm quittierte die Anweisung mit einer Serie von Fragen, die Dalishaar verbal beantwortete. Dann wandte er sich zu Sands.

»Sie sind mit unbeschränkten Vollmachten an den Stadtcomputer angeschlossen. Geben Sie einfach Ihre Wünsche an, und er wird sein Möglichstes tun, sie zu erfüllen.«

»Computer. Allgemeine Ansicht der Landebucht ...«

»Sechs«, ergänzte Dalishaar. »Das ist die größte Landebucht und diejenige, wo Sie Ihre Schiffe vermutlich beladen wollen.«

»Allgemeine Ansicht der Landebucht sechs«, wiederholte Sands.

Der Bildschirm zeigte die Landebucht aus der Vogelschau. Sie war eine weitläufige, höhlenartige Abteilung, in deren Mitte eine Gruppe Leute stand. Zwei von ihnen trugen Schutzanzüge.

»Hallo, Drei«, sagte Sands in sein integriertes Funksprechgerät. »Ich habe euch auf dem Bildschirm.«

»Hier, Eins«, antwortete Ross Crandall. Eine der Gestalten hob die Hand und winkte.

»Das Schiff ist unterwegs. Habt ihr ihnen schon eure Liste gegeben?«

»Habe ich. Sie öffnen jetzt die Tresore.«

»Haltet diese Verbindung offen. Sollte einer euch auch nur schief ansehen, meldet es mir sofort.«

»Wird gemacht, Eins.«

Sands befahl dem Computer, Crandall im Bild zu halten. Der Mann teilte sein unfreiwilliges Gefolge in Zweiergruppen auf, die er zu verschiedenen Lagerräumen

88

und Tresoren schickte. Er arbeitete nach der Liste von Wertgegenständen, die Micah Bolin ihnen übergeben hatte. Als Crandall und Reese mit der Inspektion des dritten Lagerraumes fertig waren, war es für Sands offensichtlich, daß Bolins Information verblüffend genau war. Wieder fragte er sich, woher Bolin seine Daten bekommen hatte. Dalishaars Gesichtsausdruck deutete an, daß ihn die gleiche Frage beschäftigte.

Nachdem er alle Tresorräume und Lager in Augenschein genommen hatte, überwachte Crandall den Transport der Wertgegenstände zur Landebucht. Ein Lagerraum enthielt pharmazeutische Artikel, die ihr Gewicht in Iridium wert waren. Ein anderer war voll von elektronischen Modulen, die in sicherheitskritischen städtischen Systemen verwendet und darum überall auf Saturn gut verkäuflich waren. In einem dritten Lagerraum lagen lange Planken, die von einer der Städte stammten, die sich auf Holzerzeugung spezialisiert hatten. Diese Planken allein würden auf dem Schwarzen Markt mehrere Megakredite bringen.

Die Katalogisierung der Waren wurde unterbrochen durch die Ankunft der *Sperber*. Sands verfolgte den ganzen Vorgang in Dalishaars privatem Arbeitszimmer und hielt mit gespannter Aufmerksamkeit Ausschau nach Anzeichen von Verrat. Es gab keine. Die Techniker der Allianz behandelten das Schiff mit der gleichen Vorsicht, die sie der Jacht des Ratsvorsitzenden hätten angedeihen lassen. Die Landebucht war ein weiter offener Raum, in dem die fusionsgetriebene Maschine sich beinahe verlor. Aber selbst dieser Raum würde für Bolins Luftschiffe zu klein sein. Sie würden über eine Ladebrücke bedient werden müssen, die von der Stützsäule der Stadt hinausgeschoben wurde.

»Nummer Zwei, du übernimmst hier«, befahl Sands, sobald die *Sperber* sicher in der Landebucht festgemacht hatte. »Wenn du irgend etwas Verdächtiges bemerkst, verständige mich sofort. Ratsvorsitzender, ich wünsche eine persönliche Führung durch diese Einrichtung.«

»Weshalb?«

»Um zu sehen, was mitzunehmen lohnend sein könnte, natürlich. Außerdem habe ich eine Liste von Kunstgegenständen aus Ihrem Museum, die ich zur Landebucht gebracht haben möchte.« Er zog die vorbereitete Liste aus der Tasche und händigte sie Dalishaar aus.

Dessen Miene verfinsterte sich noch mehr, als er die Liste überflog. Obwohl die Kunstwerke wegen ihrer Seltenheit selbst über Hehler kaum zu verkaufen waren, würde ihr Verlust die Herrscher der Allianz in einer Weise erbittern, wie es hochwertige Industriegüter niemals vermöchten. Sands hoffte, daß ihre Wut die Heftigkeit ihrer gegenseitigen Beschuldigungen steigern würde.

»Gibt es ein Problem?«

Dalishaar verneinte durch zusammengebissene Zähne. Er gab die Liste einem seiner Untergebenen und befahl ihm, sich um die Zusammenstellung der betreffenden Gegenstände zu kümmern. Dann wandte er sich zu Sands und fragte: »Wo möchten Sie Ihren Rundgang beginnen?«

»Beim Zentralcomputer.«

Cloudcroft war darin typisch für die meisten Saturnstädte, daß der Zentralcomputer der Stadt sich im Regierungssitz befand. Tatsächlich war der Computer die Regierung, soweit es die Verwaltung und Versorgung der Bevölkerung betraf.

Unterwegs zum Zentralcomputer, erkannte Sands zwei alte Meister unter den Gemälden, die in den Korridoren hingen. Eines war ein Winslow Homer aus dem 19., das andere ein Warhol aus dem 20. Jahrhundert. Sands ließ sie abnehmen und zur Landebucht schaffen. Genauso verfuhr er mit zwei Vasen, die er für altes chinesisches Porzellan hielt.

Der Zentralcomputer war in einem großen, gut beleuchteten Raum, wo Spezialisten in weißen Arbeitskitteln die große Anlage bedienten, die all den vielfältigen Funktionen einer Stadtverwaltung gerecht werden mußte. Der Chefingenieur kam mit mißbilligender Miene herbeigeeilt, als Sands, der Ratsvorsitzende und drei Marinesoldaten an zwei Schildern vorbeigingen, die Unbefugten den Zutritt verboten.

»Sie sollten nicht hier sein, Exzellenz.«

Dalishaar erklärte ihm die Situation mit wenigen wohlgesetzten Worten, die den Computerspezialisten zuerst erbleichen und dann rot anlaufen ließen. Unbeeindruckt von seinem empörten Blick erkundigte sich Sands nach dem Aufbewahrungsort der Archivkopien.

»Wir schicken sie hinüber nach Murphiston.«

»Was ist das?«

»Eine andere Stadt der Allianz. Wenn wir einen größeren Computerausfall haben, können sie uns ohne nennenswerten Zeitverlust aushelfen.«

»Sie verwahren hier keine Kopien?«

Der Chefingenieur zögerte einen langen Augenblick, bis Dalishaar knurrte: »Sagen Sie es ihm, Alver. Es ist den Untergang Cloudcrofts nicht wert.«

»Ah, natürlich haben wir hier Arbeitskopien.«

»Wo?«

»Hinter der Tür dort.«

»Öffnen Sie.«

Der Chefingenieur öffnete die Tür zu einem Datentresor. Vom Boden bis zur Decke waren Tausende von dominogroßen Speichereinheiten gestapelt. Es waren die Archivkopien von allen Informationen, die der Zentralcomputer von Cloudcroft gespeichert hatte. In Anbetracht der Speicherkapazität einer einzigen Speichereinheit war die Größenordnung der aufgezeichneten Informationsmenge schwindelerregend.

Sands nahm einen leeren Papierkorb und begann Speichereinheiten hineinzupacken. Dabei verglich er sorgfältig die Archivnummern mit der Liste aus seiner Tasche, bevor er etwas aus den Regalen nahm. Trotz seiner scheinbaren Sorgfalt arbeitete er völlig willkürlich, denn die Liste war nur vorgetäuscht. Wie der Diebstahl von Kunstwerken, hatte sein Vorgehen den Zweck, Verdacht und Mißtrauen unter den Feinden zu säen.

Unter dem banalen Archivmaterial, mit dem jeder Verwaltungscomputer vollgestopft war, befanden sich zahlreiche wertvolle Geheimnisse. Es kam darauf an, sie zu finden. Hätte er das gesamte Archiv ausgeräumt, so wäre es eine Arbeit von Jahrhunderten gewesen, alle sicherheitsverschlüsselten Informationen zu entziffern und auszuwerten. Indem er sich den Anschein gab, ganz bestimmte Archiveinheiten an sich zu nehmen, erweckte Sands den Eindruck, daß er es auf bestimmte Informationen abgesehen hatte. Die Führer der Allianz würden natürlich ermitteln lassen, was er mitgenommen hatte, um Hinweise auf seine Absichten zu erhalten. Da seine Beschlagnahme ohne wirklichen Sinn und Zweck war, hoffte er ihnen ein Kopfzerbrechen zu bereiten, von dem sie sich lange nicht erholen würden.

Sands zog einen Netzbeutel aus seiner Gürteltasche und schüttelte den Inhalt des Papierkorbs hinein. Dann befahl er den Marinesoldaten, die restlichen Archiveinheiten aus den Regalen auf den Boden zu werfen.

Die weitere Erforschung des Regierungssitzes verlief enttäuschend. Der Zeitpunkt, zu dem die Luftschiffe eintreffen sollten, rückte näher, und Sands beendete die Farce. Auf dem Rückweg zu Dalishaars Arbeitszimmer trafen sie in einem Korridor zwei Wachtposten.

»Was ist dort drinnen?« fragte Sands mit einer Handbewegung zu der neutralen Tür, vor der die Posten standen.

»Eine Wohnung für Staatsgäste«, antwortete der Ratsvorsitzende. »Gegenwärtig wohnt dort die Leiterin der Handelsdelegation von Titan.«

»Öffnen Sie.«

»Ich versichere Ihnen, daß Sie dort nichts von Wert finden werden.«

»Ich sagte, öffnen Sie!«

Dalishaar machte eine abrupte Geste zu einem Marinesoldaten seines Gefolges, der nähertrat und einen Code in das Türschloß eingab, dann die Tür öffnete. Drinnen standen zwei weitere Wachtposten.

»Gehen Sie hinaus!« befahl Dalishaar. Die zwei taten wie geheißen, der Ratsvorsitzende trat zurück und bedeutete Sands, einzutreten.

Sands tat es. Auf einer Couch saß die schönste Frau, die er je gesehen hatte, und starrte ihn überrascht an.

7

Die Plünderung einer Stadt

»Wer sind Sie?« fragte Sands, als die Frau aufstand. Sie war groß, mit einem herzförmigen Gesicht und dunklem Haar. Ihre graugrünen Augen blickten zwischen ihm und dem ungepflegten Dalishaar hin und her.

»Mein Name ist Kimber Crawford. Mein Vater ist Envon Crawford, der Verwalter von Titan. Ich bin hier gefangen.«

»Warum?«

»Der Ratsvorsitzende versucht meinen Vater zu Handelskonzessionen zu zwingen. Er hält mich und unsere ganze Delegation als Geiseln fest, bis mein Vater auf seine Forderungen eingeht.«

»Wird er es tun?«

Sie lachte. Es war ein musikalischer Klang. »Eher geht morgen die Sonne nicht auf. Wer sind Sie?«

»Meine Partner und ich führen gegenwärtig einen Überfall auf Cloudcroft durch.«

»Einen Überfall?« Kimber klatschte in die Hände wie ein Kind bei der Weihnachtsbescherung. »Das also ist es! Sie holten mich aus dem Bett, wollten mir aber nicht sagen, was vorgeht. Könnte es vielleicht sein, daß mein Vater Sie mit meiner Rettung beauftragte?«

»Ich fürchte, nein.«

»Schade. Trotzdem, das sollte uns nicht daran hindern, etwas zu improvisieren. Lassen Sie meine Leute gehen, und mein Vater wird Sie gut belohnen.«

»Tut mir leid, aber ich habe keine Möglichkeit, Sie zu Titan zu bringen.«

»Kein Problem. Wir haben unser eigenes Schiff.«

»Wie würde ich die Belohnung kassieren?«

Sie überlegte kurz, dann zog sie einen kostbaren Ring von ihrem Finger und hielt ihn ihm hin. »Hier. Zeigen Sie den auf Titan vor und verlangen Sie, was Sie für angemessen halten. Mein Vater wird die Forderung anerkennen.«

Er machte keine Anstalten, den Ring zu nehmen. Statt dessen erwog er ihren Vorschlag. Wenn diese schöne Frau wirklich die Tochter des mächtigsten Mannes von Titan war, würde ihre Befreiung aus Dalishaars Gewahrsam Belohnung genug sein. Nicht nur würde es die Allianz von Micah Bolins Auftraggebern ablenken, sondern es würde auch eine weitere kleine Vergeltung für Danes Ermordung sein.

»Es macht Ihnen nichts aus, wenn diese Dame und ihre Leute Cloudcroft verlassen, nicht wahr, Exzellenz?« Dalishaars finstere Miene war alles an Antwort, was er brauchte. Er wandte sich wieder Kimber zu. »Wir werden ungefähr noch eine Stunde hier bleiben. Wenn Sie Ihr Schiff bis dahin startfertig machen können, werden wir Ihnen Geleitschutz geben. Danach werden Sie auf sich selbst gestellt sein. Ich sollte Sie warnen, daß wahrscheinlich die ganze Flotte der Allianz draußen auf uns wartet.«

»Bringen Sie uns aus dieser Stadt, und wir werden den Rest tun.«

»Gut. Der Ratsvorsitzende wird die nötigen Befehle erteilen.«

Dalishaar wandte sich zu dem Adjutanten, der Sands' frühere Forderungen weitergegeben hatte, und instruierte ihn, die Handelsdelegation und die Schiffsbesatzung von Titan zur Landebucht zu bringen und ihr Schiff aus dem Lager zur Landebucht zu überführen.

»Ist das zufriedenstellend?« fragte Sands, als die Befehle ergangen waren.

»Sehr!« Wieder hielt sie ihm den Ring hin. »Um Ihre Belohnung zu beanspruchen.«

»Eine Belohnung ist nicht notwendig. Ich habe meine eigenen Gründe, Sie zu befreien.«

»Dann nehmen Sie ihn als Anerkennung. Es kommt nicht jeden Tag vor, daß eine Dame in Bedrängnis von einem Ritter in schwarzer Rüstung gerettet wird. Ist Ihnen in diesem Anzug nicht heiß?«

»Sehr!« Er nahm den Ring von ihr entgegen. Einen kurzen Augenblick drückte sie ihn fest genug in seine Hand, daß er ihre Finger durch den Handschuh fühlen konnte. Er steckte den Ring in eine Tasche, verabschiedete sich und forderte Dalishaar auf, ihn zum Büro zurückzubringen, wo sie Halley verlassen hatten.

Über dem Flugweg dämmerte der Morgen, als er zu ihr kam, und beinahe gleichzeitig traf das erste von Bolins Luftschiffen ein. Am holographischen Bildschirm verfolgten sie die Annäherung des Frachters an die Stadt. Erste Sonnenstrahlen vergoldeten seinen Rumpf. Sobald das Luftschiff seine stumpfe Nase in einen Andockring gesteckt hatte, wurde eine Verladebrücke ausgeschwenkt, die Bugklappe des Luftschiffes öffnete sich, und ein gleichmäßiger Strom von Beute begann ins Innere zu fließen.

»Wir sind dem Fahrplan ein wenig voraus«, meldete Halley.

»Ausgezeichnet.« Sands blickte auf sein Helmchronometer. Erst dreiundvierzig Minuten waren vergangen, seit sie auf Cloudcrofts Ballonhülle gelandet waren, und siebenundzwanzig, seit er die Botschaft an die Luftschiffe ausgesandt hatte. »Gibt es etwas zu melden?«

»Keine Probleme. Ich habe das Signal von der Sprengkapsel überwacht. Niemand ist in die Nähe gekommen, obwohl ich vor etwa zehn Minuten eine Maschine darüber fliegen sah.«

Sands wandte sich zu Dalishaar. »Was für eine Maschine?«

»Wahrscheinlich nur ein kommerzieller Flug, der in Unkenntnis Ihrer Anwesenheit war.«

»Eher eine Ihrer Militärmaschinen, die sich vergewisserte, daß unsere Bombe wirklich dort ist.«

»Nein. Ich versichere Ihnen, daß ich strikte Anweisungen gegeben habe.«

»Sie haben Ihre Sache bis jetzt gut gemacht, Exzellenz. Es wäre mir sehr unangenehm, Ihre Stadt untergehen zu sehen, weil jemand nachlässig wurde. Vielleicht sollten Sie Ihre Befehle wiederholen, daß keine Maschine sich dieser Stadt zu nähern hat. Keine einzige. Und wenn wir Marineeinheiten ausmachen, die unterwegs in den Flugweg sind, werden wir geeignete Maßnahmen treffen. Verstehen wir einander?«

»Ich werde die Befehle in Erinnerung rufen«, sagte Dalishaar. Seit sie das Quartier für Staatsgäste verlassen hatten, war im Verhalten des Ratsvorsitzenden ein wachsender innerer Widerstand spürbar, gepaart mit Zeichen von Ungeduld. Sands nahm es als ein Zeichen, daß sein Opfer den Grenzen seiner Willfährigkeit nahe war.

»Ich muß etwas mit dir besprechen«, sagte Halley. »Allein.«

»Gut. Bitte warten Sie draußen bei Ihren Leuten, Exzellenz. Und entspannen Sie sich. Wir werden innerhalb einer Stunde fort sein, und Sie werden Ihre Stadt zurückbekommen.«

Als Dalishaar und seine Leute gegangen waren, zog Sands ein Kabel aus der Gürteltasche und steckte die Enden in passende Öffnungen an seinem und Halleys Helm. Nun konnten sie ungehindert sprechen, ohne befürchten zu müssen, daß sie abgehört wurden.

»Während du fort warst, durchsuchte ich den Schreibtisch des Ratsvorsitzenden.«

»Und?«

»Siehst du die Schubladen auf der rechten Seite? Sie sind unecht. Er hat einen Computer darin. Einen großen.«

»Einen privaten Computer?«

Halley nickte. Die Visierscheibe ihres Helms reflektierte das Licht der aufgehenden Sonne.

»Anscheinend traut er dem Zentralcomputer nicht«, sagte Halley.

»Interessant. Gibt es einen Zugang zu seinen Akten?«

»Nein. Ich versuchte es, komme aber nicht weiter als bis zum Systemmenü. Danach stoße ich immer wieder auf Blockaden, die nur mit Losungsworten überwunden werden können. Was schließt du daraus?«

»Daß der Ratsvorsitzende viele Geheimnisse hat. Wie bringen wir sie in Erfahrung?«

»Mit der Drohung, die Stadt zu zerstören, wenn er uns die Losungsworte nicht gibt?«

Sands schüttelte den Kopf. »Wenn er ein normales Sicherheitssystem hat, wird er auch ein ganzes Bündel falscher Akten für gerade diese Eventualität haben. Wahrscheinlich mehr als eines. Er wird uns die falschen Losungswörter geben, und wir werden falsche Daten bekommen. Außerdem konntest du sehen, wie er sich benimmt. Ich würde sagen, daß wir ihn lange genug herumgeschubst haben. Noch mehr davon könnte zu unberechenbaren Reaktionen führen.«

»Wahrheitsserum?«

»Sehr gut. Wo bekommen wir es?«

»Wir könnten es vom städtischen Krankenhaus kommen lassen.«

»Nein, wahrscheinlich würden sie uns bloß eine Spritze mit destilliertem Wasser schicken. Außerdem würde es zu viel Zeit beanspruchen. Wir müssen uns an den Plan halten. Konntest du Zugang zu den Systemfunktionen bekommen?«

»Ja.«

Er nahm das Netz mit Speichereinheiten von der Schulter und gab es ihr. »Dann übertrage sie auf eine oder mehrere dieser Speichereinheiten. Ich möchte eine Sicherungskopie des ganzen Systems. Wir werden alles aufnehmen und es unseren Auftraggebern überlassen, den Sicherheitscode zu knacken. Dann können sie die wirklichen Daten von den falschen aussondern. Und gib dem Computer einen Hinweis auf deine Sicherungskopie. Vielleicht können wir Dalishaars Selbstbewußtsein erschüttern, wenn er glaubt, wir hätten seine Geheimnisse.«

»Wie wäre es mit ein paar Dankesworten?«

Sands hörte ihr Grinsen aus der Stimme heraus. Es war das erste Mal, daß sie seit Danes Tod gelächelt hatte. »Aber gib acht, daß du ihm nicht eine Probe deiner Handschrift hinterläßt.«

Sie machte sich an die Arbeit, während er seine Aufmerksamkeit der holographischen Projektion zuwandte. Ein gleichmäßiger Strom von cybernetisch gesteuerten Transportwagen rollte über die Laderampe zum ersten Luftschiff. Inzwischen hatte ein zweites auf der gegenüberliegenden Seite der Landebucht Sechs angedockt. Innerhalb weniger Minuten begann auch dort die Beladung mit Beutegut. Der dritte Frachter, Micah Bolins Flaggschiff, wartete im Hintergrund. Die Waffen an Bord der Luftschiffe waren ebenso imstande, den Gasballon zu zerstören, wie die Bombe, die sie angebracht hatten. Sands konnte sich vorstellen, wie Bolin vor seinen Bildschirmen saß und nervös jeden Aspekt des Überfalls verfolgte.

Das Innere der Landebucht war noch überfüllter und belebter als bei seiner letzten Überprüfung. Die *Sperber* war im Mittelpunkt einer großen Gruppe von Stauern, die kleinere Beutestücke in den Laderaum der Maschine trugen. Unter diesen Stücken war auch eine Anzahl Gegenstände aus Cloudcrofts Museum. Zweifellos waren einige der Gegenstände mit Peilsendern versehen, auch ein paar Bomben waren nicht auszuschließen. Peilsender störten Sands nicht. Jedes Signal, das aus dem Innern des Laderaums gesendet wurde, mußte von den umfangreichen Abschirmungen ausgelöscht werden, die Bolins Techniker installiert hatten. Eine Bombe war allerdings etwas anderes. Hume Bailey ließ jeden Gegenstand durch einen Detektor gehen, bevor er ihn an Bord ließ. Er würde die Maschine auch auf außen angebrachte Haftminen und Peilsender untersuchen, wenn die Zeit zum Start gekommen wäre.

Während er den Ladevorgang beobachtete, schwenkte die Verladebrücke vom Bug des ersten Luftschiffes zurück, und die Bugklappe wurde geschlossen. Zwei Minuten später verließ der Frachter die Landebucht und die Stadt. An seiner Stelle glitt gleich darauf Bolins Flaggschiff in die Andockbucht und machte fest.

Sands bemerkte, daß sie dem Zeitplan noch immer etwas voraus waren. Die reibungslose Leichtigkeit, mit der alles ablief, löste tief in seinem Bewußtsein ein kleines Alarmsignal aus. Dalishaar und seine Leute waren viel zu gefügig. Daß sie etwas im Schilde führten, verstand sich von selbst. Er hoffte nur, daß der Gegenschlag, wenn er käme, einer sein würde, den er vorausgesehen hatte.

»Sind Sie sicher, daß es nicht ein falsches Manöver der Allianz ist«, fragte Ganther Bartlett, als er mit Kimber im U-Bahnwagen zur Landebucht fuhr. Die Gefangenschaft hatte dem alten Mann ihren Tribut abverlangt. Er sah aus, als hätte er seit einer Woche nicht geschlafen.

»Was hätten sie zu gewinnen, wenn sie uns entkommen lassen?«

»Stellen Sie mir eine Frage, die ich beantworten kann.«

Als sie dahinsausten, passierten sie viele der Abteilungen, die sie am Abend ihrer Ankunft auf dem Weg zum Regierungsgebäude gesehen hatten. Die meisten Gebäude und Zwischenstationen waren verlassen, aber die wenigen Menschen, die zu sehen waren, schienen ihren normalen frühmorgendlichen Geschäften nachzugehen. Wenn sie sich sorgten, daß ihre Stadt aus dem Himmel ins Höllenfeuer abstürzen könnte, ließen sie es sich nicht anmerken. Offenbar würde eine öffentliche Bekanntmachung des Überfalls erst erfolgen, wenn er vorüber wäre.

»Warum, meinen Sie, lehnte dieser Freibeuter eine Belohnung ab?« fragte Bartlett.

»Ich weiß es nicht. Vielleicht wird er sich eines Besseren besinnen, und wir werden in der Lage sein, ihm angemessen zu danken.«

Ihr Gespräch brach ab, als der Wagen die Landebucht erreichte. Marinesoldaten mit grimmigen Gesichtern und Maschinenpistolen erwarteten sie. Kimber stieg aus und half Ganth auf den Bahnsteig der Station. Sie wurden zu der Stelle geführt, wo Kapitän Nyquist und die übrigen Passagiere und Besatzungsmitglieder der *Gotham* versammelt waren. Obschon ungewaschen und unrasiert, schienen sie wegen der Gefangenschaft in keinem schlechten Zustand zu sein.

»Wo ist unser Schiff, Kapitän Nyquist?«

»Es kommt gerade aus dem Lagerhangar, Miss Crawford.« Er zeigte zu den Flügeln eines großen, luftdicht schließenden Tores, die sich schwerfällig öffneten und den schlanken Bug der *Gotham* freigaben. »Was geht eigentlich vor?«

»Wir reisen ab. Es ist ein Überfall im Gange, und die Plünderer befreien uns. Wir sind während des Starts unter ihrem Schutz. Danach werden wir selbst weitersehen müssen. Wie lange wird es dauern, bis wir starten können?«

»Der Reaktor muß temperaturstabilisiert sein. Das Handbuch empfiehlt eine halbe Stunde, aber ich kann das auf fünfzehn Minuten herabdrücken.«

»So frühzeitig wie es Ihnen möglich ist, Kapitän.«

»Ich werde mein Möglichstes tun, Miss Crawford.«

Nyquist und sein Copilot gingen hinüber zur *Gotham*, die gerade auf einem der drei Startkatapulte der Landebucht in Position geschleppt wurde.

Durch die transparente Wasserstoffschleuse war der

dicke Bug eines der Luftschiffe sichtbar. Wie ein junger Wal, der sich von seiner Mutter löste, warf das Luftschiff die Leinen los und entfernte sich rückwärts fahrend von der Stadt. Es wendete schwerfällig und beschleunigte dann außer Sicht. Eine Minute später nahm ein noch größeres Luftschiff seinen Platz ein.

»Unsere Befreier scheinen ihre Abreise vorzubereiten«, sagte Kimber. »Ich schlage vor, daß wir alle an Bord gehen und uns bereithalten.«

Bartlett war einverstanden, und sie half ihm zum Schiff und auf einen Beschleunigungssitz, bevor sie nach vorn zur Pilotenkanzel ging. Sie langte noch rechtzeitig ein, um die letzten einer Folge von Flüchen aus dem Munde des Piloten zu hören.

»Was ist los?«

»Die Reaktorsteuerung reagiert nicht«, antwortete Nyquist.

»Versuchen Sie es mit der Notschaltung.«

Nyquist bediente eine Anzahl Instrumente, doch ohne Ergebnis. Jedes Versagen führte zu einer Eskalation seiner Unmutsäußerungen. Schließlich wandte er sich in seinem Sitz um und sah Kimber an. »Ich fürchte, wir werden nicht starten, Miss Crawford. Jemand hat das Steuerungssystem des Reaktors kurzgeschlossen. Die Sicherungen sperren uns von den Schaltkreisen aus.«

»Können wir sie nicht überbrücken?«

»Nicht ohne das Schiff in die Luft zu sprengen.«

»Können wir den Schaden reparieren?«

»Gewiß, wenn wir genug Zeit haben. Aber wir werden vier Stunden brauchen, um an den Schaden heranzukommen. Ich fürchte, Dalishaars Techniker sind uns einen Schritt voraus.«

Kimber blickte zum Fenster hinaus. Jenseits der ladenden Luftschiffe lagen blauer Himmel, weiße Wolken und Freiheit. Sie schien so nahe und war doch so weit jenseits ihrer Reichweite wie die ausgedörrten Berge und Täler der toten Erde.

Fünfzehn Minuten später wandte sich Halley zu Sands um und sagte: »Unser Auftraggeber meldet, daß er voll beladen ist und bereit zum Ablegen.«

»Sag ihm, er solle verduften. Wir werden hier noch zwanzig Minuten oder so die Stellung halten.«

Nach kurzer Pause sagte sie: »Bestätigt. Sie machen jetzt los.«

Sands schaltete die holographische Projektion auf Außenansicht. Das Flaggschiff hatte die Halteleinen losgeworfen und zog sich rückwärts aus der Landebucht zurück, bevor es drehte und Kurs nach Norden nahm. Den Abgasfahnen war anzusehen, daß die Antriebsreaktoren mit höchster Leistung arbeiteten. Trotzdem dauerte es lange, bis der langgestreckte Rumpf allmählich kleiner wurde und im Blau verschwand. Der zweite Frachter war ihm ein gutes Stück voraus und bereits an den Grenzen der Sichtbarkeit, während das erste Luftschiff verschwunden war. Mit etwas Glück hatte es die Wolkenwand erreicht und besäte die Aufwindzone der Konvektionzelle mit Tonnen von reflektierenden Kunststoffstreifen. Bald würde die Wolkenwand für Radargeräte so undurchsichtig sein wie sie es für das menschliche Auge war.

»Gut, dann laß uns hier aufräumen«, sagte Sands zu Halley. »Wo hast du die Notiz hingetan?«

»In die obere Schreibtischschublade.«

»Gut. Ich möchte sein Gesicht sehen, wenn er sie findet.«

Das Kopieren des Speicherverzeichnisses vom privaten Computer des Ratsvorsitzenden hatte nur eine einzige Speichereinheit benötigt. Vieles von dem, was sie aufgezeichnet hatten, betraf die Arbeitsweise des Systems, die gespeicherten Programme und das umfangreiche Sicherheitssystem des Computers. Inmitten dieses nutzlosen Ballasts waren jedoch die Akten, die Kelt Dalishaar für zu brisant hielt, um sie im Zentralcomputer zu verwahren. Niemand konnte sagen, welche Geheimnisse ans Licht kommen mochten, wenn jemand die Geduld aufbrachte, die verschiedenen Sicherungscodes zu knacken, welche die Daten schützten.

»Hallo, Drei«, sagte Sands über seine Funksprechverbindung. »Bist du da?«

»Wo sollte ich sonst sein, Eins?«

»Wie geht es mit dem Schiff voran?«

»Wir sind voll beladen und startbereit. Der Kommandant der Landebucht hat uns auf dem Katapult.«

»Irgendwelche Zeichen von Schikane?«

»Nichts Offensichtliches, Eins. Sie sind noch immer brave kleine Jungen.«

»Das könnte sich jetzt jederzeit ändern. Ich möchte euch an Bord haben, wenn wir in der Bucht eintreffen. Wenn sie uns unterwegs einen Hinterhalt legen wollen, wird es ihre letzte Chance sein.«

»Ich habe den Hafenkapitän bereits daran erinnert, wieviel Schaden eine fusionsgetriebene Maschine im Innern einer Stadt anrichten kann. Ich glaube, er war angemessen beeindruckt.«

»Wir sehen uns in ein paar Minuten. Wir werden den Frachtern Zeit geben, die Wolkenwand zu erreichen, und uns dann selbst aus dem Staub machen.«

»Soll mir recht sein«, sagte Crandalls elektronisch erzeugte Stimme. »Ich habe den entschiedenen Eindruck, daß diese Leute uns nicht mögen.«

»Ich kann es ihnen nicht übelnehmen«, erwiderte Sands.

Er und Halley sammelten ihre Ausrüstung ein und verließen das Arbeitszimmer. Der Ratsvorsitzende und sein Stab waren im Wohnzimmer versammelt. Dalishaar hatte die Gelegenheit genutzt, seinen Morgenmantel abzulegen und sich anzuziehen. Er war wieder mit jedem Zoll ein Mann von Macht und Einfluß. Das gab Sands Anlaß zur Sorge. Ohne Hose erwischt zu werden, zehrt am Selbstbewußtsein. Aber nun, da Dalishaar Zeit gehabt hatte, sich zurechtzumachen, konnte niemand sagen, was ihm durch den Kopf gehen mochte.

»Wir werden jetzt folgendes tun, Exzellenz«, sagte er, als die wartenden Würdenträger der Allianz aufgestanden waren. »Sie, ich und Nummer Zwei werden einen U-Bahnwagen zur Landebucht nehmen. Der Rest Ihres Gefolges wird hier im Regierungsgebäude warten. Sie werden in der Landebucht bleiben, bis wir gestartet sind. Beim geringsten Zeichen von Widerstand werden wir uns den Weg freischießen. Ich brauche Ihnen nicht zu sagen, was mit Ihnen persönlich geschehen wird, wenn wir das tun müssen, nicht wahr?«

»Nein.«

»Also gehen wir.«

Dalishaar führte sie zum Aufzug und von dort zur U-Bahnstation. Die drei zwängten sich in einen der kleinen Kabinenwagen und wurden zum Stadtrand befördert. Trotz Sands' Befürchtungen langten sie ohne Zwischenfall dort an.

Zwei Maschinen lagen auf den Katapulten, die alles, was schwerer als Wasserstoff war, auf die nötige Startgeschwindigkeit beschleunigten. Die *Sperber* lag auf dem Backbordkatapult, allem Anschein nach startbereit bis auf die Wasserstoffschleuse steuerbords, die offen stand. Ross Crandalls schwarzgekleidete Gestalt wartete vor der Öffnung. Eine größere Maschine lag auf dem Steuerbordkatapult. Sands erkannte eines der geflügelten Raumschiffe, die für den Transit zwischen Saturn und seinen Monden verwendet wurden. Er befahl Halley, an Bord der *Sperber* zu gehen, dann faßte er Dalishaar beim Arm und führte ihn über das Deck zum Raumschiff.

»Sie hätten inzwischen weg sein sollen«, rief er Kimber zu, als er sich dem Schiff näherte. Beim Klang seiner Stimme wandte sich ein alter Mann um.

»Sie müssen unser Wohltäter sein«, sagte er. »Ich bin Ganther Bartlett, Miss Crawfords Chefunterhändler.«

»Lassen wir die Vorstellungen. Was, zum Teufel, tun Sie noch hier?«

»Wir sind sabotiert worden.« Hastig erklärte er, was mit der Reaktorsteuerung geschehen war.

Sands runzelte die Stirn. »Sie hätten uns etwas sagen sollen. Wir hätten Sie mit den Luftschiffen hinausbringen können. Jetzt ist es zu spät. Wie viele von Ihnen sind da?«

»Elf Personen.«

»Was haben Sie dazu zu sagen, Exzellenz? Kann die Allianz ein Schiff bereitstellen?«

»Bedaure«, sagte Dalishaar. Die triumphierenden Obertöne in seiner Stimme waren nicht zu überhören. »Es steht keines zur Verfügung.«

»Besorgen Sie eins!«

»Sie werden Ihre Bombe deswegen nicht zünden«, versetzte Dalishaar zuversichtlich. »Sie würden vielleicht dazu imstande sein, wenn wir Sie an der Abreise hinderten. Aber diese ...« – er machte eine abschätzige Handbewegung zu den versammelten Titaniern – »sind Ihnen nicht so wichtig. Außerdem werden Sie auch diese Leute töten, wenn Sie Cloudcroft vernichten.«

Sands wandte sich zu Kimber Crawford. »Ich fürchte, er hat recht. Es tut mir leid, daß ich nicht hilfreicher sein konnte.«

»Warten Sie«, sagte der alte Mann. »Sicherlich haben Sie Platz an Bord Ihrer Maschine.«

»Für elf Personen? Schwerlich.«

»Wie wäre es mit einer Person?«

Lars zögerte. »Das könnte möglich sein.«

»Dann nehmen Sie Miss Crawford mit. Bringen Sie sie fort von hier.«

»Ich werde Sie nicht verlassen, Ganth!«

»Sie müssen. Ohne Sie hat Dalishaar kein Druckmittel gegen Ihren Vater.«

»Das ist richtig, Miss Crawford«, sagte ein Mann in der Uniform eines Marineoffiziers. »Sobald Sie in Sicherheit sind, wird eine Flotte von Titan starten können, um uns zu befreien.«

Bartlett wandte sich zu Sands. »Bitte nehmen Sie Miss Crawford an Bord. Sie werden reichlich belohnt.«

»Ich kann sie noch hineinquetschen«, sagte Sands. Die Ereignisse entwickelten sich zu schnell für seinen Geschmack. Er überlegte, daß dies ein Komplott der Allianz sein könnte, um einen Spion an Bord seines Schiffes zu bringen, dann verwarf er den Gedanken wieder.

»Ich an Ihrer Stelle, Miss Crawford, würde nicht mit ihm gehen«, bemerkte Dalishaar.

»Warum nicht, Exzellenz?«

»Sie kennen diese Leute nicht, wissen nichts von ihnen. Sie mögen imstande sein, Ihnen die Kehle durchzuschneiden, sobald sie außer Sicht sind. Außerdem ist das Reisen mit ihnen nicht sicher.«

»Damit will er sagen«, erwiderte Sands, »daß er versuchen wird, uns abzuschießen, sowie sie unsere Bombe entschärft haben.«

Kimber lächelte Dalishaar zu. »Es ist wahr, daß ich nicht weiß, mit welchen Halsabschneidern ich mich einlasse, aber ich weiß, welche ich zurücklasse.« Damit wandte sie sich zu Sands. »Wollen wir gehen?«

8

Mahlstrom

»Was, zum Teufel, tut die hier?« fragte Halley, als Lars mit Kimber Crawford in die Pilotenkanzel der *Sperber* kam.

»Das ist eine lange Geschichte. Miss Crawford, Sie nehmen den Platz des Beobachters ein. Es wird ein unsanfter Flug werden, also achten Sie darauf, daß Sie angeschnallt sind.« Sands befolgte seinen eigenen Rat, aber nur ein winziger Teil seines Gehirns war der Aufgabe gewidmet; der Rest konzentrierte sich auf die Bordinstrumente. »Wie sieht es mit den Bordsystemen aus, Halley?«

»Wer ist sie? Und ist es klug, Namen zu gebrauchen?«

»Miss Crawford ist die Tochter des Verwalters von Titan. Wir retten Sie aus der Geiselhaft der Allianz. Was Namen betrifft, so wird sie früher oder später unsere Gesichter sehen, darum glaube ich nicht, daß es einen Sinn hat, die Namen zu verschweigen.«

»Woher weißt du, daß sie die Tochter des Verwalters ist«, beharrte Halley. Sie hatte sich in ihrem Sitz umgewandt und starrte Kimber an. Es war nicht schwierig, sich das Mißtrauen hinter der spiegelnden Visierscheibe ihres Schutzanzugs vorzustellen.

»Wenn sie sich als eine Spionin der Allianz erweist, werden wir sie aus der Wasserstoffschleuse stoßen. Und nun gib mir die Zustandsmeldung der Bordsysteme, Copilot!«

»Die Maschine ist startbereit, Kapitän!«

Sands schaltete den Sprachsynthesizer aus. Seit er mit

dem Deltaflügel die feindliche Stadt angesteuert hatte, war er auf Adrenalin gelaufen. Für das, was er jetzt zu sagen hatte, brauchte er seine natürliche Modulation. »Ich habe deine Botschaft empfangen. Du hast nicht gern einen Passagier an Bord. Es tut mir leid, daß ich keine Zeit hatte, dich deswegen zu konsultieren. Die Tatsache bleibt, daß ich es für wichtig hielt, diese Dame aus der Geiselhaft der Allianz zu befreien. Wir können später darüber streiten – das heißt, wenn wir der Falle ausweichen können, die sie uns zweifellos gestellt haben. Einverstanden?«

»Ja.« Alle Insubordination war aus Halleys Ton gewichen. »Alle Bordsysteme sind funktionsfähig, alle Instrumente arbeiten, alle Waffen sind scharf gemacht.«

»Danke.« Sands wandte sich zu seinem Gast. »Sie werden ohne Schutzanzug starten müssen. Sobald wir die Stadt hinter uns haben und ich Ihnen sage, daß es Zeit ist, schnallen Sie sich los und gehen zum Wandschrank gleich hinter der Tür zur Pilotenkanzel. Dort werden Sie einen Schutzanzug finden. Legen Sie ihn an. Sie werden höchstens neunzig Sekunden haben, also trödeln Sie nicht. Die ganze Marine der Allianz ist irgendwo dort draußen. Wenn wir mit dem Leben davonkommen wollen, werde ich alles aus dieser Maschine herausholen müssen.«

»Vielleicht werden sie nicht angreifen, wenn ich an Bord bin«, meinte Kimber.

»Nach allem, was wir ihnen angetan haben, würden sie auch angreifen, wenn wir Jesus Christus an Bord hätten!« erwiderte Halley. »Nun seien Sie bitte still. Wir haben eine kritische Phase vor uns.«

»Sag dem Hafenkapitän, daß wir startbereit sind«, befahl Sands.

Halley tat es. Einen Augenblick später meldete sie: »Sie haben uns die Startfreigabe erteilt.«

Sands aktivierte die Bordsprechanlage. »Gebt gut acht, jetzt. Wenn sie uns überrumpeln wollen, ist dies ihre letzte Chance. Sobald wir ins Freie kommen, brauche ich volle Sicht nach allen Seiten.«

»Du bekommst sie«, sagte Crandalls Stimme.

»Start in zehn Sekunden.«

Er beobachtete die roten Zahlen der Startzählung, und als sie 00:00 erreichten, löste er den Katapultstart aus. Es gab eine starke Anfangsbeschleunigung, und die Landebucht war plötzlich von der blauweißen Weite der oberen Saturnatmosphäre ersetzt.

Sands flog eine Rolle und zog die Maschine in den Sturzflug. Gleichzeitig schaltete er den Antrieb ein, und ein neuer Beschleunigungsstoß schleuderte sie in die Tiefe. Er blieb so nahe wie möglich bei der unteren Verlängerung der Stützsäule, da er hoffte, daß diese Nähe jeden Feuerleitcomputer, der ihn im Visier hatte, am Einsatz seiner Waffensysteme hindern würde. Innerhalb von Sekunden kam ein großes zylindrisches Objekt am Ende der Stützsäule in Sicht und blieb zurück. Die außenbords angebrachten Geigerzähler schnatterten kurz und verstummten wieder. Der schwarz und gelb gestrichene Zylinder enthielt den Fusionsgenerator, der zehn Kilometer unter Cloudcroft hing.

Obwohl die Maschine eine Druckkabine besaß, mußte Sands während des Sturzflugs wiederholt schlucken und gähnen, um die Ohren frei zu halten. Erst als er zehn Kilometer unter der Ebene des Fusionsgenerators war, zog er behutsam den Steuerknüppel an sich. Ihre Geschwindigkeit war so hoch, daß selbst dieses sanfte Abfangen die Maschine und ihre Insassen einem Druck von vier Ge aussetzte. Als sie zum Horizontalflug übergingen, entfernten sie sich mit 2200 Kilometern pro Stunde von Cloudcroft. Der Kompaß zeigte, daß sie Südkurs hielten, direkt auf das Herz des Dardanellenzyklons zu. »Zahlreiche Maschinen kreisen westlich der Allianz«, meldete Ross Crandall. Nun, da sie weit unter der Höhe der Städte flogen, konnten sie durch Radar und Infrarot Objekte ausmachen, die vorher von den anderen Städten abgeschirmt gewesen waren. Die Marine der Allianz hatte die Zeit damit verbracht, eine große Streitmacht im toten Winkel zusammenzuziehen. Nur dem Umstand, daß der größte Teil der Marine noch mit der Sicherung Neu-Philadelphias beschäftigt war, bewahrte sie vor einer noch erdrückenderen Übermacht feindlicher Kräfte.

»Wir haben jetzt das Signal vom Zündmechanismus verloren«, meldete sich Ross Crandall wieder.

»Ist achteraus was zu sehen?«

»Cloudcroft ist noch da«, erwiderte Crandall. »Sie haben die Sprengung nicht ausgelöst, müssen also den Zünder neutralisiert haben.«

»In nur drei Minuten! Ich frage mich, wie sie das fertig gebracht haben.«

»Ist mir auch ein Rätsel… Achtung!« unterbrach sich Crandall. »Zahlreiche Raketen sind hinter uns gestartet worden. Sie kommen von Cloudcroft.« Selbst ohne seinen Sprachsynthesizer kam Crandalls Stimme bemerkenswert ruhig über die Bordsprechanlage.

Sands blickte gespannt auf den taktischen Radarschirm, dann atmete er auf. Sie waren bereits hundert Kilometer südlich der Stadt und flohen mit hoher Geschwindigkeit. Bevor die Raketengeschosse sie einholten, würden sie außer Reichweite sein.

»Die Maschinen im Westen haben aufgehört zu kreisen«, fuhr Crandall fort. »Sie nehmen die Verfolgung auf. Soweit ich feststellen kann, sind es sechs Jagdmaschinen und zwei Zerstörer.«

»Halte mich über ihre Bewegungen auf dem laufenden. Wir werden sehen, was wir tun können, um vor ihnen in die Wolkenwand zu kommen.«

Voraus lag die mehrere hundert Kilometer hohe Wand, welche die nördlichsten Bereiche des Dardanellenzyklons markierte. Schwarzgraue und rötliche Streifen durchzogen die Wolkenwand, hinter der es unaufhörlich wetterleuchtete. Die streifigen Strukturen der

Wolkenwand warnten vor starken Turbulenzen im Innern des Sturms, und schon wurden sie von ersten Ausläufern erfaßt, die das Flugzeug hin und her warfen, anhoben und durchsacken ließen. Es sollte jedoch noch viel schlimmer kommen, bevor es besser wurde.

Aus dem Raum gesehen war der Dardanellenzyklon ein winziger weißer Punkt im dunklen Streifen des Nördlichen Gemäßigten Gürtels. Der Sturm entstand über einer ortsfesten heißen Stelle tief in der Atmosphäre. Seine Energie war gering, verglichen mit den aufsteigenden Strömungen der Konvektionszellen, aber sehr viel konzentrierter. Der Zyklon war mächtig genug, um trotz der Corioliskraft, die andere lokale Merkmale der Saturnatmosphäre auseinanderzog und verwischte, seine Form zu behalten.

»Jetzt haben Sie Ihre neunzig Sekunden, Miss Crawford. Ziehen Sie den Schutzanzug an.«

»Ja, Sir.«

Er blickte einmal über die Schulter, um zu sehen, wie sie aus der Pilotenkanzel zum Wandschrank eilte. Schneller als er es für möglich gehalten hatte, war sie wieder an ihrem Platz. Sie schnallte sich an, dann setzte sie den Helm mit geübter Leichtigkeit auf.

»Sie tun das, als wären Sie von Kindheit an damit vertraut.«

»So ist es. Jeder Titaner lernt frühzeitig in der Kindheit, einen Schutzanzug anzulegen.«

»Ich sehe etwas voraus«, sagte Halley.

»Wo?«

»Kommt gerade aus der Wolkenwand«, antwortete sie.

»Was ist es?«

»Sieht nach vier Maschinen aus. Jäger oder Aufklärer der Allianz, würde ich sagen.«

»Wie, zum Teufel, sind sie dorthin gekommen, ohne daß wir sie gesehen haben?«

Sie zuckte die Achseln. »Wie diese Maschinen im Westen, nutzten sie die Abschirmung durch die anderen Städte, um ihren Start zu tarnen. Sie müssen einen Umweg gemacht und in der Wolkenwand zurückgekehrt sein, um uns den Weg zu verlegen.«

»Das kompliziert die Lage«, murmelte Sands.

Er verfolgte die taktische Computersimulation der Radaraufzeichnungen. Nun gab es zwei Gruppen roter Zeichen, die auf den einzelnen grünen Punkt in der Mitte zuhielten. Rote Pfeile gaben die Geschwindigkeitsvektoren an, während blaue Bezeichnungen die Typen der angreifenden Maschinen kennzeichneten und die voraussichtliche Zeit des Zusammentreffens berechneten. Die Maschinen hinter ihm waren noch immer viel höher als er, beinahe in der Höhe der schwebenden Städte. Die Darstellung des dreidimensionalen Raumes zeigte, daß sie in einer langen Kurve mit hoher Geschwindigkeit niedergingen. Anscheinend hofften sie ihn auf diese Weise einholen zu können, aber die Zahlenangaben sagten, daß ihre Anstrengungen vergeblich sein würden.

Die Schiffe voraus waren eine andere Geschichte. Sie hatten sich direkt in seiner Flugbahn postiert, nachdem taktische Gefechtscomputer in einer der Städte seine Flugbahn berechnet und durchgegeben hatten. Auch sie waren über ihm, aber innerhalb der Reichweite ihrer Bordraketen. Er überlegte kurz, welche Möglichkeiten ihm blieben, und entschied sich für einen weiteren Sturzflug als Ausweichmanöver.

»Gebt wieder auf eure Ohren acht! Es geht abwärts!«

Er stieß den Steuerknüppel nach vorn, und die Nase der Maschine senkte sich steil hinab in die dichte Atmosphäre des unteren Flugwegs. Sands gähnte mächtig, als der Druck zunahm. Nach gut einer Minute ging er etwa fünfzig Kilometer unter den Städten wieder in den Horizontalflug über. Der Außendruck betrug nun zwanzig Atmosphären, die Temperatur war höher als im Innern des Gasballons von Cloudcroft. Nur die

Druckkabine und die Klimaanlage der Maschine bewahrten sie davor, zerquetscht und gekocht zu werden. Die Luftgeräusche waren ohrenbetäubend.

Er blickte zur Computersimulation. Die Abfangjäger befanden sich in einem nahezu senkrechten Sturzflug vor der Wolkenwand und versuchten ihm den Weg abzuschneiden. Er wartete, bis sie ihre Maschinen abfingen, dann gab er Vollgas und stieg steil aufwärts.

»Geschicktes Manöver!« sagte Halley neben ihm. »Der Jäger, der schneller steigen kann als ein Air Shark, muß noch gebaut werden.«

»Wir hoffen alle.«

Ihre Geschwindigkeit ließ im steilen Steigflug rasch nach. Als sie auf tausend Stundenkilometer gefallen war, verringerte Sands den Steigwinkel auf ungefähr fünfundvierzig Grad, um diese Geschwindigkeit zu halten. Zwei Kilometer unter ihm und noch hundert Kilometer entfernt, hatten die vier Jäger ihren Fehler erkannt. Auch sie begannen zu steigen.

Sie würden es nie schaffen. Sands gewann beinahe doppelt so schnell an Höhe. Wenn er die Wolkenwand erreichte, würden die Jäger zu tief unter ihm sein, um eine Gefahr darzustellen. Einstweilen aber hatte das Ausweichmanöver das Erreichen der Wolkenwand verzögert und den Verfolgern hinter ihm Zeit gegeben, ihren Abstand zu verringern.

»Es wird ein totes Rennen geben«, sagte Sands, während er die farbigen Zeichen seiner Projektion beobachtete.

Sie stiegen weiter, wenn auch nicht so rasch wie zuvor, und ihre Geschwindigkeit war unter achthundert Stundenkilometer gesunken, aber noch immer viel zu hoch, um in den Zyklon einzudringen. Bei dieser Geschwindigkeit würden die ersten Turbulenzen der Maschine die Tragflächen abreißen. Um halbwegs sicher in die Dardanellen einzudringen, war es notwendig, ihre Geschwindigkeit der Windgeschwindigkeit im Randbereich des Zyklons anzugleichen, die etwa bei dreihundert Stundenkilometern lag.

»Raketen hinter uns in der Luft«, meldete Ross Crandall gleichzeitig mit Halley.

»An die Laser!« erwiderte Sands. Er hatte alle Hände voll zu tun, um einen relativ ruhigen Eintrittsort in die Wolkenwand zu finden. Er fand ihn in einem Flecken glatter Wolkenstruktur, die rasch vor ihm wuchs, bis sie bereit schien, ihn einzuhüllen.

»Raketen verlieren an Höhe«, meldete Crandall. »Sie feuerten zu früh.«

Zehn Kilometer hinter ihnen verloren die für den Einsatz in höheren Bereichen der Atmosphäre konstruierten Raketen ihre kinetische Energie und folgten einer ballistischen Kurve abwärts.

»Das ist die letzte Chance, die sie bekommen werden«, sagte Sands. Er drosselte den Antrieb auf ein Minimum und glich die ersten harten Stöße durch Gegensteuern aus. Dann, als die Wand dunkelgrauer Wolken näherrückte und ihnen entgegenschlug, zog er die Maschine hoch.

Schlagartig waren sie im Sturm, und etwas versuchte ihm das Gehirn im Schädel zu lockern.

»Ver ... verdammt stürmisch«, stieß Halley hervor.

»Es kommt noch besser«, erwiderte Sands. »Alle Köder und Düppel ausstoßen!«

Er ging in den Horizontalflug über, als eine Serie platzender Geräusche den Ausstoß ihrer verschiedenen Täuschungsmittel zur Irreführung der feindlichen Radarortung markierten. Wie die *Sperber*, würden die Maschinen der Allianz stark verlangsamen müssen, um in den Sturm einzudringen. Aber nichts konnte sie daran hindern, mit hoher Geschwindigkeit auf die Wolkenwand zuzuhalten und eine Salve Bordraketen zu starten, bevor sie abdrehten. Wenn dies ihre Taktik war, wollte er ihren Geschossen ein irreführendes Ziel geben.

Er schaltete die taktische Übersicht aus und eine schematische Computersimulation des Dardanellenzyklons ein, in der die Windgeschwindigkeiten durch kleine Pfeile unterschiedlicher Längen angegeben waren. Die offensichtliche Strategie war, die Wolkenwand zu durchstoßen und in möglichst gerader Linie das Auge des Wirbelsturms zu erreichen, dann diese tausend Kilometer weite Sphäre ruhiger Luft zu durchqueren und auf der anderen Seite durch die Wolkenwand zu entkommen. Sands aber hatte nicht die Absicht, das Offensichtliche zu tun. Wahrscheinlich, so rechnete er sich aus, war im Auge des Zyklons ein feindliches Geschwader stationiert, um im Augenblick seines Auftauchens über ihn herzufallen.

Statt den Sturm auf kürzestem Weg zu durchstoßen, legte Sands einen Kurs um seinen östlichen Rand. Auch das barg ein Risiko. Mit Spitzengeschwindigkeiten von 1800 Stundenkilometern nahe der Innenwand waren die Winde viel zu stark, um gegen den Sturm die westliche Route zu wählen. Selbst bei der maximalen Geschwindigkeit, die er zu fliegen wagte, würden sie vom Sturm zurückgetragen.

Sie verbrachten fünfzehn angespannte Minuten in den dichten, dahinjagenden Sturmwolken, bevor Halley sagte: »Ich glaube, wir haben sie abgeschüttelt, Lars. Macht es dir was aus, wenn ich den Helm abnehme? Er behindert mich.«

Er überflog die Meßinstrumente der Bordsysteme. Trotz der Stöße, die sie beutelten, waren alle Systeme innerhalb des Sicherheitsbereichs. Vorläufig bestand keine Gefahr, daß sie eine Tragfläche oder andere lebenswichtige Teile verlieren würden.

»Meinetwegen, aber halt ihn bereit.« Dann schaltete er die Bordsprechanlage ein und stellte dem Rest der Besatzung frei, Halleys Beispiel zu folgen.

Unter Halleys Helm kamen abgespannte Züge und schweißverklebte Haare zum Vorschein. Sands schaltete den computergesteuerten Autopiloten ein und befreite sich seinerseits von seinem Helm. Die Halsverriegelung ließ sich erst beim zweiten Versuch öffnen, dann hob er den Helm vom Kopf. Der plötzliche kühle Luftzug war erfrischend. Er sah sich nach Kimber Crawford um, als er den Helm in Reichweite neben seinem Sitz festmachte. Auch sie hatte den Helm abgenommen und begegnete seinem Blick mit erneuertem Interesse.

»Mein Retter hat ein Gesicht«, sagte sie. »Und ein hübsches obendrein!«

Sands grinste, während Halley halblaut eine wenig schmeichelhafte Bemerkung machte.

Die nächste halbe Stunde führte sie allmählich aus östlicher in nördliche Richtung, als sie im Blindflug der Drehrichtung des Wirbelsturm folgten. Sands ließ die Maschine allmählich steigen, bis sie eine Stunde später aus einer Schicht Sturmwolken ins Freie stießen und zur nächsten stiegen, die weit über ihnen hing.

Zwischen den Wolkenschichten des Sturms herrschte immerwährende Nacht. Ein dicker Nebel von Eiskristallen prasselte gegen die Windschutzscheibe, doch waren die fortwährenden Blitzentladungen im gleichförmig düsteren Grau der vergangenen Stunde vorüber.

»Ist das klug?« fragte Kimber, als sie bemerkte, daß sie in klarer Luft waren.

»Es ist notwendig«, sagte Sands durch zusammengebissene Zähne, während er mit der Steuerung kämpfte, um die Maschine auf ihrem Kurs zu halten. Je höher sie stiegen, desto träger reagierte sie auf die Stöße der Sturmböen.

»Wozu?«

»Wir müssen hinauf in die Ebene der Ammoniakniederschläge. Der Tarnanstrich ist ammoniaklöslich. Wir müssen diese belastende Tarnfarbe abwaschen, bevor wir uns irgendwo zeigen können.«

Während des Flugs setzten sie alle Sensoren und Ortungsgeräte vom Fernradar über Infrarot bis zur Funkpeilung ein, um ihre Verfolger auszumachen. Alles, was sie empfingen, waren ein paar durch atmosphärische Störungen fast unverständliche Bruchstücke von Funkverkehr, und obwohl es schwierig war, Gewißheit zu erhalten, schien das meiste davon in beträchtlicher Entfernung stattzufinden. Sands war im Begriff, aufzuatmen, als Halley ihn an die Uhrzeit erinnerte.

»Richtig«, sagte er mit einem Blick zum Chronometer. »Zeit für unsere nächsten Instruktionen.«

Er überließ die Steuerung Halley, schnallte sich los und erhob sich vorsichtig von seinem Sitz. Die Turbulenzen hatten beträchtlich nachgelassen, seit er die Geschwindigkeit der Maschine der des Sturms angeglichen hatte und sich von ihm tragen ließ. Er zwängte sich an Kimber vorbei und arbeitete sich nach hinten zu seiner Kabine, wo er Crandall zu sich rief.

»Was gibt es, Lars?«

Sands zeigte ihm die Speichereinheit, die Micah Bolin ihm gegeben hatte. »Möchtest du die Identität unserer Auftraggeber erfahren?«

»Und ob!«

»Dann komm mit herein und sperr die Tür ab.«

Die Kabine ließ Crandall kaum Platz zum Stehen, während Sands sich vor seinen Datenanschluß setzte. Eine Schlafkoje und ein Wandschrank für seine Kleider vervollständigte die Möblierung. Trotz ihres querovalen Rumpfes und Größe, die etwa der eines Kurzstrecken-Passagierflugzeugs früherer Jahrhunderte entsprach –, herrschte im Innern drangvolle Enge.

Sands steckte die Speichereinheit in den Aufnahmeschlitz und schaltete das Gerät ein. Dann gab er das erste Losungswort ein, das Bolin ihm genannt hatte. Eine altmodische Uhr erschien auf dem Bildschirm und tickte die Sekunden herunter, bevor die Information gelöscht wurde. Sands gab das zweite Losungswort ein. Im selben Augenblick wurde die Maschine von einer Windbö erfaßt und seitwärts gestoßen, so daß er eine falsche Taste traf. Er zwang sich zur Ruhe, löschte die Eingabe und versuchte es wieder.

Der zweite Versuch war erfolgreich. Die Uhr verschwand, und Micah Bolins weitere Instruktionen erschienen. Sie waren nur drei Zeilen lang. Als er sie gelesen hatte, wandte er den Kopf zu Crandall, dessen Standort ihm nicht erlaubte, den Bildschirm zu sehen. »Es scheint, daß wir Glasgow-in-den-Wolken einen Besuch abstatten werden.«

»Sind das unsere Auftraggeber?«

Sands zuckte die Achseln. »Das sagt er nicht. Ich nehme an, wir werden es erfahren, wenn wir hinkommen.«

9

Ammoniakdusche

Zwanzigtausend Kilometer östlich des Dardanellenzyklons trat die Maschine wieder in den Nördlichen
Gemäßigten Gürtel ein. Sobald sie wieder in klarer Luft
waren, wählte Sands eine der hohen Verkehrsrouten,
die von Passagiermaschinen frequentiert wurden. Die
Frachten befördernden Luftschiffe flogen gewöhnlich in
weit geringerer Höhe, wo die dichtere Atmosphäre stär-
keren Auftrieb gab. So hatten sie den Himmel für sich,
sah man ab von ein paar fernen Echozeichen der Radar-
anlage. Soweit Sands es beurteilen konnte, hatten sie
ihre Verfolger weit hinter sich gelassen.

Er und seine Besatzung hatten anderthalb saturnische
Standardtage mit Manövern verbracht, die ihnen das
Entkommen sichern sollten. Dreimal hatte die Welt
ihren Zyklus zwischen pechschwarzer Nacht und dun-
kelgrauem Tag durchmessen, als sie die turbulenten
Wolken im nördlichen Grenzbereich der Tropischen
Zone Saturns durchflogen hatten. Ihr Kurs hatte sie von
klaren Lufträumen ferngehalten, um zu vermeiden, daß
sie von einem Überwachungssatelliten aus einer Umlaufbahn geortet würden.

Nach dem Verlassen des Dardanellenzyklons hatten
sie sechs Stunden im Blindflug zugebracht. Erst als
Sands überzeugt gewesen war, daß sie außer Reichweite feindlicher Detektoren waren, hatte er die aktiven
Sensoren wieder einschalten lassen.

Sobald sie von neuem ›sehen‹ konnten, zog Sands die
Maschine allmählich aufwärts in die Ammoniakzone.
Mit Ausnahme speziell ausgerüsteter Tanker mieden

die meisten Maschinen jede Form von flüssigem Niederschlag. Sands hätte es unter normalen Umständen genauso gemacht. Flüssigkeit, die in Triebwerke und Bordsysteme eines Flugzeugs eindrang, konnte allein durch den Wärmeschock Schaden anrichten. Seine momentanen Nöte waren jedoch zwingender als seine Sorge, den Antriebsreaktor mit einer unwillkommenen Dusche zu behelligen. Flüssiges Ammoniak würde den verräterischen Anstrich abwaschen und der *Sperber* ihr früheres schäbiges Aussehen zurückgeben.

Die Chemie der Saturnatmosphäre zeigte einen komplexen Aufbau, vornehmlich im Innern einer Zone starker Thermik wie in den nördlichen tropischen Breiten. Im allgemeinen aber fand sich flüssiges Ammoniak in viel höheren atmosphärischen Schichten als jenen, wo die Wolkenstädte flogen. Tatsächlich fehlte der Maschine die Fähigkeit, bis zu den weißen Wolken von Ammoniakeis zu steigen, die Saturn von außen sein charakteristisches Aussehen gaben. Sie konnten höchstens in die Schicht brauner Wolken aus Ammoniumhydrosulfid steigen, die etwa hundert Kilometer über den Städten begann. Darüber wurde die Atmosphäre aus Wasserstoff und Helium so dünn, daß die Maschine ihr Eigengewicht trotz eines Drucks von fünf Standardatmosphären nicht mehr tragen konnte.

Sie flogen eine Stunde, bis das Bordradar eine Himmelsregion fand, wo sich Ammoniaktropfen bildeten. Langsam, im Verlauf mehrerer Minuten, zeichnete das Radar ein Bild von einem amboßförmigen Sturm, der unter den dunklen Wolken der Zone verborgen war. Sands änderte den Kurs, um die Maschine in das Herz des Sturms zu steuern. Bald zerplatzten die ersten Tropfen auf dem Sichtfenster. Das vereinzelte Gesprenkel wurde rasch zum Wolkenbruch, und das Geräusch der Flüssigkeit, die auf den Rumpf und die Tragflächen trommelte, schwoll zu einem dumpfen Brausen an.

Sie verbrachten zwanzig Minuten mit dem Durchfliegen des Sturms, um sicherzugehen, daß der verräterische Anstrich vollständig abgewaschen wurde. Dann ließ Sands die Maschine allmählich in eine angenehmere Höhe hinuntergehen, zuversichtlich, daß es nun keine Möglichkeit gebe, seine Maschine mit dem Überfall auf Cloudcroft in Verbindung zu bringen. Andererseits aber bereitete es Halley ein perverses Vergnügen, darauf hinzuweisen, daß es für die Agenten der Allianz nicht mehr notwendig sei, die *Sperber* zu identifizieren, um sie mit dem Überfall in Verbindung zu bringen. Dank Sands' Unvorsichtigkeit brauchten besagte Agenten nur festzustellen, wer Kimber Crawford an Bord hatte.

Sobald sie den Sturm verließen, führte Sands die befreite Geisel in Danes leere Kabine und verschloß die Tür. Wieder in der Pilotenkanzel, schaltete er die Bordsprechanlage ein.

»Also los«, verkündete er, »laßt hören, was ihr zu unserem Passagier zu sagen habt.«

Ross Crandall meldete sich als erster zu Wort. »Ich möchte wissen, wie, zum Teufel, sie dich überreden konnte, sie an Bord zu bringen, Lars.«

Sands schilderte die Umstände, die er in der Landebucht von Cloudcroft vorgefunden hatte, nachdem er sich bereit erklärt hatte, den Titaniern zur Flucht aus der Geiselhaft der Allianz zu verhelfen. Er betonte Kelt Dalishaars Reaktion auf die Idee und schloß mit dem Hinweis: »Es war keine Zeit, einen von euch zu konsultieren. Ich mußte eine Entscheidung treffen. Ich wählte eine, die als zusätzliche Vergeltung an den Leuten geeignet war, die Dane ermordet hatten.«

»Bist du sicher, daß das dein einziger Grund war?« fragte Halley.

»Sag, was du denkst!«

»Sie ist ungewöhnlich schön. Bist du sicher, daß es dein Urteil nicht beeinflußte?«

Er bekam rote Ohren. »Ich brachte sie an Bord, weil es

Dalishaars Pläne durchkreuzte und der Aufgabe nützte, die unsere Auftraggeber uns gestellt hatten. Diese Aufgabe war, falls einer von euch es vergessen haben sollte, Verwirrung unter unseren Feinden zu stiften.«

Hume Bailey war der nächste, der etwas zu kommentieren hatte. »Wir sind auf den Plan dieses Überfalls eingegangen, weil wir eine gute Chance hatten, uns hinterher zu verstecken. Diese Chance ist jetzt dahin, Lars. Sie hat unsere Gesichter gesehen. Sie weiß, wer wir sind.«

»Sie haßt die Allianz mehr als wir. Sie wird uns bestimmt nicht verraten.«

»Das wissen wir nicht, Lars. Und selbst wenn sie es nicht vor hat, könnte sie von den Umständen dazu gedrängt werden. Schließlich ist sie eine Gestalt des öffentlichen Lebens. Sobald wir sie gehen lassen, wird die Allianz Wind davon bekommen und sie durch ihre Agenten wieder einfangen. Sie entführen und unter Drogen zum Sprechen zu bringen, wird ihnen ein Leichtes sein.«

»Das würde zu einem Krieg mit Titan führen.«

»Diese Aussicht hat sie auch nicht davon abgehalten, sie gefangenzuhalten, nicht wahr?«

»Ich sage es nicht gern, Lars, aber Bailey hat recht«, sagte Ross Crandall. »Selbst wenn sie sich bereit erklärt, unsere Identität geheimzuhalten, wird es mit den richtigen Drogen nur ein paar Minuten dauern, um alles aus ihr herauszuholen, was sie weiß.«

»Seht mal, wenn sie wieder entführt wird, wird die Nachricht innerhalb von Stunden überall bekannt! Wir werden Zeit genug haben, unsere Spuren zu verwischen.«

»Ich will meine Spuren nicht verwischen«, sagte Reese aus dem Maschinenraum. Das tiefe, gedämpfte Summen der Kraftanlage war im Hintergrund hörbar. »Ich möchte meinen unrechtmäßig erworbenen Gewinn in Ruhe und Frieden verzehren.«

»Vergeßt ihr alle nicht etwas?« sagte Halley.

»Was?«

»Was geschieht, wenn wir nach Glasgow kommen? Die Ankunft der Tochter des Verwalters von Titan wird eine große Neuigkeit sein. Die Nördliche Allianz wird sie nicht unter Drogen ausfragen müssen. Sie braucht sich bloß an einen der Fax-Dienste zu wenden.«

»Wissen wir, daß sie die Tochter des Verwalters ist?« fragte Brent Garvich.

Zu Sands' Überraschung kam Halley ihm mit der Antwort zuvor. »Ich habe diesen Punkt nachgeprüft, Brent. Es gibt ein halbes Dutzend Bilder von Kimber Crawford im Computerspeicher, meistens von diplomatischen Empfängen. Sie ist echt, kein Zweifel.«

»Ich sage, wir gehen kein Risiko ein. Ich bin dafür, daß wir sie aus der Wasserstoffschleuse werfen.«

»Das werden wir nicht tun!« erwiderte Sands. »Nicht solange ich hier an Bord Kapitän bin.«

»Wir haben etwas vergessen«, sagte Crandall, um die Spannung zu entschärfen, die nun in den Schaltungen der Bordsprechanlage knisterte. »Was ist mit Lösegeld?«

»Sie hat bereits eine Belohnung angeboten«, erwiderte Sands, froh über einen Ausweg aus der drohenden Krise.

»Wieviel?« kam die Frage von mehreren Stimmen gleichzeitig.

»Sie sagte, ihr Vater werde uns geben, was wir verlangen.«

»Warum hast du uns das nicht gleich gesagt?«

»Ich lehnte es ab.«

Lange blieb die Bordsprechanlage still, dann folgte eine Explosion von Verwünschungen.

»Gut, das war ein Fehler von mir. Wir werden die Belohnung dafür verlangen, daß wir sie bei ihrem Vater abliefern. Was das Problem betrifft, ihre Anwesenheit geheimzuhalten, wenn wir nach Glasgow kommen, so werden wir uns noch was ausdenken. Nun möchte ich eine Vertrauensabstimmung darüber. Bleibt sie an Bord, oder sucht ihr euch alle einen neuen Kapitän?«

»Nicht nötig, es so auszudrücken«, sagte Garvich. »Ich bin dabei.«

»Reese?«

»Wenn dabei eine Belohnung herausspringt, in Ordnung.«

»Für mich auch«, sagte Bailey.

»Du bist der Chef, Lars«, fügte Crandall hinzu. »Ich hoffe bloß, du weißt, was du tust.«

Sands wandte sich zu Halley. »Was sagst du, Copilot?«

»Ich sage immer noch, daß du mit den Drüsen denkst. Trotzdem, wenn sie einverstanden ist, ohne Verbindung zur Außenwelt zu bleiben, werde ich dich unterstützen.«

Er schnallte sich los. »Sehr gut. Halley, sieh zu, ob wir nicht freien Luftraum finden können. Ross, du kümmerst dich um die Raumüberwachung und verständigst mich, wenn du etwas siehst, und wenn es nur ein Gespenst ist. Ich gehe nach achtern, um mit unserem Gast zu sprechen.«

Er verließ die Pilotenkanzel und sperrte die zweite Kabine auf der Backbordseite auf. Kimber Crawford lag in der doppelbreiten Koje, die Dane bis vor ein paar Wochen mit Halley geteilt hatte. Seit Danes Tod hatte Halley sich geweigert, die Kabine zu betreten.

Sie richtete sich halb auf und stützte sich mit einem Ellbogen ab, als er eintrat. Ihre graugrünen Augen blickten kühl. Sie wußte, daß über ihr Schicksal entschieden worden war. »Was haben sie beschlossen?«

»Die Besatzung ist bereit, meine Entscheidung zu unterstützen, wenn Sie sich mit gewissen Bedingungen einverstanden erklären.«

»Und die wären?«

»Sie wollen die Belohnung.«

»Ich habe sie Ihnen angeboten.«

»Wir werden uns über die Höhe einigen müssen. Ich warne Sie, die Leute werden nicht leicht zufriedenzustellen sein.«

»Wie ich Ihnen sagte, wird mein Vater großzügig sein. Was noch?«

»Es geht um das Problem Ihres Bekanntheitsgrades. Wenn jemand Sie erkennt, wird die Nachricht davon im Nu Cloudcroft erreichen.«

Sie nickte. »Und es wird nicht lange dauern, die Maschine ausfindig zu machen, mit der ich gekommen bin. Ich werde mein Aussehen tarnen müssen, wenigstens bis ein Raumschiff von Titan mich an Bord nehmen kann.«

Er nickte. »Das sollte nicht in Glasgow sein, sondern anderswo. Ich bezweifle, daß das Stadtoberhaupt Aufmerksamkeit auf sich lenken will, indem er für ein Schiff Ihres Vaters den Gastgeber macht.«

»Dann ist es abgemacht? Ich werde mich als ein Mitglied Ihrer Besatzung verkleiden, bis Sie meine Heimkehr arrangieren können. Und ich würde mir an Ihrer Stelle nicht allzu große Sorgen machen, daß die Allianz Ihnen auf die Spur kommt. Sobald mein Vater erfährt, daß ich in Sicherheit bin, wird die Allianz sich mit weit größeren Problemen herumschlagen müssen.«

Sands streckte die Hand aus und half ihr auf die Beine. »So haben wir uns das vorgestellt, als wir Sie mitnahmen.«

Kelt Dalishaar betrat den Lageraum im Marinehauptquartier und schritt zu seinem Platz vor den versammelten Mitgliedern des Oberkommandos. Großadmiral Jerzy Samorsets prächtige blaue und weiße Uniform sah aus, als hätte er darin geschlafen. Die übrigen Admiräle und Kapitäne sahen nicht viel besser aus.

Geschieht ihnen recht, dachte Dalishaar, als er sich an den antiken Tisch setzte.

»Nun?« verlangte er zu wissen. »Wie ist es geschehen?«

»Kapitän Berghoff!« knurrte Samorset.

Der genannte Offizier stand auf und trat ans Vortragspult. Neben ihm war eine große holographische Projektion, die fast eine ganze Wand ausfüllte.

»Ratsvorsitzender, die Freibeuter kamen mit Deltaflügeln hereingesegelt und landeten auf der Ballonhülle.«

»Warum wurden sie nicht im Anflug ausgemacht?«

»Die Bedingungen dafür sind so nahe am Zyklon besonders ungünstig, Exzellenz. Die Deltaflügel und Gurte waren mit radarabsorbierenden Beschichtungen behandelt, und das Fehlen von Antriebsmechanismen minimierte ihre Infrarotemissionen. Ihre Maschine verbarg sich in der nördlichen Wolkenwand, die sie gegen unsere Sensoren abschirmte.«

»Soll das heißen, Kapitän, daß sie im Segelflug von der Wolkenwand hierher kamen?«

»Allem Anschein nach war das ihre Taktik, Exzellenz.«

»Unmöglich. Niemand würde es wagen, so viel offenen Raum im Segelflug zu durchqueren. Haben Sie die Luftschiffe und Flugzeuge im Umkreis überprüft?«

»Ja, Ratsvorsitzender«, sagte der Großadmiral von seinem Platz. »Wir haben die Besatzungen aller Luftschiffe und Flugzeuge, die letzte Nacht im Segelflugbereich von Cloudcroft gewesen sind, angehalten, festgenommen und verhört.«

Dalishaar stand auf und begann hin und her zu gehen. »Das heißt, meine Herren, daß wir einen toten Winkel haben, einen verwundbaren Punkt.«

»Nicht mehr, Sir«, erwiderte Kapitän Berghoff. »Wir installierten mehrere weitreichende Instrumente auf der Ballonhülle und leiteten bereits gestern Schritte ein, um die Zahl unserer Patrouillen zu erhöhen.«

»Mit anderen Worten, Sie tun jetzt, was Sie vor dem Überfall hätten tun sollen!«

»Ah ... ja, Sir.«

»Welche Anstrengungen werden unternommen, um die Schuldigen zu identifizieren? Sicherlich hatten Sie reichlich Zeit, sich ihre Maschine aus der Nähe anzusehen.«

127

»Ich fürchte, das wird nicht sehr hilfreich sein«, antwortete der Kapitän hinter dem Vortragspult.

»So? Warum nicht?«

»Die Luftproben, die wir nahmen, zeigen eine starke Ausgasung von einem ammoniaklöslichen Anstrich. Die Außenmarkierungen der Maschine waren nicht älter als ein paar Tage. Offensichtlich haben die Freibeuter vor, diesen Tarnanstrich zu entfernen, bevor sie ihren nächsten Hafen anlaufen.«

»Und die Luftschiffe?«

»Mit denen könnten wir mehr Glück haben. Sie sind zu groß, um sie ganz neu zu streichen. Wir haben von jedem dieser Luftschiffe sehr scharfe Hologramme und werden sicherlich imstande sein, sie mit Unterlagen bekannter Schiffe zu vergleichen. Wenn nicht, können wir auf jeden Fall eine Anzahl charakteristischer Besonderheiten nennen, nach denen unsere Agenten Ausschau halten werden.«

»Wenigstens das scheint einige Aussicht auf Erfolg zu haben.«

»Da ist auch die Angelegenheit mit der Titanierin«, sagte Großadmiral Samorset. »Sie mögen einen Fehler begangen haben, als sie die Frau mitnahmen. Unsere Agenten brauchen nur Ausschau nach ihr zu halten und uns zu verständigen, wenn sie wieder auftaucht.«

»Sie gehen recht verschwenderisch mit *meinen* Agenten um, Admiral. Haben Sie eine Vorstellung davon, wie überarbeitet unser Nachrichtendienst bereits ist? Nun sollen die Leute auch noch jeden Hafen und jedes Hotel auf Saturn überprüfen, wenn es nach Ihnen geht.«

»Es wäre besser gewesen, wenn wir sie aufgehalten hätten, Ratsvorsitzender, aber ich sehe nicht, wie wir anders vorgehen könnten.«

»Da Sie den Punkt zur Sprache bringen, Admiral«, sagte Dalishaar mit trügerisch ruhiger Stimme, »wollen wir zu diesem besonders beschämenden Teil der Episode übergehen. Wie im Namen von allem, was heilig ist, konnten drei schwerfällige Luftschiffe und ein von Piraten bemannter Air Shark unseren Geschwadern entkommen?«

Samorset rückte unbehaglich auf seinem Stuhl. »Ich mag mich geirrt haben, als ich unseren Streitkräften befahl, sich auf die Piratenmaschine zu konzentrieren, Exzellenz. Ich ging davon aus, daß wir die langsamen Luftschiffe immer würden überholen können, sobald wir ihren Führer zur Strecke gebracht hätten.«

»Wie kommt es dann, daß Ihre Leute das Abfangmanöver verpfuschten?«

»Ich habe keine Entschuldigung, Sir. Der Kommandeur unseres Sperrverbandes beging eine taktische Fehleinschätzung, als er sich auf die gleiche Höhe herunterziehen ließ. Er ist diszipliniert worden.«

»Ich wünschte, ich könnte dies so philosophisch sehen wie Sie, Admiral. Diese Freibeuter haben uns zum Narren gehalten, meine Herren, und ich werde nicht ruhen, bevor wir ihnen eine Lektion erteilt haben!«

Dalishaar blickte finster entschlossen in die Runde der Militärs, sorgsam darauf bedacht, das nervöse Zittern seiner Hände zu verbergen. Er sagte ihnen nicht, daß der Einsatz viel höher war, als sie ahnten. Es hatte mehrere Stunden gedauert, bis er auf die Notiz gestoßen war, die von den Piraten in seiner Schreibtischschublade zurückgelassen worden war. Es wäre unzweckmäßig, wenn er enthüllte, daß sein persönliches Datenarchiv angezapft worden war. Das würde zu Fragen führen, welche Geheimnisse er in diesem Archiv bewahrte, Fragen, die zu beantworten Dalishaar sich nicht leisten konnte. Er dachte nicht daran, zuzugeben, daß er möglicherweise das wichtigste Geheimnis auf Saturn verloren hatte.

10

Glasgow-in-den-Wolken

»Kapitän zu Halley Trevanons Kabine«, verkündete die Stimme über die Bordsprechanlage.

Larson Sands blickte auf. Er war in seiner eigenen Kabine und ging die Liste des Beuteguts durch. Sie war eindrucksvoll. Selbst wenn er nur die Gegenstände in Betracht zog, die an Bord der *Sperber* verstaut waren, würden die Einnahmen aus dem Überfall nach seiner Berechnung jedem Besatzungsmitglied ein bequemes Leben bis ans Ende seiner Tage garantieren. Wenn ihr Anteil von allem berechnet würde, was an Bord der Luftschiffe war, so konnten sie sich alle als unermeßlich reich betrachten, selbst wenn man berücksichtigte, daß die Beute auf dem Schwarzen Markt nur einen Bruchteil ihres wahren Wertes bringen würde. Tatsächlich würden sie alle so reich sein, daß sie sehr vorsichtig würden sein müssen, um keine unerwünschte Aufmerksamkeit auf sich zu ziehen. Als der Ruf über die Bordsprechanlage kam, gab Sands das Signal zum Ausdrucken der Liste und antwortete: »Komme gleich!«

Er schaltete den Bildschirm aus und öffnete die Schiebetür seiner Kabine. Um ihn war das tiefe, vibrierende Summen der Motoren und das ständige Pfeifen der Wasserstoff-Helium-Atmosphäre, die draußen über Rumpf und Tragflächen strich. Halleys Kabine war zwei Türen weiter auf der Backbordseite. Er klopfte und wartete die Aufforderung zum Eintreten ab.

Als er die Tür öffnete, sah er Halley letzte Hand an Kimber Crawfords neue Frisur legen. Sie war verwandelt. Wo ihr Haar zuvor lang und dunkelbraun gewesen war, war es jetzt kurz und rot. Ihre graugrünen Augen waren blau, ihre Stirn schien niedriger und breiter, die Backenknochen höher und das ganze Gesicht runder.

Sands hatte Bilder von Rothaarigen auf der Erde gesehen. Die meisten hatten ein Gesprenkel unregelmäßiger brauner Flecken im Gesicht gehabt, wo die Sonnenbestrahlung unvollkommene Pigmentierung zur Folge gehabt hatte. Auf Saturn lebten die Menschen zu weit von der Sonne entfernt und zu tief in der Atmosphäre, um Sommersprossen zu entwickeln. Kimber hatte jetzt die rosig weiße Hautfarbe, die für ›Karottenköpfe‹ charakteristisch war.

Es gab noch andere, auf den ersten Blick weniger augenfällige Veränderungen. Halley hatte ihre Züge irgendwie härter gemacht. Sie war nicht mehr die Tochter des mächtigsten Mannes auf Titan; sie konnte leicht eine Angehörige der arbeitenden Klasse sein. Ihre Kleidung betonte diese Derbheit. Sie trug einen orangeroten Overall als Arbeitskleidung und dazu einen Kupfergürtel, der breit genug war, um vulgär zu wirken. Auch ihre stolze Haltung hatte sich subtil verändert. Sie ließ die Schultern hängen und gab sich lässig, eine Frau, die schwerlich die kostspielige und elitäre Schul- und Universitätsausbildung genossen hatte, auf die Kimber Crawford zurückblicken konnte.

Sands pfiff leise. »Ich kann es nicht glauben.«

»Kapitän Sands, darf ich Ihnen Miss Karen Colin vorstellen, Ihr neuestes Besatzungsmitglied?«

»Miss Colin«, sagte Sands und verbeugte sich, um Kimber die Hand zu küssen.

»Wie geht's, Käpt'n?« Selbst ihre Stimme hatte sich verändert. Sie hatte jetzt einen rauheren, mehr nasalen Klang. »Habe ich die Prüfung bestanden?«

»Mit Auszeichnung!«

»Glaubst du wirklich, daß sie die Agenten der Allianz täuschen wird, Lars?« fragte Halley. Trotz ihrer Bedenken wegen Kimber war sie stolz auf ihr Werk.

»Sogar ihre Bekannten würden Schwierigkeiten haben, sie in dieser Aufmachung wiederzuerkennen.«

»Ich danke Ihnen, gütiger Herr«, antwortete Kimber/Karen und machte einen Knicks. Die Bewegung war eckig und unbeholfen, als hätte sie eine nur einmal gesehene Filmszene nachgeahmt. »Ich hoffe nur, daß mein Vater mich erkennen wird, wenn ich ihn anrufe, um ihm zu sagen, daß ich in Sicherheit bin.«

Sands nagte an der Unterlippe. »Ich habe darüber nachgedacht und fürchte, daß wir diesen Anruf werden aufschieben müssen.«

»Weshalb?«

»Ich muß zunächst herausbringen, wie ich mit dem Stadtoberhaupt von Glasgow stehe. Wenn er mein eigentlicher Auftraggeber ist, kann er etwas darüber zu sagen haben, wann und wo wir die Abholung arrangieren.«

»Bestehen irgendwelche Zweifel, daß wir für Glasgow arbeiten?« fragte Halley.

Sands hob die Schultern. »Bolin sagte uns nur, daß wir dort mit ihm zusammentreffen sollten. Er sagte kein Wort davon, daß die Schotten unsere Auftraggeber seien. Wenn sie es nicht sind, werden wir in der Frage der Vorbereitung einer Abholung besonders vorsichtig sein müssen. Es liegt auf der Hand, daß ein Frachter von Titan nicht offen Glasgow ansteuern kann. Ein einfacher Informationsabruf würde Cloudcroft über seine Ankunft unterrichten.«

»Warum können wir meinen Vater nicht jetzt anrufen, bevor wir nach Glasgow kommen?«

»Jede Botschaft, die wir durch das planetarische Kommunikationsnetz senden, wird den Identifikationscode der *Sperber* tragen. Sollte die Allianz die Botschaft auffangen, brauchte sie bloß beim Sender nachzufragen und sich die Relaisstationen angeben zu lassen.«

Kimber seufzte. »Dann werde ich warten, bis wir nach Glasgow kommen und Sie die Angelegenheit mit dem Stadtoberhaupt regeln. Vielleicht könnte ich meinem Vater eine einfache unsignierte Nachricht zukommen lassen, die ihm sagt, daß ich in Sicherheit bin?«

»Wir werden sehen.«

Die drei Wolkenstädte der Glasgow-Gruppe schwebten im Auge eines kleinen Zyklons am Südrand des Nördlichen Äquatorialgürtels. Die von Schotten abstammenden Bewohner zogen die Isolation ihres Zyklons den belebten Wolkenschluchten der großen planetarischen Flugwege vor. Wie ihre Vorfahren genossen sie den Ruf eines ausgeprägten Nationalstolzes und Unabhängigkeitssinns, der an Fanatismus grenzte.

Der Glasgow-Zyklon war eingebettet in eine Himmelsregion, wo der Grenzbereich zwischen Gürtel und Zone turbulent wurde. Stromaufwärts vom Übergangspunkt hatte die Wolkenwand das Aussehen, als sei sie von einer riesigen Maurerkelle geglättet worden. Stromabwärts löste sie sich in ein Durcheinander von Wolken, klaren Luftschluchten und gigantischen Kumulusformationen auf, die wie Eisberge im Flugweg trieben. Es war ein schöner Tag.

Die Maschine folgte dem Nördlichen Äquatorialgürtel zu einem Punkt, wo eine Schlucht südwärts abzweigte und um eine sanfte Krümmung außer Sicht führte. Sands nahm Kurs in diese Schlucht, deren scheinbare Enge sich als Illusion erwies. Während des Flugs nahm er die Großartigkeit der Wolkenlandschaft ringsum in sich auf.

Die Schlucht, der sie folgten, war durch eine Strömung eines trockenen und klaren Wasserstoff-Helium-Gemischs eingeschnitten worden, die sich in den Glasgow-Zyklon ergoß. Es war der Weg, den die drei Glasgow-Städte genommen hatten, um sich im windstillen Auge des tausend Jahre alten Sturms zu etablieren. Es war auch der einzige autorisierte Zugang für Flugzeuge und Luftschiffe, die dorthin wollten. Jeder, der durch die Wolkenwand einzudringen versuchte, lief Gefahr, von den Verteidigungskräften Glasgows angegriffen zu werden. Sands hatte Geschichten über die Effizienz der Ortungssysteme gehört, die von den Schotten eingesetzt wurden. Daher war er nicht überrascht, als sie volle zweihundert Kilometer vor ihrem Bestimmungsort angerufen wurden.

»Wer sind Sie?« kam die knappe Frage über einen Richtstrahl aus der Wolkendecke irgendwo voraus.

»*Sperber*. Wir sind von Port Gregson unterwegs zur südlichen Hemisphäre. Unser Reaktor schluckte gestern um die Zweite Mitternacht etwas Festes, und wir müssen in ein Reparaturdock.«

»Bewaffnung?«

»Wir haben die üblichen Luft-Luft-Raketen und Laser für kurze Distanz.«

»Bleiben Sie auf Empfang, *Sperber*. Ich werde nachfragen und mich wieder melden.«

Es gab eine fünfminütige Verzögerung, während der Mann von der Raumüberwachung eine höhere Stelle konsultierte. Während sie warteten, sagte Halley: »Er hört sich an, als erwarte er uns nicht.«

»Wahrscheinlich weiß er nichts von unserer Ankunft. Sie würden dumm sein, wenn sie ihren kleinen Kontrollbeamten von dem Überfall erzählen würden.«

Der Beamte der Raumüberwachung meldete sich zurück. »Die Hafengebühr beträgt einhundert Kredite pro Tonne, und Sie werden für Reparaturen im voraus zahlen müssen.«

»Das ist annehmbar.«

»Gut. Annäherung unter Kontrolle der Stadt mit Nachweis eingekuppelter Waffensperre.«

»Wird gemacht.«

»Geben Sie die Außenmarkierung an, *Sperber*. Willkommen in Glasgow.«

»Was meinte er mit eingekuppelter Waffensperre?« fragte Kimber. Sie saß wieder im Klappsitz zwischen den zwei Piloten.

»Es ist eine übliche Vorsichtsmaßnahme«, sagte Halley. Sie zeigte zu einem großen roten Hebel am Armaturenbrett. »Das ist unser Hauptschalter für die Bewaffnung. Wenn wir ihn in die Sperrposition drehen, kann unser Computer die Bordwaffen nicht abfeuern. Der Stadtcomputer verifiziert die Sperre, wenn wir ihm die Kontrolle übergeben. Wenn etwas nicht stimmt oder wir eine verdächtige Bewegung machen, werden sie uns mit einer Laserkanone verdampfen.«

»Ist es sicher, daß wir uns ihnen so vollkommen ausliefern? Wenn ich jemanden beauftragt hätte, die Allianz zu überfallen, würde ich vielleicht sichergehen wollen, daß die Piraten später nicht darüber reden können.«

»Sie werden reichlich Gelegenheit haben, uns umzubringen, sobald wir in Glasgow angekommen sind«, erwiderte Sands. »Warum all diese wertvollen Gegenstände in unserem Frachtraum zerstören?«

»Ein Grund mehr, daß Sie ihnen nicht trauen sollten.«

Er zuckte die Achseln. »Haben wir eine andere Wahl? Sie halten unser Schicksal in den Händen, seit wir auf Cloudcroft landeten. Wie schwierig würde es für das Stadtoberhaupt von Glasgow sein, ein Telefon zu nehmen und Kelt Dalishaar zu erzählen, wo er uns finden kann?«

»Er würde sich selbst belasten.«

»Wieso? Welchen Beweis haben wir, daß er unser Auftraggeber ist? Vielleicht hat Micah Bolin Glasgow nur als Treffpunkt oder Umladestation vorgesehen, und unser Auftraggeber sitzt in einer ganz anderen Stadt.«

»Oder vielleicht hat er nicht die Absicht, die Beute mit uns zu teilen«, sagte Halley. »Er könnte uns hierher geschickt haben, während er mit seinen Luftschiffen in die entgegengesetzte Richtung verduftet ist.«

»Du sagst, daß wir keinem trauen können!«

Halley lachte. »Jetzt denkst du wie ein Pirat!«

Zehn Minuten später öffneten sich die Wolken um sie her in einen freien Luftraum von 170 Kilometern Durchmesser. Der Wirbelsturm war nicht so groß oder so stark wie der Dardanellen-Zyklon, aber in seinem Zentrum herrschte die gleiche klare und relativ ruhige Atmosphäre, der sie in dem größeren Sturm ausgewichen waren. Die Glasgow-Städte waren auf der gegenüberliegenden Seite. Ihre Positionen markierten blinkende rote Punkte eines Laserleuchtfeuers.

Sie nahmen Verbindung mit der Landeanflugskontrolle auf, und es begann ein Routineablauf, der so stilisiert war wie ein klassisches Ballett. Halley legte den Schalter der Waffensperre um, dann übergab sie die Steuerung dem Stadtcomputer. Cybernetische Impulse gingen durch die elektrischen Leitungen und stellten fest, ob Raketen und Laser tatsächlich außer Betrieb gesetzt waren. Dann übernahm der Stadtcomputer von Glasgow die Steuerung vom Autopiloten. Jede manuell gesteuerte Abweichung vom eingegebenen Flugplan würde sofortige Vergeltung zur Folge haben.

Ihre Annäherung an Glasgow-Eins, der Hauptstadt der Gruppe, führte sie in die Nähe einer in Bau befindlichen neuen Wolkenstadt. Eine körperlose Stützsäule schwebte in der Mitte zwischen zwei großen Wolkenstädten, von Hunderten kleiner Ballons in der Luft gehalten. Jeder Ballon war silbrig beschichtet, um den Wärmeverlust zu minimieren, und mit einem kleinen Fusionsgenerator verbunden, der die Energie zur Erhitzung des Wasserstoffs lieferte, welcher in die kleinen Ballons geleitet wurde. Männer und Maschinen krochen auf dem unfertigen Oberdeck der Stadt herum.

Kimber zeigte hinaus. »Ich habe mich immer gefragt, warum die Wolkenstädte es nicht genauso machen.«

»Wie machen?« fragte Sands.

»Viele kleine Ballons benutzen, um Auftrieb zu bekommen. Ist es nicht gefährlich, sich auf einen einzigen Gasballon zu verlassen?«

»Die Methode wurde in der Frühzeit der Wolkenstädte erprobt. Es fehlt ihnen an Hebekraft. Selbst wenn ein Quadratmeter Hüllenmaterial nicht viel wiegt, sind doch ungeheuer viele Quadratmeter vonnöten. Wenn man das Doppelte oder Dreifache an Quadratmetern benötigt, muß man mehr heben. Das vermindert dann die Nutzlast.«

»Aber die Stadt könnte durch eine einzige Verletzung des Gasballons zerstört werden, nicht?«

Halley schüttelte den Kopf. »Wenn wir zwei oder drei Gasballons hätten, würde die Stadt im Falle des Versagens eines dieser Ballons gefährlich aus dem Gleichgewicht geraten. Ohne den Auftrieb eines Ballons könnte die Stützsäule kippen. Können Sie sich dreihunderttausend Menschen vorstellen, deren Welt plötzlich in Schieflage gerät?«

Kimber erschauerte. »Es scheint trotzdem eine gefährliche Lebensweise zu sein.«

»Welche andere Wahl haben wir?«

Die Baustelle in den Wolken blieb zurück, und Glasgow-Eins wuchs, bis der Ballon die Windschutzscheibe füllte. Sands beobachtete die Ankerplätze um den äußeren Rand der Stadt. Dort hatten mehrere Luftschiffe festgemacht, aber keines gehörte zu Micah Bolins Gruppe. Das war kein Grund zur Beunruhigung. Selbst wenn die großen Luftschiffe mit Höchstgeschwindigkeit reisten, würden noch mehrere Tage vergehen, bevor sie Glasgow erreichen konnten.

Mit der Annäherung an die Stadt verlangsamte sich ihr Flug. Sie umkreisten Glasgow-Eins im Abstand von einem Kilometer, bis eine offene Andockbucht in Sicht kam. Als die Maschine näherglitt, sah Sands die Mündungen mehrerer Laserkanonen, die ihrer Bewegung folgten.

Sobald die Maschine in der Landebucht festgemacht hatte, ging Sands zur Wasserstoffschleuse mittschiffs. Der Rest der Besatzung blieb auf den Stationen. Nach dem Gesetz durfte nur der Kapitän in Glasgow-Eins von Bord gehen, bis die Formalitäten mit der Hafenbehörde geregelt waren.

Sands öffnete die Schleuse und betrat das Deck der Landebucht. Er blieb eine Weile neben seiner Maschine stehen und sah sich um. Vier weitere Flugzeuge lagen in der Landebucht. Zwei davon waren Passagiermaschinen, die startfertig gemacht wurden. Sands bemerkte mehrere neugierige Gesichter, die hinter einer langen Reihe runder Fenster zu ihm herausschauten. Zwei kleinere geflügelte Pfeile parkten nahe den Wänden der Bucht. Es waren Patrouillenmaschinen der Stadt, die mit auswärtsgerichteten Nasen auf Katapulten ruhten. Sollten unerwünschte Besucher auftauchen, konnten sie in weniger als zwei Minuten gestartet werden.

Nach seinem beiläufigen Rundblick wandte sich Sands um und nahm seine eigene Maschine in Augenschein, soweit er sie von seinem Standort überblicken konnte. Wieder gab er sich den Anschein eines müßigen Betrachters, tatsächlich aber überprüfte er, ob der Flug durch den Ammoniakregen alle Spuren des falschen Anstrichs und der Tarnmarkierungen abgewaschen hatte. Zu seiner Erleichterung schien die Maschine zu dem vernachlässigten Aussehen zurückgekehrt, den sie vor dem Anstrich gehabt hatte. Natürlich würde er eine genauere Überprüfung vornehmen müssen, um sicherzugehen.

Eine vierköpfige Abordnung kam um die Tragflächenspitze der *Sperber* und hielt auf ihn zu. Sands unterdrückte ein Lächeln. In seiner Heimatstadt Sorrell Drei bestand die verbreitetste Kleidung aus einfachen grauen Overalls. Die Neuankömmlinge trugen Kilts und Sporrans, dazu schneidig aufgesetzte Käppis. Ihre Trachten waren aber Uniformen, wie die Rangabzeichen auf den Schultern bewiesen. Daß sie Militärs waren, war noch augenfälliger durch ihre Seitengewehre und die Maschinenpistolen, die von den zwei einfachen Soldaten der Gruppe getragen wurden.

»Guten Tag, Kapitän«, sagte der Offizier mit dem

Rangabzeichen eines Korvettenkapitäns in der gleichen ausgeprägten Mundart, die der Beamte der Raumüberwachung gebraucht hatte. »Wer sind Sie, und was führt Sie hierher?«

»Der Name ist Larson Sands. Ich bin Kapitän und Eigner der *Sperber*, zuletzt in Port Gregson. Wir waren unterwegs zum Süden, wo wir einen Arbeitsvertrag haben. Wir haben Glasgow zu Reparaturzwecken angeflogen.«

»Ich verstehe«, sagte der Offizier mit einem Blick zur Maschine. »Was ist geschehen?«

Sands wiederholte seine Geschichte von etwas Festem, das in die Ansaugöffnung des Antriebs geraten sei. Manchmal entstanden in der Saturnatmosphäre Bedingungen, die zur Bildung von großen Hagelkörnern aus Ammoniak, Wassereis oder Phosphineis führten. Geriet ein Flugzeug in einen solchen Hagelsturm, kam es bisweilen zu Maschinenschäden, wenn die Feststoffe durch die Lufteinlaßöffnungen angesaugt wurden. In Wahrheit litt der Reaktor der *Sperber* noch unter der Überhitzung während des Gefechts, in welchem Dane ums Leben gekommen war. Der Backbordreaktor hatte am meisten gelitten, so daß Sands ihn seither die meiste Zeit stillgelegt hatte.

»Wie lange erwarten Sie hier zu sein?«

»Das hängt von Ihren Leuten ab«, antwortete Sands. »Wie lange wird die Reparatur meines Reaktors dauern?«

»Unsere Mechaniker werden sich die Sache ansehen und Ihnen eine Schätzung geben.«

»Gut. Ich möchte möglichst bald weiter. Es sieht nicht gut aus, wenn man einen neuen Job annimmt und gleich zu spät kommt, wissen Sie.«

»Kann ich mir denken. Haben Sie Fracht an Bord?«

»Wir befördern eine Ladung Stückgut, um die Flugkosten zu bestreiten.«

»Die Ladung möchten wir sehen.«

»Tut mir leid, aber unser Laderaum wurde in Port Gregson versiegelt. Wir können ihn nicht öffnen, ohne einer hohen Geldbuße unterworfen zu werden. Sie können unsere Frachtgutliste prüfen, wenn Sie wollen. Und natürlich werden Sie sich zu vergewissern wünschen, daß die Siegel richtig angebracht sind, um Gewißheit zu haben, daß wir nicht versuchen, etwas in Glasgow einzuschmuggeln.«

»Das wollen wir allerdings«, bestätigte der Offizier. Er wandte sich zu einem seiner Untergebenen und sagte: »Sehen sie nach, Unteroffizier! Und bringen Sie unsere eigenen Siegel an, um dafür zu sorgen, daß der Laderaum geschlossen bleibt.«

»Zu Befehl, Sir.«

Der Korvettenkapitän wandte sich wieder zu Sands. »Sie wissen, daß alle Liegegebühren im voraus zu bezahlen sind, Kapitän?«

»Das ist mir klar.«

»Gut. Wir werden Sie in die Klasse von einhundert Tonnen einordnen. Das macht einen Betrag von zehntausend Krediten.«

Sands reichte ihm seine Kreditkarte. Der Unteroffizier nahm sie und steckte sie in einen Datenanschluß, den er in der Hand hielt. Das Gerät piepte einmal, um die Akzeptanz zu signalisieren, und der Mann gab Sands die Karte zurück. »Willkommen in Glasgow! Ich hoffe, Sie werden Freude an Ihrem Aufenthalt hier haben.«

»Danke. Können Sie ein gutes Hotel empfehlen?«

»Das Highland Hilton oben auf dem Deck erfreut sich bei den Reisenden einiger Beliebtheit. Die Bedienung ist ordentlich, und man hat eine gute Aussicht auf das Schloß des Stadtoberhaupts.«

»Das Hilton, meinen Sie?«

»Das ist meine Empfehlung. Sagen Sie ihnen, Korvettenkapitän MacDonald habe Sie geschickt, und die Direktion wird dafür sorgen, daß Sie gut untergebracht und behandelt werden.«

140

»Danke. Sind wir damit amtlich abgefertigt?«

»Sie werden abgefertigt sein, sobald Unteroffizier Balfallon seine Inspektion gemacht und die Zollsiegel angebracht hat, Kapitän Sands. Guten Tag!« MacDonald salutierte, machte kehrt und marschierte den Weg zurück, den er gekommen war. Die zwei Soldaten nahmen zu beiden Seiten der Wasserstoffschleuse Aufstellung.

»Hier entlang, Unteroffizier«, sagte Sands mit einer einladenden Handbewegung.

»Nach Ihnen, Sir.«

11

Burg und Thronsaal

Wie Korvettenkapitän MacDonald gesagt hatte, stand das Highland Hilton auf dem Hauptdeck der Stadt und war durch einen weiten Platz vom Regierungssitz getrennt. Ähnlich wie in Cloudcroft befand sich das Regierungsgebäude in der zentralen Stützsäule der Stadt, die am oberen Ende die Habitatbarriere trug, während an ihrem unteren Ende der Fusionsreaktor der Kraftanlage tief unter der Stadt hing und den erhitzten Wasserstoff durch ein mächtiges Rohr in der Mitte der Stützsäule aufwärts zum Gasballon leitete. Aber das war die einzige Ähnlichkeit zwischen den beiden. Die Hauptstadt von Glasgow glich in ihrer Bauweise einer mittelalterlichen schottischen Burg. Ihre Mauern und Türme waren aus roh behauenen Blöcken errichtet, die, wenn die Wirklichkeit auch anders aussah, den Anschein massiver, schwerer Festigkeit erweckte. Die Architektur war stilecht bis zum Kopfsteinpflaster auf dem Hof und die zinnenbewehrten Mauern. Verstärkt wurde die Illusion durch Wachtposten in schottischer Tracht zu beiden Seiten des mit Zugbrücke und Fallgitter ausgestatteten Haupttores.

Sands kannte viele Saturnstädte, die einzelne Gebäude oder ganze Ensembles alter irdischer Stadtarchitektur reproduziert hatten, aber nirgendwo war man so weit gegangen wie die Schotten in Glasgow-Eins. Er erwähnte dies gegenüber dem Hoteldiener, der sie zu ihren Räumen geleitete.

»Jawohl, mein Herr, es ist der häßlichste Haufen nachgemachter Steine auf Saturn. Ich fürchte, unsere

Vorfahren ließen sich ein wenig von ihrer Nostalgie hinreißen, als sie es bauten. Immerhin gefällt es dem Stadtoberhaupt, das dort residiert, und die Touristen stellen sich alle vor der Burg in Positur für ihre Urlaubsholos.«

»Glauben Sie wirklich, daß mittelalterliche Burgen so aussahen?«

»Freilich! Sie können Ansichten des Originals über jeden Datenanschluß abrufen, wenn Sie wollen. Es ist ganz echt, abgesehen davon, daß unsere Burg die Büros der Stadtverwaltung dort hat, wo im Original drei Meter dicke Mauern waren. Wenn Sie interessiert sind, kann ich eine Führung arrangieren.«

»Danke, vielleicht später.« Sands gab dem Hoteldiener ein Trinkgeld und entließ ihn. Nachdem der Mann gegangen war, blickte er lange hinüber zu dem häßlichen Anachronismus und überlegte, ob MacDonalds Hotelempfehlung womöglich mehr als eine Koinzidenz gewesen sei. Eine mißtrauische Person könnte argwöhnen, daß Lord Fitzroy, das Stadtoberhaupt, ihre Unterbringung in einem Quartier veranlaßt hatte, wo er sie im Auge behalten konnte.

Ihre Suite enthielt vier Schlafzimmer und war um einen Gemeinschaftsraum mit einer kleinen Küche angeordnet. Sands hatte ein Schlafzimmer für sich, Halley und Kimber teilten ein zweites. Die beiden verbleibenden Schlafzimmer teilten sich jeweils zwei Besatzungsmitglieder. Er bezweifelte, daß sie die Zimmer für mehr als zum Umziehen gebrauchen würden. Einer mußte immer an Bord Wache halten, aber von denen, die dienstfrei hatten, konnte erwartet werden, daß sie geradenwegs zu den Fleischtöpfen streben würden.

Nachdem er die Burgimitation auf der anderen Seite des Platzes eine Weile beobachtet hatte, setzte sich Sands an den Computerterminal des Gemeinschaftsraums. Er fragte eine Liste der Luftschiffe ab, die gegenwärtig im Hafen lagen. Bolins Luftschiffe würden noch die nächsten Tage unterwegs sein, aber wenn die

Beute in Glasgow aufgeteilt werden sollte, würden andere Schiffe zum Abtransport benötigt werden. Nach diesen Schiffen suchte Sands. Nachdem er den Schiffsverkehr von zwei Jahren überprüft hatte, folgerte er widerwillig, daß keinerlei Hinweis zu finden war. Enttäuscht, aber nicht überrascht, gab er eine Instruktion ein, daß er verständigt werde, wann immer einem Luftschiff Landeerlaubnis erteilt wurde. Wenn Bolin endlich käme, wollte Sands ihn in der Landebucht erwarten.

Nachdem er den Datenanschluß ausgeschaltet hatte, ging er durch den Gemeinschaftsraum und klopfte an die Zimmertür der Frauen. Kimber öffnete ihm.

»Hat jemand Lust zu einer Stadtbesichtigung?«

»Ich nicht«, antwortete Halley. Sie war beim Auspacken und hatte auf dem ganzen Bett Kleidungsstücke ausgebreitet. »Sobald ich hier Ordnung geschaffen habe, werde ich mich hinlegen und meinen Schönheitsschlaf nachholen. Nimm Karen mit.«

»Wie wär's damit, Karen?« fragte Sands. Die Frage war auf unsichtbare Lauscher abgestellt, die vielleicht ihre Gespräche überwachten. Er und Halley waren übereingekommen, daß einer von ihnen zu allen Zeiten ihren Gast begleiten würde, bis die allgemeine Lage sich normalisiert hätte. Kimber nahm die Beaufsichtigung als unvermeidlich bereitwillig hin; sie sah darin eine Bedingung ihrer Freiheit.

»Klar«, erwiderte Kimber/Karen in ihrem irritierend gewöhnlichen Tonfall. »Meinen Sie, daß wir ein paar Läden finden können? Ich könnte Klamotten gebrauchen.«

»Warum nicht? Wir können es uns leisten.«

Er wartete, bis Kimber ihr kurzgeschnittenes Haar gekämmt hatte, dann bot er ihr den Arm. Sie verließen die Suite und schlenderten hinaus, als hätten sie keine Sorge unter den Ringen des Saturn.

Drei Stunden später saßen sie in einem Straßencafé gegenüber der Burg. Dudelsackmusik drang aus einem unsichtbaren Lautsprecher in der Nähe, und auf den freien Stühlen neben ihnen waren mehrere bunt einge-wickelte Pakete gestapelt. Sie hatten eine Ebene unter dem Hauptdeck eine Einkaufspassage gefunden, wo Kimber sich mit Kleidern versehen hatte, die zu ihrer neuen Identität paßten.

»Danke, Lars«, sagte sie mit einer Kopfbewegung zu ihren Einkäufen. »Ich weiß nicht, wann ich beim Klei-derkaufen soviel Spaß hatte.«

»Gern geschehen«, sagte er. »Ich denke mir, Sie kaufen nicht oft fluoreszierende grüne und purpurne Sachen.«

»Und ob ich es tue!« lachte sie mit ihrer kehligen Karen Colin-Stimme. »Das sind meine Lieblingsfarben.«

»Natürlich. Ich hatte es vergessen.«

Die Heiterkeit verschwand aus ihrem Gesicht, und sie sah ihn mit ernsten blauen Augen an. »Macht es Ihnen was aus, wenn ich Ihnen eine Frage stelle?«

»Fragen Sie, und ich werde Ihnen sagen, ob es mir was ausmacht oder nicht.«

»Warum sind Sie ein Söldner geworden?«

Er starrte in sein Glas. »Mehr aus Langeweile als aus einem anderen Grund. Mein Vater wollte, daß ich den Winzerbetrieb der Familie übernehmen sollte. Ich dachte, das Leben müsse mehr bieten als Arbeit im Weingarten und die Sorge um die Preisentwicklung. Als ich achtzehn war, ging ich mit einem Freund hinun-ter zur Landebucht, um mir das Beladen der Luftschiffe anzusehen. Wir gingen in eine der Hafenbars, wo der Erste Maat eines Freibeuters jedem, der sich zu ihm setzte, zu trinken spendierte. Er erzählte von seinen Abenteuern. Nach ein paar Stunden sagte er zu Harry und mir, er könnte ein paar kräftige Burschen gebrau-chen, um seine Besatzung aufzufüllen. Uns war es recht, und so heuerten wir gleich in der Bar an.«

»Das hört sich an, als hätte man Sie shanghait!«

Er lächelte. »So könnte man sagen. Wir waren zweifellos in einem Zustand verminderter Zurechnungsfähigkeit, denn er hatte kräftig auffahren lassen. Unglücklicherweise waren wir nicht so blau, daß wir hinterher aussteigen konnten. Nachdem wir ausgenüchtert waren, zeigte sich der Maat viel weniger freundlich, und die ersten paar Monate waren wohl die schlimmsten meines Lebens. Doch als mein Vertrag auslief, hatte ich Geschmack an dem Leben gefunden. Es ist jedenfalls viel aufregender als in Gewächshaus-Hydrokulturen Wein anzubauen.«

»Ist es nicht gefährlich?«

»Manchmal. Die meisten der Leute, die unsere Dienste in Anspruch nehmen, finden Mittel und Wege, um Kämpfe zu vermeiden. Schließlich will niemand eine weitere Katastrophe wie Neu-Chicago riskieren. Trotzdem versagt die Diplomatie bisweilen, und dann müssen wir kämpfen.«

Kimber nickte. »Halley erzählte mir von Neu-Philadelphia. Es tut mir leid, daß Ihr Bruder ums Leben kam.«

Er seufzte. »Es kommt vor. Irgendwann läßt einen das Glück im Stich.«

»Hassen Sie die Allianz deswegen?«

Er neigte den Kopf auf die Seite, um der Musik zu lauschen, nicht weil sie ihm besonders gut gefiel, sondern um ihre Fähigkeit zur Störung etwaiger, auf sie gerichteter Abhörgeräte einzuschätzen. Nachdem er zu dem Schluß gelangt war, daß das Abhörgerät noch nicht erfunden war, welches das Gejaule der Dudelsäcke herausfiltern konnte, antwortete er: »Das ist sicherlich der wichtigste Grund.«

»Und die anderen?«

»Mir gefällt nicht, was die Allianz versucht.«

»Und was versucht sie?«

»Sie will die schlimmen alten Zeiten wieder aufleben lassen. Ich halte das für einen Fehler.«

»Ich kann Ihnen nicht folgen.«

Er zeigte mit dem Kopf hinüber zur Burg. »Sehen Sie sich diese Monstrosität an! Das Original war sieben oder acht Jahrhunderte vor dem Sonnenausbruch obsolet. Trotzdem nahmen die Schotten all die Mühe auf sich, diese Kopie als ein Denkmal der toten Vergangenheit zu errichten. In ihrer Weise tut die Nördliche Allianz genau das gleiche, nur ist ihr Monument noch monströser. Sie versuchen hier unter ihrer Führung einen weltumspannenden Einheitsstaat zu schaffen, wie er auf Erden immer wieder propagiert wurde.«

Er nahm einen Schluck Wein und machte ein Gesicht. Sein Vater hätte diese Qualität allenfalls zur Essigherstellung verwendet. Jedenfalls hätte dieser Wein niemals das Etikett eines der drei großen Weinbauunternehmen von Sorrell Drei gewonnen. »Die Nationalstaaten der Erde entwickelten sich nicht nur aus dem Territorialprinzip. Sie entwickelten sich in langen Zeiträumen aus ethnisch homogenen Gruppen zu Völkern, von denen jedes eine Kultur- und Schicksalsgemeinschaft mit gemeinsamer Sprache wurde. Hieraus wuchsen die Nationen und ihre territorial abgegrenzten Nationalstaaten. Das war nur natürlich. Sie zogen Grenzen, um unfreundliche Fremde auf Abstand zu halten. Eine zwangsläufige Folge davon war, daß die meisten auf Erden ausgefochtenen Kriege um strittige Grenzen und Territorien geführt wurden.«

Kimber nickte. »Wir haben ähnliche Probleme auf Titan, wenn auch in viel kleinerem Maßstab.«

»Hier auf Saturn gibt es keine festgelegten Grenzen irgendwelcher Art. Wenn eine Stadt, die hier das Äquivalent des Nationalstaates ist, sich von einer anderen Stadt oder einer Gruppe von Städten bedrängt fühlt, kann sie zu einem anderen Flugweg umziehen oder sich einer anderen Gruppierung von Städten anschließen. Sorrell Drei tat genau das, als ich zehn war. Die Stadtältesten fühlten sich von den Forderungen anderer Städte in ihrer Gruppe unter Druck gesetzt. Statt nachzugeben, zogen sie in einen anderen Gürtel um. Das kostete die Stadt ein Vermögen, aber jeder findet noch heute, daß es sich lohnte. Das ist die nationale Freiheit des einzelnen Gemeinwesens, die Kelt Dalishaar uns wegnehmen will.«

»Sieh an, Kapitän«, sagte Kimber. »Sie sind, was manche Leute einen Nationalisten und Reaktionär nennen würden!«

»Vielleicht bin ich das«, stimmte er zu. »Mir gefallen die Verhältnisse so, wie sie sind, und ich habe nicht viel Geduld mit Leuten, die meinen, sie können besser über mein Leben bestimmen als ich selbst.«

Sie lächelte. »Mein Vater sagt ziemlich das gleiche, bloß nennt er es ›unverfälschte Selbstbestimmung‹.«

»Das hört sich sehr vernünftig an.« Er sah sie lächelnd an. »Da wir von Ihrem Vater sprechen, möchten Sie ihm gern eine Botschaft zukommen lassen?«

»Ist das Ihr Ernst?« fragte sie. »Können wir das tun, ohne Ihre Sicherheit zu gefährden?«

»Ich denke schon.«

»Wie?«

»Titan unterhält eine Botschaft in Neu-Montana in der südlichen Hemisphäre, nicht wahr?«

Sie nickte. »Es gibt dort eine Handelsniederlassung. Nicht gerade eine Botschaft, aber eine Art diplomatischer Vertretung.«

»Gut. Ich habe Freunde in Montana. Ich könnte ihnen einen Brief mit einer beigefügten Botschaft schicken, die sie an Ihre Leute weitergeben würden. Die Botschaft muß kurz und harmlos sein, und sie darf nicht verraten, wo Sie sind. Ich möchte Glasgow nicht in diese Sache hineinziehen, solange ich nicht weiß, wo wir stehen. Können Sie mit diesen Einschränkungen leben und trotzdem dafür sorgen, daß Ihr Vater die Botschaft versteht?«

Sie runzelte die Stirn, dann zog sie einen elektronischen Notizblock aus der Tasche und begann in das kleine Displayfeld zu schreiben. Nach einer Minute reichte sie Sands den flachen kleinen Kasten. Der Text lautete:

```
Zur sofortigen Weiterleitung nach Titan,
CR0157, Code Alpha Eins

Vater,
bin  sicher  bei  Freunden.  Werde  Dich
wegen Transportmittel verständigen, wenn
ich kann. Bis bald.
                                    BUNNY
```

»Bunny?« fragte er.

Sie lächelte verlegen. »Vater schenkte mir zu meinem sechsten Geburtstag ein Kaninchen. Sein Name war Langohr. Seit damals nennt er mich seine kleine Bunny.«

»Und dieser Code in der Anschrift?«

»Seine persönliche Computeranschrift. Die Alpha Eins-Priorität wird sicherstellen, daß die Botschaft sofort hinausgeht.«

»Das sollte genügen. Es tut mir leid, daß Sie ihn nicht verständigen können, wo Sie sind, aber die Allianz hört wahrscheinlich jeden Kommunikationskanal ab, den sie anzapfen kann.« Er trank sein Glas leer, stand auf und begann die Pakete einzusammeln. »Gehen wir zu einer öffentlichen Kommunikationsstelle, dann können wir es gleich auf den Weg bringen, mit Anweisungen für meine Freunde.«

Fünf Tage später begann Sands sich Sorgen zu machen. Bolins Luftschiffe waren überfällig, und er hatte nicht von sich hören lassen. Ein weiterer Grund zur Sorge war der scheinbare Mangel an Interesse, den die Behörden von Glasgow an der *Sperber* und ihrer Besatzung zeigten.

»Was meinst du, Lars?« fragte Halley eines Abends nach dem Essen.

»Vielleicht hat Bolin seinem Auftraggeber niemals gemeldet, daß er unsere Dienste in Anspruch genommen hat.«

»Das ist eine Möglichkeit, nicht?«

»Aber keine sehr wahrscheinliche, denke ich. Wenn ich ihn beauftragt hätte, eine derart delikate Angelegenheit in die Hand zu nehmen, hätte ich mich jedenfalls vergewissert, wen er für die Dreckarbeit vorgesehen hat.«

»Denkst du, was ich jetzt denke?« fragte sie.

»Daß wir hereingelegt worden sind?«

Sie nickte. »Es kommt mir mit jedem Tag wahrscheinlicher vor.«

»Mir auch«, gestand Sands. Tatsächlich beschäftigte ihn seit Tagen die Vorstellung, daß Bolin sie nach Glasgow geschickt hatte, während er die entgegengesetzte Richtung eingeschlagen hatte. Trotzdem sprach einiges dagegen. Vor allem war die Ladung der *Sperber* zu bedenken. Bolins Luftschiffe waren mit dem Löwenanteil der Beute auf und davon, aber Sands war im Besitz der wertvollsten Dinge. Allein die Kunstwerke aus dem Museum von Cloudcroft waren auf dem Schwarzen Markt Millionen wert. Sands hatte keine Schwierigkeiten, sich Bolin als einen Betrüger vorzustellen, aber erst nachdem er diesen wertvollsten Teil des Plünderungsgutes an sich gebracht hätte. Und das bereitete ihm Sorgen. Wenn keines der Szenarien paßte, lag es gewöhnlich daran, daß man nicht alle Fakten hatte. Er spürte einen Knoten im Magen, der ihm sagte, daß mehr vorging, als ihm gesagt worden war.

»Was tun wir jetzt?«

»Wir müssen feststellen, wo wir mit dem Stadtoberhaupt stehen.«

»Wie fangen wir das an?«

»Warum fragen wir ihn nicht persönlich?«

Eine Audienz beim Stadtoberhaupt von Glasgow zu bekommen, nahm zwei Tage in Anspruch. Sands mußte sich durch mehrere Schichten der Bürokratie arbeiten, bis er endlich, nach langem Warten in Vorzimmern und der Verteilung von immer ansehnlicheren ›Honoraren‹, den Bescheid erhielt, daß er und seine Begleiter am folgenden Tag von Lord Fitzroy zur Audienz empfangen würden.

Sands, Halley und Kimber betraten den Komplex der Regierungsgebäude eine Stunde vor ihrem Termin. Sie wurden ins Vorzimmer des persönlichen Sekretärs Angus MacPherson geführt. MacPherson war ein großer, hagerer Mann mit harten Augen und dem Gesichtsausdruck eines vielbeschäftigten, geplagten Mannes.

»Hallo, Kapitän«, sagte MacPherson, nachdem die drei zwanzig Minuten mit zwei Dutzend anderen Bittstellern im fensterlosen Vorzimmer gewartet hatten. »Kann ich Ihnen helfen?«

»Wir sind hier, um Lord Fitzroy zu sprechen.«

»Selbstverständlich. Jeder, der zu mir kommt, wünscht eine Audienz. Darf ich fragen, in welcher Angelegenheit? Sie drückten sich in Ihrem Antrag etwas unbestimmt aus.«

»Wir möchten mit ihm über eine Anstellung sprechen.«

»Mein lieber Herr, Glasgow benötigt zur Zeit keine Söldner. Sicher muß Ihnen das klar sein. Wenn Sie glauben, ein persönlicher Appell würde an dieser Tatsache etwas ändern, dann vergeuden Sie Ihre Zeit. Wenn Sie mir aber eine zusammenfassende Darstellung Ihres Anliegens dalassen, werden wir Sie das nächste Mal, wenn wir Bedarf an Dienstleistungen dieser Art haben, in Betracht ziehen.«

»Ich spreche nicht von zukünftiger Beschäftigung.«

»Sicherlich beziehen Sie sich nicht auf vergangene Dienstleistungen. Wir haben nachgeprüft, und soweit wir feststellen konnten, hatten Sie niemals Beziehungen zu dieser Stadt.«

»Vielleicht erstreckt sich Ihr Wissen nicht weit genug.«

»Was wollen Sie damit andeuten?«

»Es ist eine Angelegenheit, die wir nur mit Lord Fitzroy besprechen können.«

»Sehr gut. Sie haben für das Vorrecht einer Audienz bezahlt, also sollen Sie eine haben. Sie werden zwei Minuten bekommen. Diese Zeit beginnt, wenn Sie den Audienzsaal betreten. Bringen Sie Ihr Anliegen kurz und bündig vor und argumentieren Sie nicht. Wenn Lord Fitzroy das Zeichen gibt, daß die Audienz beendet ist, gehen Sie rasch und ohne Aufhebens.«

Sands und die beiden Frauen wurden durch einen langen, mit Bildern und Vertäfelungen geschmückten Korridor geführt. Wie das Äußere des Gebäudes, war das Dekor auch hier uralten Vorbildern nachempfunden. Die Wände über den Vertäfelungen bestanden aus großen ›Steinquadern‹, mit Strebepfeilern, Kreuzrippengewölben und schmalen Fenstern, durch die helles gelblichweißes Licht einfiel. Hofbeamte in archaischen Kostümierungen eilten in unbekannten Geschäften hierhin und dorthin. Als die drei den Audienzsaal erreichten, nahm ein Bediensteter Sands' Kreditkarte und transferierte die letzte Rate der Audienzgebühr.

Ein gedämpfter elektronischer Ton verkündete, daß sie eintreten sollten. Der Page wandte den Kopf zu ihnen und sagte: »Vergessen Sie nicht, sich zu verbeugen, und sprechen Sie nicht, bevor Lord Fitzroy Ihnen bedeutet, daß er bereit ist, Sie zu hören. Viel Glück.«

Die großen Türflügel schwangen vor ihnen auf, und Sands sah sich am Ende eines langen Mittelgangs. Zu beiden Seiten davon standen Leute in Kilts und Sporrans. Ein Hofmarschall verkündete ihre Anwesenheit mit lauter Stimme, und sie gingen durch den Mittelgang nach vorn. Die gemessene Annäherung gab Sands Gelegenheit, Lord Fitzroy, den Herren von Glasgow, eingehend zu mustern.

Hugh Fitzroy war groß und massig, mit einem runden Gesicht, einem wallenden weißen Bart und buschigen Brauen, die ihm Ähnlichkeit mit einer Nikolausfigur gaben. Er trug die traditionelle schottische Tracht, mit einer federbesetzten Schottenmütze. Nach der Umgebung hatte Sands erwartet, daß er auf einem verzierten Thron oder wenigstens einem aus Stein gemeißelten Sessel sitzen würde, aber Lord Fitzroy saß hinter einem gewöhnlichen Schreibtisch auf einer erhöhten Plattform. Zu beiden Seiten von ihm waren zwei weitere Schreibtische, an denen Hofbeamte arbeiteten. Ein großer holographischer Projektionswürfel beherrschte die rechte Wand des Audienzsaals; zu ihrer Linken stand eine alte Ritterrüstung.

Sands ging mit Halley und Kimber zur ersten Linie, blieb stehen und verbeugte sich, während die Frauen knicksten. Ein leiser elektronischer Gong ertönte, und sie traten vorwärts zu dem Platz, der ihnen zugewiesen worden war.

Lord Fitzroy war mit einer Eintragung in sein aufgeschlagenes Notizbuch beschäftigt. Endlich blickte er auf.

»Sie sind Kapitän Larson Sands, Söldner und Eigner der *Sperber?*«

»So ist es, Euer Lordschaft.«

»Warum sind Sie hier, Kapitän Sands?«

»Die Angelegenheit ist etwas delikat, Sir. Vielleicht könnten wir sie unter vier Augen besprechen.«

»Wenn Sie eine Privataudienz wünschen, hätten Sie das im Sekretariat sagen sollen. Die Gebühren dafür sind sehr viel höher.«

»Wenn Sie es wünschen, Sir, werde ich in der Öffentlichkeit sprechen.«

»Sprechen Sie oder lassen Sie es, wie Sie es für richtig halten, Kapitän.«

»Sehr wohl. Ich würde gern erfahren, ob Sie einen Agenten namens Micah Bolin beschäftigen.«

»Bolin? Das glaube ich nicht.«

»Sind Sie sicher?«

»Sir, meine Administration beschäftigt viele Leute. Man kann schwerlich erwarten, daß ich sie alle kenne.«

»An diesen würden Sie sich erinnern.«

»Kapitän, Ihre Zeit wird knapp. Genug von diesen Wortspielen. Was wünschen Sie?«

Sands öffnete den Mund zur Antwort und schloß ihn genauso schnell. Ein Alarmsignal gellte durch den Saal. Lord Fitzroy blickte zur Seite. »Was gibt es, Swann?«

»Fliegeralarm, Euer Lordschaft! Unsere Sensoren haben eine Anzahl Kampfflugzeuge ausgemacht, die sich aus mehreren Richtungen nähern.«

»Wessen Kampfflugzeuge?«

»Unbekannt, Sir.«

»Rufen Sie die Stadtwache heraus. Die Streitkräfte in Gefechtsbereitschaft.«

Der Hofbeamte hob schnell eine Hand und lauschte mit geistesabwesender Miene einer Botschaft, die durch seine Kopfhörer kam. »Der Kommandeur der Flotte ruft Sie, Sir. Er verlangt unsere Kapitulation.«

»Bringen Sie ihn auf den großen Projektionsschirm«, befahl Fitzroy.

Alle Anwesenden wandten sich der holographischen Projektion zu, als sie flackernd aufleuchtete. Sie klärte sich und zeigte einen Admiral der Nördlichen Allianz. In diesem Augenblick erkannte Sands, daß Lord Fitzroy die Wahrheit gesagt hatte.

Der Admiral war Micah Bolin.

12

Flucht und Konsequenzen

Für Sands brach eine Welt zusammen, als er in das Gesicht starrte, das die Projektion füllte. Das Risiko des Verrats ging jeder Söldner ein, wenn er einen Vertrag unterzeichnete. Gleichwohl hatte die Belohnung aus dem Überfall aus Cloudcroft jedes damit verbundene Risiko lohnend erscheinen lassen. Um so größer war nun der Schock der Erkenntnis, daß das Spiel, auf das er sich eingelassen hatte, nicht einmal entfernt dasjenige war, das er sich vorgestellt hatte. Der wirkliche Einsatz war weit höher. Das Leben eines Söldners namens Larson Sands und seiner Besatzung schrumpfte daneben zur Bedeutungslosigkeit.

»Lord Fitzroy!« dröhnte die Gestalt in der Projektion. Das hochmütige Gesicht blickte in die Richtung des Stadtoberhauptes von Glasgow. Sands benötigte einen Augenblick, um zu begreifen, daß die Aufnahmekamera der Projektion auf die Plattform gerichtet war, und daß er selbst außerhalb von Bolins Gesichtsfeld stand.

»Ich bin Admiral Mikal Blount von der Marine der Nördlichen Allianz. Sie beherbergen gefährliche Flüchtlinge. Ich verlange ihre unverzügliche Auslieferung.«

»Welche Flüchtlinge?« fragte Fitzroy.

»Den Kapitän und die Besatzung der *Sperber*. Sie werden wegen schwerer Verbrechen gegen die Allianz gesucht. Sie werden auch Ihre eigenen Waffen niederlegen, bis wir festgestellt haben, in welcher Weise eine Komplizenschaft Glasgows in dieser Angelegenheit besteht. Sie haben zehn Minuten, sich meiner Forderung zu beugen. Nach Ablauf dieser Frist werden wir das Feuer auf Ihre Stadt eröffnen.«

Kaum jemand hörte Bolins Drohung. Bei dem Wort ›Sperber‹ wandte Lord Fitzroy und sein ganzer Hof die Köpfe, um Sands anzustarren. Dann sprang Hugh Fitzroy auf und stieß mit anklagendem Zeigefinger auf die drei Söldner. »Nehmt sie fest!«

Der diensttuende Wachtposten kam dem Befehl nach. Unglücklicherweise benötigte er einen Moment, um sich von seiner Überraschung zu erholen. Sands hingegen hatte sich in dem Augenblick, als Bolin den Namen seines Schiffes ausgesprochen hatte, in Bewegung gesetzt. Er schlug zu, als der Posten die Maschinenpistole von der Schulter nehmen wollte. Beide wurden vom Aufprall zu Boden auf die Imitationsfliesen geworfen. Sands entwand dem Mann die Waffe, drückte sie an sich und kam mit einem Überschlag rückwärts frei, sprang auf und richtete den Lauf der Waffe auf das Stadtoberhaupt.

Alles schien in Zeitlupe abzulaufen. Hugh Fitzroys Züge waren in einer wutverzerrten Grimasse erstarrt, seine rechte Hand griff in eine der Schreibtischschubladen. Am Rand seines Gesichtsfeldes sah Sands mehrere Hofbeamte auf Halley und Kimber zustürzen.

»Rufen Sie Ihre Leute zurück!« schrie Sands und riß die Maschinenpistole hoch. Er sah das Gesicht seines Opfers erbleichen. Lord Fitzroy verharrte bewegungslos. Die Hofbeamten folgten seinem Beispiel. Ein Dutzend Herzschläge lang starrten die beiden einander an. Ihre Nasenflügel waren gebläht, der Pulsschlag pochte sichtbar in ihren Schläfen.

»Was geht dort vor?« verlangte Bolin zu wissen. Aus seinem Gesichtswinkel konnte er nur sehen, daß das Stadtoberhaupt sich langsam aus seiner leicht vorgebeugten Haltung aufrichtete und die Hände hochnahm.

»Schalten Sie dieses verdammte Ding aus!«

Nach endlosen Sekunden erlosch die holographische Projektion.

»Was geschieht jetzt, Kapitän?« fragte Fitzroy.

»Wir werden zu unserer Maschine zurückkehren.«

»Sie werden es niemals schaffen. Die Stadtwache verfolgt die Vorgänge in diesem Saal. Der Alarm ist bereits hinausgegangen.«

»Dann werden wir Sie um Ihre Begleitung bitten müssen, Euer Lordschaft! Ich bin sicher, Sie können Ihre Leute daran hindern, uns zu behelligen.«

»Überlegen Sie, Mann! Selbst wenn Sie es zur Landebucht schaffen, werden Sie niemals an der Flotte vorbeikommen, die draußen wartet. Sie wird Sie beim Start zerstören.«

»Das ist ein Risiko, das wir auf uns nehmen müssen. Es wird keine Gnade für uns geben, wenn wir gefangen werden. Halley und Karen, macht die Flügeltür auf.« Sands schritt nach vorn, erstieg das erhöhte Podium, legte Lord Fitzroy den Arm um den Nacken und setzte ihm die Maschinenpistole an die Schläfe. »Ihren Dolch, Sir!«

Vorsichtig nahm Fitzroy den Zeremoniendolch aus der vom Gürtel hängenden Scheide und ließ ihn zu Boden fallen. Sands führte Fitzroy vom Podium und hinter den beiden Frauen den Mittelgang hinaus. Halley und Kimber schlossen die großen Türflügel hinter ihnen.

»Was machen wir jetzt?« fragte Kimber.

»Wir gehen an Bord«, grunzte Sands. Er angelte in der Jackentasche nach dem Funksprechgerät, drückte den Notrufknopf und hielt ihn fünf lange Sekunden in der Signalstellung. »Ross, bereite den Start vor! Ihr anderen, zurück zur Maschine. Ihr habt fünf Minuten.«

Er wartete nicht auf eine Bestätigung. Ross Crandall hatte die Wache an Bord der *Sperber*. Wenigstens das war ein glücklicher Zufall. Er würde keine Zeit verlieren, um die Maschine startklar zu machen. Was die übrigen Besatzungsmitglieder anging, so würden sie zur Landebucht kommen, wenn sie nicht betrunken oder in den Armen von Huren lagen. Sands hoffte, daß sie rechtzeitig eintreffen würden. Ob sie es schafften oder nicht, er konnte nicht auf sie warten; die feindlichen Maschinen kamen zu schnell näher. Hugh Fitzroy hatte in einem Punkt recht: Wenn sie eine Chance hatten, aus der Falle zu entkommen, würden sie sich aus dem Staub machen müssen, bevor die Flotte der Allianz Glasgow umzingelte.

»Welches ist der schnellste Weg zurück zur Landebucht?« fragte Halley. »U-Bahn?«

»Es wird die einzige Option sein«, meinte Sands. »Wo ist die nächste Station, Euer Lordschaft?«

»Eine Ebene tiefer«, sagte das Stadtoberhaupt. »Ich kann Sie hinführen.«

»Keine faulen Tricks.« Sands gab Fitzroy frei, hielt die Maschinenpistole aber auf seine Mitte gerichtet. »Gehen Sie voran.«

Fitzroy führte sie durch einen langen Gang und hinaus auf den Burghof. Die beiden Torwächter waren hereingekommen und beobachteten sie wachsam. Lord Fitzroy führte sie durch eine Tür, die aus massivem Eichenholz gemacht schien, und eine Treppe hinunter zu einer U-Bahnstation.

»Zwei Wagen?« fragte Halley mit einem Blick zu den kleinen Fahrzeugen, die aufgereiht in der Station standen. Die Wagen waren nominell für zwei Personen gedacht, boten aber Platz für drei, wenn es den Passagieren nichts ausmachte, beengt zu sitzen. Vier Erwachsene in einen Wagen hineinzubringen, war nicht möglich.

»Was meinen Sie, Euer Lordschaft? Werden beide Fahrzeuge am Ziel ankommen, wenn wir uns aufteilen?«

Fitzroy zuckte die Achseln. »Die öffentlichen Fahrzeuge können ferngesteuert und umgelenkt werden.«

»Das befürchtete ich. Lassen Sie einen größeren Wagen kommen, einen mit autonomer Steuerung. Ein Polizeifahrzeug, zum Beispiel.«

»Darf ich?« fragte Fitzroy mit einer Kopfbewegung zum öffentlichen Fernsprecher der Station.

»Seien Sie vorsichtig, was Sie sagen. Die Waffe bleibt ständig auf Sie gerichtet.«

Fitzroy schritt zum Fernsprecher, drückte eine Nummer und gab einem Mann in der Uniform der Stadtwache einen knappen Befehl. Der Polizist salutierte aus dem kleinen Bildschirm und verschwand. Dreißig Sekunden später glitt ein Wagen für vier Personen leise in die Station. Er war mit dem Stadtwappen geschmückt.

Sands ließ zuerst Halley und Kimber einsteigen, dann kam Fitzroy an die Reihe, und zuletzt stieg Sands in den offenen Wagen. Als alle saßen, drückte Halley die Taste der Landebucht im Schaltschema der Zielorte, und der Wagen setzte sich mit einer so starken und plötzlichen Beschleunigung in Bewegung, daß die Waffe in Sands' Händen beinahe losgegangen wäre. Beim Gedanken daran, was hätte geschehen können, schloß er einen Augenblick die Augen und atmete tief ein und aus.

Sekunden später sauste der Wagen durch die Röhre des Tunnels, und Sands entspannte sich ein wenig. Solange sie im Tunnel waren, würde es der Stadtwache schwerfallen, an sie heranzukommen.

»Würde es Ihnen was ausmachen mir zu sagen, worum es bei alledem geht?« fragte Fitzroy.

Sands lächelte grimmig. Mit wenigen knappen Sätzen berichtete er von dem Überfall auf Cloudcroft.

»Ach so!« sagte Lord Fitzroy. »Kein Wunder, daß sie hinter Ihnen her sind.«

»Das sehen Sie nicht ganz richtig, Sir. Sie haben es auf Glasgow abgesehen.«

»Ich verstehe nicht.«

»Admiral Mikal Blount ist unser Auftraggeber. Er ist derjenige, der den Überfall arrangierte und uns die Warenlisten gab. Offensichtlich schickte er uns hierher, um einen Vorwand zu bekommen, Ihre Städte in Besitz zu nehmen.«

»Aber warum einen Überfall auf seine eigene Hauptstadt?«

»Wer weiß? Vielleicht wollte er Dalishaar und die Fraktion seiner Anhänger im Rat in Verlegenheit bringen. Was auch der Grund sein mag, er kann sich aus offensichtlichen Gründen nicht leisten, uns am Leben zu lassen. Wenn wir zurückgebracht und vor Gericht gestellt werden, können wir ihn bloßstellen. Das bedeutet auch, daß er Sie töten wird, wenn er vermutet, daß Sie sein Geheimnis kennen.«

»Wie soll ich wissen, daß Sie die Wahrheit sagen?«

»Sie wissen es nicht.«

»Und ich soll Ihnen trauen?«

»Sie brauchen uns nicht zu trauen. Sie müssen nur erkennen, wo Ihre eigenen Interessen liegen.«

»Können Sie das genauer erklären?«

»Mit Vergnügen«, antwortete Sands. »Ihr Hauptinteresse besteht darin, uns ohne Schaden für Ihre Stadt vom Hals zu schaffen. Wenn wir nicht verdammt schnell das Weite suchen, wird unser Mann annehmen, daß wir nicht aus unserem Mauseloch herauskommen und uns hier verbergen. Dann wird er Ihnen ein Loch in Ihren Gasballon machen, groß genug, um mit einem Luftschiff durchzufliegen. Zweitens...« – er hielt einen zweiten Finger hoch, um sein Argument zu betonen – »liegt es in Ihrem Interesse, uns vom Hals zu schaffen, weil das Blounts Pläne zunichte machen wird. Da Sie das Opferlamm sind, ist alles, was den Admiral aus dem Gleichgewicht bringt, gut für Glasgow. Drittens wollen Sie uns vom Hals schaffen, damit wir nicht unter Drogen oder Folter preisgeben können, daß Sie Blounts Geheimnis kennen. Wenn er auch nur ahnt, daß wir es Ihnen gesagt haben, sind Sie ein toter Mann.«

Hugh Fitzroy nickte nachdenklich. »Drei überzeugende Argumente – einstweilen.«

Der Wagen verlangsamte und fuhr in die Landebucht ein. Die Szene, die ihn hier erwartete, erinnerte Sands an Cloudcroft während des Überfalls. Über die ganze weiträumige Anlage verteilt, waren zahlreiche Angehörige der Polizei von Glasgow, alle schwerbewaffnet und offensichtlich ergrimmt. Die *Sperber* wurde gerade vom Reparaturhangar zum Startkatapult geschleppt; alle anderen Maschinen waren aus der Landebucht entfernt worden. Nur wenige Minuten waren vergangen, seit er seine Warnung durchgegeben hatte, aber irgendwie war es Ross Crandall gelungen, das Personal der Landebucht zu einer Rekordleistung anzuhalten.

Unter den wachsamen Blicken der Polizeibeamten liefen Kimber und Halley durch die Bucht zum geschleppten Flugzeug. Sie kletterten über die Tragfläche und verschwanden mittschiffs durch die Wasserstoffschleuse. Sobald sie außer Sicht waren, richtete die gesamte Polizeistreitmacht ihre Aufmerksamkeit auf Sands und Hugh Fitzroy.

»Gehen wir«, befahl Sands. Trotz der augenscheinlichen Bereitwilligkeit des Stadtoberhauptes hielt Sands ihm die Maschinenpistole in den Rücken.

Langsam gingen die beiden über die weite, von Flutlichtlampen erhellte und von Kabeln bedeckte Fläche der Andockbucht. Sie waren im Brennpunkt von wenigstens vier Dutzend Augenpaaren und unzweifelhaft noch vielen anderen, die nicht zu sehen waren. Sie benötigten annähernd dreißig Sekunden, um die Maschine zu erreichen. Ein schneller Blick auf seine Uhr verriet Sands, daß seit dem Verlassen des Audienzsaales sechs Minuten vergangen waren.

»Ich stelle mir vor, daß da oben Scharfschützen sitzen«, sagte Sands mit einer Kopfbewegung hinauf zu dem unübersichtlichen Labyrinth von Kabeln, Rohrleitungen und Verstrebungen unter der Decke.

»Wahrscheinlich«, sagte das Stadtoberhaupt. »Der Kommandant der Wache versteht sein Geschäft.«

»Sagen Sie ihnen, daß sie sich zurückziehen sollen. Machen Sie ihnen klar, daß meine Besatzung unsere Antriebsreaktoren einschalten werden, solange sie noch in der Andockbucht sind, wenn ich niedergeschossen werde.«

Hugh Fitzroy rief dem verantwortlichen Offizier eine Reihe von Befehlen zu, und die Polizeikräfte wurden zurückgezogen. Alle Uniformierten räumten die Landebucht und überließen es Sands, sich zu fragen, wie viele verborgene Gegner zurückgeblieben waren.

Er holte tief Luft und gab Fitzroy frei. Nach fünf langen Sekunden entschied er, daß er nicht niedergeschossen würde, wo er stand. Kimber erschien in der Schleusenöffnung. »Ross sagt, die Maschine sei startbereit.«

»Hat er Nachricht vom Rest der Besatzung?«

»Nein.«

Sands wandte sich dem Stadtoberhaupt zu. »Haben Ihre Leute sie festgenommen?«

»Um das festzustellen, werde ich ein Telefon brauchen.«

Sands gab ihm sein Funksprechgerät. Fitzroy stellte es auf die Polizeifrequenz ein und sprach ein paar Worte, dann lauschte er der Antwort. Er ließ das Gerät sinken und schüttelte den Kopf. »Sie sind nicht gesehen worden. Die Wache hat gerade eine Durchsuchung des Vergnügungsviertels eingeleitet.«

»Wo ist die Flotte der Allianz?«

Es folgte wieder ein Hin und Her von Fragen und Antworten. Fitzroy meldete, daß sie in zwei Minuten eintreffen würde.

Sands traf eine rasche Entscheidung. »Wir können nicht warten. Wenn Sie die Leute finden, werden Sie vielleicht den Wunsch haben, sie vor Blount zu verbergen. Sie sind der einzige Beweis, den Sie haben, daß ich die Wahrheit sage.«

»Ich werde es mir überlegen, Kapitän.«

»Dagegen ist nichts einzuwenden«, sagte Sands und streckte ihm die Hand hin. »Es tut mir leid, daß ich Sie hineingezogen habe.«

Der Herr von Glasgow ergriff sie. »Wenn Sie mit Ihrer

Annahme recht haben, daß die Allianz meine Städte will, sollte ich vielleicht das gleiche zu Ihnen sagen.«

»Wenn wir freikommen, werden wir tun, was wir können, um Ihnen zu helfen.«

Sands machte kehrt, schwang sich auf die Tragfläche und ging zur Schleuse. Kimber erwartete ihn in der Öffnung.

»Wo ist Halley?«

»In der Pilotenkanzel.«

»Und Ross?«

»Im Feuerleitstand.«

»Was werden Sie tun?«

Sie runzelte die Stirn. »Ich verstehe nicht.«

»Wenn Sie klug sind, steigen Sie jetzt aus und bleiben hier. Fitzroy kann Sie verstecken, und selbst wenn er es nicht tut, werden Sie nicht schlechter daran sein als Sie es waren, bevor wir daherkamen.«

»Ich bleibe.«

»Dies könnte ein sehr kurzer Flug werden«, warnte er sie.

»Ich werde der Allianz nicht wieder Macht über meinen Vater einräumen. Außerdem hat Blount keine Ahnung davon, was Sie mir erzählt haben. Er wird mich wahrscheinlich kurzerhand liquidieren, statt das Risiko einzugehen, daß ich ihn bloßstellen werde.«

»Schon möglich. Schließen Sie die Tür und kommen Sie dann nach vorn. Und schnell. Wir starten sofort.«

Sands steckte den Kopf in die Abteilung, wo Ross am Gefechtscomputer saß und die Verteidigung vorbereitete. »Gib ihnen eine breitgefächerte Ladung, sobald wir ins Freie kommen. Es kommt nicht darauf an, daß du etwas triffst, aber wir wollen ihnen zeigen, daß sie vorsichtig sein müssen.«

»Wird gemacht, Lars.«

Halley saß an ihrem Platz, als er in die Pilotenkanzel kam. »Wir sind auf dem Katapult, Lars. Eine Minute, bis Bolin hier ist.«

»Sind wir bereit?«

»Bereit!«

»Gut, gib den Alarm!«

Das Startsignal tönte durch die Maschine. In Sands' Ohren hörte es sich hohl an, ohne eine volle Besatzung an Bord. Er drückte mit Hingabe Schalter, als er Kimber hereinkommen und sich anschnallen hörte.

»Was ist mit Schutzanzügen?« fragte Halley.

»Keine Zeit. Ross, bist du da?«

»Hier, Lars.«

»Gib mir eine Positionsmeldung der Opposition, sobald du kannst.«

»In Ordnung.«

»Kimber?« fragte er über die Schulter.

»Angeschnallt, Kapitän.«

Er machte eine schnelle Startzählung, dann drückte er die Taste, die dem Stadtcomputer das Signal gab. Einen Augenblick später wurden sie alle in ihre Sitze gepreßt. Vor der Windschutzscheibe verschwand die Aussicht auf die im Flutlicht liegende Fläche der Landebucht und machte dem unendlichen blauweißen Panorama Platz, welches das Auge des Glasgow-Zyklons war.

Als die Maschine aus der Stadt geschleudert wurde, brachte Sands beide Antriebsreaktoren auf volle Kraft und entfernte sich in gerader Linie von ihrem bisherigen Zufluchtsort. Nach wenigen Sekunden passierten sie die Baustelle, wo die neue Stadt errichtet wurde. Dies würde keine lange Verfolgungsjagd sein, sondern ein kurzer Sprint unter Aufbietung aller Kräfte, um die Wolkenwand zu erreichen, bevor ihre Verfolger heran wären. Darin lag ihre einzige Chance. Wenn sie vor der Wolkenwand abgefangen würden, bliebe keine Hoffnung.

»Verdammt, da draußen ist ein volles Dutzend von ihnen«, meldete Ross.

»Wo?«

»Sie sind in allen Himmelsrichtungen. Wir können von Glück sagen, daß Glasgows Warnsystem so gut ist.

Wären sie nicht fünfzehn Minuten vor dem Eintreffen ausgemacht worden, würden wir jetzt keine Chance haben.«

Was voraussetzt, dachte Sands, daß wir eine haben. »Sieh zu, daß du ein Loch in ihrer Formation finden kannst.«

»Ich habe was«, meldete Ross nach endlosen drei Sekunden. »Geh auf achtzig Grad. In der Richtung sind zwei Jäger, aber sie sind ziemlich weit auseinander.« Sands zog die Maschine in eine harte Kurve, und im gleichen Augenblick feuerte Ross eine Raketensalve auf die feindlichen Maschinen im Umkreis, unter besonderer Berücksichtigung der beiden, die unmittelbar voraus waren. Sekunden später blitzten Antiraketenlaser auf und vernichteten die pfeilförmigen kleinen Geschosse.

Sands reagierte, indem er die Maschine mit maximaler Antriebskraft steil aufwärtszog. Wie er es im Dardanellen-Sturm getan hatte, versuchte er den Jägern im Steigflug zu entkommen. Die Taktik blieb erfolglos, da die beiden Jäger stiegen, um über ihm zu bleiben. Natürlich, erkannte er plötzlich, es hatte das letzte Mal auch nicht geklappt. Ihr Entkommen aus Cloudcroft war vorbestimmt gewesen. Es war alles ein Teil des Plans gewesen, die Glasgow-Gruppe unter die Herrschaft der Nördlichen Allianz zu bringen.

In den nächsten zwei langen Minuten verringerten sie die Distanz zu den Jägern. Plötzlich flammte grelles blaugrünes Licht vor der Windschutzscheibe auf.

»Wir sind in Laserreichweite«, meldete Halley überflüssigerweise.

Sands sagte nichts. Ross Crandall erwiderte das Feuer mit den eigenen Lasern, aber auf diese Distanz konnten die Antiraketenwaffen wenig physikalischen Schaden anrichten. Nur den Sensoren wurde übel mitgespielt.

»Vampire kommen herein«, meldete Ross Crandall mit dem alten Codewort für einen Raketenangriff. »Sechs gleichzeitig!«

Sands zog das Flugzeug in eine Rolle und ging in den Sturzflug über. Seine einzige Hoffnung lag in der dichten unteren Atmosphäre, wo die Manövrierfähigkeit der Raketen verlangsamt würde. Zwölf Sekunden nach dem Manöver ging eine Erschütterung durch den Rumpf, als wäre er von einer gewaltigen Faust getroffen worden.

»Wie schlimm sieht es aus?« fragte Sands. Die Hälfte seiner Anzeigeinstrumente war ausgefallen.

»Schlimm«, stieß Halley hervor. Ihre Stimme erreichte ihn über die Bordsprechanlage. Die Explosion war von einer enormen Zunahme der Windgeräusche begleitet gewesen. Das und die unruhige Fluglage der Maschine verrieten Sands, daß sie durchlöchert waren.

»Alles in Ordnung, Kimber?«

»Alles in Ordnung, Lars.«

»Wie sieht es bei dir aus, Ross?«

Er blieb ohne Antwort.

»Kimber, legen Sie eine Atemmaske an und sehen Sie nach, ob Sie Ross helfen können!«

Wieder spürte er Bewegung hinter sich, als Kimber zur Tür ging. Sands und Halley legten gleichfalls Atemmasken an. Wenn die Maschine durchlöchert war, verloren sie kostbaren Sauerstoff an die Atmosphäre. Das Kreischen des Windes wurde lauter, als Kimber die Tür der Pilotenkanzel öffnete. Er nahm sich die Zeit, über die Schulter zu blicken. Hinter der Pilotenkanzel war der Rumpf aufgerissen, und losgerissene Kabel peitschten im Wind. Die Abteilungen unmittelbar hinter der Pilotenkanzel waren zerstört.

»Tür zumachen!« schrie er.

Kimber zögerte. Ihre aufgerissenen Augen starrten ihn über die Atemmaske hinweg an. »Aber ich muß Ross finden!«

»Bemühen Sie sich nicht«, sagte er. »Ross ist nicht mehr dort.«

Kimber hatte Mühe, die Tür zu schließen, während

Sands seine ganze Aufmerksamkeit der Kontrolle über die Maschine zuwandte. In den ungefähr dreißig Sekunden, seit sie getroffen worden waren, hatten sie es beinahe bis zur Wolkenwand geschafft. Erstaunlicherweise hatten die Jäger nicht mehr gefeuert. Die Maschine wurde heftig hin und her gestoßen, als ein Universum dunkler Wolken sich um sie schloß. Trotz Sands' angestrengter Bemühungen, die Fluglage stabil zu halten, begann die Maschine langsam über die rechte Tragfläche zu kippen.

»Eins von unseren Höhenleitwerken ist gerade weggeflogen«, murmelte er. Dann bemerkte er bei der Überwachung der wenigen noch funktionsfähigen Instrumente, daß die Energieabgabe beider Reaktoren im Sinken begriffen war. Das vom Wind losgerissene Trümmerstück, das eben die Hälfte des Höhenleitwerks abrasiert hatte, mußte auch die automatische Abschaltung ausgelöst haben. Sein beschädigtes fusionsgetriebenes Flugzeug war im Begriff, ein beschädigtes Segelflugzeug zu werden.

»Das wär's!« sagte Halley neben ihm.

Er nickte, dann streckte er die Hand zur Konsole zwischen ihnen aus. Mit einem schnellen Griff war die Abdeckhaube abgenommen und enthüllte einen großen roten Hebel. Sands umfaßte ihn und zog ihn hoch. Es folgte ein knatterndes Geräusch wie von einem Maschinengewehr, als überall an Bord explosive Nieten detonierten. Plötzlich wurden sie von einem Hammerschlag, der das Katapult von Glasgow schwach erscheinen ließ, in ihre Beschleunigungssitze geschmettert.

Dann waren sie im freien Fall.

13

In der Luft gestrandet

»Wir fallen!« schrie Kimber.

Schon einen Augenblick danach verschwand das Gefühl von Schwerelosigkeit und wurde vom normalen Zug der Schwerkraft ersetzt. Die Empfindung war allerdings eine Illusion, denn die abgesprengte Pilotenkanzel befand sich noch immer im freien Fall – ein Umstand, der vom ständigen Knacken ihrer Trommelfelle bestätigt wurde –, hatte in der dichten Saturnatmosphäre aber die Endgeschwindigkeit erreicht.

Im Gegensatz zu kleineren Flugzeugen, die mit Schleudersitzen ausgestattet wurden, sollte das Rettungssystem des größeren Flugzeugtyps Air Shark der Besatzung das Überleben durch Absprengen von Teilen des Rumpfes sichern. Fünf Rettungskapseln, die alle bewohnten Teile der Maschine umfaßten, wurden abgesprengt und von starken Raketenmotoren gehoben, während die Tragflächen und unbewohnten Teile – Laderaum, Treibstofftanks, Antriebsreaktoren – den langen Absturz in die Wasserstoffsee begannen.

Jede Rettungskapsel war so konstruiert, daß sie automatisch einen großen Hilfsballon ausstieß und sechzig Sekunden danach mit der Radioausstrahlung eines Notsignals begann. Unter den herrschenden Umständen wäre indessen nichts verhängnisvoller gewesen als die Aktivierung der Rettungshilfen. Sie würden lediglich bewirken, daß die Verfolger direkt zu ihnen gelenkt wurden. Sowie das Gefühl von Schwerkraft zurückkehrte, riß Sands die Abdeckung von der Konsole und zog elektronische Karten aus ihren Schlitzen.

»Was, zum Teufel, tust du da?« fragte Halley mit ängstlicher Stimme. Die Windgeräusche hatten beträchtlich nachgelassen, erschwerten aber nach wie vor die Verständigung.

»Ich hoffe die automatische Sequenz des Hilfsballons zu unterbrechen!«

Halley wollte protestieren, ließ es aber sein, als sie die Konsequenzen durchdachte. Sie nahm Sands die Karten aus der Hand und legte sie aufs Geratewohl vor ihren Füßen ab. Volle zehn Sekunden bevor die Sequenz den Ballon aus seinem Lagerbehälter im Kabinendach schießen sollte, waren sie fertig.

»Wir werden gleich mehr wissen«, murmelte Sands, den Blick auf der Uhr im Armaturenbrett. Die langen Sekunden vertickten ohne ein explosives Geräusch.

Schließlich nickte Halley. »In Ordnung, Genius. Wie werden wir nun den Ballon ausbringen, nachdem wir die Automatik lahmgelegt haben?«

Sands langte in die Konsole, tastete herum und zog zwei Kabelenden heraus. Ihre fransigen Metallenden glänzten kupferig im matten grauen Licht, das durch die Windschutzscheibe drang.

»Ist das der Schaltkreis für den Hilfsballon?« Das Atemgerät dämpfte Halleys Worte und machte sie undeutlich.

»Ich wette unser Leben«, erwiderte Sands zuversichtlicher als er sich fühlte.

Tatsächlich war jede seiner Handlungen, seit er den roten Nothebel gezogen hatte, von Verzweiflung diktiert gewesen. Irgendwo über ihnen trieben drei oder vier Rettungskapseln durch die Wolken, aufgehängt unter ihren zweihundert Meter großen metallisierten Ballons, und funkten Hilferufe. Auf den Radarschirmen von Micah Bolins Maschinen würden sie als rote Zielmarkierungen leuchten und die Bordschützen zum Wettbewerb einladen, wer von ihnen als erster eine der hilflosen Rettungskapseln abschießen würde. Mit etwas

Glück würden sie sich so auf ihre Jagd konzentrieren, daß keiner die Rettungskapsel bemerken würde, die ohne Hilfsballon in die Tiefe und aus dem Aufnahmebereich ihrer Radargeräte gefallen war.

Kimber wollte wissen, was vorging. Halley erklärte ihr rasch, was sie taten. Kimber schluckte und klagte über die Hitze, die bereits durch die Wände der Pilotenkanzel drang.

»Es wird noch schlimmer«, warnte Sands. Er beobachtete den Höhenmesser, eines der wenigen noch arbeitenden Instrumente, und überlegte dabei, ob Dane genauso zumute gewesen war, als er darauf gewartet hatte, daß der Druck ihn zermalme. Der Gedanke ließ Sands nicht los. Es kostete ihn Überwindung, die Kabelenden nicht zusammenzuführen, um ihren Fall zu beenden.

Sekunden wurden zu Minuten, die eine Ewigkeit dauerten. Schlucken und Gähnen reichte nicht mehr aus, um die stechenden Ohrenschmerzen zu lindern, und er mußte fortwährend die Zähne zusammenbeißen, daß die Kiefermuskulatur angespannt war. Schweiß floß in Rinnsalen von der Stirn, brannte ihm in den Augen und klebte ihm das Hemd an den Rücken.

»Lange halten wir das nicht aus, Lars«, warnte Halley.

»Noch ein wenig«, sagte er ruhig, den Blick auf die Anzeige der Außentemperatur gerichtet. Endlich führte er die Kabelenden zusammen. Es gab einen kleinen Funken, und für die Dauer eines Herzschlags blieb jede Reaktion aus. Dann wurde die Stille von einem dumpfen Knall irgendwo im Kabinendach über ihnen unterbrochen. Einen Augenblick später signalisierten drei erleichterte Seufzer, daß die Rettungskapsel das Ende ihres Falls erreicht hatte.

Die Pilotenkanzel schwang übelkeiterregend am Ende eines langen Pendels, stabilisierte sich dann mit aufgerichteter Nase und einem um dreißig Grad verkanteten Deck. Vor der Windschutzscheibe war heißes Dämmerlicht, das von der Sonne kaum erhellt wurde. Irgendwo in der Nähe zuckte eine Blitzentladung im Innern der Wolke, und der hohe Donner der Saturnatmosphäre ließ die Kapsel erdröhnen.

»Sind wir in Sicherheit?« fragte Kimber. Der Schrecken der vergangenen Minuten war noch in ihrer Stimme.

»Wenn sie uns entdecken, werden wir keine Vorwarnung haben«, erwiderte Sands. »Einstweilen gehen wir von der Arbeitshypothese aus, daß wir sie getäuscht haben.«

»Wie lange können wir in dieser heißen Kabine überleben?« fragte Halley.

»Nicht lange. Wir müssen wieder hinauf in eine zuträgliche Höhe, und das möglichst rasch.« Sands schnallte sich los und kletterte aus seinem Sitz. Die Pilotenkanzel verlagerte sich bei seinen Bewegungen. »Wir haben unseren Fall zum Stillstand gebracht, aber das wird nicht lange dauern. Sobald der Wasserstoff im Ballon abkühlt, werden wir wieder sinken. Es wird Zeit, den Notreaktor anzuwerfen.«

»Was ist das?« fragte Kimber.

»Eine Hitzequelle für den Ballon. Er enthält genug Plutonium, um uns einen Monat in der Luft zu halten. Wir müssen ihn manuell einsetzen.«

Er stieg über seine Sitzlehne und zwängte sich an Kimber vorbei, dann stand er in dem kurzen Gang, welcher an der glücklicherweise intakt gebliebenen Tür nach rückwärts aus der Pilotenkanzel endete. Der Schlauch seines Atemgeräts war gerade lang genug, daß er dort niederkauern konnte. Er stemmte den Rücken gegen den Wandschrank, der ihren einzigen Schutzanzug enthielt, und entfernte eine größere Verkleidung gegenüber. Er gab sie Halley weiter, die sie auf seinem Sitz verstaute. Hinter der Verkleidung war ein Labyrinth eng zusammengepackter Ausrüstungsteile.

Sands verfolgte ein armdickes silbernes Rohr, das vertikal aufwärts führte und in einem großen Kasten verschwand, der ins Deck eingesetzt war. Es erforderte einige Minuten, den Kasten aus seinem Ruheplatz zu lösen und herauszuziehen. Als dies geschehen war, gab er ihn Kimber. Der Kasten enthielt einen langen, sorgfältig flach zusammengelegten Schlauch, der an das silberne Rohr angeschlossen war.

»Was ist das?«

»Der Notreaktor und ungefähr ein Kilometer Leitungsschlauch. Wir müssen den Reaktor unter der Kapsel aufhängen, bevor er Wärme erzeugen kann.«

»Warum?«

Er zeigte auf einen Zylinder, der eine gewisse Ähnlichkeit mit einer alten Stablampe hatte. »Dieses Ding hat aus Platzgründen keinerlei Abschirmung. Wenn wir ihn hier in Betrieb nähmen, würde seine Neutronenstrahlung uns innerhalb von Sekunden töten. Außerdem ist dieser Schlauch aus wärmesensitivem Kunststoff. Er dehnt sich auf dreißig Zentimeter Durchmesser, sobald der Reaktor Hitze erzeugt. Wenn wir während des Betriebs einen Knick hineinbringen, wird uns nichts mehr vor dem Absturz in die Wasserstoffsee bewahren.«

Kimber schluckte und schwieg.

»Ich stelle die Zeituhr auf Maximum«, erläuterte Sands seine Tätigkeit. »Wir werden ungefähr zwei Minuten Zeit haben, bevor es kritisch wird, nachdem ich diesen Stift hineindrücke. Hier, halten Sie!«

Sands gab Kimber den Zylinder und wandte sich wieder der Öffnung zu. Vorsichtig steckte er seinen gestiefelten Fuß hinein und trat gegen das dünne Metall der unteren Rumpfverkleidung. Die dort eingesetzte zerbrechliche Platte zerbröckelte zu einem Dutzend kleiner Stücke. Durch das Loch konnte Sands dunkle Wolken sehen, die von intermittierenden Blitzentladungen erhellt wurden.

»Gut. Geben Sie mir den Reaktor und halten Sie sich bereit, den Schlauch Stück für Stück abzulassen.«

Er drückte den Stift ein, und auf der Oberseite des Zylinders begann ein rotes Licht zu blinken. Dann ließ er ihn durch das Loch hinab und achtete darauf, daß der zusammengelegte Kunststoffschlauch nicht die Ränder der Öffnung berührte.

»Zwei Minuten«, verkündete Halley von ihrem Sitz, während Sands und Kimber den Schlauch ausrollten, so rasch sie konnten, ohne ihn zu beschädigen. »Der Reaktor hat sich eben aktiviert!«

»Wir sind gut in Form«, sagte Sands, ohne aufzublicken. Sein Rücken schmerzte von der gebückten Arbeitshaltung. Nichtsdestoweniger fuhr er fort, den flachen silbrigen Kunststoffschlauch durch die Öffnung zu geben. »Wir haben einen halben Kilometer zwischen uns und dem Reaktor.«

Zwei Minuten später war das letzte Stück der Schlauchleitung durch die Öffnung verschwunden. Das plattgedrückte Kunststoffmaterial begann sich bereits zu einer hohlen Röhre zu dehnen, durch die erhitzter Wasserstoff in den Ballon über ihnen steigen würde. Sands ließ sich von Halley die Schutzverkleidung geben und brachte sie wieder an.

»Wie lange ist es her, seit der Ballon aufgeblasen wurde?« fragte er, als er endlich an seinen Platz zurückkehrte. Ihn schwindelte von der Hitze und seinen Anstrengungen.

»An die fünfzehn Minuten«, antwortete Halley.

Er ließ ein tiefes Seufzen hören. »Wenn die Allianz uns auf den Radarschirmen hätte, würde sie uns inzwischen angegriffen haben. Meine Damen, ich glaube, wir haben sie getäuscht. Wenn wir wieder auf eine erträgliche Höhe kommen können, werden wir vielleicht leben, um einen weiteren Tag durchzukämpfen!«

Admiral Mikal Blount von der Marine der Nördlichen Allianz saß in seiner Kommandozentrale und erboste sich über die Fehler, die während des Anflugs auf Glasgow gemacht worden waren. Seine Besatzungen hatten ihre Positionen achtlos vorzeitig preisgegeben und die ganze Operation gefährdet. Es war unverzeihlich, daß seine Leute in solch einem kritischen Augenblick versagt hatten. Die Umsetzung des Plans war so lange reibungslos verlaufen.

Es hatte alles vor zwei Jahren angefangen, als eine Gruppe hochrangiger Marineoffiziere der Allianz insgeheim zusammengekommen waren, um die zunehmenden Einschränkungen zu diskutieren, die der Marine von den Akkretionisten des regierenden Rates auferlegt wurden. Diese noch nicht zielgerichteten Beschwerden hatten sich zu einem Aktionsplan zur Stärkung der Militärs und ihrer Position entwickelt. Die erste Phase hatte darauf abgezielt, die Akkretionisten in Verlegenheit zu bringen, indem ihnen falsches Handeln in wichtigen politischen Fragen nachgewiesen wurde. Nach längeren Diskussionen hatten die militärischen Verschwörer beschlossen, die Krise mit den Genetikern von Neu-Philadelphia auszulösen. Die Akkretionisten und ihr Anführer, Kelt Dalishaar, waren Gegner einer gewaltsamen Annexion, und die Angliederung eines so wichtigen Gemeinwesens wie Neu-Philadelphia gegen ihren Willen mußte sie zwangsläufig diskreditieren.

Blount hatte mit der Neu-Philadelphia-Phase der Operation nichts zu tun gehabt. Schon damals hatte er in allen Einzelheiten den Überfall auf Cloudcroft und die anschließende Annexion von Glasgow geplant; sie sollten sein Beitrag zum großen Täuschungsmanöver werden.

Es hatte Monate in Anspruch genommen, die Dienstpläne in der Abwehrzentrale Cloudcrofts so zu manipulieren, daß eine Kombination von Unerfahrenheit und nachlässiger Dienstauffassung günstige Voraussetzungen für einen erfolgreichen Überfall schaffen konnte. Auch hatte er auf der Suche nach der richtigen Söldnermannschaft seine Fühler über den ganzen Saturn ausgestreckt. Er benötigte eine schnelle Maschine, deren Eigentümer und Kapitän verzweifelt genug war, um den gefährlichen Auftrag anzunehmen, dabei aber hinreichend kaltblütig und tüchtig, um das schwierige Unternehmen durchzuführen. Es war wie ein Wink des Schicksals gewesen, als Blount Larson Sands und seine Leute ausfindig gemacht hatte, als sie in Port Gregson ihre Wunden leckten.

Sands hatte Blounts Hoffnungen erfüllt. Er hatte den gefährlichen Segelflug von der Wolkenwand durch den Nördlichen Gemäßigten Gürtel erfolgreich absolviert, die militärische Reaktion der Allianz gelähmt und Blounts eigenen falschen Plünderern die Möglichkeit gegeben, ohne Verfolgung nach Norden zu entkommen. In den Dardanellen wäre Sands beinahe durch seine eigenen Anstrengungen freigekommen. Blounts Agenten in der Kommandozentrale von Cloudcroft hatten nur eine einzige falsche Richtungsangabe machen müssen, um dem Piraten ein Schlupfloch freizuhalten. Danach war Sands wie vereinbart nach Glasgow geflogen und hatte damit ohne sein Wissen die dritte und wichtigste Phase des Plans der Militärs eingeleitet.

Die nach dem Überfall aus Cloudcroft eintreffenden Meldungen sprachen von einem Rat, der gelähmt war von gegenseitigen Anschuldigungen und Vorwürfen. Sogar der normalerweise unerschütterliche Kelt Dalishaar hatte nach dem Blut der Plünderer verlangt. Manche schrieben diese kämpferische Stimmung des Ratsvorsitzenden der improvisierten Entführung der Titanierin zu, aber Blount kannte Dalishaar gut genug, um sich zu fragen, ob es nicht noch einen anderen Grund gab. Jedenfalls war die zweite Phase ein bemerkenswerter Erfolg gewesen.

Als er das Flottenkommando übernommen hatte, war

Blount mit gutem Grund überzeugt gewesen, daß die dritte Phase genauso reibungslos verlaufen würde. Nach der Einnahme Glasgows durch seine Streitkräfte wollte er die gefangenen Piraten intensiv verhören und ihre Leichen anschließend beseitigen. Es war unabdingbar, daß er herausbrachte, wem sie von ihrem geheimnisvollen Auftraggeber erzählt hatten. Jeder, der davon wußte, würde liquidiert werden müssen. Diese Leute am Leben zu lassen, konnte Blounts Leben ernstlich gefährden. Und wenn die Tochter des Verwalters von Titan zu den Eingeweihten zählte, hatte sie Pech gehabt. Tatsächlich mochte es am zweckmäßigsten sein, wenn sie in jedem Fall verschwand. Schwere Verwicklungen mit Titan würden Kelt Dalishaars Politik noch mehr in Mißkredit bringen.

Die Flotte hatte sich westlich der Stadt in den Wolken Glasgow genähert. Sie hatte die Annäherung so vorbereitet, daß sie erst aus der Wolkenwand vorstieß, wenn sie in Schußweite wäre. Unglücklicherweise war eine der ersten Maschinen in Sichtweite eines Patrouillenflugzeugs von Glasgow aus der Wolkenwand hervorgebrochen. Danach war alles schiefgegangen. Blounts Ultimatum an Lord Fitzroy war praktisch mitten im Satz unterbrochen worden, und die verwünschte Piratenmaschine hatte das Weite gesucht, bevor die Flotte einen wirksamen Einschließungsring um die Stadt bilden konnte. Es war zu einem Luftkampf in den Wolken gekommen, und die Piraten hatten sich mit ein paar dreisten Manövern aus der Schlinge ziehen wollen, aber das hatte sie nicht gerettet. Das Raketengeschoß eines Jägers hatte sie in der Mitte getroffen, und ein paar Sekunden später waren in der wolkenverhüllten Region, wo der Kampf stattgefunden hatte, Rettungskapseln auf den Radarschirmen erschienen. Bei diesem Stand der Dinge war der schlimmste Fehler gemacht worden.

Als auf dem Radarschirm die Hilfsballons der Rettungskapseln aufgeblüht waren, hatte Blount allen Maschinen den Befehl zur Feuereinstellung erteilt. Doch bevor der Befehl an die Flotteneinheiten weitergeleitet worden war, hatten die am Feind stehenden Jäger ein Dutzend Lenkraketen abgefeuert. Drei Ballons waren von Schrapnells zerfetzt worden, die darunterhängenden Kapseln in die Tiefe gestürzt. Als sein Befehl die Besatzungen erreicht hatte, war nur noch eine Rettungskapsel in der Luft gewesen.

Es hatte einige Zeit gedauert, bis ein Luftschiff durch die Turbulenzen des Sturms im Blindflug herangeführt und längsseits der Kapsel gebracht werden konnte. Auch die anschließenden Versuche, das im Sturm wie ein Pendel ausschlagende Fragment der Maschine zu entern, waren schwierig und zeitraubend gewesen. Die Kapsel enthielt drei Kabinen, aber keine Überlebenden. Die Kojen hatten nicht ausgesehen, als hätte in den letzten Tagen jemand darin geschlafen, noch waren Hinweise zu finden, wie viele Piraten zum Zeitpunkt ihrer Vernichtung an Bord der Maschine gewesen waren.

Die verdammten schießwütigen Kerle! Warum hatten sie das Feuer nicht einstellen können, als die Maschine zerstört war? Es wäre später noch genug Zeit gewesen, die Rettungskapseln in die Wasserstoffsee hinabzuschicken, sobald festgestellt worden wäre, wer sich an Bord befunden hatte. Nach Lage der Dinge würde er nun den Aufenthalt der Piraten in Glasgow rekonstruieren und die Identitäten derjenigen ermitteln müssen, mit denen sie vielleicht ihr Geheimnis geteilt hatten. Die Sache mußte in Ordnung gebracht werden, aber der Aufwand war noch gar nicht abzuschätzen.

Er schaltete die Bordsprechanlage ein. »Fregattenkapitän Wrightson! Sagen Sie dem Piloten, daß er Glasgow ansteuern soll. Und machen Sie den Leuten dort klar, daß wir sie vernichten werden, sollten sie Widerstand leisten.«

Ausgedörrt lagen die drei Schiffbrüchigen in der Rettungskapsel, die einmal die Pilotenkanzel der *Sperber* gewesen war. Das kühle Wasserstoff-Helium-Gemisch nahm die letzten Spuren der beinahe unerträglichen Dampfbadhitze mit sich. Während der schlimmsten Hitze hatten Sands und die beiden Frauen alles bis auf ein Minimum an Kleidung abgelegt, um die Hitze zu ertragen. Trotz der nahezu entblößten weiblichen Körper hatte Sands alles Interesse am anderen Geschlecht verloren. Alles, was er wirklich wollte, war Wasser trinken und dann eine Woche schlafen.

Er tat keins von beiden. Er setzte sich auf, wartete, bis das unvermeidliche Schwindelgefühl vergangen war, und stand unsicher auf.

»Was tun Sie?« krächzte Kimber vom Notsitz.

»Zeit, was zu essen.«

Bevor er an den Wandschrank trat, wo die Notrationen gelagert waren, blickte er gewohnheitsmäßig zum Höhenmesser. Sie hatten beinahe wieder die Höhe erreicht, in der sie abgeschossen worden waren. Der Hilfsballon war in den vergangenen drei Stunden gleichmäßig gestiegen, und sie stiegen noch immer. Er machte eine diesbezügliche Bemerkung.

»Wie hoch werden wir noch steigen?« fragte Kimber.

Er hob matt die Schultern. »Wir sind in der Auftriebszone. Solange der Reaktor arbeitet, sollten wir imstande sein, über die Wasserwolken hinauszukommen und die Dunstschicht unter den Ammoniumhydrosulfidwolken erreichen.«

Eine sehr mitgenommene Halley hob den Kopf und fragte: »Besteht die Aussicht, daß wir in das südliche Zirkulationssystem getragen werden?«

»Könnte sein«, sagte er. »Um den Glasgow-Zyklon gibt es viel lokale atmosphärische Instabilität.«

»Wovon reden Sie?« fragte Kimber.

Sands wandte sich zu ihr um. Nein, entschied er, er war noch nicht tot. Er war beinahe imstande, die ent-

178

blößte Schönheit zu würdigen, die neben ihm ausgestreckt war, hübsch verschleiert mit der Atemmaske.

»Die Äquatorialzone, wo wir jetzt sind, besteht aus zwei getrennten Konvektionszellen, der südlichen und der nördlichen. Es ist möglich, daß wir über die Grenze geweht werden, wenn wir über die Wolken steigen. Wenn wir das südliche Zirkulationssystem erreichen, werden wir zum Südlichen Äquatorialgürtel getrieben, wo wir Hilfe finden sollten.«

»Mir ist es gleich, wo wir schließlich ankommen«, meinte Kimber, »solange wir weit von Kelt Dalishaar sind.«

»Wie lange wird es noch dauern, bis wir aus den Wolken kommen?« fragte Halley.

»Keine Ahnung«, antwortete Sands. »Vielleicht morgen früh zur Ersten Dämmerung.« Er tat ein paar schleppende Schritte zur Rückwand der Pilotenkanzel und öffnete den Schrank, wo ihr Schutzanzug untergebracht war. Der abgetrennte untere Teil des Wandschranks diente als Aufbewahrungsort der Notrationen. Der Hilfsballon und sein Reaktor würden die Rettungskapsel noch einen Monat in der Luft halten, während die Wiederaufbereitungsanlage, an die ihre Atemmasken angeschlossen waren, mindestens ebenso lange funktionsfähig bleiben würde. Ihr unmittelbares Problem waren Wasser und Nahrungsmittel. Bei strenger Rationierung konnte der Notvorrat in der Rettungskapsel eine Woche reichen, aber das Wasser würde in nur drei Tagen verbraucht sein. Um die Hitze in der unteren Atmosphäre zu ertragen, hatten sie bereits mehr als die Hälfte ihrer Wasserration getrunken. Sie würden notfalls imstande sein, mehrere Tage ohne Wasser auszukommen, aber wahrscheinlich nicht lange genug, um die Zeit zu überstehen, die der Wind benötigte, um sie über die ausgedehnte Äquatorialzone zu tragen. Sollten sie nicht das südliche Zirkulationssystem erreichen, würde der Wind sie wieder nach Norden verfrachten, wenn sie den Apex der Konvektionszelle erreichten. In diesem Falle würde es wahrscheinlich nicht möglich sein, mit Notsignalen Retter herbeizurufen, ohne auch die Allianz aufmerksam zu machen.

»Abendessen«, sagte Sands, als er die Riegel mit konzentrierter Nahrung verteilte. Sie aßen lustlos, dann durfte jeder zwei kleine Schlucke Wasser trinken, um die trockene Nahrung hinunterzuspülen. Anschließend erläuterte Sands die Lage im Hinblick auf ihre Vorräte.

Halley runzelte die Stirn. »Was sollen wir tun, Lars?«

»Ich denke, wir werden das Notsignal wieder in Gang bringen und hoffen müssen, daß unser Signal nicht als erstes von einem Luftschiff der Allianz aufgefangen wird.«

Halley schüttelte den Kopf. Ihr schweißverklebtes Haar fiel ihr in die Stirn, und sie schob es ungeduldig zurück. »Wir sind Glasgow noch so nahe, daß sie uns mit Sicherheit hören werden. Vielleicht sollten wir lieber ein paar Tage warten und den Wind arbeiten lassen.«

Sands nickte. Da der Saturn nicht massiv war, rotierten verschiedene Teile mit verschiedenen Geschwindigkeiten. In der Äquatorialzone näherten sich die Windgeschwindigkeiten 1800 Kilometern pro Stunde, verglichen mit bloßen 600 im Nördlichen Gemäßigten Gürtel. Jeder Tag, den sie sich dem Wind überließen, legte 36 000 zusätzliche Kilometer zwischen sie und die Allianz. Die einzige Frage war, ob sie sich das Warten leisten konnten.

»Könnten wir nicht Titan rufen und meinen Vater ein Schiff schicken lassen?« fragte Kimber. »Wir brauchen uns nicht mehr zu sorgen, daß unsere Identität verraten werden könnte.«

Sands war im Begriff, ihr zu erklären, daß der Sender mit den restlichen Teilen der Maschine untergegangen war, dann hielt er inne und überlegte. »Ich denke, wir könnten das Funkfeuer des Notsignals so frisieren, daß es im Frequenzbereich der Kommunikation sendet.«

»Aber wie ist es mit unserer Position? Saturn ist groß. Wie können wir unsere Position so bestimmen, daß wir in diesem riesigen Wolkenmeer gefunden werden?«

»Sobald wir in die wolkenfreie Zwischenschicht hinauskommen, müßte es möglich sein, den Himmel durch Lücken in den Ammoniumwolken über uns zu sehen. Wir können Kimbers Leuten ungefähre Sichtungsmeldungen der Monde machen, wie sie am Himmel erscheinen. Das wird ihnen ermöglichen, unsere ungefähre Position zu berechnen. Wenn sie näher herangekommen sind, werden wir das Notsignal mit verringerter Energie senden. Das Rettungsschiff kann eine Funkpeilung machen und uns finden.«

»Dann wird es klappen?« fragte Kimber. Ihre Stimmung besserte sich merklich.

»Das kann ich erst sagen, wenn ich das Ding umgebaut habe. Aber ich sehe keine unüberwindlichen Hindernisse. Sieht so aus, als würden Sie bald nach Haus kommen.«

»Und Sie mit mir, natürlich.«

Sands machte sich daran, Teile der Konsole und der Wandverkleidung zu entfernen, um an die Reste der Bordsprechanlage heranzukommen. Er hatte sich noch nicht mit der Überlegung beschäftigt, was er damit anfangen würde, nachdem der Rest der Maschine verloren war. Aber je länger er über die neue Möglichkeit nachdachte, desto besser gefiel sie ihm. Überdies hatte er kaum eine andere Wahl. Seit die gesamten Streitkräfte der Allianz hinter ihm her waren, konnte der Saturn für ihn nicht mehr als sicher gelten.

»Ich glaube, Sie haben recht«, sagte er. »Wir gehen zum Titan.«

14

Die Rettung

Es kostete Sands beinahe den ganzen Tag, um aus den vorhandenen Resten der Bordsprechanlage und dem Funkgerät des Notsignals einen behelfsmäßigen Sender für eine brauchbare Frequenz zu basteln. Das letztere erwies sich als der schwierigste Teil, weil er die zur Synchronisation seines Senders mit den allgemeinen Nachrichtenfrequenzen benötigten Daten für Wandler und Modulation nur schätzen konnte. Die einzige Möglichkeit, den Sender zu erproben, war die Ausstrahlung einer Versuchssendung, um dann auf eine Antwort zu warten. Mehrere Male nahm er seine Konstruktion aus schlecht zusammenpassenden Teilen wieder auseinander und fing von vorn an.

Endlich erlangte er die Aufmerksamkeit eines der automatischen Nachrichtensatelliten, die den Saturn innerhalb der Ringe umkreisen. Die Aufmerksamkeit hatte die Form einer Warnung, alle nichtautorisierten Sendungen einzustellen, da andernfalls eine Geldstrafe verhängt werde. Sands informierte den Satelliten, was er mit seinen Bestimmungen tun könne, und weniger als eine Minute später sprach er mit einem lebenden Menschen. Er erklärte seine Lage, und der Nachrichtentechniker stellte ihn direkt nach Titan durch.

Der Verwalter und seine Tochter hatten ein tränenreiches Gespräch, und danach gab Sands ihre Position an, so gut er sie schätzen konnte. Wie sie gehofft hatten, waren sie von abzweigenden Luftströmungen der nördlichen Konvektionszelle südwärts getragen worden. Als sie endlich in die Zwischenschicht hinausgekommen waren, hatten sie zu ihrer Überraschung dunstigen blauen Himmel um ihren Hilfsballon gesehen. Der in den gemäßigten Breiten so auffallende Ring war zu einem hellen Bleistiftstrich im Himmel geschrumpft. Der Anblick führte ihnen die fast zweidimensionale Natur der Saturnringe vor Augen. So prächtig sie anzuschauen waren, hatten die ungeheuren kreisenden Massen von Eiskristallen und kosmischem Staub nur eine Stärke von wenigen hundert Metern.

Fast einen Tag lang waren sie unter der Lücke in den höheren Wolkenschichten dahingetrieben. Aus dem Raum würde sich die Lücke als ein unbedeutendes blaues Oval ausnehmen, eines von Tausenden, die über die Äquatorialzone verteilt waren. Für die drei Schiffbrüchigen in der Rettungskapsel war es, als ob sie in einen dunsterfüllten Brunnen gefallen wären. Sands verbrachte die ganze Erste Nacht damit, unter der mächtigen Rundung des Hilfsballons emporzuspähen, um die Uhrzeiten und Winkel zu notieren, zu denen verschiedene Monde und Sterne erschienen. Mit diesen Daten versuchte er ihre Position auf ein paar tausend Kilometer genau zu bestimmen.

Crawford ließ Sands' Informationen auswerten und benachrichtigte die Schiffbrüchigen, daß er innerhalb einer Stunde ein Schiff auf den Weg bringen würde. Dieses Schiff sollte auf direktem Weg von Titan kommen. Es würde nicht nur ebenso rasch eintreffen wie irgendeiner der Frachter von Titan, die sich bereits auf Saturn befanden, sondern es würde vor allem weniger Argwohn wecken. Wenn die Nördliche Allianz die Möglichkeit einkalkulierte, daß jemand die Zerstörung der *Sperber* überlebt hatte, würde sie nach einem Schiff von Titan Ausschau halten, um es zum Abdrehen zu zwingen. Sie könnte sogar Maschinen entsenden, die ihm zur Rettungskapsel folgten, um diese doch noch zu zerstören.

Nach diesem ersten Gespräch nahmen die Schiffbrüchigen im Laufe der nächsten drei Tage wiederholt Verbindung mit Titan auf. Spät am dritten Tag nahm Sands sein behelfsmäßiges Sendegerät auseinander und machte das Funkfeuer des Notsignals wieder betriebsbereit. Er stellte es so ein, daß alle fünfzehn Minuten kurze Notsignale hinausgingen. Eine Minute nach seiner sechsten derartigen Sendung meldete Halley ein Raumschiff mit Tragflächen, das aus dem Dunst der Zwischenschicht auf sie zukam. Ihre Nachricht wurde mit Freudenrufen begrüßt.

Das Rettungsschiff verlangsamte und balancierte auf seinen Vertikaltriebwerken, während es sich von unten der Kapsel näherte. Der Schiffskapitän manövrierte sein Raumfahrzeug virtuos unter die Kapsel und ließ es langsam steigen, bis der Abstand zwischen beiden nur noch drei Meter betrug. Dann hielt er den Frachter in dieser Position, während zwei Besatzungsmitglieder an Sicherungsleinen auf den Rumpf hinauskletterten, um beim Transfer behilflich zu sein.

Sands verspreizte sich in dem kurzen Korridor am rückwärtigen Ende der Pilotenkanzel, umfaßte Kimbers Handgelenke und ließ sie zur Tür hinaus abwärts in die wartenden Arme der Helfer. Dann wiederholte er die Operation mit Halley. Sobald beide Frauen durch die Wartungsschleuse der Rumpfoberseite verschwunden waren, trat er selbst in die Türöffnung, holte tief Luft und zog den Verbindungsschlauch von seiner Atemmaske. Dann bückte er sich, umfaßte mit beiden Händen den Süllrand und ließ sich hinunter, bis er an den gestreckten Armen hing. Seine Füße baumelten anderthalb Meter über dem Rumpf des Frachters, und er hielt sich fest, bis kräftige Arme seine Hüften umfaßten. Dann ließ er los und wurde durch die Wartungsschleuse ins Innere des Schiffes hinabgelassen, wo andere Hände ihm eine Atemmaske über Mund und Nase zogen.

Die Schleuse war so klein, daß die Helfer einstweilen draußen warten mußten. Sands kauerte allein in der

Dunkelheit, inhalierte tief durch die Atemmaske, während die Wasserstoff-Helium-Mischung um ihn gegen eine Sauerstoff-Helium-Atemmischung ersetzt wurde. Mit jedem Atemzug ließ sein Hochgefühl über die Rettung nach und wurde durch Reue ersetzt. Es war, als hätte die wiedergewonnene Sicherheit sein Gewissen befreit, über alles nachzudenken, was schiefgegangen war.

Die Liste der Verhängnisse war lang. Ross Crandall tot, die Maschine verloren, der Rest seiner Besatzung wahrscheinlich in der Gefangenschaft der Allianz oder getötet. Noch waren seine Freunde und Gefährten die einzigen, die gelitten hatten. Seinetwegen waren jetzt drei einst freie Städte unter das Joch der tyrannischen Allianz gezwungen. Selbst die wertvolle Beute, die sie gewonnen hatten, war verloren, in die Tiefe gestürzt, als seine Maschine zerstört worden war. Alles, was Sands noch besaß, waren die Kleider, die er anhatte, und die wenigen Dinge, die in seinen Taschen steckten.

Die untere Luke der Schleuse öffnete sich, und Sands ließ sich über eine kurze Leiter ins Innere des Raumfrachters hinunterhelfen. Er bemerkte es kaum, als Kimber ihn mit Kapitän Brock Thalman bekanntmachte, der die *Earthhome* befehligte. Er ließ sich in eine leere Kabine führen und in einen Beschleunigungssitz schnallen. Minuten später beobachtete er lustlos, wie Kapitän Thalman mit den Vertikaltriebwerken seines Schiffes die Hülle des Hilfsballons zerstörte und die Rettungskapsel in die Tiefe sandte. Dann beschleunigte die *Earthhome* zu ihrem langen Aufstieg in die Umlaufbahn.

Eine Stunde später waren sie in Schwerelosigkeit, und Sands hatte keine Zeit mehr für Selbstmitleid. Er konnte sich nur noch auf seine Raumkrankheit konzentrieren.

Saturn war eine gigantische Farbspirale im ebenholzschwarzen Himmel, mit einer Halskette aus durchscheinenden Diamanten, die seine Mitte umgab. Direkt der Sonne gegenüber, fiel der Schatten des Planeten auf den Ring und schuf die dunkle Region, die bei den Saturnbewohnern als ›die Kerbe‹ bekannt war. Sands schwebte am Bullauge und blickte zu der Welt hinaus, die er hinter sich gelassen hatte. Der Anblick war einzigartig, und Sands wünschte nur, daß sein Magen die krampfhaften Wellen von Übelkeit lange genug unterbrechen würde, daß er den Anblick genießen konnte.

»Schauen Sie!« sagte Kimber neben ihm. »Sie drehen das Schiff. Jetzt werden wir Titan sehen können.«

Tatsächlich beantwortete das Universum Kapitän Thalmans Befehle mit einem langsam-feierlichen Reigen. Bedächtig schwamm eine Mondsichel ins Gesichtsfeld, annähernd so groß wie Saturn. Titan war eine ständig in Wolken gehüllte Welt, doch im Gegensatz zu den Welten des inneren Systems waren die Wolken, die Titan umhüllten, überaus kalt. Die durchschnittliche Oberflächentemperatur betrug −180 °C: kalt genug, daß der dicke Mantel aus Wassereis Meere und Seen aus flüssigem Methan trug.

»Kann man den Saturn von der Oberfläche aus überhaupt sehen?« fragte Sands, um seine Gedanken von der hartnäckigen Übelkeit abzulenken.

Kimber schüttelte den Kopf. »Nur als eine allgemeine Helligkeit.«

Sands staunte über die Verwandlung ihrer Erscheinung. Bei ihrer Rettung waren sie alle schweißverklebt und in fleckiger Kleidung gewesen, und Sands hatte die Anfänge eines Vollbarts im Gesicht gehabt. Die Atemmasken hatten verhindert, daß sie einander in der Rettungskapsel riechen konnten, aber an Bord der *Earthhome* war es sofort überdeutlich geworden, daß sie ein Bad brauchten.

Kapitän Thalman hatte ihnen den Gebrauch seiner Kabine mit seiner privaten Duschkabine gestattet. Sands hatte sie als letzter benutzt. Das Gefühl, von warmem

Wasser überronnen zu sein, hatte viel getan, um seine Niedergeschlagenheit zu lindern, und hatte seine Gedanken beinahe von den Regungen seines Magens abgelenkt. Er fühlte noch immer eine Leere in sich, aber es war nicht mehr das gähnende Loch, das es in der dunklen Enge der Luftschleuse gewesen war.

Eine Lautsprecherdurchsage, daß das Schiff innerhalb der nächsten halben Stunde in die Titanatmosphäre eintreten würde, unterbrach ihre Besichtigung. »Wir müssen zurück in unsere Kabinen«, sagte Kimber. »Brauchen Sie Medikamente?«

Sands schüttelte den Kopf. Es war ihm peinlich, daß ihm die meiste Zeit über bei seiner ersten Raumfahrt schlecht gewesen war. Nach drei Tagen begann er sich zu erholen. Daß Halley, die auch noch nie außerhalb der Saturnatmosphäre gewesen war, mit der Schwerelosigkeit wie ein berufsmäßiger Raumfahrer zurechtkam, empfand er bei alledem nicht als hilfreich. »Es geht mir gut.«

»Sind Sie sicher? Ich kann vom Schiffsarzt etwas holen lassen.«

»Es ist nicht nötig. Noch ein paar hundert Stunden davon, und ich könnte imstande sein, wieder eine Mahlzeit anzuschauen. Wann werden wir landen?«

»Der Eintritt in die Atmosphäre ist immer schwierig. Der Kapitän wird zwei Umkreisungen machen müssen, um seine Orbitalgeschwindigkeit zu verringern. Die Landung erfolgt neunzig Minuten nach den Windgeräuschen der Atmosphäre draußen am Rumpf.«

»Wird es etwas zu sehen geben?«

»Nicht viel. Wir werden die meiste Zeit in den Wolken sein. Während des Landeanflugs können Sie die Gefrorene See sehen.«

»Ist es schon vorgekommen, daß ein Schiff bei der Landung abgekommen und in die See gestürzt ist?«

Kimber lachte. »In diesem Fall werden wir für die Nachwelt gut erhalten sein. Bei minus hundertachtzig braucht man nicht lange, um zum Eisblock zu gefrieren.«

»Danke. Zur Abwechslung einmal eine andere Sorge.«

Die Wolken von Titan waren orangegelb, Ergebnis einer komplexen fotochemischen Reaktion in der oberen Atmosphäre. Eine Stunde lang beobachtete Sands diesen orangefarbenen Dunst, während das Schiff durch die Reibungshitze der Atmosphäre warm wurde. Schließlich verlor sich der Farbeffekt, und unter der dichten Wolkendecke erschien in der Ferne die Stadt Titania, die durch ihre zahlreichen Kuppelbauten von weitem einen orientalischen Eindruck machte. Sie wuchs in rasender Schnelligkeit, während das Raumschiff seinen Landeplatz ansteuerte. Aus irgendeinem Grund hatte Sands erwartet, daß das Schiff wie ein Flugzeug landen und mit rumpelndem Fahrgestell auf einer Landepiste aufsetzen würde. Hätte er darüber nachgedacht, so wäre ihm klargeworden, daß ein Schiff, welches sich unter den Schwereverhältnissen des Saturn im Schwebeflug halten konnte, keine Schwierigkeiten haben würde, dies auch über Titan zu tun, dessen Schwere nur ein Sechstel der Erdschwere betrug.

Nach der Landung wurde das Schiff durch eine übergroße Öffnung in einen Hangar geschleppt. Die Arbeiter, die Sands im Freien sah, trugen ähnliche Schutzanzüge wie diejenigen, die ihm vertraut waren. Sie lieferten ein vertrautes Maß, nach dem er die Größenverhältnisse beurteilen konnte. Das Tageslicht war hier trüber als in den Flugwegen, aber heller als unter den Wolkenschichten des Saturn. Der Anblick festen Bodens, der bis zum Horizont reichte, war seltsam entnervend, selbst wenn er durch Dunst gemildert wurde.

Für einen, der die ungeheuren Perspektiven des Ringplaneten gewohnt war, mußte soviel massive Festigkeit fremdartig sein. Er überlegte, ob die Erde vor der Veränderung der Sonnenstrahlen ebenso ausgesehen haben mochte.

Der ferne Horizont wurde abgeschnitten, als das Schiff in den Hangar rollte. Als die Tore sich hinter ihnen schlossen, verkündete Kapitän Thalman, daß die Passagiere von Bord gehen könnten. Sands schnallte sich los und steuerte den Ausgang an. Im Korridor traf er Halley. Auch sie schien von den Ausmaßen der Landschaft draußen beeindruckt und ein wenig verwirrt.

»Komisch«, sagte sie. »Ich hatte mir Titan immer winzig vorgestellt.«

Zum erstenmal seit Tagen lachte er. »Selbst ein kleiner Planet ist ein großer Ort.«

Kimber gesellte sich zu ihnen. Sie bewegte sich mit der unbewußten Anmut eines Menschen, der in geringen Schwereverhältnissen aufgewachsen ist. Es war weniger ein Gehen und mehr ein Gleiten, als sie durch den zentralen Korridor des Schiffes kam.

»Bereit zum Aussteigen?«

»Bereit«, bestätigte Halley. Sie hielt eine kleine Tasche in die Höhe. »Ich habe sogar meine Besitztümer bei mir.«

Auch Sands hatte Kleidung aus den Vorräten der *Earthhome* bekommen, außerdem Toilettenartikel und Rasierzeug. Was er aus der Rettungskapsel mitgenommen hatte, war in einer Tasche wie Halleys untergebracht. Es war nicht viel, was er für ein Leben gefährlicher Arbeit vorzuweisen hatte.

»Kommen Sie, ich möchte Sie zu meinem Vater bringen!«

Kimber führte sie zur Steuerbordluftschleuse hinaus, die wesentlich größer als die war, durch welche sie ins Schiff gekommen waren. Beide Türen waren offen, und sie konnten ohne Aufenthalt in den großen, höhlenartigen Hangar hinausgehen, der von Flutlichtlampen taghell erleuchtet war. Große Heizstrahler glühten kirschrot an den Wänden und wehrten die Kälte ab.

Der weite Raum war menschenleer bis auf die Gestalt eines einzelnen älteren Mannes, der am Fuß der Ausstiegstreppe stand. Die Arbeiter vom Bodenpersonal, die gewöhnlich neu eingetroffene Schiffe umschwärmten, waren aus Sicherheitsgründen zurückgezogen worden.

Kimber sprang die Stufen hinunter und flog in die Arme des wartenden Mannes. Die beiden umarmten sich mit einer Inbrunst, die mehr als eine einfache Begrüßungsgeste war. Es war die Umarmung eines Vaters, der nicht mehr daran geglaubt hatte, daß er sein Kind lebend wiedersehen würde. Sands und Halley stiegen die Treppe hinab und warteten auf das Ende der Umarmung. Schließlich machte Kimber sich los und wandte sich zu ihnen.

»Vater, darf ich dir Kapitän Larson Sands und Halley Trevanon vorstellen? Sie waren es, die mich aus Cloudcroft retteten.«

Envon Crawford war ein hagerer Mann mit hohlen Wangen und einem weißen Haarsaum um den kahlen Schädel. Er verneigte sich tief vor den beiden Freibeutern.

»Kapitän Sands, Miss Trevanon. Ich werde für immer in Ihrer Schuld stehen. Ich weiß, daß Sie die Rettung meiner Tochter mit dem Verlust Ihrer Maschine und sonstigen Habe bezahlt haben. Seien Sie versichert, daß Titan seine Dankbarkeit zeigen wird.«

»Ich danke Ihnen, Sir«, antwortete Sands. »Gibt es Nachricht aus Glasgow?«

Envon Crawford schüttelte den Kopf. »Nur Propaganda der Allianz. Soweit mir bekannt ist, ließen Sie Besatzungsmitglieder in Glasgow-Eins zurück.«

»Lord Fitzroy sagte, er würde versuchen, sie zu schützen.«

»Ob ihm das gelungen ist, läßt sich gegenwärtig nicht sagen.«

»Hast du Nachricht von Ganther Bartlett und den

übrigen Mitgliedern unserer Delegation in Cloudcroft?«
fragte Kimber.

Diesmal lächelte Crawford. »Ganth berichtet, daß
man sich bei ihm entschuldigt und erklärt habe, er
könne jederzeit abreisen. Dalishaar teilte ihm mit, daß
es ein Fehler von dir gewesen sei, mit diesen Piraten zu
gehen, und daß er dich aus ihren Klauen befreien
würde, sobald es ihm möglich sei.«

»Wir trafen mit einigen dieser ›Retter‹ zusammen«,
sagte Halley. »Deshalb verbrachten wir fünf Tage in
einer Rettungskapsel.«

»Der Ratsvorsitzende hat angeboten, eine beträchtli-
che Entschädigung für das ›Mißverständnis‹ zu bezahlen, das all die Schwierigkeiten verursachte, und bat
Ganth, noch eine Weile zu bleiben und ein neues Handelsabkommen zu vereinbaren.«

»Ganth lehnte natürlich ab?«

»Nein, er nahm das Angebot an.«

»Was?«

Crawford schien ungerührt vom Aufschrei seiner
Tochter. Als sie die Fassung zurückgewann, sagte er
ruhig: »Es liegt gegenwärtig nicht im Interesse von
Titan, mit der Allianz zu brechen. Ihre Flotte beherrscht
die nördliche Hemisphäre. Was wird aus unserem Handel, wenn sie anfangen, unsere Schiffe anzugreifen?«

»Aber sie hielten mich als Geisel gefangen!«

Crawford nickte. »Wofür sie bezahlen werden. Ich
habe Bartlett instruiert, daß er nicht unter einem fünf-
zigprozentigen Zuschlag auf allen Leistungen abschließen soll.«

»Du kannst mit solch einem Mann keine Geschäfte
machen«, beharrte Kimber.

»Kurzfristig bleibt uns keine andere Wahl. Nun,
genug davon. Wir wollen doch nicht, daß unsere Gäste
eine falsche Meinung von uns bekommen, oder? Außerdem wollen wir nicht hier stehenbleiben. Das Bodenpersonal möchte mit den Wartungsarbeiten beginnen.«

»Warum diese strengen Sicherheitsmaßnahmen?« fragte Sands mit einer Armbewegung durch den leeren Hangar.

»Um Dalishaar zu verheimlichen, daß meine Tochter heimgekommen ist. Auch deuteten Sie in Ihrem Funkspruch an, daß die Allianz vor nichts zurückschrecken wird, um Sie zum Schweigen zu bringen. War das eine Übertreibung?«

»Nein, Sir. Mit unserem Wissen sind wir für jemand ein ernstes Risiko.«

Crawford nickte. »Sie haben hier nichts zu fürchten. Wir werden dafür Sorge tragen, daß Sie rund um die Uhr besonderen Schutz genießen. Und wenn es Ihnen recht ist, würden unsere Leute gern mit Ihnen über die Umstände und Gründe sprechen, die Sie für die Allianz zu einer so großen Bedrohung machen.«

»Gewiß.«

»Gut«, sagte Crawford. Ein schalkhafter Ausdruck kam in sein Lächeln. »Sobald wir das Handelsabkommen haben, werden wir Sorge tragen, daß Dalishaar wünscht, er hätte nie Hand an meine Tochter gelegt!«

15

Zwischenspiel auf Titan

Die Aufzugkabine fiel mit einer Geschwindigkeit, die Sands an den langen Sturz in die Tiefe nach der Zerstörung der *Sperber* erinnerte. Es war ein Vergleich, den er nicht gern anstellte, aber einer, der sich seinem Gehirn aufdrängte.

»Wie tief sind wir?«

»Haben gerade die Zwanzig-Kilometer-Marke passiert«, antwortete sein Führer. »Wird nicht mehr lange dauern.«

»Warum so tief?«

Der Minenvorarbeiter schüttelte den Kopf. »Himmel, das ist nicht tief! Das Eis ist hier herum zweitausend Kilometer dick. Unser kleines Loch endet bei nur dreißig Kilometern. Wir bauen einen Erzkörper ab, der nahe der Oberfläche eingebettet ist, den Überrest eines großen Meteors, der hier vor drei Milliarden Jahren einschlug.«

»Ich kann mir nicht denken, daß ein Meteor groß genug sein würde, um den Abbau rentabel zu machen.«

»Da irren Sie sich. Wir beuten dieses Vorkommen seit dreißig Jahren aus. Nach den gegenwärtigen Schätzungen werden wir in hundert Jahren noch immer daran sein.«

»Für jemanden, der Saturn gewohnt ist, muß dies fremdartig sein«, sagte Kimber. Sie gab Lars einen aufmunternden Händedruck und lächelte ihm in der polierten Oberfläche der Aufzugtür zu. Sie wußte, wie unbehaglich er sich in der Enge tief unter der Oberfläche fühlen mußte.

Er nickte etwas ruckartig. »Es ist seltsam. Ich habe mein Leben schwebend über bodenlosen Abgründen verbracht und mir dabei niemals etwas gedacht. Aber hier, wo überall fester Boden ist, braucht es nur in ein Loch hinunterzugehen und ich bekomme kaum noch Luft. Könnte es sein, daß ich klaustrophobisch bin?«

»Nicht mehr als der durchschnittliche Saturnier. Eine wirklich klaustrophobische Person würde die Wände hochgehen.«

Sands war seit annähernd zwei Wochen auf Titan, und dies war der erste Ausflug, der ihn aus der überkuppelten Hauptstadt hinausgeführt hatte. Die meiste Zeit hatte er mit den Sicherheitsbeamten des Verwalters von Titan gesprochen. Auch Kimber war mehrfach ausführlich vernommen worden. Schließlich hatte sie rebelliert und durch ihren Vater erreicht, daß ihnen mehr freie Zeit gelassen wurde. Da sie sich noch nicht in der Öffentlichkeit zeigen durften, hatte sie einen Ausflug zu einem der Bergwerke vorgeschlagen. Als Halley die Gelegenheit zum Mitkommen geboten worden war, hatte sie abgelehnt. Das Wagnis der engen Untergrundstollen mochte sie nicht auf sich nehmen. Damit blieben Sands und Kimber bei ihrem Ausflug allein, begleitet nur von ein paar Sicherheitsbeamten.

Der Aufzug erreichte das untere Ende des Schachtes und verlangsamte gleitend zum Stillstand. Die Tür öffnete sich, und der beauftragte Vorarbeiter des Bergwerks, ein wortkarger Mann namens Dart Eisley, bedeutete ihnen, voranzugehen. Sie beschritten einen kurzen Korridor und kamen in eine hell erleuchtete Höhle. Statt des milchigen Glanzes von Eis reflektierten die Wände das silbrig schimmernde Schwarz von Nickeleisen. In der Mitte der Höhle stand eine gigantische Maschine, die mit ohrenbetäubendem Lärm die von den Abbaustrecken auf Förderbändern herangeführten Erzbrocken zerkleinerte. Nur die Arbeitshelme mit Ohrenschützern, die sie angepaßt bekommen hatten, schützten sie vor Ertaubung.

»Das zerkleinerte Erz wird in die nächste Höhle weiterbefördert«, erläuterte Eisley, »wo wir ein Hüttenwerk betreiben. Dort wird es aufgeschmolzen, gereinigt und in Barren gegossen, die dreißig Kilometer zur Oberfläche hinaufgeschafft werden. Da das Erz von hoher Reinheit ist, fällt verhältnismäßig wenig Schlacke an. Mit dieser verfüllen wir abgebaute Räume. Das spart eine Menge Energie.«

Die Besichtigung dauerte zwei Stunden. In dieser Zeit sahen sie das Hüttenwerk mit seinen Elektroöfen und den Kokillenguß, wo das weißglühende Eisen in Barren gegossen wurde, einen Schlackehaufen, der eine große, ausgeräumte Höhle zur Hälfte füllte, und die Verladung der Barren in eine Art Paternosteraufzug. Als sie zu ihrem Personalaufzug zurückkehrten, fühlte sich Sands wie der legendäre Tourist, der in sieben Tagen durch zwölf Länder reiste.

»Gibt es noch etwas, das Sie gern sehen würden, Miss Crawford? Kapitän Sands?«

»Nein danke, Mr. Eisley«, erwiderte Kimber. »Ich danke Ihnen, daß Sie sich die Zeit genommen haben, uns zu führen.«

»Gern geschehen. Ich werde Sie hier verlassen. Der Aufzug wird in wenigen Minuten unten sein. Meine Empfehlung an Ihren Herrn Vater. Kapitän Sands, es hat mich gefreut, Ihre Bekanntschaft zu machen.« Eisley schüttelte ihnen die Hand, dann ging er durch den Korridor davon.

»Sehr eindrucksvoll«, bemerkte Sands. »Ich hatte keine Ahnung, daß Titan soviel Eisen und Nickel erzeugt.«

»Es ist nur ein winziger Teil dessen, was früher auf Erden erzeugt wurde. Aber die Wolkenstädte sind notgedrungen so gewichtsbewußt, daß sie Metall sehr sparsam verwenden.«

»Aber ich verstehe jetzt besser, weshalb die Allianz die Kontrolle über Titan und seine Rohstoffe anstrebt.«

»Natürlich. Es hätte ihr einen Würgegriff an den Gurgeln der anderen Städte gegeben.« Sie musterte ihn aufmerksam. »Ist es die Beleuchtung, oder sehe ich ein wenig Grün in der Blässe?«

»Es wird alles gut sein, sobald ich wieder an die Oberfläche komme. Es ist das Warten. Ich muß ständig daran denken, wieviel Eis wir über dem Kopf haben.«

Sie lächelte, trat näher und küßte ihn leicht. Es war wenig mehr als ein leichtes Streifen von Lippen an Lippen, aber es hinterließ ein brennendes Gefühl, wo sie ihn berührt hatte.

Er blinzelte verdutzt, als sie sich zurückzog. »Wofür war das?«

»Für die Rettung meines Lebens, unter anderem. Ich kam nie dazu, angemessen dafür zu danken.«

»Gern geschehen.«

»Außerdem«, sagte sie mit einem schelmischen Blick, »dachte ich, es würde dich von deinen Ängsten ablenken.«

»Es half, aber die Wirkung verliert sich rasch. Vielleicht ist eine weitere Behandlung angebracht.« Er nahm ihr Gesicht in beide Hände und zog es zu sich. So standen sie ein halbes Dutzend Herzschläge lang. Schließlich beugte er sich näher und küßte sie. Sie hielten einander noch umschlungen, als ein musikalischer Ton die Ankunft des Aufzugs verkündete.

Lars hatte den Arm um Kimber gelegt, als das Raupenfahrzeug schwerfällig mahlend über die gefrorene Mondlandschaft kroch. Über ihnen bildeten die dichten Wolken von Titan ein undurchsichtiges Dach, während um sie her Flocken von Methanschnee vor den Fenstern der Passagierkabine wirbelten. Die Sicherheitsbeamten ihrer Begleitung, ein Mann und eine Frau, waren in der rückwärtigen Kabine und tranken Tee. So waren Kimber und Sands die einzigen Insassen des Aussichtsabteils.

»Weißt du, in welchem Augenblick ich dich zuerst liebte?« fragte Kimber, den Kopf an seine Schulter gelehnt.

»Wann?« Seine Nase war in ihrem Haar und nahm den Duft auf.

»Als du mich an Bord deiner Maschine ließest, nachdem Dalishaar unsere sabotiert hatte.«

»Aber du hattest mein Gesicht zu der Zeit noch nicht gesehen. Ich hätte ein ungeschlachter, häßlicher Rohling sein können.«

»Das spielte keine Rolle. Du warst die Erhörung meiner Gebete ... buchstäblich!«

Er lächelte. »Weißt du, wann ich zuerst merkte, daß ich dich liebe?«

»In der Rettungskapsel, als wir uns auszogen, um nicht an Hitzestau zu sterben?«

Er schnaubte. »Wie kommst du darauf?«

»Ich sah deinen Blick.«

»Und ich dachte, ich sei subtil. Nein, es war an diesem ersten Nachmittag in Glasgow, als du die häßlichen Kleider anprobiertest.«

»Dann ist Karen Colin wohl eher dein Typ?«

Er zog ein Gesicht. »Schwerlich! Nein, es war die Ernsthaftigkeit, mit der du dich in die Maskerade warfst. Sie verriet mir, daß ich es mit einer Frau zu tun hatte, die näher kennenzulernen sich lohnen würde.«

Sie saßen aneinandergeschmiegt und schwiegen eine Weile. Der Schnee hatte einem öligen Dunst Platz gemacht, der das Ergebnis komplexer fotochemischer Reaktionen in der Titanatmosphäre war. Der Nebel schillerte in den Scheinwerfern des Raupenfahrzeugs in den Regenbogenfarben. Nachdem sie das Phänomen eine Zeitlang beobachtet hatten, fragte Sands: »Was wird dein Vater über uns sagen? Vielleicht wird es ihm nicht gefallen, daß du ein Verhältnis mit einem Exsöldner hast.«

»Es geht ihn nichts an.«

»Er könnte Halley und mir das Leben schwer machen, wenn ihm die Idee nicht gefällt.«

»Das würde er nicht tun!«

»Vielleicht doch. Wenn du meine Tochter wärst und jemand würde dich unfair ausnutzen, würde ich ihm die Beine brechen.«

Sie sah ihn seltsam an. »Aber du hast mich nicht ausgenutzt ... noch nicht!«

»Was willst du damit andeuten?«

Sie lachte. »Diese Einladung war mehr ausdrücklich als angedeutet, mein Lieber. Um es unverblümt auszudrücken, zu mir oder zu dir?«

»Was ist am nächsten?«

»Also gehen wir zu mir!«

Kimbers Wohnung lag in einem wohlhabenden Viertel der Stadt, unweit von der Residenz des Verwalters, aber doch entfernt genug, daß sie ihr eigenes Leben führen konnte. Alle vier Wände ihres Schlafzimmers waren Panoramawände. Im Augenblick zeigten sie eine Strandszene von der Erde vor der Evakuierung.

Lars sah zu, wie die Sonne am Horizont eines längst verschwundenen Ozeans unterging. Ihre schimmernde orangerote Scheibe verwandelte den Himmel in ein flammendes Farbenspiel von Gelb bis Rosagrau über einer weiten Fläche feuerübergossenen Wassers. Menschen, die längst tot waren, schlenderten eine Promenade entlang, während auf den beiden anstoßenden Wänden Badende auf Handtüchern lagen und den Sonnenuntergang beobachteten. Auf der Wand, die der untergehenden Sonne gegenüber war, spiegelten Turmhäuser aus Glas und Stahl das sterbende Licht in leuchtenden Bahnen.

»Das ist meine Lieblingsszene«, sagte Kimber. Sie lag auf dem Rücken, hatte sich auf die Ellbogen gestützt und ein Bein angezogen. Sie war eine Göttin mit rotorange übergossener Haut und feurigem Haar. Ihre graugrünen Augen blickten unter halbgeschlossenen Lidern in die Sonne. Ihre bloßen Brüste hoben und senkten sich im Rhythmus ihres Atmens.

»So?« meinte er. Auch er lag auf dem Rücken und blickte über zerwühltes Bettzeug hin zur untergehenden Sonne, die vom V seiner vom Bett aufragenden Füße eingerahmt war. »Warum gerade diese?«

»Ich weiß nicht. Vielleicht erinnert sie mich daran, daß die Sonne einmal die Wohltäterin der Menschheit war. In alten Zeiten wurde sie von den Völkern verehrt. Jetzt verkriechen wir uns hier in der Kälte des äußeren Systems und hoffen, daß sie uns nicht alle in einem neuen Wutanfall umbringen wird.«

»Ich würde es nicht einen Wutanfall nennen. Der Energieausbruch der Sonne war auf ein Ungleichgewicht ihres Energiehaushalts zurückzuführen. In ein paar hundert Jahren wird sich vielleicht alles wieder normalisieren.«

Achselzuckend sagte sie: »Wenn etwas versucht, dich umzubringen, scheint es nur zu verständlich, es als ein belebtes Ding anzusehen. Wegen einer geringfügigen Veränderung in ein paar undurchschaubaren nuklearen Abläufen zu sterben, scheint so sinnlos.«

»Sicherlich teilst du nicht die Meinung derjenigen, die glauben, Gott strafe die Menschheit für ihre Sünden.«

Sie lächelte. »Nein, so weit würde ich nicht gehen.«

Während sie sprachen, ging die Sonne unter. Innerhalb kürzester Zeit erlosch auch das Leuchten am Himmel, und in der dunkelnden Stadt hinter ihnen strahlten die Straßenbeleuchtungen auf.

Sands runzelte die Stirn. »So schnell kann es auf der Erde nicht Nacht geworden sein!«

Kimber schüttelte den Kopf. »Um die dramatische Wirkung zu verstärken, wurde die Aufzeichnung mit dem Zeitraffer manipuliert. Die Aufzeichnung ist gleich zu Ende. Willst du sie noch einmal sehen?«

»Ich würde die Zeit lieber damit verbringen, daß ich dich anschaue.«

Seine Antwort bewirkte eine hochgezogene Braue und einen verstohlenen Blick auf seine Lenden. »Wenn das eine Einladung ist, sehe ich nicht den eisernen Willen dazu.«

»Gib mir eine Weile Zeit zum Erholen.«

»Während wir warten, sollten wir vielleicht etwas zu Essen kommen lassen.«

»Ist das eine höfliche Art zu sagen, daß du nicht glaubst, ich könne dem Anlaß gewachsen sein?«

»Es ist eine höfliche Art zu sagen, daß ich Hunger habe. Wir haben das Mittagessen versäumt, weißt du.«

Er wälzte sich herum, blickte zum Wecker auf dem Nachttisch. Es wurde allmählich Zeit zum Abendessen. Wie auf Saturn, galt auf Titan ein Tag zu einundzwanzig Stunden. Aber im Gegensatz zu den Bewohnern der größeren Welt hatten die Titanier niemals den doppelten Tag-Nacht-Zyklus angenommen. Unter ihrer immerwährenden Wolkendecke bestand dazu keine Notwendigkeit.

Kimber setzte sich im Bett auf. »Wir könnten essen gehen! Was meinst du?«

»Und die Anweisung deines Vaters, uns nicht in der Öffentlichkeit blicken zu lassen?«

Sie zuckte wegwerfend die Achseln. »Ich glaube, wir können es so machen, daß niemand uns erkennt. Ich gehe als Karen Colin, und du kannst dich auch zurechtmachen.«

»Die Sicherheitsleute werden das nicht gut finden.«

»Ich habe es satt, eingesperrt zu sein. Wir können nicht unser ganzes Leben in Furcht vor der Allianz verbringen. Außerdem werden wir alle Vorsichtsmaßnahmen ergreifen, die nötig sind. Komm mit, es wird lustig sein!«

Das Restaurant war klein und vom Komplex des Regierungssitzes so weit entfernt wie die Abmessungen der Stadtkuppel es zuließen. Es wurde hauptsächlich von Bergleuten und ihren Familien besucht. Kimber hatte es ausgewählt, um guten Bekannten auszuweichen, die ihre Verkleidung hätten durchschauen können.

Zum Abendessen tranken sie Wein und sprachen über Belanglosigkeiten. Lars erzählte ihr mehr über sein Leben in Sorrell Drei, und sie plauderte von ihrer Studienzeit. Zwei Stunden vergingen rasch, und im Nu hatten sie ihre Nachspeise gegessen und eine letzte Tasse Kaffee geleert. Sands raunte ihr zu, daß ein Nachmittag im Bett das beste Mittel gegen Appetitlosigkeit sei, und sie erwiderte, daß nichts so für die Nacht kräftige wie eine gute Mahlzeit.

Als sie das Restaurant verlassen hatten, fragte Sands: »Wohin jetzt?«

»Ich würde gern einen Spaziergang durch den Park machen. Es ist Jahre her, seit ich zuletzt dort war. Meinst du, es wird gutgehen?«

Er trat einen Schritt zurück und musterte sie, als sähe er sie zum erstenmal. Er mußte zugeben, daß die Tarnung gut gelungen war. Die Frau vor ihm ähnelte Kimber Crawford, war aber offensichtlich nicht sie. Die Unterschiede waren fein und daher überzeugend.

»Ich würde sagen, daß wir es riskieren können. Nicht einmal dein Vater würde dich in einer Gruppe wiedererkennen.«

»Dann laß uns den Blumenduft riechen. Danach gehen wir zu mir.«

»Laß uns aber unterwegs bei meinem Quartier halt machen. Ich muß für den Morgen ein paar Sachen mitnehmen.«

Der Park bedeckte eine große runde Fläche in der Mitte der Stadt. In seiner Anlage ähnelte er den Dioramen, die Sands in mehreren Wolkenstädten gesehen hatte. Doch während diese offene Landschaften auf

Erden dargestellt hatten, war dieser Park die Nachbildung eines der hängenden Gärten von Luna. Kimber erklärte, dies sei nur natürlich, da die meisten ihrer Vorfahren von der Kolonie auf dem Erdmond stammten.

In seiner Gestaltung glich der Park einer komplizierten lebenden Skulptur. Wohin man auch sah, überall wuchs eine verschwenderische Fülle von Pflanzen aus hängenden Schalen, die von einem geodätischen Rahmenwerk getragen wurden. Ein auf Stelzen geführter und an die zwei Meter breiter Spazierweg wand sich in Serpentinen durch die Laubkaskaden der Pflanzen und in Spiralen aufwärts in eine Höhe von zwanzig Metern und dann an der Außenseite des tragenden Rahmenwerks wieder hinunter.

Die gärtnerischen Gestalter der Anlage hatten den natürlichen Vorteil geringerer Schwerkraft zu überraschenden Effekten zu nutzen verstanden, so daß Besucher den Eindruck gewannen, daß sie sich durch die Etagen eines tropischen Regenwaldes bewegten. Blühende Sträucher, Blattgewächse und Riesenfarne ließen ihre Zweige über den Weg hängen, mächtig aufragende Bäume, behängt mit Lianen, schoben ihre weit verzweigten Kronen durch die höchsten Teile des tragenden Rahmenwerks, und der ganze Park war wie überschüttet von Blumen aller Farben, Formen und Größen, zur Geltung gebracht durch geschickt plazierte künstliche Lichtquellen.

Sands war hingerissen von der frischen, reinen Luft, die durchzogen war von zarten Blütendüften. Manche waren süß, andere herb oder von durchdringender Stärke, und ihre Mischung berührte überwältigend und bewirkte, daß sich tief in ihm ein Bewußtsein regte, als ob die Blumendüfte eine Reaktion in den Genen und Chromosomen ausgelöst hätten, die ihn menschlich machten, eine Erinnerung, daß seine Art sich auf einer Welt entwickelt hatte, wo solche Organismen natürlich und ohne die Notwendigkeit dieses komplexen künstlichen Ökosystems gewachsen waren.

Während sie Arm in Arm durch das Grün schlenderten, bemerkte er, daß die Mehrzahl der Besucher aus Paaren bestand, und erkundigte sich bei Kimber.

»Hierher kommen junge unverheiratete Leute, um von Eltern und Wohngemeinschaften wegzukommen. Du wirst die Sitzbänke und versteckten Lauben hier im Park gesehen haben. Abends um diese Zeit sind meist alle besetzt.«

Sie gingen weiter, genossen gegenseitig ihre Nähe und das Gefühl von Freiheit. Zum erstenmal seit dem Gefecht bei Neu-Philadelphia fühlte sich Sands wirklich sicher und zufrieden.

»Wollen wir umkehren?«

Kimber nickte.

»Gut. Zuerst zu mir, dann zu Bett.«

Sie gingen zehn Minuten zu dem Wohnviertel, wo Sands untergebracht war. Zu ihrer Überraschung war der Korridor vor seiner Wohnung von Polizei abgesperrt. Eine Anzahl neugieriger Zuschauer hatte sich eingefunden. Sands bekam sofort Herzklopfen, als sie sich durch die Menge drängten. Kimber identifizierte sich vor einem der Beamten, und sie wurden durch die Absperrung gelassen. Im Wohnungseingang trafen sie mit Arvin Taggart zusammen, dem Chef des Sicherheitsdienstes.

»Wo, zum Teufel, sind Sie gewesen?« verlangte Taggart zu wissen, als er Sands erblickte.

»Er ist mit mir zusammen gewesen, Mr. Taggart«, sagte Kimber frostig.

Taggart faßte sie genauer ins Auge. »Oh, tut mir leid, Miss Crawford. Ich hatte Sie nicht erkannt.«

»Was geht hier vor?« fragte Sands.

»Jemand drang in Ihre Wohnung ein. Miss Trevanon hörte ein Geräusch und ging der Sache nach. Der unbekannte Einbrecher schlug sie nieder und entkam.«

»Schlug Halley nieder? Ist sie verletzt?«

»Sie hat eine große Beule am Schädel, aber es scheint

glimpflich abgegangen zu sein. Um festzustellen, ob sie eine Gehirnerschütterung davongetragen hat, ist sie zur Beobachtung ins Krankenhaus gebracht worden.«

»Haben Sie eine Ahnung, was der Einbrecher wollte?«

Taggart warf ihm einen forschenden Blick zu. »Ich hoffte, daß Sie mir das sagen können.«

16

Der Einbruch

Arvin Taggart führte sie durch Gruppen von Polizisten, die unvertraute Instrumente trugen und Nachbarn befragten, die Sands nie gesehen hatte. In der Wohnung standen drei Ermittler um eine halbgegessene Mahlzeit auf dem kleinen Tisch vor dem Fernsehgerät. Sands' Magen reagierte auf den Anblick genauso wie er es an dem Tag getan hatte, als Dane umgekommen war.

»Sind Sie sicher, daß Halley weiter nichts fehlt?«

»Es geht ihr nicht schlecht, Kapitän«, sagte der Sicherheitschef. »Ich sprach selbst mit ihr, bevor wir sie ins Krankenhaus schickten.«

Sie gingen über den Korridor in Sands' Appartement. Ein uniformierter Beamter bewachte die offene Tür und nahm Haltung an, als Taggart herankam. Hier sah es schlimmer aus als in Halleys Wohnung. Schubladen waren herausgerissen und der Inhalt am Boden verstreut, Polstermöbel aufgeschlitzt und Tischlampen zerschlagen.

»Was ist hier passiert? Die Wohnung sieht aus, als ob sie in den Dardanellenzyklon geraten wäre!«

Kimber schüttelte den Kopf. »Eher wie nach einer Wirtshausschlägerei.«

»Hat Halley sich so energisch gewehrt?«

»Nach ihrer Aussage nicht. Sie sagte, es habe schon so ausgesehen, als sie hereinkam.«

»Aber warum diese Verwüstung?«

»Offensichtlich suchten die Täter etwas.«

»Was sollen sie gesucht haben?«

»Das würde ich gern von Ihnen hören.«

»Könnte es ein Dieb gewesen sein?« fragte Kimber.

Taggart runzelte die Stirn. »Ein Dieb, ja. Aber es handelt sich nicht um einen gewöhnlichen Einbruchsdiebstahl.«

»Warum nicht?«

»Ich selbst wählte dieses Haus für die Unterbringung von Kapitän Sands und Miss Trevanon aus. Ich persönlich vereinbarte mit dem Eigentümer, der sich gegenwärtig auf Saturn aufhält, die Vermietung der Appartements an die Regierung. Ich habe den Ort und die Nummern der Wohnungen zu einem unserer bestgehüteten Geheimnisse gemacht. Und da sollte ein gewöhnlicher Einbrecher – in dieser Gegend der erste seit fünf Jahren – sich ausgerechnet dieses Appartement vornehmen? Eher würde ich glauben, daß meine Frau mich liebt, weil ich im Laufe der Jahre hübscher geworden bin.«

»Aber dann hat jemand die Sicherheitsabschirmung unterlaufen!« rief Kimber.

»Verdammt richtig«, knurrte Taggart. »Sie wußten genau, daß er hier wohnt und daß er heute nicht zu Hause sein würde. Sie konnten das nur durch meine eigene Abteilung erfahren haben. Wenn ich den Schuldigen finde, wird er bedauern, daß er jemals geboren wurde!«

»Mit anderen Worten, der oder die Täter waren Agenten der Allianz mit dem Auftrag, mich umzubringen«, sagte Sands.

Der Sicherheitschef schüttelte den Kopf. »Es war kein Mordanschlag. Ein Attentäter hätte Ihr Quartier nicht so verwüstet. Er hätte sich versteckt und Ihre Rückkehr abgewartet oder, was wahrscheinlicher ist, eine Bombe mit Selbstauslösung installiert. Und wenn Miss Trevanon einen Attentäter überrascht hätte, wäre sie wahrscheinlich nicht mehr am Leben. Sie weiß wahrscheinlich genausoviel wie Sie, nicht wahr?«

Sands nickte. »Was bleibt danach übrig?«

»Wie ich vorher sagte, der Einbrecher suchte etwas.«

»Vielleicht sehen wir diese Sache unter dem falschen Blickwinkel«, sagte Kimber. »Könnten wir es mit einem Dieb zu tun haben, der irgendwie von den Schätzen erfahren hat, die du aus Cloudcroft abtransportiertest?«

»Aber unsere gesamte Beute ging mit dem Flugzeug verloren.«

»Vielleicht weiß er das nicht.«

Taggart seufzte. »Wir geben uns hier zwecklosen Spekulationen hin. Wir brauchen mehr Fakten. Kapitän Sands, es liegt auf der Hand, daß Sie hier nicht länger bleiben können. Packen Sie Ihre Sachen, und wir werden sehen, daß wir Sie an einen sichereren Ort bringen.«

»Er kann bei mir bleiben.«

Ein paar Augenblicke lang starrte der Sicherheitchef die Tochter des Herren von Titan an, sagte aber nichts. Er hatte von den Sicherheitsbeamten, die das Paar im Bergwerk begleitet hatten, bereits einen Bericht erhalten. Was Kimbers Vater sagen würde, wenn er erfuhr, daß der Freibeuterkapitän zu ihr gezogen war, konnte Taggart nicht voraussagen. Er war nur froh, daß dieses spezielle Problem nicht in seinen Verantwortungsbereich fiel.

Kelt Dalishaar saß am Schreibtisch und musterte Großadmiral Samorset mit verdrießlicher Miene. Sie waren in seinem Arbeitszimmer im obersten Geschoß des Regierungsturms, in das die Piraten eingedrungen waren.

»Und Ihre Leute glauben noch immer, alle seien mit der abgestürzten Maschine umgekommen?«

»Alle bekannten Tatsachen deuten darauf hin, daß es sich so verhält, Exzellenz.«

Dalishaar ließ etwas von der Verärgerung, die seine Stimmung vergiftete, in seine Stimme einfließen. »Wie, in aller Welt, können Sie das sagen? Ihre schießwütigen

Fanatiker schossen drei der vier Kapseln ab, ohne nachzuprüfen, ob sie besetzt waren!«

»Der für diesen Fehler verantwortliche Offizier wurde streng zur Rechenschaft gezogen«, erwiderte Samorset. Beide wußten, daß ›diszipliniert‹ in diesem Fall bedeutete, daß der Mann gezwungen worden war, ›über die Planke zu laufen‹. Man hatte ihn über das Außengeländer von Glasgow in den Abgrund geworfen.

»Und die fünfte Kapsel?«

»Admiral Blount glaubt, die fünfte Kapsel habe eine Fehlfunktion gehabt. Das wäre bei einer Maschine dieses Alters und Zustands nicht ungewöhnlich. Nur vier Ballons öffneten sich, als die beschädigte Maschine auseinandergesprengt wurde. Der Rest stürzte ab.«

»Ihre Leute fanden niemanden an Bord der Kapsel, die untersucht wurde?«

»Nein, Sir.«

»Deuteten irgendwelche Anzeichen darauf hin, daß sie kurz zuvor bewohnt gewesen war?«

»Wir untersuchten die Rettungskapsel Nummer Drei, Exzellenz. Sie besteht aus einem der mittleren Rumpfteile des Air Shark und enthält Kabinen von Besatzungsmitgliedern. Da die Maschine sich kurz zuvor im Gefecht befand, überrascht es nicht, daß die Kapsel unbewohnt war. Schließlich muß die Besatzung auf ihren Stationen gewesen sein, seit sie Glasgow verließ.«

»Und die Crawfordfrau? Hätte sie nicht in einer der Kabinen sein sollen?«

»Sie muß in einer der anderen gewesen sein.«

»Es könnte aber auch sein, daß sie nicht an Bord war.«

»Sie war an Bord«, erwiderte Samorset ruhig. »Wir holten alle zusammen, die in der Landebucht waren, als die Piraten starteten. Sie wurden unabhängig voneinander verhört und den üblichen Vernehmungstechniken unterzogen – chemischer Behandlung, körperlichen Schmerzen, direkter Gehirnstimulation.«

»Und?«

»Wir haben mehrere Zeugen, die übereinstimmend aussagen, daß sie mit zwei anderen Besatzungsmitgliedern an Bord der Maschine ging. Sie selbst schloß die Einstiegsluke. Meine Vernehmungsoffiziere schätzen die Zuverlässigkeit der Information auf höher als neunzig Prozent.«

»Was sagen diese Zeugen über die Zahl der Besatzungsmitglieder an Bord?«

»In dieser Frage ist die Information nicht so verläßlich, Sir. Die Besatzungsmitglieder gingen zu verschiedenen Zeiten an Bord. Einige taten dies, als die Maschine im Reparaturhangar lag. Mindestens drei, darunter Miss Crawford, trafen in der Landebucht ein, als die Maschine dorthin überführt war. Wir schätzen mit einer Wahrscheinlichkeit von fünfundsechzig Prozent, daß sich beim Start alle fraglichen Personen an Bord befanden.«

»In Ordnung, Admiral. Ich werde Ihre Analyse einstweilen akzeptieren. Nun, wie steht es mit der Befriedungsaktion?«

»Sie macht rasche Fortschritte, Sir. Es hat weniger Akte offenen Ungehorsams gegeben, als wir erwartet hatten.«

»Das bedeutet gewöhnlich, daß sie etwas aushecken«, erwiderte Dalishaar. In seinen jüngeren Jahren hatte er an der Befriedung von zwei Städten teilgenommen, die jetzt zu den loyalsten der Allianz gehörten. Die Erfahrung war nicht erfreulich gewesen. Dieser Erlebnishintergrund hatte weitgehend dazu beigetragen, daß er ein Akkretionist geworden war.

»Meine Leute sind zu besonderer Wachsamkeit angewiesen, bis wir die Glasgow-Gruppe hierher in den Nördlichen Gemäßigten Gürtel verlegen können.«

»Sorgen Sie dafür, daß diese Wachsamkeit nicht nachläßt! Alle zusätzlichen Fälle von Inkompetenz werden streng bestraft.«

»Verstanden, Sir. Gibt es noch etwas?«

»Ich möchte, daß Sie mir täglich Bericht erstatten.«

»Wird eine Berichterstattung zur Abendzeit annehmbar sein?«

»Ja. Das ist alles, Admiral. Sie können zu Ihren Pflichten zurückkehren.«

Der Admiral erhob sich, salutierte und machte auf dem Absatz kehrt. Er war schon an der Tür, als der Ratsvorsitzende ihm nachrief: »Noch etwas, Admiral!«

»Sir?«

»Wenn Kimber Crawford mit diesen Piraten umkam, warum verhandelt ihr Vater dann noch immer mit uns?«

»Ich verstehe nicht«, erwiderte Samorset. Zum erstenmal glaubte Dalishaar Zögern und Unsicherheit in seinem zerfurchten Gesicht zu sehen.

»Wir nahmen seine Tochter in Geiselhaft, verloren sie an Piraten und schossen sie dann mit ihnen ab. Ihr Vater aber, von dem mir gesagt wurde, daß er seine Tochter innig liebt, hat die Verhandlungen wieder aufgenommen. Er hat sich bereit erklärt, uns mit Metall zu versorgen, und wir verhandeln gegenwärtig über den Preis. Sonderbar, meinen Sie nicht?«

»Höchst sonderbar, Exzellenz.«

»Guten Abend, Admiral. Und tragen Sie bitte Sorge, daß Ihre Leute diese Berichte nicht überbewerten. Manchmal bleibt am Ende nichts davon übrig. Alle Möglichkeiten müssen in Betracht gezogen und untersucht werden.«

»Ja, Sir. Ich werde dafür sorgen.«

Kaum hatte sich die Tür hinter ihm geschlossen, da wurde eine andere geöffnet. Diese Tür führte zu einem kurzen Gang, durch den ein privates Besprechungszimmer und das Bad zu erreichen waren. Es war auch der rückwärtige Eingang in Dalishaars Büro. Der Mann, der nun eintrat, war kleinwüchsig und kahlköpfig und hatte einen politischen Verstand, der in der ganzen Nördlichen Allianz seinesgleichen suchte.

»Sie haben gehört?« fragte der Ratsvorsitzende Pierre Lamarque, seinen Sicherheitsberater.

Lamarque nickte und ließ sich im noch warmen Besuchersessel nieder.

»Was meinen Sie?«

»Er lügt«, erwiderte Lamarque. »Er weiß, daß die Maschine praktisch leer war, als sie von Glasgow Reißaus nahm. Die Vernehmungsoffiziere der Marine holten das innerhalb weniger Stunden nach Beginn der Verhöre aus den Schotten heraus. Meine Gewährsleute melden, Admiral Blount habe auf der Suche nach den Flüchtigen seit damals ganz Glasgow auf den Kopf gestellt.«

»Er glaubt, die Schotten verstecken sie?«

»Offenbar.«

»Warum sollten sie?«

»Auf den ersten Blick ergibt es keinen Sinn. Darum finde ich die Situation so interessant. Die Hierarchie von Glasgow scheint bestrebt, Leute zu schützen, die zu schützen sie nicht nötig hat, und unsere Marine lügt darüber. Das ist ein Gordischer Knoten, den ich mit Vergnügen durchschlagen werde.«

»Nehmen Sie sich dafür nicht zu viel Zeit«, warnte ihn Dalishaar. »Die Militaristen werden mit jeder Ratssitzung stärker. Wenn wir nicht dahinterkommen, was sie vorhaben, könnten wir beide plötzlich ohne Arbeit dastehen.«

»Meine Leute arbeiten daran«, versicherte ihm Lamarque. »Ich hoffe, es ist nur noch eine Frage von Tagen.«

»Welche Neuigkeiten gibt es von Titan?«

»Unser Agent dort hat die Sichtungsmeldung durch einen dritten Informanten bestätigt bekommen.«

»Ist dieser Informant verläßlich?«

Lamarque zuckte die Achseln. »Wer kann das sagen? Der Informant ist einer der persönlichen Köche des Verwalters. Er behauptet, er habe Kimber Crawford bei einem privaten Abendessen gesehen. Sie war in Begleitung von zwei Fremden, und es wurden viele Toasts ausgebracht.«

»Fremde?«

»Einer wird als ein Mann von dreißig bis fünfunddreißig Jahren beschrieben, die andere Person ist eine Frau.«

»Unter den Piraten war eine Frau!«

»Richtig, Sir. Wenn die Frau auf Titan dieselbe ist, muß es sich um Halley Trevanon handeln, Copilotin der *Sperber*. Das würde bedeuten, daß der Mann Larson Sands ist.«

»Beide in der Pilotenkanzel!«

»Ja, Sir. Sie war vermutlich die Rettungskapsel, die nicht gesehen wurde.«

»Also überlebten sie doch!«

»Es erklärt Crawfords Bereitwilligkeit zu Verhandlungen. Er wird uns für die Geiselhaft seiner Tochter zahlen lassen, aber die Zahlung wird in Krediten sein, nicht in Blut. Wenn er dächte, daß wir für ihren Tod verantwortlich sind, würde er wahrscheinlich einen militärischen Schlag gegen unsere Heimatstädte vorbereiten.«

»Würde er wirklich eine Stadt zerstören, um seine Tochter zu rächen?«

»Kennen Sie einen Vater, der es nicht tun würde?«

Dalishaar seufzte. »Wir werden in den diesjährigen Verhandlungen mit allem Wohlwollen, das wir aufbringen können, auf die Forderungen der Titanier eingehen. Nächstes Jahr wird es anders aussehen. Bis dahin sollten wir auf dem Weg zu unserem Endziel ein gutes Stück vorangekommen sein.« Der Ratsvorsitzende warf einen Blick auf die Kontrollablesung der Sicherheitseinrichtungen auf seinem Schreibtisch. Sie zeigte, daß alle

Antiabhörgeräte funktionsfähig und in Betrieb waren. »Was ist mit dieser anderen Angelegenheit?«

»Meine Agentin meldete, daß sie entdeckt habe, wo die Titanier die beiden besonderen Gäste untergebracht haben. Sie ist bereit, unser verlorenes Eigentum zurückzugewinnen.«

»Kennt sie die Bedeutung der Sache?«

»Es ist ihr nur gesagt worden, daß die Piraten sicherheitsrelevante Daten der Allianz mitgenommen haben.«

»Wie, wenn der Sicherheitsdienst der Titanier die Daten hat?«

Lamarque zuckte die Achseln. »Dann können wir nicht viel tun. Es wird sehr langwierig und kostspielig sein, die Codes zu knacken. Möglicherweise werden sie nicht bereit sein, das Geld auszugeben. Selbst wenn es ihnen gelingt, die Speichereinheit zu knacken, besteht gute Aussicht, daß sie die Bedeutung dessen, was sie haben, nicht verstehen werden.«

»Wir können das Risiko nicht eingehen. Wir befinden uns in einer sehr kritischen Phase. Wenn wir unsere Vorbereitungen beschleunigen, laufen wir Gefahr, die Militaristen auf unsere Pläne aufmerksam zu machen. Es ist absolut lebenswichtig, daß wir dieses Datenmaterial zurückgewinnen!«

»Wenn die Piraten es noch haben, wird unsere Agentin es ihnen wegnehmen.«

»Halten Sie mich auf dem laufenden«, sagte Dalishaar in einem Ton, der das Ende der Besprechung signalisierte.

Lamarque stand auf und verließ den Raum durch dieselbe Tür, durch die er gekommen war. Am anderen Ende des kurzen Korridors war ein verschlossener Ausgang, der in einen Seitengang führte. Er ermöglichte es ihm, dem Gedränge der Wartenden im öffentlichen Vorzimmer des Ratsvorsitzenden zu entgehen.

Unterwegs zu seinem eigenen Büro nagte er an der Unterlippe. Was er Dalishaar verschwiegen hatte, war der Eingang einer verschlüsselten Botschaft höchster Priorität, die eine seiner Agentinnen übermittelt hatte, kurz bevor er vom Ratsvorsitzenden gerufen worden war, das Gespräch mit dem Flottenadmiral zu belauschen. Der Agentin war es bei ihrem ersten Versuch nicht gelungen, die Speichereinheit sicherzustellen.

Die Stimmung des Ratsvorsitzenden war so, daß Lamarque vorsichtshalber darauf verzichtete, derartige Nachrichten zu überbringen, solange er nicht etwas hatte, womit er ihre negative Wirkung ausgleichen konnte. Dalishaar genoß den Ruf, den Überbringer schlechter Nachrichten zu bestrafen. Außerdem, dachte er, mochte die Agentin nächstes Mal erfolgreicher sein.

Almy Breck starrte ungläubig auf den Computerausdruck. Die Botschaft, die in die Maschine gegangen war, war eine harmlose Nachricht von ihrer Mutter, die ihr geschrieben hatte, daß sie ihre Reise verlängern und erst am siebzehnten nach Haus kommen würde. Des weiteren hatte der Brief etwas Klatsch über Reisegefährtinnen enthalten, die Almy unbekannt waren. Was aus dem Dechiffriergerät herausgekommen war, sagte natürlich etwas ganz anderes:

BEGINN DER BOTSCHAFT:

WIR SIND SEHR UNGLÜCKLICH ÜBER DAS SCHEITERN IHRES ERSTEN VERSUCHS. ES IST DRINGEND ERFORDERLICH, DASS SIE DIE SPEICHEREINHEIT VON LARSON SANDS VOR DEM SIEBZEHNTEN AN SICH BRINGEN. VERSUCHEN SIE ES WIEDER, SOBALD SIE IMSTANDE SIND. ICH WIEDERHOLE, BESCHAFFUNG ZWINGEND ERFORDERLICH!

UNTERZEICHNET P. L. LAMARQUE
FÜR DEN RATSVORSITZENDEN

ENDE DER BOTSCHAFT

»Für wen, zum Teufel, hält er mich? Für James Bond?« murmelte sie, als sie die Botschaft vernichtete.

Die meiste Zeit erfreute sich Almy Breck ihres Lebens. Ihre Arbeit auf Titan als Nachrichtentechnikerin im Handelsministerium verschaffte ihr günstige Voraussetzungen zur Ausübung ihres eigentlichen Berufs als Geheimagentin der Nördlichen Allianz. Sie hatte Zugang zu allen außer den als streng geheim klassifizierten Botschaften, die zwischen Titan und seinen weit verstreuten Handelsniederlassungen hin und her gingen.

Almy war außerdem verlobt mit dem jüngsten Sohn einer der ältesten Familien von Titan. Benito Mayerling war ein verwöhnter junger Mann, ein Typ, den Almy normalerweise nicht zweimal angesehen hätte. Aber die gesellschaftliche Stellung seiner Familie lieferte einen nie versiegenden Strom von Einladungen zu gesellschaftlichen Anlässen jeglicher Art. Es war überraschend, wie viele Staatsgeheimnisse bei Cocktailparties ausgeplaudert wurden. Sie hatte sich oft gefragt, ob es schon immer so gewesen sei.

In den vier Jahren, seit sie ihre Tarnidentität angenommen hatte, war niemals von ihr verlangt worden, mehr zu tun als die gelegentlichen Informationen, die sie auf diesem oder jenem Weg gewinnen konnte, weiterzuleiten. Das hatte sich mit einer Botschaft höchster Priorität von Kelt Dalishaar persönlich geändert. Er hatte ihr befohlen, Larson Sands' Aufenthalt ausfindig zu machen und ihm eine Speichereinheit abzunehmen, die er in Cloudcroft erbeutet hatte. Als sie um nähere Einzelheiten gebeten hatte, war ihr eine knapp formulierte Antwort zuteil geworden, aus der hervorging, daß sie zur Ausführung ihres Auftrages nicht mehr wissen müsse als ihr mitgeteilt worden sei. Darauf hatte sie eine beißende Antwort des Inhalts aufgesetzt, daß eine Speichereinheit jeder anderen ziemlich ähnlich sehe, hatte sie aber nicht gesendet. Sie war lange genug im

Geschäft, um zu wissen, wann einem Feldagenten das schmutzige Ende eines Steckens hingehalten wurde.

Larson Sands ausfindig zu machen, war einfacher gewesen, als sie erwartet hatte. Ihr Küchenfreund hatte erzählt, er habe ihn bei einem privaten Abendessen in der Residenz des Verwalters gesehen. Und bei der Durchsicht ihrer Arbeitsakten im Handelsministerium war sie auf eine Botschaft aus Baumgarten in der südlichen Hemisphäre gestoßen. Sie stammte vom Leiter der dortigen Handelsniederlassung und war an Arvin Taggart, den Chef des Sicherheitsdienstes, gerichtet. In dieser Botschaft erklärte er sich einverstanden, zwei zur Zeit leerstehende Appartements in seinem Haus vorübergehend an den Sicherheitsdienst zu vermieten.

Ein glücklicher Zufall wollte es, daß sie selbst im gleichen Gebäude wohnte, nur drei Stockwerke unter den fraglichen Appartements. Almy hatte einen Riecher für derartige Zusammenhänge und war dazu übergegangen, die allgemein zugänglichen Teile des Gebäudes nach Anzeichen des schwer zu fassenden Freibeuters zu beobachten. Am dritten Tag ihrer Wache hatte sie ihn mit Kimber Crawford gesehen. Danach hatte sie sich angewöhnt, auf dem Weg zur und von der Arbeit durch Sands' Korridor zu schlendern. Das hatte sie auch am vergangenen Tag nach der Rückkehr von der Arbeit getan. Die Stille in dem menschenleeren Korridor hatte sie ermutigt, an Sands' Tür zu klopfen. Niemand hatte geantwortet. Mit einem Spezialwerkzeug hatte sie sich rasch und ohne unnötigen Lärm Zugang verschafft, und da sie nicht gewußt hatte, wie lange Sands fort sein würde, hatte sie das Appartement rasch und ohne Rücksicht auf die Einrichtung durchsucht. Systematisch hatte sie alle Verstecke überprüft, wo er die Speichereinheit verborgen haben konnte.

Noch ehe sie die Suche hatte beenden können, war an der Wohnungstür ein Geräusch entstanden. Zu ihrer großen Enttäuschung hatte sie den Geräuschen entnommen, daß jemand im Begriff war, sich Zutritt zu verschaffen. Eine Vase an sich zu nehmen und sich hinter der Tür flach an die Wand zu drücken, war eins gewesen. Geistesgegenwart war in diesen Augenblicken wichtiger gewesen als Überlegung. Sie hatte die Vase auf dem Kopf einer Frau zerschlagen, die sie nie gesehen hatte, war dann hinaus in den Korridor geschlüpft und hatte sich ungesehen in ihre eigene Wohnung gerettet.

Erst nach Stunden hatte sie sich hinlänglich beruhigt, um ihren Bericht zu schreiben. Sie war erbost über das Risiko, das sie hatte auf sich nehmen müssen, und sie war noch immer wütend, als die zweite Botschaft eintraf und verlangte, daß sie den Versuch wiederhole.

Wie stellten sie sich das vor, zum Teufel?

17

Die Speichereinheit

Lächelnd blickte Kimber Crawford auf Lars' schlafende Gestalt. Er lag bäuchlings auf ihrem Bett und schlief. Ein Bein hatte sich im Laken verfangen. Sie ließ den Blick über das Muster seiner Rückenmuskulatur schweifen und dachte, welches Glück es für sie gewesen war, diesen vitalen, dynamischen Mann zu treffen.

Sie war allen, die ihre Nähe gesucht hatten, stets mit Mißtrauen begegnet, besonders Männern. Schon früh hatte sie die Erfahrung gemacht, daß die meisten, so sehr sie ihre Liebe beteuerten, mehr an ihre Karriere dachten und durch ihren Vater Reichtum und Einfluß zu gewinnen hofften. Larson Sands war anders, das war ihr klar geworden, als die Freibeuter untereinander diskutiert hatten, ob sie sie über Bord werfen sollten, um ihre Identitäten zu schützen. Lars hatte sich für sie eingesetzt und gegen seine eigene Mannschaft gestellt, um ihr Leben zu retten. Kimber verstand genug von Psychologie, um zu wissen, daß ihr Gefühl zum Teil in diesem Vorfall wurzelte und eine natürliche Reaktion auf den Schutz war, den er ihr bot. Aber die Kenntnis der Ursache machte ihre Empfindungen nicht weniger wirklich.

Sie stieg vorsichtig aus dem Bett, um ihn nicht zu wecken, und schlüpfte in einen Morgenmantel. Nachdem sie vor dem Badezimmerspiegel flüchtig ihr Haar gebürstet hatte, ging sie barfuß in die Küche. Dort wählte sie zwei Frühstückspakete aus, legte sie in den Backofen und wählte am Getränkeautomaten Kaffee und Orangensaft, dann ging sie ins Wohnzimmer.

Nach der unliebsamen Überraschung in Lars' Wohnung hatten sie Halley Trevanon im Krankenhaus besucht. Auf dem Weg dorthin war Lars noch stiller als gewöhnlich gewesen, und Kimber hatte verstanden, daß der Überfall auf Halley ihn tiefer beunruhigt hatte, als er sich anmerken ließ.

An Halleys Krankenbett hatten sie einen gutaussehenden jungen Arzt in angeregtem Gespräch mit ihr angetroffen. Bis auf eine Schwellung und einen Bluterguß an der rechten Kopfseite schien Halley den Angriff gut überstanden zu haben. Halleys Darstellung des Geschehens deckte sich mit Arvin Taggarts Auskunft. Sie erinnerte sich nur, daß sie die Tür aufgesperrt und einen Blick in die verwüstete Wohnung getan hatte, bevor jemand sie von hinten niedergeschlagen hatte.

Nachdem Lars sich von Halleys zufriedenstellenden Zustand überzeugt hatte, waren er und Kimber in ihre Wohnung zurückgekehrt und hatten sich schlafen gelegt.

Lars' Reisetasche lag im Wohnzimmer, wo er sie zurückgelassen hatte. Kimber nahm sie auf und trug sie ins Schlafzimmer, um die Kleider auszupacken und wegzuräumen. Beim Öffnen der Tasche entdeckte sie, daß er die Sachen, die er bei seiner Ankunft bekommen hatte, einfach zusammengedrückt und in die Tasche gestopft hatte.

Sie schnalzte mißbilligend, als sie die zerknitterten Sachen aus der Tasche zog, einzeln ausschüttelte und nebeneinander am Boden ausbreitete, um sie dann säuberlich zusammenzulegen und zu ordnen. Seine Oberbekleidung kam auf einen Haufen, Unterwäsche auf einen anderen, und die Hemden auf einen dritten. Als sie mit den Kleidern aus der Reisetasche fertig war, fiel ihr Blick auf den Overall, den Lars am Vortag im Haus getragen und achtlos über einen Stuhl geworfen hatte.

Sie beugte sich hinüber und bekam mit zwei Fingern ein Hosenbein zu fassen, ohne aufzustehen. Sie zog den Overall zu sich, bis sie genug von dem zähen Stoff in der Hand hatte, daß sie ihn ganz vom Stuhl und zu sich ziehen konnte. Impulsiv steckte sie die Nase in das Gewebe, um seinen Geruch einzuatmen, dann sah sie sich hastig nach Lars um, verlegen über die atavistische Regung. Er schlief noch, hatte sich aber vom Bauch auf den Rücken gewälzt und dabei noch mehr in das Laken verwickelt. Undeutlich wurde ihr die plötzliche Wärme bewußt, die sie beim Einatmen seines Geruchs gespürt hatte, und nicht zum erstenmal fragte sie sich, ob das Exil die Menschheit nicht zu weit von den angenehmen Reizen entfernt habe, die auf Erden in Hülle und Fülle vorhanden gewesen sein mußten.

Bei näherer Betrachtung zeigte sich, daß der Overall verschmutzt war, anscheinend durch den Besuch im Bergwerk. Statt ihn zusammenzulegen, entschied Kimber, daß er gewaschen werden sollte. Leise summend öffnete sie die verschiedenen Reißverschlüsse und Taschen und nahm heraus, was Lars bei sich getragen hatte.

Außer mehreren magnetischen Schlüsseln und einigem Kleingeld fand sie seine Brieftasche, die sie impulsiv öffnete. Sie fand darin die Kreditkarte, die er auf Saturn verwendet hatte, und mehrere Fotografien. Eine zeigte ihn und seinen Bruder. Sie standen Arm in Arm vor einem Hintergrund, der ein Diorama gewesen sein mußte, und lächelten in die Kamera. Dane Sands war ein stattlicher, gutaussehender Mann gewesen. Kein Wunder, daß sein Tod Halley so schwer getroffen hatte. Andere Bilder zeigten zwei Leute, die Lars' Eltern sein mußten, auch gab es zwei Aufnahmen von Frauen. Kimber verspürte einen jähen Anflug von Eifersucht und unterdrückte ihn energisch. Niemals, sagte sie sich, wollte sie die Sache ihm gegenüber erwähnen. Wenn er ihr von den Fotos erzählen wollte, würde er es tun; wenn nicht, würde er es unterlassen.

Sie war im Begriff, die Brieftasche zu schließen, als ein polychromatisches Schimmern ihre Aufmerksamkeit erregte. Wo der Futterstoff im Innern der Briefta-

220

sche durchgewetzt war, schaute die Ecke eines flachen Rechtecks aus Glas oder Kunststoff hervor. Sie langte mit Daumen und Zeigefinger hinein, zog die Speichereinheit hervor und hielt sie gegen das Licht. Sie schimmerte in allen Regenbogenfarben, was darauf schließen ließ, daß die Speichereinheit mit Aufzeichnungen angefüllt war. Das Etikett war nicht gekennzeichnet und die Speichereinheit unterschied sich in nichts von Millionen anderer. Sie wunderte sich, daß Lars sie in seiner Brieftasche mit sich herumtrug.

Kimber war im Begriff, die Speichereinheit wieder in die Brieftasche zu stecken, als Lars sich hinter ihr regte. Sie wandte den Kopf und sah, wie er den Rücken in einer Dehnbewegung durchdrückte und laut ächzte.

»Hallo, Schlafmütze!«

Er benötigte einen Augenblick, um festzustellen, wo sie war. Endlich stützte er sich auf einen Ellbogen und blickte sie lächelnd an. »Selber hallo. Was machst du da?«

»Ich packe deine Sachen aus.«

»Das brauchst du nicht zu tun.«

»Ich möchte es aber. Außerdem bist du, nach dem Augenschein zu urteilen, der schlechteste Packer, den es gibt.«

»Ich hatte es eilig.«

»So scheint es.« Sie hielt die Speichereinheit hoch, daß er die Farben im Lampenschein schimmern sehen konnte. »Was ist das?«

Er kniff die Augen zusammen. »Ach, das. Bloß ein Souvenir, das ich in Kelt Dalishaars Arbeitszimmer einsteckte. Halley und ich wollten ihm einen Denkzettel verpassen, etwas, das ihm Sorgen machen würde. Wir löschten die Daten seines privaten Computers, warfen die Speichereinheiten durcheinander und hinterließen ihm eine Notiz darüber.«

»Und seitdem trägst du dieses Ding mit dir herum?«

»Sicher. Es erinnert mich daran, wie ich dich kennenlernte.«

In Kimbers Verstand ging ein Alarmsignal an, doch kam sie nicht sofort darauf, was es ihr sagte. Dann ordneten sich ihre Gedanken, und sie sah den Zusammenhang. »Könnte es dies sein, was unser Eindringling suchte?«

Sands setzte sich aufrecht und starrte sie an. Jeder Gedanke an Schlaf war vergessen. »Es ist weit hergeholt, aber du könntest recht haben.«

»Ich denke, wir sollten Taggart sofort davon verständigen.«

»Noch vor dem Frühstück?«

Sie lächelte. »Es kann warten, bis wir gefrühstückt haben.«

Taggart hielt die Speichereinheit so, daß Halley Trevanon sie sehen konnte. »Kapitän Sands sagt, Sie hätten eine Aufzeichnung von Kelt Dalishaars privaten Akten machen können. Trifft das zu?«

Halley starrte die kleine Tafel an, bevor sie nach ein paar Sekunden nickte. Sie war kurz zuvor von einer Krankenschwester geweckt worden, die drei Besucher angekündigt hatte. Sie hatte sich kaum mit einer Bürste übers Haar fahren können, bevor Lars, Kimber und Taggart sich um das Fußende ihres Bettes versammelt hatten.

»Sagen Sie mir genau, was Sie taten, um diese Aufzeichnung zu bekommen«, sagte Taggart.

Halley erklärte, wie sie Kelt Dalishaar gezwungen hatten, ihnen Zugang zu seinem persönlichen Terminal zu geben, damit sie die Vorgänge in der Landebucht von Cloudcroft überwachen konnten. Sie berichtete, wie sie den Schreibtisch des Ratsvorsitzenden durchsucht und zu ihrer Überraschung einen Hochleistungscomputer in einem der Seitenteile gefunden hatte.

»Und es gelang Ihnen, Zugang zu diesem Gerät zu bekommen?«

»Sicher. Ich machte eine Inventur, fand den Befehl,

den Dalishaar zum Umschalten auf den Computer in seinem Schreibtisch gebrauchte, und aktivierte ihn.«

»Wie wußten Sie, daß der Zugang zu dem Computer im Schreibtisch gehörte? Was überzeugte Sie, daß Sie nicht bloß mit einem anderen Teil des Stadtcomputers kommunizierten?«

Halley zuckte die Achseln. »Das Operationssystem war ganz anders angelegt. Außerdem hatte das Gerät im Schreibtisch eine Schnittstelle für Wartungszwecke. Ich bemerkte, daß eine der Kontrolleuchten jedesmal anging, wenn ich Zugang suchte. Ich denke, sie muß angezeigt haben, daß die Kommunikationsverbindung mit dem Stadtcomputer ausgeschaltet war.«

»Und was fanden Sie in diesem Computer?«

»Nichts«, antwortete sie. »Er hatte natürlich Sicherheitssperren. Ich kam nicht weiter als bis zum ersten Menü.«

»Was geschah dann?«

»Ungefähr um diese Zeit kam Lars zurück, und ich zeigte ihm, was ich gefunden hatte. Wir beschlossen, Dalishaar einen weiteren Grund zur Sorge zu geben, und ich verwendete die Routineprogramme zur Wartungsüberprüfung, um alles zu kopieren, was der Computer gespeichert hatte. Dann hinterließen wir Dalishaar eine Notiz, in der wir ihm verrieten, was wir getan hatten. Wie Lars sagte, es war eine weitere kleine Vergeltung für Dane!«

Taggart schüttelte den Kopf. »Das ist es, was ich nicht verstehe. Sie behaupten, es sei Dalishaars persönlicher Computer, und doch waren Sie imstande, seinen Speicher zu kopieren. Jeder Anfänger im Sicherheitsdienst weiß, daß man über Routineprogramme zur Wartung ohne ein Losungswort keinen Zugang zu derartigen Informationen erhalten darf. Mein Gott, das ist seit Jahrhunderten die Standardprozedur!«

»Davon weiß ich nichts«, erwiderte Halley. »Ich weiß aber, daß ich die statistischen Aktenzeichen auf meiner

Kopie überprüft habe, und daß sie mit denen identisch waren, die im Verzeichnis wiedergegeben sind.«

»Dann war jemand in der Allianz beim Aufstellen dieses Geräts unverzeihlich nachlässig!«

Kimber lächelte, als sei ihr eben ein komischer Einfall gekommen. »Vielleicht hat Dalishaar es selbst getan.«

»Warum sollte er, Miss Crawford?«

»Weil er vermeiden wollte, daß irgend jemand über das Vorhandensein dieses Computers Bescheid wußte. Vielleicht ist die Information so heikel, daß er den Wartungstechnikern die Arbeit daran nicht anvertrauen konnte. Das würde erklären, daß er solch einen elementaren Fehler beging.«

»Es scheint wenig wahrscheinlich.«

»Warum? Wir wissen, daß es in der Allianz verschiedene Fraktionen gibt, von denen einige in Gegnerschaft zu allem stehen, was Kelt Dalishaar verkörpert und anstrebt. Wenn ich zu seinen Gegnern gehörte, würde ich es als einen entscheidenden Vorteil betrachten, den Mann auf meiner Lohnliste zu haben, der den privaten Computer des Ratsvorsitzenden wartet.«

Taggart hielt wieder die Speichereinheit gegen das Licht. »Wenn das zutrifft, könnte dies der größte Schatz sein, der in jener Nacht aus Cloudcroft gestohlen wurde. Es würde auch den Einbruch in Kapitän Sands' Quartier erklären.«

»Eben das ist es, was wir Ihnen sagen!«

Taggart wandte sich wieder zu Halley. »Was hatten Sie sich mit diesem Ding vorgenommen, Miss Trevanon? Sicherlich muß Ihnen bekannt gewesen sein, daß das Knacken eines Sicherheitscodes eine zeitraubende und kostspielige Angelegenheit ist.«

»Ich glaube nicht, daß wir es durchdachten. Lars hatte die Idee, daß es möglich sein könnte, die Speichereinheit Micah Bolins Auftraggeber zu verkaufen. Aber in erster Linie ging es uns wohl nur darum, Dalishaar nervös zu machen. Wir dachten uns, je besorgter er sei, desto weniger Umsicht und Tatkraft würde er bei unserer Verfolgung zeigen. In Anbetracht der Beule an meinem Kopf könnten wir uns in diesem Punkt geirrt haben.«

Taggart hob den Blick zu Sands. »Und Sie haben diese Einheit seitdem bei sich getragen?«

»Als eine Art Andenken. Glauben Sie, daß Sie den Code knacken können?«

»Wir können es versuchen.«

Envon Crawford war so skeptisch wie Taggart vor ihm. Er bestand darauf, die Geschichte selbst zu hören, diesmal von Sands, und ihn zu fragen, warum Dalishaar etwas so Empfindliches ungeschützt in seinem Büro herumliegen ließ. Kimber wies wiederum darauf hin, daß der Computer des Ratsvorsitzenden Geheimnisse bergen mochte, von denen nicht einmal Wartungstechniker erfahren durften. Der Verwalter von Titan erklärte sich bereit, Testprogramme mit der Speichereinheit laufen zu lassen, bevor er einen Versuch autorisierte, den Sicherheitscode zu knacken.

Die Tests dauerten drei Tage. Sie bestanden aus verschiedenen Analysen zur Bestimmung der Wahrscheinlichkeit, daß die Speichereinheit mehr als willkürlich erzeugte Zahlen enthielt. Am dritten Tag machte der leitende Computerwissenschaftler seine Meldung. Larson Sands war zu der Zusammenkunft eingeladen.

»Was sagen Sie, Dr. Palanquin?« fragte Crawford.

Eugene Palanquin, ein kleiner, nervöser Mann mit verkniffenem Gesicht, überblickte das halbe Dutzend erwartungsvoller Gesichter, die im Konferenzraum um den Tisch saßen. »Sir, die Struktur der Speichereinheit stimmt überein mit einer sicherheitsverschlüsselten Datenbasis. Die Wahrscheinlichkeit, daß sie willkürlich angeordnet worden ist, beträgt allenfalls fünfzehn Prozent, vielleicht weniger.«

»Woher wissen Sie das?« fragte Sands.

»Die menschliche Sprache hat bestimmte statistische Charakteristika. Während die Bedeutung durch eine beliebige Zahl von Codierungsmethoden mit Leichtigkeit getarnt werden kann, lassen sich die unterliegenden Eigenheiten der Information nicht so einfach verhüllen. Das gleiche läßt sich von der Computerprogrammierung sagen. Unsere Analyse deutet darauf hin, daß die Informationen, die in dieser Speichereinheit stecken, von welcher Art sie auch sein mögen, nicht willkürlich angeordnet sind.«

»Welche Verschlüsselungsmethode wurde verwendet?« fragte Crawford vom Kopfende der Tisches.

»Wahrscheinlich eine Chiffre oder Nummer, die auf einer leicht zu erinnernden Wendung beruht.«

»Wie lange wird es dauern, den Code zu knacken?«

»Hmm... etwa einen Monat. Wir werden die ungeteilte Aufmerksamkeit eines ganzen Moduls vom Stadtcomputer benötigen.«

»Wie wird sich das auf die Verwaltungsaufgaben und Dienstleistungen auswirken?«

»Geringfügig, denke ich, Sir. Vielleicht wird es zu keinerlei Beeinträchtigung kommen, sofern wir nicht gezwungen sind, computerintensive Aufgaben auszuführen und anderswo im System keine Fehlfunktionen auftreten.«

»Und die Kosten?«

Der Spezialist nannte eine Summe, die Sands unmäßig hoch schien. Offenbar nahm aber keiner der anderen Anstoß daran.

»Nun gut«, sagte Crawford mit einem Kopfnicken. »Wir können die Möglichkeit nicht ignorieren, daß wir hier Staatsgeheimnisse der Allianz haben. Gehen Sie an die Arbeit.«

»Ja, Sir«, erwiderte Dr. Palanquin. »Aber Sie sollten noch etwas wissen.«

»Was sollte ich wissen?«

»Die Informationsmenge, die in der Speichereinheit

aufgezeichnet ist, wird nicht übermäßig groß sein. Wenn wir sie entschlüsseln, mag sich herausstellen, daß nicht mehr darin enthalten ist als die Kopie des ursprünglichen Operationssystems dieses Computermodells.«

»Sie meinen, Dalishaar wird möglicherweise nicht alles in seinem privaten Computer gespeichert haben?«

»Richtig. Wie ich sagte, unsere Analyse zeigt geordnete Information, die über einen ziemlich verfeinerten Verschlüsselungsmechanismus zerhackt ist. Wenn Miss Trevanon der von ihr beschriebenen Technik folgte, dann zeichnete sie tatsächlich die Operationsweise des Computers auf. Ob sie dabei noch etwas aufzeichnete, bleibt abzuwarten.«

»Machen Sie sich trotzdem daran.«

»Selbstverständlich, Sir. Ich werde Sie über unsere Fortschritte informieren.«

Der Zwischenfall des Einbruchs sollte bedeutsame Auswirkungen auf Larson Sands' Leben haben. Da der Allianz offensichtlich bekannt war, daß die drei Überlebenden der *Sperber* sich auf Titan befanden, war das bisherige Versteckspiel nicht mehr sinnvoll. Kimber feierte ihre Befreiung damit, daß sie ihrem Haar sein natürliches Schwarzbraun zurückgab und Sands zu einem Theaterabend einlud. Sie speisten im vornehmsten Restaurant an der Promenade und sahen dann eine Aufführung von Shakespeares *Wie es euch gefällt*. Am nächsten Abend bewunderten sie die umfangreichen Sammlungen des Kunstmuseums der Hauptstadt Titania.

Eine Woche später sahen sie einen alten Film. Es war der erste, den Sands auf einer großen Projektionswand sah, und er fand die Erfahrung ebenso ergreifend wie ungewöhnlich. Der Film war ein Western, mit Pferden. Er hatte oft genug Bilder von Pferden gesehen, aber niemals in einem Maßstab, der ihrer wahren Größe nahe kam. Daß Menschen einst auf diesen großen Tieren gesessen hatten, war kaum zu glauben. Als Sands die ungewohnten, doch eigentümlich anmutigen Bewegungen beobachtete, wurde ihm plötzlich schwer ums Herz. Überall in den Saturnstädten schlummerten Tausende von irdischen Tier- und Pflanzenarten in Genbanken, wo ihr Erbgut für den Tag gespeichert war, da die Sonne ihren feurigen Zugriff auf die alte Heimatwelt lockern würde. Es war deprimierend sich vorzustellen, daß *Equus caballas* vielleicht für immer aus dem Universum verschwunden war.

Zwei ihrer abendlichen Ausflüge unternahmen Sands und Kimber zusammen mit Halley. Beide Male war sie in Begleitung eines anderen Arztes. Wie es schien, hatte Halley aus ihrem kurzen Krankenhausaufenthalt das Beste gemacht.

Die Nördliche Allianz zeigte nach außen keine Reaktion auf die Nachricht vom Überleben Kimbers und zwei ihrer Retter. Ganther Bartletts Berichte über den Fortgang der Verhandlungen erwähnten, daß die Allianz sich überraschend friedfertig und entgegenkommend verhielt. Trotz dieser guten Nachrichten schien Envon Crawfords Gesicht beinahe täglich neue Sorgenfalten zu zeigen.

Auch Sands fühlte sich nicht rundum glücklich. Er begann den Müßiggang als ärgerliche Bürde zu empfinden. Soweit es ihn anging, war Arbeit zum Leben so notwendig wie die Luft zum Atmen. Er beschloß, mit Kimbers Vater darüber zu sprechen, doch kam ihm dieser zuvor, indem er Sands in sein Amtszimmer bestellte.

»Nett, daß Sie gekommen sind«, sagte Crawford, als er ihm zum Händedruck entgegenkam. »Kann ich Ihnen etwas bringen lassen? Kaffee, Tee, vielleicht ein alkoholfreies Getränk?«

»Nein danke, Sir. Seit dem Frühstück ist noch nicht so viel Zeit vergangen.«

»Meine Tochter erzählt mir, Sie beide hätten sich in Titania umgesehen. Wie gefällt Ihnen die Stadt?«

»Ich bin beeindruckt. Ich hatte mir Titan immer als

einen kolonialen Vorposten vorgestellt, ohne eigenes kulturelles Leben. Ich hatte keine Ahnung, daß hier soviel geboten wird. Auch das Nachtleben kann sich sehen lassen.«

»Es liegt am lunarischen Einfluß. Die Menschen, die sich hier niederließen, kamen aus einer Umgebung, wo ein Gang ins Freie ein größeres Unternehmen war. Ihr Saturnier könnt von Glück sagen. Obwohl eure Städte genauso abgeschlossen sind wie die unsrigen, habt ihr alle diese herrliche Aussicht. Ich habe immer gedacht, daß etwas in der menschlichen Psyche ist, das auf unbegrenzte Horizonte reagiert.«

»Ja, Sir. Ich dachte das gleiche, als Kimber und ich letzte Woche den Film sahen.«

»Richtig! Sie sahen diesen Western, nicht? Wie gefiel er Ihnen?«

»Ich fand es etwas schwierig, die Motive nachzuvollziehen, aber die Landschaft war herrlich.« Und er erzählte von seiner Reaktion auf den Anblick der Pferde.

Crawford lachte. »Drüben in Station Drei züchten wir Vieh. Es ist ein Jammer, daß wir nicht auch Pferde züchten können.«

»Warum können Sie es nicht?«

»Sie vertragen die geringe Schwerkraft nicht gut. Die mangelnde Bodenhaftung bewirkt, daß sie fallen und sich verletzen.« Crawford lehnte sich zurück und betrachtete Sands über die zusammengelegten Fingerspitzen hinweg. »Darf ich Ihnen eine persönliche Frage stellen, Lars?«

»Das hängt von der Frage ab.«

»Ich möchte gern wissen, wie die Dinge zwischen Ihnen und Kimber stehen.«

»Wieso, ich liebe sie, natürlich.«

»Haben Sie vor, sie zu heiraten?«

»Darüber haben wir noch nicht ernsthaft gesprochen.«

»Verzeihen Sie meine Einmischung in Ihr persönliches Leben, aber ich muß wissen, was Sie vorhaben. Sie retteten meiner Tochter das Leben und verloren darüber Ihre Maschine. Für die Lebensrettung kann ich Sie niemals gebührend entschädigen. Aber ich kann mit dem Schiff helfen.«

»Wie bitte?«

Crawford musterte ihn eindringlich. »Wenn Sie zum Saturn zurückkehren möchten, kann ich Ihnen zu einem neuen Flugzeug verhelfen. Ich bin nicht übermäßig reich, aber ich kann Ihnen die Mittel für eine Anzahlung zur Verfügung stellen und für den Rest einen Kredit zu niedrigem Zinssatz bei einer hiesigen Bank vermitteln.«

»Sie würden mir helfen, eine neue Maschine zu kaufen?«

»Wenn es das ist, was Sie wünschen. Sie würden allerdings gut daran tun, der Allianz aus dem Wege zu gehen. Immerhin, Saturn ist groß, und Sie sollten nichts zu befürchten haben, solange Sie in der südlichen Hemisphäre bleiben. Dort sind Sie zu Hause, glaube ich.«

»Ich weiß nicht, was ich sagen soll, Sir.«

»Denken Sie in Ruhe darüber nach. Ich kann Ihnen auch ein Offizierspatent in unserer Handelsflotte verschaffen. In ein paar Jahren würden Sie Ihren eigenen Frachter haben, wenn Sie so gut sind, wie ich glaube.«

»Ich verstehe nichts von Raumschiffen, und auf der Herreise war mir die ganze Zeit übel.«

»Was Sie wissen müssen, könnten Sie lernen, und Raumkrankheit ist selten eine Dauererscheinung. Wie ich sagte, Sie brauchen sich jetzt nicht zu entscheiden. Ich werde die Angelegenheit als offen betrachten, bis Sie sich wieder bei mir melden. Nun lassen Sie uns zu einem anderen Punkt übergehen.« Crawford griff in seinen Schreibtisch und nahm eine Speichereinheit heraus. Es war nicht das Original aus Dalishaars Büro, sondern von anderer Farbe. »Meine Spezialisten dechiffrierten den Schlüssel der Allianz in nur achtzehn Tagen. Man sagte mir, das sei ein neuer Rekord. Das Losungswort ist ein Bibelzitat: ›Seine Wahrheit soll dein Schutz und Schirm sein.‹«

»Und die Information?«

»Sie hatten recht. Die Speichereinheit enthält Informationen, die hinreichen, um Kelt Dalishaar an den Galgen zu bringen, wenn sie in die richtigen Hände gelangen. Das Wichtigste, was wir bisher gefunden haben, ist der Zeitplan der Allianz zur Übernahme des Nördlichen Gemäßigten Gürtels.«

»Des ganzen Gürtels?«

»So ungefähr. Mehrere meiner besten Kunden sind auf ihrer Liste.«

»Was werden Sie dagegen unternehmen?«

»Wir werden Sorge tragen, daß die Information die richtigen Leute erreicht.«

»Zu dumm, daß wir Neu-Philadelphia und Glasgow nicht mehr retten konnten.«

Crawford runzelte die Stirn. »Das Seltsame ist, daß keine der beiden Gruppen schon jetzt erobert werden sollte. Neu-Philadelphia war nach dem Plan erst in sechs Jahren zur Übernahme fällig, und Glasgow wird überhaupt nicht erwähnt.«

»Vielleicht arbeiten andere nach ihrem eigenen Zeitplan.«

Crawford schob ihm die Speichereinheit hin. »Lesen Sie dieses Material durch und sagen Sie mir, was Sie davon halten.«

Sands nahm die Speichereinheit und steckte sie ein. »Ich werde versuchen, Ihnen noch diese Woche eine Stellungnahme zuzuleiten.«

»Das wäre schön. Und was die andere Angelegenheit betrifft, denken Sie bitte darüber nach. Ich werde mit allem einverstanden sein, was Sie und meine Tochter beschließen. Sie ist die einzige Angehörige, die ich noch habe, und ich möchte, daß sie glücklich ist.«

»Das möchte ich auch.«

18

Der Energieschirm

Kimber fand Sands am Datenanschluß in ihrem Wohnzimmer. Er starrte so gebannt auf den Bildschirm, daß
er sie nicht hereinkommen hörte. Sie kam leise zu ihm,
beugte sich vor und legte ihm beide Arme um den Hals.
Als er bei der unerwarteten Berührung zusammen-
schrak, lachte sie und fragte: »Was tust du da, Liebster?«

Er wandte den Kopf, ihre allzu nahen Züge zu betrachten. »Wenn du mir zu einem Herzanfall verhelfen
willst, ist dir das eben beinahe gelungen.«

»Sie verletzen mich, mein Herr!« sagte sie mit ge-
spielter Förmlichkeit. »Ich beabsichtige Ihnen durch völlig andere Mittel zu einem Herzanfall zu verhelfen.«

»Klingt interessant. Zu dumm, daß ich arbeiten
muß.«

»Was mich zu meiner ursprünglichen Frage zurückbringt. Was, in aller Welt, tust du da?«

Er wandte sich wieder dem Bildschirm zu und zeigte
auf die leuchtenden Buchstaben. »Ich lese Kelt Dalishaars persönliche Post. Die Spezialisten deines Vaters
haben den Code früher als erwartet geknackt.«

»Sie haben den Sicherheitscode geknackt?«

Er nickte. »Schlugen ihn in tausend Stücke.« Er zi-
tierte die Losung und ergänzte: »Komisch, ich hätte nie
gedacht, daß Dalishaar religiös ist.«

Sie lachte. »Einige der schlimmsten Schlachter der Geschichte waren aufrechte Kirchgänger, und der
Schlimmste von allen besuchte in seinen jungen Jahren
das Priesterseminar. Was hast du erfahren?«

Er seufzte. »Ich wünschte, ich wüßte es. Je mehr ich lese, desto weniger verstehe ich. Aber sieh es dir selbst an.«

Kimber schaute zu, wie er das Hauptmenü einschaltete. Unter anderem hatten Dr. Palanquins Computerspezialisten ein Stichwortverzeichnis der gewonnenen Informationen angelegt. Jede Einzelakte war außerdem mit ihrem Datum und ihrer Einstufung versehen. Durch die Analyse dieser Informationen war es Palanquins Leuten gelungen, die relative Bedeutung jeder Akte zu ermitteln. Ob sie in ihren Einschätzungen recht hatten, konnte freilich nur Kelt Dalishaar beurteilen.

»Dein Vater interessierte sich am meisten für diesen Zeitplan«, sagte Sands. Er rief den Zeitplan der Nördlichen Allianz zur Eroberung des N.G.G. ab. Kimber staunte, als auf dem Bildschirm die Liste der Städte erschien, die zur Eingliederung vorgesehen waren, zusammen mit den Daten ihrer vorgesehenen Angliederung.

»Shin Su Fong ... die Corvin-Föderation ... der Freistaat Moskvan ... die Harvard-Gruppe!« murmelte Kimber. »Kein Wunder, daß sie unser Verteilungsnetz übernehmen wollten. Das sind vier von unseren größten Kunden.«

»Es wundert mich nicht. Fast jede unabhängige Gruppe im Nördlichen Gemäßigten Gürtel steht auf dieser Liste. Aber schau dir die Daten an. Fällt dir etwas auf?«

Kimber überflog die Daten auf der rechten Seite des Bildschirms mit geschürzten Lippen, dann schüttelte sie den Kopf.

»Was wird geschehen, wenn die Nördliche Allianz damit beginnt, die Städte in der hier angeführten Rate sich einzuverleiben?«

»Du meinst, gegen ihren Willen?«

»Gibt es eine andere Art und Weise, daß jemand der Allianz beitritt?«

»Ich denke mir, es könnte einen Krieg auslösen.«

»Nicht könnte. Wird! Und schon bald!« Sands betrachtete kopfschüttelnd den Bildschirm. »Die Nachbarn der Allianz sind nach den Überfällen auf Neu-Philadelphia und Glasgow bereits nervös. Jede Stadt im N.G.G. heuert Söldner an und kümmert sich um ihre Verteidigung. Sobald Dalishaars Flotte zum nächsten Schlag ausholt, wird die Hälfte der unabhängigen Städte im Gürtel dem Opfer zu Hilfe eilen. Das wird zu offenen Gefechten zwischen großen Flotten führen und kann leicht zu der uneingeschränkten Kriegführung eskalieren, die niemand will.«

»Sicherlich wissen das die führenden Männer der Allianz.«

»Sollte man meinen«, pflichtete er ihr bei. »Warum also planen sie diesen Wahnsinn?«

»Könnte es ein Alternativplan sein?«

»Das hier sieht nicht nach einer alternativen Planung aus. Es scheint mehr eine festgelegte Operationsplanung zu sein. Und wenn du die beigefügte Dokumentation liest, findest du, daß sie erwarten, die meisten dieser Städte würden kampflos kapitulieren.«

»Das ist ausgeschlossen!«

»Wer diese Planung aufstellte, versichert Dalishaar, daß die meisten Eroberungen nach den ersten paar Gefechten kampflos verlaufen werden. Der Zeitplan stützt diese Vorstellung. Du kannst sehen, wie das Tempo gegen Ende der Liste zunimmt. Ihr größtes Planungsproblem scheint in der Bereitstellung der Truppen zu liegen, die als Garnisonen in so viele Städte gleichzeitig verlegt werden müssen.«

Kimber schüttelte den Kopf. »So dumm ist Dalishaar nicht.«

»Einverstanden«, erwiderte Sands. »Was also weiß er, das wir nicht wissen?«

»Geht es nicht aus den gespeicherten Daten hervor?«

»Vielleicht. Ich bin noch nicht fertig.«

Sands kehrte zum Hauptmenü und dem Stichwortverzeichnis der Akten zurück. Nach einer Weile zeigte er auf eine ziemlich weit unten auf der Liste.

»Aber das scheint nicht sehr wichtig zu sein«, wandte sie ein. »Nach den Abrufnummern hat er sie nur wenige Male benutzt. Wichtig sind die häufig benutzten Akten.«

»Darüber habe ich mir Gedanken gemacht. Vielleicht ist unser Klassifikationsschema fehlerhaft.«

»Inwiefern?«

»Hast du ein Verzeichnis der Geburtstage deiner Freunde und Bekannten?«

»Natürlich. Der Computer wirft sie immer einen Monat im voraus aus, damit ich Zeit habe, etwas zu besorgen oder Glückwünsche zu senden.«

»Und doch wette ich, daß du den Geburtstag deines Vaters nicht auf dieser Liste hast.«

Kimber lächelte. »Du würdest die Wette verlieren. Ich vergesse ständig den Geburtstag meines Vaters. Er ist überhaupt der Grund, daß ich meine Geburtstagsliste angelegt habe.«

»Gut, ein unpassendes Beispiel. Trotzdem ist das Prinzip vernünftig. Dalishaar braucht wirklich bedeutsame Informationen nicht oft zu konsultieren, weil er sie im Gedächtnis hat. Es ist logisch, daß die Akten mit der meisten Abruffrequenz Arbeitsdokumente sind, und die mit den wenigsten Abrufnummern die Akten von entscheidender Bedeutung sind.«

Kimber streckte den Arm über seiner Schulter aus und zeigte auf das Verzeichnis. »Und du meinst, dies sei eine wichtige Akte? Was steht darin?«

»Nicht, was du vielleicht denkst«, versetzte er. »Es ist ein Bericht über eine archäologische Expedition zur Erde, die ungefähr vor zwanzig Jahren stattfand.«

»*Was?*«

»Du hast es gehört.«

Mehr als ein Jahrhundert war vergangen, seit die Erde so heiß geworden war, daß die Ozeane verdampft waren und die Heimatwelt in einen Zwilling der wolkenverhüllten Venus verwandelt hatten. Die meisten Bauwerke der Menschheit waren in der dichten Atmosphäre überhitzten Dampfes längst verrostet, zerbröckelt und zerfallen. Die meisten, aber nicht alle. An geschützten Orten, hauptsächlich unterirdischen Anlagen, war weitgehend intakt geblieben, was frühere Zeiten zu welchen Zwecken auch immer gebaut hatten. Periodische Expeditionen vom Saturn bemühten sich um die Wiederentdeckung solcher Anlagen und die Bergung von Überresten der untergegangenen Zivilisation.

Die Akte, die Sands über den Bildschirm abrief, war der Rechenschaftsbericht einer derartigen Expedition. Vor zwanzig Jahren hatte die in der südlichen Hemisphäre angesiedelte Saturnstadt Borman ein Schiff zur Erde entsandt, um aus einer Reihe unterirdischer Laboratorien, die Jahre zuvor entdeckt worden waren, wissenschaftliche Geräte zu bergen. Die Laboratorien hatten in der letzten Phase der Erdzivilisation an Forschungen zur Klimakontrolle gearbeitet, die Welt vor der vermehrten Sonneneinstrahlung zu schützen. Diese Forschungen waren ohne sichtbares Ergebnis bis zum bitteren Ende fortgesetzt worden. Der Forschungsbericht behandelte die Aufdeckung eines Laboratoriums in einer Region, die einst als Kalifornien bekannt gewesen war. Dort hatte man offenbar bis ins letzte Jahrzehnt vor der Evakuierung an einer neuen Technologie gearbeitet.

Wissenschaftler, die an den physikalischen Grundlagen des Raumzeitkontinuums gearbeitet hatten, waren auf eine Möglichkeit gestoßen, eine Diskontinuität in der Struktur des Raums zu erzeugen, eine Diskontinuität, die unempfindlich gegen die Ausstrahlung von Materie und Energie war. Die ersten Diskontinuitäten waren vollkommen verspiegelte Sphäroide von nur wenigen Angström Durchmesser. Weil sie gegen alle bekannten Formen von Energie undurchlässig waren, hatte man sie ›Energieabschirmungen‹ getauft.

Die Erfindung hatte der Menschheit eine Hoffnung gegeben, daß hier in letzter Minute die Rettung gefunden worden sei, die alle gesucht hatten. Wenn die kleinen undurchlässigen Blasen hinreichend ausgedehnt und erweitert werden konnten, daß sie schließlich die Erde einhüllten, dann mochten sich Mittel und Wege finden lassen, eine solche Abschirmung ein- und auszuschalten, um die überschüssige Sonnenenergie zu reflektieren. Ein umfangreiches Notprogramm zur Vervollkommnung und Weiterentwicklung der neuen Technologie wurde eingeleitet, doch als es notwendig wurde, die Forschungslaboratorien zu evakuieren, hatte die größte Abschirmung der Forscher erst ein paar hundert Meter Durchmesser erreicht. Und als alle Ressourcen der Menschheit in das große Auswanderungsprojekt zum Saturn gingen, waren neben manchen anderen vielversprechenden Forschungsentwicklungen auch die Energieabschirmungen aufgegeben worden.

Kimber überflog den Bericht bis zum Schluß. »Ich verstehe nicht, Lars. Was hat das mit uns zu tun?«

»Es gibt eine Begleitmitteilung. Sie wurde von den Forschern der Allianz verfaßt, die den Bericht der Borman-Expedition entdeckten. Warte, ich lese dir einen Auszug vor...: ›Obwohl es dem Forschungslaboratorium nicht gelang, eine planetarische Energieabschirmung zu schaffen, so hatte es mit viel kleineren Versionen bemerkenswerten Erfolg. In ihren letzten Monaten auf der Erde meldeten die Wissenschaftler, daß sie, wenn ihnen Zeit gegeben würde, eine Abschirmung von mehreren Kilometern Durchmesser erzeugen könnten. Es ist hervorzuheben, daß eine derartige Abschirmung verwendet werden könnte, um eine Wolkenstadt gegen jedweden Angriff zu schützen...‹«

Kimber sah ihn entsetzt an.

»Ich sehe, daß du die Implikationen verstehst«, sagte er.

»Wenn sie ihre Städte schützen können, während die anderen Wolkenstädte hilflos sind …«

Er nickte. »Dann mag ihr Zeitplan zur Eroberung des Nördlichen Gemäßigten Gürtels realistisch sein. Sobald die anderen Städte erkennen, daß die Option der Vergeltung nicht mehr besteht, werden sie allesamt kapitulieren und sich der Allianz anschließen, statt die Vernichtung zu riskieren. Ich frage mich nur, weshalb die Allianz sich mit dem Nördlichen Gemäßigten Gürtel zufrieden gibt. Mit Energieabschirmungen zum Schutz ihrer Heimatstädte könnten sie ganz Saturn unter ihre Herrschaft bringen.«

»Sie sind am Leben!«

Admiral Mikal Blount von der Marine der Nördlichen Allianz blickte von seinem übervollen Schreibtisch auf und starrte sein Gegenüber stirnrunzelnd an. Er hatte den nichtendenwollenden Strom der Meldungen und Berichte durchgesehen, der ihn von dem Tag, als seine Flotte die Glasgow-Gruppe besetzt hatte, an seinen Schreibtisch gefesselt hatte. Er war in letzter Zeit nicht allzu glücklich über dieses Leben, und die Neuigkeit war wenig geeignet, seiner Einstellung optimistischere Züge zu geben.

»Sind Sie sicher?«

Sein Adjutant nickte. Kapitän Gregorio Herrera war seit bald zehn Jahren Blounts engster Vertrauter, einer der wenigen Menschen, die Blount an der Planung des Überfalls auf Cloudcroft beteiligt hatte. Diese Zusammenarbeit hatte Bande zwischen ihnen geschmiedet, die stärker waren als alles, was normalerweise einen kommandierenden Offizier mit einem Untergebenen seines Stabs verband.

»Wir haben die Nachrichtensendungen vom Titan überwacht, Admiral. Heute befanden sich darunter neue Funkbilder von Kimber Crawford, die gestern abend an einem gesellschaftlichen Ereignis teilnahm. Sie hatte Larson Sands neben sich.«

»Verdammt!« Blount fuhr sich mit einer Hand über den kahlen Schädel, während er angestrengt nachdachte. Schließlich ließ er sich in den Sessel zurückfallen. »Das verändert alles. Solange es keine gegenteiligen Beweise gab, konnten wir behaupten, daß sie alle im Gefecht ums Leben kamen... oder daß wir jedenfalls davon überzeugt waren. Wir werden die Nachricht von ihrem Überleben selbst verbreiten müssen. Wenn Dalishaar sie von uns erfährt, könnten wir sein Mißtrauen lange genug von uns ablenken, um unsere Leute nach Titan zu bringen.«

»Und wenn er schon Bescheid weiß?«

»Dann werden wir dabei nichts verloren haben. Wer sind unsere zwei besten Spezialagenten?«

»Die Schützen Hardwick und Quintana, Sir. Wir haben sie früher schon eingesetzt. Sie sind verläßlich und werden den Auftrag ausführen.«

»Gut. Sorgen Sie dafür, daß die beiden eine einleuchtende Tarngeschichte und neue Papiere bekommen und schicken Sie sie dann zu einer neutralen Stadt, wo sie eine Passage nach Titan buchen können.«

»Zu Befehl, Sir.«

»Wie steht es mit den übrigen Flüchtlingen?«

»Letzte Nacht hätten wir Bailey und Reese beinahe unten in der Stützsäule gefangen. Ihre Betten waren noch warm, als meine Männer eindrangen. Wir durchkämmten den ganzen Sektor und brachten ein Dutzend Zeugen zusammen. Sie werden gegenwärtig verhört.«

»Und Garvich?«

»Von ihm haben wir seit der Sichtungsmeldung von vergangener Woche nichts gehört und gesehen.«

»Verdammt noch mal, wie können uns drei Männer in einer besetzten Stadt so lange erfolgreich entgehen?«

Herrera wollte sprechen, aber Blount hielt die Hand hoch. »Ich weiß, die Schotten verstecken sie.«

»Vielleicht sollten wir Fitzroy wieder verhören.«

»Nein. Der Arzt glaubt, eine weitere Sitzung werde ihn womöglich umbringen. Wir brauchen ihn lebendig. Sie werden Ihre Razzien fortsetzen und hoffen müssen, daß Ihnen jemand ins Netz geraten wird, der etwas weiß. Das wäre alles.«

»In Ordnung, Sir!« Herrera salutierte, machte kehrt und ging hinaus.

Blount sah seinem Adjutanten nach, und als die Tür zufiel, wandte er sich den Implikationen von Larson Sands' Wiederauftauchen zu. Daß Sands seiner Falle entgangen sein könnte, hatte Blount seit langem schlaflose Stunden bereitet. Die übrigen Überlebenden der *Sperber* waren schon mit ihrem begrenzten Wissen von den Ereignissen, die zum Überfall auf Cloudcroft geführt hatten, gefährlich genug. Aber mit ihnen konnte man fertig werden. Wenn einer von ihnen Gelegenheit bekäme, seine Geschichte zu erzählen, bestanden gute Aussichten, daß Blounts vorgeschobene Erklärung standhalten würde. Sands war ein völlig anderes Problem. Er würde in der Lage sein, unter Drogen über die Begegnung und das Gespräch in Port Gregson auszusagen. Sein Tod konnte für Blounts Seelenruhe nicht früh genug kommen.

Gleichwohl war der Mann nicht seine einzige Sorge. Es war auch die merkwürdige Reaktion des Ratsvorsitzenden auf dies alles zu bedenken. Admiral Samorset hatte seit dem Überfall mehrere Gespräche mit Dalishaar geführt. Er hatte seine Sorge zum Ausdruck gebracht, daß der Ratsvorsitzende die Wahrheit argwöhnen wurde. Unter diesen Umständen war es schwer zu erklären, daß Dalishaar keine Verhaftungen angeordnet hatte. Mehr noch, er war in all seinen Verhandlungen mit der Marine ungewöhnlich entgegenkommend gewesen, als hätte er seine eigenen Gründe, daß die wahre Geschichte nicht ans Licht käme.

Diese Überlegung war noch neu, löste aber in Mikal Blounts Verstand eine Resonanz aus. Er beschäftigte sich lange Minuten mit der Überlegung und erprobte sie vor den bekannten Tatsachen. Je mehr er darüber nachdachte, desto wahrscheinlicher schien der Gedanke. Die auf ihm gründende Hypothese hatte den Vorteil, mehrere Dinge zu erklären, die bis dahin geheimnisvoll gewesen waren.

Als er den nächsten Bericht vom ständig sich erneuernden Stapel der Besatzungsmeldungen nahm, beschäftigte ihn die Frage, wovor Dalishaar sich fürchtete. Wenn Blount das herausbringen konnte, würde es seine Verhandlungsposition erheblich stärken, sollte sein Anteil an dem Überfall jemals bekannt werden.

Envon Crawford blickte nachdenklich zum Bildschirm, wo der Bericht über die archäologische Expedition zur Erde von unten nach oben wanderte. Kimber saß bei ihm und wartete auf das Ende seiner Lektüre. Auf der anderen Seite des Wohnzimmers saßen Larson Sands und Arvin Taggart auf einer Couch. Im benachbarten Speisezimmer war die Mahlzeit, die Crawford hatte auftragen lassen, längst kalt geworden.

»Und du glaubst, dies bedeute, daß die Allianz Energieabschirmungen für ihre Städte errichten will?«

»Was könnte es sonst bedeuten, Vater? Denk an Dalishaars Losung: ›Seine Wahrheit soll dein Schutz und Schirm sein.‹«

»Möglicherweise eine Koinzidenz.« Crawford blickte vom Bildschirm auf und sah sich nach seinem Sicherheitschef um. »Was halten Sie davon, Arvin? Gibt es dafür irgendeine Bestätigung?«

Taggart zog die Stirn in Falten. Wie er selbst erst an diesem Tag vor einem seiner Leute bemerkt hatte, waren ihm die Sorgenfalten in letzter Zeit eingewachsen. »Es könnte sein, Sir.«

»Klären Sie mich auf!«

»Vor mehreren Wochen sandte einer unserer Agenten in der Allianz eine Meldung über eine Raumexpedition, die vom Museum in Cloudcroft organisiert wurde. Das war keine besondere Neuigkeit. Die Expedition war seit längerem allgemein bekannt. Was aber unser Interesse weckte, war die zusätzliche Information, daß die Akkretionisten die treibende Kraft hinter dieser Forschung sind.«

»Ich möchte Einzelheiten«, sagte Crawford.

Taggart warf Sands einen Seitenblick zu. Wie alle Männer, die im Sicherheitsdienst arbeiteten, hatte er eine eingefleischte Abneigung gegen die Preisgabe von Quellen oder den Mitteln, durch die er zu seiner Information gekommen war. Erst als Crawford ihm zunickte, fuhr er fort: »Unser Agent gibt sich als ein zu Besuch in Cloudcroft weilender Spezialist für die Geschichte der Erde aus. So war es ihm leicht, mit den Leuten vom Museum zusammenzukommen. Einer von ihnen vertraute ihm in angeheitertem Zustand bei einer Cocktailparty an, daß das Amt des Ratsvorsitzenden die Teilnahme von Historikern, Archäologen und Computerspezialisten an einer Expedition zur Erde finanziere, die vom Museum vorbereitet würde. Er ließ ferner durchblicken, daß die Wahrheit dem Rat der Allianz vorenthalten werde. Anscheinend war er ganz empört, daß die Wissenschaft politischen Zwecken dienstbar gemacht werden solle.«

»Welchen politischen Zwecken?«

»Bis jetzt hatten wir keine Ahnung.« Taggart deutete mit einem Nicken zum Bildschirm, wo der Bericht über die archäologische Expedition noch zu sehen war. »Kapitän Sands' Entdeckung könnte das fehlende Stück im Puzzlespiel sein.«

»Halten Sie den Bericht dieses Agenten für verläßlich?«

»Es ist sehr schwierig, in der nachrichtendienstlichen Arbeit Gewißheiten zu bekommen. Aber er ist einer unserer besten Leute und verfügt über ausgezeichnete

Verbindungen innerhalb der oberen Ränge der Gesellschaft.«

Crawford versank in nachdenkliches Schweigen. Seine nächsten Worte leitete er mit einem tiefen Seufzen ein. »Ich fürchte, das bringt uns in Zugzwang. Der Einsatz ist so hoch, daß wir uns in dieser Sache keinen Irrtum erlauben dürfen.«

»Einverstanden«, sagte Taggart. »Wenn es der Allianz gelingt, den N.G.G. unter ihre Kontrolle zu bringen, wird sie unsere Unabhängigkeit und Handlungsfreiheit zerstören. Dann werden wir gezwungen sein, unsere Bodenschätze zu ihren Preisen und ihren Bedingungen zu verkaufen.«

Crawford nickte. Seine Züge wirkten düster und eingesunken. »Ich frage mich nur, was wir dagegen unternehmen sollen.«

»Wir werden einfach schneller sein müssen als die Expedition der Allianz«, sagte Kimber. »Wir werden diese Laboratorien vor ihr erreichen und das Geheimnis der Energieabschirmung an uns bringen müssen.«

Ihr Vater sah sie zweifelnd an. »Du meinst, wir sollten eine Expedition zur Erde ausrüsten?«

»Warum nicht? Wir wissen, wo das Laboratorium ist und wonach wir zu suchen haben. Wenn wir der Allianz zuvorkommen, können wir verhindern, daß sie eine Monopolstellung gewinnt. Auch könnte der Besitz solch eines Geheimnisses außerordentlich gewinnbringend für uns sein! Wir könnten Abschirmungen zur Verteidigung an die Wolkenstädte verkaufen, wie wir jetzt Metalle verkaufen.«

»Was sagen Sie, Taggart?«

»Ich stimme Miss Crawford zu. Es wird kostspielig sein, aber sehr viel billiger als die Folgen des Nichtstuns.«

»Kapitän?«

Sands zuckte die Achseln. »Keine schlechte Idee, Sir, wenn Sie ein Schiff erübrigen können.«

Crawford dachte eine Weile darüber nach, dann sagte er: »Ende des Monats wird die *Vixen* aus der Überholung kommen. Ich denke, wir könnten ihre Wiedereingliederung in die Handelsflotte lange genug verschieben, um sie für die Expedition freizustellen.«

»Wir werden Spezialausrüstungen benötigen«, warf Taggart ein.

»Ja, das ist ein Problem«, meinte Crawford. »Wir werden schwere Schutzanzüge und eine Menge anderer Spezialgeräte benötigen. Diese Dinge werden wir insgeheim durch Mittelsmänner auf Saturn beschaffen müssen, um zu vermeiden, daß die Allianz von unserem Vorhaben Wind bekommt.«

»Ich diente einmal eine Zeitlang in Neu-Holland in der südlichen Hemisphäre«, sagte Sands. »Dort ernten sie die komplexen Kohlenstoffverbindungen, die nur in der unteren Atmosphäre vorkommen. Sie haben Schutzanzüge und Ausrüstungen, die hitze- und druckbeständig sind.«

»Und Sie machen sich erbötig, diese Ausrüstungen für uns zu erwerben?«

»Ja, Sir.«

»Ausgezeichnet! Wir werden Sie anderswo absetzen, damit Sie von dort mit einem Luftschiff nach Neu-Holland fahren und an Ausrüstungen einkaufen und zurückbringen können, was wir benötigen.« Crawford wandte sich zu seinem Sicherheitschef. »Sie sind mir verantwortlich für die Auswahl der Besatzung der *Vixen*. Wir werden einen besonnenen, kaltblütigen Kapitän und eine Mannschaft brauchen, die aus zuverlässigen, verschwiegenen Männern besteht. Wir werden außerdem Spezialisten der gleichen Fachrichtungen benötigen, wie sie von der Allianz rekrutiert werden. Kimber, du hast aus deiner Studienzeit noch Verbindungen zur Universität und könntest helfen, gute Leute aus dem technisch-wissenschaftlichen Bereich anzuwerben.«

»Ja, Vater. Ich kenne ein paar Leute in Oxford, die gute Kandidaten wären.«

Taggart schüttelte den Kopf. »Niemand vom Saturn. Diese Expedition muß auf Titania beschränkt bleiben.«

»Gut, dann werde ich mich an der hiesigen Universität umsehen.«

»Ja«, sagte Envon Crawford. »Noch etwas. Dieses Projekt muß ein Geheimnis derer bleiben, die hier in diesem Raum versammelt sind. Niemand sonst darf eingeweiht werden! Achten Sie darauf, was Sie sagen. Gibt es weitere Fragen? Wenn nicht, Kimber, seid ihr entschuldigt. Mr. Taggart und ich haben andere Sicherheitsfragen zu besprechen.«

19

Zurück vom Saturn

Sands saß im vorderen Passagierabteil des Frachters
Nachtigall und sah die mächtig geschwollene Rundung
des Saturn unter sich zurückbleiben. Der Frachter war
einer von einem Dutzend, die Drahtspulen, Bleche und
andere Metallfertigwaren zum Saturn transportierten
und dann mit den Erzeugnissen der Wolkenstädte zum
Mond zurückkehrten. Sands war vor mehr als einem
Monat an Bord des Schiffes gegangen, um hitzebestän-
dige Schutzanzüge für die Expedition zu kaufen. Seine
Mission war beendet, und nun kehrte er als ein anderer
Mann nach Titan zurück.

Es hatte drei Tage gedauert, den Raum zwischen
Titan und seinem überdimensionalen Zentralgestirn zu
durchqueren. In glücklichem Gegensatz zu seiner Ausreise war Sands diesmal kaum vom Schwindelgefühl
und der Übelkeit der Raumkrankheit geplagt. Sein wo-
chenlanger Aufenthalt in der geringen Schwerkraft Titans hatte ihn akklimatisiert.

Der erste planmäßige Anlaufhafen des Frachters war
die Stadt Columbus im Südlichen Polargürtel gewesen.
Dort hatte Sands das Schiff verlassen und eine Passage
auf einem öffentlichen Luftschiff nach Garand in einem
der Zyklone der Südlichen Gemäßigten Zone gebucht.
In Garand war er wieder umgestiegen und hatte die
letzte Etappe der Reise nach Neu-Holland mit einem
gecharterten privaten Luftschiff zurückgelegt. Die um-
ständliche Route hatte Arvin Taggart ausgetüftelt. Der
Sicherheitschef hoffte, es würde die Möglichkeit minimieren, daß Titan mit dem Erwerb von Schutzausrü-

stungen jener Art, wie sie zur Erforschung der erhitzten Erdoberfläche benötigt wurden, in Verbindung gebracht würde. Der Aufenthalt auf Saturn war für Sands wie ein Tonikum gewesen. Der zweimal tägliche Rhythmus von Sonnenaufgang und Sonnenuntergang, der gleichmäßige Zug der Saturnschwerkraft, der vertraute Anblick des Ringes und bei Nacht des Kegelschattens, den der Planet darüber legte, alles das hatte ihn verjüngt. Am letzten Abend vor der Ankunft in Neu-Holland hatten er und der Kapitän des gecharterten Luftschiffes auf dem Aussichtsdeck zusammen eine Flasche Wein getrunken.

In Neu-Holland hatte Sands Firmen besucht, die Schutzanzüge herstellten, und war rasch auf sein erstes Problem gestoßen. Die druck- und hitzebeständigen Schutzanzüge waren Sonderanfertigungen, und in der ganzen Stadt ließen sich nur vier auftreiben. Er aber brauchte ein Dutzend. Der Hersteller erklärte, daß er binnen sechs Monaten weitere acht anfertigen könne, revidierte jedoch seine Schätzung, nachdem er sich bei der örtlichen Bank über Sands' Kreditrahmen informiert hatte. Nach langem Feilschen um Preis und Lieferung einigten sie sich auf eine Lieferfrist von zwei Wochen gegen zusätzliche Bezahlung der nötigen Überstunden. Sands sandte eine verschlüsselte Botschaft nach Titania, in der er die Gründe für die Verzögerung darlegte, dann richtete er sich in seinem Hotel ein, die Lieferung abzuwarten.

Am Ende des dritten Tages war seine fröhliche Stimmung so gut wie verflogen. Mutlosigkeit überkam ihn, und es trug auch nicht zur Hebung seiner Stimmung bei, als der Hersteller ihn informierte, daß die Auslieferung der Anzüge sich um eine Woche verzögern würde. Ein notwendiges Druckventil war nicht auf Lager und mußte von einem weit entfernten Zulieferbetrieb geschickt werden. Als er nach einem langen Tag des Argumentierens, Streitens und guten Zuredens in sein

Hotel zurückkehrte, verstand Sands den tieferen Grund seiner allgemeinen Reizbarkeit.

Er hatte Heimweh. Er, der sich immer viel darauf zugute gehalten hatte, nicht an einen Ort oder eine Person gebunden zu sein, schlich trübselig herum wie ein Halbwüchsiger mit dem ersten Liebeskummer. Wann immer er in der Vergangenheit von Melancholie niedergedrückt worden war, hatte er immer ein einfaches Gegenmittel gewußt. In jeder Wolkenstadt gab es ein Viertel, wo man um den Preis einiger Gläser Sekt und eines angemessenen Geldbetrages Gesellschaft und Unterhaltung kaufen konnte. In Neu-Holland ein Freudenmädchen zu suchen, war freilich das letzte, was Lars wollte. Er hätte es als einen Verrat an Kimber betrachtet.

Die Erkenntnis, daß er sich endlich verliebt hatte, gab ihm nicht weniger zu denken als die Aussicht, ins Gefecht zu gehen. Liebe würde seinen Rachefeldzug behindern, der ihm nun allerdings nicht mehr so wichtig schien wie einst. Es gab eine andere Fragestellung. War es Kimber gegenüber fair, die Vendetta fortzusetzen? Der Wunsch, Dane zu rächen, hatte bereits Ross Crandall das Leben gekostet und die restliche Besatzung der *Sperber* in Lebensgefahr gebracht. Wie mochte es Garvich, Bailey und Reese ergehen? Waren sie noch immer Gejagte in Glasgow, oder drei weitere Opfer seines Verlangens nach Vergeltung?

Die schmerzliche Wahrheit, der er sich zu stellen hatte, war die, daß es in Danes Tod nichts Persönliches gegeben hatte. Tatsächlich war er so unpersönlich gewesen wie einer der großen Zyklone. Die Allianz hatte das Flaggschiff von Neu-Philadelphia abgeschossen, weil sie es für taktisch geboten gehalten hatten. Es war Dane Sands' Pech gewesen, daß er sich anstelle seines Bruders an Bord befunden hatte. Die Würfel des Schicksals waren für Dane unglücklich gefallen und hatten ihn statt seinen Bruder in den Tod geschickt. War damit eine Verpflichtung für Lars verbunden, ihn zu rächen?

Den größten Teil der Nacht rang Lars mit seinem Dilemma, und als die erste Dämmerung anbrach, traf er seine Entscheidung. Er wollte seinen unheiligen Rachefeldzug aufgeben und eine Zukunft mit der Frau bauen, die er liebte. Er würde das Leben wählen, nicht den Tod!

»Der Kapitän sagt, Sie können jetzt Ihre Ladung inspizieren«, sagte ein Besatzungsmitglied der Nachtigall, dem Sands in der Schwerelosigkeit des Schiffes schwimmend begegnete. Es waren erst wenige Minuten vergangen, seit der Frachter die Triebwerke abgeschaltet hatte und der gleichmäßige Zug der Beschleunigung verschwunden war. Das geflügelte Raumschiff war über die Saturnatmosphäre hinausgestiegen und nahm mit einer Geschwindigkeit, die sie weit über den äußeren Ring hinaustragen würde, Kurs auf Titan.

»Danke.« Sands suchte mit den Füßen Halt auf dem Profilstahlblech des Decks, richtete sich nach der langen Achse des Raums aus und stieß sich vorsichtig ab, um nach achtern zu schweben. Am rückwärtigen Schott fing er sich mit ausgestreckten Armen ab und ließ die angehaltene Luft ausströmen. Das Manöver war zufriedenstellend verlaufen.

Der Laderaum war zwei Räume weiter achtern. Sands öffnete die Luke im Schott mit dem Hebel und suchte im dunklen nächsten Raum nach dem Lichtschalter. Nach einigem Gefummel fand er ihn, und vor ihm ging eine lange Reihe Leuchtstoffröhren an. Der Raum war zu beiden Seiten vollgepackt mit Frachtbehältern, die wie Sarkophage geformt waren. Für einen Augenblick schien es ihm, als hätte er eine der berühmten Pyramiden in Ägypten betreten. Er zog sich zu einem der Behälter, die mit seinem Namen gekennzeichnet waren, öffnete die Bügelverschlüsse des an Scharnieren hängenden Deckels und öffnete ihn. Drinnen lag in einer seiner Form angepaßten Höhlung ein Schutzanzug aus Neu-Holland.

Seine Umrisse gemahnten an einen breit-gedrungenen Gorilla, den Sands einmal im Zoo der Stadt Hurlberg gesehen hatte. Der klobige rundliche Helm und die Anzugoberfläche spiegelten das Licht. Der Rumpfteil bestand aus hartem organischem Material, das mit sorgfältig ausgerichteten Karbonfasern beschichtet war. Arme und Beine des Anzugs waren ähnlich geformt. Im Gegensatz zu den Schutzanzügen, mit denen er vertraut war, hatte dieser Anzug keinen automatischen Druckausgleich zur Anpassung an die äußere Atmosphäre. Vielmehr war er so konstruiert, daß er dem Außendruck standhielt. Um den Träger zu unterstützen, enthielten Ellbogen- und Kniegelenke knollige Verdickungen, die elektrische Hilfsmechanismen enthielten. Diese reagierten auf die Signale Tausender von Drucksensoren, die über das Innere des Anzugs verteilt waren. Knöchel, Hüften und Schultergelenke waren ebenfalls elektromechanisch verstärkt.

Das massive Traggestell des Anzugs war viermal so groß wie alles, was Sands je gesehen hatte. Es versorgte den Träger nicht nur mit einer Atemmischung aus Sauerstoff und Helium, sondern enthielt auch eine Kühlanlage. Der Anzug bot seinem Träger sogar normale Bedingungen, wenn er ganz in kochendem Wasser untergetaucht war. Natürlich hatte auch er seine Grenzen. Die äußere Panzerung, die elektromechanischen Verstärkungen der Arme und Beine und die leistungsfähige Kühlung würden keinen Menschen am Leben erhalten können, der die Wasserstoffsee am Grund der Saturnatmosphäre zu erreichen suchte.

Gleichwohl boten die Anzüge mehr als hinreichenden Schutz vor den dampfkesselähnlichen Bedingungen auf der Erde. Sie würden den Expeditionsteilnehmern erlauben, ihr Ziel aufzusuchen und zu bergen, was in den alten Laboratorien an Wissen und technischem Gerät zum Bau von Energieabschirmungen vorhanden war.

Lars nahm einen Anzug nach dem anderen aus seiner

Bettung und untersuchte jedes Stück. Alle hatten die Belastung des Startschubs gut überstanden. Nachdem er den letzten Behälter wieder verschlossen hatte, bewegte er sich weiter zu den anderen, die am Deck des Frachters festgeschraubt waren.

Obwohl die Expeditionsteilnehmer theoretisch die gesamte Zeit, die sie auf der Erde verbrachten, in ihren Anzügen leben konnten, konnte niemand der Aussicht darauf etwas abgewinnen. Die alten Aufzeichnungen der Borman-Expedition hatten einen Grundriß der alten unterirdischen Laboratorien enthalten. Danach handelte es sich um einen Komplex, der strukturell noch immer intakt war, durch viele Meter Felsgestein und Beton vor der ätzenden Atmosphäre geschützt. Die Borman-Expedition hatte das Innere der Laboratorien während ihrer Forschungstätigkeit so konditioniert, daß sie in Hemdsärmeln hatten darin arbeiten können.

Im Laderaum der *Nachtigall* waren zwei große Klimaanlagen. Wenn die Expedition von Titan den alten Laboratoriumskomplex öffnete, würde sie sich die Zeit nehmen, alle Räume zu klimatisieren. Wenn sie unter normalen Bedingungen arbeiten konnten, würde die Suche nach den Daten der Energieabschirmung rascher und mit mehr Aussicht auf Erfolg vor sich gehen können.

Sobald er sich überzeugt hatte, daß die gesamte Fracht den Start gut überstanden hatte, kehrte Sands zurück zu seinem Platz. Die Rückreise dauerte drei Tage, und in dieser Zeit hatte er nicht viel mehr zu tun als zu essen, zu schlafen und mit der Besatzung Karten zu spielen.

Der Raumhafen von Titania war, wie er ihn verlassen hatte. Das große Hangargebäude erhob sich zur seltsam orangegetönten Wolkendecke, als die *Nachtigall* im Schlepp eines Taktors darauf zurollte und Arbeiter in Schutzanzügen hin und her eilten, um im geöffneten

Hangar Platz für das eben gelandete Schiff zu schaffen. In der Ferne rollten lange, träge Brandungswellen der Methansee an die der Hauptstadt vorgelagerte flache Küste. Flocken von Methanschnee und komplexen organischen Verbindungen trübten das Bullauge und brachen das Licht der Raumhafenbeleuchtung in Millionen Tröpfchen schillernder Farbe.

Als das Schiff langsam in den Hangar glitt, bemerkte Sands, daß dort bereits ein anderes Schiff lag. Seine Stummelflügel und der massige Rumpf kennzeichneten es als einen Frachter. Die *Nachtigall* wurde längsseits geschleppt, und Sands konnte am Bug den Namen *Vixen* lesen. Dies also war das Schiff, das die Expedition zur Erde befördern würde.

Ungeduldig wartete Lars auf das Öffnen der Luftschleuse. Die noch immer eiskalte Luft innerhalb des Hangars hatte einen metallischen Geschmack. Sein Atem hüllte den Kopf in weißen Dampf, als er eilig die herangeschobene Treppe hinabstieg. Sein Blick ging über die Fläche der Abfertigungshalle jenseits der dicken Glasfenster am Rand der Stadtkuppel. Passanten gingen vorüber, ohne das eben eingetroffene Schiff zu beachten. Da und dort beobachteten kleine Gruppen Neugieriger die Aktivität im Hangar. Zu seiner Enttäuschung konnte er Kimber nicht unter ihnen entdecken.

Die Enttäuschung wandelte sich rasch zu Sorge, als er sich fragte, was sie ferngehalten haben könnte. Unheilsvisionen schossen ihm durch den Kopf – alles von seiner in Bandagen gewickelten Geliebten bis zu ihrer Leiche, die hingestreckt in einem verlassenen Korridor lag. Eine plötzliche kleine Bewegung weckte seine Aufmerksamkeit. Er sah genauer hin, und seine Ängste zerplatzten wie Seifenblasen. Da war sie und winkte aus Leibeskräften, während sie durch die Abfertigungshalle zur Sperre lief.

Er stolperte, als er in der ungewohnt geringen Schwerkraft durch die Sperre und hinaus in die hell erleuchtete Abfertigungshalle eilte. Kimber flog ihm entgegen, und sie prallten in einem Schauer von atemlosen Küssen zusammen.

»Willkommen zurück, Liebster!« stieß Kimber atemlos hervor, als sie sich schließlich voneinander lösten.

»Wie habe ich dich vermißt!« sagte er und hielt sie auf Armeslänge von sich, um sie anzuschauen. Ihr Haar war länger als er sich erinnerte, und ihr Mund lachte mit den funkelnden Augen um die Wette. Sie war, dachte er, schöner denn je. »Hast du mich auch vermißt?«

»Hat Saturn Ringe? Ich hörte, du warst erfolgreich.«

»Du auch«, sagte er und zeigte zu der Glaswand, hinter der die *Vixen* im Hangar lag.

Sie nickte. »Die Expedition ist auf die Beine gestellt und reisefertig. Alles wartet nur auf deine Ausrüstungen.«

»Ich hatte Schwierigkeiten, alle Anzüge zu bekommen.«

»Das hörte ich.«

»Wo ist dein Vater?«

»Er erwartet dich in seinem Arbeitszimmer. Wollte nicht persönlich hierher kommen. Das hätte unerwünschte Aufmerksamkeit erregt und jedem Spion signalisiert, daß an Bord der *Nachtigall* eine wichtige Persönlichkeit angekommen ist. Er bat sogar mich, dem Raumhafen fernzubleiben.«

»Ich dachte schon, du seist nicht gekommen.«

»Die Flugleitung hatte dein Schiff für Hangar Drei am anderen Ende ausgeschrieben. Als ich den Irrtum erkannte, rannte ich das ganze Stuck hierher.«

»Und ich dachte, meine Gegenwart hätte dich außer Atem gebracht.«

»Die auch.«

»Wir haben uns eine Menge zu erzählen.«

»So?« fragte sie mit hochgezogener Braue.

Rasch erzählte er ihr von seiner Entscheidung, seßhaft

zu werden. Sie hörte ruhig zu, und mit jeder Sekunde wurden ihre Augen runder. Sie sagte nichts, bis er geendet hatte.

»Entschuldige, wenn ich dich mißverstehe, aber es hört sich an, als wolltest du mir einen Heiratsantrag machen.«

Er grinste. »Das tue ich, wenn du mich haben willst.«

Einen langen Augenblick dachte er, sie sei im Begriff, ihm einen Korb zu geben. Dann lächelte sie breit, legte ihm beide Arme um den Hals und küßte ihn wieder. Diesmal wußte er, daß es abgemacht war.

»Darf ich das als eine bejahende Antwort verstehen?«

»Du darfst«, erwiderte sie. »Komm mit, laß uns zu meinem Vater gehen, damit du deine Meldung machen kannst.«

Sie nahm ihn beim Arm und drehte ihn herum. Plötzlich festigte sich ihr Griff. Er verzog das Gesicht und wandte den Kopf, sie anzusehen. Ihr Ausdruck war im Übergang zu starrem Entsetzen. Sands folgte ihrem Blick. Die Abfertigungshalle war rund und folgte in der äußeren Peripherie den angebauten Hangars, während die innere an die Stadtkuppel stieß. Dort war in ungefähr fünfzig Metern Entfernung ein unauffälliger Mann mit blondem Haar in Sicht gekommen. Kimber hatte zufällig in seine Richtung geblickt und auf ihn reagiert. Als er ihre Reaktion gesehen hatte, war seine Hand unter dem Revers seines Geschäftsanzugs verschwunden.

Sands' vom Söldnerleben geschärfte Reflexe bestimmten sein Handeln. Es war etwas an der Art und Weise, wie jemand nach einer Waffe griff, das keiner anderen Bewegung ähnelte, die ein Mensch machte. Es war nicht so sehr eine Armbewegung als vielmehr eine Aktion, die den ganzen Körper einbezog. Als die Hand des Mannes wieder zum Vorschein kam, hielt sie etwas metallisch Glänzendes. Sands stieß Kimber seitwärts zu einer nahen Säule und warf sich selbst im Hechtsprung vorwärts, um in die Deckung eines Getränkestandes zu kommen.

Er hatte die Strecke erst halb zurückgelegt, als eine Explosion durch die Abfertigungshalle dröhnte. Wie durch Zauberei flog unmittelbar vor seiner ausgestreckten rechten Hand ein Funkenschauer aus dem Boden.

20

Das Attentat

Ein weiterer Schuß krachte, und diesmal prallte das Geschoß wenige Zentimeter über seinem Kopf von der Wand ab und kreischte mit einem Geräusch, das ihm die Zähne zusammenpreßte, als Querschläger davon. Sands stieß sich auf dem Bauch das letzte Stück zur Deckung und erreichte den Getränkestand, dessen Wasseranschluß ihn schmerzhaft in die Nieren stieß. Ein Wimmern in der Nähe, erkannte er verspätet, war von seinen eigenen Lippen gekommen.

Kimber starrte zu ihm herüber. Sie lag ausgestreckt, wo sie gefallen war und starrte in verständnislosem Schrecken über die glänzende Fläche, in der sich die Deckenbeleuchtung spiegelte, zu ihm herüber.

»Leg dich hinter die Säule und bleib dort! Zieh die Beine ein!«

Hastig kroch sie ganz in Deckung und lag bald hinter der Säule am Boden und zeigte wie eine Kompaßnadel fort von dem Attentäter. Schrecken und Verwirrung begannen sich aus ihren Augen zu verlieren. Er lächelte ihr kurz zu, um ihr zu sagen, daß alles in Ordnung kommen würde.

Sands hatte einmal versucht, das Gefühl zu erklären, das im Kampf über ihn kam. Es war ihm jämmerlich mißlungen. Es war, als ob sein Verstand sich in ein Dutzend Teile gespalten hätte, und jedes arbeitete unabhängig von den anderen. Irgendwo im Vordergrund seines Bewußtseins registrierte er den Angstreflex seines Körpers. Sein Herzschlag pochte dumpf in den Ohren, seine Eingeweide schienen sich zu verknoten und seine

Gliedmaßen drohten unkontrollierbar zu zittern. Ein weiterer Teil seines Bewußtseins schien in einem radikal beschleunigten Zeitmaß zu leben. Sekunden dehnten sich zu Minuten, und die Welt bewegte sich in Zeitlupe um ihn. Schließlich ignorierte irgendwo tief in seinem Gehirn ein geübter Taktiker alles, was sein Körper signalisierte, und bestimmte seine Lage mit einer Unvoreingenommenheit, die selbst in ruhiger Betrachtung selten war.

Die taktische Situation war schlecht, hätte aber ungünstiger sein können. Die Abfertigungshalle bildete ein Kreissegment. Er lag an der Innenseite der Krümmung, und die Wand schirmte ihn gegen den Schützen ab, der wieder außer Sicht war. Weiteren Schutz hatte er im toten Winkel des Getränkestandes gefunden, und schließlich war der Angriff übereilt ausgeführt worden und kennzeichnete ihn als eine impulsive Tat, nicht als einen geplanten Hinterhalt. Sands erkannte klar, daß er jetzt tot sein würde, wenn letzteres der Fall gewesen wäre.

Sobald er sich die Situation vergegenwärtigt hatte, überlegte Lars, was er tun konnte, um seine und Kimbers Lage zu verbessern. Das dringendste Problem war zu bestimmen, wo der Attentäter sich aufhielt. Er konnte in Deckung gegangen oder in vollem Lauf gerannt kommen. In diesem Fall blieben Sands nur ein paar Sekunden, bevor er wieder unter Feuer geriet. Er dachte daran, Kimber zu fragen, ob sie ihren Angreifer sehen konnte, verwarf den Gedanken aber sofort. Solange er am Leben war, sollte sie ihren Kopf um keinen Preis hinter der Säule vorschieben.

Er spannte die Muskeln, stützte sich auf den linken Ellbogen, reckte den Hals und schob den Kopf rasch hinter der Ecke des Verkaufsstandes hervor. Der Attentäter hatte keinen Versuch gemacht, in Deckung zu gehen. Statt dessen hatte er sich die Säulenreihe entlang bewegt und lief mit den langen, gleitenden Bewegungen eines Leichtathleten bei verringerter Schwerkraft. Sein Kopf war aufgerichtet, und sein Blick ging ständig von einer Seite zur anderen und folgte den Bewegungen seiner Waffe, die jeden bedrohten, der sich in einem Winkel von hundertzwanzig Grad vor ihm befand. Etwas an der Art und Weise, wie er lief, überzeugte Lars, daß er es mit einem professionellen Killer zu tun hatte.

Der Mann sah ihn und feuerte im Laufen einen weiteren Schuß ab. Die Kugel schlug hinter Sands in die Wandverkleidung. Er zog sich mit einer Hand hoch und fühlte wieder die Wasserleitung im Rücken. Fieberhaft überlegte er, welche Optionen ihm blieben, und es waren wenige. Je weiter der Angreifer vorankam, desto geringer wurde der Schutz, den der Getränkestand bot. Die Krümmung des Abfertigungsbereiches konnte ihm einigen Schutz bieten, wenn er in die entgegengesetzte Richtung lief und an der inneren Wand blieb. In diesem Fall mußte er die ersten zehn, fünfzehn Meter ohne Deckung zurücklegen, und überdies würde der Attentäter freies Schußfeld auf Kimber bekommen, wenn er auf gleiche Höhe mit ihrer Säule käme. Die einzige andere Möglichkeit war, den Mann anzugreifen, doch bezweifelte Sands, daß er weiter als zwei Schritte aus seiner Deckung kommen könnte, bevor er niedergeschossen würde.

Er wandte den Kopf und besah das Wasserrohr an seinem Rücken. Es hatte einen Hahn und versorgte ein gewöhnliches metallenes Waschbecken, dessen Form Jahrhunderte zurückreichte. Noch als er schätzte, wie schwierig es sein würde, das Ding von der Wand zu reißen, wußte er, daß er weder die Zeit noch die Deckung haben würde. Abgesehen davon, würde es eine armselige Waffe gegen einen Mann mit einer Pistole abgeben.

Sein Verstand arbeitete fieberhaft, als weitere Schüsse durch den weiten Raum peitschten. Er zuckte unwillkürlich zusammen, wartete auf den Schlag einer Kugel. Er kam nicht. Obwohl es ihm wie eine Ewigkeit vorkam, seit der erste Schuß abgefeuert worden war, waren weniger als fünfzehn Sekunden vergangen. Als weder das zornige Singen eines knapp danebengegangenen Schusses noch das nervenzerreißende Kreischen eines Querschlägers kam, blickte er aufgeregt umher. Dieses neue Feuern schien von rückwärts zu kommen. Wer sie auch waren, sie hatten ihn zwischen sich in der Falle. Im Kreuzfeuer zweier Killer blieb ihm keine Chance.

Er hielt den Atem an und wandte den Kopf. Weniger als zehn Meter entfernt, standen ein Mann und eine Frau in geduckter Haltung frei im Raum, rückstoßfreie Raketenpistolen in den vorgestreckten Händen. Aber ihre Waffen zielten nicht auf Sands, sondern in die Richtung des Attentäters. Während Sands sie anstarrte, feuerten beide wieder. Er wagte einen weiteren schnellen Blick um die Ecke des Verkaufsstandes.

Der Attentäter war getroffen. Er war noch im Fallen, vorwärtsgetragen von der Schwungkraft seines Laufes, während es rot aus seiner Brust spritzte. Er schlug am Boden auf, zuckte und regte sich nicht mehr. Der rote Nebel sank in der schwachen Schwerkraft Titans langsam um ihn nieder.

Auf einmal schien die Abfertigungshalle von Bewaffneten zu wimmeln, die aus allen Richtungen auf den niedergestreckten Attentäter zuliefen. Lars erkannte zwei der Sicherheitsbeamten, die sie auf ihrem Besichtigungsrundgang durch das Bergwerk begleitet hatten. Mit der einsetzenden Reaktion fühlte er sich erschlaffen. Er bückte sich vornüber, stützte die Hände auf die Knie und atmete tief durch. Nach einem Dutzend solcher Atemzüge ging er mit unsicheren Schritten zu Kimber, die noch hinter der Säule kauerte.

»Fehlt dir was?«

Sie kam unsicher auf die Beine. Mehrere Sekunden vergingen, bevor sie sprechen konnte. Sie unterdrückte aufsteigende Tränen. »Nein, es ist gut. Und was ist mit dir?«

»Einen Mordsschiß, aber sonst ganz. Was hatte das alles zu bedeuten?« Er war erstaunt, wie ruhig die Worte herauskamen. Es war beinahe so, als hätte sie ein anderer gesprochen.

»Ich weiß nicht«, antwortete sie zögernd. »Ich bemerkte diesen Mann, als er um die Biegung kam. Ich weiß nicht, was mir an ihm auffiel. Wahrscheinlich war es die Art, wie er reagierte, als er dich sah.«

»Wie reagierte er?«

Ein Schauer überlief sie. »Er schien etwas zu suchen, als er in Sicht kam, dann sah er dich, Lars! Ich konnte die Veränderung in seinen Augen sehen. Sie wurden hart, wie bei einem Jäger, der seine Beute vor sich sieht. Das war der Augenblick, als ich erschrak. Er muß es bemerkt haben, denn sein Blick ging einen Augenblick zu mir, und er schien eine Entscheidung zu treffen. Im selben Augenblick griff er zur Waffe.«

»Unüberlegt und schlampig von ihm«, bemerkte Sands. »Wäre er einfach weitergegangen, an uns vorbei, hätte er uns aus nächster Nähe von rückwärts niederschießen können, und wir hätten nie gewußt, was uns traf.«

Sie nickte beklommen. »Ich glaube, er war überrascht, dich zu sehen.«

Einer der Sicherheitsleute kam gelaufen. Unterwegs steckte er seine Schußwaffe ein.

»Alles in Ordnung, Miss Crawford, Kapitän Sands?«

»Ja – jetzt!« erwiderte Lars. »Ein Glück, daß Sie und Ihre Kollegen in der Nähe waren.«

»Kein Glück dabei, Kapitän. Mr. Taggart beauftragte uns, den Raumhafen für Ihre Ankunft zu überwachen. Und Sie, Miss Crawford, beschatten wir schon seit einem Monat.«

Kimber nickte. »Das waren die anderen Sicherheitsmaßnahmen, die mein Vater erwähnte, als wir damals sein Büro verließen.«

»Was immer der Grund sein mag, ich bin froh, daß Sie zur Stelle waren. Ein paar Sekunden später, und es hätte anders ausgehen können.«

»Fühlen Sie sich imstande, den Täter in Augenschein zu nehmen?« fragte der Sicherheitsbeamte.

Beide nickten.

Der Attentäter bot keinen schönen Anblick. Er war von mindestens fünf der kleinen Raketengeschosse getroffen worden. Eine war unter dem rechten Auge eingedrungen und hatte beim Austritt den halben Hinterkopf abgesprengt. Kimber verzog das Gesicht und konnte dennoch nicht wegsehen. Lars betrachtete den Toten mit einer Mischung aus Neugierde und Erleichterung. Trotz seiner Jahre als Söldner und seiner Kampferfahrung hatte er bis dahin nie einen Getöteten aus nächster Nähe gesehen. Es war entschieden etwas anderes, als Echozeichen auf einem Radarschirm erlöschen zu sehen oder die spielzeugartig kleinen Flugzeuge, die nach dem Abschuß ins Trudeln gerieten und wie welke Blätter zur Wasserstoffsee hinabtaumelten.

»Kennen Sie den Mann, Kapitän Sands?«

»Ich habe ihn nie gesehen.«

»Und Sie, Miss Crawford?«

Kimber zog die Stirn in Falten. »Ich bin nicht sicher. Es kommt mir beinahe so vor, als hätte ich ihn in den letzten paar Wochen hin und wieder gesehen. Es ist schwer zu sagen.«

»Wo meinen Sie ihn gesehen zu haben?«

»Ich kann es nicht mit Gewißheit sagen, aber mir scheint, daß er letzte Woche im Einkaufszentrum war, als ich dort Besorgungen machte. Und wenn ich mich recht entsinne, sah ich ihn vorgestern abend bei Brindisi mit einem anderen Mann essen. Ich erinnere mich, weil sie ein paarmal zu mir herüberschauten. Ich dachte, einer von ihnen versuchte sich Mut zu machen, um mich anzusprechen.«

»Sie sagen, es war noch einer dabei?«

»Ja, ganz sicher.«

Der Sicherheitsbeamte zog sein Funksprechgerät heraus und gab Anweisung, das ganze Raumhafengelände abzuriegeln. Die um den Toten versammelten Beamten zogen ihre Waffen und gingen auseinander, um der Aufforderung Folge zu leisten. Sands und Kimber blieben eine Weile unbeachtet, während die Sicherheitskräfte mit Personenkontrollen begannen. Schließlich kam der Einsatzleiter zurück. »Kommen Sie mit.«

»Wohin?«

»Wo wir die Gewißheit haben, daß Sie in Sicherheit sein werden.«

Er führte sie durch einen Seitenausgang in einen Korridor, der verlassen lag. Zehn Minuten später waren sie in Kimbers Wohnung, deren Tür von drei uniformierten Beamten bewacht wurde.

»Ich muß Sie bitten, Sir, meinen Rücktritt anzunehmen!« stieß Arvin Taggart hervor. Der Sicherheitschef lief wie ein gefangener Tiger in Kimbers Wohnzimmer auf und ab. Zwar hatten weder Lars noch sonst irgendwer jemals einen Tiger gesehen, außer auf Fotografien, aber die Redensart lebte in der Sprache weiter, und nun wußte Lars genau, was sie bedeutete. Es war etwas in Taggarts Stimmung, was an eine gespannte Feder gemahnte, die im Begriff ist zu brechen.

»Ausgeschlossen!« erwiderte Envon Crawford. »Beruhigen Sie sich.« Der Verwalter von Titan und sein Sicherheitschef waren zusammen eingetroffen. Nachdem Crawford sich vergewissert hatte, daß seine Tochter wohlauf war, war er vom liebenden Vater zum willensstarken Staatschef geworden, dessen Territorium verletzt wurde. Crawford war in einer mörderischen Stimmung und bemühte sich sehr um Selbstbeherrschung. »Ihre Leute handhaben die Situation so gut, wie wir erwarten konnten. Ihre beiden Schützlinge sind in Sicherheit. Das ist es, was zählt.«

»Nein, Sir, so ist es nicht! Verdammt, dieser Attentäter hätte niemals durch unsere Sicherungen kommen dürfen. Die Tatsache, daß überhaupt Schüsse abgefeuert wurden, bedeutet, daß wir versagt haben. In diesem Geschäft lebt man nicht lang, wenn man sich auf Glücksfälle verläßt. Und genau das hat uns heute gerettet!«

»Ich verstehe etwas nicht«, sagte Kimber. Wie Sands, hatte sie eine Stunde Zeit gehabt, zur Ruhe zu kommen. »Letzten Monat hatten sie Halley hilflos in Lars' Appartement. Warum brachten sie sie damals nicht um? Und wenn sie ihr Leben damals verschonten, warum versuchen sie jetzt, uns zu töten?«

»Es war nicht derselbe Täter«, sagte Taggart. »Der Tote hatte Papiere bei sich, die ihn als einen Vertreter für Chemikalien aus Borodin im Nördlichen Äquatorialgürtel ausweisen. Er traf erst vor zwei Wochen an Bord der *Julia Havler* hier ein. Er war nicht auf Titan, als Miss Trevanon angegriffen wurde.«

»Ein weiterer Agent der Allianz?«

»Der Agent, der den Überfall auf Miss Trevanon verübte, stand möglicherweise nicht in Sold der Allianz. Es mag in dem Spiel noch weitere Teilnehmer geben, von denen wir nichts wissen.«

»Vielleicht eine andere Fraktion innerhalb der Allianz?« meinte Crawford.

»Kann sein«, sagte Taggart. »Wir haben unseren Informanten im Museum von Cloudcroft zu Überstunden angehalten. Es scheint, daß Kapitän Sands' Überfall den Rat in eine schwierigere Lage gebracht hat, als wir damals erkannten. Dieser Attentäter kann im Sold entweder der Akkretionisten oder der Militaristen gestanden haben.«

»Besteht überhaupt Gewißheit, daß er ein professioneller Killer war?«

Taggart runzelte die Stirn. »Sie selbst sagten meinen Leuten, daß er den Eindruck auf Sie gemacht habe.«

Sands zuckte die Achseln. »Zuerst dachte ich es. Inzwischen aber habe ich meine Zweifel. Ein professioneller Killer hätte nicht aus solch einer Distanz das Feuer
eröffnet. Und er wäre sicherlich ein besserer Schütze gewesen.«

»Er war nicht so schlecht, wie Sie vielleicht denken«,
erwiderte Taggart. »Sie müssen die Nachteile und Erschwernisse berücksichtigen, unter denen er arbeitete.«

»Welche Erschwernisse?«

»Die Schwerkraft, zum Beispiel. Er war ein Saturnier
und als solcher höhere Schwerkraft gewohnt. Der Unterschied bewirkt, daß Leute vom Saturn hier meistens
zu hoch zielen. Miss Crawfords Aussage macht deutlich, daß Ihre Anwesenheit ihn überraschte. Wahrscheinlich beschattete er sie und hatte keine Ahnung,
daß sie am Raumhafen mit Ihnen zusammentreffen
würde. Als er Sie sah, kam es zu diesem einen Augenblick unbedachter Reaktion. Miss Crawford bemerkte
und erkannte sie als das, was sie war und ließ ihm keine
andere Wahl als das Feuer zu eröffnen. Doch obwohl er
unter Druck war und unter ungewohnten Schwereverhältnissen feuerte, verfehlte er sein Ziel selbst aus der
relativ weiten Distanz nur um wenige Zentimeter.
Zweifellos konzentrierte er sich so sehr darauf, die
leichtere Schwerkraft zu kompensieren, daß er einen anderen entscheidenden Punkt übersah.«

»Was war das?«

»Die Abfertigungshalle des Raumhafens liegt an der
Peripherie der Stadtkuppel. Sein Unterbewußtsein hielt
den Raum wahrscheinlich für ein Rechteck. Das beein-
trächtigte seine Zielgenauigkeit. Sein Gehirn verar-
beitete die visuellen Anhaltspunkte nicht richtig und
plazierte ihn ungünstig.«

»Sie meinen, er war das Opfer einer optischen Täuschung«, fragte Kimber.

»So könnte man es nennen«, bestätigte Taggart. »Ich
habe einen Verhaltenspsychologen gebeten, die Situa-

tion zu analysieren. Er wird mir sagen, ob an der Theorie etwas ist.«

»Wenigstens ist er tot«, sagte Kimber. »Wir können uns einstweilen sicher fühlen.«

»Diese Einschätzung kann ich leider nicht teilen, Miss Crawford. Wir haben die Passagierliste der *Julia Havler* in den Computer gesteckt und versuchen jetzt, die anderen Passagiere ausfindig zu machen. Es ist noch zu früh, um über ein Ergebnis zu sprechen. Wir konzentrieren die Fahndung auf den anderen Mann, den Sie im Brindisi mit dem Täter zusammen sahen. Wir haben nach der Beschreibung ein Phantombild fertigen lassen und an unsere Leute verteilt. Vermutlich waren die beiden ein Team.«

»Wir müssen ihn fangen!« rief Envon Crawford.

»Wir werden nichts unversucht lassen, Sir. Inzwischen wird er aber zweifellos von der Schießerei am Raumhafen gehört haben. Wenn er wirklich ein professioneller Agent ist, wird er jede Menge Alternativpläne vorbereitet haben. Wahrscheinlich hat er sein Aussehen verändert und ist irgendwo in Deckung gegangen, wo wir ihn nicht vermuten.«

»Das bedeutet, daß meine Tochter und Kapitän Sands weiter in Gefahr sind.«

»Wir haben den Personenschutz verdoppelt, Sir. Wenn Miss Crawford und Kapitän Sands bereit sind, im Verborgenen zu bleiben, bis wir diesen zweiten Agenten gefunden haben, sollten sie verhältnismäßig sicher sein.«

Crawford schüttelte den Kopf. »Verhältnismäßig sicher, bis die Allianz einen anderen schickt! Und bedenken Sie, daß der Agent, der noch frei in Titania herumläuft und nach dem Sie fahnden, keineswegs der einzige sein muß. Wie viele weitere gibt es? Zwei, drei, ein Dutzend?«

Taggart hob die Hände und ließ sie fallen. »Was können wir sonst tun? Wenn Kelt Dalishaars Agenten sie hier erreichen können, gibt es mit Sicherheit keine Wolkenstadt, wo sie sichere Zuflucht finden können. Natürlich könnten wir sie in der Tiefe eines unserer Bergwerke einsperren. Selbst dort könnte ein Agent die Sicherheitsbeamten bestechen. Vollkommene Sicherheit gibt es nicht.«

Crawford verzog die Stirn in grüblerische Falten. Offensichtlich rang er mit einer Entscheidung. Schließlich seufzte er und sagte zu seiner Tochter: »Du wirst für eine Weile fortgehen müssen.«

»Fortgehen? Wohin?« fragte sie. »Du hast gehört, was Mr. Taggart sagte. Wenn die Allianz es wirklich auf uns abgesehen hat, kann sie uns überall erreichen.«

»Nicht überall! Es gibt einen Ort, wo ihr außerhalb der Reichweite der Allianz sein werdet. Während du fort bist, können wir an der Lösung dieses Problems arbeiten.«

Verwirrung spiegelte sich in Kimbers Zügen. »Wohin willst du mich schicken, Vater?«

»Die *Vixen* startet morgen. Du und Mr. Sands werdet an Bord sein. Ihr werdet zur Erde reisen!«

21

Die Allianz

Admiral Mikal Blount saß in der Pilotenkanzel des schnellen Aufklärers und überblickte die blauweiße Unendlichkeit des Himmels voraus. In der nahen Distanz auf Backbord zog eine scheinbar unendliche Wolkenwand langsam vorbei, während sich auf Steuerbord der gewaltige Trog des Nördlichen Gemäßigten Gürtels endlos im Dunst erstreckte. Selbst bei klarer Luft war die immense Wolkenschlucht zu breit, als daß man die andere Seite hätte sehen können. Auch der Pilot des Aufklärers suchte den Himmel ab. Seine jüngeren Augen erwiesen ihren Wert, als er den Arm hob und rechts voraus neben den nadelspitzen Bug des Flugzeugs zeigte.

»Dort, Sir! Die Heimat.« Blount strengte seine Augen bis zur Grenze ihrer Wahrnehmungsfähigkeit an und wurde nach ein paar Sekunden durch die Erscheinung einer einzelnen silbernen Blase im azurblauen Dunst belohnt. Lange Sekunden blieb die Wolkenstadt an den Grenzen der Sichtbarkeit, dann schien sie sich in zwei aufzuspalten. Tatsächlich war eine weitere Stadt in Sicht gekommen. In rascher Folge wurden aus zwei Städten fünf, dann zehn. Auf einmal waren mehr Städte in Sicht, als man mit einem Blick zählen konnte. Und sie vermehrten sich weiter, als der Aufklärer die Distanz verringerte. Trotz der Zahl der Gruppe waren ihre einzelnen Städte noch immer winzig, verglichen mit der ungeheuren Wolkenlandschaft, die sie umschloß. Sie glichen einer Kette winziger Perlen, die sich im Federbett eines Riesen zwischen den Falten verloren hatten.

Diese Erinnerung, wie klein und unerheblich die größten Bauwerke der Menschheit waren, vermochte Blounts Zuversicht nicht zu stärken. Seine Fassung hatte bereits einen argen Stoß erlitten, als er in seinem Hauptquartier in Glasgow die letzte Botschaft erhalten hatte. Der verschlüsselte Befehl hatte aus nur vier Worten bestanden: »Kehren Sie unverzüglich zurück. – Samorset.«

Sein erster Gedanke hatte natürlich der Möglichkeit gegolten, daß Dalishaar die Mittäterschaft der Marine beim Überfall auf Cloudcroft entdeckt haben könnte. Nachdem die erste Panik verflogen war, hatte er sich gesagt, daß solch ein Ausgang unwahrscheinlich sei. Wäre die Teilnahme des Militärs an dem Überfall ans Licht gekommen, so wäre der Befehl von Admiral Samorsets Nachfolger gekommen. Wahrscheinlich wäre er sogar überhaupt nicht gekommen. Blount würde erst Wind von der Sache bekommen haben, wenn sein eigener Sicherheitsdienst gekommen wäre, ihn festzunehmen.

Überzeugt, daß sein riskantes Geheimnis noch sicher sei, hatte Blount die anderen Möglichkeiten überdacht. Nicht auszuschließen war, daß Admiral Samorset seine Bloßstellung befürchtete und die Flucht nach vorn antrat, um seine Spuren zu verwischen. In diesem Fall konnte der Befehl Blounts Todesurteil bedeuten. Er allein kannte die Verstrickung des Großadmirals in allen Details und würde einen vernichtenden Belastungszeugen abgeben, sollte der Fall jemals vor den Rat gebracht werden.

Blount hatte daran gedacht, den Rückkehrbefehl zu verweigern und die nach wie vor unsichere Lage in Glasgow als Vorwand zu gebrauchen, hatte die Idee dann aber verworfen. Er hatte nur seinen Verdacht, und wenn sich dieser als falsch erwies, würde er nur seine Karriere zerstören. Es gab tatsächlich nur eins: Wenn er erfahren sollte, was der Großadmiral wollte, mußte er ihm gegenübertreten. Mit einiger Beklommenheit hatte Blount eine schnelle Maschine kommen lassen, um nach Cloudcroft zu fliegen. Sie waren seit sechs Stunden mit Höchstgeschwindigkeit unterwegs, und die Wartezeit war bald vorüber.

»Die Luftraumüberwachung ruft uns an«, meldete der Copilot.

»Antworten Sie«, erwiderte Blount. Ihm war bewußt, daß seine Anwesenheit in der Pilotenkanzel die beiden jungen Offiziere nervös machte. Das war nicht zu ändern. Wenn dies seine letzte Reise sein sollte, so wollte er eine denkwürdige daraus machen, und es gab wenige Anblicke, die so großartig waren wie die Entfaltung der immer neuen Wolkenlandschaften des Saturn vor dem Sichtfenster einer Pilotenkanzel.

Auf Anweisung der Landekontrolle änderte der Pilot mehrmals den Kurs der Maschine. Blount beobachtete die Manöver mit einem dünnen, humorlosen Lächeln. Auch das war eine Folge seines Wirkens. Seit dem Überfall patrouillierte die Marine den Luftraum im Radius von tausend Kilometern. Sobald eine Maschine näher kam, mußte sie sich der strengen und unnachgiebigen Landekontrolle unterwerfen. Gleichzeitig wurden die Abwehrlaser der Stadt auf alles gerichtet, was in Reichweite kam.

Zehn Minuten später waren sie zwischen den gigantischen Ballonen, in welche die Menschheit ein paar Kubikkilometer erdähnlicher Umgebung gepackt hatte. Blount kam nie darüber hinweg, wie zerbrechlich Wolkenstädte aussahen, wenn man sie aus einiger Distanz betrachtete. Aus der Nähe war es leicht, vom schieren Volumen überwältigt zu sein, aber hier draußen war ihre wahre Zerbrechlichkeit allzu offenbar.

»Wir haben Landeerlaubnis«, sagte der Copilot über die Schulter.

Der Aufklärer hielt auf eine Stadt zu, die wie die anderen aussah. Aber Blount wußte, daß dies die einzige

Stadt auf Saturn war, die wirklich zählte. Das Regierungsgebäude war deutlich sichtbar, als sie in Spiralen hinuntergingen und die militärische Landebucht ansteuerten, die ihr Ziel war. Als sie mit dem Gasballon von Cloudcroft auf eine Höhe kamen, ging Blounts Blick zu den Instrumenten, die dort oben verspätet angebracht worden waren, um den Himmel nach freifliegenden Piraten abzusuchen. Auch diese Neuerung war eine Folge seines Wirkens.

Der Aufklärer verlangsamte zum Schwebeflug und wurde am Kabel in die Landebucht gezogen. Die Wartezeit war beinahe um. Bald würde Mikal Blount wissen, welches Schicksal ihn erwartete.

Das Marinehauptquartier erhob sich nicht wie das Turmhaus der Regierung weithin sichtbar auf dem Hauptdeck der Stadt; es befand sich tief im Innern der Stützsäule, eine würfelförmige Festung, aufgehängt im offenen Rahmenwerk, welches das Rückgrat der Stadt bildete. Es war räumlich getrennt von den anderen Bereichen der Stützsäule und von diesen nur durch wenige röhrenförmige Zugangswege erreichbar. Das Hauptquartier beherbergte die Schaltstation, die den Rest der Stadt mit elektrischem Strom vom Fusionsreaktor belieferte. Ihre Lage machte sie nahezu unverwundbar. Ob eindringender Feind oder randalierender Mob, niemand konnte das Nervenzentrum der Marine ausschalten, es sei denn durch die völlige Zerstörung der Stadt.

Blount marschierte durch das leicht schwankende Zugangsrohr, das den Raum zwischen der militärischen Landebucht und dem Hauptquartier überbrückte. Tageslicht flutete durch die Wände der transparenten Röhre und gewährte Einblicke in den Wald von Trägern und Streben, der das Innere der Stützsäule bildete. Durch seine Stiefelsohlen spürte er das tiefe Vibrieren der Motoren, die Cloudcroft in den günstigsten Wind-

strömungen hielten. Das offene Gitterwerk des Röhren-
bodens bot ihm freie Sicht zu der tief unter ihm hängenden schwarzen Masse des Fusionsreaktors mit der
Generatorenanlage, deren vergleichsweise winzige
Größe nicht erkennen ließ, wie gewaltig ihre Masse war.
Reaktor und Generator dienten als das Gegengewicht,
das die Stadt aufrecht hielt.

Im Zugangsrohr war es unangenehm warm, da an
seinen Außenwänden der erhitzte Wasserstoff aufwärts
zum Ballon strömte, um der Stadt Auftrieb zu verleihen.
Blount wußte, daß außerhalb der dünnen Kunststoff-
schicht der Röhre kein Sauerstoff in der Atmosphäre
war. Nur das Wasserstoff-Helium-Gemisch der Saturnatmosphäre war dort vorhanden. Wie alle abgeschlosse-
nen Bereiche innerhalb der Stützsäule war das Hauptquartier nach außen luftdicht versiegelt und mit auto-
matischem Druckausgleich versehen. Nur auf dem
Oberdeck der Stadt gab es unter der Habitatbarriere die
Illusion, daß Menschen die Saturnatmosphäre atmen
könnten.

Blount erreichte das Ende der langen Röhre und ging
durch eine offene Wasserstoffschleuse in einen gepanzerten Vorraum, wo ein Dutzend Sicherheitsbeamte
Dienst tat. Obwohl ihn alle kannten, legte er seine Papiere vor und trat an ein Instrument, das wie ein Fernglas zwei Okulare besaß: Er starrte auf den roten Punkt,
der in der Maschine in einem unbestimmbaren Raum
zu hängen schien, während ein Computer tief im Innern
des Hauptquartiers die Muster seiner Netzhäute mit
den gespeicherten Aufnahmen verglich und als identisch bestätigte. Mit einem Piepton lieferte er eine Botschaft, die nur dem jungen Leutnant sichtbar war, der
als Offizier vom Dienst die anderen befehligte. Blount
beobachtete sorgfältig seine Reaktion, um irgendeinen
Hinweis auf den Empfang zu gewinnen, der ihn erwartete. Nichts ließ darauf schließen, daß die Identitäts-
überprüfung mehr als eine reine Routinesache war. Der

Leutnant gab Blount die Ausweiskarte zurück und salutierte.

»Der Großadmiral erwartet Sie bereits, Sir. Wünschen Sie eine Eskorte?«

Blount antwortete mit einem, wie er hoffte, nonchalanten Lächeln: »Nicht nötig, mein Sohn! Ich ging schon auf diesen Decks, als Sie noch in den Windeln lagen.«

Etwas erleichtert verließ Blount den Vorraum und marschierte zum Allerheiligsten des Großadmirals. Die vertrauten Geräusche und Aktivitäten ringsum gaben seinen Lebensgeistern Auftrieb. Hier lag das Schicksal der Allianz. Wenn Cloudcroft eines Tages die Hauptstadt des Saturn sein sollte, dann waren es die Männer und Frauen in diesem mächtigen befestigten Würfel, die es dazu gemacht hatten.

Er betrat das Vorzimmer des Großadmirals und wurde nach einer weiteren, diesmal absolut überflüssigen Identitätskontrolle eingelassen. Admiral Samorset blickte von seinem Schreibtisch auf, als Blount an der Tür Haltung annahm und salutierte. Die finstere Miene seines Vorgesetzten verriet Blount alles, was er über Samorsets Stimmung wissen mußte.

»Ihre zwei Attentäter haben versagt, Mikal!«

»Wie bitte, Sir?«

»Sie haben mich gehört. Die zwei tolpatschigen Vollidioten, die Sie beauftragten, Larson Sands zu töten, haben alles verpfuscht! Einer wurde auf der Stelle niedergeschossen und der andere ist entweder gefaßt worden oder untergetaucht. Das ist noch nicht das Schlimmste. Unser Opfer ist auch geflohen.«

»Wohin geflohen, Sir?«

»Zur Erde, bei allen Teufeln!«

Blount war überrascht. Bei all seinen Überlegungen, was hinter Samorsets Befehl stecken mochte, war ihm diese Möglichkeit nie in den Sinn gekommen. Es war ärgerlich genug, daß seine zwei handverlesenen Männer versagt hatten, aber vom Großadmiral selbst davon zu hören, war besonders verdrießlich. Er fragte sich, woher sein Vorgesetzter die Informationen bezog.

»Bitte, Sir, fangen Sie beim Anfang an. Was geschah?«

Als Samorset den Hergang schilderte, wie er ihn erfahren hatte, wurde Blount der Zusammenhang klar. Hartwick und Quintana hatten Titan ohne Zwischenfall erreicht. Sie hatten zwei Wochen mit der Lokalisierung ihrer Ziele und dem Studium ihrer Lebensgewohnheiten verbracht. Halley Trevanon und Kimber Crawford waren leicht ausfindig gemacht, aber Larson Sands hatte sich lange der Beobachtung entzogen. Anscheinend war er in irgendeiner Mission fort gewesen, und diese Vermutung hatte ihre Bestätigung gefunden, als Hartwick, der Kimber Crawford beschattet hatte, im Raumhafen von Titania auf ihn gestoßen war. Was als nächstes geschehen war, blieb unklar. Hartwick war getötet worden, während er versucht hatte, Larson Sands zu erschießen, und von Quintana hatte seit annähernd dreißig Stunden niemand etwas gehört.

»Woher wissen Sie alles das?« fragte Blount schließlich.

»Das ist der schlimmste Teil«, erwiderte der Großadmiral grollend. »Gestern, kurz vor dem Zweiten Sonnenuntergang, wurde ich zum Ratsvorsitzenden gerufen. Er unterrichtete mich über die Einzelheiten.«

»Dalishaar weiß, daß wir Attentäter nach Titan geschickt hatten?«

Der Großadmiral schüttelte den Kopf. »Er hat dort seinen eigenen Agenten. Dieser berichtete ihm über den Versuch, Sands zu töten. Die Neuigkeit konnte ihm kaum entgangen sein, weil die Titanier sie überall ausposaunen. Ich glaube nicht, daß Dalishaar die Attentäter schon mit der Marine in Zusammenhang gebracht hat. Natürlich würde er es kaum sagen, wenn er hätte. Er hatte Bilder von dem Toten. Ich konnte Hartwick an seinem Dienstfoto wiedererkennen.«

»Kann ein Außenstehender das auch?«

Samorset schüttelte den Kopf. »Hartwicks Personalakte ist gelöscht worden. Auch das Bild gibt es nicht mehr.«

»Und diese andere Meldung, daß Sands zur Erde geflohen sei? Kommt sie vom selben Agenten?«

»So ist es. Der Agent meldet, er habe Sands, seine Komplizen und die Crawford alle gesehen, wie sie gestern an Bord eines Schiffes gingen. Das Ziel des Schiffes wurde nicht bekanntgegeben, aber einiges von der Ausrüstung, die an Bord genommen wurde, überzeugte den Ratsvorsitzenden, daß sie zur Erde reisen. Ich habe daraufhin eine Überprüfung vornehmen lassen. Es ist tatsächlich ein Raumschiff von Titan zur Erde gestartet. Die Startzeit stimmt mit jener überein, die der Agent meldete.«

»Hat der Ratsvorsitzende auch die Schiffsverkehrsliste überprüft?«

Samorset schüttelte den Kopf. »Der Bestimmungsort des Schiffes war zur Zeit unseres Gesprächs nicht angegeben.«

»Wie konnte er ihn dann erfahren?«

»Eine gute Frage. Eine bessere ist, wie wir Sands jetzt zum Schweigen bringen können. Die Erde ist weit außerhalb unserer Reichweite.«

»Nicht unbedingt«, erwiderte Blount. »Das Museum von Cloudcroft bereitet seit Monaten eine Expedition vor. Vielleicht könnten wir von dieser Gebrauch machen, um an sie heranzukommen.«

Der Großadmiral seufzte. »Nicht möglich, fürchte ich. Der kommandierende Offizier der Expedition ist unzuverlässig. Ich weiß, daß er eine von Dalishaars Marionetten ist. Ich hätte ihn aus dem Dienst entfernt, wenn er nicht ein so nützlicher Übermittler falscher Informationen wäre.«

»Ein Grund mehr, ihn zu ersetzen.«

»Zu riskant«, meinte Samorset. »Seine Ablösung würde allgemeine Aufmerksamkeit auf den Umstand lenken, daß wir die Museumsexpedition für wichtig halten.«

»Er könnte leicht einen Unfall haben. Sie könnten ihn dann durch einen Ihrer Leute ersetzen. Die Mannschaft würde auch durch eine Anzahl loyaler Leute ergänzt. Einmal auf der Erde, könnten die Wissenschaftler graben, wo sie wollen, während das Marinepersonal sich der Titanier annehmen würde. Wenn wir die Sache richtig einfädeln, brauchen die Wissenschaftler nichts davon zu erfahren.«

Samorset blickte nachdenklich vor sich hin. »Haben Sie eine Empfehlung, wer die Expedition leiten sollte?«

»Widerwillig, Sir. Ich denke, ich sollte es selbst tun.«

»Damit bin ich einverstanden.«

»Wer übernimmt Glasgow?«

»Ich werde einen Ersatzmann schicken, der Sie vertreten wird. Einen Mann, der weiß, wie wichtig es ist, diese Piraten aufzuspüren und zur Strecke zu bringen.«

»Dann fehlt nur noch eine einleuchtende Erklärung, warum ich die Leitung der Expedition übernehme.«

Der Großadmiral dachte kurz nach, dann lachte er. »Das wird das Leichteste von allem sein. Ich fürchte, Ihnen wird nicht gefallen, was ich mir ausgedacht habe, aber es ist immer noch besser, als über die Planke zu laufen.«

Kelt Dalishaar saß auf der Couch seines Wohnzimmers und sah anerkennend zu, wie seine Favoritin eine Tasse Tee einschenkte. Ihre geschmeidigen Bewegungen bewogen ihn beinahe, ihr zu vergeben, daß sie auf der Lohnliste des Großadmirals stand. Er würde eines Tages etwas dagegen unternehmen müssen, aber nicht bevor das Geheimnis der Energieabschirmung in seinen Händen war. Und dann würde es vielleicht nicht mehr notwendig sein. Sobald er in einer unangreifbaren Position wäre, würde Jasmine rasch entdecken, daß sie keinen Brotgeber hatte, den sie ihre Klatschgeschichten melden konnte.

Dalishaar wurde vom Läuten der Türglocke aus seiner Vergeltungsphantasie gerissen. Jasmine ging hinaus und kam mit Pierre Lamarque zurück.

»Was führt Sie so spät zu mir, Pierre?« fragte Dalishaar mit mehr Jovialität, als er empfand. Etwas mußte schiefgegangen sein, wenn sein politischer Berater ihn abends zu Haus störte.

»Es hat sich etwas ergeben, Exzellenz«, sagte Lamarque. Er blickte bedeutungsvoll zu Jasmine, die wieder ihren häuslichen Pflichten nachging. »Können wir in Ihrem Arbeitszimmer sprechen?«

»Gewiß.«

Dalishaar stand auf und führte ihn in das Arbeitszimmer, das die Piraten erst kürzlich geschändet hatten. Sein Blick fiel auf den Schreibtisch mit dem verborgenen Computer, und ein Schaudern überkam ihn bei dem Gedanken, was mit dem Kopieren seiner Speicherdaten riskiert worden war. Wieder kam Zorn in ihm auf, aber er hatte ihn sofort unter Kontrolle. Wenn er anfangen würde, seinen Gefühlen Luft zu machen, würde sein Urteilsvermögen darunter leiden.

Dalishaar schaltete die Störkreise gegen Abhörgeräte ein. Die Wände begannen leise zu summen, ein Geräusch, das in allen elektronischen Abhörgeräten als ein Rauschen aufgezeichnet wurde. Wenn man mit normaler Lautstärke sprach, deckte das Störgeräusch alles zu. Trotzdem schaltete er zusätzlich das schallschluckende Feld um seinen Schreibtisch ein. Erst als er von einer eigentümlichen Taubheit umgeben war, entspannte er sich.

»Gut, was gibt es?«

»Professor Garcia vom Museum rief an. Er wurde soeben verständigt, daß die Expedition einen neuen Leiter bekommen wird.«

»Einen neuen Leiter? Was ist mit Kapitän Masters?«

»Masters hatte einen Unfall. Ein Lastentransporter im Marinehauptquartier hatte eine Fehlfunktion der cybernetischen Steuerung. Er geriet außer Kontrolle und quetschte ihn gegen eine Korridorwand. Dabei brach er ihm ein Bein und mehrere Rippen.«

»Wie geht es ihm?«

»Die Ärzte sagen, daß ihm eine lange und schwierige Rekonvaleszenz bevorsteht, daß aber keine bleibenden Schäden zu befürchten sind.«

»Wer ist sein Ersatzmann?«

»Sie kennen ihn«, sagte Lamarque mit unbewegtem Gesicht. »Es ist dieser kahlköpfige Admiral, der den Angriff auf Glasgow befehligte.«

»Blount? Unmöglich!«

»Warum?«

»Weil sie einen Kapitän niemals durch einen Admiral ersetzen würden, in Gottes Namen!«

»Unmöglich oder nicht, sie haben Blount als Ersatz für Musters benannt.«

»Welchen Grund geben sie an?«

»Offiziell keinen. Aber ich weiß von einem Gewährsmann in Samorsets Stab, daß Blount für die nachlässige Art und Weise diszipliniert wird, mit der er die Angliederung Glasgows betrieben hat, und für seine Unfähigkeit, den Widerstand zu brechen.«

»Es ist ein Komplott! Sie haben vom wahren Zweck unserer Expedition zur Erde Wind bekommen.«

»Wie sollten sie?«

»Ich weiß es nicht, aber es muß so sein! Die Koinzidenz ist zu auffällig.«

»Solche Dinge passieren, wissen Sie.«

Dalishaar schüttelte energisch den Kopf. »Nicht dieses Mal. Was tun wir jetzt?«

»Wir könnten Garcia bewegen, daß er Blount ablehnt.«

»Dann würden sie ihn als Chefarchäologen ablösen. Und er ist der einzige, der das Geheimnis des Laboratoriums kennt, wo die Energieabschirmung entwickelt wurde.«

»Dann unternehmen wir nichts. Wenn sie bloß mißtrauisch sind, kann Professor Garcia die benötigten Informationen vielleicht noch immer unter dem Vorwand einer einfachen archäologischen Forschungsgrabung erlangen.«

Dalishaar dachte kurz darüber nach, dann nickte er. »Wenn sie nicht wissen, wonach wir suchen, könnte es gehen. Trotzdem gefällt mir die Sache nicht.«

»Mir auch nicht. Aber es ist das beste, was mir einfällt.«

»Schicken Sie Professor Garcia zu mir herauf. Wir wollen sehen, was er über all das zu sagen hat.«

22

Vorbereitungen zu einer Heimkehr

Larson Sands regte sich im unruhigen Schlaf. Als er sich herumwälzte, wurde ihm langsam der warme Körper neben seinem bewußt. Noch im Halbschlaf legte er den Arm um Kimber, die sich in unbewußter Reaktion auf seine Gegenwart enger an ihn schmiegte. Lange lag er so im schlaftrunkenen Dämmerzustand und genoß ihre Wärme, bevor er sich auf das Hier und Jetzt besann und die Augen öffnete. Ein paar Sekunden lang starrte er die leere Wand an, gähnte und kratzte sich, dann fiel ihm ein, welcher Tag es war, und er sperrte plötzlich die Augen auf.

Heute war der Tag ihrer Ankunft auf der Erde!

Vier Monate lang war die *Vixen* in einer hyperbolischen Bahn sonnenwärts geflogen, hatte die kalte Dunkelheit des äußeren Systems hinter sich gelassen und war in die wärmeren und helleren Regionen größerer Sonnennähe eingedrungen. Die alten Evakuierungsschiffe, beladen mit Millionen von Flüchtlingen in Kältetiefschlaf, hatten sechs Jahre für die Reise benötigt. Der Unterschied in der Reisedauer war das Ergebnis von Fortschritten in der Antriebstechnik, die seit jenen schrecklichen Jahren gelungen waren. Nicht, daß der moderne Mensch auf jedem Gebiet gleiches behaupten konnte; ihre Mission, die verlorengegangene Technologie der Energieabschirmungen wiederzugewinnen, war Beweis genug.

Das Jahrhundert vor dem Verlassen der Erde war eines der naturwissenschaftlich ergiebigsten in der Geschichte gewesen. Volle zwanzig Prozent des Bruttosozialprodukts waren in die Forschung gesteckt worden und hatten auf allen Gebieten Dividenden gebracht. Aber vieles, was damals erforscht und geleistet worden war, hatte die Evakuierung und ihre Folgen nicht überstanden und war in Vergessenheit geraten. Das Ringen um die Schaffung neuer Lebensgrundlagen auf Saturn hatte alle Kräfte beansprucht und für Grundlagenforschung nicht viel Zeit und nur geringe Mittel übrig gelassen. Ganze Wissenschaftszweige waren an personeller und finanzieller Austrocknung zugrunde gegangen.

Seit etwa zwei Wochen waren die beiden Sicheln von Erde und Mond deutlich größer und heller geworden. Da sie sich der Erde von oben und rückwärts näherten, gab es nicht viel zu sehen, und das würde auch so bleiben. Die Verdampfung der Ozeane hatte die Heimatwelt in eine dichte Wolkendecke von vielen Kilometern Stärke gehüllt und in ein Zwillingsgestirn der Venus verwandelt.

Sands richtete sich auf, um sich von den locker sitzenden Schlafgurten loszuschnallen. Die Bewegung weckte Kimber, und sie streckte sich und schlug die Augen auf. Wie er, trug auch sie Schlafgurte, die verhinderten, daß sie in der Schwerelosigkeit der Kabine davontrieb. Jeden Abend schnallten sie sich in ihren Betten an.

»Was ist los?« murmelte sie.

»Zeit, aufzustehen, Schlafmütze! Heute kommen wir an.«

Sie blickte zu der in die Wand eingelassene Uhr. »Es ist erst sechs. Das Bremsmanöver beginnt erst in mehreren Stunden. Schlaf weiter.«

»Du kannst schlafen, wenn du willst. Ich gehe hinauf in die Kuppel.«

Er entledigte sich der Gurte und stand auf. Nach vier Monaten war er von keinem der Symptome geplagt, die seine erste Raumfahrt getrübt hatten. Er fand die Schwerelosigkeit sogar entspannend.

In der engen Naßzelle neben der Kabine erledigte er

seine Morgentoilette, dann kleidete er sich leise an. Im Hinausgehen sah er Kimber auf dem Rücken liegen, die Arme leicht angehoben und vor ihr schwebend. Es war die Position, die ein schwereloser menschlicher Körper im Ruhezustand von Natur aus annahm. Kimber war wieder eingeschlafen.

Mit Hilfe der im Korridor angebrachten Geländer hangelte Sands in die Mannschaftsmesse, wo er Professor Paolo Renzi beim Frühstück fand. Renzi war ein kleiner, lebhafter Mann mit schmalem Gesicht, das eine ungewöhnlich lange Nase zierte. Er war der führende Fachmann für Elektromagnetismus an der Universität von Titania. Crawford hatte ihn als Expeditionsleiter dienstverpflichtet. Trotz Renzis anfänglichem Widerwillen, seine laufenden Experimente zu verlassen, hatte er sich, einmal von der Bedeutung der Aufgabe überzeugt, als ein dynamischer Organisator der Expedition erwiesen, der die übrigen Wissenschaftler zu führen und zu motivieren verstand.

»Guten Morgen, Mr. Sands. Was gibt es, konnten Sie nicht schlafen?«

Sands schüttelte den Kopf. »Zu aufgeregt, denke ich. Ich dachte, ich sollte hinaufgehen und einen Blick auf die Erde werfen.«

»Eine gute Idee! Nehmen wir unser Frühstück mit nach vorn zum Beobachtungsabteil.« Renzi wartete seine Antwort nicht ab. Er nahm seine Trinkflasche mit Tee und seinen Toast, dann stieß er sich zur Luke ab. Sands machte am Speiseautomaten halt und wählte Obst und eine Trinkflasche Kaffee, bevor er ihm folgte.

Die *Vixen* war ein mit kurzen Tragflächen ausgestattetes Raumschiff des Typs, der zwischen Saturn und Titan verkehrte. Als solches verfügte es über einen Laderaum, der sich für den Transport von Massengütern eignete. Der außerhalb der Druckkabine gelegene Laderaum hatte an der Oberseite zwei große Lukenklappen ähnlich denen, die bei den ersten Raumfähren verwendet worden waren. Für die Reise zur Erde hatte man diese Luken geöffnet und eine Reihe von Habitatmodulen eingerichtet, um zusätzlichen Lebensraum zu schaffen. Die Module waren im Laderaum nicht ganz unterzubringen und ragten ein wenig daraus hervor, was der *Vixen* ein seltsam buckliges Aussehen verlieh.

Durch den Einbau der zusätzlichen Wohnquartiere konnten die Ladeluken nicht geschlossen werden, was dem Schiff den Eintritt in eine Atmosphäre unmöglich machte. Das war allerdings kein Problem, da der Kapitän der *Vixen* nicht daran dachte, sein Schiff den Gefahren der gegenwärtigen Erdatmosphäre auszusetzen. Dafür wurde ein besonderes Landungsboot benötigt. Ein solches Landungsfahrzeug trug die *Vixen* am abgeflachten Bauch mit sich, was die schlanken aerodynamischen Formen des Frachters weiter entstellte.

Eines der Habitatmodule im Laderaum war mit einer transparenten Kuppel versehen. Beim Start war das gesamte Modul mit Lebensmitteln angefüllt gewesen. Die letzten davon waren im Vormonat verbraucht worden, und seitdem hatten Besatzung und Passagiere der *Vixen* Gelegenheit, durch die Kuppel das schwarze Himmelspanorama über ihnen zu bewundern. Während dieser Zeit hatte der Kapitän das Schiff so orientiert, daß das Erde-Mond-System im Blickfeld der Kuppel blieb.

Renzi und Sands zogen sich durch die Verbindungsröhre, die von der Druckkabine zum Aussichtsabteil führte. Dort angelangt, setzten sie sich auf die kreisförmig unter der Kuppel angeordneten Bänke und schnallten sich an. So konnten sie während des Frühstücks bequem die Welt betrachten, die einst Mutter und Heimat der Menschheit gewesen war.

Die Erde war beträchtlich angewachsen, seit sie zuerst als erkennbare Scheibe am Sternhimmel hervorgetreten war. Jetzt bedeckte sie volle fünf Grad des Kreisbogens. Der Mond, der auf der entfernten Seite des Planeten stand, sah vergleichsweise winzig aus, wenn auch erheblich größer als Titan im Vergleich mit Saturn. Tatsächlich hatte der Erdmond nur die Hälfte der Größe Titans. Bedingt durch die geringere Dichte des letzteren, war die Anziehungskraft beider Monde nahezu gleich.

In ähnlicher Weise ließen sich Saturn und Erde vergleichen. Die Ringwelt war hundertmal so groß wie ihr kleineres Gegenstück, doch waren die Schwereverhältnisse auf der Oberfläche sehr ähnlich. Auch hier war die Dichte verantwortlich. Die durchschnittliche Dichte des Saturn betrug nur etwa ein Achtel der Erddichte. Wäre es möglich, Saturn ins Wasser zu werfen, so würde er schwimmen.

»Welch eine schöne Welt«, sagte Renzi ehrfürchtig, den Blick zur silbernen Sichel erhoben. Der sonnenbeschienene Teil war so hell, daß das Auge geblendet war. Aber auch die Nachtseite war sichtbar. Der Strom energiereicher Partikel von der Sonne hüllte den Norden wie den Süden in Polarlichter, und die starke Sonneneinstrahlung verursachte darüber hinaus immerwährende Stürme, deren Blitzentladungen die Nachtatmosphäre immer wieder erhellten.

»Vor dem Sonnenausbruch war sie schöner.«

»Vielleicht wird sie wieder so sein.«

»Glauben Sie das wirklich?«

Renzi hob die Schultern. »Der gegenwärtige Ausbruch sollte in ein paar hundert Jahren ein Ende nehmen. Dann wird die Erde wieder abkühlen, und der atmosphärische Dampf kann kondensieren. Sobald dies geschieht, wird der umgekehrte Prozeß ziemlich rasch vonstatten gehen, denke ich. Es bestehen gute Aussichten, daß die Menschheit ihre Heimatwelt in weiteren tausend Jahren wieder besiedeln kann.«

»Hoffen wir es«, sagte Sands. Die Hoffnung auf eine Wiederbesiedelung der Erde wurde von allen Saturniern geteilt, obwohl jeder wußte, daß weder er noch seine Kinder und Kindeskinder den Tag der Rückkehr erleben würden. Aber als Sands die gleißende Sichel am obsidianschwarzen Himmel bewunderte, fiel es ihm nicht schwer, an den Traum zu glauben.

»Zwei Minuten bis zum Bremsmanöver. Letzte Aufforderung zum Anschnallen!«

Kimber Crawford blickte zum Deckenlautsprecher auf, aus dem die Stimme des Kapitäns gekommen war, dann wandte sie den Kopf zu Lars. Er war mit den Gurten beschäftigt, die ihn am Beschleunigungssitz festhielten. Ringsum waren die übrigen sechs Mitglieder der Expedition – fünf Wissenschaftler der Universität von Titania und Halley Trevanon – ähnlich beschäftigt oder bereits angegurtet. Die Besatzung der *Vixen* hatte ihre Plätze in anderen Teilen des Schiffes eingenommen.

»Entspanne dich«, sagte Kimber zu Lars. »Es wird nicht mehr lange dauern.«

Er lächelte zurück. »Tut mir leid. Ich kann es einfach nicht erwarten, das ist alles. Diese Raumfahrt wäre soweit in Ordnung, wenn es nicht so lange dauern würde, irgendwohin zu kommen.«

»Ich weiß, was du meinst«, sagte sie. Tatsächlich waren die drei Überlebenden der *Sperber* während der Reise nicht untätig geblieben. Um in der Expedition Platz für sie zu schaffen, hatte Envon Crawford angeordnet, daß drei Forschungsassistenten der Universität zurückbleiben mußten. Das bedeutete, daß Kimber, Lars und Halley lernen mußten, wenigstens einen Teil der Aufgaben zu übernehmen, die den Assistenten zugedacht gewesen waren. Professor Renzi hatte sie bereitwillig akzeptiert, aber einige der anderen Wissenschaftler waren verärgert, daß sie mit Laien arbeiten mußten, wenn sie sich auch ins Unvermeidliche fügten.

Sie warteten schweigend, bis die Startzählung zum Zünden der Triebwerke über den Lautsprecher kam. Gleichzeitig lief auf dem Bildschirm an der Wand die Digitalanzeige, und als sie 00:00:00 erreichte, ging ein dumpfes Dröhnen durch das Schiff. Eine unsichtbare

Hand drückte die wartenden Expeditionsteilnehmer in ihre Sitze.

Kimber geriet momentan in Panik. Nach dem Flugplan sollte das Abbremsmanöver eine halbe Stunde dauern und einen Druck von einem Viertel der normalen Schwere erreichen. Nach der Schwierigkeit, die das Atmen ihr bereitete, mußte der Druck aber ein Mehrfaches davon betragen.

»Kommst du zurecht?« fragte Lars mit gepreßter Stimme.

Sie streckte die Hand aus und suchte die seine. Das gleichmäßige Dröhnen dauerte an, und niemand um sie her schien übermäßig besorgt. Nach ein paar Sekunden lächelte sie verlegen. »Anscheinend habe ich mich zu sehr an die Schwerelosigkeit gewöhnt.«

In den nächsten zwanzig Minuten änderte sich nichts, aber Kimber fand das Atmen bald ein wenig leichter, ein Zeichen, daß ihr Körper sich der Rückkehr der Schwerkraft anpaßte. Dann, als die Digitalanzeige noch zwei Minuten bis zum Ende des Abbremsmanövers anzeigte, füllte etwas den Bildschirm, das groß genug war, den Blick auf die Erde zu versperren. Die Erscheinung war so rasch verschwunden, wie sie erschienen war, und hinterließ den Eindruck einer rundlichen Form mit Reihen leerer Fenster. Kimbers erschrockener Ausruf war nicht der einzige im Abteil. Eine männliche Stimme in ihrer Nähe kicherte nervös. Sekunden später kam die Stimme des Kapitäns wieder aus dem Lautsprecher.

»Tut mir leid, Herrschaften! Was Sie eben sahen, war eine verlassene Orbitalstation. Es bestand zu keinem Zeitpunkt eine Gefahr. Wegen der Vergrößerung durch unser Teleobjektiv, das wir einsetzen, um Ihnen die Erde zu zeigen, schien die Station näher, als sie war. Beunruhigen Sie sich nicht! Wir werden auf unserer Flugbahn weiten Abstand von allen Objekten halten. Kapitän, Ende.«

»Er hätte uns vorher warnen sollen!« murrte Kimber.

Ihr Herzklopfen legte sich nur langsam. In diesem Moment war ihr zumute gewesen, als ob alle Legenden und Schauermärchen, die in einem halben Jahrtausend Raumfahrt entstanden waren, aus ihrem Unterbewußtsein empordrängten. Schon bevor die Menschheit über die Atmosphäre hinausgelangt war, hatte es Geschichten von seltsamen Lichtern am Himmel gegeben, und einen Augenblick lang waren Kimber Assoziationen mit fliegenden Untertassen und Außerirdischen durch den Kopf geschossen.

Weit entfernt, ein Werk Außerirdischer zu sein, war das Objekt, das über ihren Bildschirm gezogen war, ein Relikt aus ferner Vergangenheit. Die Evakuierung der Menschheit war eine ungeheure Aufgabe gewesen, deren Ausführung den größten Teil eines Jahrhunderts in Anspruch genommen hatte. Hunderte von orbitalen Installationen hatten gebaut werden müssen, um die Abwicklung zu ermöglichen. Es hatte orbitale Schiffswerften zum Bau der großen Evakuierungsfahrzeuge gegeben, ferner Transferstationen von den Raumfähren zu den eigentlichen Raumschiffen. Diese Transferstationen hatten, bedingt durch die Menschenmengen, die durchgeschleust werden mußten, Durchmesser von einem Kilometer und mehr gehabt und zeitweilig Hunderttausende von Auswanderern beherbergt.

Die Evakuierungsschiffe existierten nicht mehr. Die meisten waren abgewrackt worden, da ihr Material für den Bau der ersten Wolkenstädte benötigt worden war. Die Orbitalstationen der Erde hingegen waren zu weit entfernt von der neuen Heimat der Menschheit, als daß eine Bergung wirtschaftlich gewesen wäre. So war die Erde noch immer von diesen Absprungpunkten in den Weltraum umgeben. Leblos umkreisten sie den toten Planeten und warteten auf eine Zeit, wenn die Menschheit sie vielleicht wieder brauchen würde.

Die Triebwerke wurden ausgeschaltet, und Kimber fühlte sich von der wiederkehrenden Schwerelosigkeit vom Sitz in die Gurte gehoben. Ihr Magen, der sich kaum auf die Schwerkraft umgestellt hatte, drehte sich von neuem um. Sie wandte den Kopf zu Lars. Er war bereits dabei, sich loszuschnallen.

»Wohin willst du?«

»Zum Aussichtsabteil. Ich möchte hinausschauen.«

Kimber folgte seinem Beispiel, und als sie sich von den Gurten befreite, bemerkte sie, daß alle anderen zum gleichen Entschluß gelangt waren. Plötzlich war die holographische Wiedergabe nicht mehr genug. Das Verlangen, die Heimatwelt mit eigenen Augen zu sehen, war übermächtig geworden.

Die Expeditionsteilnehmer drängten sich in der kleinen Abteilung, die als Mannschaftsmesse der *Vixen* diente. Alle hatten sich um den Tisch versammelt, wo Professor Renzi eine alte Karte ausbreitete.

Als er sie mit kleinen magnetischen Scheiben auf der Metalloberfläche des Tisches befestigt hatte, blickte er zu den erwartungsvollen Gesichtern auf, die ihn umringten. Neben Larson Sands, Kimber Crawford und Halley Trevanon zählten alle Expeditionsteilnehmer und Kapitän McCarver zu seinen Zuhörern.

»Nun, meine Freunde, wir sind am Ziel«, sagte der Expeditionsleiter. »Nun beginnt der schwierige Teil. Mit dem Beginn der ersten Wache werden wir morgen ein Erkundungsunternehmen starten. Teilnehmer werden Professor Linder, Mr. Sands, ich selbst und Mr. Forbes von der Besatzung sein.«

Ein Gemurmel ging durch den Raum. Der Wettbewerb um die Teilnahme an dieser ersten Landung war scharf gewesen, und da Renzi seine Auswahl nicht öffentlich bekanntgemacht hatte, waren die Spekulationen ins Kraut geschossen. Daß Renzi gehen würde, war keine Überraschung. Forbes als Pilot des Landungsbootes war auch ein sicherer Teilnehmer gewesen, desgleichen Professor Linder, da er Geologe war und die Sicherheit des Landeplatzes beurteilen mußte. Renzi hatte Sands erst vor einer Stunde von seiner Entscheidung unterrichtet und gleichzeitig gewarnt, auf Einwände gefaßt zu sein. Er brauchte nicht lange zu warten.

»Warum Sands?« wollte Professor Taren LeBlanc wissen. LeBlanc war der Jüngste unter den Wissenschaftlern der Expedition, ein Mann, der sich nicht übermäßig um die Gefühle anderer kümmerte.

»Mr. Sands wird am Landeplatz für die Sicherheit verantwortlich sein. Er ist ein Scharfschütze und hat militärische Erfahrung. Darin ist er neben Miss Trevanon der einzige unter uns.«

»Sicherheit? Können Sie mir verraten, wozu wir Sicherheit benötigen? Der Planet ist seit zweihundert Jahren tot!«

»Sechs weitere Expeditionen befinden sich in Umlaufbahnen um die Erde«, erwiderte Renzi. »Kapitän McCarver empfing Funksprüche von den meisten dieser Expeditionen, sobald wir in eine Umlaufbahn einschwenkten. Sie sind natürlich neugierig, was wir vorhaben.«

»Er hat es ihnen hoffentlich nicht erzählt?«

McCarver, der Kapitän der *Vixen*, war ein Mann, der nur in Übergrößen paßte und in dem kleinen Raum fehl am Platz erschien. »Ich habe meine Erklärung allgemein gehalten, Professor LeBlanc. Aber ich ließ durchblicken, daß wir hier lediglich einen Zwischenaufenthalt auf dem Weg zum Mond machten.«

Professor Renzi nickte. »Das wird unsere Tarngeschichte sein. Wir sind Historiker, die gekommen sind, das Leben unserer lunaren Vorfahren zu erforschen. Unser Zwischenaufenthalt auf Erden hat den Zweck, Aufzeichnungen und Hinweise zu finden, die mit der Gründung der frühesten Mondkolonien zusammenhängen. Wir wissen nicht, warum diese anderen Expeditionen hier sind. Einige von ihnen mögen es auf dieselben Daten abgesehen haben wie wir. Aus diesem Grund werden wir für alle Kommunikationen zwischen der

Expedition und dem Schiff in der Umlaufbahn strikte Regeln beachten. Außerdem werden wir im Umkreis des Laboratoriumskomplexes Sensoren aufstellen.«

»Albern und absolut überflüssig, wenn Sie mich fragen«, murrte LeBlanc. Die anderen drückten es nicht so deutlich aus, doch verrieten ihre Mienen, daß sie seine Einstellung teilten.

»Mag sein«, erwiderte Sands, »aber Mr. Crawford wünscht es so.«

Renzi blickte in die Runde der Gesichter. »Wenn dieser Punkt klar ist, können wir fortfahren. Ich möchte Ihre Aufmerksamkeit auf die Karte lenken. Die Borman-Expedition fand das Laboratorium zur Erforschung der Energieabschirmungen hier, am Fuß der Sierra Nevada im ehemaligen Kalifornien. Wir werden das Gelände aus der Luft erkunden und einen sicheren Landeplatz auswählen. Von dort werden wir feststellen, welche Anstrengungen erforderlich sind, um den alten Laboratoriumskomplex luftdicht zu versiegeln und, was die Umwelt betrifft, zu konditionieren. Wenn wir geeignete Bedingungen vorfinden, werden wir das Landungsboot zurückschicken, um mit dem Transfer der gesamten Expedition zu beginnen.«

»Wie können wir wissen, ob die Bormans die Daten, die wir suchen, nicht mitgenommen haben«, fragte jemand. Das Thema war während der Reise ein wiederkehrender Gesprächsgegenstand gewesen.

»Die Unterlagen, die uns bekannt sind, sprechen von zusammenfassenden Berichten über Experimente. Soweit uns bekannt ist, fanden die Bormans keine detaillierten Daten über die Konstruktion der Abschirmungen oder die Arbeitsprinzipien. Da Energieabschirmungen nicht der Zweck ihres Besuches auf der Erde waren, können wir annehmen, daß sie nicht allzuviel Zeit mit der Suche verbrachten. Nun, wenn es keine weiteren Fragen gibt, wollen wir uns an die Vorbereitungen zur ersten Landung machen!«

23

Die Erde

Larson Sands blickte zum Sichtfenster des Landungsbootes hinaus zum Rand des Planeten. Sie waren hoch
über der Nachthälfte und jagten dem Sonnenaufgang
entgegen. Die Atmosphäre lag im Gegenlicht der noch
unsichtbaren Sonne und offenbarte sich als ein zarter
bläulicher, orangegelber und roter Streifen, der die
dunkle Rundung des Planeten umschloß. Der Anblick
faszinierte Lars. Eine üppige, unglaublich vielgestaltige
Fauna und Flora hatte sich unter dieser unmöglich dünnen Lufthülle entwickelt, Tausende von Generationen
Menschen hatten darunter gelebt und niemals die Unsicherheit ihrer Existenz begriffen.

Wie die drei anderen Männer der Gruppe, die in dem
engen Passagierabteil saßen, steckte Lars in einem der
ungefügen Schutzanzüge aus Neu-Holland. Die Atemluft war in der Temperatur richtig, aber gesättigt mit
dem Geruch von Weichmachern und anderen organischen Verbindungen. Der Geruch verursachte ihm
Übelkeit. Außerdem gab es ein störendes Quietschen im
Ventilator der Luftzirkulation, das ihm entgangen war,
als er den Anzug während der Abnahmeprüfung in der
Fabrik getragen hatte. Er fragte sich, wie viele andere
Probleme er womöglich übersehen hatte und wer ihret-
wegen sterben würde. Der Gedanke war beängstigend,
erschreckender noch als die Aussicht auf ein Gefecht
mit unbekannten Gegnern.

Ein winziges Rütteln der Maschine signalisierte ihren
Eintritt in die äußeren Bereiche der Erdatmosphäre. Minuten später füllte ein hohes Pfeifen die Kabine. Das

Geräusch war an den Grenzen der Hörbarkeit, mehr zu fühlen als durch das Gehör wahrzunehmen.

Bald geriet das Landungsboot in Turbulenzen, die sich durch harte Stöße und plötzliches Durchsacken bemerkbar machten, Vorboten der gefährlichen Stürme, die in der Erdatmosphäre tobten. Aus einer Entfernung von nur 150 Millionen Kilometern hatte die Sonne die Macht, Ozeane zu verdampfen und mächtige Konvektionszellen zu erzeugen. Nur wer in der Saturnatmosphäre groß geworden war, vermochte zu ermessen, wie gewalttätig solche Phänomene sein konnten.

Zwanzig Minuten nach dem Eintritt in die Atmosphäre passierte das Landungsboot die Grenze zwischen Nacht und Tag. Die Stöße wurden heftiger, als ob die Sonnenstrahlen eine fühlbare Barriere wären, die durchstoßen werden mußte. Die Visierscheibe des Helms dunkelte automatisch, als Sands direkt in die Sonne sah. Dann tauchte das Landungsboot in die weiße Wolkendecke ein, der abenteuerlich geformte Kumulustürme entragten, und vor der Windschutzscheibe wurde es weiß.

Bald dunkelten die Wolken zu trübem Grau, geradeso wie die oberste Schicht der Ammoniakwolken auf Saturn. Nichts ließ darauf schließen, daß sie heiß waren. Sands machte eine entsprechende Bemerkung.

»Sie sind nicht heiß«, antwortete Renzis Stimme über die Bordsprechanlage. »Diese hohen Wolken bestehen aus winzigen Eiskristallen. Die Hitze tritt erst viel tiefer in der Atmosphäre auf.«

»In ein paar Minuten sollten wir aus den Wolken sein«, verkündete der Pilot.

Alle rückten auf ihren Sitzen und reckten den Hals, um besser zu sehen. Lars spähte durch die Öffnung zwischen Forbes' und Renzis Helmen und am Hindernis der Mittelstütze des Sichtfensters vorbei. Lange Minuten sah er nichts als einförmiges Grau. Dann rissen die Wolken plötzlich auf und enthüllten die nackte Erde unter ihnen.

Sands hielt unwillkürlich den Atem an. Leichter Dunst erfüllte die Luft. In der mittleren Distanz löste sich das Panorama in weich verschwimmenden Konturen auf. Das Landungsboot überflog eine Landschaft, die von weißlich überzogenen Hügeln und tief eingeschnittenen Erosionsschluchten gekennzeichnet war. Sands hatte Bilder von Schneelandschaften gesehen und dachte einen Augenblick lang, das Weiß auf den Hügeln müsse Schnee sein, dann wurde ihm klar, daß die weite, weiße Landschaft einmal der Meeresboden gewesen war. Die weiße Decke war das Salz, welches nach dem Verdunsten des Wassers zurückgeblieben war.

»Wo sind wir?« fragte Renzi. Ehrfurcht dämpfte seine Worte.

»Ungefähr zweihundert Kilometer vor der alten Küstenlinie«, erwiderte Professor Linder, der die Rolle des Navigators übernommen hatte. »Dies war alles Tiefseeboden.«

Ein schneller Blick auf die Bordinstrumente verriet Sands, daß sie in zehn Kilometern Höhe flogen und langsam tiefer gingen. Die Entfernung und der Dunst machten es schwierig, jenseits der augenfälligen Landschaftsmerkmale Einzelheiten zu erkennen. Nichtsdestoweniger war der Anblick einschüchternd. Sands fragte sich, ob sie den Meeresboden mit den Wracks von Schiffen übersät finden würden, wenn sie tiefer gingen.

Die gebleichte, von Tälern und Schluchten durchzogene Ebene glitt unter ihnen vorüber, während die Triebwerke sie vorwärts trugen. Dann endete die weiße Einöde abrupt und wurde von einem Ödland anderer Art abgelöst, als wäre einem Riesen beim Überstreichen der Erde die Farbe ausgegangen. Das Land war gelbbraun und sah verwittert aus. Dies, dachte Sands, mußte die Westküste Nordamerikas gewesen sein.

»Lassen Sie uns einen Bogen nach Süden fliegen«, befahl Renzi, als sie eine Reihe niedriger Felsriffe hinter sich ließen. »Ich möchte Los Angeles sehen.«

Das Landungsboot legte sich in die Kurve und folgte der Küste südwärts. Da Sands auf der rechten Seite saß, mußte er sich mit dem Anblick des ausgetrockneten Meeresbodens zufriedengeben. Nach fünfzehn Minuten wurde er von den Ausrufen und Bemerkungen der anderen auf die Aussicht zur Linken aufmerksam gemacht.

Sie alle hatten natürlich Fotografien gesehen. Los Angeles war wie alle Städte der Erde weitgehend zerstört. Als die Ozeane nach und nach verdampft waren, hatte die Reduktion der auf der Kruste lastenden Wassermassen zu einer Umverteilung der tektonischen Spannungen geführt. Das Resultat waren Serien schwerer Erdbeben gewesen, die zum Einsturz der meisten von Menschen geschaffenen Bauwerke geführt hatten. In der Folgezeit waren die Ruinen und Schuttmassen durch Winderosion eingeebnet und verfrachtet worden, und die ständigen Stürme hatten Massen von Meersalz und Kalk angeweht und auf dem Leichnam der Stadt abgelagert. Unter diesen Ablagerungen zeichneten sich da und dort Muster rechteckiger Linien ab, die anzeigten, wo die Hauptstraßen der Stadt gewesen waren. Vereinzelt ragten zerfressene Reste besonders widerstandsfähiger Stahlskelettbauten als rostrote Inseln verbogener Träger aus den angewehten Dünen.

Das Boot kreiste fünfzehn Minuten über der Stadt, daß jeder von ihnen sehen konnte, was der Sonnenausbruch aus einer der ausgedehntesten Städte der Erde gemacht hatte. Dann gab Renzi Anweisung, wieder auf Nordostkurs zu gehen. Nach einiger Zeit kam ein hoher Gebirgszug in Sicht. Forbes flog parallel zu ihm. Alle paar Minuten nannte Professor Linder den Namen eines Berggipfels oder einer längst untergegangenen Stadt zur Positionskontrolle.

Sands blickte hinaus über das braune und graue Land jenseits der Berge. Dort war die Landschaft von einer Vulkankette aufgebrochen, die einer alten Verwerfung aufsaß. Einige der Vulkane waren noch tätig und verhüllten den Horizont mit ihren Rauchfahnen.

Professor Linders Kommentare und Hinweise wurden häufiger. Er ließ Forbes eine Kursanpassung vornehmen und die Geschwindigkeit verringern. Das Land unter ihnen war nicht anders als das, was sie seit nahezu einer halben Stunde überflogen hatten. Trotzdem nahm Linders Erregung spürbar zu, als er sie ihrem Ziel näher brachte. Schließlich blickte er von seiner Navigationskarte auf und zeigte auf eine unscheinbare Hügelkette, die den Gebirgsausläufern vorgelagert war.

»Landen Sie am Fuß dieser breiten Hügelkuppe rechts. Das Laboratorium muß dort in der Nähe sein.«

»Verstanden«, bestätigte der Pilot.

Das Landungsboot verlangsamte zum Schwebeflug, als sei es im Begriff, an Bord einer Wolkenstadt zu gehen. Statt dessen gingen sie tiefer und wirbelten mit den vertikal geschwenkten Triebwerken Staubwolken auf. Während der letzten Sekunden war der Boden unter ihnen völlig verdunkelt, aber dann kam der leichte Stoß ihres Aufsetzens, und sie waren angekommen. Einen Augenblick blieb alles still, während Forbes die Triebwerke ausschaltete und der Wind die Staubwolken davontrug. Dann gab Professor Renzi Anweisung zum Öffnen der Kabinentür.

Eines nach dem anderen erhoben sich die Mitglieder der ersten Erdexpedition Titans schwerfällig in ihren ungefügen Isolieranzügen, stiegen über den Süllrand der Kabine und tappten über die Tragfläche, wo sie über eine Klappleiter an der hinteren Tragflächenkante hinabstiegen auf den bröckeligen Boden.

»Warum, zum Teufel, hinterließen sie kein Funkfeuer?«

Sands blickte kaum auf und antwortete nicht gleich auf die schnaufend hervorgestoßene Beschwerde. Er war zu sehr außer Atem. Die vergangenen sechs Stunden hatten sie erfolglos nach Spuren des unterirdischen

Laboratoriumskomplexes gesucht. Bisher hatten sie nicht einmal den kleinsten Hinweis gefunden. Aus Frustration waren er und Arthur Linder einen kleinen Hügel hinaufgestiegen, um einen Überblick über das Suchgebiet zu erhalten. Aber der Hügel war höher, als es von unten den Anschein gehabt hatte, und als sie die Höhe erreichten, glaubte Sands, beim nächsten Atemzug müsse ihm die Lunge bersten. Schweißperlen rannen ihm von der Stirn in die Augen, wo sie brannten und ihm die Sicht nahmen. Die Kühlsysteme ihrer Schutzanzüge hatten es schwer, gegen die Dampfbadatmosphäre anzukämpfen.

»Was hätte es genützt?« fragte er zurück, als er wieder etwas zu Atem gekommen war. »Alles, was sie zurückließen, muß inzwischen bis zur Unbrauchbarkeit korrodiert sein. Außerdem glaube ich nicht, daß sie an eine Rückkehr dachten.«

Das Seufzen des Geologen rauschte wie ein Sturmwind in Sands' Kopfhörern. »Ich weiß. Trotzdem hätte es die Auffindung viel einfacher gemacht, wenn sie eine Markierungsstange mit einer Fahne daran in den Boden gesteckt hätten.«

»Amen!«

Die Unterlagen der Borman-Expedition hatten präzise Koordinaten für die Lage der unterirdischen Laboratorien angegeben. Das heißt, genaue Koordinaten, bis man sich an Ort und Stelle befand und merkte, wie groß ein Planet in Wirklichkeit war. Sie hatten die Landschaft systematisch nach Anzeichen und Hinweisen abgesucht, daß die andere Expedition dagewesen war. Sie hatten nichts als nackten Fels, windverwehten Staub und Sand gefunden. Reste einstiger Vegetation wie Baumwurzeln, wenn es in dieser Gegend Bäume gegeben hatte, waren von den starken Winden, die ununterbrochen wehten, mit der Bodenkrume fortgetragen oder unter Sandanwehungen begraben worden.

»Sehen Sie was?« fragte Linder.

Sands schüttelte den Kopf, dann fiel ihm ein, daß der Professor die Bewegung im Innern seines Helmes nicht sehen konnte. »Nichts. Vielleicht sind wir am falschen Ort.«

»Dies sind die Koordinaten der Borman-Aufzeichnungen.«

»Vielleicht sind sie falsch aufgezeichnet worden. Es könnte ein Druckfehler gewesen sein. Oder vielleicht veränderte Kelt Dalishaar die Koordinaten aus Sicherheitsgründen.«

»Ich hoffe, Sie irren sich. Suchen wir den Westhang des Hügels ab.«

Sands wandte sich um, unbeholfen in seinem klobigen Anzug. Die wenigen Minuten ihrer Rast auf der Kuppe des Hügels hatte seiner Kühlanlage Gelegenheit gegeben, den anstrengungsbedingten Wärmestau abzubauen, und nun fühlte sich der Schweiß auf seinem Gesicht kalt an. Linder begann den Abstieg in einem rechten Winkel zu dem Weg, den sie heraufgekommen waren. Er bewegte sich vorsichtig auf dem lockeren Geröll und Sand und erprobte jeden Tritt, bevor er sein Gewicht verlagerte. Sands tat es ihm nach. Das Material der Anzüge war zäh und unempfindlich gegen mechanische Verletzungen, aber wenn einer von ihnen ausrutschte und unglücklich fiel, konnte er leicht das Kühlaggregat auf seinem Rücken beschädigen. Das würde den Tod durch Hitzestau bedeuten.

»Was ist das?« Linder blieb auf halber Höhe stehen und stieß mit dem Stiefel auf etwas im lockeren Boden. Er legte etwas davon frei, bückte sich und zog ein langes schwarzes Band an die Oberfläche. Sands kam zu ihm und beugte sich, vorsichtig auf sein Gleichgewicht bedacht, über den Fund. Das lange Band erwies sich als ein elektrisches Kabel, und nicht eines, das auf der Erde hergestellt worden war. Die Isolation war von einer Art, die wegen ihrer Zähigkeit und ihres geringen Gewichts von den Saturnstädten bevorzugt wurde, und war erst mehr als ein Jahrhundert nach Aufgabe der Erde erfunden worden.

»Um wieviel wetten wir, daß dieses Kabel von der Borman-Expedition stammt?« fragte Linder. Auch er hatte die Isolierung erkannt.

»Dagegen wette ich nicht. Wohin wird es führen?«

»Es gibt nur ein Mittel, das herauszubringen.« Der Geologe schlang das Kabel um die behandschuhten Hände und zog daran. Als er fünf Meter Kabel in beiden Richtungen freigelegt hatte, hielt er inne.

»Welche Richtung?« fragte Sands.

»Suchen Sie sich eine aus.«

»Bergab!«

Abwechselnd zogen sie das Kabel aus der Erde und folgten ihm den Hang abwärts. Meistens ließ es sich mit Leichtigkeit an die Oberfläche ziehen. An den wenigen Stellen, wo es sich verhakte, grub Sands es mit einer Schaufel aus, befreite es vom Hindernis, und sie arbeiteten sich weiter abwärts. Auf diese Weise gelang es ihnen, in nur fünfzehn Minuten dreihundert Meter hinter sich zu bringen. Es war, als folgten sie einem Lebewesen, das sich durch die Erde grub. Am Fuß des Hügels verschwand das schwarze Kabel im Boden, und kein Ziehen brachte eine weitere Länge zum Vorschein.

»Schaufel!« befahl Linder.

Sands begann in der Richtung weiterzugraben, in der das Kabel bisher verlaufen war. Nach zwei Minuten hielt er inne. Er war fast dreißig Zentimeter tief und hatte nichts gefunden.

»Was meinen Sie?«

Das Achselzucken war sogar durch die dicke Barriere von Linders Schutzanzug erkennbar. »Vielleicht hat es eine Krümmung gemacht«, sagte der Wissenschaftler. »Wir müssen tiefer graben und sehen, wo es festsitzt.«

Sands grub weiter, wo das Kabel in der Erde verschwand. Bald wurde klar, daß es tiefer hinabführte.

Sands folgte ihm und achtete darauf, daß die scharfe Kante der Schaufel es nicht durchtrennte. So grub er weiter, bis die Schaufel nach etwa fünf Minuten auf harten Widerstand stieß.

»Ich bin auf etwas Festes gestoßen.«

»Vielleicht haben wir was. Könnte aber auch ein Felsbrocken sein.« Der Geologe zog den Klappspaten aus seiner Gürtelschlaufe, und mehrere Minuten lang arbeiteten sie angestrengt, um freizulegen, was der Schaufel Widerstand geleistet hatte. Was sie fanden, war eine runde Metallplatte von fast einem Meter Durchmesser, die in ein steinhartes Material eingelassen war. Sands identifizierte es nach Fotografien, die er gesehen hatte. Es mußte Beton sein.

»Was mag das sein?«

»Der Deckel von einem Kabelschacht«, diagnostizierte Linder. »Ich glaube, wir haben hier was.«

»Wie bekommen wir das Ding da heraus?«

»Ohne Brechstange bekommen wir den Deckel nicht auf. Er scheint in seinem Rahmen festgerostet zu sein. Vielleicht werden wir ihn mit einem Schneidbrenner öffnen müssen.«

»Ist dies ein Teil des Laboratoriums?«

»Wahrscheinlich führt es zu einem Versorgungstunnel des Laboratoriums, in dem Leitungen verlegt sind. Die Borman-Expedition hat ihren Generator an das alte Verteilernetz angeschlossen, um die unterirdischen Räume zu beleuchten. Die Leute werden ihr Kabel nicht weiter als nötig verlegt haben.«

»Sollten wir weitergraben?«

»Nein, das genügt«, erwiderte Linder. »Wir markieren die Stelle mit einem Wimpel und gehen zurück zu den anderen. Wir werden mehr Gerät brauchen, bevor wir viel weiter kommen können.«

»Und wenn dies nicht das Laboratorium ist?«

»Dann suchen wir weiter. Trotzdem bin ich zuversichtlich. Jemand vom Saturn war hier.«

»Mir soll's recht sein, solange ich nicht noch mehr Erde schaufeln muß.«

Linders leise glucksendes Lachen kam als ein kehliges Rumpeln aus Sands' Kopfhörern. »Bevor wir hier fertig sind, Sands, werden Sie wahrscheinlich den saturnischen Weltrekord im Schaufeln halten!«

Sands ächzte. Er spürte bereits einen ungewohnten Schmerz in Schultern und Rücken. »Das habe ich befürchtet.«

24

Das Labor

Kimber Crawford saß in der Enge des Landungsboots und nagte an der Unterlippe, während sie die blassen Hügel und Täler des alten Meeresbodens langsam unter sich vorbeiziehen sah. Der Anblick weckte ein Gefühl in ihr, das sie nicht ganz verstand. Ihr erster Blick durch die Aussichtskuppel zur Erde hatte sie so tief beeindruckt, daß sie danach nur mit gedämpfter Stimme gesprochen hatte. Sie hatte das Gefühl gehabt, lautes Sprechen würde die Ruhe der Milliarden von geehrten Toten stören, die auf der einst so grünen Welt zurückgeblieben waren.

Ihre Reaktion überraschte sie. Wie die meisten Bewohner des Saturnsystems schätzte sie projizierte Dioramen von Landschaften der Erde. Dennoch deutete nichts in ihrer Vergangenheit auf die Tiefe des Gefühls für eine Welt hin, die einmal zu besuchen sie niemals erwartet hatte. Sie überlegte, ob es etwas in der menschlichen Natur gebe, was sich instinktiv nach den äußeren Bedingungen sehnte, unter denen die Menschheit sich in Jahrmillionen entwickelt hatte.

Fünf Erdentage zu je vierundzwanzig Stunden waren nötig gewesen, um die Laboratorien auszugraben und bewohnbar zu machen. Diese Zeit hatte Kimbers Geduld auf eine harte Probe gestellt. Wiederholt war das Landungsboot zum Schiff zurückgekehrt, nur um mit Geräten und Ausrüstungen beladen zu werden und ohne sie zur Erdoberfläche zurückzukehren. Nun endlich war sie an die Reihe gekommen. Sie hatte ihren Isolieranzug angelegt, war in den Sitz neben dem Piloten gcklettert und hatte geduldig gewartet, während die Besatzung der *Vixen* jeden Kubikzentimeter verfügbaren Raums mit Vorräten und Ausrüstungsgegenständen angefüllt hatte.

Das Boot trat über der Taghalbkugel in die Atmosphäre ein und geriet rasch in die Turbulenzen der oberen Luftschichten. Trotz Forbes' Versicherung, das dies normal sei, begann Kimber sich zu sorgen. Die Stöße waren fühlbar schlimmer geworden, je tiefer sie gekommen waren, und mehr als einmal sackte die Maschine plötzlich viele Meter durch, bevor sie sich fing, um kurz darauf von starken Aufwinden wieder emporgehoben zu werden. Doch als sie schließlich aus der Wolkendecke in freie, von Dunst erfüllte Luft hinausstießen, vergaß Kimber augenblicklich alle Ängste und Unbequemlichkeiten, die sie ertragen hatte. Ihr Empfinden für die Welt drängte alle anderen Regungen zurück.

Das Boot überflog eine alte Küstenlinie und hielt auf die Vorberge eines hohen, von steilen Schluchten zerklüfteten Gebirges zu, dessen Gipfel in die Wolkendecke ragten. Am Fuß der Vorberge war das Laboratorium, wo die Energieabschirmung entwickelt worden war. Als sie sich dem provisorischen Landeplatz näherten, sah Kimber eine Menge Gerät im Umkreis eines Stollens, der in die Flanke eines niedrigen Hügels führte. Draußen bei den Geräten standen drei winzige Gestalten in Schutzanzügen. Sie stellte sich vor, daß einer von ihnen Lars sein müsse, und der Gedanke an ihn ließ ihr Herz höher schlagen.

Forbes zog eine Schleife über dem Hügel, um festzustellen, aus welcher Richtung der Wind wehte, dann verlangsamte er zum Schwebeflug und ging in einer rasch verwehenden Staubwolke nieder. Kimber spürte, wie sie aufsetzten, und wartete mit mühsam gezügelter Ungeduld, daß der Pilot den Einstieg öffne. Als sie die Sicherheitsgurte öffnete, fiel ein Schatten über sie. Sie blickte auf und sah eine Gestalt in einem Schutzanzug, die sich in der Enge der Pilotenkanzel über sie beugte.

»Hallo, Fremdling«, sagte Lars' vertraute Stimme aus ihrem Kopfhörer. »Willkommen auf der Erde!«

Sie stolperte beinahe in ihrer Hast, aufzustehen. Er stützte sie, und sie umfaßten sich bei den Schultern. Das zentimeterdicke, steife Material der Schutzanzüge machte es zu einer unbefriedigenden Umarmung, aber sie stellte sich vor, daß sie seine Berührung fühlen könne, als sie die Visierscheiben aneinanderdrückten, um sich in die Augen zu sehen.

»Wie läuft alles?« fragte sie, als er sie endlich freigab.

»Besser als erwartet. Wir haben den Eingang zum Laboratoriumskomplex freigelegt, die Türen versiegelt, so gut wir es konnten, und die Sauerstoff- und Klimaanlagen installiert. Die Innentemperatur ist noch reichlich hoch, aber gut auszuhalten.«

»Klingt wunderbar.«

»Sagen wir, daß deine Schweißdrüsen Gelegenheit zu einer Funktionsprüfung bekommen werden. Wo ist dein Gepäck?«

Kimber zeigte zu der kleinen Tasche, die sie während des Flugs zwischen den Beinen gehalten hatte. »Das war alles, was Kapitän McCarver erlaubte, abgesehen vom Schutzanzug.«

Sands bückte sich und zog die Tasche in einer Bewegung hervor, die Kimber nicht für möglich gehalten hätte. Sein Aufenthalt am Erdboden hatte ihn offensichtlich viel über das Manövrieren in dem unförmigen Anzug gelehrt. Er nahm die Tasche mit der Linken und führte sie mit der anderen Hand hinaus über die Tragfläche zur Klappleiter.

»Laß mich vorangehen, dann kann ich dich stützen, wenn du die Leiter herunterkommst.«

»Ich komme schon zurecht.«

»Vorgestern sagte Park Eald das gleiche. Dann fiel er

von der Leiter und brach sich beinahe ein Bein. Sei vernünftig, ich möchte nicht, daß du dich verletzt.«

»Wie du meinst, mein galanter Ritter!«

Eine Minute später stapfte Kimber schwerfällig durch den Staub und Sand des ausgedörrten Bodens zum freigelegten Stolleneingang.

Die lange Rampe der Einfahrt war ursprünglich aus dem anstehenden Fels geschnitten und betoniert worden, Endpunkt einer zweispurigen Straße, die sich von der Küstenebene durch die Vorberge heraufgeschlängelt hatte. Zweihundert Jahre veränderter Wetterverhältnisse hatten fast jede Spur davon getilgt. Die Teerdecke war in der Hitze weich geworden und in trägen schwarzen Rinnsalen zerflossen. Die Straße und ihre Einschnitte waren unter Anwehungen von Sand und Staub verschwunden, der Verlauf nur noch stellenweise zu erkennen. Im Innern der Einfahrt war die Betonverkleidung der Wände und Decke rissig geworden und herausgefallen und hielt sich nur noch stellenweise in unregelmäßigen Flecken an den Wänden.

Kimber bemerkte diese und tausend anderer Einzelheiten, als sie Lars das leichte Gefälle hinunter folgte, das zur unterirdischen Anlage führte. Es war, als ob ihre Sinne tausendfach geschärft wären und sie wurde nicht müde, die neuen Eindrücke aufzunehmen. Sie konnte sich nicht erinnern, sich jemals lebendiger gefühlt zu haben.

»Gib acht auf deine Atmung«, warnte er sie.

»Was?« Sie mußte sich von den Wundern ringsum lösen.

»Du fängst an, unregelmäßig zu atmen. In diesen Anzügen bedarf es einer bewußten Anstrengung, die Atmung zu kontrollieren. Man neigt leicht zur Hyperventilation.«

»Das ist die Aufregung«, sagte sie, erstaunt, wie er es merken konnte. Aber natürlich, dachte sie, er konnte sie über die Kommunikationsverbindung genauso atmen hören wie sie ihn.

»So geht es allen. Man sieht etwas Neues, gerät in Erregung, vergißt die Atmung zu kontrollieren, und es wird einem schwindlig. Denk dir nichts dabei. Nach ein paar Stunden läßt die Erregung nach. Dann wirst du anfangen, die Unannehmlichkeiten zu bemerken.«

»Warten wir's ab«, sagte sie heiter.

Er ging mit ihr durch den Stollen und eine Luftschleuse, die nicht Teil des ursprünglichen Laboratoriums gewesen war. Die Konstruktion trug die unverkennbaren Merkmale saturnischer Konstruktion.

»Ich kann mich nicht erinnern, daß wir dieses Ding an Bord hatten«, sagte sie, als sie die leichte Konstruktion aus dünnen Verstrebungen mit Kunststoffverkleidung befühlte.

»Ganz recht.«

»Dann ist dies wirklich die Anlage, die von der Borman-Expedition erforscht wurde!«

»So ist es. Wir haben ihre Abfallgrube gefunden, und eine ganze Menge steinhart gewordener Lebensmittel, die sie zurückließen.«

Die Türen der Luftschleuse waren einfache, durch Metallverstrebungen verstärkte Kunststoffplatten mit Dichtungen aus hitze- und alterungsbeständigem synthetischen Gummi. Lars öffnete ihr, ließ sie durch und schloß die Tür hinter ihr. Am Ausgang der Luftschleuse wiederholten sie das Ritual und betraten das trübe erhellte Innere des Laboratoriumskomplexes.

»Du kannst den Anzug jetzt ablegen«, sagte Lars. Er hatte die Hände bereits am Helm und begann die Versiegelung zu öffnen.

Aus Gewohnheit überprüfte Kimber die Digitalanzeigen im Innern ihres Helms. Die Ablesung der Außentemperatur ging bereits herunter. Die Verhältnisse im Innern des unterirdischen Komplexes waren erträglich, aber, wie Lars angedeutet hatte, nicht eben angenehm.

Sie hob die Hände, öffnete die Helmversiegelung und hob ihn vom Kopf.

Sie ließ den Helm an seiner kurzen Fangleine fallen und atmete tief die Luft. Trotz ihres muffigen Geruchs und der schwülen Wärme einer Sauna war dies die Luft, die schon Galilei, Einstein, Christus, Mohammed und Hitler geatmet hatten. Die Empfindung, die sie durchflutete, kam einer religiösen Erfahrung nahe. Sie öffnete den Mund zu einer Bemerkung, brach dann ab, als ein tiefes, rauhes Krächzen aber ihre Lippen kam.

Lars hatte sie beobachtet und grinste breit. Es war offensichtlich, daß er auf den Augenblick gewartet hatte. Als er sprach, hatte seine Stimme den Klang einer Kesselpauke.

»Seltsam, nicht?«

»Was ist mit unseren Stimmen los?«

»Die Erde hat eine Stickstoff-Sauerstoff-Atmosphäre.«

»Und?«

»Denk an deinen Physikunterricht. Die Schallgeschwindigkeit ist hier viel geringer als bei uns daheim.«

»Richtig«, murmelte sie. Ob laut oder leise, sie sprach in schrecklichen tiefen Tönen und genierte sich. Halb vergessener Unterrichtsstoff kam ihr wieder in den Sinn. »Stimmbänder vibrieren in Stickstoff-Sauerstoff mit einer niedrigen Frequenz, nicht?«

Er nickte.

Die Wolkenstädte des Saturn verwendeten Helium in ihren Atemmischungen. Es war nicht anders möglich. Reiner Sauerstoff war unter dem Druck, den die schwebenden Wolkenstädte aufrechterhalten mußten, sowohl giftig wie auch explosiv. Auf Titan hatte man die Heliummischung übernommen, um die Ausrüstungen zur atmosphärischen Kontrolle verwenden zu können, die in den Saturnstädten hergestellt wurden. Das Ergebnis war, daß die zeitgenössische Menschheit nur Sopranstimmen kannte.

»Warum hast du dich über Funk nicht anders angehört?« fragte Kimber.

»Weil ich im Anzug immer noch die Helium-Sauerstoff-Mischung verwende. Aber sie geht allmählich zur Neige, und ich werde auf einheimische Luft umschalten müssen. Dazu muß die Programmierung des Anzugs geändert werden, also werden wir am besten alle gleichzeitig den Wechsel vollziehen.«

»Das heißt, wir werden uns die ganze Zeit so anhören?«

»Solange du Erdatmosphäre atmest«, sagte er grinsend. »Keine Sorge, du wirst dich daran gewöhnen. Du mußt dir nur sagen, daß dies der natürliche Klang der menschlichen Stimme ist, seit es uns gibt.«

Sie verzog das Gesicht.

»Ja, ich weiß. Mir kam es auch unangenehm vor, als meine Stimme sich das erste Mal veränderte.«

Sie legten ihre Anzüge ab und gaben sich einer Orgie gegenseitigen Kratzens hin. Unter ihrem Anzug trug Kimber den üblichen Körperstrumpf aus reibungsarmem Gewebe. Schon erschienen in den Achselhöhlen und am Rücken Schweißflecken. Sie fragte Sands, ob man nichts gegen die hohe Temperatur im Laboratorium tun könne.

»Wir haben die Klimaanlage auf vollen Touren laufen. Vergiß nicht, daß wir gegen eine Hitze ankämpfen, die hier seit dreißig Jahren alles durchdrungen hat. Trotzdem gewinnen wir ungefähr drei Grad am Tag. Bei dieser Rate sollte es bald angenehm werden.«

»Und bis dahin schwitzen wir!«

»Ich fürchte, so ist es. Komm mit, wir machen einen kurzen Rundgang. Das sollte deine Gedanken ablenken.«

Sie hängten ihre Anzüge an eine Reihe Wandhaken, wo schon andere Schutzanzüge hingen. Kimber fragte sich, wozu dieser improvisierte Umkleideraum ursprünglich gedient haben mochte. Lars führte sie einen langen Gang entlang, der in weiten Abständen von Leuchtstoffröhren erhellt wurde. Kimber erkannte sie; sie selbst hatte vor zwei Tagen bei der Verladung geholfen.

Der Laboratoriumskomplex hatte die Form eines großen Kreuzes, das von zwei unterirdischen Tunnels gebildet wurde, die mehrere hundert Meter lang waren und rechtwinklig zueinander verliefen. Der Kreuzungspunkt beider Tunnels war ausgehöhlt und bildete eine große, halbkugelförmige Kaverne. Hier fanden sie Halley Trevanon beim Verlegen von Kabeln.

»Willkommen in der Hölle!« rief Halley, als sie Kimber sah. Sie trug Shorts und einen Büstenhalter. Das Haar klebte ihr verschwitzt am Kopf.

»Soll ich danke sagen?«

Halley lachte. »Sie hätten gestern hier sein sollen. Da war es wirklich heiß.«

»Ich zeige Kimber den Tresor«, sagte Lars. »Sind die Lampen dort noch an?«

Halley schüttelte den Kopf. »Ich habe sie ausgeschaltet, um die Straßenbeleuchtung hier zu testen. Ich schalte sie gleich wieder ein.«

Sie suchte in dem Gewirr der Leitungen herum, fand das Hauptkabel und den provisorischen Schalter. »So. Jetzt gibt es wieder Licht.«

»Danke.«

»Was hat es mit diesem Tresor auf sich?« fragte Kimber.

»Du wirst sehen«, erwiderte Lars geheimnisvoll.

Er nahm sie beim Arm und führte sie durch den Gang, der rechtwinklig von jenem abzweigte, durch den sie gekommen waren. »Gib acht, wohin du trittst. Die Decke ist teilweise eingestürzt.«

Nach einer Weile kamen sie an einem breiten Riß in der Tunnelwand vorbei, aus dem heiße, feuchte Luft wehte.

»Das ist eines unserer Probleme. Wir werden diese

Öffnungen alle ausfindig machen und abdichten müssen, wenn wir zu wirklich angenehmen Klimabedingungen kommen wollen. Das ›wir‹ sind du, ich und Halley. Die Wissenschaftler müssen sich ganz auf die Auswertung der Daten konzentrieren, die wir finden.«

Kimber nickte.

Sie gingen weiter, vorbei an Büros, Werkstätten und anderen Räumen, deren Zwecke nicht offensichtlich waren, und erreichten schließlich das Ende des Gangs. Jedenfalls kam es Kimber so vor, bis sie näher kamen und deutlich wurde, daß eine mächtige Tür den Gang versperrte. Das Aussehen der Tür verriet Kimber sofort, warum man sie ›den Tresor‹ getauft hatte.

Die Tür war vier Meter hoch und sechs Meter breit und füllte den Tunnelquerschnitt vollständig aus. Sie war von einer massiven Solidität, wie sie auf Saturn unbekannt war und auf Titan nur selten angetroffen wurde. Die Stärke der Tür war nicht zu bestimmen, obwohl die Größe der rostigen Scharniere den Schluß zuließ, daß sie überaus widerstandsfähig konstruiert war.

»Wir glauben, daß hinter dieser Tür ihre Versuchsanlagen sind«, sagte Lars. »Jedenfalls haben wir sie anderswo nicht gefunden. Wir werden mehr wissen, sobald wir sie öffnen.«

»Können wir sie überhaupt öffnen?« fragte Kimber zweifelnd. Neben den massiven, rostigen Türangeln beeindruckte sie vor allem, daß der mächtige Rahmen schief war. Die von Erdbeben begleiteten tektonischen Bewegungen der Krustenplatten, verstärkt durch das Verdampfen der Ozeane, waren zweifellos auch hier am Werk gewesen.

»Bestimmt nicht auf die normale Art und Weise. Andererseits wissen wir, daß die Borman-Expedition nicht hineingekommen ist. Sie hinterließ ein paar Kratzer an der Tür, war aber nicht annähernd imstande, sie aufzubringen. Wahrscheinlich fehlte ihr das dazu nötige schwere Gerät. LeBlanc überlegt zur Zeit, ob es zweckmäßiger sein würde, die Stärke der Tür durch eine Bohrung festzustellen und dann mit dem Schweißbrenner eine Öffnung zu schneiden, oder gleich einen Umgehungsgang durch das Gestein zu schlagen. Dies hätte den Vorteil, daß wir sicherheitshalber eine Schleusentür einbauen könnten. Das nötige Material wird jetzt von der *Vixen* heruntergebracht.«

Kimber untersuchte die massive Konstruktion. »Man fragt sich, wovor die Erbauer sich fürchteten«, sagte sie.

»Wie bitte?«

»So etwas baut man, um entweder Leute fernzuhalten oder um etwas anderes am Eindringen von außen zu hindern. Warum hätten die Erbauer sonst die Mühe und Kosten auf sich genommen?«

»Eine gute Frage«, erwiderte Lars. Er betrachtete die massive Barriere mit ernster Miene. »Ich glaube, wir sollten eine Antwort darauf finden, bevor wir uns mit Bohrer und Schneidbrenner an die Arbeit machen.«

Professor Paolo Renzi besah lächelnd die zwei kleinen Stapel gläserner Dominosteine und war zufrieden. Wenn man sie gegen das Licht hielt, funkelten sie in den Regenbogenfarben der inneren holographischen Speicher. Größe und Form der Dominosteine wiesen sie als holographische Speichereinheiten eines Typs aus, der vor zwei Jahrhunderten allgemein gebräuchlich gewesen war. Renzi nahm einen Stein vom kleineren Stapel und steckte ihn in den Aufnahmeschlitz seines modifizierten Lesegeräts. Der Bildschirm wurde freigemacht, dann zeigte er die Titelseite einer Faxmeldung. Das Datum am Kopf war aus der Zeit dreißig Jahre vor der erzwungenen Evakuierung der Erde. Renzis zufriedenes Lächeln verstärkte sich, als er die gespeicherten Informationen überflog und entdeckte, daß die Einheit mit anderen Nachrichten aus der Periode angefüllt war. Er stieß sie aus dem Lesegerät aus und fügte sie dem größeren Stapel hinzu. Dabei dankte er den Göttern, daß Crawford ihn zum Leiter der Expedition ernannt hatte. Diese Gelegenheit zu verpassen, wäre die schwerste Enttäuschung seines Lebens gewesen.

Während ihrer ersten Durchsuchung der Laboratorien hatten sie annähernd zwei Dutzend der Speichereinheiten gefunden. Die meisten hatten in Schubladen oder an anderen zufälligen Orten geschlummert. Einige waren hinter Ablageschränke gefallen und im Staub gelegen. Bisher hatte die Ernte allerdings nichts über die Arbeitsweise des Laboratoriums enthüllt. Die meisten der Speichereinheiten enthielten Aufzeichnungen von Zeitschriftenbeiträgen, Faxmeldungen und Nachrichten der Massenmedien. Obwohl sie für seine Mission keine unmittelbare Bedeutung hatten, betrachtete Renzi die Speichereinheiten als einen wichtigen und wertvollen Fund. Das letzte Jahrhundert der Menschheit auf Erden hatte ihn seit langem fasziniert. Die Überlegung, daß dieses Datenmaterial neue Einsichten in die Periode liefern könnte, erfüllte Renzi mit ungeduldiger Erwartung.

Wie sich denken ließ, hatte die Erkenntnis, daß die Sonne im Begriff war, in eine Periode langfristiger Instabilität einzutreten, auf der Erde, dem Mond und den Raumhabitats eine Schockwelle ausgelöst. Eine Zeitlang hatte es den Anschein gehabt, daß die Hiobsbotschaften jene selbstmörderischen Tendenzen auslösen würden, die zu unterdrücken der Menschheit seit mehr als einem Jahrhundert gelungen war. Der Friede konnte gewahrt bleiben, aber es begann eine jahrzehntelange Phase der Hoffnungslosigkeit und des allgemeinen Niedergangs. Es war eine Zeit, in der die nicht belastungsfähigen liberalen Gesellschaften unter dem Druck wirtschaftlicher Depression, wachsender Arbeitslosigkeit, sprunghaft zunehmender Kriminalität und Krawalle, eines Überhandnehmens von Rauschgiftkonsum und der nihilistischen Philosophie eines ungehemmten Hedonismus zerfielen. Schließlich aber hatte das Pendel in die andere

Richtung ausgeschlagen und aus der lähmenden Anarchie waren eine neue Ordnung und Stärke erstanden. Mehr und mehr Menschen hatten die Fäuste geballt und einem scheinbar unabwendbaren Schicksal getrotzt. Und aus diesem Trotz war einer der großartigsten Pläne entstanden, die je ersonnen wurden.

Annähernd hundert Jahre hatte die Menschheit sich auf wissenschaftliche Forschung konzentriert, wie sie es bis dahin nie getan hatte. Jede Möglichkeit, dem Strahlungsausbruch der Sonne zu entgehen, wurde erforscht, ganz gleich, wie entlegen sie schien. Diese Periode war später als das Goldene Zeitalter der Naturwissenschaften bekannt geworden.

Paolo Renzi hatte das Studium jener Jahre seit langem zu seiner Nebenbeschäftigung gemacht. Der immerwährende Kampf um größere Budgets, mehr Planstellen oder, in schwierigen Zeiten, gegen die Kürzung der staatlichen Mittel, hatte oft den Wunsch in ihm geweckt, ein Zeitalter geboren zu sein, wo diese Überlegungen keine Rolle gespielt hatten. Und obwohl es die Erde nicht hatte retten können, war das Goldene Zeitalter keineswegs ein Fehlschlag gewesen. Viel Gutes war aus dem unermüdlichen Streben erwachsen. Ohne die Entdeckungen jener hektischen Jahre wären die Wolkenstädte nicht möglich gewesen. Ein Ergebnis dieser Forschungen war ein wesentlich verbessertes Verständnis der Vorgänge im Innern der Sonne. So waren es schließlich die Sonnenphysiker gewesen, welche die Weltorganisation und ihre angeschlossenen Regierungen überzeugt hatten, daß sie keine andere Wahl hatten, als Zuflucht im äußeren System zu suchen.

»Immer noch in Verzückung über Ihre Speichertafeln, Paolo?« Arthur Linder, der stellvertretende Leiter der Expedition, steckte den Kopf zur Tür herein. Renzi blickte auf und lachte seinem Kollegen zu.

»Sie kennen mich viel zu gut, Arthur. Ich fürchte, es kostet mich meine ganze Willenskraft, das Material nur zu überfliegen. Am liebsten würde ich mich Hals über Kopf hineinstürzen.«

»Haben Sie schon ein Verzeichnis fertig?«

»Annähernd. Ich fürchte nur, daß die Information, die wir hier suchen, nicht darunter ist.«

Linder zuckte die Achseln. »Das überrascht mich nicht. Die Borman-Expedition hätte die Ernte vor dreißig Jahren schon eingefahren, wenn sie so leicht zugänglich gewesen wäre. Wenn wir etwas finden, wird es im Tresor sein.«

»Welche Fortschritte gibt es dort?«

»LeBlanc meint, er könne die Stahltür in ungefähr drei Tagen durchschneiden. Sie bauen jetzt den Laser auf. Kapitän McCarver war nicht glücklich, daß wir seinen Ersatzreaktor angefordert haben.«

»Kann ich ihm nicht verdenken, aber wir müssen durch diese Tür. Alles andere haben wir durchsucht.«

Er kam herein, zog einen Stuhl herbei und setzte sich Renzi gegenüber. Er verschränkte die Hände hinter dem Kopf, kippte den Stuhl zurück und legte die ausgestreckten Beine mit den schmutzigen Stiefeln auf den Tisch, wo Renzi die Speichereinheiten gestapelt hatte. »Sands meldete eben, daß er die Lecks beinahe alle verstopft hat. Morgen will er damit fertig sein. Danach möchte er mit dem Aufbau unserer Verteidigung anfangen.«

»Zeitverschwendung«, murmelte Renzi.

»Mag sein«, erwiderte Linder. »Aber es ist Befehl, und wir sollten ihn befolgen. Denken wir daran: ›Es muß keinen Sinn haben ...‹«

»›... es ist Regierungspolitik‹«, vollendete Renzi das Zitat, das wahrscheinlich schon alt war, als Julius Caesar noch in Windeln lag.

25

Die Entdeckung

Der weiße Punkt des Schneidlasers kroch langsam über die schwarze, rostfleckige Oberfläche der Tresortür. Er ließ ein Rinnsal geschmolzenen Metalls zurück, das aus dem tiefen Einschnitt auf den Betonboden tropfte. Der Punkt bewegte sich auf einer vorgezeichneten Linie, die ein Pilotloch umgab. Diese kleine Öffnung war zuerst in die Tür geschnitten worden, dann hatten sie eine Kamera und eine Lichtquelle hineingeschoben. Die Kamera zeigte einen großen Höhlenraum, der sich in Dunkelheit verlor. Das vom Licht erhellte Raumvolumen war angefüllt mit altem Gerät und großen Maschinen, die sich jenseits des Lichtkreises in Dunkelheit verloren. Ob jenseits der Tür Gefahren lauerten, war nicht festzustellen. Alles schien ruhig. Luftproben ergaben keine meßbaren Anteile giftiger oder ansteckender Substanzen.

Artur Linder war über das Steuergerät des Schneidlasers gebeugt und lenkte seine Bewegungen, während die anderen weiter hinten im Gang standen und die Operation durch getönte Schutzbrillen beobachteten. Endlich erlosch die kleine weiße Glutwolke, die den Laserpunkt markierte. Die innen aufgestellte Kamera hatte das erste Laserlicht in der Höhle registriert und die Stromzufuhr des Schneidlasers automatisch unterbrochen. Sie würden nun langsam und vorsichtig die letzten Zentimeter durchschneiden müssen, um zu vermeiden, daß der Laser den Inhalt der Höhle beschädigte.

Für Lars wurde alles schwarz, als der weißglühende Punkt verschwand. Er schob die Schutzbrille auf die

Stirn und rieb sich die Augen, um das grüne Nachglühen zu beseitigen.

»Wie lange wird es jetzt noch dauern?« fragte er Linder.

Der Wissenschaftler reckte seine Arme und entspannte schmerzende Muskeln. Drei Stunden in gebeugter Haltung hatten ihn versteift. »Noch eine Stunde, würde ich sagen.«

»Soll ich Sie ablösen?«

»Meinen Sie, daß Sie im Einschnitt bleiben können?«

»Ich denke schon.«

»Dann übernehmen Sie, und danke.«

Sands nahm Linders Platz an der Steuerung ein und brachte das Fadenkreuz auf dem Kontrollschirm in Deckung mit dem Einschnitt. Die Tresortür war eine halbmeterdicke Mehrschichtenkonstruktion aus harten und weichen Metallen. Das Stück, welches sie herausschnitten, hatte einen Durchmesser von zwei Metern. Auch Sands hatte Rückenschmerzen, bevor er endlich die letzte Metallbrücke durchschnitt, die den runden Ausschnitt hielt. Ein dumpfer metallischer Klang, den er durch die Fußsohlen fühlen konnte, signalisierte den Erfolg, als der schwere Ausschnitt ein paar Millimeter sackte. Sands schaltete den Schneidlaser aus und unterbrach den Sicherungsschalter der Stromzufuhr.

Park Eald, der Computerspezialist, war unterdessen an die Tresortür gegangen, wo das durchschnittene Metall noch dunkelrot glühte. Er zog die Kamera aus dem Pilotloch und setzte eine große Ringschraube in die Öffnung. Dann schraubte er sie mit einer zwei Meter langen Brechstange als Hebel in das vorgeschnittene Pilotloch. Sobald sie festsaß, zog er ein hochfestes Tau aus Kunststoffasern durch den Ring und führte es durch den Korridor zu einer Winsch, die im anstehenden Fels verankert worden war. Er schaltete die Winsch ein und trat mit den übrigen Zuschauern zurück, während die Trommel das lose liegende Tau durchholte.

Das Tau spannte sich, und alle Bewegung kam sekundenlang zum Stillstand, bis ein lautes Kreischen von Metall gegen Metall ertönte. Sie sahen fasziniert zu, wie der runde Ausschnitt langsam aus dem Loch gezogen wurde. Als der größte Teil seiner Dicke herausgezogen war, fiel er heraus und krachte auf den Boden.

Die Erschütterung des dumpfen Schlages war so stark, daß sich an verschiedenen Stellen Stein- und Betonbrocken aus der Decke lösten und in den Korridor polterten. Der aufgewirbelte Staub trübte das Licht und führte zu Hustenanfällen. Trotzdem drängte alles vorwärts und versammelte sich um das trübrot glühende Loch. In der Nähe der Schneidfläche war starker Ozongeruch festzustellen. Paolo Renzi leuchtete mit einer starken Lampe in die Höhle jenseits der Tresortür und ließ ihren Lichtkegel über die Maschinen gehen, die einst die Hoffnung der Menschheit gewesen waren und seither geduldig die Rückkehr ihrer Herren erwartet hatten.

Drei Tage später gab Paolo Renzi beim Abendessen eine Erklärung ab. Die Abendmahlzeiten waren für die Expeditionsteilnehmer eine förmliche und wichtige Angelegenheit, denn bei dieser Gelegenheit wurden die Ergebnisse des Tages diskutiert und die Arbeitsverteilung für den nächsten Tag festgelegt. In den ersten Tagen waren die Essenszeiten Anlässe zur Entspannung und zum Scherzen gewesen, aber das hatte aufgehört. Die Anstrengung der sechzehnstündigen Arbeitstage forderte ihren Tribut.

»Ich habe eine Datenbasis mit technischen Einzelheiten der Energieabschirmungsexperimente gefunden«, verkündete Renzi beinahe beiläufig, als er die Metallfolie von einer Portion Nahrungskonzentrat zog und mißtrauisch den Inhalt beschnüffelte.

»Wie vollständig?« fragte Linder. Der Geologe hatte dunkle Schatten unter den Augen, aber Renzis Eröffnung ließ ihn seine Müdigkeit momentan vergessen.

»Schwer zu sagen. Wir werden einen Katalog anlegen und das Datenmaterial in eine verständliche Ordnung bringen müssen.«

»Aber Sie glauben, es ist, was wir gesucht haben?«

»Das glaube ich«, erwiderte Renzi. Er kaute bedächtig, bevor er fortfuhr: »Obwohl ich nur die Zusammenfassung überflogen habe, kann ich Ihnen schon eine ungefähre Erklärung der zugrundeliegenden Prinzipien geben. Es scheint, daß unsere Vorfahren eine einzigartige Lösung der Raumtensorgleichungen entdeckten.«

»Und wieder vergaßen?« warf Professor LeBlanc ein. Im Gegensatz zu den anderen zeigte er nach annähernd zwei Wochen angestrengter Arbeit kaum Anzeichen von Erschöpfung. »Wie ist das möglich?«

»Es wurde nicht so sehr vergessen als vielmehr niedriger eingestuft«, erläuterte Renzi. »Wir verwenden die Raumtensorgleichungen für viele unserer eigenen Technologien. Sie sind beispielsweise wesentlich für die Arbeit von Neutrinodetektoren. Die Wissenschaftler hier versuchten sie in einer Größenordnung anzuwenden, die bis dahin niemand für möglich gehalten hatte.«

Sands hörte nur noch mit halber Aufmerksamkeit zu, als die Wissenschaftler in ihre Fachsprache übergingen und Renzi die mathematischen Prinzipien erläuterte. Soviel er verstand, hatten die Forscher in diesen Laboratorien eine unendlich dünne Hülle aus Raumzeit in sich selbst gebogen. Das Ergebnis war eine geschlossene Oberfläche, durch die weder Materie noch Energie dringen konnte. Sands versuchte sich vorzustellen, wie eine mit solch einer Energieabschirmung ausgerüstete Wolkenstadt sein würde.

Wenn die Abschirmung in schneller, flimmernder Folge ein- und ausgeschaltet werden konnte, würde Licht durchdringen, aber Gasmoleküle würden nicht die Zeit haben, die Abschirmung zu durcheilen. Tatsächlich würde die Abschirmung den Gasballon der

316

Stadt ersetzen. Als er daruber nachdachte, wurde Sands klar, daß er zu engstirnig gedacht hatte. Statt eine Wolkenstadt innerhalb einer Abschirmung zu bauen, könne man sie in der Art eines Luftballons darunter aufhängen. Alle Atmosphäre könnte aus der Abschirmung gepumpt werden, und man würde eine vakuumgefüllte Schale erhalten, die ein Optimum an Auftriebskraft liefern würde. Mit solch einer Abschirmung würde es keine praktische Grenze für die Größe einer Stadt geben. Sands malte sich Städte aus, die Hunderte von Kilometern im Durchmesser maßen und unverwundbar zwischen den Wolken schwebten, ausgerüstet mit Energieabschirmungen zur Verteidigung, die beim ersten Zeichen von Gefahr eingeschaltet werden konnten. Solche Städte würden weder ihre Nachbarn noch das Wetter zu fürchten haben.

Er saß mit dem Rücken an der Wand und kaute lustlos an einem Riegel mit Nahrungskonzentrat, hing seinen Spekulationen nach und lauschte gleichzeitig den aufgeregten Diskussionen der Wissenschaftler. Er merkte es kaum, als Kimber hereinkam und ihn aufsuchte.

»Kapitän McCarver ist am Apparat. Er möchte dich sprechen.«

»Worüber?«

»Das sagte er nicht.«

Kimber begleitete ihn zu dem Büro, das sie in eine Funkstation umgewandelt hatten. Er setzte sich vor den Bildschirm, das McCarvers Gesicht zeigte. Der Kapitän schien keine freudige Nachricht für ihn bereitzuhalten.

»Ah, da sind Sie ja, Sands.«

»Was gibt es, Kapitän?«

McCarvers Miene verdüsterte sich noch mehr. »Vielleicht nichts. Ich empfing gerade einen Funkspruch vom Flaggschiff der Yerbaner.«

»Was wollten sie?« fragte Sands. Die Yerbaner finanzierten die größten archäologischen Expeditionen, die gegenwärtig auf der Erde arbeiteten. Sie gruben die Ruinen von Athen und Rom aus.

»Das muß ich persönlich mit Ihnen besprechen. Ich habe Forbes hinuntergeschickt, daß er Sie zurückbringt. Er wird in einer Stunde dort sein.«

»Oben ist es schon Nacht«, erinnerte ihn Sands. »Würde es nicht besser sein, bis zum Morgen zu warten?«

»Nein.«

»Gut, Kapitän. Wir werden das Funkfeuer für die Landung einschalten, und wenn Forbes kommt, werde ich bereitstehen.«

»Mußt du gehen?« fragte Kimber, als McCarver die Verbindung unterbrochen hatte.

»Ich fürchte, ja. Sei unbesorgt, ich werde morgen oder spätestens übermorgen zurück sein.«

»Ich werde dich vermissen.«

Er nahm sie in die Arme und küßte sie. »Ich dich auch.« Damit verließen sie die Funkstation und suchten den Raum auf, wo sie ihre Schlafsäcke nebeneinander ausgelegt hatten. Dort half sie ihm in den Isolieranzug.

»Was ist so wichtig, daß wir es nicht über die Funkbrücke besprechen konnten?« fragte Sands. Er war eben durch die Luftschleuse der *Vixen* gekommen und mit dem Kapitän zusammengetroffen, der ihn erwartet hatte. Es war ein merkwürdiges Gefühl, nach so langer Zeit auf der Erde wieder in der Schwerelosigkeit zu sein. Und nach der Sauerstoff-Stickstoff-Atmosphäre der Erde gefiel ihm der ›normale‹ Klang seiner Stimme nicht mehr. Früher war ihm nie aufgefallen, wie unangenehm quietschend seine Stimme klang.

Kapitän McCarver half ihm aus dem Anzug. »Die yerbanische Expedition machte ein Schiff aus, das zu einer Parkumlaufbahn verlangsamte und hinter dem Planeten verschwand, wo sie es nicht mehr verfolgen konnte.«

»Landete es?«

»Möglicherweise. Wahrscheinlicher ist, daß es in eine andere Umlaufbahn überging und sein Erkennungssignal ausschaltete. Der Raum ist groß, und man kann sich leicht verstecken, wenn man will.«

»Was für ein Schiff war es?«

»Das interessierte sie vor allem. Da wir die letzten waren, die hier eintrafen, dachten die Yerbaner, es könnte eine zweite Gruppe unserer Expedition sein. Ich sagte ihnen, daß wir nichts damit zu tun haben.«

Sands runzelte die Stirn. Ein geheimnisvolles Schiff, das während seiner Annäherung Funkstille gewahrt hatte und dann verschwunden war ... Er konnte sich nur eine Erklärung denken. Da McCarver das Thema nicht über die offene Frequenz hatte diskutieren wollen, war er offensichtlich zum gleichen Schluß gelangt.

»Es ist die Nördliche Allianz, natürlich.«

McCarver nickte. »Das würde ich auch sagen.«

»Titania sollte Meldung machen, wenn sie ein Schiff zur Erde starten!« rief Sands. Hatte der Agent versagt, den Arvin Taggart im Museum von Cloudcroft hatte? Bis jetzt hatten sie das Ausbleiben einer Nachricht so gedeutet, daß die Expedition der Allianz noch zusammengestellt wurde.

»Sie waren schlauer, als wir ihnen zutrauten. Schließlich ist es kein Kunststück, die wahre Bestimmung eines Raumschiffes bis zum Start zu tarnen.«

»Wie?«

»Auf verschiedene Art und Weise. Am einfachsten ist es, ein Schiff ein paar Millionen Kilometer in einer spiraligen Umlaufbahn um Saturn zu lassen, bevor es Kurs aufs innere System nimmt. Aus der Distanz nimmt niemand mehr das Aufleuchten der Plasmawolke aus den Triebwerken wahr.«

»Wenn es die Allianz ist«, überlegte Sands, »dann müssen wir mit einem Angriff auf die *Vixen* rechnen. Was können wir für den Schutz des Schiffes tun?«

»Hängt vom Angriff ab«, erwiderte McCarver. »Gegen Raketen haben wir keine Chance. Enterer könnten wir vielleicht zurückschlagen, vielleicht auch nicht. Wenn Sie vollständig sicher sein wollen, empfehle ich, daß wir die Expedition schnellstens an Bord nehmen und auf Heimatkurs gehen.«

»Jetzt ist der ungünstigste Zeitpunkt, den man sich denken kann!« sagte Sands. Er erzählte ihm von Renzis Entdeckung.

»Trotzdem sollte alles für die Erforschung nicht unbedingt benötigte Personal sofort an Bord zurückkehren. Das wird uns in die Lage versetzen, den Planeten rasch zu evakuieren, wenn es sein muß. Vergessen Sie nicht, daß das Landungsboot nur drei Passagiere an Bord nehmen kann.«

Sands überdachte das Problem, dann nickte er. »Das leuchtet ein. Ich denke, wir sollten mit Renzi darüber sprechen. Er muß die Entscheidung treffen.«

»Dann werden Sie morgen früh wieder zurückwollen?«

»Nein, das würde zu lang dauern. Wir werden einfach riskieren müssen, daß jemand mithört.«

»Gut«, sagte McCarver. Er führte Sands in den Nachrichtenraum. Als sie hineinschwebten, zog Lars sich in den Sitz und schnallte sich an. Er schaltete das Signal, das unten die Funkstation alarmierte. »Hallo, Liebster«, sagte Kimber und lächelte ihm aus dem Bildschirm entgegen.

»Du hast längst dienstfrei!«

»Ich hatte nichts Besseres zu tun. Außerdem hoffte ich, daß du anrufen würdest.«

»Wo ist Paolo Renzi?«

»Im Tresor. Er und die anderen studieren die Datenbasis, die er gefunden hat.«

»Bitte hol ihn.«

»In Ordnung«, sagte sie und wandte sich von der Kamera ab. In diesem Augenblick ging ein Zittern durch das Bild, als ob jemand die Kamerahalterung erschüttert hätte. Einen Augenblick später drang ein lauter, dumpfer Schlag aus dem Lautsprecher. Kimber flog herum und blickte hinter sich aus dem Aufnahmebereich der Kamera. Andere Stimmen schrien im Hintergrund. Plötzlich wandte sich Kimber wieder der Kamera zu. Ihre Augen waren schreckerfüllt. »Hilfe, wir werden angegriffen! Ich wiederhole, wir werden ...«

Plötzlich erlosch das Bild.

26

Die Katastrophe

»Wir müssen hinunter!«

McCarver schüttelte den Kopf. »Sie werden mindestens vier Stunden warten müssen.«

»Warum, in Gottes Namen?«

»Es ist Mitternacht.«

»Forbes kann im Dunkeln landen. Das hat er vor ein paar Stunden bewiesen.«

»Da hatte er das Funkfeuer und einen beleuchteten Landeplatz. Sie werden weder das eine noch das andere haben. Das Boot ist nicht für eine Nachtlandung in der Wildnis ausgerüstet. Sie werden auf die Morgendämmerung warten müssen.«

»Verdammt, bis dahin können alle tot sein!«

»Sie können schon jetzt tot sein«, entgegnete der Kapitän kalt. »Solange es nicht Tag ist, können weder Sie noch ich etwas tun, ihnen zu helfen. Wir können nur weitere Leute in einem törichten Unternehmen verlieren.«

Sands grollte und knurrte, mußte sich aber eingestehen, daß McCarver recht hatte. Als der Bildschirm ausgegangen war, war ein kalter Wind durch seine Seele gegangen. Er blies noch immer. Aber wenn er Kimber überhaupt eine Hilfe sein wollte, würde er seine Gefühle ignorieren müssen.

Die Uhrzeiger verlangsamten zu einem kaum erträglichen Kriechen, während McCarver und Sands ihre Strategie besprachen und auf den Morgen warteten. Nur drei von ihnen konnten auf der Erde landen. McCarver und sein Chefingenieur mußten an Bord bleiben, um das Schiff für den Fall, daß die Allianz ein Entermanöver plante, manövrierfähig zu erhalten. Damit blieb neben Sands und Forbes nur der Schiffsjunge und dritte Maat des Frachters, um die Bodengruppe zu verstärken. Der Schiffsjunge und dritte Maat war auch der jüngere Bruder des Kapitäns.

James McCarver kam in einem Schutzanzug und mit einem Sturmgewehr in der Armbeuge zur Luftschleuse. Zwei weitere Waffen hatte er über die Schulter gehängt. Sie stammten aus der kleinen Waffenkammer des Schiffes und waren mit panzerbrechenden Explosivgeschossen geladen. Sands unterließ es, den Kapitän zu fragen, wieso ein Raumschiff derartige Waffen an Bord hatte. Er war glücklich, daß sie zur Verfügung standen. Ob sie gegen Marinesoldaten der Allianz von irgendeinem Nutzen sein konnten, war eine andere Frage, und er war nicht begierig, die Antwort darauf zu finden.

»Geben Sie acht auf den Jungen«, sagte der Kapitän zu Sands. »Er ist so gut wie alles an Familie, was mir auf der Welt geblieben ist.«

»Ich werde ihn sicher zurückbringen, Kapitän.«

Nach einem feurigen Eintritt in die Atmosphäre jagte das Landungsboot in niedriger Höhe über die Wolkenschicht dahin. Obwohl im Osten noch nichts den bevorstehenden Anbruch der Dämmerung andeutete, war es nicht dunkel. Ein leuchtendes Nordlicht war am nördlichen Himmel in langsam wallender Bewegung, und im Innern der dichten Wolkendecke leuchteten immer wieder Flächenblitze auf. Und der silberweiße Schein des Vollmonds überglänzte hell das Wolkenmeer. Das Bild erinnerte Sands in mancher Weise an Saturn im Licht des Ringes.

Als die Maschine in die ersten Wolken eintauchte, schaltete Sands das Funkgerät auf die Frequenz des Funkfeuers der Expedition. Er bekam kein Signal außer dem gelegentlichen Zischen und Rauschen von Blitzent-

ladungen und den von ihnen erzeugten atmosphärischen Störungen.

»Kein Funkfeuer?« fragte Forbes neben ihm.

»Nichts.« Sands streckte die Hand aus, um den Empfänger auszuschalten. Seine Finger hielten einen Zentimeter vor dem Drehknopf inne, als kratzige Bruchstücke von Sprache aus seinen Kopfhörern kamen. Der
Empfang war zu stark gestört, als daß man etwas hätte
verstehen können, aber unverkennbar hatte eine
menschliche Stimme in kurzem, scharfem Befehlston
gesprochen. Er wartete lange Sekunden, aber es kam
nichts mehr.

»Was war das?« fragte Forbes.

»Ein Hilferuf? Die Angreifer?«

»Fragen Sie eine Peilung ab, dann sehen wir vielleicht, woher die Sendung kam.«

Sands gab den Befehl ein, den Ursprung des Signals
auf dem Navigationsschirm anzugeben. Wie er vermutet hatte, lag die Quelle des Signals auf einer direkten
Linie zum Laboratorium.

»War das die Allianz?« fragte McCarver vom rechten
Rücksitz des Landungsbootes.

Sands grunzte zustimmend. »Wir sind noch ein gutes
Stück unter ihrem Horizont. Was wir aufgefangen
haben, muß ein von der Wolkendecke reflektiertes Signal gewesen sein.«

»Glauben Sie, daß sie mit ihrem Schiff sprachen?«
fragte Forbes.

»Bereitet Ihnen das Sorgen?«

»Und ob es mir Sorgen bereitet! Wenn sie über dem
Horizont sind, haben sie wahrscheinlich unsere Ionisie-
rungsspur gesehen, als wir in die Atmosphäre eintra-
ten.«

»Vielleicht ist das Schiff gelandet«, sagte McCarver.

Sands dachte über die Möglichkeit nach. Wenn
McCarver recht hatte, würde es die taktische Situation
erheblich verändern. Ein gelandetes Schiff konnte durch

Explosivgeschosse außer Betrieb besetzt werden, vorausgesetzt, ein Schütze konnte unbemerkt nahe genug herankommen.

Sands beobachtete den Navigationsschirm. Sie flogen in nordöstlicher Richtung und hielten auf einen Punkt zu, der mehrere hundert Kilometer nördlich vom Laboratorium lag. Forbes hatte geplant, von dort nach Osten abzudrehen, bis sie hinter der Gebirgskette wären, um dann auf Südkurs zu gehen und das Gebirge als Abschirmung gegen die gegnerischen Sensoren zu verwenden, die wahrscheinlich den Himmel überwachten. Da sie sich jetzt von der direkten Linie zum Laboratorium wie eine geöffnete Schere entfernten, würde es möglich sein, die Position weiterer aufgefangener Signale durch Triangulation zu bestimmen. Wenn ihnen das Glück hold blieb, würden sie auf diese Weise vielleicht zu einem gelandeten Raumschiff der Allianz geführt.

Das nächste Signal war schon wieder vergangen, kaum daß sie es aufgefangen hatten. Trotzdem trug Sands die Peilung sorgfältig ein und fügte sie den Navigationsdaten hinzu. Die neue Peilung schnitt sich mit der ersten beim Laboratorium. Im Laufe der nächsten fünf Minuten fing er drei weitere Signale auf, die alle beim Laboratorium ihren Ausgang nahmen. Während Sands die Positionsbestimmungen machte, um den Gegner zu lokalisieren, stieß das Landungsboot aus der Wolkendecke und war urplötzlich im freien Luftraum. Noch war es dunkel, aber das Wetterleuchten in den Wolken zeigte Sands, daß sie über dem früheren Meeresboden flogen. Dann erreichten sie die lange, unregelmäßige und schwarze Küstenlinie und gingen auf Ostkurs, um hinter die hohe Gebirgskette zu kommen. Forbes ließ das Landungsboot wieder in die Wolken steigen und überwand die Berge in fünftausend Metern Höhe. Dann ging er tief hinunter und auf Südkurs. Sie flogen etwa fünfzehn Minuten, bevor sie eine Position ungefähr querab vom Laboratorium erreichten. Forbes legte die Maschine in eine Rechtskurve und suchte einen Paßübergang durch die Berge.

»Nichts«, knurrte Sands. Die hohe Gebirgskette schnitt sie von jedem Funkverkehr ab. »Und es gibt kein Zeichen von einer zweiten Radioquelle.«

»Vielleicht ist das Schiff tatsächlich beim Laboratorium niedergegangen, und wir fangen Gespräche zwischen der Besatzung und der Bodengruppe auf«, meinte McCarver.

»Gut möglich«, murmelte Forbes. »Bald werden wir es wissen.«

Während des Flugs nach Süden war der Osthimmel allmählich heller geworden, und die Landschaft hatte die tote graue Farbe der Wolken angenommen. Das Morgenlicht zeigte die rauhe, zerklüftete Schönheit der Berge, als sie mit annähernd tausend Stundenkilometern in der Höhe ihrer Vorberge dahinfegten. Unter ihnen erstreckte sich ein Tal, in dessen Boden die Schleifen eines ausgetrockneten kleinen Flusses eingeschnitten waren.

Sie kamen aus der Enge des Gebirgspasses und glitten mit gedrosselten Triebwerken im Tiefflug über die Rücken der Vorberge abwärts. Dann schwenkte Forbes die Triebwerke über die Vertikale hinaus, und die Bremswirkung warf sie in die Gurte. Sands fühlte, wie sein Schließmuskel sich instinktiv verkrampfte, als die Maschine rasch sank und der Boden ihnen entgegenraste. Kurz vor dem Aufschlag zündete Forbes die vertikal geschwenkten Triebwerke, und das Landungsboot setzte in einer Staubwolke auf, prallte einmal ab und kam dann zur Ruhe. Sands merkte, daß er den Atem angehalten hatte. Er inhalierte schnaufend und schnallte sich los.

Augenblicke später war er am Ausstieg und kletterte rasch über die Tragfläche und die Leiter hinab. Das stahlgraue Licht war jetzt stärker, und die Sicht war zufriedenstellend. Er sprang von der untersten Sprosse der Klappleiter auf die pulvertrockene Erde und blickte umher. Vor ihm war ein steiniger, von verwitterten Felsbändern durchzogener Hügel. Hinter ihm mußte das Laboratorium liegen.

Er und James McCarver beluden sich mit ihren Traggestellen, schlossen die Leitung von Luftversorgung und Klimaanlage an, hängten sich die Sturmgewehre um und machten sich zu Fuß auf den Weg. Hinter ihnen brüllten die Triebwerke, und in einer neuen Staubwolke zog Forbes das Landungsboot zum Schwebeflug empor. Dann manövrierte er es langsam in den Schutz einer steilen Felswand, zu deren Füßen es weniger auffällig sein würde. Sie waren übereingekommen, daß der Pilot beim Landungsboot bleiben und auf ihren Anruf warten würde.

Sie benötigten fast eine halbe Stunde, um den Kamm des Hügels zu erreichen. Außer Atem langten sie an und ließen sich auf alle viere nieder, um die letzten hundert Meter zu kriechen, damit ihre Silhouetten sich nicht gegen den Wolkenhimmel abzeichneten. Als Sands einen Aussichtspunkt gefunden hatte, von dem er das Laboratoriumsgelände einsehen konnte, war sein Schutzanzug so von Staub bedeckt, daß er in der umgebenden Landschaft perfekt getarnt war.

Bald entdeckte Lars, daß die Bauchlage in einem Schutzanzug ein sicheres Mittel war, um einen steifen Nacken zu bekommen. Er stützte sich auf die Ellbogen und hob einen Feldstecher an die Visierscheibe. Das Laboratoriumsgelände war etwa drei Kilometer entfernt und vom Kamm des Hügels gut einzusehen. Seine erste Beobachtung war, daß der Sendemast mit dem Funkfeuer umgelegt worden war. Das war zweifellos die Ursache der unterbrochenen Funkverbindung mit Kimber gewesen.

Er richtete das Fernglas auf die kleine Ansammlung von Geräten und Maschinen am Eingang zum Stollen. Beinahe zehn Minuten lang beobachtete er die Stollenmündung, ohne eine Bewegung auszumachen. Dann suchte er nach irgendeinem Hinweis, daß die Angreifer den Laboratoriumskomplex noch besetzt hielten, fand aber nichts. Schließlich bedeutete er McCarver, eine feste Kommunikationsverbindung herzustellen. Der junge Mann zog ein Kabel aus seinem Traggestell und steckte es in die Kontakte von Sands' Helm.

»Was gesehen?«

»Nichts.«

»Vielleicht sind sie weg.«

»Und vielleicht liegen sie auf der Lauer und warten auf uns. Ich wünschte, ich könnte in den Straßeneinschnitt sehen, der zum Eingang führt.«

»Was tun wir?«

Sands zögerte. Es würde mindestens vierzig Minuten dauern, den Stolleneingang auf direktem Weg zu erreichen, und wahrscheinlich doppelt so lange, wenn sie ungesehen bleiben wollten. Er wog die Optionen gegeneinander ab und entschied sich für den sicheren Weg.

»Wir bleiben im Schutz unseres Hügels und schlagen einen Bogen durch die Talsenke, dann steigen wir drüben durch diese Rinne auf, bis wir die Sendeanlage oben auf der Kuppe erreichen.«

»Und wenn wir dort sind?«

»Dann können wir durch den Kabelschacht einsteigen. Gut möglich, daß sie ihn noch nicht entdeckt haben.«

»Das hört sich nicht schlecht an«, sagte McCarver. »Gehen wir.«

Sie stiegen wieder ein Stück ab, um sich nicht zu verraten, und querten dann die lange Flanke des Höhenrückens. Als sie durch die tote Landschaft wanderten, war Lars dankbar für die langen, arbeitsreichen Tage, die seine Muskeln gestählt hatten. Seine verbesserte körperliche Kondition erlaubte ihm, ein Tempo vorzugeben, mit dem der jüngere Mann nur mit Mühe Schritt halten konnte, und sie schafften es in weniger als einer

Stunde, den Fuß des jenseitigen Hügels zu erreichen. Als sie dann durch die Rinne aufstiegen, wurde Sands das unangenehme Gefühl nicht los, daß ein Dutzend Augenpaare jede seiner Bewegungen verfolgte.

Zwanzig Minuten später waren sie bei den Resten der Sendeanlage. Wieder krochen sie die letzten hundert Meter auf den Bäuchen. Aus der Nähe war offensichtlich, daß die Sendeanlage mit dem Funkfeuer gesprengt worden war. Wieder signalisierte Sands nach der Direktverbindung.

»Sie bleiben hier und beobachten den Eingang. Ich werde durch den Leitungsschacht einsteigen und aufklären. Funkverbindung nur im Notfall. Wenn sich überlegener Feind zeigt, in Deckung bleiben. Keine Heldentaten. Wenn ich in einer Stunde nicht zurück bin, gehen Sie zurück zum Boot.«

»Ich sollte Ihnen Feuerschutz geben.«

Sands schüttelte energisch den Kopf. »Nein! Zwei machen zuviel Lärm. Jemand muß den Zugang überwachen und zurückmelden. Sie bleiben hier. Wenn ich Sie brauche, melde ich mich über Funk. Klar?«

»Ja, Sir.«

Lars löste die Steckverbindung mit McCarver, dann arbeitete er sich in Deckung zu der Stelle, wo sie das Kabel der Borman Expedition gefunden hatten. So kam er zu dem Schachtdeckel, durch den sie zuerst in die unterirdische Anlage eingedrungen waren. Mit großer Sorgfalt, um Geräusche zu vermeiden, die im unterirdischen Schacht weit tragen konnten, öffnete er den beim ersten Einstieg schon gelockerten Deckel des Mannloches, ließ sich unbeholfen hinein und zog den Deckel wieder in die Öffnung. Im Schacht war es finster. Nachdem er eine Weile gelauscht und nichts gehört hatte, schaltete er die Helmlampe ein und war vom Lichtkegel momentan geblendet.

Auf allen vieren kroch er in die Richtung des Laboratoriums. Vom Einstieg zum Schaltraum, wo der Kabelschacht endete, waren es fast fünfhundert Meter, und jeder Muskel in seinem Körper schmerzte, bevor er die Hälfte der Strecke hinter sich gebracht hatte. Schweiß rann ihm in die Augen, und er mußte alle paar Sekunden haltmachen, sich die Stirn an den im Helm eingebauten Saugpolster zu wischen. So kam es, daß er den ausgestreckt im Kabelgang liegenden Körper erst bemerkte, als seine behandschuhten Finger ein Bein berührten.

Das Herz schlug ihm im Hals, als er über den Liegenden kroch und ihn auf den Rücken wälzte. Es war Paolo Renzi.

Zuerst dachte er, daß der Expeditionsleiter tot wäre, doch als Lars ihm mit dem Helmlicht ins Gesicht leuchtete, belohnte ihn ein leises Zucken der Augenlider. Renzi bewegte den Mund, und Sands' Rezeptoren nahmen ein stöhnendes, krächzendes Geräusch auf. Es verging eine kleine Weile, bis er verstand, daß der Mann um Wasser bat. Lars zog die Wasserflasche aus ihrer Halterung an seinem Traggestell, öffnete das Visier von Renzis Helm, stützte ihm den Kopf und hielt ihm die Flasche unbeholfen an die Lippen.

Renzi schluckte. Sands warf einen Blick auf die Anzeige der Außentemperatur. Im engen Kabelgang herrschten 65 °C, die leicht als unerträglich empfunden wurden, aber weit unter den mörderischen 150 °C draußen lagen. Offensichtlich drang klimatisierte Luft aus dem Laboratoriumskomplex in den Kabelgang und verminderte die Wirkung des heißen Gesteins ringsum.

Sands öffnete sein Helmvisier und beugte sich über das Gesicht des Mannes. »Wachen Sie auf, Professor!«

Renzi blinzelte ins Licht der Helmlampe und erschrak beim Anblick der über ihn gebeugten Gestalt.

»Ich bin Larson Sands, Professor. Sie sind in Sicherheit. Verstehen Sie mich?«

»Sands?« murmelte Renzi.

»Richtig, Professor. Was ist hier geschehen?«

»Die Allianz«, murmelte Renzi mit heiserer Stimme. »Alle waren im Tresorraum und sahen das Datenmaterial durch. Ich war in mein Quartier gegangen, um ein paar Notizen zu holen. Unterdessen brachen sie den Haupteingang auf. Die anderen saßen in der Falle, aber ich versteckte mich hinter Ablageschränken. Dann, während sie anderswo beschäftigt waren, brachte ich mich hier in Sicherheit.«

»Wo sind die anderen, Professor?« fragte Sands so leise, daß er sich fragte, ob Renzi ihn gehört hatte. Er war im Begriff, die Frage zu wiederholen, als Renzi seufzte.

»Sie sind tot, fürchte ich. Es gab eine Schießerei, dann eine Explosion.«

Die Anstrengung der wenigen Worte erwies sich als zu groß; Renzi wurde wieder bewußtlos. Lars biß die Zähne zusammen, faßte den Professor unter den Achseln und zog ihn die letzten Meter durch den Kabelgang in den Schaltraum des Laboratoriumskomplexes; er war an die Luftzirkulation der Klimaanlage angeschlossen und weniger heiß. Er ließ Renzi am Boden liegen, stand auf und schaltete die Helmlampe aus, bevor er die Tür zum Hauptkorridor öffnete und hinausschlüpfte.

Die kurz nach der Ausgrabung des Eingangs installierten, in weiten Abständen angebrachten Lampen waren eingeschaltet. Ein Blick auf die Anzeige der Außentemperatur zeigte ihm, daß es auch im Korridor wärmer war, als es sein sollte. Anscheinend war die Klimaanlage ausgefallen oder abgeschaltet worden. Der unterirdische Komplex nahm nun rasch wieder die Temperatur des umgebenden Gesteins an. Vorsichtig bewegte sich Sands durch den Korridor, das Sturmgewehr schußbereit in der Armbeuge.

Anfangs durchsuchte er mit größter Vorsicht die seitlich anstoßenden Räume, um nicht unerwartet auf den Feind zu stoßen, aber als immer offenkundiger wurde, daß die Eindringlinge fort waren, gab er seiner inneren Unruhe nach und beschleunigte den Schritt. Er erreichte die Tresortür und fand Brandspuren um das Loch, das sie mit dem Laser geschnitten hatten. Der Maschinenraum hinter der Öffnung lag im Dunkeln, und Lars mußte die Helmlampe wieder einschalten, bevor er durch die Öffnung stieg.

Der Höhlenraum war eine ausgebrannte Ruine. Die Ursache der Zerstörung wurde rasch offenbar. Die Eindringlinge hatten die Maschinenanlagen gesprengt. Im Anschluß daran war ein Feuer ausgebrochen, das aber offenbar nach kurzer Zeit durch Sauerstoffmangel wieder erloschen war.

Als Sands durch die geschwärzten Trümmer ging, machte er sich auf das Schlimmste gefaßt. Dort, nahe dem hinteren Ende des Höhlenraums, lagen übereinandergeworfene Körper. Vermutlich hatten die Eindringlinge erwartet, daß das Feuer die Leichen verbrennen würde, doch war es zu rasch ausgegangen. Obwohl die Leichen mehr oder weniger stark versengt waren, konnte Sands genug Einzelheiten erkennen, um die Toten zu identifizieren.

Zuerst erkannte er Arthur Linder. Der Geologe war in die Stirn geschossen worden und lag ausgestreckt auf dem Rücken. Zwei andere Mitglieder der Expedition lagen Seite an Seite. Auch sie waren erschossen worden. Sand zog sie von den unter ihnen Liegenden, und seine angstvolle Beklemmung steigerte sich unerträglich. Jeden Augenblick erwartete er Kimbers Leichnam zu entdecken. Als die grausige Arbeit getan war, hatte er weder Kimber noch Halley unter den Toten gefunden. Zwar waren einige der Leichen schlimm genug zugerichtet, um die Identifikation schwierig zu machen, aber alle waren männlichen Geschlechts.

Die gleiche Wut, die über ihn gekommen war, als er seinen Bruder mit der *Delphi* hatte abstürzen sehen, wallte wieder in ihm auf. Und mit der Wut kam die

Angst. Daß Kimber und Halley nicht unter den Toten waren, konnte bedeuten, daß sie mißhandelt und vergewaltigt worden waren. Er durchsuchte den ganzen Tresorraum, bevor er die übrigen Räume systematisch nach Spuren absuchte. Sein Herzschlag schlug dumpf wie eine Trommel in den Schläfen, als er die Quartiere aufsuchte, in denen sie geschlafen hatten. Alle Räume waren leer.

Als nächstes suchte er die Funkstation auf. Sende- und Empfangsgeräte waren alle mit einem stumpfen, schweren Gegenstand zerschlagen worden. Die Verbindungskabel zur Sendeanlage auf dem Hügel waren Jedoch intakt. Sands zog das Kabel für Direktverbindungen aus seinem Traggestell, hielt die Pole gegen die nackten Kabelenden und schaltete sein Funksprechgerät ein.

»McCarver?«

»Hier, Mr. Sands«, kam die ermutigende Antwort.

»Wir haben hier unten viele Opfer, aber keine Angreifer. Ich vermute, daß sie gestartet sind, während wir hinter der Bergkette waren. Das würde den Funkverkehr erklären, den wir während der Annäherung auffingen. Kommen Sie durch den Kabelschacht. Wo der Kabelgang in den Schaltraum mündet, werden Sie Renzi finden. Er ist in schlechter Verfassung. Bleiben Sie bei ihm.«

»Ja, Sir.«

Sands kehrte zurück und durchsuchte noch einmal die Räume des Komplexes. Er fühlte sich emotional ausgelaugt, und die Konzentration auf die Durchsuchung war ihm eine willkommene Ablenkung. Diesmal suchte er pedantisch genau, überprüfte jedes mögliche Versteck, um sicherzugehen, daß niemand sonst entkommen und dann von der Hitze überwältigt worden war. Er benötigte eine gute halbe Stunde für diese zweite Durchsuchung und fand nichts außer zerschlagenen Geräten und geplünderten Archivschränken. Die Eindringlinge hatten alle Speichereinheiten bis zur letzten Tafel mitgenommen.

Eine große Erschöpfung überkam Sands, als er zum Schaltraum zurückkehrte. Dort saß McCarver bei Renzi und hatte den Kopf des Mannes auf dem Schoß.

»Wie geht es ihm?«

McCarver blickte auf. »Besser. Ich habe ihm Wasser gegeben. Er war völlig ausgedörrt. Wie bringen wir ihn hier heraus?«

»Beim Eingang gibt es noch Schutzanzüge. Sie sehen ziemlich ramponiert aus, aber wir werden einen finden, der ihn bis zum Schiff bringt.«

»Und die anderen?«

Sands schilderte, was er im Tresorraum gefunden hatte und äußerte den Verdacht, daß Kimber und Halley von den Angreifern an Bord ihres Schiffes gebracht und verschleppt worden seien.

»Was machen wir jetzt?«

»Wir schaffen Renzi an Bord. Kommen Sie, Sie nehmen ihn bei den Beinen, ich unter den Armen.« Sie schleppten den Bewußtlosen in den Hauptkorridor, wo es kühler war. Als sie ihn auf den Boden legten, kam er zu sich.

»Die Daten der Energieabschirmung!« stieß er heiser hervor.

»Tut mir leid, Professor, aber die haben die anderen.«

»Wir müssen sie zurückgewinnen.«

»Da sehe ich keine Chance. Sie haben die Maschinenanlagen im Tresorraum gesprengt. Anschließend hat dort ein Feuer gewütet. Es ist alles nur noch Schrott. Sie haben praktisch alles zerstört.«

Der Expeditionsleiter faßte Sands beim Arm und versuchte sich daran hochzuziehen. Sands drückte ihn sanft zurück. »Bleiben Sie zu ruhig liegen. James und ich werden Ihnen einen Schutzanzug besorgen.«

»Sie verstehen nicht!« keuchte Renzi erregt. »Wir müssen diese Information zurückgewinnen! Die Alten wußten nicht genug ...« Er sank wieder zurück, lag im Licht der beiden Helmlampen und schnappte nach Luft. Als er weitersprechen konnte, bereitete ihm offensichtlich jedes Wort Mühe.

»Wir untersuchten die Daten der Energieabschirmung, als ich erkannte, daß mir der Ableitungssatz eines der Raumtensoren bekannt war. Die Alten beschränkten sich auf einen speziellen Fall, weil sie nichts von hyperkomplexen Serien wußten! Mit dem, was ihnen bekannt war, hätten sie niemals eine Energieabschirmung von planetarischen Ausmaßen errichten können.«

»Regen Sie sich nicht auf, Professor«, sagte McCarver. »Sie können uns den Rest erzählen, wenn wir Sie an Bord bringen.«

»Nein, ich muß jetzt sprechen. Verstehen Sie nicht? Ich erkannte ihren Fehler! Wir haben in den vergangenen zwei Jahrhunderten viel gelernt. Wir können Erfolg haben, wo sie versagten. Wir können eine Energieabschirmung errichten, die imstande ist, die Erde abzukühlen!«

27

Gefangene

Mikal Blount nahm den Helm von seinem Schutzanzug und ließ ihn an der Fangleine hängen. Dann strich er sich mit der Hand über den haarlosen Schädel und rieb sich die Schläfen, um die Zirkulation zu fördern. Es war eine gewohnheitsmäßige Handlung, die er ganz unbewußt verrichtete. Seine gesamte Aufmerksamkeit galt dem zornigen Mann mit dem roten Gesicht und dem zitternden Schnurrbart. Renault Garcia, der nominelle Leiter der Erdexpedition der Allianz, hatte seinen Helm ein paar Sekunden zuvor abgelegt, und seine Züge zeigten die Spuren der wütenden Erbitterung, die seit Stunden in ihm brannte.

»Was sind Sie für ein niederträchtiger, menschenverachtender Schlachter, Blount!« schrie Garcia. »Sie haben dort unten waffenlose Männer ermordet!«

»Sie waren unsere Feinde, Dr. Garcia«, entgegnete Blount kühl. »Würden Sie diese Leute laufen lassen, daß sie mit ihrem Wissen nach Titan zurückkehren können?«

»Nein, aber verdammt noch mal, ich würde sie auch nicht ermorden.«

»Was hätte ich Ihrer Ansicht nach tun sollen? Sie gefangennehmen, daß sie unsere Vorräte aufessen, bis wir alle verhungern?«

»Ich stelle fest, daß Sie die Frauen verschont haben«, sagte Garcia mit beißendem Sarkasmus. »Skrupel oder bloß eine willkommene Gelegenheit, die Rückreise mit Gespielinnen abwechslungsreicher zu gestalten?«

Blount durchbohrte den Archäologen mit seinem Blick. »Meine Gründe gehen Sie nichts an.«

Garcia setzte zu einer Erwiderung an, besann sich eines Besseren, machte kehrt und stieß sich ab, um durch den langen Korridor der Mittelachse zu gleiten. Blount sah ihn nach, bis er am anderen Ende das Schott erreichte, sich gekonnt abfing und um eine Ecke verschwand.

Auf der Ausreise vom Saturn hatte Blount den Wissenschaftler als Dummkopf eingestuft. Garcia hatte ihn in dieser Einschätzung beinahe täglich bestätigt. Er hatte die Gewohnheit, sich bis zum Überdruß über seine Lieblingstheorien zu verbreiten und den traurigen Zustand moderner Archäologie zu beklagen. Nun aber überlegte Blount, ob er den langen, hageren Mann nicht falsch eingeschätzt hatte.

Erste Zweifel waren ihm gekommen, als Garcia darauf bestanden hatte, an der Kommandoaktion teilzunehmen. Blount hatte versucht, ihn davon abzubringen, und erklärt, daß sie es auf einen gefährlichen Kriminellen abgesehen hätten, von dem bekannt war, daß er sich in die Expedition der Titania eingeschlichen hatte. Garcia aber hatte nicht nachgegeben. Blount hatte diese Hartnäckigkeit sonderbar gefunden, sich aber erst später seine Gedanken über die wahre Motivation des Wissenschaftlers gemacht.

Gregorio Herrera, Blounts Adjutant, hatte einen der älteren Gefangenen zur Vernehmung ausgewählt. Es hatte nur Minuten gedauert, den Mann soweit zu bringen, daß er die Theorie der Energieabschirmung erläuterte und wie sie als undurchdringliche Verteidigung eingesetzt werden konnte. Dann hatte er ihnen noch verraten, wo die Unterlagen zu finden waren. Die Antwort des Gefangenen auf die nächste Frage hatte Herrera veranlaßt, Blount holen zu lassen.

»Sagen Sie dem Admiral, was Sie mir gesagt haben.«

Die zuschwellenden Augen des Gefangenen hatten sie aus einem Brillenhämatom angefunkelt, und als er endlich gesprochen hatte, waren seine Worte durch ausgeschlagene Zähne und blutige Lippen verschliffen und undeutlich herausgekommen. »Sie fragten, wie wir zuerst auf dieses Laboratorium aufmerksam wurden. Ich sagte Ihnen, daß die Information ursprünglich von der Nördlichen Allianz kam.«

»Von uns?« hatte Blount gefragt. »Von wem in der Allianz?«

»Ich kenne die Einzelheiten nicht. Sie werden Miss Crawford oder Miss Trevanon danach fragen müssen. Sie waren direkt beteiligt.«

Herrera hatte den Gefangenen noch nahezu eine halbe Stunde bearbeitet, ohne etwas Neues zu erfahren. Dann, als der gequälte Körper des Gefangenen endlich seinen Halt am Bewußtsein verloren hatte, hatte Blount den Befehl gegeben, daß er von seinem Elend erlöst werde.

»Sollen wir die Frauen hereinbringen?« fragte Herrera, nachdem er dem Gefangenen eine Kugel durch den Kopf gejagt hatte.

»Nein«, entschied Blount. »Wir werden sie mit an Bord nehmen. Beide wissen zweifellos von meiner Rolle bei dem Überfall auf Cloudcroft. Wir dürfen nicht riskieren, daß sie während der Vernehmung mit etwas herausplatzen.«

»Ich kann meinen Leuten unbedingt vertrauen«, sagte Herrera.

»Ich nicht«, konterte Blount. »Je weniger Leute von diesem Geheimnis wissen, desto besser. Nun, machen Sie die beiden für den Transport fertig, und sorgen Sie dafür, daß sie zu niemanden sprechen.«

»Jawohl, Sir.«

Die restlichen Stunden, die sie auf Erden verbracht hatten, war Blount selbst als Leiter der Vernehmungen tätig gewesen und hatte den übrigen Gefangenen unerbittlich alles entrissen, was sie über Energieabschirmungen wußten. Immer wieder hatten sie ihm gesagt, daß die ursprüngliche Information von der Allianz gekommen sei. Schließlich, als der Sonnenaufgang nicht mehr fern gewesen war und ihre Startposition durch die Erdumdrehung ungünstiger geworden war, hatte er die erbeuteten Unterlagen zum Landungsboot schaffen lassen. Eine Gruppe Marinesoldaten hatte die Gefangenen mit Kopfschüssen liquidiert und ihre Leichen in der großen, halbkugelförmigen Höhle gestapelt, wo sich die gesamte Experimentierausrüstung befand. Eine zweite Gruppe hatte Sprengladungen mit Brandsätzen angebracht und wenig später ferngezündet, als alle wieder an Bord des Schiffes gegangen und zur Rückkehr in die Umlaufbahn bereit gewesen waren.

Die auf den Start folgenden Stunden hatte Blount in tiefen Gedanken verbracht. Die Implikationen dessen, was die Gefangenen ausgesagt hatten, waren beängstigend. Wenn es die Wahrheit war, dann hatte jemand Mittel und Wege entdeckt, die Allianz unbesiegbar zu machen, dieses Wissen aber dem herrschenden Rat vorenthalten. Er begann zu argwöhnen, daß Renauld Garcia mehr war, als er schien. Schließlich war die archäologische Expedition des Museums von Cloudcroft längst im Planungsstadium gewesen, als die Marine sich in die Sache eingeschaltet hatte. Garcia, vergegenwärtigte sich Blount, war einer von Kelt Dalishaars Leuten. Das allein sprach Bände, wenn es um die Identität des eigentlich Schuldigen ging.

Blounts Verärgerung über Garcia dauerte an, als das Landungsboot in der Umlaufbahn am Mutterschiff andockte. Es kostete ihn alle Beherrschung, den Mund zu halten, während der Archäologe ihn anschrie. Nach Garcias Weggang entledigte sich Blount eilig seines Schutzanzugs, dann zog er sich Hand über Hand zu seinem kleinen Bordbüro. Von seinem gewohnten Platz am Schreibtisch rief er als erstes Herrera an Bord des Landungsbootes an.

»Ja, Sir?«

»Sind Ihre Gefangenen noch geknebelt?«

»Ja, Sir. Sie haben zu niemandem gesprochen.«

»Sehr gut. Bringen Sie sie in mein Büro und lassen Sie sie nicht aus den Augen.«

»Wir sind unterwegs.«

Herrera hatte Kimber Crawford und Halley Trevanon im Schlepptau, als er die Admiralskabine betrat. Er zog sie herein und band sie an ein Schott. Marinesoldaten hatten ihnen die Hände am Rücken gefesselt und die unteren Gesichtshälften bis an die Nasen mit Klebeband umwickelt. Beide Frauen hatten den Ausdruck wild-blickender Verzweiflung in den Augen, mit denen der Körper auf die einsetzende Erstickung reagiert.

»Nehmen Sie ihnen die Knebel ab, Gregorio«, sagte Blount. »Sehen Sie nicht, daß die beiden Schwierigkei-ten mit der Atmung haben?«

Beide Frauen zuckten zusammen, als Herrera die Kle-bestreifen abzog, dann schnappten sie gierig nach Luft. Blount ließ sie atmen und ein wenig zur Ruhe kommen.

»Wissen Sie, wer ich bin?« fragte er nach einer Weile im Gesprächston. Keine der beiden antwortete, aber ihre Augen sagten ihm alles, was er wissen mußte. »Das dachte ich mir. Dann wissen Sie auch, daß ich jeden Grund habe, Sie zu töten. Deshalb schlage ich vor, daß Sie sich kooperativ zeigen und mir damit einen Grund geben, Sie am Leben zu lassen. Wollen wir uns dem Aufenthalt unseres beiderseitigen Freundes Larson Sands zuwenden?«

»Wir wissen nicht, wo er ist«, sagte Halley. Nun, da sie wieder zu Atem gekommen war, kehrte der Trotz in ihren Blick zurück.

»Ich glaube schon, daß Sie es wissen. Mehrere der an-deren Gefangenen sagten uns, daß er bis wenige Stun-den vor unserer Ankunft noch bei Ihrer Gruppe war. Wohin ging er?«

»Wo Sie ihn nie finden werden!« rief Kimber.

»Schreien Sie nicht so!« sagte Blount. »Ich möchte,

daß dies unter uns bleibt. Nun, ist Sands an Bord Ihres Schiffes zurückgekehrt? Antworten Sie mir, oder ich werde Herrera anweisen, daß er eine von Ihnen zur Luftschleuse hinauswirft, so wahr mir Gott helfe!«

Beide Frauen zögerten, dann sagte Kimber: »Er wurde an Bord zurückgerufen. Ich kenne den Grund nicht.«

»Dann muß er noch dort sein!«

»Das glaube ich nicht. Wir sprachen miteinander, als Ihre Gorillas in das Laboratorium eindrangen. Wahrscheinlich kam er wieder herunter, sobald unsere Verbindung unterbrochen wurde.«

Herrera sagte: »Das könnte die ionisierte Wiedereintrittsspur gewesen sein, die vom Schiff beobachtet wurde.«

»Zu dumm, daß wir an einen so knappen Zeitplan gebunden waren«, bemerkte Blount. »Hätten wir gewartet, würde Kapitän Sands uns vielleicht die Mühe erspart haben, ihn ausfindig zu machen.«

»Seien Sie froh, daß Sie ihn nicht getroffen haben«, sagte Halley. »Er hätte Sie umgebracht!«

»Das bezweifle ich. Immerhin scheint er wirklich unter einem Glücksstern geboren zu sein. Vergegenwärtigen Sie sich mein augenblickliches Dilemma. Normalerweise würden wir gegen Ihr Schiff vorgehen und es zerstören, um sicherzugehen, daß Sands diesmal nicht davonkommt. Da wir aber nicht wissen, ob er an Bord ist, würde ich mein eigenes Schiff in einem Unternehmen riskieren, das sich als nutzlos erweisen könnte. Auch ist an die Forschungsunterlagen der Energieabschirmung zu denken, die wir bei uns haben. Dieses Material macht selbst das geringste Risiko inakzeptabel. Sie sehen also, daß die Ereignisse sich verschworen haben und mich zwingen, meine Beute zu nehmen und nach Haus zu gehen.«

»Was ist mit uns?« fragte Kimber.

»Sie, meine Damen, stellen mich vor ein Dilemma anderer Art. Sie wissen von meiner Beteiligung an dem Überfall, und wenn Sie die Gelegenheit erhalten, würden Sie dieses Wissen allen möglichen uneingeweihten Leuten an Bord dieses Schiffes mitteilen. Sie werden also zum Schweigen gebracht werden müssen. Ihre Tötung würde das Problem lösen, aber andere Faktoren desselben Problems ungünstig beeinflussen.«

»Welche anderen Faktoren?«

»Nun, Kapitän Sands, natürlich. Wenn Sie tot sind, werde ich keinen Einfluß mehr auf ihn haben. Außerdem wird er dann unbesonnen werden und meine Identität wahrscheinlich jedem ausposaunen, der ihm zuhören mag. Wir müssen Sie am Leben erhalten, um ihm einen Anreiz zu geben, Stillschweigen zu bewahren. Überdies, Miss Crawford, müssen wir an Ihren Vater und seine verschiedenen Funktionäre denken. Auch sie müssen den gleichen Anreiz bekommen. Das Dilemma besteht darin, wie wir Sie daran hindern, dieses Schiff mit Ihrer Information zu infizieren, ohne Sie zu töten. Gregorio!«

»Ja, Sir?«

»Sagen Sie dem Kapitän, daß wir zwei Passagiere für den Kälteschlaf haben. Wir werden unsere Gefangenen vor Dummheiten bewahren, sie aber zur Verfügung halten, sollten wir es nötig finden, zu beweisen, daß sie noch am Leben sind.«

»Ja, Sir.« Blount wandte sich wieder Kimber und Halley zu. »Ich wünsche Ihnen angenehme Träume, meine Damen. Mit etwas Glück wird Kapitän Sands zur Stelle sein, Sie zu begrüßen, wenn Sie in ein paar Monaten aufwachen.«

Keiner der vier Männer an Bord des Landungsbootes sagte etwas, als sie zum letztenmal die Erde verließen. Drei von ihnen waren mit ihren zornigen Gedanken und Befürchtungen beschäftigt, während der Vierte unruhig zwischen Wachen und Bewußtlosigkeit schwankte. Larson Sands, der wieder neben dem Piloten saß, war der Zornigste von allen.

Nachdem er und McCarver Paolo Renzi in einen Schutzanzug gesteckt und aus dem Stollen getragen hatten, hatten sie Forbes von seinem Warteplatz herbeigerufen. Das Landungsboot war vor dem Haupteingang zum Laboratoriumskomplex niedergegangen, und die drei hatten eine Holokamera aus dem Boot genommen und die ganze grausige Szene gefilmt. Dann hatten sie die Toten in einen der leeren Büroräume des Komplexes getragen, nebeneinander auf den Boden gelegt, die Tür versiegelt und mit Worten des Gedenkens und ihren Namen beschrieben. Die Arbeit entfachte aufs Neue Sands' weißglühende Wut, die ihn zu verzehren drohte.

Jedesmal beruhigten ihn die natürlichen Abwehrkräfte des Körpers gegen überstarke Gefühlsregungen. Sie lenkte seine Gedanken auf Kimber und ihr mögliches Geschick. Das war dann ein Katalysator, der den Zyklus von neuem in Gang setzte. Die wiederholten Injektionen von Adrenalin machten jeden Anfall schlimmer als den vorausgegangenen und verursachten ihm körperliche Übelkeit. Er wußte, daß er seine Selbstbeherrschung wiederfinden mußte, wenn er Kimber und Halley retten wollte – falls sie noch gerettet werden konnten.

»Wir kommen zum Rendezvous«, sagte Forbes neben ihm. Die Worte durchdrangen Sands' destruktive Grübelei, und mit einer bewußten Anstrengung wandte er sich wieder der Realität zu, und zum erstenmal seit Stunden war der Geschmack von Galle in seinem Mund nicht ganz so stark.

»Was macht Professor Renzi?«

»Ziemlich unverändert«, antwortete McCarver vom Rücksitz. »Er ist wieder eingenickt.«

»Behalten Sie ihn im Auge.«

»Mr. Sands?« fragte McCarver.

»Ja?«

»Glauben Sie, er wußte, was er sagte, als er davon redete, wir könnten die Erde gegen die Sonne abschirmen?«

»Ich weiß es nicht. Vielleicht.«

»Ich habe darüber nachgedacht. Wie, wenn es möglich wäre? Könnten wir alles wieder so machen, wie es war?«

»Das dürfte schwierig sein«, antwortete Sands. Angeregt durch McCarvers Frage, begann sich der analytische Teil seines Verstandes mit dem Problem zu beschäftigen. Zu seiner Verwunderung beruhigte es ihn. Es war gut, an etwas anderes als an Blount zu denken, wenn auch nur für eine Minute.

»Wie ist es mit all den ausgestorbenen Tieren und Pflanzen?«

»Das dürfte das größte Problem sein. Aber jede Wolkenstadt hat ihre Genbanken, Zoos, Baumgärten und Dioramen. Unsere Vorfahren scheuten keine Anstrengung, so viele Arten wie möglich zu erhalten, und wenn nur in der Gestalt genetischen Materials. Sobald die Erde genug abkühlte, daß sich Wasser wieder in flüssiger Form sammeln würde, könnten wir sie wahrscheinlich wieder mit Leben erfüllen.«

»Ich denke, es würde sehr lange dauern.«

»Ganz gewiß. Wenigstens ein Jahrhundert, würde ich sagen. Trotzdem ist das keine lange Zeit, wenn wir den Maßstab der Naturgeschichte anlegen. Unsere Ururenkel könnten wieder dort leben, wenn sie wollten.«

»Glauben Sie nicht, daß sie zur Erde heimkehren würden?«

»Würden Sie es tun?«

»Natürlich!« antwortete Forbes. »Sie vielleicht nicht?«

Sands zuckte die Achseln in seinem Schutzanzug. »Ich weiß nicht. Mir gefällt das Leben zwischen den Wolken.«

Sie schwiegen lange Minuten, bis Forbes das Schiff rief und Instruktionen für das Andockmanöver anforderte.

Zehn Minuten später kam der leichte Stoß, als das Landungsboot zum Mutterschiff zurückgekehrt war. Sie warteten, bis der Luftdruck in ihrer Kabine angeglichen war, bevor sie den Ausstieg öffneten. Obwohl sie nun in Schwerelosigkeit waren, bedurfte es der vereinten Anstrengung aller drei, um Professor Renzis schlaffen Körper aus dem Sitz und zum Ausgang zu manövrieren. Innerhalb der Luftschleuse erwartete sie Kapitän McCarver.

»Mr. Sands!« sagte er, sobald Lars den Helm abgenommen hatte. Er wirkte ungewöhnlich aufgeregt.

»Was gibt es?«

»Wir empfingen einen Funkspruch vom Schiff der Allianz.«

»Wann?« fragte Sands.

»Vor zehn Minuten.«

»Was wollten sie?«

»Sie sendeten Ihnen eine Botschaft. Ich habe sie aufgezeichnet, daß wir sie in meiner Kabine anhören können.«

»Gehen wir!«

Der Bildschirm in der Kabine des Kapitäns leuchtete auf und zeigte Mikal Blounts lächelnde Züge. Einen Augenblick lang dachte Lars, daß der Mann ihn direkt ansehe. Er schüttelte das Gefühl ab. Schließlich war es eine Aufzeichnung. Blount begann sofort zu sprechen:

»An Söldnerkapitän Larson Sands an Bord des Frachters *Vixen*. Hier spricht Admiral Mikal Blount von der Nördlichen Allianz. Heute nahmen meine Streitkräfte Kimber Crawford und Halley Trevanon gefangen, beide gesucht wegen Mittäterschaft an Verbrechen, die Sie gegen die Allianz verübten. Es ist unsere Absicht, sie nach Cloudcroft zu bringen und vor Gericht zu stellen. Wir werden ihnen mildernde Umstände zubilligen, wenn Sie sich uns auf Saturn stellen. Tun Sie es nicht, werden sie allein für Ihre Verbrechen zahlen. Überlegen Sie sorgfältig, bevor Sie sich zu übereiltem Handeln hinreißen lassen. Blount, Ende.«

Sands starrte lange in den Bildschirm, ohne ein Wort zu sagen. Er schwieg noch, als ein Anruf von Forbes auf der Brücke der *Vixen* kam. »Was gibt es, Mr. Forbes«, fragte der Kapitän.

»Der Computer hat eben die Plasmawolke einer Triebwerkszündung gemeldet, Kapitän. Es sieht so aus, als ob ein Schiff die Erdumlaufbahn verließe.«

»Ich bin gleich oben, Mr. Forbes«, antwortete der Kapitän. Er sah Sands an. »Was schlagen Sie vor?«

Sands blickte auf. Zu seiner Verwunderung war die Wut der vergangenen Stunden verraucht. An ihre Stelle trat die kalte Berechnung einer herzlosen Maschine. »Machen Sie das Schiff startbereit, Kapitän. Wir folgen ihnen nach Hause.«

28

Kriegsrat

Kelt Dalishaar stand auf dem Balkon seiner Residenz und blickte hinaus in den blauweißen Dunst, der die Stadt umgab. Cloudcroft war wieder in die Mitte des Nördlichen Gemäßigten Gürtels zurückgekehrt, und die Wolkenwände des Flugwegs waren weit entfernt und unsichtbar. Die Enge neben dem Dardanellenzyklon war entweder sechs Monate zurück oder acht Monate voraus, je nachdem, wie man es sehen wollte.

Für den Ratsvorsitzenden der Nördlichen Allianz waren es keine guten sechs Monate gewesen. Seit der schrecklichen Nacht des Überfalls waren seine sorgfältig ausgearbeiteten Pläne fehlgeschlagen, und es sah nicht so aus, als wäre seine Pechsträhne zu Ende – nicht, wenn die letzte Meldung ihres Agenten auf Titan zutraf.

»Admiral Samorset ist hier«, verkündete seine neueste Geliebte aus der breiten Türöffnung hinter ihm. Felice konnte noch nicht jede seiner Stimmungen erraten, wie Jasmine es getan hatte, aber sie stand auch nicht auf der Lohnliste einer Ratsfraktion ... wenigstens, soweit ihm bekannt war. Dieser eine Vorzug wog vieles auf. Außerdem würde sie lernen.

»Ich komme gleich.« Er warf einen letzten Blick auf die Stadt, über die er herrschte, während er seine Gedanken sammelte. Dieses Gespräch mit Samorset versprach schwierig zu werden. Eine Woche war vergangen, seit Renauld Garcias Expedition unerwartet die Erde verlassen hatte. Dieser Umstand schien die Gerüchte zu bestätigen, die ihm von Titan zugegangen waren.

Der Großadmiral salutierte, als Dalishaar das Arbeitszimmer betrat.

»Einen angenehmen Nachmittag, Admiral.« In allen Wolkenstädten bezeichnete ›Nachmittag‹ den Zeitraum zwischen dem Zweiten Morgengrauen und der Zweiten Abenddämmerung.

»Und Ihnen, Exzellenz.«

»Ich habe gerade eine sehr beunruhigende Meldung von Titan erhalten. Wegen des Überfalls Ihrer Leute auf die Erdexpedition der Titanier wird jetzt offen von Krieg gesprochen.«

»Diese Meldungen sind mir bekannt.«

»Würde es Ihnen dann etwas ausmachen, mir zu sagen, was, zum Teufel, dort geschehen ist?«

Samorset hob die Schultern. »Sie beauftragten die Marine, die Piraten dingfest zu machen, die den Überfall auf Cloudcroft verübten. Kürzlich erfuhren wir, daß der Anführer Mitglied einer Expedition der Titanier zur Erde sei. Wir gebrauchten unsere eigene Expedition als Tarnung, um Marinesoldaten einzufliegen und ihn festzunehmen. Die Titanier leisteten Widerstand, es gab Tote, fürchte ich.«

»Wie viele?«

»Ziemlich viele. Wir nahmen auch die Tochter des Verwalters von Titan fest, die sich in der Gesellschaft der Piraten befand.«

»Heißt das, daß wir Kimber Crawford gefangen genommen haben?«

»Ja, Exzellenz, zusammen mit Halley Trevanon, der Nummer Zwei der Piraten. Leider entzog sich der Anführer der Gefangennahme.«

Dalishaar registrierte Samorsets letzte Bemerkung kaum. Die Nachricht, daß Kimber Crawford wieder in Gewahrsam genommen war, erneuerte seinen Optimismus. Ihre frühere Flucht hatte seinen Plan, den Markt für Metalle in der ganzen nördlichen Hemisphäre zu monopolisieren, zunichte gemacht. Schlimmer noch, die

Titanier verlangten jetzt das Doppelte der üblichen Preise für ihre Produkte. War Kimber Crawford abermals in den Händen der Allianz, würde der ruinöse Preisaufschlag gestrichen werden müssen, und vielleicht konnte man den Titaniern weitere Zugeständnisse abringen.

»In welchem Zustand ist die Crawford-Tochter? Hat man sie verletzt, ihr irgendwelchen Schaden zugefügt?«

»Nein, Sir. Die beiden Gefangenen wurden in Kältetiefschlaf versetzt, um zu verhindern, daß sie … sich selbst Schaden zufügen.«

»Das beruhigt mich ein wenig, Admiral. Wann werden Ihre Leute eintreffen?«

»Sie sind auf einer schnellen hyperbolische Bahn, Exzellenz. Der Rückflug wird voraussichtlich zwölf Wochen dauern.«

»Wir werden die Situation vorher entschärfen müssen. Ich werde Crawford mein Wort geben, daß seine Tochter nicht zu Schaden kommen wird. Von der Marine erwarte ich, daß sie sich diesem Ehrenwort verpflichtet fühlt.«

»Selbstverständlich, Sir. Ich werde dafür sorgen, daß die entsprechenden Befehle hinausgehen. Gibt es sonst etwas?«

»Nein, Admiral. Sie können gehen.«

»Danke, Sir.«

Dalishaar blickte Samorset nach, bis der Admiral zur Tür hinaus war. Das Gespräch war im Hinblick darauf, was gesagt und was nicht gesagt worden war, sehr aufschlußreich gewesen. Energieabschirmungen waren nicht erwähnt worden. Dalishaar lächelte. Es sah Samorsets Hitzköpfen ähnlich, über die Titanier herzufallen und dann nicht einmal nachzuforschen, welche Gründe sie bewogen hatten, die Erde aufzusuchen. Wenn die Expedition der Titanier wirklich dezimiert worden war, dann konnte eine weitere Forschergruppe der Allianz noch immer das Geheimnis der Energieab-

349

schirmung an sich bringen. Vielleicht war doch nicht alles verloren.

Nachdem er zu diesem Schluß gelangt war, schaltete er die Sprechanlage zu seinem persönlichen Sekretär ein.

»Ja, Exzellenz?«

»Bitte nehmen Sie Verbindung mit dem Handelsbevollmächtigten von Titan auf, und bitten Sie ihn, mich mit seinem Besuch zu beehren. Sagen Sie ihm, daß ich gute Nachrichten habe.«

Ganther Bartlett war seit einem halben Standardjahr in Cloudcroft. Er war nicht glücklich darüber und hätte den Aufenthalt lieber heute als morgen hinter sich gebracht. Außer der hohen saturnischen Schwerkraft hatte er sich mit der Arroganz der herrschenden Elite herumzuschlagen.

Kelt Dalishaars Aufforderung überraschte Bartlett. Der Ratsvorsitzende hatte nicht mehr mit ihm gesprochen, seit er den Preisaufschlag als Vergeltung für die Geiselhaft der Handelsdelegation bekanntgegeben hatte. Nach der Unterzeichnung des neuen Handelsabkommens war Bartlett geblieben, um sicherzugehen, daß die Allianz sich an die Vereinbarungen hielt. Seine Amtszeit als Unterhändler war vor zwei Tagen unerwartet zu Ende gegangen, als er eine verschlüsselte Botschaft aus Titania erhalten hatte. Darin war er über das Massaker an der Erdexpedition unterrichtet und zur Heimkehr aufgefordert worden.

»Nett von Ihnen, daß Sie gekommen sind, Botschafter«, sagte Dalishaar, als Bartlett in sein Amtszimmer geführt wurde.

»Schwerlich ›Botschafter‹, Exzellenz. Ich bin nur ein alter Mann, der sich bemüht, seinem Volk die Möglichkeit offenzuhalten, Handel zu treiben, wo und mit wem es will.«

»Unsinn, Mr. Bartlett, Sie sind in jeder Hinsicht ein

Botschafter Ihrer Regierung, wenn auch nicht dem Namen nach. Wir beide wissen es, also kann es nicht schaden, wenn ich Sie mit dem angemessenen Respekt behandele, nicht wahr? Wie ich höre, wollen Sie uns mit dem nächsten Schiff verlassen.«

»So ist es, Exzellenz.«

»Darf ich nach dem Grund fragen?«

»Was erwarteten Sie, als Ihre Leute unsere Wissenschaftler ermordeten und sich mit unseren Frauen davonmachten?«

Dalishaar sperrte in einer vollkommenen Imitation von Verblüffung Mund und Augen auf. »Was sagen Sie da?«

Bartlett erinnerte ihn daran, was seine Marinesoldaten auf Erden getan hatten. Die verschlüsselte Nachricht aus der Heimat hatte vollständige Einzelheiten enthalten, darunter eine Liste der Toten. Bartlett hatte zwei von ihnen gekannt.

Als Bartlett geendet hatte, wurde Dalishaars Gesichtsausdruck zornig. »Wer hat diese Gerüchte verbreitet?«

»Haltlose Gerüchte, Exzellenz?«

»Sie haben mich gehört. Unsere Leute vollbringen eine Heldentat, und jemand geht herum und verbreitet Lügengeschichten! Die Wahrheit ist, daß wir eine Schiffsladung Wissenschaftler unter der Schirmherrschaft des Museums von Cloudcroft auf der Erde hatten. Sie reagierten auf ein Notsignal. Es scheint, daß es eine Explosion gegeben hatte. Unsere Leute eilten unter beträchtlichem eigenem Risiko zu Hilfe und sind gegenwärtig dabei, die zwei Überlebenden zur medizinischen Behandlung zum Saturn zurückzubringen.«

»Ist das Ihre Geschichte?«

»Es ist die Wahrheit. Sie werden heute abend in den Nachrichten eine ausführliche Meldung darüber hören. Ich schlage vor, daß Sie diese Information an Ihre Regierung weiterleiten, bevor diese bösartigen Gerüchte weitere Verbreitung finden.«

»Sie können natürlich beweisen, was Sie sagen?«

»Ich kann Ihnen eidesstattliche Erklärungen von allen Leuten geben, die an der Rettungsaktion teilgenommen haben.«

»Wie steht es mit den Überlebenden? Werden sie auch eine entsprechende eidesstattliche Erklärung abgeben?«

»Auf jeden Fall. Allerdings hörte ich, daß sie extrem aufgeregt waren und unter Schock standen. Unser medizinisches Personal hat sie in Kältetiefschlaf versetzt, um zu verhindern, daß sie sich selbst verletzen. Sie werden warten müssen, bis die Ärzte urteilen, daß es sicher ist, ihre Wiederbelebung einzuleiten.«

»Werden Sie uns die beiden Frauen überstellen, sobald sie hierher zurückgebracht werden?«

»Natürlich. Bitte übermitteln Sie diese wahre Version der Geschehnisse Ihrer Regierung, und versichern Sie Envon Crawford, daß seine Tochter körperlich unversehrt und auf dem Weg nach Haus ist.«

»Ich werde tun, was Sie sagen«, erwiderte Bartlett. »Aber ich garantiere nicht, daß er mir glauben wird.«

»Er muß, Mr. Bartlett. Obwohl wir von der Nördlichen Allianz kein Verlangen haben, gegen Titan zu kämpfen, möchte ich Sie daran erinnern, daß auch wir in der Raumfahrt nicht unbewandert sind. Titania ist gegen Beschuß sowenig immun wie Cloudcroft. Bitte übermitteln Sie dies Ihrer Regierung. Es würde für alle Beteiligten besser sein, wenn Sie sich unsere Version der Ereignisse zu eigen machen würde, statt auf grundlose Gerüchte zu hören. Andernfalls könnten Tausende uns Leben kommen.«

Envon Crawford lehnte sich zurück und blickte in die Runde. Er hatte die zwölf wichtigsten Regierungsmitglieder im sogenannten Lageraum versammelt.

»Man muß zugeben, daß der Mann ein unglaubliches Maß an Unverfrorenheit besitzt!« bemerkte einer seiner

Minister, nachdem Arvın Taggart einen Bericht über Kelt Delishaars Version der Ereignisse auf der Erde vorgelegt hatte. »Seine Leute schlachten ein Dutzend unschuldige Menschen ab, und er macht daraus eine Rettungsmission.«

»Sicherlich wird ihm niemand glauben«, sagte der Bergbauminister vom anderen Ende des Tisches.

»Ich würde dessen nicht so sicher sein«, erwiderte Taggart. »Jeder, der ein persönliches Interesse an der Allianz hat, wird es glauben wollen.«

Gedämpftes Gemurmel ging um die Tischrunde.

»Dann glauben Sie, diese Lüge werde Anhänger finden, Mr. Taggart?« fragte Crawford.

»Sie berücksichtigt alle der Allianz bekannten Fakten«, antwortete der Sicherheitschef. »Wer könnte ihnen vorwerfen, die Überlebenden dieser schrecklichen Explosion auf dem schnellsten Weg in Sicherheit zu bringen? Natürlich wissen sie nicht, daß das Feuer die Leichen nicht verbrannte. Wahrscheinlich denken sie, wir hätten nichts als Asche und ein paar verstreute Gebeine. Sie wissen nichts von unseren Hologrammen.«

Crawfords Miene verdüsterte sich. Er hatte die vollständige grausige Aufzeichnung von den Spuren des Gemetzels gesehen. Zur Stunde waren Sendboten von Titan überall auf Saturn und zeigten potentiellen Verbündeten Kopien der Aufzeichnung. Jede Wolkenstadt, die auf der Liste künftiger Eroberungen der Allianz stand, war verständigt worden. Die Reaktionen waren größtenteils positiv gewesen. Es war noch zu früh für ein abschließendes Urteil, aber Crawford glaubte, daß er eine Armada zusammenbringen konnte, wenn er eine brauchte.

Er nickte seinem Sicherheitschef mit Schmerz in den Augen zu und sagte: »Gehen wir weiter. Ich weiß, daß Ganther Bartlett nach Haus kommen möchte. Trotzdem meine ich, sollte er noch ein wenig in Cloudcroft bleiben. Wir werden möglicherweise einen offenen diplomatischen Kanal benötigen, um die Lage zu bereinigen.«

»Ich werde ihn in diesem Sinne verständigen«, sagte der Handelsminister.

»Wenden wir uns nun der Frage zu, wie wir uns gegenüber dem Raumschiff der Allianz verhalten sollen, das sich auf dem Rückflug befindet«, fuhr Crawford fort. »Wann wird es eintreffen?«

»In zweiundachtzig Tagen, Sir.«

»Besteht die Aussicht, es abzufangen, bevor es den Saturn erreicht?«

Es folgte eine unbehagliche Stille, und mehrere der Anwesenden rückten nervös auf ihren Plätzen. Crawford ließ den Blick über jedes Gesicht gehen. Ungefähr die Hälfte von ihnen wandte die Augen ab. Crawford nickte. »Ich glaubte selbst nicht daran. Was ist das Beste, Optimalste, das Sie erreichen können, Heinreid?«

Unter den Teilnehmern an der Beratung befand sich auch der Marineminister Josef Heinreid. Er wich Crawfords Blick nicht aus. »Wie Sie wissen, könnten wir sie mit Leichtigkeit abschießen, wenn wir wollten. Es ist nicht schwierig, ein Schiff auszusenden, das die Flugbahn des Rückkehrers mit einer Ladung Kies verseucht.«

»Wir können keinen Annäherungskurs fliegen und längsseits gehen?«

»Nein, Sir. Das ist eine physikalische Unmöglichkeit. Nichts, was wir haben, verfügt über eine ausreichende Delta V-Fähigkeit.«

»Was ist mit der *Vixen?*« fragte jemand.

»Sie liegt nur zwei Tage hinter dem Schiff der Allianz.«

»McCarver könnte ein Annäherungsmanöver fliegen, wenn er wollte. Dazu müßte er Reaktionsmasse verbrauchen, die er zum Verlangsamen benötigt, aber er könnte es tun. Das einzige Problem ist, daß an Bord der *Vixen* nur sechs Personen sind, an Bord des feindlichen

Schiffes aber wahrscheinlich zwei Dutzend. Es ergibt keinen Sinn, ein Schiff zu entern, dessen Besatzung die vierfache zahlenmäßige Überlegenheit besitzt.«

»Und wenn man ihnen in der Atmosphäre auflauert? Wir kennen ihre Flugbahn. Wir könnten ein Geschwader von Schiffen in diesem Bereich stationieren und sie angreifen, wenn sie zu atmosphärischer Geschwindigkeit verlangsamen.«

»Das könnte gehen«, bestätigte Heinreid, »aber nur, wenn wir ihre präzise Flugroute kennen. Wissen wir, daß sie direkten Kurs auf Cloudcroft nehmen werden? Ich an Ihrer Stelle würde die gefährdete letzte Etappe der Heimreise möglichst unkonventionell gestalten.«

»Vergessen wir nicht etwas?« fragte der Handelsminister.

»Was meinen Sie?«

»Jeder Versuch, dieses Schiff zu entern oder aufzuhalten, könnte für Miss Crawford den Tod bedeuten. Und er könnte uns um das Geheimnis der Energieabschirmung bringen.«

»Glauben Sie, daß Professor Renzis Analyse richtig ist?« fragte einer der anderen Minister. Inzwischen hatten sie alle Gelegenheit gehabt, Renzis Bericht über die Einsatzmöglichkeiten der Energieabschirmung zu lesen. Seine Schlußfolgerung, daß es theoretisch möglich sei, die Erde gegen die Sonnenstrahlung abzuschirmen, hatte sie alle stark beeindruckt.

»Wer weiß?« sagte der Handelsminister. »Doch wenn es tatsächlich eine Möglichkeit gibt, die Erde wieder in einen bewohnbaren Zustand zu versetzen, haben wir die Pflicht, das Geheimnis nicht in Gefahr zu bringen.«

»Verzeihen Sie, Chef«, sagte Josef Heinreid, »ich bin ungern derjenige, der dies vorschlägt, aber jemand muß es tun. Ist der entscheidende Punkt nicht der, daß die Energieabschirmung nicht in die Hände der Allianz fällt? Wenn sie ihre Städte abschirmen kann, wird sie unbesiegbar sein. Würde es, global gesehen, nicht besser sein, dieses Schiff zu zerstören, als zu gestatten, daß sie das Geheimnis für ihre Herrschaftspläne ausbeutet?«

Crawford verzog das Gesicht. Der gleiche Gedanke war ihm durch den Kopf gegangen, aber die Konsequenz für Kimber hatte ihn zurückschrecken lassen. Er hoffte, es sei nicht bloß eine Rationalisierung, als er antwortete: »Vielleicht ist es bereits in ihren Händen. Wer kann sagen, daß die Information nicht bereits nach Cloudcroft übermittelt wurde?«

»Ich halte das nicht für wahrscheinlich«, erwiderte Taggart. »Seit wir von der Existenz dieses Schiffes erfuhren, haben wir es scharf überwacht. Bei seiner gegenwärtigen Entfernung kann es keinen Richtstrahl senden, der nicht das gesamte Saturnsystem abdeckt. Wenn sie die Datenmengen senden, die hier benötigt werden, würden wir es wissen. Ich bezweifle, daß sie überhaupt das Risiko der Radioübertragung eingehen würden. Um wirkungsvoll zu sein, muß die Energieabschirmung ihnen allein gehören.«

Crawford warf seinem Sicherheitschef einen unfreundlichen Blick zu. »Schlagen Sie vor, daß wir das Schiff mit meiner Tochter an Bord zerstören?«

»So etwas würde ich niemals in Erwägung ziehen, Sir. Ich mache nur darauf aufmerksam, daß unsere Gegner noch nicht begonnen haben, an der Entwicklung der Energieabschirmung zu arbeiten.«

»Dann können wir die Rückkehr des Schiffes nach Cloudcroft nicht verhindern«, folgerte Josef Heinreid.

»Sind wir darin einer Meinung?« fragte Crawford. Wieder begegnete er ausweichenden und unbehaglichen Blicken. Nach kurzer Pause sagte er: »Sehr gut. Wir wissen, was wir nicht tun können. Nun wollen wir darüber reden, was wir tun können.«

»Wir werden sie im Kampf schlagen müssen«, erklärte Taggart. »Wir nutzen die Zeit, bevor das Schiff eintrifft, um eine Flotte zusammenzustellen. Dann schlagen wir die Allianz, bevor sie die Energieabschirmung verwirklichen kann. Wenn unsere Schiffe über ihren Städten schweben, werden sie auf die Vernunft hören.«

»Und wie wird es um Miss Crawfords Sicherheit bestellt sein, während wir auf die Marine der Allianz einschlagen?« fragte der Handelsminister.

»Zu diesem Punkt habe ich auch ein paar Vorschläge«, antwortete Taggart. Die anderen lauschten aufmerksam, als er seinen Plan erläuterte.

29

Der Sturm der Vereinigung

Larson Sands saß allein unter der Aussichtskuppel der *Vixen* und blickte nach oben, wo der Saturn die Hälfte des Himmels beherrschte. Die weißen Zonen und dunkleren Gürtel waren vom hohen atmosphärischen Dunst, der den Planeten umhüllte, verschleiert. Zwei Tage zuvor war das Schiff, das Kimber und Halley an Bord trug, nach einer dreizehnwöchigen Jagd von der Erde hierher in dieser bergenden Dunstschicht verschwunden.

Beide Schiffe hatten auf identischen hyperbolischen Routen Kurs auf das äußere System genommen. Dreizehn Wochen lang hatten sie ihre Positionen gehalten, hatten den Abstand zwischen sich weder verringert noch erweitert. Seit dreizehn Wochen hatte Lars sich das Gehirn zermartert und nach Mitteln und Wegen gesucht, Micah Bolin zu überholen und zu schlagen, bevor er den Saturn erreichen würde. Dreizehn Wochen lang war seine Suche ergebnislos geblieben, denn die Gesetze der Himmelsmechanik kümmerten sich nicht um Moral und die Rechtschaffenheit einer Sache. Ohne zusätzlichen Treibstoff als Manövriermasse konnte keines der beiden Schiffe seinen Kurs durch den Raum ändern. Und so waren sie in der Reihenfolge eingetroffen, in der sie die Erde verlassen hatten. Das Schiff der Nördlichen Allianz hatte das Rennen gewonnen und war nun in der Weiträumigkeit der Saturnatmosphäre verschwunden.

»Mr. Sands zur Brücke«, kam die Durchsage von Kapitän McCarver. Lars warf einen letzten Blick hinaus und stieß sich durch die Luke. Wenige Sekunden später traf er auf der Brücke ein.

»Was gibt es, Kapitän?«

»Ich dachte, Sie würden gern erfahren, daß wir eben Befehl zur Kursänderung erhalten haben«, sagte McCarver.

»Wir gehen nicht zum Titan?«

»Nein. Wir sind zu einem Rendezvous in den Nördlichen Gemäßigten Gürtel bestellt.«

Lars zog die Brauen hoch. »Was ist mit der Aussichtskuppel und dem Landungsboot? Wir können nicht gut in die Atmosphäre eintreten, solange dieses Zeug an uns hängt.«

»Ich habe Anweisung, alles abzustoßen und die aerodynamische Form wiederherzustellen.«

Lars spitzte die Lippen. Jemand hatte es eilig. »Wie weit ist dieser Rendezvouspunkt von der Allianz?«

»Ungefähr zehntausend Kilometer.«

»Gibt es dort Wolkenstädte in der Nähe?«

»Nein, es sei denn, jemand wäre während unserer Abwesenheit in die Gegend gezogen.«

»Dann sind die Gerüchte wahr!«

»Sieht so aus«, bestätigte der Kapitän. Während der gesamten Heimreise hatten sie die saturnischen Nachrichtensendungen verfolgt. Darin hatte es übereinstimmende Meldungen von einer kombinierten Flotte gegeben, die sich in Opposition zur Nördlichen Allianz formierte. Obwohl niemand die Geschichten bestätigen wollte, standen die angeblich teilnehmenden Städte alle auf Dalishaars Angliederungsliste.

»Wann werden wir verlangsamen?« fragte Sands.

McCarver blickte zum Chronometer. »In zwei Stunden und zwölf Minuten. In genau zwei Stunden werden wir alles ausstoßen und uns zuknöpfen.«

Zwei Stunden später saß Lars in seinem Beschleunigungssitz und beobachtete die Aussicht nach rückwärts, wie sie von einer außenbords angebrachten Kamera übertragen wurde. Der Saturn war stetig gewachsen und nahm inzwischen den größten Teil des Himmels ein. Sie hielten Kurs auf die westliche Hälfte des Planeten. Der ursprüngliche Plan hatte ein Abbremsmanöver bis zur Orbitalgeschwindigkeit des Ringplaneten vorgesehen, dann ein Schleudermanöver zum Titan. Jetzt würden sie ihre Annäherung ändern und zum Eintritt in die Atmosphäre verlangsamen. Hier würde sich die *Vixen* von einem Raumschiff in ein Flugzeug verwandeln. Statt eines dreitägigen Flugs hinaus zum Titan würden sie bloße sechs Stunden nach dem Eintritt in die Atmosphäre am Rendezvouspunkt sein.

Die Szene auf Sands' Bildschirm wechselte und zeigte den Frachtraum mit seiner Sammlung von zusätzlichen Wohneinheiten und Geräten, die der Expedition auf der Erde hatten dienen sollen.

»Innere Luftschleusen geschlossen und versiegelt«, befahl McCarver.

»Geschlossen und versiegelt!« antwortete sein Chefingenieur über die Bordsprechanlage. »Alle Kontrolleuchten zeigen Grün. Bereit zum Abwurf.«

»Personalappell!«

»Bostwick«, meldete der Ingenieur. »Generatorenraum.«

»Dritter Maat McCarver, Hilfssteuerung.«

»Bordpilot Forbes, vorderer Maschinenraum.«

»Paolo Renzi, in seiner Kabine.«

»Larson Sands, auf der Brücke.«

»Kapitän McCarver«, sagte McCarver und schloß den Appell ab. »Auf der Brücke. Gut, Mr. Bostwick. Sie können die zusätzlichen Wohneinheiten abwerfen!«

»Abwurf beginnt, Kapitän!«

Lars hörte das Zischen von Druckluft. Langsam hoben sich die Aussichtskuppel und die zusätzlichen Wohneinheiten aus dem Laderaum und segelten davon.

Die Kamera schaltete wieder um. Diesmal gingen McCarver und Bostwick eine andere Checkliste durch, bevor das Landungsboot aus einen Halterungen am flachen Bauch der *Vixen* gelöst wurde. Da sie sich noch immer im freien Raum befanden, würden sowohl die Wohneinheiten wie auch das Landungsboot schließlich auf eigenen hyperbolischen Bahnen in den interstellaren Raum hinausfinden.

Die abgeworfenen Teile waren fast zur Unsichtbarkeit geschrumpft, als der Kapitän die Durchsage machte, daß sie sich auf ein längeres Abbremsmanöver vorbereiten sollten. Zwei Minuten später ging ein dumpfes Brüllen durch das Schiff, und eine sanfte Gewalt drückte Sands auf die Brust.

Der Ausblick zum Saturn flimmerte in den heißen Abgasen, die sich hinter ihnen in einem breiten Fächer ausdehnten. Sie waren dem Planeten nahe genug, daß sie bald innerhalb der Ringe sein würden. Lars' Erregung nahm zu. Die Wartezeit war fast vorüber. Bald würde es Zeit zum Handeln sein.

Kimber Crawford fror erbärmlich. Sie konnte sich nicht an eine Zeit erinnern, in der sie nicht gefroren hätte. Die Klimaanlage war auf der höchsten Stufe steckengeblieben, und sie war ohne Decken zu Bett gegangen. Obendrein schienen ihre Eltern es nicht zu merken, oder vielleicht war es ihnen gleich. Ihre Mutter mochte die Kälte. Sie erinnerte sich, wie kalt die Haut ihrer Mutter gewesen war, als sie sie das letzte Mal gesehen hatte. Das war bei ihrer Beerdigung gewesen, mit den frostweißen Blumen um die Bahre. Auch in dem Raum war es schrecklich kalt gewesen. Warum mußten sie das tun? Hatte jemand verdient, die Ewigkeit im kalten Eisboden des Titan zu verbringen? Warum konnte der Tod nicht warm sein? Und warum konnte sie nicht lange genug aufwachen, um sich eine Decke aus dem Wandschrank im Korridor zu holen? Sicherlich hätte ihre Mutter nichts dagegen. Selbst wenn sie die Kälte mochte...

Kimber erwachte langsam. Tausend eiskalte Nadeln steckten in ihrem Rücken, dem Gesäß und den Beinen. Sie öffnete die Augen und sah eine Gestalt in Weiß, die sich über sie beugte. Außer den üblichen hellen Lampen eines Operationssaales gab es sonst nichts zu sehen. Was konnte es bedeuten? War sie verletzt? Hatte man sie eingefroren, bis die Ärzte sie behandeln konnten? Wenn es sich so verhielt, wo war Lars? Sicherlich würde er nicht zulassen, daß sie ohne seine Anwesenheit an ihr herumoperieren würden!

Dann überflutete sie die Erinnerung. Das schreckliche Massaker, das die Marinesoldaten der Allianz unter den Wissenschaftlern angerichtet hatten. Wie sie mit Halley Trevanon gefesselt und geknebelt zum Schiff in die Umlaufbahn befördert worden war. Das letzte Gespräch mit Mikal Blount, bevor sie in einen Tank gesteckt und eingefroren worden war.

»Wo bin ich?« stöhnte sie, ohne zu merken, wie klischeehaft die Frage war. Trotz ihrer Alltäglichkeit mißverstand der Arzt die Absicht der Frage.

»Sie erwachen gerade aus der Subtemperatur-Suspension. Erinnern Sie sich, wo Sie sind?«

Sie nickte matt, dann fragte sie wieder: »Wer sind Sie, und wo bin ich?«

Der Arzt zog zuerst eines, dann das andere ihrer Augenlider hoch und leuchtete ihr mit einem hellen Licht in die Augen. »Ich bin Dr. Sprague, und Sie sind im Marinehauptquartier von Cloudcroft.«

Sie ächzte wieder. Der Arzt ignorierte es, beendete seine routinemäßige Untersuchung und verabreichte ihre eine Injektion, die sie wieder einschlafen ließ.

Als sie das nächste Mal erwachte, lag sie in einem Krankenbett. Sie erkannte es an der hohen, schmalen Form. Der weißgetünchte Raum hatte einen Vorhang zur Unterteilung, der in einer Rille an der Decke befestigt war. Der Vorhang wurde für einen Moment zurückgezogen, und dahinter war eine Tür mit einem viereckigen Fenster darin. Jemand stand mit dem Rücken zum Fenster, zweifellos ein Wachtposten.

Lange Minuten blieb sie still im Bett liegen und legte sich Rechenschaft über ihre Lage ab. Sie trug ein Krankenhaushemd mit einem Schlitz den Rücken hinauf, hatte keine Ahnung, wo ihre Kleider waren, und lag eingesperrt in einem bewachten Raum – jedenfalls vermutete sie, daß die Tür zugesperrt war. Sie fragte sich, wo Halley sein mochte.

Mit dem Gedanken an Halley stellte sich eine weitere Erinnerung ein. Blount hatte sie beide als Köder gebrauchen wollen, um Lars zu fangen! Plötzlich war ihr beinahe so übel wie in den ersten Minuten nach dem Erwachen aus dem Kälteschlaf. Sie begann hemmungslos zu weinen.

Dreißig Sekunden später wurde die Tür geöffnet, und ein Mann in der Uniform eines Kapitäns trat ein. Sie unterdrückte die Tränen mit einer Willensanstrengung und wischte sich die geröteten Augen.

»Kein Grund zur Panik, Miss Crawford. Es wird Ihnen nichts geschehen.«

»Wer sind Sie?«

»Mein Name ist Berghoff. Ich arbeite für Großadmiral Samorset.«

»Was werden Sie mit mir tun?«

Der Mann seufzte. »Ich weiß wirklich nicht, was ich darauf antworten soll. Sie wissen zu viel, als daß wir Sie gehen lassen könnten. Andererseits versammelt Ihr Vater eine Flotte, um Sie zu retten. Vielleicht werden wir Sie später einmal im Austausch übergeben müssen, um ihn von seinem Vorhaben abzubringen. Wie fühlt es sich an, diejenige zu sein, die tausend Schiffe starten ließ?«

»Sie lügen!«

»Warum sollte ich lügen? Es wäre offensichtlich besser, Ihnen diese Information vorzuenthalten. Ich bin aufrichtig zu Ihnen, damit Sie nicht die Hoffnung aufgeben und sich zu irgendeiner Dummheit hinreißen lassen, etwa einem Fluchtversuch. Das ist ausgeschlossen, wissen Sie. Sie sind im Herzen unserer sichersten Einrichtung. Sollten Sie dennoch einen Fluchtversuch machen, könnten Sie dabei zu Schaden kommen. Dieses Risiko dürfen wir nicht eingehen.«

»Nach allem, was Ihre Leute auf Erden taten, wird mein Vater niemals mit Ihnen verhandeln!«

»Dann wird es mit Sicherheit Krieg geben«, erwiderte Berghoff mit einem gleichgültigen Achselzucken.

»Was ist mit Halley Trevanon? Ist sie hier?«

Berghoff zögerte kurz, bevor er lächelte. »Ich denke, daß ich es Ihnen ruhig sagen kann. Sie ist im Nebenzimmer. Natürlich kann Ihnen nicht gestattet werden, miteinander zu sprechen. Gibt es etwas, das ich Ihnen bringen kann? Einen Dienst, den ich ausführen könnte, um Ihnen den Aufenthalt angenehmer zu machen?«

»Sie können mich gehen lassen.«

»Es tut mir leid, aber das kann ich nicht. Ich werde von Zeit zu Zeit bei Ihnen hereinschauen. Auf Wiedersehen.«

Sie blickte ihm nach, dann ließ sie den Kopf ins Kissen zurückfallen und überdachte, was er ihr gesagt hatte. Ob er gelogen hatte oder nicht, konnte sie nicht beurteilen. Organisierte ihr Vater wirklich eine Flotte, um sie zu retten, oder war das ein psychologisches Spiel, das sie mit ihr trieben? Vielleicht sollte sie einen Fluchtversuch machen! Aber wie? Sie schloß die Augen und zog es vor zu ruhen, bevor sie das Problem eingehender untersuchte. Ihre Mundwinkel zuckten mit einem kurzen Lächeln, bevor sie einschlief. Eine Gewißheit hatte sie: Lars war nach wie vor auf freiem Fuß. Wäre er ihnen in die Hände gefallen, würden sie keinen Grund haben, Zeugen ihres Verbrechens am Leben zu lassen.

Die *Vixen* war in westöstlicher Richtung in die Saturnatmosphäre eingetreten. Tief im Nördlichen Gemäßigten Gürtel, hielt das Schiff auf die südliche Wolkenwand zu. Dort fand es eine Öffnung, die von einem kleinen Wirbelsturm herrührte. Im stillen Auge dieses Sturms wartete eine Flotte auf sie. Verblüfft beobachtete Sands die Zusammensetzung der Flotte im Fernradar. Er zählte sechs große Luftschiffe, deren kleinstes einen halben Kilometer lang war. Um sie schwärmten annähernd hundert kleinere Luftfahrzeuge: Kreuzer, Zerstörer, Aufklärer, Air Sharks und einsitzige Jäger.

So eindrucksvoll wie die Vielfalt der Schiffe waren die Transpondercodes, denen die Herkunft jedes Schiffes zu entnehmen war. Neu-Rochelle, Freistaat Moskvan, Shin Nippon, Sturdevant, Halloway und die Corvin-Konföderation waren nur einige der bekanntesten Namen. Auch befanden sich nicht alle Städte im Nördlichen Gemäßigten Gürtel. Mehrere Kontingente kamen aus Städten im Nordäquatorialgürtel. Allen war gemeinsam, daß sie auf der Liste der Allianz für künftige Eroberungen standen.

»Hallo, *Vixen*, hier ist die Raumüberwachung der Flotte. Kommen Sie zu Eins-sieben-acht.«

»Verstanden«, sagte McCarver.

Patrouillenflieger hatten sie schon in mehreren hundert Kilometern Entfernung von der Flotte kontrolliert. Sands vermutete, daß die umgebenden Wolkenwände von Aufklärern und allen Arten von Sensoren überwacht wurden. Außerdem beobachteten Raumschiffe Titans aus Umlaufbahnen die Nördliche Allianz und ihre Flotte. Sie würden jede größere Bewegung sofort melden. Wer das Kommando über diese Flotte führte, war offenbar entschlossen, das Risiko von Überraschungen wie im Kampf um Neu-Philadelphia zu vermeiden.

Die Raumüberwachung schickte sie zum größten der Luftschiffe, das der Corvin-Konföderation als Flaggschiff diente. Als sie bis auf zehn Kilometer herangekommen waren, verlangsamten sie auf zweihundert Stundenkilometer. Das war die niedrigste Geschwindigkeit, die *Vixen* in der Atmosphäre aufrechterhalten konnte, ohne den Auftrieb einzubüßen. Als sie bis auf einen Kilometer herangekommen waren, erhielten sie Anweisung zum Halten. Kapitän McCarver schwenkte die Triebwerke in die Vertikale und hielt das Schiff in der Balance.

Sie schwebten fünf Minuten auf der Stelle, während eine kleine Kuriermaschine sechs Gestalten in Schutzanzügen auf dem Rumpf des Frachters absetzte. Bostwick ließ sie durch die obere Luke ein, und die Männer nahmen eine rasche Durchsuchung des Schiffes vor, um seine Identität zu bestätigen. Dann gab der Leiter der Gruppe nach kurzer Konsultation mit dem Flaggschiff die Erlaubnis zum Andocken.

Sands sah das silberne Luftschiff wachsen, bis durch das Sichtfenster nichts anderes mehr zu sehen war. Die *Vixen* näherte sich langsam der schwarzen Öffnung der Hangarbucht. Sie schoben sich über eine Landeplattform, deren offenes Gitterwerk die heißen Abgase der Triebwerke unbehindert durchließ. Als McCarver das Schiff auf die Rollen der Plattform gesetzt und die Triebwerke ausgeschaltet hatte, brachten Arbeiter ein Kabel am Schiffsbug an und zogen den Frachter mit einer Winsch in die Landebucht. Dort wurde sie sofort von bewaffneten Wachen umringt.

»In Ordnung«, sagte der Leiter des Enterkommandos. »Alles aussteigen!«

Sie gingen im Gänsemarsch von Bord. Der Hangar war riesig, aber bis in den letzten Winkel vollgestopft mit kleineren Maschinen jeglicher Art. Sands wurde jetzt klar, warum draußen so viele Maschinen herumkurvten. Es gab einfach nicht genug Hangarraum, um alle gleichzeitig unterzubringen. Solange ein Flugzeug nicht aufgetankt und gewartet werden mußte, mußte es ständig unter eigener Kraft in der Luft bleiben.

Als die sechs Überlebenden der Expedition zur Erde von Bord gingen, wurden sie von einem Offizier in der Marineuniform von Moskvan begrüßt.

»Meine Herren, Sie werden mit mir kommen«, sagte er im harten moskvanischen Akzent.

»Wohin gehen wir?«

»Zum Flottenrat«, erwiderte der Offizier. »Bitte, wir müssen uns beeilen. Es gibt viel zu tun. In nur vier Tagen werden wir zum Einsatz kommen!«

30

Die Intrigen der Militaristen

Der Offizier eskortierte Sands und Paolo Renzi vom Hangar zu einem Konferenzraum mit einer Glaswand, hinter der die Nachrichtenzentrale des Flaggschiffes war. Die Reihen der Konsolen und taktischen Projektionsschirme erinnerten Sands an seine letzte Nacht an Bord der *Delphi*. Auch dort hatten die Bildschirme feindfreien Luftraum bis zu den Grenzen sensorischer Wahrnehmung gezeigt. Er erinnerte sich, wie rasch sich das geändert hatte.

»Hallo, Mr. Sands«, sagte eine Stimme. Sands wandte den Kopf und sah Envon Crawford hinter sich stehen. Der Herr von Titan war einer von mehreren Konferenzteilnehmern, die kurz nach Sands und Renzi hereingekommen waren.

»Hallo, Sir. Haben Sie Nachricht von Kimber?«

Crawford verzog das Gesicht. »Sie ist in Cloudcroft. Wir nehmen an, daß sie im Marinehauptquartier festgehalten wird.«

»Hat man Forderungen gestellt?«

»Dalishaar versicherte Ganther Bartlett, daß alles in ein paar Tagen geklärt sein werde. Durch andere Kanäle wurde mir zugetragen, daß sie vor Gericht gestellt werden soll. Die einzige Forderung, die bisher an uns herangetragen wurde, ist Ihre Auslieferung wegen nicht näher bezeichneter ›Verbrechen gegen die Allianz‹.«

Sands biß sich auf die Unterlippe. »Dann sollte ich mich vielleicht der Allianz stellen.«

»Reden Sie keinen Unsinn!«

»Es ist kein Unsinn, wenn ich Kimber und Halley retten kann. Es ist einfache Mathematik. Ein Leben für zwei.«

»Mathematik ist niemals einfach, wenn die Gleichung in Menschenleben geschrieben wird.«

»Wir müssen auch an alle denken, die sterben werden, wenn diese Armada mit der Flotte der Allianz zusammenstößt. Zählen sie nicht auch?«

Crawford schien schockiert. »Sicherlich glauben Sie nicht, daß diese Flotte sich zu dem einzigen Zweck, meine Tochter zu retten, versammelt habe!«

»Warum sonst?«

»Diese Flotte wurde mobilisiert, weil die Unabhängigkeit ihrer Städte durch die Energieabschirmungen im Besitz der Allianz bedroht ist. Sie ziehen es vor, jetzt zu kämpfen, statt sich später zu ergeben. Wenn wir gewinnen, werden wir die Auflösung der Allianz verlangen. Wenn wir verlieren, wird es keine Rolle spielen, weil Cloudcroft dann der unbestrittene Herr des Nördlichen Gemäßigten Gürtels sein wird.«

Crawford legte Sands die Hand auf die Schulter und fuhr mit leiser Stimme fort: »Sie und ich lieben Kimber, Lars. Wir wünschen sie in Sicherheit. Das ist natürlich. Aber für den Rest der Flotte ist dieser Punkt nicht relevant. Der Angriff wird dessenungeachtet stattfinden. Kimber würde nicht wollen, daß Sie Ihr Leben wegwerfen, und ich will es auch nicht.«

Lars nickte düster. »Verstanden. Ich werde mein Büßergewand wieder in den Schrank hängen.«

In diesem Augenblick kam ein kleinwüchsiger Mann mit brauner Hautfarbe und dunklen Augen herein. Seine Rangabzeichen wiesen sie als einen Flottenadmiral der Corvin-Konföderation aus. Er schritt ans Kopfende des Konferenztisches und wartete, bis die übrigen Teilnehmer ihre Plätze eingenommen hatten.

»Für unsere beiden Gäste: ich bin Flottenadmiral Ramalan Vischna und kommandiere den Flottenverband während der Aktion Erlöser. Diese anderen Offiziere sind Angehörige meines Stabes.« Sein Blick richtete sich auf Paolo Renzi. »Ich nehme an, Sie sind Professor Renzi, Sir.«

»Der bin ich.«

»Jeder der hier Anwesenden hat Ihren Bericht über die Expedition zur Erde gelesen. Würden Sie uns eine kurze Zusammenfassung Ihrer Entdeckung und ihrer Bedeutung geben?«

»Wenn Sie wünschen, Admiral.« Renzi gab eine vereinfachte Erklärung der Energieabschirmung und der physikalischen Prinzipien, auf denen sie beruhte. Darauf erläuterte er das Potential der Abschirmungen sowohl als Verteidigungsmittel wie auch als Abschirmung gegen die Sonnenglut.

Ein Teilnehmer am anderen Ende des Konferenztisches meldete sich zu Wort. »Sind diese Abschirmungen undurchlässig für *alle* Formen von Materie und Energie, Professor?«

»So ist es.«

»Sicherlich muß es eine Gegenmaßnahme geben, die wir ergreifen können. Wie würde sich die Abschirmung im Falle eines Angriffs mit Nuklearwaffen verhalten?«

Renzi zuckte die Achseln. »Jede Großexplosion in der Nähe würde eine verkapselte Stadt mit ihrer Druckwelle stoßartig treffen. Die Wirkung auf die Bewohner würde einem Erdbeben ähneln.«

»Dann könnte ein Angriff erfolgreich sein.«

Renzi nickte. »Wenn Sie im Besitz von Nuklearwaffen sind und sie bis auf einen Kilometer ans Ziel herantragen können, bevor sie zur Explosion gebracht wird. Andernfalls nicht, fürchte ich.«

»Dann sollten wir uns vielleicht an die Konstruktion solcher Waffen machen.«

»Wie? Saturn verfügt über keine Vorräte an spaltbarem Material. Und selbst wenn es der Fall wäre, bliebe der erforderliche industrielle Verarbeitungsprozeß schwierig und umständlich. Die zur Herstellung von

Nuklearwaffen benötigten Fabrikationsanlagen würden in ihrer Masse eine durchschnittliche Wolkenstadt übertreffen. Auch der Titan kann nicht viel nützen. Gewiß, wir haben keine Probleme mit der Masse, aber unsere Erzeugung spaltbaren Materials ist lediglich ein Nebenprodukt unserer anderen Erzförderung. Was an spaltbarem Material anfällt, ist unzureichend für jede ernsthafte Abschreckung imperialistischer Ziele der Allianz.«

»Wir könnten Fusionsgeneratoren zu Kernwaffen umbauen.«

Renzi nickte. »Gewiß. Doch solch eine Bombe würde schwierig ins Ziel zu bringen sein. Und wenn Sie die Städte der Allianz damit auch aus ihrer Selbstzufriedenheit aufrütteln könnten, werden sie im Gegenschlag Ihre Städte zum Absturz bringen. Das kann schwerlich unseren Interessen dienen.«

»Sie scheinen viel über diese Abschirmungen zu wissen«, bemerkte ein anderer Offizier. »Können Sie die von der Allianz gestohlenen Daten nicht rekonstruieren?«

»Eines Tages vielleicht.«

»Wie lang ist ›eines Tages‹?«

Renzi zog die Schultern hoch. »Wenn mir unbegrenzte Mittel und ein guter Mitarbeiterstab zur Verfügung stünden, könnte ich wahrscheinlich innerhalb von fünfzehn bis zwanzig Jahren lernen, was unsere Vorfahren wußten. Unglücklicherweise werden die Daten aus dem Laboratorium der Allianz erlauben, innerhalb der nächsten fünf Jahre eine funktionsfähige Abschirmung zu installieren.«

»So rasch?« fragte Vischna.

»Wenn die gestohlene Datenbasis komplett ist, mag es nicht einmal so lange dauern.«

»Kann die Erde wirklich vor der überstarken Sonneneinstrahlung geschützt werden?« fragte ein Offizier in der Uniform Shin Nippons.

Renzi wandte sich um und faßte den neuen Fragesteller ins Auge. »Rein theoretisch, ja. Es gibt natürlich eine Anzahl praktischer Probleme. Selbst mit uneingeschränktem Zugang zu den Daten aus dem Laboratorium wird die Errichtung einer den Planeten umschließenden Energieabschirmung das Werk vieler Jahrzehnte sein.«

»Aber es läßt sich machen?«

»Ja. Hätten unsere Vorfahren über unser Wissen von Raumtensoren verfügt, wäre es ihnen möglicherweise gelungen, die Erde zu retten.«

»In diesem Fall, meine Herren«, ergriff Vischna das Wort, »bereiten wir uns auf mehr als einen Kampf vor, der über die Kontrolle dieses Flugwegs entscheiden wird. Das Schicksal der gesamten Menschheit ruht auf dieser Flotte. Bitte vergegenwärtigen Sie sich das, wenn Sie dem Feind begegnen.«

Nachdem der Admiralstab Renzi befragt hatte, wandte er sich der Strategiediskussion zu. Die Sitzung dauerte zwei Stunden, und am Ende dieser Zeit drehte sich alles in Sands' Kopf, so viele Faktoren waren in die Planung dieses Feldzugs gegen die Allianz eingegangen. Nicht nur der Ernst und die Entschlossenheit der Planung beeindruckten ihn, sondern mehr noch die Mischung von Erregung und Sorge, die Menschen am Vorabend einer Schlacht überkommt. Aber es war auch eine ruhige Zuversicht zu spüren. Dies war keine spontane Operation. Jemand hatte den Angriff auf die Allianz viel länger geplant, als es in den wenigen Wochen möglich gewesen wäre, die zur Aufstellung des Flottenverbandes benötigt worden waren.

Endlich war die Konferenz beendet. Als die Offiziere eines halben Dutzends Nationen den Raum verließen, hielt Envon Crawford Sands zurück.

»Einen Moment noch.«

»Gern. Worum geht es?«

»Admiral Vischna und ich würden gern über eine Sonderoperation mit Ihnen sprechen, die wir vorbereitet haben.«

»Welche Art von Operation?«
»Eine, die Sie sehr interessieren wird.«

Kelt Dalishaar saß in seinem Arbeitszimmer und betrachtete die taktische Karte, die in holographischer Projektion eine Wand bedeckte. Die Karte war ein Duplikat der großen Lagekarte, die unten im Flottenhauptquartier als Grundlage taktischer Entscheidungen diente. Sie zeigte die bekannten Positionen gegnerischer und eigener Streitkräfte und lieferte computererzeugte Projektionen wahrscheinlicher Feindoperationen. Bisher war der Gegner noch immer im Zentrum des Wirbelsturms konzentriert, der als Versammlungsort seiner Flotte gedient hatte. Es war allerdings nicht anzunehmen, daß er dort noch lange verweilen würde.

Dalishaar streckte die Hand aus und fragte ungeduldig eine andere Darstellung ab. Diese war eine Ansicht, die einer der geostationären Satelliten lieferte. Sie zeigte in der Vergrößerung mehr als fünfzig kleine silberne Perlen, die in einer dicht aufgeschlossenen Gruppe in der Mitte des Flugwegs schwebten. Die Städte der Allianz hatten sich zum gegenseitigen Schutz zusammengeschlossen. Ihre unterschiedlich gestuften Höhen ermöglichten es den schweren Laserkanonen jeder Stadt, den anderen Feuerschutz zu geben, sollte dies erforderlich sein. Die so erreichte Feuerkraft war größer als die sämtlicher Schlachtschiffe, die jemals die Ozeane der Erde durchpflügt hatten. Diese Tatsache beeindruckte Kelt Dalishaar jedoch nicht sonderlich. Er wußte, daß die Allianz die Schlacht bereits verloren haben würde, wenn die Flotte jemals in die Reichweite der Stadtverteidigung käme.

»Professor Garcia möchte Sie sprechen, Exzellenz«, meldete sein Sekretär über die Sprechanlage.

»Schicken Sie ihn herein«, antwortete Dalishaar. Er schaltete den Bildschirm aus und schwang seinen Drehsessel herum zur Tür, als der Archäologe eintrat. Sofort fiel ihm das veränderte Aussehen des Mannes auf. Der Renauld Garcia, der zur Erde gereist war, hatte sich zuversichtlich, sogar ein wenig arrogant gegeben. Dieser neue Garcia blickte nervös und unruhig umher, und sein Blick schien nirgendwo festen Halt zu finden. Offensichtlich bedrückte ihn etwas.

»Hallo, Professor. Möchten Sie etwas trinken?«

»Danke, ja. Haben Sie Cognac?«

Dalishaar drückte die Taste an seiner Sprechanlage. »Mai, bringen Sie zwei Gläser Sorrell Premium. Schenken Sie Doppelte ein!«

»Ja, Sir.«

»Nun, wie war die Reise?« fragte der Ratsvorsitzende, als Garcia zwei Schlucke der goldenen Flüssigkeit hinuntergestürzt hatte.

»Fürchterlich, Exzellenz, einfach schrecklich! Diese Schlachter schossen unschuldige Menschen kaltblütig über den Haufen. Ich fürchtete, sie würden sogar mich töten!«

»Ich weiß«, sagte der Ratsvorsitzende in mitfühlendem Ton. Tatsächlich war das Massaker an den Wissenschaftlern von Titan ungefähr die einzige von allen Taten, die Mikal Blount auf Erden verrichtet hatte, welche er billigte. Damit hatte Blount nicht nur das Geheimnis der Energieabschirmung geschützt, sondern er hatte praktisch alle eliminiert, die sich möglicherweise schon sachkundig gemacht hatten. »Wie steht es mit den Unterlagen über die Energieabschirmung?«

»Was meinen Sie?«

»Sind sie noch auf der Erde?«

»Nein, um Himmels willen! Blount scharrte alle Speichereinheiten zusammen, die in dem ganzen verdammten Laboratorium zu finden waren.«

Die Nachricht war wie ein Messer, das in Dalishaars Eingeweide gestoßen wurde. »Sind Sie sicher?«

»Ich hatte praktisch die Füße auf dem Kasten, in dem sie das Material zur Umlaufbahn hinauftransportierten.

Mir blieb nichts übrig, als den Anschein zu erwecken, es sei mir nicht wichtig.«

»Kennt Blount die Bedeutung dessen, was er hat?«

»Während der ganzen Rückreise wurde kaum von etwas anderem gesprochen.«

Dalishaar schwieg und überdachte seine Optionen. Der Verlust der Daten war ein schwerer Schlag. Mit den Daten standen und fielen seine Pläne, die Nördliche Allianz zur Vormacht auf dem Saturn zu machen und sich selbst zum mächtigsten Mann in der Allianz. Wenn die Unterlagen im Besitz der Militaristen blieben, gerieten seine Akkretionisten in eine unhaltbare Lage.

Hinzu kam die Angelegenheit des Unternehmens Erlöser. Gelang es der Marine, die vereinigten Flotten von Titan, der Corvin-Konföderation und des Freistaates Moskvan zu schlagen, würden die Militaristen im Rat durch Akklamation die Herrschaft übernehmen. Ob die bevorstehende Schlacht gewonnen oder verloren wurde, das Ergebnis würde für Kelt Dalishaar und seine Anhänger das gleiche sein. Folglich kam es darauf an, die Schlacht zu verhindern. Er mußte Mittel und Wege finden, dem Ausbruch von Feindseligkeiten zuvorzukommen und Admiral Samorset den Siegeslorbeer zu rauben.

Eins war gewiß. Envon Crawford würde seinen Kreuzzug nicht absagen, solange seine Tochter in der Gefangenschaft der Allianz schmachtete. Die Militaristen hatten ihm sogar in dieser unbedeutenden Angelegenheit ein Bein gestellt. Statt sie den Zivilbehörden zu übergeben, hielten sie das Mädchen in ihrem festungsartigen Hauptquartier fest, wo Dalishaar sie nicht erreichen konnte. Trotzdem war der Fall Kimber Crawford ein Aspekt dieser mißlichen Lage, wo Dalishaar die Macht hatte, in die Ereignisse einzugreifen. Er mußte diesen Hebel so ansetzen, daß er seinen Zwecken diente.

»Wie steht es mit den weiblichen Gefangenen, die Blount zurückbrachte?« fragte er Garcia.

»Ich weiß es nicht«, antwortete der Professor. »Er schien großen Wert darauf zu legen, daß sie mit niemandem sprachen. Während der Überführung im Landungsboot hatte Herrera sie die ganze Zeit geknebelt. Und sobald sie an Bord waren, steckte Blount sie in die Tiefkühltruhe.«

»Merkwürdig«, murmelte Dalishaar. »Anscheinend befürchtete er, daß sie etwas verraten würden. Aber was?«

»Zuerst dachte ich, er versuchte das Geheimnis der Energieabschirmung zu schützen. Als er später keine Anstrengungen machte, den Gesprächen und Spekulationen über das Thema ein Ende zu bereiten, folgerte ich, daß er ein anderes Geheimnis wahren müsse. Welches, kann ich nicht sagen.«

Dalishaar beugte sich über den Schreibtisch und goß den Inhalt seines vollen Glases in Garcias leeren Cognacschwenker. Was konnte es sonst sein? Was wußten Kimber Crawford und Halley Trevanon, daß es der Marine Sorgen bereitete? Es gab nur eine Möglichkeit, die ihm plausibel erschien ...

Langsam erschien ein dünnes Lächeln in Kelt Dalishaars Zügen. Auf einmal schienen seine Probleme nicht annähernd so unüberwindlich. Vielleicht hatte er mehr in der Hand, als er gedacht hatte.

31

Gefangenenaustausch

Larson Sands kauerte in der Wasserstoffschleuse an der
Unterseite eines schnellen Kampfflugzeugs und versuchte sich von seiner unbequemen Lage abzulenken.
Er steckte in einem schwarzen Schutzanzug mit einem
zusammengefalteten Deltaflügel auf dem Rücken. Die
Wasserstoffschleuse im Bauch der Kampfmaschine, ein
kurzer Zylinder mit Luken an beiden Enden, wurde
hauptsächlich für Wartungszwecke genutzt und war für
einen ausgewachsenen Mann in jeder Dimension zu
klein. Es gab nicht genug Durchmesser, um die Beine
auszustrecken, und die Höhe reichte nicht zum Auf-
rechtstehen. Sands konnte nur mit angezogenen Beinen
kauern und sein als Rucksack gepacktes Fluggerät
gegen die Seite der Schleuse drücken. Es war eine Haltung, für die der menschliche Körper nicht gemacht
war. Seine Oberschenkelmuskeln waren verkrampft,
und der Schmerz, der im Bereich der Lendenwirbel begonnen hatte, war längst bis zu den Schulterblättern
vorgedrungen. Das Wissen, daß ein komplettes Geschwader feindlicher Maschinen irgendwo in der Nähe
war und nicht zögern würde, das Kampfflugzeug abzuschießen, wenn es Verrat argwöhnte, war auch nicht
hilfreich.

Verrat war genau das, was Sands praktizierte.

Wie er vermutet hatte, war der Schlachtplan des Flottenverbandes für das Unternehmen Erlöser nicht in ein
paar Wochen zusammengeschustert worden. Im Gegen-
teil, er war das Ergebnis einer jahrzehntelangen strategi-
schen und taktischen Studie, die von den Regierungen

der Corvin-Konföderation und des Freistaates Moskvan gemeinsam durchgeführt worden waren. Beide Regierungen hatten erkannt, daß sie früher oder später mit dem Imperialismus der Allianz in Konflikt geraten würden, solange sie im Nördlichen Gemäßigten Gürtel lebten. Als Envon Crawford zur Bildung einer Koalition gegen die Allianz aufgefordert hatte, hatten die militärischen Planer ihre Strategie mit den neuen Verbündeten abgestimmt.

Einer der Hauptaspekte der Strategie war die Schaffung chaotischer Verhältnisse innerhalb der Allianz durch Sabotagekommandos, die in den feindlichen Wolkenstädten tätig wurden. Seit mehreren Wochen hatten Agenten die Städte der Allianz infiltriert. Die schwerfällige Reaktion der Regierung in Cloudcroft auf die Bedrohung war ihnen dabei zustatten gekommen. Als Kelt Dalishaar endlich ein Einreiseverbot verhängt und die Kontrollen verschärft hatte, waren mehr als dreißig Agenten erfolgreich in günstige Ausgangspositionen zur Durchführung ihres Auftrags gelangt. Zu dieser Zahl kamen noch mehr als ein Dutzend sogenannte Schläfer, Agenten, die im Laufe von Jahren eingesickert waren und bis zu ihrer Aktivierung unauffällig unter angenommenen Identitäten gelebt hatten.

Auf ein Stichwort vom Flaggschiff hin sollten die eingeschleusten Agenten und die aktivierten Schläfer wichtige Installationen angreifen und lahmlegen, um in den letzten kritischen Stunden vor der Schlacht für Verwirrung und Unruhe unter den Führern der Allianz hervorzurufen.

»Welche Art von Verwirrung?« hatte Sands gefragt, nachdem Admiral Vischna den Sabotageplan erläutert hatte.

»Alles, was sie beunruhigt und durcheinanderbringt. Es wird Sprengungen geben, Energieausfall, Kommunikationsstörungen, sogar ein paar Attentate. Es wird aber auch eine weitere Aktion geben, die Sie interessieren wird. Während diese Aktionen durchgeführt werden, wollen wir versuchen, Envon Crawfords Tochter und Ihre Copilotin zu retten.«

»Sie schicken ein Sonderkommando nach Cloudcroft, um Kimber und Halley herauszuhauen?«

Vischna nickte. »Wenn wir feststellen können, wo sie sind, und wenn das Risiko für unsere Leute in berechenbaren Grenzen gehalten werden kann.«

Sands' Lachen war beinahe ein Bellen. »Gott sei Dank!«

»Ich entnehme Ihrer Reaktion, daß Sie die Aktion billigen. Wie wurde es Ihnen gefallen, bei dem Kommandounternehmen dabei zu sein?«

»Ist das Ihr Ernst?«

»Selbstverständlich.«

»Wie kann ich nach Cloudcroft kommen? Selbst wenn sie Touristen einreisen ließen, würde man mich bei der ersten Kontrolle festhalten.«

Vischna erklärte, wie jemand selbst unter diesen erschwerten Bedingungen nach Cloudcroft geschmuggelt werden könnte. Er schloß mit den Worten: »Ich warne Sie, daß es gefährlich sein kann.«

»Das nehme ich auf mich. Wann geht es los?«

»Unverzüglich. Wir werden die verschlüsselte Botschaft jetzt hinausgehen lassen. Sollte es uns aus irgendeinem Grund nicht gelingen, rechtzeitig eine Bestätigung zu erhalten, werden wir Sie zurückrufen. Wenn das geschieht, werden wir in der Schlachtordnung einen Platz für Sie finden.«

Das Kampfflugzeug dröhnte durch die Finsternis der Ersten Mitternacht. Der Ring stand über ihnen im Zenit. Weitab zur Linken war die südliche Wolkenwand eine schwach erkennbare silberne Linie. Viel näher, aber noch immer tief unter ihnen, erhellten die Blitzentladungen im Wolkenboden des Flugwegs die Szene mit sporadischen Ausbrüchen von Wetterleuchten.

Der Pilot der schnellen Maschine bemerkte als erster die Ankunft der Feindmaschinen. Der Umstand, daß sie erwartet wurden, vermochte seine Beklemmung nicht aufzulösen. Er lenkte die Aufmerksamkeit seines Fluggastes auf den Radarschirm, und während sie die Formation der Flugzeuge beobachtete, berührte er einen Schaltknopf nahe seinem linken Knie. Auf dem Armaturenbrett ging ein kleines blaues Licht an und erlosch wieder. Während es leuchtete, ging eine leise Erschütterung durch die Maschine, als sei ihre aerodynamische Form plötzlich auf unerwarteten Luftwiderstand gestoßen. Der Fluggast bemerkte nichts davon und verfolgte fasziniert die Annäherung der Maschinen.

Der Pilot warf dem Fluggast auf dem Notsitz zwischen ihm und dem Copiloten einen Seitenblick zu. Der Widerschein vom Armaturenbrett erhellte ihre Züge. Sie hatte weit auseinanderstehende blaue Augen in einem intelligenten Gesicht, eine gerade Nase und volle Lippen, die das Geschehen auf dem Radarschirm mit der Andeutung eines Lächelns quittierten. Komisch, dachte er, sie sieht nicht aus wie eine Spionin der Allianz!

Nach dem Überfall auf Halley Trevanon hatte Arvin Taggart eine Kampagne zur Enttarnung von Agenten der Allianz auf Titan eingeleitet, an der der gesamte Sicherheitsdienst beteiligt gewesen war. Vor zwei Wochen hatte er mit Almy Brecks Verhaftung einen ersten Erfolg erzielt. Wenn es nach Taggart gegangen wäre, hätte man sie ohne Schutzanzug aus der nächsten Luftschleuse geworfen, aber er hatte vorgeschlagen, sie gegen Kimber und Halley auszutauschen. Die Allianz hatte ein Gegenangebot gemacht. Almy Breck gegen Ganther Bartlett. Da Taggart nichts von dem Plan wußte, Sands nach Cloudcroft einzuschmuggeln, war er überrascht, als Envon Crawford auf den Handel einging.

»Nicht sehr vertrauensvoll, wie?« bemerkte der Pilot,

als er die Maschine durch Schwenken der Triebwerke vor den rasch näherkommenden Flugzeugen der Allianz in den Schwebeflug übergehen ließ.

»Würden Sie Ihnen vertrauen, wenn die Situation umgekehrt wäre?« fragte Almy Breck in ihrer heiseren Stimme.

»Ich traue ihnen auch jetzt nicht über den Weg.«

Ein halbes Dutzend Kampfflugzeuge der Allianz umkreiste die Maschine wie ein Rudel Wölfe. Eine Maschine flog weiter und nahm mehrere Kilometer weiter östlich eine Sicherungsposition ein. Diese Maschine war es, die der Pilot durch seine Sensorablesungen besonders scharf im Auge behielt.

Unterdessen hatte sich der Copilot losgeschnallt und war in den hinteren Teil der Pilotenkanzel gegangen. »Also los, Miss Breck! Zeit, nach Haus zu gehen. Kommen Sie, ich helfe Ihnen mit dem Atemgerät und der Wasserstoffschleuse.«

Sands segelte hoch über dem Flugweg. Aufgehängt unter seinem schwarzen Deltaflügel, beobachtete er die Annäherung des feindlichen Aufklärers. Das flaue Gefühl in seinem Magen hatte sich zu einem harten Klumpen verfestigt. Die Maschine hielt direkt auf ihn zu, als ob die Besatzung die Impulse unsichtbaren Lichtes sehen könnte, die vom Signalgeber an seinem Gürtel ultraviolett ausgestrahlt wurden. In den Falschfarben seiner Nachtgläser glommen die Abgase der Triebwerke in diffusem Purpur. Als die Entfernung weniger als einen Kilometer betrug, verlangsamte die Maschine stark und ging in den Schwebeflug über.

Er ließ den Deltaflügel nach rechts abkippen und stieß direkt auf die Feindmaschine hinab. Zwei Minuten wurden zur Ewigkeit, während er sich dem Ziel näherte. Vor seinem inneren Auge sah er sich im Fadenkreuz der Abwehrlaser, die ihn beim Fingerzucken eines ungesehenen Besatzungsmitglieds durchbohren würden. Aber der zustoßende Lichtstrahl blieb aus. Sands langte über der stationären Maschine an, ging in Spiralen tiefer und landete auf dem Rumpf nahe der Wasserstoffschleuse. Es war die Arbeit weniger Sekunden, den Deltaflügel loszuschnallen.

»Schnell«, rief ihm eine Stimme zu. Ein Besatzungsmitglied in einem Schutzanzug schaute aus der Luke der Schleuse. »Sie werden bemerken, daß wir zum Schwebeflug verlangsamt haben.«

Kopf und Schultern des Mannes verschwanden in der Öffnung, und Sands folgte. Kaum war er an Bord, als die äußere Luke über ihm zuschnappte und die innere unter seinen Füßen geöffnet wurde. Der Mann, der ihn erwartet hatte, stieg eine Leiter ins Innere der Maschine hinab.

Sands gesellte sich zu ihm und nahm den Helm ab. Der aschblonde Mann musterte ihn kurz und sagte trocken: »Sie sehen nicht wie einer aus, für den es sich lohnt, Kopf und Kragen zu riskieren.«

Sands ignorierte die Bemerkung und streckte ihm die Hand hin. »Ich bin Sands.«

»Yarbro, Hauptmann des Geheimdienstes von Moskvan, verkleidet als Luftwaffenoffizier der Allianz. Ich bin der Copilot dieser Maschine. Mein Pilot ist Murphy, Major in der Konföderation und Oberstleutnant für die Allianz.«

»Ich war erstaunt, als ich erfuhr, daß wir Leute in den Streitkräften der Allianz haben.«

»Nicht erstaunter als wir über den Befehl, Sie an Bord zu nehmen, Mr. Sands. Sie können sich kaum vorstellen, welche Kniffe wir uns einfallen lassen mußten, um sicherzugehen, daß wir heute zum Vorpostendienst eingeteilt wurden.«

»Ich bin froh, daß es Ihnen gelungen ist. Ich wäre von hier ungern mit eigener Kraft heimgeflogen.«

»Das kann ich mir denken!«

»Wird es sehr schwierig sein, mich nach Cloudcroft zu schmuggeln?«

»Das ist der einfachste Teil«, sagte der Copilot. »Wir sind an sich eine Besatzung von drei Mann. Unser Bordschütze – ein loyaler Bürger der Allianz – schaute vor dieser Mission ein wenig zu tief ins Glas. Niemand wird sich was dabei denken, wenn in Cloudcroft drei Mann von Bord gehen, um so weniger als wir normalerweise in Persephone stationiert sind. Sollten Sie angehalten werden, sagen Sie einfach, daß Sie beim fliegenden Personal sind und sich für ein paar Stunden aufs Ohr legen wollen, bevor der Tanz losgeht.«

»Uniform?«

»Wir haben eine für Sie. Könnte ein bißchen zu groß sein. Niemand hat uns Ihre Größe angegeben. Trotzdem sollten Sie damit durchkommen.«

Wie der Copilot gesagt hatte, blieb Sands unbeachtet, als er durch die Hangars der weiträumigen Landebucht von Cloudcroft schritt. Er war nur ein Luftwaffensoldat unter Hunderten. Für ihn war es ein eigentümliches Gefühl, wieder in Cloudcroft zu sein, noch dazu in dieser Landebucht, denn hier hatte die *Sperber* ihre Beute an Bord genommen.

Während er den beiden Schläfer-Agenten zum Ausgang folgte, beobachtete er unauffällig die hektische Aktivität um sich her. Die Hangars waren voll von Aufklärern und Jagdmaschinen. Sie standen so eng beisammen, daß Sands und seine zwei Gefährten sich zwischen den Tragflächenenden durchschlängeln mußten. Nachdem sie die Hälfte der Strecke zum Ausgang zurückgelegt hatten, konnte er einen Blick in die nächste Bucht werfen, wo größere Maschinen und Schiffe gewartet wurden. Auch hier war kein Liegeplatz frei, und es herrschte rege Betriebsamkeit. Die meisten Maschinen standen mit abgenommenen Verkleidungsteilen und wurden vom Bodenpersonal gewartet.

Murphy und Yarbro erreichten den Ausgang und stellten sich in die Schlange der Wartenden vor dem bewachten Kontrollpunkt. Sands stellte sich hinter ihnen an. Als er an die Reihe kam, steckte er die Ausweiskarte, die er von den beiden Agenten erhalten hatte, in den Schlitz. Kein Alarmsignal schrillte, und die drei nahmen einen Röhrenwagen der U-Bahn zu einem Viertel, das tief im Innern der Stützsäule lag. Kurz darauf durchschritten sie einen Korridor, der zu beiden Seiten von den Toreinfahrten flankiert war, die das Viertel als Industriegebiet kennzeichneten.

Vor einer unauffälligen Tür machten sie halt, und Murphy klopfte dreimal. Die Schiebetür wurde einen Spalt breit geöffnet, und jemand spähte vorsichtig heraus. Der Pilot sagte ein Losungswort, und die Tür wurde ganz geöffnet. Ein rundlicher, rothaariger Mann stand vor ihnen, hatte die Hände in die Seiten gestemmt und sah sie prüfend an.

»Herein«, sagte er.

Sands folgte der Aufforderung. Die beiden Aufklärerpiloten wandten sich zum Gehen.

»Kommen Sie nicht mit?«

Yarbro schüttelte den Kopf. »Wir haben andere Arbeit zu tun.«

»Gut, danke für die Abholung.«

»Gern geschehen. Viel Glück!«

»Ihnen auch.«

Sands hörte die Tür hinter sich einschnappen. Der Raum ähnelte dem, wo er Micah Bolin an jenem Abend in Port Gregson getroffen hatte. Er war sehr geräumig und enthielt Maschinen zur Herstellung und Bearbeitung der leichten, dekorativen Wandverkleidungen, die überall in den Wolkenstädten verwendet wurden. In einem eingebauten Halbgeschoß befand sich ein Büro, aus dessen verglasten Fenstern die Fertigungshalle überblickt werden konnte.

Sands machte eine Kopfbewegung zur Tür. »Ich frage mich, was sie tun werden, wenn die Schießerei losgeht.«

»Sie werden mit ihrem Geschwader starten und in einem kritischen Augenblick ihre Waffen auf Leute richten, mit denen sie seit Jahren gelebt und gearbeitet haben. Sie werden so viel Schaden anrichten, wie sie können, bevor sie selbst abgeschossen werden.«

Sands fühlte sich von einem Frösteln überlaufen. Auch er hatte dem Tod am Himmel ins Auge gesehen, aber immer als Freibeuter. Ganz gleich, wie gut die Bezahlung war, Freibeuter verpflichteten sich nicht zu Selbstmordkommandos.

»Ich bin Caen. Rugilio Caen. Ich habe Anweisung, mich und meine Gruppe Ihrem Befehl zu unterstellen, Kapitän Sands.«

»Sie scheinen darüber nicht sehr glücklich zu sein.«

Grünliche Augen unter schweren Lidern starrten ihn unverwandt an. »Ich bin es nicht.«

»Möchten Sie mir den Grund nennen?«

»Es ist nichts Persönliches. Ich mag bloß keine Änderungen in letzter Minute. Wir sollten die Hauptstromschiene des Militärischen Hauptquartiers der Allianz sprengen. Nun sind wir auf dieses Rettungsunternehmen umgeleitet worden und müssen dann die Sprengung durchführen, wenn sie bereits alarmiert sind. Komplikationen dieser Art sind es, durch die Leute ums Leben kommen.«

»Ich verstehe Ihre Einwände, Caen. Wir werden versuchen, dieses Unternehmen mit minimalem Risiko zum Erfolg zu führen. Wie viele Leute haben Sie in Ihrer Gruppe?«

»Drei.«

»Wo sind sie?«

»In sicheren Häusern über die Stadt verteilt.«

»Können Sie mit ihnen in Verbindung treten?«

»Durch den Einschub eines vereinbarten Blindzeichens im Stadtcomputer. Aber wir haben für heute abend eine Zusammenkunft vereinbart. Dann werden Sie sie treffen.«

»Wo werden Kimber Crawford und Halley Trevanon festgehalten?«

Der Agent führte Sands zu einer Werkbank, wo eine in Ebenen aufgegliederte Karte von Cloudcroft ausgebreitet war. Offenbar hatte er die Route vor Sands' Ankunft festgelegt.

»Was das angeht, so hatten wir Glück. Sie wurden in Zellen tief im Militärischen Hauptquartier festgehalten. Dort hätten wir sie niemals herausbekommen. Aber gestern abend wurden sie zum Regierungsgebäude verlegt.«

»Wie haben Sie davon erfahren?«

Caen schenkte ihm einen nachsichtigen Blick. »Ich wäre ein schlechter Spion, wenn ich es nicht wüßte, nicht wahr?«

Sands ging auf die Bemerkung nicht ein. »Ist Ihnen der Grund der Verlegung bekannt?«

»Es heißt, daß der Ratsvorsitzende sie in Gewahrsam genommen hat.«

»Dalishaar persönlich?«

»So lautet das Gerücht.«

Sands dachte darüber nach. Die Implikationen waren nicht nach seinem Geschmack. »Wo werden die beiden im Regierungsgebäude festgehalten?«

Caen zeigte auf einen Wohnbereich im oberen Drittel des Turmhauses. »Hier.«

Sands lächelte. Das war der gleiche Bereich, wo er Kimber zuerst begegnet war. Vielleicht hatte man sie sogar in derselben Gästewohnung untergebracht.

»Stört Sie etwas daran?«

»Nein. Es ist bloß, daß mir die Gegend da oben bekannt vorkommt.«

Sands bemerkte den fragenden Blick seines Gegenübers, verzichtete jedoch auf eine Erläuterung.

32

Friedensgespräche

Kimber Crawford blinzelte ins Licht. Sie lag auf der rechten Seite und hatte den Kopf auf ihren Arm gebettet, und vor ihr war ein offenes Fenster, eingerahmt vom Laub kleiner Bäume, die auf dem Balkon in Kübeln wuchsen. Singvögel zwitscherten in den Bäumen. Zum Fenster schien ein Sonnenstrahl herein und zeichnete ein abstraktes Muster auf das Bett. Von irgendwo wehte der Duft von Spiegeleiern und frischem Hefegebäck herein.

Sie lag eine Weile halbwach und dachte, sie sei wieder in ihrem Vierbettzimmer im College. Sie war es natürlich nicht. Das Zimmer dort war kaum ein Viertel so groß gewesen, auch hatte es kein Fenster mit Aussicht auf Oxford-in-den-Wolken gehabt. Allmählich wurde sie ganz wach, ihre Desorientierung glitt von ihr ab, und die Erinnerung an den vergangenen Tag flutete zurück in ihr Bewußtsein. Sie erinnerte sich, wo sie war und wie sie hierhergekommen war. Was sie nicht wußte, war der Grund dieses Umzugs in eine Luxuswohnung.

Eine Gestalt kam am Rand ihres Gesichtsfeldes zur Tür herein. Kimber wandte den Kopf und sah Halley Trevanon mit einem Tablett, auf dem dampfende Teller und eine Teekanne standen.

»Ah, gut, Sie sind wach! Das Frühstück ist fertig.«

Kimber wälzte sich herum, saß aufrecht und zog zwei Kissen als Rückenlehne hinter sich. Als Halley ihr das Tablett auf den Schoß stellte, nahm sie eine Serviette und steckte sie in den Halsausschnitt. Der Duft brachte ihr zu Bewußtsein, wie hungrig sie war.

»Wollen Sie nicht essen?« fragte sie Halley.

»Ich habe schon gefrühstückt. Bin seit Stunden auf.« Halley trug einen Morgenmantel und hatte das Haar aufgesteckt. Sie war viel entspannter als am Vorabend, als sie vom Militärkrankenhaus in diese Wohnung gebracht worden waren.

»Wie spät ist es?« fragte Kimber mit einem Blick zu den schräg einfallenden Sonnenstrahlen.

»Kurz nach dem zweiten Tagesanbruch.«

»Kein Wunder, daß ich mich so ausgeruht fühle. Haben sich unsere Gastgeber gemeldet?«

»Niemand«, antwortete Halley. »Anscheinend möchten sie, daß wir ausgeruht und satt sind, bevor sie mit den rotglühenden Zangen kommen.«

»Hauptsache, sie warten bis nach dem Frühstück«, sagte Kimber kauend.

Halley setzte sich zu ihr auf die Bettkante. Keine der Frauen sprach, aber nach Tagen der Isolation wollte auch keine von ihnen allein sein.

Drei Tage waren vergangen, seit Kimber allein im Militärkrankenhaus der Allianz erwacht war. Nach dem Besuch von Kapitän Berghoff hatte sie nur das Krankenhauspersonal gesehen, das die Mahlzeiten brachte und das Bettzeug wechselte. Das hatte sich am vergangenen Abend geändert, als sie vor der Tür ihres Zimmers mehrere laute Stimmen vernommen hatte, die über irgend etwas stritten und verstummt waren, als jemand ihre Tür geöffnet hatte.

Die Leute draußen im Korridor waren weder Marinesoldaten noch Krankenhauspersonal. Ihre Uniformen waren die des Sicherheitsdienstes, der dem regierenden Rat unterstand. Es waren Kelt Dalishaars Leute.

Der diensthabende Offizier hatte sie in den Korridor hinausbefohlen, wo sie sofort von Sicherheitsbeamten umringt worden war. Die Formation hatte sie beängstigend an ein Exekutionskommando im Film erinnert. Ein Sicherheitsbeamter hatte ihr Handschellen und einen geflochtenen Gurtel angelegt, an dem eine Zugleine befestigt gewesen war. Kimber hatte die Gelegenheit genutzt, sich umzusehen. Mehrere Marinesoldaten hatten die Vorgänge aus einiger Entfernung im Korridor beobachtet. Keiner von ihnen hatte erfreut ausgesehen.

Der Trupp der Sicherheitsbeamten hatte sie in die Mitte genommen und durch den Korridor zum nächsten Raum geführt. Dort hatte es einen weiteren Aufenthalt gegeben und die Beamten waren hineingegangen, um Halley Trevanon herauszuholen. Die beiden Gefangenen hatten einander aufmunternd zugelächelt, und nachdem Halley gleichfalls mit Handschellen gefesselt worden war, hatte man sie zu einer U-Bahnstation geführt. Dort war es zu einem weiteren Streit zwischen den Sicherheitsbeamten und einigen Militärs gekommen. Die Meinungsverschiedenheit hatte ein Ende gefunden, als der Offizier des Sicherheitsdienstes einem Major der Marineinfanterie ein Stück beschriebenen Kunststoffs unter die Nase gehalten hatte. Darauf hatten sie mehrere Röhrenwagen bestiegen und waren in das Transportsystem eingetaucht.

Kimber war nicht überrascht gewesen, als sie in der Station des Regierungsgebäudes angehalten hatten. Sie und Halley waren zu einer Wohnung im oberen Bereich des Turmhauses gebracht worden, wo man ihnen die Handschellen abgenommen und sie alleingelassen hatte.

Sie hatten sich den Luxus eines tränenreichen Wiedersehens geleistet. Kimber hatte bis dahin nie erkannt, wie viel ein freundliches Gesicht bedeuten konnte, auch wenn es so tränennaß wie ihr eigenes war. Sie und Halley hatten den größten Teil der Nacht im Gespräch und mit Spekulationen verbracht, was die Zukunft bringen mochte. Erst nach der Zweiten Mitternacht hatten sie sich getrennt und ihre Schlafräume aufgesucht.

»Fertig?« fragte Halley, als Kimber ihre zweite Tasse Tee geleert hatte.

»Fertig«, bestätigte sie. »Ich glaube, ich werde jetzt aufstehen, duschen und sehen, ob ich mich etwas zurechtmachen kann.«

»Lassen Sie sich nur Zeit.«

Kimber fühlte sich beinahe glücklich, als sie ihr Haar gewaschen und ausgebürstet hatte. Noch wohler wäre ihr gewesen, wenn sei ein wenig Make-up hätte auflegen können. Sie fand einen Morgenmantel wie Halleys und zog ihn an. Laß sie tun, was sie wollen, dachte sie bei sich, als sie die Tür ihres Schlafzimmers öffnete. Halley legte gerade den Telefonhörer auf.

»Was gibt es?«

»Das war Kelt Dalishaars Sekretärin. Sie fragte, ob wir in einer Stunde mit ihm zusammenkommen könnten.«

»Ich frage mich, woher sie wußten, daß wir wach sind?«

Halley blickte nur zur Decke auf, und Kimber ärgerte sich, daß sie solch eine törichte Frage gestellt hatte. »Nun, dann sollten wir uns anziehen.«

Halley nickte. »Mein Gefühl sagt mir, daß es Zeit für die rotglühenden Zangen ist.«

Dalishaar schritt herein wie ein lange vermißter Onkel. Kimber hatte sich zu seinem Empfang in einen schwarzen Overall gekleidet, Halley trug ein rotes Kleid. Beides war aus den wohlgefüllten Kleiderschränken der Wohnung gekommen.

»Einen schönen guten Tag, Miss Trevanon. Hallo, Kimber. Es ist schön, Sie beide wiederzusehen.« Dalishaar verbeugte sich und küßte ihnen nacheinander die Hände.

»Exzellenz«, sagte Kimber und nickte.

Als Halley schwieg, blickte Dalishaar fragend auf. Ohne ihre Hand loszulassen, sagte er lächelnd: »Wir kennen uns doch, nicht wahr, Miss Trevanon? Sie waren diejenige, die in meinem Büro zurückblieb und meine persönlichen Datenspeicher beraubte und in Unordnung brachte.«

»Ich weiß nicht, wovon Sie sprechen.«

»Kommen Sie schon. Sie sind unaufrichtig. Sie hinterließen mir eine Notiz, in der Sie mir mitteilten, was Sie getan hatten. Sie wollten ein Übriges tun und mir zum Schaden den Spott anhängen. Übrigens gelang es Ihnen. Ich war wütend, daß Sie meinen Plan ruiniert hatten, meiner Fraktion die Vorherrschaft im Rat zu verschaffen.«

»Ich weiß noch immer nicht, wovon Sie reden.«

Dalishaar seufzte und ließ ihre Hand los. »Ich sehe, daß Sie noch überzeugt werden müssen. Darf ich mich setzen?«

»Bitte«, sagte Kimber mit einer einladenden Geste zu dem Sofa, das Mittelpunkt des Wohnzimmers war. Dalishaar machte es sich darauf bequem und wartete, daß die beiden Frauen sich in die Sessel vor ihm setzten. Er schien völlig ungezwungen.

»Zuallererst sollten Sie mir danken, daß ich Sie von der Marine fortgebracht habe. Angesichts dessen, was Sie beide von ihren Aktivitäten wissen, hätten Sie in ihrem Gewahrsam vielleicht nicht mehr lange gelebt.«

»Und als Ihre Gefangenen wird es uns besser ergehen?«

»Erheblich besser, Miss Crawford, wenn wir zu einer Übereinkunft gelangen.«

»Deuteten Sie eben an, die Marine habe unsere Verlegung nicht gebilligt?« fragte Halley.

Dalishaar lachte. »Gebilligt, Miss Trevanon? Sie war fuchsteufelswild! Admiral Samorset bekam einen Wutanfall, als er davon erfuhr. Glücklicherweise wählte ich einen Zeitpunkt, als er und Blount abwesend waren, um die Verteidigung zu organisieren. Sie sollten hier in Sicherheit sein, wenigstens einstweilen.«

»Warum liegt Ihnen daran, was mit uns geschieht?«

»Nun, das sollte offensichtlich sein, nicht? Die Marine

ist in Besitz der Unterlagen über die Energieabschirmung. Sie beide waren auf der Erde, also wissen Sie, was es bedeutet, ein Monopol über solches Material zu haben. Ursprünglich war es mein Plan, diese Information insgeheim zu erwerben und sie dann dem Rat als vollendete Tatsache zu präsentieren. Es hätte meine Position beträchtlich gestärkt und wäre zudem eine gute Sache für die Menschheit gewesen.«

»Ich glaube nicht, daß es eine gute Sache für die Menschheit sein würde«, sagte Halley.

»Sie irren sich, Miss Trevanon, aber ich kann verstehen, daß Sie so denken. Würde ein Bewohner des mittelalterlichen Europa die Nationalstaaten späterer Jahrhunderte als wünschenswert angesehen haben? Ich bezweifle es. Der Menschheit ging es immer dann am besten, wenn sie am meisten geeint war. Es ist ein Jammer, daß die Sonne instabil werden und den ganzen Einigungsprozeß zunichte machen mußte. Inzwischen würden wir alle eine große glückliche Familie sein, statt tausend kleine, einander bekriegende Machtbereiche.«

»Sie möchten die Menschheit geeint sehen, aber nur wenn Sie selbst an der Spitze stehen«, erwiderte Kimber.

»Jemand muß an der Spitze stehen«, versetzte Dalishaar. »Warum nicht wir? Aber ich schweife ab. Lassen Sie mich erklären, warum ich gekommen bin. Um das zu tun, werde ich Ihnen etwas über die Politik der Allianz erzählen müssen.

Es versteht sich von selbst, daß wir alle die Einigung Saturns für erstrebenswert halten. Wir stimmen nur in der Methode nicht überein. Im Rat gibt es eben so viele Fraktionen wie Ratsmitglieder, aber im großen und ganzen neigen wir zu zwei Gesichtspunkten, die im Wettstreit miteinander sind. Meine Fraktion glaubt, daß die Einigung am besten durch langsame, geduldige Überzeugungsarbeit herbeigeführt werden sollte.«

»Durch Subversion, meinen Sie!«

Dalishaar hob die Handflächen zum Himmel. »Ist das

nicht eine Form von Überzeugung? Wir arbeiten mit Gruppen in anderen Städten, die unsere Meinung teilen. Wir unterstützen sie in ihrem Bestreben, Macht über die mehr reaktionären Elemente zu gewinnen, und dann nehmen wir sie liebevoll in unseren Bund auf.

Unser Einigungsmodell ist der Art und Weise ähnlich, wie sich das Sonnensystem ursprünglich bildete. Das heißt, wir glauben an eine langsame Akkretion der ungeordneten Gas- und Staubmassen zu einem harmonischen, von allgemeingültigen Gesetzen beherrschten Ganzen! Darum nennen wir uns Akkretionisten.

Im herrschenden Rat gibt es noch eine andere Gruppe, die eine abweichende Auffassung vertritt. Sie ist ungeduldig mit dem langsamen Fortschritt und wünscht die Entwicklung zu beschleunigen. Dies sind die Militaristen. Wie der Name andeutet, sind sie in den Streitkräften sehr stark vertreten. Sie sehen Eroberung als das beste Mittel zu einem einzigen, geeinten Staatswesen auf dem Saturn. Die Militaristen waren es, Miss Trevanon, welche die gewaltsame Eingliederung Neu-Philadelphias in die Allianz bewerkstelligten. Ich glaube, Sie nahmen an dem Gefecht teil.«

Kimber bemerkte Halleys plötzliches Erröten und fragte rasch: »Was hat das alles mit uns zu tun?«

»Eine ganze Menge. Sehen Sie, der Überfall auf Cloudcroft, an dem Sie teilnahmen, war auch ein Komplott der Militaristen. Es verfolgte nicht nur den Zweck, meine Regierung und Verwaltung in ein schlechtes Licht zu setzen, sondern es diente auch der Eroberung der Glasgow-Gruppe. Nein, leugnen Sie nicht, daß die Streitkräfte dahinterstanden, Miss Trevanon. Die Beweise, wenn sie auch auf Indizien beruhen, sind überwältigend. Das ist einer der Gründe, weshalb ich Sie dem Zugriff der Militärs entziehen mußte. Ich beabsichtige den Fall zu gegebener Zeit vor den Rat zu bringen. Sowohl Neu-Philadelphia als auch der fingierte Überfall auf Cloudcroft haben der Stärkung der Militaristen gedient. Aber schließlich hatte der Überfall auch ein Ergebnis, das niemand vorausgesehen hatte.«

»Welches Ergebnis?«

»Daß die Militaristen in den Besitz der Unterlagen für die Energieabschirmung gelangten. Ich fürchte, daß sie, wenn nichts geschieht, mich aus meinem Amt hinwegfegen werden, sobald sie die Flotte erledigt haben werden, die Ihr Vater sammelt.«

»Was haben wir mit alledem zu tun?«

»Ich möchte, daß Sie mir helfen, diesen unsinnigen Krieg abzuwenden!«

Ein langes Schweigen folgte. Dalishaar blickte von einer zur anderen, betrachtete sie, wie er zwei Gegner im Rat betrachten würde. Ihre Gegnerschaft war etwas, das kanalisiert, umgeleitet und schließlich seinen eigenen Zwecken nutzbar gemacht werden mußte. Es verdroß ihn, mit den Leuten verhandeln zu müssen, die seine Pläne so gründlich zunichte gemacht hatten. Aber die Politik machte zuweilen seltsame Bettgenossen.

»Sind Sie so sicher, daß Sie die bevorstehende Schlacht verlieren werden?« fragte Kimber.

»Keineswegs. Ich glaube, unsere Marine hat ausgezeichnete Aussichten, einen Sieg zu erringen.«

»Warum dann den Krieg abwenden?«

»Weil *sie* ihn gewinnen wird, Miss Crawford, nicht *ich*. Wenn sie diese Bedrohung überwindet, wird sie nicht mehr aufzuhalten sein. Außerdem gibt es im Krieg keine Gewißheiten. Wie viele Schiffe und Menschenleben werden verlorengehen, selbst wenn wir erfolgreich sind?«

»Denken Sie daran, sich meinem Vater zu ergeben?«

Dalishaar lächelte. »Schwerlich. Ich denke daran, daß die Militaristen hier der gemeinsame Feind sind. Wenn ich sie im Rat überwinden kann, wird es keine Notwendigkeit zum Kampf geben. Alles wird wieder seinen normalen Gang nehmen. Wir von der Allianz werden fortfahren, mit friedlichen Mitteln um Anhänger zu werben, Titan kann sich wieder seinem Handel zuwenden, die anderen Städte des Nördlichen Gemäßigten Gürtels können ihren Geschäften nachgehen. Niemand braucht zu sterben, und keine Städte oder Schiffe müssen zerstört werden.«

»Und was wird aus uns?«

»Sie werden mit meiner persönlichen Garantie, daß Sie nicht wieder behelligt werden, auf freien Fuß gesetzt.«

»Und Sie werden fortfahren, andere Städte zu schlucken«, sagte Halley.

Dalishaar zuckte die Achseln. »Wir können unsere Natur nicht ändern. Wir glauben wie Sie, Miss Trevanon, an unsere Prinzipien. Findet die Energieabschirmung erst allgemeine Verbreitung, wird es aber nicht mehr möglich sein, eine Stadt im Sturm zu nehmen. Sanftere Methoden werden vonnöten sein.«

»Und Sie möchten, daß wir Ihnen helfen?«

Dalishaar nickte.

»Was ist mit Dane?«

»Wem?« fragte der Ratsvorsitzende. Zum erstenmal war er verdutzt.

»Dane war Halleys Verlobter«, erläuterte Kimber. »Er fiel im Gefecht um Neu-Philadelphia.« Sie erklärte die Umstände, wie sie sie von Sands gehört hatte.

»Ich bedaure es aufrichtig, Miss Trevanon. Aber ich war nicht derjenige, der ihn tötete. Es waren die Militaristen. Ich gebe Ihnen Gelegenheit, an ihnen Vergeltung zu üben.«

»Was wird damit verbunden sein, daß wir Ihnen helfen?« fragte Kimber.

»Miss Trevanon muß eine Zeugenaussage über alles machen, was sie von dem Überfall auf Cloudcroft weiß. Sie wird es unter Wahrheitsserum tun müssen, und vor dem gesamten Rat. Es würde auch helfen, wenn sie Kapitän Sands' Zeugenaussage in derselben Angelegenheit erreichen könnte.«

Halley biß sich auf die Lippe und sah störrisch aus. Kimber war nachdenklich. »Sie deuteten an, daß Sie die

Energieabschirmung allen zugänglich machen werden.«

»Das werde ich«, beteuerte Dalishaar. »Das heißt, wenn wir den Militärs die Unterlagen wegnehmen können. Andernfalls wird niemand die Abschirmung haben.«

Kimber blickte zu Halley. »Was meinen Sie?«

»Ich denke, wir würden töricht sein, ihm zu trauen.«

»Es könnte den Krieg verhindern.«

»Ist das erstrebenswert? Ich finde es richtiger, sie jetzt zu schlagen und es hinter uns zu bringen. Später werden sie zu mächtig sein.«

»Sie sahen einige der Parks, durch die wir auf dem Weg hierher kamen. Kinder spielten dort. Verdienen sie den Tod, nur weil ihre Eltern ihre Finger nicht von anderer Leute Eigentum lassen konnten?«

Halley zögerte. Sie hatte die Kinder gesehen. Auch andere Leute waren ihr aufgefallen, Liebespaare, die unter den Bäumen und zwischen Blumenbeeten schlenderten, alte Leute, die auf Bänken saßen, den leuchtenden Ring am Himmel betrachteten und sich des Friedens erfreuten.

Halleys innerer Kampf spiegelte sich in ihren Zügen. Kimber hatte niemals einen so gequälten Ausdruck gesehen. Nach langen Sekunden, die wie eine Ewigkeit schienen, glätteten sich Halleys Züge, und die Furchen zwischen ihren Augenbrauen verschwanden. »Gut. Es lohnt einen Versuch. Was wollen Sie von mir?«

»Ich möchte, daß Sie mir alles über den Überfall erzählen, was Sie wissen. Später werden wir die Aussage unter Wahrheitsdrogen wiederholen. Aber ich muß wissen, womit ich jetzt arbeiten kann.«

Halley begann zu sprechen, zögernd zuerst, dann bereitwillig. Sie berichtet, wie Mikal Blount in einer Bar in Port Gregson an Lars herangetreten war. Sie erzählte ihm, was sie von der Besprechung der beiden Männer wußte und wie sie Port Gregson verlassen hatten, um sich mit den Luftschiffen in der Nähe des Dardanellenzyklons zu treffen. Sie sprach von den Vorbereitungen, die sie getroffen hatten, bevor sie das Schiff in der Wolkenwand versteckt hatten, und wie sie im Schutz der Dunkelheit mit den Deltaflügeln das ferne Cloudcroft angesteuert hatten. Am Schluß beschrieb sie den Ablauf des Überfalls.

»Danke sehr, Miss Trevanon. Das wird eine große Hilfe sein. Die Militaristen sind in dieser Sache weit über alle vertretbare Grenzen hinausgegangen. Mit Ihrer Zeugenaussage sollte es möglich sein, mehrere von ihnen auszuschalten. Ich muß jetzt zusehen, daß ich mich mit Ihrem Vater in Verbindung setze, um einen Waffenstillstand zu arrangieren …«

Dalishaars Züge nahmen plötzlich einen geistesabwesenden Ausdruck an. Er neigte den Kopf auf die Seite, als lausche er auf etwas, das weder Kimber noch Halley hören konnten. Es war offensichtlich, daß er ein implantiertes Kommunikationsgerät hatte, das soeben aktiv geworden war. Er saß ungefähr zehn Sekunden lang unbeweglich, dann schüttelte er sich. Sein Gesicht war bleich geworden.

»Was haben Sie?«

»Die Marine meldet, daß die Flotte Ihres Vaters in Bewegung gekommen ist. Die Luftschiffe haben den Versammlungsort verlassen und dringen in den Flugweg ein.«

»Vielleicht kann ich mit meinem Vater sprechen, wenn Sie mir eine Funkverbindung herstellen.«

»Ja, das könnte gehen. Wir müssen diese Flotte fernhalten, während ich eine Sitzung des regierenden Rates einberufe.«

»Tun Sie das zuerst!«

»Das ist unmöglich, verstehen Sie? Zu viele Ratsmitglieder dienen in der Flotte oder sind anderweitig mit Verteidigungsaufgaben betraut. Sie werden ihre Posten niemals verlassen, wenn Gefahr droht. Wenn wir diese Flotte nicht aufhalten können, wird niemand da sein, meine Anklage gegen die Militaristen zu hören!«

33

Das Infiltrierungsteam

Großadmiral Jerzy Samorset maß mit finsterem Blick den unglückseligen Major der Marineinfanterie, der vor ihm stand. Es war ein Blick, der selbst dem härtesten Kriegsveteranen allen Mut nehmen konnte. Der Major hatte das Stadium des Kniezitterns noch nicht erreicht, begann aber zu schwitzen.

»Also, Major, erzählen sie mir noch einmal ausführlich, wie es geschah.«

»Jawohl, Sir. Eine Abteilung des Sicherheitsdienstes traf gestern abend um achtzehn Uhr ein und legte dem Wachoffizier einen schriftlichen Befehl vor, die Gefangenen 1795 und 1796 den zivilen Behörden zü übergeben. Der Wachoffizier rief mich sofort in meiner Dienststelle an, um mich von der Lage zu unterrichten. Ich versuchte dann, entweder Sie oder Admiral Blount über die Kommandofrequenz zu erreichen. Als mir dies nicht gelang, begab ich mich an Ort und Stelle. Bei meiner Ankunft hatte der Sicherheitsdienst die Gefangenen aus ihren Unterkünften geholt und ihnen für den Transport Handschellen angelegt. Ich stellte den diensthabenden Offizier zur Rede, der mir seinen schriftlichen Befehl zeigte. Er war vom Ratsvorsitzenden persönlich unterzeichnet und nicht zu beanstanden. Aus diesem Grund und weil es mir nicht gelang, einen höheren Vorgesetzten zu erreichen, blieb mir nichts übrig als die Gefangenen zu übergeben, Sir.«

»Sie hätten den Befehl verweigern können, Major.«

»Aber Sir, er war vom Ratsvorsitzenden unterzeichnet! Sicherlich wollen Sie damit nicht sagen, daß ich mich einem direkten Befehl der rechtmäßigen Obrigkeit widersetzen sollte.«

»Sie hätten einen Grund finden können, die Ausführung des Befehls zu vermeiden. Die Gefangenen waren gerade von der Erde gekommen und im Gefängniskrankenhaus. Sie hätten den Leuten vom Sicherheitsdienst sagen können, daß die Frauen in Quarantäne sind oder was.«

»Ich ... daran dachte ich nicht, Admiral.«

»Sie hätten sollen, Major. Das waren sehr wertvolle Gefangene. Sie besaßen Informationen, die für die bevorstehende Schlacht von entscheidender Bedeutung sein können. Ihr Verlust an die Zivilbehörden kann unsere Bemühungen behindern, diese verdammte Koalition von Mücken zurückzuschlagen, die sich gegen uns gebildet hat. Ein Glück für Sie, daß ich jeden tüchtigen Mann an der Front brauche, sonst würde ich Sie zur Wachmannschaft des Stadtreaktors versetzen. Sie können wegtreten, Major.«

»Jawohl, Sir!« Der Major salutierte, machte auf dem Absatz kehrt und marschierte hinaus.

Der Admiral sah ihm nach. Einen Augenblick später wurde eine zweite Tür geöffnet, und Mikal Blount kam herein. Seine Miene war nicht weniger verdrießlich als Samorsets. Blount war auf einem Inspektionsflug mit einer Aufklärungsmaschine gewesen, als Samorset ihn hatte rufen lassen. Die Neuigkeit, daß Kimber Crawford und Halley Trevanon in Dalishaars Händen waren, hatte ihn stark beunruhigt.

»Der Mann ist ein Trottel«, sagte Blount, als er sich auf den Besucherstuhl vor dem Schreibtisch des Großadmirals fallen ließ.

»Er tat seine Pflicht«, erwiderte Samorset. »Hol ihn der Teufel! Was, meinen Sie, hat Dalishaar vor?«

»Sie wissen so gut wie ich, warum er diese Gefangenen will. Er wird sie gebrauchen, um Anklage gegen uns zu erheben.«

»Sind Sie sich dessen sicher, Blount?«

»Möchten Sie es riskieren?«

Samorset lehnte sich zurück und rieb sich den Nasenrücken mit einem gekrümmten Finger. Sein Nasenbein war vor Jahren gebrochen, als er Offiziersanwärter an Bord des Luftschiffes *Wolkenjäger* gewesen war, und er hatte es nie richten lassen. Schließlich sagte er: »Nein, wir können das Risiko nicht eingehen. Die Dinge sind zu weit gediehen, als daß wir uns jetzt erwischen lassen dürften. Sie werden diese beiden Zeuginnen eliminieren müssen.«

»Ja, Sir. Ich war bereits zu dieser Folgerung gelangt.«

»Zu dumm, daß Sie es nicht taten, als sie noch auf der Erde waren. Es hätte uns erhebliche Schwierigkeiten erspart.«

»Ja, Sir. Ich beging einen Fehler, als ich sie mitbrachte. Ich kann nur sagen, daß es mir damals eine gute Idee zu sein schien. Vergessen wir darüber nicht, daß Larson Sands noch immer die weitaus größte Gefahr für uns ist.«

»Wir können immer hoffen, daß er in der bevorstehenden Schlacht getötet wird.«

»Oder gefangengenommen«, erwiderte Blount. »Ich werde dafür sorgen, daß er rasch und ohne Aufhebens beseitigt wird, wenn er unter den Gefangenen auftaucht.«

»Tun Sie das«, erwiderte Samorset geistesabwesend. »Welche Feststellungen konnten Sie über die feindliche Flotte treffen? Ich habe seit mehr als einer Stunde keine aktualisierte Meldung erhalten.«

»Keine Veränderung, Admiral. Die Flotte ist in den Flugweg eingetreten und bewegt sich in Gefechtsordnung westwärts. Zahlreiche kleinere Maschinen sind in den Wolkenwänden verschwunden, zweifellos um zur Zeit und am Ort ihrer Wahl einen Hinterhalt zu legen. Wir arbeiten an Gegenstrategien.«

»Und die Titanier?«

»Keine Veränderung. Die Frachter sind weiter in ihrer Umlaufbahn.«

»Gut«, sagte Samorset. »Einstweilen scheint die Lage stabil, aber das wird nicht lange so bleiben. Wir müssen dieses Problem der Zeuginnen lösen, bevor die Kämpfe ausbrechen. Wie wollen Sie vorgehen?«

Blount sagte es ihm. Nachdem er ihn schweigend angehört hatte, meinte Samorset: »Ein guter Plan, aber er könnte ein wenig ausgeschmückt werden.«

»Wieso, Sir?«

»Seit Wochen fangen wir Eindringlinge ab – nach der letzten Zählung insgesamt sieben – wie viele sind durchgekommen?«

»Schwer zu sagen?« meinte Blount. »Wir werden den Wert unserer Sicherheitsvorkehrungen kennenlernen, wenn die feindliche Flotte zum Angriff übergeht.«

Samorset nickte. Die Absicht feindlicher Infiltratoren wäre selbst dann klar gewesen, wenn nicht mehrere gefangengenommen und verhört worden wären. Sie hatten alle den Auftrag, die Verteidigung der Allianz in letzter Minute lahmzulegen. Samorset und Blount sahen ihre Aufgabe darin, derartige Sabotageakte durch Agenten zu verhindern oder wenigstens auf ein Minimum zu reduzieren.

»Wie, wenn diese Feindagenten versuchen sollten, die Gefangenen zu befreien? Wenn etwas schiefginge, könnten die beiden Frauen bei dem Versuch leicht ums Leben kommen.«

Blount lächelte. »Ich verstehe, Sir.«

»Ich glaube nicht, daß Sie mich ganz verstehen, Admiral.« Samorset erläuterte, woran er noch gedacht hatte. Blounts Lächeln verstärkte sich mehr und mehr.

Larson Sands saß auf einer Parkbank vor dem Turmhaus der Regierung und blickte an dem Gebäude hinauf, das vor vielen Monaten schon sein Ziel gewesen war. Weit oben in der Höhe, unsichtbar am Nachthimmel, war die Habitatbarriere, auf der sie in der Nacht des Überfalls mit Fallschirmen gelandet waren. Eigenartig war, daß das Turmhaus von unten höher aussah als von oben. Es mußte eine optische Täuschung sein, dachte er.

Das Gebäude war hell erleuchtet. In den Ministerien wurde heute wie schon in den vergangenen Tagen bis spät in die Nacht hinein gearbeitet. Statt seine Rettungsmission zu behindern, würde die Anwesenheit zahlreicher Regierungsbeamter tatsächlich eine Hilfe sein. Überstunden und Schichtbetrieb bedeuteten, daß die Leute in den verschiedenen Abteilen sich daran gewöhnten, unvertraute Gesichter zu sehen. Um diesen Umstand für ihr Vorhaben zu nutzen, wollten sie während der abendlichen Essenspause zuschlagen, wenn zwischen dem Regierungsgebäude und den Dutzenden von kleinen Restaurants im Umkreis ein reges Kommen und Gehen herrschte.

»Sind Sie bereit, Sands?« fragte eine halblaute Stimme hinter ihm. Er wandte den Kopf und sah Rugilio Caen, der einen von Blumenbeeten gesäumten Spazierweg heraufgekommen war. Wie Sands trug der Leiter der Infiltrationsgruppe die Arbeitskleidung eines Technikers und einen Werkzeugkasten am Schultergurt.

»Bereit«, antwortet Lars. Er stand auf, nahm sein tragbares elektronisches Prüfgerät, hängte es sich um und schloß sich Caen an, der ohne Aufenthalt an der Bank vorbeiging. Caen hatte eine Identitätsplakette angesteckt, die ihn als Techniker einer Computerfirma auswies. Sands zog eine ähnliche Plakette aus der Brusttasche und befestigte sie am Overall. »Wo sind die anderen?«

»Die kommen von den unteren Ebenen herein. Wir treffen uns auf Ebene Zwei, nahe der Rechenzentrale.«

»Verstehe.«

Sie stiegen die Freitreppe hinauf, die zum Fassadenschmuck der Deckebene gehörte. Durch das große Portal betraten sie die Haupteingangshalle des Gebäudes und gingen direkt zum Kontrollpunkt des Sicherheitsdienstes.

»Computerreparatur«, sagte Caen und gab dem Posten seinen Arbeitsauftrag. Der gelangweilte Tonfall paßte zu seinem Gesichtsausdrck. Sands bemühte sich, ihn nachzuahmen.

»Was ist passiert?« fragte der diensthabende Posten.

»Wenn ich das wüßte, hätten sie mich nicht nach Feierabend zurückrufen müssen. Irgendwas mit einem großen Zampano, dem der Zugang zu seinen Tagesaufzeichnungen blockiert ist. Hah, als ob sich abzufragen lohnte, was die aufschreiben!«

»Geben Sie acht auf Ihr loses Mundwerk, alter Freund. Es kann Sie in Schwierigkeiten bringen.«

»Genug Schwierigkeiten, daß sie mich nicht mehr zu allen Tages- und Nachtzeiten kommen lassen? Heute abend ist ein Spiel zwischen Persephone und Vacca, das ich sehen wollte. Damit ist es jetzt vorbei.«

»Ja, der Ausnahmezustand hat alle Planungen durcheinandergebracht«, sagte der Sicherheitsbeamte ohne Mitgefühl. Er überprüfte den Arbeitsauftrag an seinem Computerbildschirm, dann ließ er Caen durch. Sands' Plakette streifte er nur mit einem Blick.

Als sie den Kontrollpunkt ein gutes Stuck hinter sich hatten, fragte Sands: »Wie haben Sie diesen Arbeitsauftrag bekommen?«

»Vom Stadtcomputer«, sagte Caen. »Nicht weiter schwierig, wenn man weiß, was dort an Bestellungen und Anforderungen registriert wird. Wahrscheinlich werden sie morgen noch einmal einen Techniker anfordern. Den armen Mann wird kein freundlicher Empfang erwarten.«

Am Treffpunkt warteten bereits drei weitere Mitglieder der Gruppe. Sands sah sie zum zweitenmal. Das erste Treffen hatte am Vorabend stattgefunden, um die Einzelheiten der Rettungsaktion zu besprechen.

Sands stellte seinen Werkzeugkasten ab, nahm den falschen Boden heraus und brachte drei kleine Raketenpistolen und Ersatzmagazine mit Munition zum Vorschein. Caen tat das gleiche. Als sie alle bewaffnet waren, gab er im Flüsterton seine Befehle für den Einsatz. Er schloß mit den Worten: »Also Augen auf und die Nerven behalten, jetzt wird's gefährlich.«

Die unteren sechs Geschosse und die Kellerebenen des Regierungsgebäudes waren dem Publikumsverkehr geöffnet. Darüber war alles Sperrbereich, wo Fernsehmonitore und Alarmanlagen jeden Zugangsweg überwachten.

Caen besaß einen Stadtplan, der viel genauer war als der allgemein erhältliche. Die Übertragungsleitungen der Fernsehmonitore waren gewöhnlich dreifach redundant und weit voneinander verlegt, um zu verhindern, daß alle gleichzeitig unterbrochen werden konnten. Aber Bodenfläche war im Regierungsgebäude knapp, besonders in den oberen Stockwerken, weil das große Leitungsrohr zum Gasballon viel Raum beanspruchte. Jemand hatte nachlässig geplant und alle drei Sicherheitskabel von den oberen Stockwerken durch einen einzigen Schaltschrank im öffentlich zugänglichen Bereich des Gebäudes geführt.

Caens Strategie war einfach. Er, Sands und ein Gruppenmitglied namens Dumas wollten den Aufzug zum zwölften Stock nehmen. Unterdessen würden die beiden anderen im fraglichen Schaltschrank einen Brandsatz zünden. Wenn alles planmäßig ablief, würden die Fernsehmonitore im zwölften Stockwerk ausgefallen sein, wenn die Aufzugtüren sich öffneten.

Die Anbringung des Brandsatzes nahm weniger als eine Minute in Anspruch; dann nahmen die beiden Männer, die unten bleiben würden, Positionen zur Sicherung des Aufzugeingangs ein. Nachdem er sich vergewissert hatte, daß sein Rückzugsweg gedeckt war, ließ Caen den Aufzug kommen. Sein Arbeitsauftrag gab ihm Zugang zum neunten Stockwerk, doch als sie in der Aufzugkabine standen, steckte er einen anderen Passierschein in den Datenleser. Der Aufzug beschleunigte aufwärts.

Gegenüber der Aufzugtür saß ein Beamter des Sicherheitsdienstes hinter einem Schreibtisch. Er blickte wachsam auf, als die drei falschen Techniker aus dem Aufzug traten und die Türen sich hinter ihnen schlossen.

»Ist dies neun?« fragte Caen im gleichen Ton, den er unten am Schalter in der Eingangshalle gebraucht hatte.

»Nein, Sie sind im falschen...« Der Beamte begriff, daß es unmöglich war, diese Ebene ohne den passenden Zugangscode zu erreichen. Seine Hand fuhr zum Alarmschalter und hatte ihn beinahe erreicht, als rechts hinter Sands ein kurzes Zischen ertönte. Der Sicherheitsbeamte blickte überrascht, als er gegen die Wand zurückgeworfen wurde und zu Boden sackte. Auf seiner rechten Brustseite breitete sich ein roter Fleck aus.

»Gut gemacht«, flüsterte Caen, als er behende hinter den Schreibtisch sprang. Mit Befriedigung stellte er fest, daß die in die Schreibtischoberfläche eingebauten Monitore alle dunkel waren. »Schafft ihn außer Sicht und gebt acht, daß ihr keine Blutspur zurücklaßt.«

Während Dumas und Sands den Toten in eine nahe Toilette trugen und dort in einem Abteil einsperrten, durchsuchte Caen eilig den Schreibtisch. Er fand das Gesuchte in der rechten Seitenschublade. »Sie sind in Suite 1207«, sagte er, als die beiden gleich darauf zurückkamen. »Das muß rechts um die Ecke sein.«

Leise arbeiteten sie sich zur Abzweigung des Korridors vor. Dumas spähte um die Ecke, und berichtete, daß zwei Wachtposten eine Tür auf halber Länge des Korridors flankierten. Auf ein Zeichen von Caen trat er hinter der Ecke vor, brachte die Pistole mit den Raketenpatronen in Anschlag und feuerte zweimal in rascher Folge.

Sands und Caen stürzten zu der Tür, die von den beiden gefallenen Posten bewacht worden war. Sie war unverschlossen.

Sands legte die Hand auf das Tastfeld, das die Schiebetür betätigte. Ehe sie noch ganz offen war, sprang er durch, gefolgt von Caen und Dumas. Alle drei warfen sich zu Boden, die Pistolen vor sich in Schußposition.

Zehn Schritte entfernt saßen Kimber und Halley auf einer Couch. Sie sahen ein Unterhaltungsprogramm. Auf das plötzliche Geräusch fuhren beide herum und starrten mit schreckgeweiteten Augen und geöffnetem Mund ihre Retter an.

Sands sprang auf und lief auf sie zu. So schnell er war, Kimber brachte es fertig, ihn auf halbem Weg abzufangen. Er riß sie in seine Arme, und im gleichen Augenblick umschlang sie seinen Hals.

»Was ist los, dachtest du, ich würde nicht kommen?« fragte er, nachdem sie sein Gesicht mit ängstlichen Küssen bedeckt hatte. Er blickte über Kimbers Schulter zu der noch verblüfften Halley und sagte: »Hallo, Copilot, können wir von hier verschwinden?«

»Mein Gott, Lars! Du hast uns zu Tode erschreckt!«

»Hören Sie«, schaltete sich Caen ein, »ich bin für Wiedersehensfeiern, aber nicht jetzt. Wir müssen weg. Jeden Augenblick können sie uns auf die Schliche kommen!«

»Kommt«, sagte Sands und machte sich von Kimber los. »Wir müssen hinunter zu den öffentlich zugänglichen Ebenen, bevor sie das Sicherheitssystem wieder in Betrieb haben.«

»Aber ... aber wir können nicht weg!« platzte Kimber heraus.

»Was willst du damit sagen?«

»Dalishaar hat angeboten, den Krieg zu verhindern und die Energieabschirmung mit uns zu teilen. Er möchte, daß Halley und du gegen Mikal Blount als Zeugen aussagt.«

»Ihr habt einen Handel mit Dalishaar gemacht? Unmöglich!«

»Weshalb?«

»Weil ihm nicht zu trauen ist. Kommt, wir bringen euch in Sicherheit und sprechen dann aus einer Position der Stärke mit dem Ratsvorsitzenden. Wenn er uns jetzt erwischt, sind wir so gut wie ...«

Sands konnte den Satz nicht vollenden. Der Boden wurde ihm unter den Füßen weggerissen, die Wand vor ihm platzte auseinander und schleuderte ihn in einer Wolke von Plastikbruchstücken der Trennwand durch den Raum. Dann verschlang ihn ein Krachen wie von hundert Donnerschlägen und versuchte ihn in seiner Umklammerung zu zermalmen.

34

Verpaßte Gelegenheiten

Envon Crawford schritt auf dem Laufsteg über der Brücke des Flaggschiffes auf und ab. An einem Ende war ein Fenster, das Ausblick in die Saturnnacht gewährte. Jedesmal, wenn Crawford diesen Punkt erreichte, hielt er inne, um zu einem anderen großen Luftschiff hinüberzublicken, das in mittlerer Entfernung querab stand. Bei Sonnenlicht hatte das Luftschiff wie einer der längst ausgestorbenen Wale ausgesehen, umringt vom Delphinschwarm der kleineren Jagd- und Kampfflugzeuge. Bei Nacht war es nur ein geisterhafter Umriß im matten Licht des Ringes.

Die Planer des Unternehmens Erlöser erwarteten ernsthaften Widerstand erst in weiteren zwanzig Stunden. Crawford hatte beabsichtigt, diese Schätzung zu nutzen, indem er Schlaf nachholte, aber jeder Gedanke an Ruhe hatte mit dem Empfang eines verschlüsselten Blitzfunkspruchs von Arvin Taggart ein Ende gefunden. Almy Breck, die ausgetauschte Spionin der Allianz, hatte Taggart auf Titan verständigt, daß Kelt Dalishaar verhandeln wolle. Sie hatte ihm zu verstehen gegeben, daß Crawford Erlaubnis erhalten würde, mit Kimber zu sprechen, wenn er bereit sei, Verhandlungen aufzunehmen.

»Er verspätet sich!« stieß Crawford durch die Zähne hervor, als er an Admiral Vischna vorbeischritt, der am Geländer stand und die große taktische Wandprojektion beobachtete.

»Wie ich Ihnen vor zwei Stunden sagte«, bemerkte der Admiral. »Diese Botschaft mag lediglich eine taktische List gewesen sein.«

»Zu welchem Zweck?«

»Vielleicht wollen sie, daß wir um den Schlaf gebracht werden. Mehr als eine Schlacht ging verloren, weil der Feldherr zu müde war, um klar zu denken.«

Crawford schüttelte den Kopf. »Dann hätten sie uns die ganze Nacht mit Botschaften bombardiert. Das Stillschweigen ergibt unter diesem Gesichtspunkt keinen Sinn.«

Die beiden schwiegen, und Crawford blickte verdrießlich auf die Uhr. Er fragte sich, was seine Tochter in diesen Augenblicken tat und bedauerte es gleich darauf. Der Gedanke löste eine Serie von Vorstellungsbildern aus, die, wenn er sie andauern ließ, ihn in kürzester Zeit in nutzlosen Zorn versetzen würde. Er nahm sein Hin und Her wieder auf. Als weitere zehn Minuten ohne ein Signal verstrichen waren, informierte ihn Admiral Vischna, daß er in seine Kabine zurückkehren werde, um Neuigkeiten abzuwarten.

»Ich werde hier bleiben.«

»Wirklich? Wenn ein Anruf kommt, wird man ihn zu Ihnen durchstellen.«

Crawford schüttelte nur den Kopf.

»Wie Sie meinen, Sir.«

Crawford sah dem Admiral nach, wandte sich wieder der taktischen Darstellung zu. Nichts hatte sich geändert. Der Flottenverband drang weiter westwärts vor, als wäre er der einzige auf Saturn.

Larson Sands lag, wo er zu Boden geschleudert worden war. Dichter Staub erfüllte die Luft und nahm ihm die Sicht. Er lag benommen auf dem Rücken und hustete, während der gewaltige Donnerschlag in seinen Ohren widerhallte. Nach einer Weile rappelte er sich auf. Sein Herzschlag pochte dumpf in den Schläfen, als er auf der Suche nach Kimber umhertappte. Beinahe hätte er sie übersehen; ein Fuß ragte unter den Trümmern von Leichtbauelementen hervor. Hastig räumte er sie weg und dankte dem gnädigen Geschick, daß Wolkenstädte so leicht gebaut waren, wie es eben noch mit der Stabilität zu vereinbaren war.

»Bist du verletzt?«

Kimber richtete sich hustend auf. Sie war weiß vom Staub. »Ich glaube nicht. Was ist passiert?«

»Eine Explosion.«

Er half Kimber auf die Beine, bevor er die Suche fortsetzte. Caen und Halley lagen halb betäubt übereinander. Nach ein paar Augenblicken kamen sie zu sich und konnten ohne Sands' Hilfe aufstehen. Der Leiter des Befreiungstrupps blutete aus einer Kopfwunde, und Halley war aschfahl. Sands vermutete, daß auch sein Teint viel bleicher als gewöhnlich war. Er blickte suchend nach Dumas umher, fand aber keine Spur von ihm. Er fragte Caen, ob er den Meisterschützen gesehen habe.

»Vom Luftdruck aus dem Fenster geschleudert«, schnaufte der Rothaarige. »Wäre ich nicht mit Miss Trevanon zusammengeprallt, hätte es mich mit ihm hinausgerissen.«

»Haben Sie eine Ahnung, was passiert ist?«

Caen blickte nach oben. Die Decke über ihren Köpfen war wie von einer Riesenfaust eingeschlagen und hing gefährlich durch. Ein Rinnsal von Wasser tröpfelte durch die Risse.

»Ich würde sagen, daß jemand die Spitze vom Regierungsgebäude abgesprengt hat!«

»Einer von unseren Sabotagetrupps?«

Caen schüttelte den Kopf. »Es ist zu früh, und außerdem hatten wir meines Wissens nichts Dergleichen geplant.«

»Könnte es eine interne Angelegenheit gewesen sein?«

»Sie meinen, eine Fraktion der Allianz gegen eine andere? Nicht auszuschließen, aber es ist der ungünstigste Zeitpunkt, den man sich denken kann, um einen Zwist auszutragen.«

»Dalishaar!« rief Kimber aus.

»Was ist mit ihm?«

»Er muß in seinem Arbeitszimmer gewesen sein, als die Sprengung erfolgte!«

»Ein Mordanschlag?«

»Warum nicht? Er wollte Friedensgespräche führen. Vielleicht bekamen die Militaristen Wind davon und versuchten ihn auszuschalten.«

»Ich würde sagen, daß es ihnen gelungen ist«, sagte Sands mit einem Blick zur Decke. »Die Zerstörung der oberen Stockwerke muß ziemlich vollständig sein.«

»Oh! Was ist das?« rief Halley. Sie hatte sich näher zu der gähnenden Öffnung der Fensterwand gewagt, durch die Dumas hinausgerissen worden war. Die Innenbeleuchtung wurde matt von einer Kunststoffplane reflektiert, wo nur freier Luftraum hätte sein sollen. Es war, als hätte jemand das Turmhaus mit einem Kunststoffzelt verhängt. Halley benötigte einen Moment, um zu begreifen, was sie vor sich sah. »Sie haben die Habitatbarriere aufgerissen!«

Sands schnürte es unwillkürlich die Kehle zu. Die gigantischen Gasballons, die den Wolkenstädten Auftrieb verliehen, enthielten keinen Sauerstoff. Wenn Cloudcrofts Habitatbarriere in Fetzen war, konnte nichts mehr die Atemluft der Stadtatmosphäre daran hindern, sich mit dem erhitzten Wasserstoff im Gasballon zu vermischen. Der lebensspendende Sauerstoff diffundierte hinauf in die ungeheure Wasserstoffmenge. Überall in Cloudcroft ertönten die Alarmsirenen und warnten die Bevölkerung, entweder Atemmasken anzulegen oder den Schutz abgeschlossener Räume aufzusuchen.

»Wir müssen Atemgerät finden, und zwar sofort!«

»Wo?« fragte Kimber.

»Im Korridor gegenüber vom Aufzug sah ich einen Wandschrank mit dem Roten Kreuz«, sagte Caen. »Kommen Sie, bevor wir alle vor Sauerstoffmangel ohnmächtig werden.«

411

Sie verließen die Wohnung im Laufschritt. Lars hatte die Pistole gezogen und hielt in den Korridoren Ausschau nach Gegnern, aber niemand war zu sehen. Sie begannen bereits zu keuchen, als sie den Wandschrank mit dem vertrauten rotweißen Zeichen erreichten. Sands riß den Notverschluß auf und verteilte rasch die Atemschutzgeräte, die er darin fand. Sie verloren keine Zeit, die leichten Halbmasken über ihre unteren Gesichtshälften zu ziehen und die Sauerstoffgeräte umzubinden. Mit beträchtlicher Erleichterung fühlte Sands ein leichtes Brennen in den Nebenhöhlen, das die Sauerstoffzufuhr anzeigte.

»Viel hat nicht gefehlt!« sagte Kimber durch die Maske.

»Vorwärts, wir müssen fort von hier«, befahl Caen.

»Aufzug?«

Er schüttelte heftig den Kopf. »Treppe.«

Sands öffnete die Tür zum Nottreppenhaus und löste dadurch einen Alarm aus. Sie achteten nicht darauf. Das Turmhaus war von einer Explosion erschüttert worden, und es konnte nicht ausbleiben, daß überall Alarmsignale angingen. Drei bis vier Stufen überspringend, liefen sie die Treppe hinunter und verlangsamten nur, um an jedem Treppenabsatz die Sicherheitstüren zu öffnen. Sie begegneten keinem Menschen, bis sie den Treppenabsatz des dritten Stockwerks erreichten, wo Sands auf zwei Leichen stieß.

»Was ist hier los?« fragte er Caen.

Der Gruppenleiter beugte sich über die Toten, schüttelte den Kopf. »Diese zwei sind nicht erstickt – sie wurden erschossen. Ich vermute, es geschah, als sie diese Tür öffneten.«

Die fragliche Tür war diejenige, die Sands hatte öffnen wollen, um das Treppenhaus zu verlassen.

»Schießwütige Wachtposten?«

»Oder jemand, der sichergehen will, daß niemand lebend hier herauskommt.«

»Wollen wir es versuchen?«

»Nein. Versuchen wir es in einer anderen Ebene.«

»In Ordnung.«

Caen übernahm die Führung. Auf jedem Treppenab-
satz machte er lange genug halt, um zu lauschen. Jedes-
mal meldete er das Geräusch von Schußwaffen. Ein
Feuergefecht tobte im gesamten Regierungsgebäude.
Sie blieben auf der Treppe bis zum unteren Ende, zwei
Ebenen unter dem Hauptdeck, wo Caen wieder eine
Weile an der Tür lauschte. Diesmal hörte er nichts. Er
bedeutete Sands, sich gegenüber der Tür aufzustellen.

»Genauso wie oben«, flüsterte er. »Sie springen zuerst
durch und werfen sich zu Boden, und ich folge.«

»In Ordnung.«

Caen riß die Tür auf, und Sands sprang durch. Auf
der anderen Seite waren zwei Männer in Zivilkleidung,
die Sturmgewehre aus Militärbeständen trugen. Sie
kamen einen Augenblick zu spät, um ihre Waffen in
Anschlag zu bringen, und Sands schoß den einen und
Caen den anderen nieder. Beide brachen lautlos zusammen. Sands sprang auf und lief geduckt zur nächsten
Korridorkreuzung. Alles war ruhig. Wenn es auf dieser
unteren Ebene Kämpfe gegeben hatte, dann hatten sie
sich anderswohin verlagert. Er winkte den drei anderen, nachzukommen.

In diesem vorsichtigen, etappenweisen Vorgehen
brachten sie zweihundert Meter hinter sich und erreichten endlich eine Tür, die in eine Einkaufszone führte.
Die Leute dort schienen im Ungewissen, was vorging.

»Was meinen Sie?« fragte Sands, als sie die Menge
aus ihrem Versteck beobachteten.

»Wir haben keine andere Wahl«, sagte Caen. »Jeden
Augenblick wird jetzt jemand die Wachtposten finden,
die wir erschossen haben.«

»Richtig.« Sands und Caen steckten ihre Pistolen ein.
Jede nahm eine der Frauen am Arm und so gingen sie
offen in die Ladenpassage. Die Leute musterten neugie-

rig ihre staubigen, derangierten Gestalten, aber niemand versuchte sie aufzuhalten. Als sie eine U-Bahnstation erreichten, drängten sie sich an mehreren wartenden Passagieren vorbei und nahmen die nächste erreichbare Kapsel. Augenblicke später waren sie tief im Inneren der Stützsäule von Cloudcroft und unterwegs zur Peripherie der Stadt. Erst als sie eine volle Minute gefahren waren, leistete sich Sands den Luxus eines tiefen Seufzers.

»Wohin fahren wir?« fragte er Caen.

»Zu einem anderen sicheren Haus.«

»Ich frage mich, was die ganze Schießerei zu bedeuten hatte«, überlegte Kimber.

»Ich weiß es nicht, aber wir werden es bald erfahren. Es könnte wichtig für unsere Mission sein.«

Mikal Blount marschierte mit energischen Schritten durch den nahezu leeren Hangar zu der kleinen Maschine, die ihn zum Sammelpunkt der Flotte hinaustragen sollte. Vor achtundvierzig Stunden waren die Hangars der Landebucht voll von Maschinen und Bodenpersonal gewesen. Jetzt war seine persönliche Maschine eines der wenigen Flugzeuge in Sicht. Der Anblick hatte etwas schicksalhaft Beklemmendes und brachte einem wieder zu Bewußtsein, daß der Ausgang der bevorstehenden Schlacht zwischen den Wolken weitreichende Folgen haben würde. Ein Sieg der Allianz bedeutete ihre Herrschaft über die nördliche Hemisphäre, ihre Niederlage Zerfall und Machtlosigkeit – vielleicht für immer.

»Alles bereit, Pilot?« fragte er, als er in die Pilotenkanzel stieg.

»Bereit, Sir.«

»Dann zeigen Sie mir, wie schnell Sie mich an Bord des Flaggschiffes bringen können. Ich habe keine Zeit zu verlieren.«

»Äußeres Sichtzeichen in zehn Minuten, Sir.«

»Machen Sie acht daraus!«

Das Flaggschiff der Allianz war die *Cloud Dancer*, ein mächtiges Luftschiff von annähernd einem Kilometer Länge, das mit offensiven und defensiven Waffen gespickt war. Eine fliegende Festung mit Laserkanonen, deren Stärke den Vergleich mit den Verteidigungsanlagen jeder Stadt aushielt, beherbergte das Flaggschiff auch eine kombinierte Streitmacht von Abfangjägern, Aufklärern und leichten Zerstörern. Die eigentliche Aufgabe der *Cloud Dancer* aber war nicht das Eingreifen in den Kampf, sondern die Führung der Flotte und die Lenkung ihres taktischen Einsatzes. Daher waren ihre wirklichen Waffen Computer, Sensoren und Nachrichtenmittel. Nur das Hauptquartier der Flotte war besser ausgerüstet.

Nach denkbar kurzer Zeit lösten sich die langen Umrisse des Flaggschiffes aus dem Dunst. Ungeduldig wartete Mikal Blount auf den Abschluß des Annäherungsmanövers. Endlich waren sie in der Landebucht der *Cloud Dancer*, und Blount befahl einem Marineoffizier, ihn zum Großadmiral zu führen.

»Heraus damit, Blount«, sagte der Großadmiral, als sie allein waren.

Blount nahm vor dem Schreibtisch seines Vorgesetzten Haltung an und sagte: »Es freut mich, Ihnen den Erfolg des Unternehmens melden zu können, Sir.«

»Dalishaar ist tot?«

»Ja, Sir. Wir glauben es.«

»Sie wissen es nicht?«

Blount hatte mit diesem Ausbruch gerechnet und seine Antwort eingeübt. »Wir haben seinen Leichnam noch nicht gefunden, Admiral, aber das ist nicht überraschend. Das Raketengeschoß schlug genau in seine Wohnung ein. Es zerstörte die zwei obersten Stockwerke des Regierungsgebäudes.«

»Wollen Sie damit sagen, er sei verdampft?«

»Es gibt zahlreiche Leichen, die bis zur Unkenntlichkeit verbrannt sind. Eine davon kann er sein. Unsere Pathologen arbeiten gegenwärtig an der Identifikation. Sie werden mich verständigen, sobald sie ihn gefunden haben.«

»Und die Titanierin und ihre Piratenfreundin?«

»Viele wurden erschossen, als sie versuchten, nach der Explosion aus dem Turmhaus zu fliehen. Andere erstickten im Wasserstoffgas. Die Gefangenen waren nicht in ihrer Wohnung, können aber in jeder der beiden Gruppen sein. Wir untersuchen die Toten und Verwundeten.«

Blount ließ unerwähnt, daß sie alle drei Wachtposten, die im zwölften Stockwerk des Regierungsgebäudes Dienst getan hatten, erschossen aufgefunden hatten, und daß niemand von seinen Leuten sich zu der Tat bekannte.

Der Großadmiral schüttelte unzufrieden den Kopf. »Das Turmhaus sollte zur Zeit des Angriffs verlassen sein, so daß nicht allzu viele von unseren eigenen Leuten dabei umkommen würden. In den Nachrichten ist von einem Massaker die Rede!«

»Es gab mehr Opfer als erwartet«, bestätigte Blount. »Aber was hätten wir tun sollen? Wir hatten die Tischzeit des Abendessens für den Angriff gewählt, um die Zahl der Opfer geringzuhalten. Wäre dies ein echter Feindangriff gewesen, so hätte es wahrscheinlich keine Überlebenden gegeben. Wir konnten nicht anders handeln.«

»Das ist richtig. Aber es bedeutet nicht, daß es mir gefallen muß. Wie lange hielten Sie alle eingeschlossen im Regierungsgebäude?«

»Wir warteten fünfzehn Minuten, bevor wir unsere ›Rettungskräfte‹ hineinschickten. Ich hätte kaum länger warten können, ohne Verdacht zu erregen.«

»Und die gegenwärtige politische Lage?«

Blount blickte auf seine Armbanduhr. »Vor einer Stunde übernahmen wir die Regierungsgewalt.«

»Erzählen Sie mir keine Geschichten! Ihre Leute haben nichts getan, als das Regierungsgebäude besetzt. Die Übernahme der Regierungsgewalt erfordert mehr. Wenn die Besetzung Glasgows Sie sonst nichts gelehrt hat, sollte sie Ihnen soviel klargemacht haben.«

»Wir haben uns bisher auf die Maßnahmen beschränkt, Sir, die abgesprochen waren. Was wünschen Sie darüber hinaus?«

»Alles, Blount! Es geht jetzt ums Ganze, verstehen Sie? Haben wir die Kontrolle über die Kommunikationsmittel, die Energieversorgung, die Polizei? Sorgen Sie dafür, daß zuverlässige Einheiten jede Korridorkreuzung, jede Ladenpassage kontrollieren. Stellen Sie für den Fall, daß es unter der Bevölkerung zu Unruhen kommt, eine Eingreiftruppe bereit. Haben Sie schon führende Persönlichkeiten der Akkretionisten festgenommen?«

»Nein, Sir. Das war nicht vereinbart.«

»Dann haben Sie auch nicht die Regierungsgewalt übernommen, Admiral Blount! Ich darf Sie bitten, sich nicht mit den Maßnahmen zu begnügen, die unmittelbar mit unserem Attentatsplan zusammenhängen. Die Dinge sind ins Rollen gekommen, und jetzt ist es wichtig, daß wir die Initiative behalten.«

»Die Flotte ist draußen, und wir haben nicht genug Leute, Sir. Darf ich Sie daran erinnern, daß Sie die meisten meiner Marineeinheiten abkommandiert haben?«

»Ich bin mir über Ihre Personalstärke im klaren. Das ändert nichts an den Tatsachen. Wir haben den Tiger beim Schwanz gepackt, Blount – Sie wissen doch, was ein Tiger war, nicht? Nun, jetzt heißt es aufsitzen und reiten! Wir können uns keine halben Maßnahmen leisten. Wenn Sie den Akkretionisten Zeit geben, werden sie den gesamten Rat gegen uns mobilisieren! Entblößen Sie das Hauptquartier von den Sicherungsstreitkräften, aber setzen Sie diese Truppen ein!«

»Vielleicht kann ich eine Abteilung mitnehmen.«

»Nein. Sie werden Cloudcroft halten müssen, bis ich den Feind zurückschlagen kann. Sobald wir diesen zusammengewürfelten Haufen in die Flucht geschlagen haben, werde ich Ihnen jeden Mann zur Verfügung stellen, den ich erübrigen kann.«

»Ich werde mein Bestes tun, Sir.«

Samorset fixierte seinen Untergebenen mit einem Blick, dessen entschlossene Härte durch unübersehbare Zeichen von Übermüdung beeinträchtigt wurde. »Ihr Bestes wird vollkommen sein müssen, wenn Sie die Woche überleben wollen.«

Blount nahm Haltung an, salutierte und eilte hinaus. Großadmiral Samorset sah ihm nachdenklich nach. Blount war ein umsichtiger und kluger Mann, aber nicht zum erstenmal fragte sich Samorset, ob es richtig gewesen war, sein Geschick so bedingungslos in Blounts Hände gelegt zu haben.

Kelt Dalishaars Aussehen hatte sich in den letzten paar Stunden beträchtlich verändert. Als er gegangen war, Kimber Crawford zu besuchen, war er zuversichtlich, charmant und sogar ein bißchen schneidig gewesen. Das Treffen war besser verlaufen, als er erwartet hatte, und er war zufrieden in sein Arbeitszimmer zurückgekehrt, um das Gespräch mit Kimbers Vater in die Wege zu leiten.

Den ersten Hinweis, daß etwas nicht stimmte, hatte er mit dem Versagen des Sicherheitssystems in den oberen Stockwerken des Regierungsturms bekommen. Mehr besorgt als alarmiert hatte er angefangen, der Ursache nachzugehen. Sorgen hatte er sich erst gemacht, als er die manuelle Notschaltung eingerichtet und bei einer Kontrolle der wenigen noch funktionierenden Monitore die beiden Sicherheitsbeamten entdeckt hatte, die vor der Gästesuite im zwölften Stockwerk in ihrem Blut lagen.

Selbsterhaltung war Dalishaars erster Gedanke gewesen. Jeder, der wußte, wo Kimber Crawford und Halley Trevanon untergebracht waren, kannte höchstwahrscheinlich auch seine Wohnung, und die Eindringlinge, wer immer sie waren, schreckten offensichtlich vor nichts zurück. Also mußte er fort – und zwar auf der Stelle!

Ohne Zeit zu verlieren, schritt er zu dem Schlupfloch, das er zuletzt in der Nacht des Überfalls benutzt hatte, und sauste Sekunden später die Notrutsche hinunter. Er erreichte das untere Ende, als eine gewaltige Explosion das Regierungsgebäude erschütterte. Einen Augenblick später spie die Öffnung der Notrutsche Rauch und Flammen über ihn.

Obwohl die Stichflamme nicht von Bestand war, spielte sie ihm übel mit. Als er Augenblicke später zu sich kam, lag er am Boden, und sein sorgfältig frisiertes Haar brannte. Die Hitze auf seiner Kopfhaut war unerträglich. Er schlug das Feuer mit den bloßen Händen aus, und erst nachdem dies geschehen war, wurde ihm bewußt, daß seine Kleider schwelten und ein brennender Schmerz sein Gesicht überzog. Ein Blick in den Spiegel der Sicherheitszentrale zeigte ihm, daß seine Augenbrauen abgesengt waren und sich in seinem Gesicht erste Brandblasen bildeten. Er ächzte, dankte aber Gott, daß er am Leben war.

Die Zentrale war gegen die Vorschrift unbesetzt. Der diensthabende Offizier des Sicherheitsdienstes war offenbar gegangen, das Versagen des Überwachungssystems zu ermitteln. Aber Dalishaar hatte keine Zeit, sich Gedanken über den leeren Stuhl zu machen, denn nun setzte der Luftalarm ein und erfüllte das Gebäude mit seinem traurigen Heulen. Dalishaar eilte zum Rettungsschrank und legte ein Atemschutzgerät an, was die Schmerzen seiner verbrannten Haut noch verstärkte.

Die Notrutsche aus seinem Schlafzimmer war nicht der einzige Notausgang im Turmhaus der Regierung. Für den Fall von Unruhen gab es Fluchtwege, die nur den Entscheidungsträgern der Regierung und den Offizieren des Sicherheitsdienstes bekannt waren. Über eine Wendeltreppe gelangte er in eine verborgene Nebenstation der U-Bahn in einem der Tiefgeschosse. Als er durch die Ebenen dorthin abstieg, hörte er durch die Wände Schüsse und Geräusche, die nur von Kämpfen herrühren konnten.

Es erforderte nur ein paar Minuten, um einen leeren Wagen zu rufen und ein sicheres Haus am Stadtrand zu erreichen. Dort schmierte er sich eine stark riechende Brandsalbe ins Gesicht und setzte sich an einen Datenanschluß. Daß er nur mit knapper Not dem Tod entgangen war, ängstigte ihn mehr als alles, was er seit der Zeit erlebt hatte, als er mit zwölf Jahren beinahe über das Stadtgeländer gefallen wäre.

Es war offensichtlich, daß die Explosion ein Attentatsversuch gewesen war. Wer immer die Attentäter waren, sie würden es wieder versuchen, wenn sie erfuhren, daß er am Leben war und sich in der Stadt versteckt hielt.

35

Die Schlacht beginnt

Die sechs Luftschiffe des Flottenverbandes bewegten sich in einer sichelförmigen Formation westwärts, auf der ganzen, hundert Kilometer breiten Front begleitet von Geschwadern kleinerer Flugzeuge. Die Region, in der sie sich befanden, war eine turbulente Übergangszone zwischen dem Gürtel und den subpolaren Breiten, und dreißig Kilometer hohe Kumulonimbuswolken trieben wie Eisberge in der klaren Luft. Zwischen ihnen waren die mächtigen Luftschiffe wie Motten, die durch das zerwühlte Bettzeug eines Riesen krochen.

Envon Crawford saß im Konferenzraum, wo Paolo Renzi die Stabsoffiziere über Energieabschirmungen unterrichtet hatte. Als eine Höflichkeitsgeste hatte Admiral Vischna eine Konsole für Crawford aufstellen lassen, die ihm einen vollen Überblick über das Geschehen gab und in das Kommunikationsnetz der Flotte einbezog. Vischna hatte auch dafür gesorgt, daß er wußte, wo er seine nächste Rettungsbootstation finden konnte.

»Wir fangen in extremer Reichweite Interferenzen auf«, meldete eine anonyme Stimme auf der Kommandofrequenz. Beim Flottenkommando, dessen Zentrale unter Crawfords Konferenzraum lag, machte sich unterdrückte Erregung bemerkbar. Die atmosphärischen Bedingungen auf Saturn erschwerten Funkpeilungen über weite Entfernungen, und man mußte damit rechnen, daß die Streitkräfte der Allianz die Effizienz der Ortungsgeräte durch elektronische Gegenmaßnahmen weiter behinderte. Dennoch verriet das Einsetzen elektronischer Interferenzen, daß der Feind unterwegs war.

»Störsender anpeilen!« befahl eine andere Stimme.

Eine leichte Erschütterung ging durch das Luftschiff. Crawford brauchte kein Außenfenster, um zu wissen, daß sie gerade in eine der ragenden Wolkenformationen eingedrungen waren.

»Feindmaschine gesichtet«, meldete die erste Stimme nach einigen Minuten Stille. Gleichzeitig erschien inmitten der Interferenzmuster am Rand der Projektion ein roter Punkt. Die empfindlichen Ortungsgeräte des Flaggschiffes hatten den Interferenzschirm lange genug durchdrungen, um wenigstens eine Feindmaschine zu orten.

Der rote Punkt war weitab in nordwestlicher Richtung und bewegte sich durch die Mitte des Flugwegs. Indem sie sich in der Mitte des Gürtels hielt, schützte sich die Flotte der Allianz gegen Angriffe aus den Wolkenwänden. Jeder Angreifer, der auf Raketenreichweite herankommen wollte, war zuvor gezwungen, dreitausend Kilometer freien Himmel hinter sich zu bringen. Der Flottenverband des Unternehmens Erlöser hielt sich demgegenüber im Randbereich der nördlichen Wolkenwand, um es der Allianz zu erschweren, ein zutreffendes Bild von ihrer Stärke zu gewinnen. Admiral Vischna beabsichtigte nicht, in die offene Weite des Nördlichen Gemäßigten Gürtels hinauszugehen und dort auf den Feind zu treffen. Wenn die Allianz ihre Heimatstädte zu retten wünschte, würde sie ihre Flotte dem Angreifer entgegenschicken müssen.

Der einzelne rote Punkt wurde zu einer kleinen Gruppe, dann zu einer größeren, die sich in mehrere Gruppen auflöste. Jede bestand aus einem großen Luftschiff und seinem Schwarm von Kampfflugzeugen verschiedener Art. Die Luftschiffe änderten den Kurs und hielten auf den Flottenverband zu, und mehrere rote Punkte lösten sich aus ihren Gruppen und begannen den Abstand zu verringern.

»Sie haben unsere Interferenz durchbrochen«, meldete eine Stimme auf der Kommandofrequenz.

»Hoffen wir, daß sie unsere in der Wolkenwand versteckten Geschwader nicht geortet haben«, erwiderte Admiral Vischna.

»Ich hoffe nur, daß wir den Feind ausmachen können«, warf eine dritte Stimme ein. »Aufklärer vor!«

Eine dünne Linie grüner Punkte trennte sich in der Projektion vom Flottenverband und eilte ihm voraus. Die Maschinen der Allianz waren nach den Ergebnissen der Fernradarortung allesamt einsitzige Jagdmaschinen, die offenbar den Auftrag hatten, die Abwehr des Flottenverbandes zu sondieren. Admiral Vischna antwortete mit der Entsendung einer abschirmenden Vorpostenkette.

Der erste Zusammenstoß kam eine halbe Stunde später, als die beiden Vorausabteilungen einander aus extrem weiter Entfernung mit Raketen beschossen. Eine Doppelreihe tödlicher Symbole schoß aufeinander zu, durchdrang einander und suchte ihre Ziele. Als die Raketen sich den Linien der Luftschiffe näherten, verschwanden sie nach und nach, als die Abwehrlaser sie abfingen und vorzeitig zur Explosion brachten.

Bald waren die Vorposten in Laserreichweite. Blendende Lichtstrahlen zuckten hinaus, Raketen wurden auf Kernschußweite abgefeuert. Maschinen gerieten in Brand und stürzten ab. So plötzlich, wie das Gefecht begonnen hatte, war es vorüber. Die Jagdmaschinen der Allianz drehten ab und flogen zurück, woher sie gekommen waren. Sie hatten bei drei eigenen Verlusten zwei Aufklärer des Flottenverbandes abgeschossen.

»Die erste Runde geht an uns«, sagte jemand auf der Kommandofrequenz.

»Kein unnötiges Geschwätz!« befahl Admiral Vischna.

Während die Vorhuten zusammengestoßen waren, hatten die beiden Hauptflotten ihre Annäherung fortgesetzt. Je mehr Distanz zwischen ihnen schrumpfte, desto verbissener bemühten sich beide Seiten, den gegnerischen Schutzwall elektronischer Störgeräusche zu durchdringen. Ziel dieses tödlichen Wettstreits war es, die gegnerischen Flugzeuge und Luftschiffe zuerst nach Typ und Funktion zu bestimmen. Der Flottenverband des Unternehmens Erlöser war in besonderem Maße davon abhängig, das feindliche Flaggschiff zu identifizieren. Ihre ganze Strategie hing davon ab.

Nach endloser Wartezeit meldete die zentrale Datenauswertung, daß die *Cloud Dancer* positiv identifiziert worden sei.

»Operation Schlüssel beginnt!«

Rugilio Caen und Larson Sands hingen in Schutzanzügen von der Stützsäule Cloudcrofts. Um sie her war ein Wald von ultraleichten, hundert Meter langen Trägern. Das sich wiederholende Muster der Stützsäule wurde von zwei großen, kastenförmigen Strukturen unterbrochen, deren eine unmittelbar über ihnen war. Was an Licht durch den Wald der Träger drang, kam von unten.

An der Unterseite des Decks befanden sich mehrere Isolierrohre des Typs, der zum Schutz elektrischer und optischer Kabel vor Beschädigung verwendet wurde. Im Innern eines Isolierrohrs war die zentrale Datenverbindung zwischen dem Marinehauptquartier der Allianz und der Nachrichtenzentrale, durch die komprimierte Datenströme zur Flotte gesendet wurden. Dieses Isolierrohr zeichnete sich jetzt durch einen kleinen Klumpen grauen Sprengstoffs, eine kurze Länge gelben Kabels und einen blauen Kasten aus, der einen elektronischen Zünder enthielt.

»Alles klar, die Bombe ist gelegt«, sagte Rugilio Caen, als er unter der Sprengladung baumelte und den Lichtkegel seiner Helmlampe über sein Werk gehen ließ.

»Dann nichts wie weg«, erwiderte Sands.

Beide ließen sich wie Spinnen an Kletterseilen hinab. Das Abseilen war erheblich einfacher und schneller, als der Aufstieg gewesen war. Zweihundert Meter unter der Sprengladung machten sie halt, und Caen begann am Ende des langen Seils hin und her zu schwingen. Nach einer Weile hatte er genug Schwung genommen, daß er am Ende seines Pendelausschlags einen der Querträger zu fassen bekam und sich hinaufziehen konnte. Dann signalisierte er Sands, nachzukommen. Zwei Minuten später saß Lars neben ihm auf der Querstrebe. Sie ließen ihre Kletterseile frei baumeln.

»Was nun?«

Caen zog ein Instrument aus dem Beutel, den er am Gürtel trug, und öffnete es. Lars sah ein kleines Datendisplay. »Wir warten.«

»Hoffentlich kommt die Nachricht bald. Allmählich bekomme ich einen Hitzestau.«

Er hatte vergessen, wie heiß es im Gasballon einer Stadt war. Schweißperlen bildeten sich auf seiner Stirn, lösten sich und rannen ihm in die Augen. Er hatte mehrfach versucht, sie durch heftiges Kopfschütteln loszuwerden, aber der Helm schränkte seine Bewegungsfreiheit ein.

Das Instrument, das Caen beobachtete, war ein Gerät für Satellitenempfang. Er wartete auf eine Bestätigung, daß die Operation Schlüssel begonnen hatte. Das Signal ließ nicht lange auf sich warten – fünf Minuten nachdem sie ihren luftigen Sitzplatz gefunden hatten, piepte der Empfänger, und ein kurzer verschlüsselter Satz erschien auf dem Display.

»Das ist es«, sagte Caen, schloß den Empfänger und steckte ihn wieder in den Beutel. Nun zog er einen kleinen Funkauslöser hervor und drückte unbekümmert den Stift ein. Über ihnen blitzte und krachte es und sagte ihnen, daß ihr Ziel erreicht war. Eine kurze Überprüfung mit dem Feldstecher bestätigte die Durchtrennung der Datenverbindung.

»Gut. Verschwinden wir von hier, bevor wir im eigenen Saft schmoren.«

Der Gruppenleiter arbeitete sich zu der Luke weiter, die sie zum Einstieg in die Stützsäule benutzt hatten. Sands wartete, bis Caen durch die Schleuse war, dann folgte er ihm. Im Innern wurden sie von Kimber und Halley erwartet, die ihnen halfen, ihre Helme abzunehmen.

»Wie war's?« fragte Kimber.

»Heiß.«

»Habt ihr das Kabel erwischt?«

Sands nickte. »Die nächsten paar Stunden werden sie sich über die gewöhnlichen Kommunikationsfrequenzen unterer Bandbreiten verlassen müssen. Das wird sie um einiges langsamer machen.«

Er machte sich keine Illusionen über die Bedeutung dessen, was sie getan hatten. Der Verlust des Datenkabels würde die Allianz daran hindern, ihre taktischen Computer in Cloudcroft unmittelbar mit denen an Bord ihres Flaggschiffes zu verbinden. Das würde eher eine Unannehmlichkeit als eine Katastrophe sein. Gleichwohl wurden Schlachten gewöhnlich durch eine Akkumulation kleiner Siege gewonnen.

»Wir müssen weiter«, sagte Caen. »Sobald sie merken, daß es Sabotage war, werden sie diesen ganzen Bereich absperren.«

»Das könnte bereits geschehen sein«, sagte Halley.

»Ausgeschlossen! So schnell können sie die Bruchstelle nicht lokalisiert haben.«

»Während Sie draußen waren, kam eine Marinepatrouille durch den Korridor.«

»Wurden Sie gesehen?«

»Nein. Wir hörten sie kommen und krochen in die Schleuse.«

»Wie viele macht das?« fragte Sands.

»Sechs in der letzten Stunde.«

Er spitzte die Lippen. Fast ein Tag war vergangen, seit um den Regierungssitz gekämpft worden war. Die vier hatten den Treffpunkt, wo sie sich mit den beiden übrigen Mitgliedern der Gruppe vereinigen wollten, ohne Zwischenfall erreicht, aber keiner der beiden war erschienen. Nach einer Stunde Wartezeit befahl Caen sie alle in den Fabrikraum, wo er zuerst mit Lars zusammengetroffen war. Dort hatten sie sich ruhig verhalten und gewartet, bis der verschlüsselte Befehl ›Vorbereitungen beginnen‹ über den Satellitenkanal eingegangen war.

Durch den Ausfall seiner zwei Agenten knapp an Helfern, hatte Caen eingewilligt, Kimber und Halley an der Zerstörung der Datenverbindung teilnehmen zu lassen. Die vier hatten sich als zwei Paare zurechtgemacht, die nach einer langen Reise nach Haus zurückkehrten. In dem Gepäck, das sie auf einem Karren nachzogen, waren Schutzanzüge, Kletterseile, Waffen, Munition und Sprengstoff verstaut gewesen. Unterwegs waren sie einigen Marinepatrouillen begegnet. Nach der fünften Begegnung hatte Caen sich gewundert, wie viele Marinesoldaten die Allianz für Sicherungsaufgaben bereitstellen konnte, obwohl sie alle Kräfte für die bevorstehende Schlacht einsetzen mußte.

Etwas an der Bemerkung war Sands im Gedächtnis geblieben. Nun löste Halleys Meldung, daß die Patrouillen sogar in den Eingeweiden der Stadt auftauchten, einen abenteuerlichen Gedanken in ihm aus – einen so grotesken Gedanken, daß er sich eingehender damit beschäftigen mußte, bevor er ihn aussprechen konnte.

»Wie viele Leute, meinen Sie, haben sie für ihre Sicherungsaufgaben?« fragte er Caen.

»Ich weiß es nicht«, sagte der Gruppenführer. Er war dabei, sich aus seinem Schutzanzug zu befreien. »Ein paar tausend, würde ich sagen.«

»Wie Sie selbst bemerkten, ist das in Anbetracht des Umstandes, daß die Flotte ausgelaufen ist, eine Menge Militärpersonal!«

»Worauf wollen Sie hinaus?«

Sands erläuterte seine Idee. Caen hörte ihm ohne Kommentar zu, während Kimber ihn entsetzt anstarrte.

»Das kann nicht dein Ernst sein«, sagte sie.

Er zuckte die Achseln. »Wir wurden beauftragt, die Dinge hier durcheinanderzubringen. Kannst du dir etwas vorstellen, das sie mehr durcheinanderbringen würde? Was halten Sie davon, Caen?«

Der Gruppenleiter stieß ein hohles Lachen aus. »Eins muß ich Ihnen lassen, Sands, Sie haben Nerven! Was Sie da vorschlagen, ist verrückter als diese halsbrecherische Nummer, die Sie bei dem ersten Überfall auf die Stadt abzogen.«

»Aber wird es klappen?«

Caen hob die Hände. »Ob es klappt oder nicht, wir werden sie auf jeden Fall in Panik versetzen. Ich denke, das macht einen Versuch lohnend. Nur, wo können wir in so kurzer Zeit geeignete Verkleidungen finden?«

Großadmiral Jerzy Samorset saß vor seiner Konsole und beobachtete eine taktische Projektion, die jener, welche Envon Crawford sechshundert Kilometer weiter östlich vor sich hatte, bemerkenswert ähnelte. Die Darstellung auf dem großen Bildschirm zeigte zwei in mehrere Gruppen aufgeteilte Flottenverbände. Der eine hielt sich am nördlichen Rand des Flugwegs, halb verborgen in den verstreuten Wolkenformationen. Der andere bewegte sich diagonal auf ihn zu und verringerte zusehends die Distanz zwischen ihnen. In diesem Raum zwischen den Fronten waren die verstreuten Jagdmaschinen der Vorhut, die gerade abgedreht hatten.

»Das Dritte Geschwader greift die Gruppe zwischen den zwei großen Wolkenformationen an!« befahl Samorset. Im Gegensatz zu seinen Feinden hatte er das Flaggschiff seines Gegenspielers noch nicht identifiziert. Es konnte jedes der sechs großen Luftschiffe auf seinem Bildschirm sein. Allerdings hegte er den Verdacht, daß das feindliche Flaggschiff im Zentrum der größten Gruppe war. Das war zumindest die Einteilung, die er als Kommandeur des feindlichen Flottenverbandes bevorzugt haben würde.

Sein Blick wandte sich der Entwicklung seiner eigenen Streitkräfte zu. Die Flotte der Allianz bestand aus zwei Gruppierungen. Die größere hielt direkt auf die feindliche Konzentration zu und hatte eine Frontbreite von sechzig Kilometern eingenommen. Dies waren die Führungsgeschwader der Kampfmaschinen, deren Aufgabe es war, die gegnerische Ordnung aufzubrechen.

Hinter den Führungsgeschwadern, noch weitgehend isoliert in der Mitte des Flugwegs, waren das Flaggschiff und die zweite Gruppierung. Samorset hielt diese Reservestreitmacht im Umkreis des Flaggschiffs, um Verstärkungen nach vorn zu schicken, wo es erforderlich sein sollte, und gegnerische Durchbrüche aufzufangen.

»Admiral, Cloudcroft meldet, daß die Frachter der Titanier ihre Umlaufbahn verlassen haben.«

»Bestätigen Sie und sagen Sie ihnen, daß sie mit der Bedrohung selbst fertig werden müssen.«

»Zu Befehl, Sir.«

Dreißigtausend Kilometer westlich der Allianz begann die Formation von Raumschiffen, die den Krisenstab so beunruhigt hatte, in die Atmosphäre einzutreten. Samorset hatte zwei volle Geschwader eingesetzt, um den Luftraum westlich der Städte zu schützen und die Bedrohung abzuwehren. Was immer die Frachter an Bewaffnung aufzubieten hatten, konnte nicht allzu gefährlich sein. Außerdem waren die Titanier Opfer ihrer eigenen Geschwindigkeit. Sie mußten erst dreiundzwanzig Sekundenkilometer Orbitalgeschwindigkeit loswerden, bevor sie in den Kampf eingreifen konnten. Das aber würde mehrere Stunden in Anspruch nehmen, und bis dahin würde die Schlacht entschieden sein.

»Wir haben einen Ausbruch aus der Nordwand!« meldete Samorsets Operationschef.

Der Großadmiral beobachtete die neue Entwicklung

in seiner Projektion. Ein einziges Geschwader feindlicher Maschinen war aus ihrem Versteck in der nördlichen Wolkenwand zum Vorschein gekommen. Er überlegte kurz, ob er seine eigenen versteckten Geschwader gegen sie einsetzen sollte, entschied sich aber dagegen. Damit würde er seine Karten allzu früh auf den Tisch legen. Statt dessen befahl er einem der Reservegeschwader, die Flanke der Frontgruppe zu verstärken. Augenblicke später lösten sich die Maschinen aus dem Verband um die *Cloud Dancer* und flogen mit hoher Geschwindigkeit nach Norden.

»Wir haben einen weiteren Ausbruch«, meldete der Operationschef. »Diesmal von der Südwand.«

»Sagen Sie das noch mal!«

»Ein Ausbruch aus der Südwand, Admiral.«

»Was, zum Teufel, tun die da drüben?«

»Unbekannt. Vielleicht erwarteten sie, daß wir auf der Seite des Flugwegs bleiben würden, um uns dann aus der Flanke anzugreifen.«

»Das leuchtet nicht ein ...«, murmelte Samorset – und verstummte. Wann immer die Taktik eines Gegners töricht zu sein schien, läuteten bei ihm die Alarmglocken. Trotzdem, wenn die Kommandeure des Flottenverbandes sich selbst schwächen wollten, indem sie ihre Kräfte verzettelten und auf beiden Seiten eines sechstausend Kilometer breiten Flugwegs stationierten, konnten sie kaum beanstanden, daß er ihren Fehler zu seinem Vorteil nutzte. Er entsandte ein weiteres Reservegeschwader nach Süden, um der neuen Gefahr zu begegnen.

»Admiral, wir haben unsere Hochgeschwindigkeits-Datenverbindung mit dem Hauptquartier verloren.«

Ein Frösteln überlief Samorset. »Andere Verbindungen?«

»Wir haben nach wie vor Radiokontakt und andere, nicht über Computer laufende Kommunikation.«

Er seufzte erleichtert. Einen Augenblick lang hatte er

sich gefragt, ob der Feind die Hauptstadt zerstört habe. Wenn es lediglich ihre Verbindung zum taktischen Computer des Hauptquartiers war, dann handelte es sich wahrscheinlich um das Werk feindlicher Infiltrationsgruppen. Er war sicher, daß die Unterbrechung bald gefunden und repariert sein würde. Einstweilen sollte der Flaggschiffcomputer imstande sein, die taktischen Bewegungen der Flotte ohne Hilfe der Basis zu steuern.

»Benachrichtigen Sie das Hauptquartier, daß wir auf autonome Gefechtsführung gehen.«

»Zu Befehl, Sir.«

Samorset wandte sich wieder der Gefechtslage zu. Das Dritte Geschwader war auf Schußweite an den Gegner herangekommen, und die Projektion füllte sich rasch mit Raketensymbolen. Wie im Gefecht der Vorhuten, wurden die meisten annähernd so schnell zerstört, wie sie abgefeuert wurden. Die meisten, aber nicht alle. Zwei Maschinen der Allianz und drei der feindlichen Flotte verschwanden in Detonationen von Gefechtsköpfen. Dann war das Dritte Geschwader in den feindlichen Reihen, und das Gefecht löste sich in Einzelkämpfe auf. Beinahe identische Kampfflugzeuge kurbelten am Himmel, ständig bemüht, in die bessere Schußposition zu kommen, und spien Tod und Verderben aufeinander. Das Dritte hatte Verluste zu beklagen, teilte aber auch selbst kräftig aus. Samorset erteilte der ersten Gruppierung Befehl, auf breiter Front in den Kampf einzugreifen.

Dann war es ihm aus der Hand genommen. Nur die Geschicklichkeit und die Umsicht, der Mut und das Glück der Piloten und Besatzungen zählten noch. Männer und Maschinen gingen im Strudel der Schlacht unter. Zuerst schien der Feind den angreifenden Flugzeugen der Allianz standzuhalten; dann begannen sie allmählich zu weichen, lösten sich aus dem Kampfgetümmel und zogen sich zu ihren Luftschiffen zurück. Der vereinzelte Rückzug ging bald in regellose Flucht über.

»Da, wir haben sie in die Flucht geschlagen«, sagte Samorset bei sich. Er blickte auf das Chronometer und stellte fest, daß eine Stunde vergangen war, seit die Vorhut ersten Feindkontakt gehabt hatte. Zum Operationschef gewandt, fuhr er fort: »Geben Sie die Hälfte der verbleibenden Reserven und die verborgenen Geschwader zum Angriff frei. Ich möchte den Feind zerschlagen, bevor er seine Kräfte wieder sammeln kann.«

Während die Befehle hinausgingen, beobachtete Samorset die Entfaltung des Sperrverbandes, den er nach Norden entsandt hatte. Die Maschinen drängten den ungeordneten Feind zur Wolkenwand zurück.

Als er sah, daß seine Streitkräfte überall erfolgreich waren, ließ er das Flaggschiff näher an die Hauptkampfzone heranführen. Die *Cloud Dancer* erzitterte unter der Schubkraft ihrer Triebwerke und beschleunigte vorwärts.

»Unidentifizierte Kontakte hoch oben im Westhimmel, in rascher Annäherung!«

Samorset blickte in seine Projektion. Zuerst sah er nichts. Erst als er auf extreme Vergrößerung schaltete, kamen sie ins Bild. Am Rand der Projektion waren zwölf Echozeichen mit unmöglich hohen Ablesungen. Danach waren sie fünfzig Kilometer über der Flotte und stießen im Sturzflug herab.

»Wo, zum Teufel, sind die hergekommen?« fragte jemand.

»Kein Geschwätz auf der Kommandofrequenz!« befahl Samorset. Er kannte den Ursprung dieser neuen Bedrohung. Das waren die Raumschiffe der Titanier, vor denen er gewarnt worden war. Irgendwie war es ihnen gelungen, ihre hohe Orbitalgeschwindigkeit in weniger als einer Stunde auszubremsen. Offenbar hatten sie außerhalb der Atmosphäre verlangsamt und dabei ihre Treibstoffvorräte aufgebraucht. Es war eine kostspielige, aber rasche Methode, in die Saturnatmosphäre einzutreten.

»Holen Sie eine Gruppe zurück«, befahl er dem Operationschef. »Wir werden Feuerschutz brauchen.«

»Ich rufe das Siebte bis Zehnte Geschwader zurück. Sie werden in zehn Minuten hier sein.«

»Machen Sie ihnen Beine. Wir werden nicht viel Zeit haben, wenn die ihre Geschwindigkeit halten.«

Das Dutzend Echozeichen begann sich zu vervielfältigen. Samorset verspürte ein hohles Gefühl im Magen. Die Kapitäne der Frachter mußten im Hochgeschwindigkeitsflug ihre Ladebuchten geöffnet haben. Wahrscheinlich waren ihnen dabei die Tore abgerissen. Sie stießen ihre Fracht in die Atmosphäre aus. Samorset benötigte keine visuelle Bestätigung, um zu wissen, daß jeder Frachter vier Jagdeinsitzer ausgestoßen hatte. Zweifellos waren sie bis zur Grenze ihrer Tragfähigkeit mit Raketen beladen.

Nachdem die Jäger von ihren Trägerschiffen freigekommen waren, schlossen sie sich zur Angriffsformation zusammen und hielten auf die Gruppe um das Flaggschiff zu. Ihr Angriffswinkel machte Samorset sofort klar, welches Ziel sie ansteuerten. Sie hatten es auf ihn abgesehen!

36

Hauptquartier

Wieder baumelte Larson Sands von der Stützsäule wie eine Spinne an ihrem Faden. Er und Caen waren mehrere Kilometer von dem Punkt entfernt, wo sie das Datenübertragungskabel zerstört hatten. In diesem Teil der Stützsäule waren die Konstruktionselemente massiver, für lange Haltbarkeit gemacht. Durch das Dickicht der Träger waren Teile der schweren Triebwerke der Stadt sichtbar, und unter ihnen ein großer schwarzer Würfel. Der Maßstab all dieser Elemente war so, daß Sands sich an eine Wendung erinnerte, die er einmal gelesen hatte. Es war, als hätten sie sich in ›Gottes Spielzeugtruhe‹ verirrt.

Abgesehen von seiner Größe, unterschied sich der Würfel äußerlich nicht von Hunderten anderer Habitats ›unter Deck‹, die den Großteil der Stadt ausmachten. Man mußte genauer hinsehen, um die langen, röhrenförmigen Zugänge auszumachen, die ihn mit der Außenwelt weniger zu verbinden als vielmehr von ihr zu isolieren schienen. Auch die nach außen gerichteten Waffen, die den Würfel bewachten, stellten eine Besonderheit dar. Ungesehen blieben die Alarmsysteme, die jeden Versuch gewaltsamen Eindringens selbstmörderisch machten. Der riesige schwarze Würfel war eine abgeschlossene Stadt in der Stadt: das Marinehauptquartier der Allianz.

Daß die Militaristen einen Putschversuch zur Machtübernahme unternommen hatten, war seit dem Angriff auf das Regierungsgebäude offensichtlich. Er kam auch nicht überraschend. Überraschend war jedoch die Zahl der Marinepatrouillen in der Stadt. Sie waren überall. Eine derartige Anstrengung mußte die Personalreserven der Marine in Friedenszeiten stark beansprucht haben. Angesichts der Mobilisierung aller Luftschiffe und Flugzeuge für die drohende militärische Auseinandersetzung hatte Sands überlegt, wieviel Personal im Marinehauptquartier zurückgeblieben sein konnte.

Diese Überlegung war Ursprung der Inspiration gewesen, die Kimber so sehr erschreckt hatte. In normalen Zeiten wäre der Gedanke, daß zwei Feindagenten ins Allerheiligste der Marine vordrangen, unvorstellbar gewesen. Aber dies waren keine normalen Zeiten, und dieser Umstand hatte Sands fasziniert. Wenn sie hineinschlüpfen konnten, würde es ihnen mit einer guten Portion Glück vielleicht gelingen, das militärische Nervenzentrum der Allianz zu lähmen, wenn nicht auszuschalten. Die Kühnheit der Idee war so bezwingend, daß sie Rugilio Caen für den Plan gewonnen hatte.

Caen hing wie Sands hoch über dem Marinehauptquartier von der Stützsäule. Eine dünne, nahezu unsichtbare Schnur führte von seinem Handschuh zu einem kleinen Stoffbeutel, dessen Außenseite mit selbstklebender Masse bestrichen war. Der Beutel enthielt einen Sprengsatz mit Zeitzünder. Sorgfältig manövrierte Caen den Beutel zwischen den Verstrebungen durch, bis er die Wand der Einfriedung des Hauptquartiers streifte und sofort haftete. Dann zog er leicht an der Schnur, um sie vom Zeitzünder zu lösen und ihn dadurch zu aktivieren.

»Das muß reichen«, sagte er. »Haben Sie eine Bewegung ausgemacht?«

»Nichts.«

»Gut, dann haben wir wahrscheinlich keinen Alarm ausgelöst.« Sie hatten sechs der kleinen Haftladungen am Dach und den Wänden des Marinehauptquartiers angebracht. »Kommen Sie, wir müssen in Position sein, bevor die Zeituhren auf Null schalten.«

Der Plan bestand darin, daß alle sechs Sprengladungen gleichzeitig an weit auseinanderliegenden Punkten um das Hauptquartier detonieren sollten. Sie hofften, die Explosionen würden soviel Verwirrung anrichten, daß sie durch einen der Installations- und Kabelschächte ins Hauptquartier eindringen konnten. Caens Spezialkarte der technischen Installationen der Stadt zeigte eine Luke, die unmittelbar ins Herz eines der beiden Computerkomplexe im Hauptquartier führte. Dort angelangt, wollten sie weitere Haftladungen anbringen. Dies würde kein Nadelstich wie die Unterbrechung der Datenverbindung sein. Wenn dieser Schlag gelang, würden sie die Fähigkeit der Allianz zu koordinierter Kriegführung auf Wochen oder Monate ernstlich beeinträchtigen.

Die beiden Saboteure arbeiteten sich auf einem Träger entlang, bis sie über dem Hauptquartier waren. Sie knoteten ihre Kletterseile fest, dann ließen sie sich im Abseilsitz ein Stück hinunter. Sands beobachtete die Anzeige seines Helmchronometers. Sie hatten noch eine Minute, bevor ihre Sprengsätze gezündet wurden. In seiner Mundhöhle herrschte die vertraute Trockenheit, als er auf den Beginn der Aktion wartete.

Auch Caen beobachtete die Uhr. Zwanzig Sekunden vor der Zündung der Sprengsätze gab er den Befehl zum Abseilen. Beide ließen sich hinunter, so rasch sie konnten, und erreichten das Dach des Hauptquartiers fünf Sekunden vor der Zündung. Irgendwo im Innern des Komplexes mußten jetzt bereits die Alarmsignale ertönen und dem Personal verraten, daß Eindringlinge auf ihrem Dach waren.

Vor der runden Luke, die ihr Ziel war, machten sie halt und ließen ihre Kletterseile los. Einen Augenblick später erbebte das gesamte Bauwerk unter den ineinander übergehenden Explosionen. Caen ließ sich vor der Luke auf die Knie nieder und begann das Schloß zu bearbeiten. In weniger als fünf Sekunden hatte er die Luke offen.

Sands ließ sich hinunter in den Schacht. Caen folgte, so schnell er konnte, nachdem er die Luke über sich geschlossen hatte. Am unteren Ende des Schachtes fanden sie sich am Ende eines kurzen Gangs, der zu einer weiteren Luke führte.

Jenseits der Luke war eine Kammer, die in rotes Licht getaucht war. Tausende von optischen Kabeln liefen hier in einem gedrungenen Zylinder zusammen. Sands erkannte in ihm ein äußerst leistungsfähiges Modul zur Bestimmung und Übertragung eingehender sensorischer Daten an die Computer der Zentrale. Hier war das Zentralnervensystem des taktischen Computers der Marine.

Leutnant Martin Solari von der Corvin-Konföderation stieß mit einem Freudenschrei auf die kilometerlange Walgestalt im Fadenkreuz seines Zielgeräts hinab. Der Schrei war zugleich eine Befreiung von der Nervenanspannung und ein Mittel, seine Ohren dem atmosphärischen Druck anzupassen, der so rapide zunahm, daß es sogar in der Druckkabine seiner Maschine spürbar wurde. Das rauschhafte Hochgefühl des Augenblicks vertrieb alle Erinnerung an die Wochen tödlicher Langeweile an Bord des Frachters *Omnia* aus seinem Bewußtsein.

Wie die meisten seiner Kameraden vom Zwölften Jagdgeschwader Corvins war Solari ein entschiedener Gegner der Strategie gewesen, die seine Maschine an Bord eines Erzfrachters vom Titan verstaut und in eine Umlaufbahn hinausgetragen hatte. Die Idee, Kampfflugzeuge mit Raumschiffen zum Einsatzort zu bringen, war ihnen abwegig und riskant vorgekommen. Jetzt noch wunderte er sich, daß er das Trennungsmanöver überlebt hatte. Er hatte sich immer für einen erfahrenen Kampfpiloten gehalten, den so leicht nichts aus der Fassung bringen konnte, und doch war er nahe daran gewesen, sich naß zu machen, als die Tore des Laderaums abgesprengt und seine Maschine von einem Behelfskatapult mit Überschallgeschwindigkeit in einen Strudel atmosphärischer Turbulenzen geschleudert worden war.

Dann war er zu beschäftigt gewesen, um sich zu fürchten. Es hatte mehrere Sekunden gedauert, bis er seine einsitzige Jagdmaschine in der dünnen Wasserstoff-Helium-Atmosphäre unter Kontrolle hatte bringen können. Die Maschine hatte auf alle Steuermanöver ungewöhnlich träge reagiert, war richtungslos durch die Luftwirbel getaumelt, bis er den kleinen Bremsfallschirm hinausgelassen hatte, um nicht die Tragflächen zu verlieren. Sobald die Geschwindigkeit stabilisiert war, hatte er im Sturzflug Kurs auf die Ansammlung winziger Luftschiffe tief unter sich genommen. Ohne die elektronische Wiedergabe im Visier des Zielgerätes hätte er sie im Dunst des Flugwegs leicht aus dem Blickfeld verlieren können.

Solari und seine Kameraden waren auf die Mission ausführlich vorbereitet worden. Er wußte, daß er das Flaggschiff der Nördlichen Allianz aus dessen verwundbarstem Winkel angreifen mußte. *Cloud Dancer* war für den Fernkampf konzipiert, und seine Waffen waren innerhalb eines Neigungswinkels von vierzig Grad über und unter der Horizontallinie schwenkbar. So gab es relativ wenige Flugabwehrlaser auf dem Rücken und unter dem Bauch des großen Luftschiffes.

»Geschwaderchef an alle. Fünf Sekunden zum Verteidigungsbereich. Angriffsprogramme einschalten!« kam der Befehl über Solaris Kopfhörer.

Mit dem normalen Zögern, das sich einstellt, wenn man sein Leben einer Maschine anvertraut, schaltete Leutnant Solari den computergesteuerten Autopiloten ein. Seine Maschine begann nach rechts und links auszubrechen, sackte durch und stieg wieder auf, als wäre sie in den heftigsten Orkan geraten. Gleichzeitig wurde durch Düsen in der spitzen Nase der Maschine eine silbrige Flüssigkeit hinausgepumpt.

Plötzlich flog er vor einer selbsterzeugten Wolke. Dutzende langer, silberner Fahnen gingen ringsumher nieder, ausgestoßen von den anderen Maschinen, und vereinigten sich zu einer silbrigen Wolke aus Milliarden reflektierender Partikel, die jeden Laserstrahl zerstreuen sollten, der auf die angreifenden Flugzeuge zielte. Mit etwas Glück würde sie die Laserstrahlen so weit aus dem Brennpunkt bringen, daß die reflektierende Schutzschicht seiner Maschine die resultierende Energiekonzentration wenigstens ein paar Sekunden lang abwehren konnte.

Die Wolke strahlte für kurze Augenblicke auf, als die Maschine scharf nach rechts ausbrach. Ein computergesteuerter Laser hatte versucht, sie aus maximaler Distanz zu zerstören, und war abgewehrt worden – einstweilen. Solari schaltete das Programm ein, das den Verschuß seiner ersten Raketensalve steuern würde. Die Zielsuchköpfe der Raketen erzeugten im Anflug gleichfalls unregelmäßige Kursabweichungen, um die Abwehr zu unterlaufen. Die in dichter Atmosphäre hochwirksamen konventionellen Sprengladungen der Raketen machten sie für die Laserabwehr zu vordringlichen Zielen. Solari hatte die unter den Tragflächen aufgehängten Raketen noch außerhalb ihrer normalen Reichweite abgefeuert, weil sein steiler Angriffswinkel die Reichweite der Bordwaffen beinahe irrelevant machte.

Solari wandte den Blick nicht vom Zielgerät. *Cloud Dancer* und die begleitenden Luftschiffe wuchsen atemberaubend. Er konnte den Schwarm der Abfangjäger und Zerstörer ausmachen, die mit Höchstgeschwindigkeit aufstiegen, um den Angriff abzuwehren. Er lächelte grimmig. Ihr Bemühen war hoffnungslos. Keine der zur Abwehr aufgestiegenen Maschinen würde rechtzeitig in Position sein, um ihn und seine Kameraden abzuwehren.

Ein jäher Lichtblitz zur Rechten belehrte ihn, daß die Verteidiger ihnen nicht hilflos ausgeliefert waren. Eine

Maschine seines Geschwaders war eben in einem blendenden Lichtstrahl untergegangen. Entweder hatte die reflektierende Wolke ihren Zweck verfehlt, oder der Laserstrahl hatte das Ziel zu lange festhalten können.

Dann war Solari auf mittlere Schußweite heran, und seine Maschine blieb hinter den Dutzend Geschossen seiner zweiten Raketensalve zurück. War die erste Salve noch vom Abwehrfeuer systematisch zerstört worden, so sah er jetzt mit zähnebleckendem Grinsen, wie seine zweite Salve die Abwehr überwältigte. Drei Raketen kamen durch und durchschlugen die Gashülle des Riesenschiffes, explodierten im Inneren und durchlöcherten die lebenswichtige Hülle, die das Flaggschiff in der Luft hielt. Danach zog er den Steuerknüppel an sich und wurde in den Sitz gepreßt, als die Maschine kreischend aus dem Sturzflug abgefangen wurde. Er flog in eine willkürlich gewählte Richtung davon, weniger auf seinen Kurs als auf die Wahrscheinlichkeit bedacht, daß er ihn aus der Zone größter Gefahr hinaustragen würde.

Er war eben in den Geradeausflug übergegangen und begann aufzuatmen, als ein weißglühender Lichtstrahl das Leitwerk seiner Maschine erfaßte. Sie bockte einmal, dann geriet sie unkontrollierbar ins Trudeln. Er hatte keine Zeit mehr, zu reagieren. Eine Tausendstelsekunde später explodierte der Treibstofftank und verwandelte seine Maschine in eine formlose Masse von zerrissenem Metall, die ihren langen Absturz in die Wasserstoffsee begann.

Sands entledigte sich hastig seines Schutzanzugs, während Caen mit der gezogenen Pistole Wache hielt. Durch die dünnen Innenwände des Nebenraums hörten sie verschiedene Alarmsignale. Sands identifizierte diejenigen, die zu den Gefechtsstationen riefen und vor Eindringlingen warnten, aber es gab mehrere andere akustische Zeichen, deren Bedeutung ihm unklar blieb.

Er hoffte, keines von ihnen würde einen Einbruch in die Computerzentrale anzeigen.

Dann stand er Wache, während Caen seinen Schutzanzug ablegte. Sie hatten vier Sprengladungen mit Zeitzünder angebracht. Nun wollten sie versuchen, einen der taktischen Computer selbst lahmzulegen.

»Fertig?« fragte Caen. Er zog die zerknitterte Uniform glatt, die er unter dem Schutzanzug trug.

»Fertig«, bestätigte Sands. Sie waren als ein Geschwaderkommandeur und sein Adjutant verkleidet. Beide trugen die vorschriftsmäßigen Seitengewehre und hatten Identitätsplaketten, die einer oberflächlichen visuellen Überprüfung standhielten.

»Gehen wir, Leutnant.«

»Zu Befehl, Sir«, sagte Sands, trat vor und öffnete die Tür. Caen zog die Tür hinter sich zu und verklemmte das beschädigte Schloß mit einem eingesteckten Nagel. Mit etwas Glück würde jemand, der in den Nebenraum wollte, an einen mechanischen Defekt glauben und den Besuch auf später verschieben. Andernfalls würde er die zurückgelassenen Schutzanzüge im Gang finden, der zum Kabelschacht führte.

Sands folgte Caen in die Computerzentrale. Er mußte dem Agenten Kaltblütigkeit bescheinigen. Sein Auftreten war das eines Offiziers, der jedes Recht hatte, dort zu sein, wo er war. Sands hoffte nur, daß seine eigene Unsicherheit sie nicht verraten würde.

Sie marschierten durch einen breiten, hell erleuchteten Korridor und legten zwanzig Meter zurück, bevor ihnen jemand begegnete: ein geplagter einfacher Soldat mit einem Werkzeugkasten, der zu einer Reparatur eilte. Er salutierte hastig, und der Agent erwiderte nonchalant die Ehrenbezeigung. Die Begegnung dauerte weniger als eine Sekunde.

»Gott, alles liegt verlassen!« flüsterte Sands, als sie weitergingen. Durch offene Türen konnte man in verschiedene Arbeitsbereiche sehen. Die meisten Datenanschlüsse waren besetzt, aber nirgendwo sahen sie die gefürchteten Wachtposten.

»Sie sagten, daß es leer sein würde«, versetzte Caen in zuversichtlichem Ton.

Sands schluckte und wollte erwidern, daß er es nicht wirklich geglaubt habe, aber eine allgemeine Durchsage aus den Deckenlautsprechern kam ihm zuvor.

»Achtung. Es wird ein Angriff auf die *Cloud Dancer* gemeldet. Der Bruch der Kommunikationsleitung ist repariert. Cloudcroft übernimmt wieder die operative Leitung«, verkündete eine ruhige professionelle Stimme.

Caen warf Sands einen bedeutungsvollen Blick zu, dann steuerte er den Aufzug an, der ihr Ziel war. Ein paar Sekunden später wurden sie in der Gesellschaft von zwei uniformierten Nachrichtenhelferinnen abwärts befördert. Sie verließen den Aufzug in der nächsten Ebene, wo nach Caens Plan die Computerzentrale war, und nach weiteren zwei spannungsvollen Minuten erreichten sie ihr Ziel.

In der Computerzentrale stießen sie auf den ersten Wachtposten.

»Kenn ich Ihnen helfen, Sir?« fragte der Marinesoldat höflich, nachdem er salutiert hatte. Das Atemschutzgerät dämpfte seine Worte. Seine Beflissenheit wurde durch den Umstand beeinträchtigt, daß er die Hand am Griff der Dienstpistole hatte, und daß hinter ihm ein Ausweislesegerät war, in das sie ihre Identitätskarten würden stecken müssen.

»Gewiß, Unteroffizier ...«

Wieder erwachten die Deckenlautsprecher zum Leben und unterbrachen Caen, bevor er sein Anliegen vorbringen konnte. »Die *Cloud Dancer* ist getroffen worden. An alles Personal! Die taktische Gefechtsleitung wird ab sofort durch Cloudcroft wahrgenommen!«

Der Wachtposten blickte einen Moment zum Lautsprecher auf. Das war alles, was Caen benötigte. Er trieb dem Mann drei steife Finger unter die Atemmaske in den Kehlkopf, dann ließ er einen Handkantenschlag gegen die Halsseite folgen. Der Mann fiel zu Boden.

»Los, ziehen wir ihn um die Ecke!«

Die beiden beeilten sich, den niedergeschlagenen Posten notdürftig zu verbergen, dann eilten sie durch einen Arbeitsraum, wo Reihen von Datenanschlüssen in Betrieb waren, in die angrenzende Computerzentrale.

Vor ihnen lag die kompakte Masse des taktischen Computers mit seinen umfangreichen Datenspeichern. Armdick gebündelte Kabel führten in den Computer. Ein Summen und Ticken erfüllte die Luft. Vom Wartungspersonal war niemand zu sehen. Caen plazierte die letzten drei Haftladungen, während Sands mit gezogener Pistole Wache hielt. Caen hatte eben das Zeichen gegeben, daß er fertig sei, als eine Alarmglocke schrillte.

»Achtung, Sicherheitspersonal! Eindringlinge in Abschnitt Alpha Neun. Festnehmen oder unschädlich machen!«

»Los jetzt!« sagte Caen. »Wir haben dreißig Sekunden, bis die Zeitzünder losgehen, und hier werden sie uns zuerst suchen!«

Sands hörte ihn kaum. Wie gelähmt stand er da und starrte hinauf zum Deckenlautsprecher, aus dem die Befehle gekommen waren. Die Stimme war zornig gewesen, vielleicht ein wenig müde, aber es war eine Stimme, die Sands wiedererkannte.

Sie gehörte Mikal Blount!

37

Sieg und Rache

Envon Crawford beobachtete den Überraschungsangriff auf das feindliche Flaggschiff und lächelte befriedigt. Alle hatten ihn für verrückt gehalten, als er vorgeschlagen hatte, daß seine Erzfrachter zu mehr als zum Transport von Massengut taugten. Die meisten Stabsoffiziere des Flottenverbandes hatten sich gegen die Idee ausgesprochen. Er aber hatte sich nicht entmutigen lassen und argumentiert, daß die Kriegführung auf Saturn seit so langer Zeit eine Domäne der Luftstreitkräfte war, daß alle Welt die harte Lektion des ersten Krieges im Raum vergessen hatte.

Der Angriff war so vorbereitet worden, daß er wie ein Ablenkungsangriff gegen die Heimatstädte der Allianz ausgesehen hatte. Das war auch die Geschichte gewesen, die absichtlich im Flottenverband des Unternehmens Erlöser in Umlauf gebracht worden war. Offensichtlich war die Nachricht der Allianz zu Ohren gekommen. Als die Frachter in großer Höhe über dem Kampfgebiet eingetroffen waren, hatte die Allianz zwei Geschwader Kampfflugzeuge als Sperrverband in den Westen der Städte verlegt.

Crawford hätte gern das Gesicht des kommandierenden Admirals der Allianz gesehen, als die Triebwerke der Frachter nicht planmäßig ausgeschaltet worden waren. Statt dessen hatten sie ihre Reaktionstanks im triebwerksverstärkten Bremsmanöver geleert, bis die Schiffe ihre Orbitalgeschwindigkeit weit unterschritten hatten. Sie waren buchstäblich in die Saturnatmosphäre gefallen. Sie waren bis an die Obergrenze der Reibungshitze gegangen, die das Material aushalten konnte. Und statt Kurs auf die Städte der Allianz zu nehmen, hatten sie anschließend Schleifen nach Norden und Süden gezogen und die Städte der Allianz außerhalb der Reichweite ihrer Sensoren passiert. Dann waren sie hoch über der Flotte der Allianz wieder in den Flugweg des Nördlichen Gemäßigten Gürtels eingedrungen und hatten ihre Ladungen einsitziger Kampfflugzeuge ausgestoßen. Danach war es ein Zweikampf zwischen den angreifenden Kampfmaschinen und den an Feuerkraft unterlegenen Verteidigern gewesen. Die Kampfmaschinen hatten die Verteidiger mit ihren Raketen überwältigt und ein halbes Dutzend Mal ihr Ziel getroffen.

Sobald sich gezeigt hatte, daß das Flaggschiff vernichtend getroffen war, hatten die angreifenden Maschinen, soweit sie sich noch nicht verschossen hatten, auf die begleitenden Luftschiffe gestürzt. Zwei weitere waren beschädigt worden, bevor die Angreifer vom Begleitschutz abgeschossen oder vertrieben worden waren. Besonders eine Szene hatte sich Crawfords Gedächtnis eingeprägt. Sie zeigte den aufgerissenen Bug des feindlichen Flaggschiffes, wie er in Nebelfontänen Luftdruck verlor und das Schiff sich langsam nach vorn neigte, um in die Tiefen zu gleiten.

Darauf hatte Crawford seine Aufmerksamkeit dem Gefecht zugewandt, das in der Nähe seines eigenen Schiffes ausgetragen wurde. Auch nach dem Verlust ihres Flaggschiffes setzten die Geschwader der Allianz ihren Angriff fort. Sie kämpften tapfer und mit Hingabe, aber der moderne Krieg war zu stark von Computern und elektronischer Fernaufklärung geprägt, als daß Tapferkeit allein zum Sieg hätte führen können. Keine einzelne Flugzeugbesatzung konnte viel mehr überblicken als das Geschehen in ihrem eigenen kleinräumigen Aktionsbereich; um erfolgreich zu sein, mußte ein Flottenkommando den Überblick behalten und alles wissen, was geschah. Die Allianz hatte diese

Fähigkeit eingebüßt, während ihr Gegner sie behalten hatte.

»Warum hat Cloudcroft nicht die Gefechtsführung übernommen?« fragte Admiral Vischna seinen Stabschef.

»Keine Ahnung, Sir«, kam die Antwort. »Sie hätten in dem Augenblick übernehmen sollen, als das Flaggschiff getroffen wurde.«

»Kann etwas mit ihren Computern fehlgegangen sein?«

»Hoffen wir es.«

Das Kriegsglück hatte sich gewendet. Die angreifenden Geschwader der Allianz begannen sich in Einzelkämpfen zu verzetteln, und die Kommandeure der zum Schutz der *Cloud Dancer* zurückbeorderten Geschwader schienen nun unschlüssig. Einige führten ihre Maschinen in den Kampf, während andere den beschädigten Luftschiffen, die den Rückzug angetreten hatten, Geleitschutz gaben. Das Flaggschiff begann unterdessen auseinanderzubrechen, als ganze Abschnitte abgesprengt wurden, um an Hilfsballonen zu schweben.

Immer mehr Kampfflugzeuge der Allianz drehten ab und lösten sich vom Feind, um die Sicherheit des freien Himmels zu gewinnen. Kurz darauf setzte ein allgemeiner Rückzug ein, und die Geschwader des Flottenverbandes nahmen die Verfolgung auf.

Stumm beobachtete Crawford die Auflösung der einst mächtigen Allianzflotte. Sein riskantes Spiel hatte sich ausgezahlt. Die Schlacht neigte sich ihrem Ende zu. Die Eroberung der Allianzstädte konnte beginnen.

Rugilio Caen packte Sands unsanft am Arm und zog ihn mit sich. Sie waren im Korridor außerhalb der Computerzentrale, bevor Lars sich von den düsteren Gedanken freimachen konnte, die von ihm Besitz ergriffen hatten. Er wurde ins Hier und Jetzt zurückgestoßen, als ein Trupp Marinesoldaten vor ihnen um eine Ecke kam. Caen feuerte zwei Schüsse ab, und die beiden Saboteure rannten in einen menschenleeren Seitenkorridor. Sie hatten nicht mehr als ein Dutzend Schritte zurückgelegt, als dumpfe Explosionen Boden und Wände erzittern ließen und anzeigten, daß ihre Sprengsätze explodiert waren. Caen führte Lars im Laufschritt durch ein Labyrinth von Korridoren und trübe beleuchteten Seitengängen. Sie gelangten zu einer Leiter, die sich in beiden Richtungen über mehrere Stockwerke erstreckte, und sausten drei Stockwerke hinunter.

»Wir verhalten uns genauso wie vorhin«, schnaufte Caen durch seine Sauerstoffmaske. »Wir sind im Dienst und haben jedes Recht, hier zu sein. Gehen Sie neben mir, ruhig und nicht zu schnell. Wenn jemand uns anhält, werde ich reden.«

»Wohin gehen wir?«

»Zur untersten Ebene. Wir steigen durch eine andere Luke aus, dann verlieren wir uns in der Stadt, bis unsere Freunde kommen.«

»Gehen Sie ohne mich. Ich habe noch etwas anderes zu tun.«

»Was, in Gottes Namen?«

»Diese Stimme, die über Lautsprecher die Suche anordnete. Das war Mikal Blount.«

»Wollen Sie ihm ans Leder? Da ist jetzt nicht viel zu machen.«

»Sie täuschen sich, mein Lieber. Ich werde ihn umbringen.«

Caen schüttelte stirnrunzelnd den Kopf. »Sehen Sie, bis jetzt haben wir Glück gehabt. Aber ein guter Agent weiß, wann es Zeit ist, in ein Loch zu steigen und den Deckel über sich zu schließen. Diese Zeit ist jetzt. Wenn wir siegen, ist er sowieso erledigt.«

Was Caen sagte, hatte manches für sich. Welchen Unterschied machte es, wann er Vergeltung übte? Es war vernünftiger, am Leben zu sein und zuzusehen, wie

Blount über das Geländer fiel, als bei einem erfolglosen Attentatsversuch selbst zu sterben.

Es war alles sehr logisch. Das Problem war, daß er mit der Logik nicht übereinstimmte. Wenn er Blount nicht selbst tötete, würden die Gespenster von Dane, Ross Crandall und all den toten Wissenschaftlern auf der Erde ihn für alle Zeit verfolgen.

»Tut mir leid, Rugilio. Das muß ich tun. Entwischen Sie ohne mich.«

»Mein Arsch!« seufzte Caen. »Gehen wir also, Held. Wenn Sie diesen Kerl suchen, finden wir ihn wahrscheinlich in der Nachrichtenzentrale des Hauptquartiers.«

Hatten sie die Korridore bis dahin relativ menschenleer gefunden, so gerieten sie jetzt in ein Durcheinander hektischer Geschäftigkeit. In dem Versuch, Ordnung ins Chaos zu bringen, liefen verschiedene Dienstgrade von einer Abteilung zur anderen. Sie verlegten Kabel und überprüften Verteilerkästen. Die meisten schienen noch nicht zu wissen, daß der primäre taktische Computer zerstört worden war.

Wieder gingen Caen und Sands als Stabsoffizier und Adjutant. Zielbewußt schritten sie zur Nachrichtenzentrale, von der die Befehle zur Führung des entfernten Gefechts hinausgingen und Meldungen der Kampfeinheiten aufgefangen wurden. Zweimal mußten sie sich durch Gruppen besorgt aussehender Offiziere und Mannschaften drängen, die auf ihre Einsatzbefehle warteten. Sie passierten eines der Hauptportale, durch das Marinesoldaten in Kampfanzügen, von der Stadt kommend, ins Hauptquartier strömten.

»Sie rufen ihre Sicherungskräfte zurück«, bemerkte Caen. »Wir haben vielleicht noch eine Minute, bevor sie anfangen, die Ordnung wiederherzustellen. Sehen wir zu, daß diese Minute zählt.«

Sie kamen um eine Ecke und sahen sich zwei Wachtposten gegenüber. Sturmgewehre wurden in Hüftanschlag gebracht, als Caen unbekümmert auf sie zu marschierte, Sands im Gleichschritt neben ihm.

»Halt! Ihr Geschäft, Sir?« schnauzte einer der beiden. In seinem Tonfall war nichts von der üblichen Ehrerbietung, die der einfache Soldat einem Offizier erweist.

»Eure dummen Ärsche retten!« fauchte Caen zurück. »Der taktische Computer ist von verdammten Saboteuren gesprengt worden. Wir sind herbefohlen worden, um bei der Stadtverteidigung zu helfen. Jede Sekunde, die Sie mir das Gewehr ins Gesicht halten, ist eine Sekunde, in der ich nicht überlegen kann, wie die Lage zu retten ist.«

Einen Augenblick sah Sands den Posten in seiner Entschlossenheit schwankend werden. Ruhig hob Caen den Arm, um zuerst auf den einen, dann auf den anderen zu zeigen. Wie durch Zauberei war eine Pistole in seiner Hand. Er feuerte zweimal aus nächster Nähe.

»Hier«, sagte er und warf Sands die Identitätskarte des ersten Postens zu. »Nehmen Sie die, um durch die Personalkontrolle zu gehen. Ich bin direkt hinter Ihnen.«

Sands steckte die Identitätskarte in die Sperre und wurde durchgelassen. Er sah sich in einer gut ausgestatteten Abteilung mit mehreren Reihen Konsolen. An jeder saß ein Offizier mit Kopfhörern und Mikrophon und arbeitete fieberhaft, eine Lage zu retten, die sich rasch verschlechterte. Vor ihnen war ein wandgroßer taktischer Projektionsschirm, auf dem verschiedene Symbole langsam hierhin und dorthin krochen. Die Darstellung war zu kompliziert, als daß er sich auf den ersten Blick ein Bild vom Kampfgeschehen hätte machen können. Da er außerdem kein übertriebenes Interesse zeigen wollte, überblickte er die Abteilung selbst.

Die Nachrichtenzentrale des Hauptquartiers in Cloudcroft war typisch für Einrichtungen dieser Art, wenn auch größer als die meisten. Die Beleuchtung war gedämpft, und Dämmplatten und ein dicker Teppichboden hielten den Geräuschpegel niedrig. Das Licht der Arbeitslampen auf den Konsolen spiegelte sich in schwitzenden Gesichtern.

An der Rückseite des Raumes war ein abgeschlossener Balkon, wo die höheren Offiziere den Fortgang des Gefechts in der Projektion verfolgten. Jeder saß an seiner eigenen Konsole und gab den verschiedenen Spezialisten im Parterre seine Befehle. Über diesen Balkon war ein zweiter Rang mit einen einzigen Fenster. Lars konnte die Umrisse einer Gestalt ausmachen, die hinter dem dunklen Glas war. Bildete er es sich nur ein, oder war diese Gestalt kahlköpfig?

»Los, vorwärts!« flüsterte Caen, als er von hinten herankam. Er tat, als sei nichts geschehen.

»Was ist mit …« Sands vollendete den Satz nicht, wies aber mit einer Kopfbewegung hinaus, wo sie die beiden Wachtposten zurückgelassen hatten.

»Keine Sorge, ich habe die Personalsperre blockiert. Einstweilen kommt niemand herein oder hinaus. Aber jetzt weiter, bevor wir Aufmerksamkeit auf uns lenken.«

»Ja, Sir.«

Der Fußboden des Raums stieg nach hinten leicht an, wie in einem Theater oder Hörsaal. Sands hatte das Gefühl, alle Blicke würden ihm folgen, als er den Mittelgang hinaufging. Doch alle, an denen sie vorbeikamen, waren auf ihre Arbeit konzentriert und schienen die beiden uniformierten Gestalten nicht zu bemerken. Sie erreichten die rückwärtige Wand und steckten ihre erbeuteten Identitätskarten in ein Lesegerät.

»Ja?« fragte eine Stimme aus dem Lautsprecher.

»Zusätzliches Wachpersonal zur Sicherung der Nachrichtenzentrale«, sagte Caen. »Es sind Eindringlinge im Hauptquartier.«

»Richtig«, antwortete die Stimme.

Die Aufzugtüren öffneten sich, und sie gingen hinein.

Sofort zog Caen eines seiner Vielzweckwerkzeuge hervor, um die Deckplatte der Steuerung abzunehmen. Dann klemmte er die Schaltung ab, die den Aufzug auf der Ebene des ersten Balkons angehalten hätte.

»Gut. Halten Sie sich bereit«, sagte er und hielt zwei Kabelenden gegeneinander, um die Tür zu öffnen.

Sands hatte die Pistole in der Hand, stieß aber auf keine Bewacher. Sie standen in einem kleinen, elegant eingerichteten Vorraum, der zu einer verschlossenen gepanzerten Tür führte. Eine rasche Überprüfung der Wände zeigte, daß auch sie gepanzert waren.

»Was nun?« fragte Sands.

»Öffnen Sie die Tür!«

Sands machte eine saure Miene, tat aber wie geheißen. Zu seiner Überraschung glitt die Tür lautlos zurück. Er umfaßte seine Pistole fester und trat ein.

Der einzige Insasse des Abteils bemerkte ihn nicht gleich. Er blickte wie gebannt zur Projektion des Kampfgeschehens. Sands konnte drei Schritte tun, bevor das vertraute Gesicht zu ihm aufblickte. Eine steile Falte erschien zwischen Blounts Augen, und seine Lippen verzogen sich in ärgerlicher Reaktion, aber der Ausdruck verlor sich, als er die Züge hinter der Atemmaske erkannte.

»Sands!«

»Hallo, Blount.«

»Wie sind Sie hier hereingekommen?«

»Sie waren unvorsichtig. Sie hätten Ihre Tür zusperren sollen.«

»Was wollen Sie?«

»Ich werde Sie töten.«

Blount sprang von seinem drehbaren Lehnsessel auf und warf sich auf Sands. Dieser drückte zweimal ab. Der Einschlag der kleinen Raketenpatrone warf Blount in den Sessel zurück, der mit ihm hintenüber fiel. Blount lag mit den Füßen in der Luft und einen überraschten Ausdruck im Gesicht, während zwei rote

Flecken sich langsam über die Brust seines Uniformrockes ausbreiteten. Der Admiral blickte zu Lars auf und öffnete den Mund, aber was immer er zu sagen im Begriff gewesen war, starb mit ihm.

Sands stand lange Sekunden über ihm und fragte sich, warum er nicht die Freude und Befriedigung verspürte, die er sich von diesem Augenblick versprochen hatte. Alles, was er empfand, war eine Art Betäubung. Er wandte sich zu Caen. »Kommen Sie, lassen Sie uns gehen.«

»Zu spät«, erwiderte Caen. Er nickte hinunter zum Parkett der Nachrichtenzentrale.

Sands blickte durch das dicke Plexiglasfenster hinab. Überall in dem weiten Raum waren Männer und Frauen von ihren Konsolen aufgestanden und zeigten zu ihm herauf. Schon eilten uniformierte Gestalten zu den Aufzügen auf beiden Seiten der Rückwand.

Caen trat an die Konsole, studierte sie ein paar Augenblicke und betätigte einen Schalter. Von der Schiebetür kam ein hörbares Klicken, und Sands' Ohren spürten eine plötzliche Veränderung des Luftdrucks. »Was haben Sie eben getan?«

»Ich habe uns eingeschlossen. Es sieht so aus, als sei unsere Flotte siegreich gewesen. Nun, wenn sie hierherkommen kann, bevor diese Leute uns ausgraben, wird alles in Butter sein. Wollen wir eine Wette abschließen, wer den Wettlauf gewinnen wird?«

»Lieber nicht.«

»Dachte ich mir. Nun, sehen wir, ob wir unserem Flottenverband einen Hilferuf senden können, bevor die Leute daran denken, uns den Strom abzuschalten.«

38

Entscheidung und Schicksal

Larson Sands und Kimber Crawford schlenderten durch den Park und beobachteten die Arbeiter auf den Gerüsten um das Turmhaus der Regierung. Sie reparierten die Schäden, die während des Putsches der Militaristen entstanden waren. Wenn man genauer hinsah, war es möglich, die provisorischen Flickstellen der Habitatbarriere auszumachen. In ein paar Wochen würde ein neuer Abschnitt eingesetzt und molekular mit dem unbeschädigten Original verschweißt werden.

Viele Spaziergänger waren unter den eingetopften Bäumen und zwischen den Schaumstoff-Blumenbeeten zu sehen. Viele von ihnen waren Angehörige des Flottenverbandes, die an den Friedensverhandlungen teilnahmen und ins Freie entschlüpft waren, um ›frische Luft‹ zu atmen. Da und dort waren Männer in der Uniform der Sieger in Begleitung von Frauen, die offensichtlich Einheimische waren. Lars mußte lächeln. Erst zwei Wochen waren seit der Kapitulation vergangen, und schon begannen die Wunden zu heilen. Er vermutete, daß es immer so gewesen war.

Nach der Niederlage der Allianz im östlichen Flugweg hatte Admiral Vischna eine Kapitulationsaufforderung, verbunden mit einem Ultimatum, an die Allianz gerichtet. Da die Admirale Samorset und Blount tot waren und keine Aussicht bestand, die Heimatstädte der Allianz zu verteidigen, hatte sich der ranghöchste überlebende Kommandeur der Allianzstreitkräfte ins Unvermeidliche geschickt und die sofortige Einstellung des Widerstands befohlen.

Für Sands und Rugilio Caen war die Kapitulation keinen Augenblick zu früh gekommen. Als die Nachricht vom Waffenstillstand schon allgemein bekannt war, hatten Marinesoldaten der Allianz noch versucht, das gepanzerte Abteil mit den beiden Saboteuren und dem Leichnam Mikal Blounts aufzusprengen. Sie hatten den Befehl zum Niederlegen der Waffen ignoriert, weil sie ihre Enttäuschung an den beiden Feinden abreagieren wollten, die sie vor sich hatten. Nach einer Zeitspanne zermürbender Ungewißheit hatten sich schließlich besonnenere Köpfe durchgesetzt.

Die ersten Tage im Anschluß an die Kapitulation waren der Entwaffnung des Militärs der Allianz gewidmet gewesen. Der Prozeß war durch den Umstand kompliziert worden, daß der Verbleib mancher Flugzeuge und Luftschiffe der Allianz, die in den Kampf gezogen waren, ungeklärt blieb. Mehr als zehn Prozent wurden selbst nach Abzug der bekannten Verluste vermißt. Die Diskrepanz führte zu Beunruhigung unter den Heimatstädten der Koalition, doch als die Tage und Wochen vergingen, zeigte sich, daß die meisten der vermißten Luftfahrzeuge entweder in neutralen Städten Zuflucht gesucht hatten oder zu Freibeutern geworden waren.

Am dritten Tag der Besetzung hatten die Streitkräfte der Sieger Kelt Dalishaar ausfindig gemacht. Er war mit unbehandelten Verbrennungen im Gesicht und an den Händen in ein Krankenhaus gekommen. Nicht einmal Kimber hatte ihn wiedererkannt. Als Sands ihn später aufsuchte, hatte er einen gebrochenen Mann angetroffen.

»Sind Sie gekommen, mich zum Schauprozeß abzuholen?« fragte Dalishaar. Er war sichtlich bemüht, die Beherrschung zu wahren.

»Schauprozeß?«

»Es heißt, daß die Koalition dem gesamten Herrschenden Rat einen Schauprozeß machen und ihn dann liquidieren will.«

»Meines Wissens soll niemand liquidiert werden, solange Sie sich an das Kapitulationsabkommen halten.«

»Warum sind Sie dann hier?«

»Ich bin gekommen, um nach den Daten der Energieabschirmung zu fragen. Wir haben Schwierigkeiten, sie zu finden.«

»Wie sollte ich wissen, wo sie sind?« fragte Dalishaar. »Samorset und Blount nahmen das auf Erden sichergestellte Material an sich. Ich bekam es nie zu sehen.«

»Haben Sie eine Vorstellung, wo es aufbewahrt wurde?«

»Wahrscheinlich legte Samorset es in seinen persönlichen Safe.«

»Wo würden wir den finden?«

»In seinem Büro unten im Marinehauptquartier. Sein Stab kann Sie hinführen.«

»Danke. Bleiben Sie kooperativ, und Sie werden mit heiler Haut aus alledem herauskommen.«

Mit der Hilfe von Stabsoffizieren des Großadmirals gelang es ihnen am folgenden Tag, die Speichereinheiten ausfindig zu machen. Sands ließ Duplikate herstellen und an die Koalitionspartner verteilen. Einen Satz erhielt Paolo Renzi, der die nächsten zwei Tageszyklen mit der Katalogisierung der Daten verbrachte. Als die Arbeit getan war, verkündete er, daß die Unterlagen zwar bei weitem nicht vollständig seien, aber doch hinreichend, um bei entsprechendem Kräfteeinsatz die Ergebnisse der Vorfahren innerhalb eines Jahrzehnts zu wiederholen.

Kelt Dalishaar wurde aus der Haft entlassen und erhielt den Auftrag, in den bevorstehenden Friedensverhandlungen die Allianz zu vertreten. Wie viele andere fragte sich Sands, was es zu verhandeln gebe, hatten die Streitkräfte der Koalition doch alle Städte des Feindes besetzt und unter Kontrolle. Bald entdeckte er, wie sehr er sich irrte. Während der Friedenskonferenz schien es bisweilen, als ob die Allianz die Schlacht im östlichen Flugweg gewonnen hätte.

Wenn es einen Punkt gab, in dem die Koalitionspartner sich einig waren, so war es die Notwendigkeit, die Allianz aufzulösen. Man einigte sich rasch, daß in Zukunft nicht mehr als drei Städte der Allianz Erlaubnis erhalten sollten, sich zu einer Gruppe zusammenzuschließen. Überdies sollten alle ehemaligen Städte der Allianz für einen Zeitraum von zwanzig Jahren Gegenstand militärischer Überwachung bleiben. Städte, die den Wunsch hatten, sich als freie Flieger selbständig zu machen, sollten nicht daran gehindert werden, auch sollte ihnen erlaubt sein, sich anderen Partnern anzuschließen.

In diesem Punkt gerieten die Delegationen Corvins und Moskvans zuerst aneinander. Beide wollten eine der Städte, die sich auf Leichtindustrie spezialisiert hatte, für ihren Verband gewinnen. Der Streit wurde endlich mit der Entscheidung beigelegt, daß keine Annexionen stattfinden dürften, solange nicht alle Partner ihr Einverständnis erklärten.

Trotz ihrer offensichtlichen Mängel waren die Friedenverhandlungen so weit vorangekommen, daß Teile der Koalitionsstreitkräfte zehn Tage nach der Kapitulation zu ihren Heimatstädten zurückverlegt werden konnten. Einige der äußeren Städte der Allianz hatten mit Vorbereitungen zum Verlassen der Gruppe begonnen. Selbst die täglichen Streitigkeiten unter den Konferenzteilnehmern wurden zur Gewohnheit.

Sands sah darin ein hoffnungsvolles Zeichen. Ungeachtet vieltausendjähriger Bemühungen war niemand je imstande gewesen, die Menschen von ihrer Streitlust zu heilen. Vielleicht war es besser so. Hatte die Menschheit nicht ihre Heimatwelt verlassen und sich auf einer anderen etabliert, die für ihre Bedürfnisse offensichtlich ungeeignet war? Hätten die Menschen diese Aufgabe bewältigen können, wenn sie weniger kämpferisch gewesen wären? Hätten sie dann auch nur den Versuch gewagt? Wenn Kriege und politische Machenschaften die natürlichen Ergebnisse menschlichen Herrschaftswillens waren, dann waren sie wahrscheinlich nie auszurotten.

»Hallo!« sagte Kimber und drückte ihm die Hand, um seine Aufmerksamkeit zu erheischen.

»Wie?«

»Du machst ein Gesicht, als ob du eine Million Kilometer entfernt warst.«

»Ach, entschuldige. Ich dachte bloß darüber nach, wie alles ausgegangen ist.«

»Und wie ist es ausgegangen?«

Er lächelte ihr zu. »Eigentlich recht gut. Niemand versucht uns umzubringen, und ich habe dich. Was will ich mehr?«

Sie lachte. »Du weißt jedenfalls, was ich hören möchte. Verändere dich nicht, wenn wir verheiratet sind.«

Er blieb stehen, nahm sie in die Arme und küßte sie leicht. Lange blieben sie so stehen, während Passanten lächelnd vorbeigingen. Erst ein Ruf von der anderen Seite des Rasens bewirkte, daß sie einander losließen. Paolo Renzi kam eilig auf sie zu.

»Hallo, Professor«, sagte Kimber.

»Ich habe Sie gesucht.«

»Sie haben uns gefunden. Was gibt es?«

»In ein paar Minuten soll eine Abstimmung stattfinden. Ihr Vater hat mich zu Ihnen geschickt. Wir werden jede Stimme brauchen, um den Antrag abzuwehren, den die Corvin-Konföderation gestellt hat.«

»Welchen Antrag?« fragte Sands. Nachdem er mehrere Marathonsitzungen verfolgt hatte, war sein Interesse an den Einzelheiten der Konferenz ziemlich erlahmt.

»Die Corvin-Konföderation verlangt, daß den Städten der Allianz ein Verbot auferlegt werde, den Mitgliedern der Koalition mit Erzeugnissen der Grundstoffindustrien Konkurrenz zu machen.«

»Hört sich gut an. Mit dem Fuß im Nacken vergessen sie vielleicht diesen Unsinn mit einer einzigen Zentralregierung, die von ihnen beherrscht wird.«

»Sie wissen nicht, was Sie reden«, versetzte Renzi. »Diskriminierungen schaffen nur Haß, der weiterschwelen wird, bis er in einer neuen Krise ausbricht. Lesen Sie in den Geschichtsbüchern. Nein, wenn wir einen dauerhaften Frieden wollen, müssen wir als Sieger großmütig sein. Und was die Einigung Saturns betrifft, so sollten wir alle danach streben!«

Sands sah ihn stirnrunzelnd an. »Sie glauben, die Allianz sei im Recht gewesen, als sie versuchte, den ganzen Gürtel unter ihre Herrschaft zu bringen?«

»Nein, natürlich nicht. Ihr Ziel war vernünftig, aber ihre Methoden waren durch und durch falsch. Niemand wird jemals ein so ausgedehntes Gebiet wie den Saturn durch Eroberung einigen. Wenn es jemals gelingt, wird es durch Überredung geschehen und weil es für unabhängige Wolkenstädte vorteilhaft sein wird, sich einer Zentralregierung zu unterstellen.«

Sands war sprachlos. Es war beinahe so, als hätte der Papst erklärt, daß Satan letzten Endes doch kein so übler Bursche sei.

»Ist das Ihr Ernst?«

»Durchaus«, erwiderte Renzi. »Wenn Sie darüber nachdenken, werden Sie sehen, daß ich recht habe. Nehmen Sie die Energieabschirmungen als ein Beispiel. In ein paar Jahren werden wir in der Lage sein, sie so groß zu bauen, daß sie unsere Städte vor Angriffen schützen werden, und wir werden dem Wissen, wie Energieabschirmungen von planetarischer Größe erzeugt werden können, ein Stück näher sein. Aber mit dem Wissen allein kann es nicht getan sein. Dafür werden wir Mittel und Hilfsquellen benötigen, die um ein Vielfaches größer sind als die Möglichkeiten einer einzigen Stadt oder einer Gruppe von Städten. Wenn wir die Erde in einen bewohnbaren Zustand zurückführen wollen, werden wir Zusammenarbeit von beispiellosem Ausmaß brauchen. Dazu müssen wir vereint sein. Also warum nicht hier und jetzt damit beginnen?«

»Ich fürchte, Sie machen Ihre Rechnung ohne die menschliche Natur«, sagte Sands.

»Wie wollen Sie das bewerkstelligen?« fragte Kimber.

»Ich spreche mit Ihrem Vater über die Finanzierung eines Instituts zum Studium der Energieabschirmungen. Wenn Titan mit solch einer Anstrengung vorangeht, werden die verschiedenen Wolkenstädte eher bereit sein, diese Forschung mit Geldern und Personal zu unterstützen. Sie werden auch weniger schnell mit Bedenken kommen, daß ihre Rivalen zu viele Vorteile genießen. Das Institut wird natürlich nur ein Anfang sein. Wir werden es gebrauchen, um kooperative Anstrengungen aller Art zu fördern, einschließlich einer Kommission, die Sorge tragen wird, daß jede Stadt Zugang zu den Forschungsdaten erhält. Sobald sie sich an die Kooperation gewöhnt haben, können wir vielleicht eine internationale Schlichtungsinstitution ins Leben rufen und diese Ethik der Erprobung durch Krieg abschaffen, die wir entwickelt haben.«

»Es scheint, Sie haben in den letzten zwei Wochen viel nachgedacht«, sagte Kimber.

»So ist es.«

»Was sagt Envon Crawford zu Ihrem Plan?« fragte Sands.

»Er sagte, die Idee habe Vorzüge.«

»Mein Vater sagte das?«

»Ja. Er war ganz davon eingenommen.«

»Mit wem haben Sie noch gesprochen?«

»Der Lord von Glasgow hat Interesse gezeigt.«

Sands nickte. Hugh Fitzroy war erst zwei Tage zuvor zur Konferenz erschienen und hatte die drei überlebenden Besatzungsmitglieder der *Sperber* mitgebracht. Fitzroy würde wahrscheinlich jedem Plan zustimmen, die ihm Zugang zur Technologie der Energieabschirmung bot.

Renzi blickte auf seine Uhr und schnalzte. »Schande über Sie zwei jungen Leute. Sie haben mich so in Fahrt gebracht, daß wir uns alle verspätet haben. Ich werde Ihrem Vater sagen, daß Sie bald kommen werden.«

Sands sah dem Wissenschaftler nach und fragte sich, ob es jemals einen unwahrscheinlicheren Kandidaten zur Veränderung der Welt gegeben habe. Er nahm Kimber beim Arm, und schweigend gingen sie langsam Renzi nach. Schließlich fragte er: »Was denkst du?«

Kimber zuckte die Achseln. »Was er sagt, leuchtet mir ein.«

»Aber wir haben gerade erst Kopf und Kragen riskiert, um die Freiheit und Selbstbestimmung der Städte, wie wir sie bis jetzt haben, für die Zukunft zu sichern!«

»Daß die Nördliche Allianz unrecht hatte, bedeutet nicht, daß wir recht haben, weißt du.«

»Begreifst du nicht, was dabei herauskommen würde? Saturn würde von einer wuchernden Bürokratie beherrscht. Sie würde Steuern erheben, dir vorschreiben, wem du verkaufen darfst und zu welchem Preis, und würde alles illegal machen, was nicht zwingend vorgeschrieben ist! Möchtest du so leben?«

»Wenn es bedeutet, daß wir die Erde zurückgewinnen?« überlegte sie. »Ich glaube, ich könnte es dafür in Kauf nehmen.«

Als sie unter einem königsblauen Himmel dahingingen, unter einer Sonne, die hundertmal schwächer war als jene der Erde, mußte er sich eingestehen, daß er verwirrt war. Was war der Saturn anderes als ein Rettungsboot, das die Spezies *Homo sapiens* über Wasser hielt, bis sie ihre Heimatwelt zurückgewinnen konnte? Was waren Wolkenstädte anderes als eine Brücke zwischen dem Augenblick, da die Sonne aufflammte, und dem Tag, da die Menschheit etwas dagegen tun könnte?

War seine persönliche Abneigung gegen große, zentralistische politische Strukturen nur eine Reaktion auf den Umstand, daß es auf einem geeinten Saturn keinen Bedarf für Söldner geben würde?

Er warf Kimber einen Seitenblick zu und wußte, daß diese letzte Überlegung keine Rolle mehr spielte. Irgendwann war er in den letzten zwei Wochen zu einer Entscheidung gekommen. Nie wieder würde er sein Leben im Kampf riskieren, nur weil jemand ihn dafür bezahlte. Ein Mann mit einer Frau mußte reifer sein. Und nachdem er seinen Beruf verloren hatte, brauchte er ein neues Ziel im Leben. Vielleicht war die Umgestaltung der Welt keine so schlechte Sache. Vielleicht konnte man etwas daraus machen, wofür zu leben sich lohnte. Vielleicht würde es sogar Spaß machen.

»Worüber lächelst du?« fragte Kimber.

»Habe ich gelächelt?«

»Na ja, es war mehr ein einfältiges Grinsen.«

»Ich glaube, ich habe gerade einen Entschluß gefaßt.«

»So? Macht es dir was aus, ihn mir mitzuteilen?«

»Ich werde es dir später sagen. Zuerst müssen wir hineingehen. Du hast einen Antrag abzulehnen. Wir werden alle Hilfe benötigen, die wir bekommen können, wenn wir jemals die Erde zurückgewinnen wollen.«

Sie hängte sich bei ihm ein und lächelte glücklich. »Ich könnte dir nicht herzlicher zustimmen!«

Damit gingen sie Arm in Arm auf das Regierungsgebäude und ihre gemeinsame Zukunft zu. Eins wußte Sands: Es würde nicht langweilig sein!

ÜBER DEN AUTOR

Michael McCollum wurde 1946 in Phoenix, Arizona, geboren und ist Absolvent der Staatsuniversität von Arizona, wo er im Hauptfach Antriebstechnik in Luft- und Raumfahrt und im Nebenfach Nukleartechnik studierte. Er arbeitet seit seiner Graduierung als Luft- und Raumfahrtingenieur und hat an nahezu allen heute produzierten militärischen und zivilen Flugzeugen mitgearbeitet. Zu verschiedenen Zeiten in seiner Karriere hat McCollum auch am Vorläufertyp des Haupttriebwerks der Raumfähre, einem Nuklearventil als Ersatz desjenigen, das in Three Mile Island versagt hatte, und an einer Vielzahl von Lenkraketen gearbeitet. Gegenwärtig ist er an den Anstrengungen zum Bau der Raumstation *Freedom* beteiligt.

Er begann 1974 zu schreiben und hat regelmäßig Beiträge für *Analog Science Fiction* verfaßt. Seine Kurzgeschichten und Erzählungen erschienen auch in *Isaac Asimov's Science Fiction Magazine* und *Amazing*. Die Originalfassung des vorliegenden Bandes, *The Clouds of Saturn*, ist sein siebenter Roman für Del Rey.

Er ist mit einer reizenden Dame namens Catherine verheiratet und Vater von drei Kindern: Robert, Michael und Elizabeth.

Lois McMaster Bujold

Barrayar-Zyklus

Die Vorkosigan sind ein altes Feldherren- und Herrschergeschlecht auf Barrayar, einem Planeten, die sich seit Jahren im Krieg gegen Escobar befindet. Als einer der Söhne eine gegnerische Raumschiffkommandantin zur Frau nimmt, bricht für viele eine Welt zusammen, und die Gegner der herrschenden Dynastie wittern ihre Chance.

Der erfolgreiche Zyklus einer jungen amerikanischen Autorin - zweimal ausgezeichnet mit dem begehrten HUGO GERNSBACK AWARD

Wilhelm Heyne Verlag
München

ALAN BURT AKERS

**Die Saga von Dray Prescot -
der größte Zyklus im Programm
HEYNE SCIENCE FICTION & FANTASY**

Dray Prescot, Offizier und Zeitgenosse Napoleons, verschlug
es einst auf den tödlichen Planeten Kregen. Da tauchen gegen
Ende des 20. Jahrhunderts geheimnisvolle Kassetten auf,
und es gibt keinen Zweifel: Dray Prescot lebt...

... und wird weitere unglaubliche Abenteuer zu bestehen
haben, bis sein tausendjähriges Leben abgelaufen ist.

Die Intrige von Antares
06/4807

Die Banditen von Antares
06/5137

Als Originalausgaben bei Heyne

Wilhelm Heyne Verlag
München